〔瑞士〕若埃尔·迪克 (Joël Dicker) —— 著

王猛 —— 译

黑夜
开始的地方

La Disparition de
Stephanie
Mailer

上

湖南文艺出版社
HUNAN LITERATURE AND ART PUBLISHING HOUSE

博集天卷
CS-BOOKY

目录
Contents

他从没有像现在这样感到孤独。没人能够帮他。他不知道该怎么办。他绝望地寻找着他的妻子：她出门跑步去了，再也没有回来。

我第一次也是最后一次见到斯特凡妮·梅勒，是在我离开纽约州警队的欢送宴上，她不请自来。

"柯克，一个年轻女人死了。杀她的人肯定是杀死戈登一家的凶手。我们不能等到 7 月 26 日，你现在就该把一切说出来。"

"开幕式当晚，你们会知道一切。"哈维重复道。

"你简直荒谬，柯克！你为什么要这个样子啊？有人死了，你明白吗？"

"我也跟着他们一起死了！"哈维大喊道。

他们总是坐在餐厅里头的同一张桌子旁，就在外祖父母的照片和永远美丽的娜塔莎的大幅肖像画下面，他们一直庇佑着那个地方和那里的客人。

引子

关于 1994 年 7 月 30 日事件

只有熟悉纽约州汉普顿市周边地区的人才知道 1994 年 7 月 30 日那天在大西洋畔的富裕小城奥菲雅发生了什么。

那天晚上，奥菲雅举办了首届戏剧节。那场具有全国影响力的活动，吸引了大批人前来参加。从下午开始，游客和当地百姓就开始大量聚集在主街上，准备观看市政府举办的丰富多彩的庆祝活动。居民区变得空荡荡的，看上去好像鬼城一般：人行道上再也没有行人散步，门廊下也不再有情侣卿卿我我，小孩子也不在大街上溜旱冰了，花园里空无一人。所有人都去了主街。

晚上八点左右时，在彻底寂静的彭菲尔德街区，唯一的一点生命迹象就是一辆汽车在空无一人的街道上缓缓穿行。一个男人坐在方向盘后面，仔细地观察着人行道，他的眼睛里透露着慌张。他从没有像现在这样感到孤独。没人能够帮他。他不知道该怎么办。他绝望地寻找着他的妻子：她出门跑步去了，再也没有回来。

塞缪尔·帕达林和梅根·帕达林是少数几个决定在戏剧节开幕当晚留在家里的居民。他们没有买到被大家争抢一空的开幕戏的票，对在主街和海滨举行的群众活动又毫无兴趣。

太阳落山时，梅根跟往常一样，在晚上六点半左右出门去慢跑。每个星期，除了星期天她会让自己的身体歇一歇，她每天都要沿着同样的路线跑一圈。从家里出来之后，她会沿着彭菲尔德街一直跑到彭菲尔德

1

新月路，那是一条绕着一个小公园而形成的半圆形的路。她会在那里停下来，在同一片草坪上锻炼身体。这样一趟下来正好是四十五分钟。如果偶尔她多锻炼一会儿，顶多也就五十分钟。

晚上七点三十分，塞缪尔·帕达林开始奇怪他妻子怎么还没有到家。

七点四十五分，他开始担心。

八点，他开始在客厅里走来走去。

八点十分，他终于再也等不了了，开着车到街上去寻人。他觉得最合理的方式就是沿着梅根常走的路线去找她。他也正是这么做的。

他开上彭菲尔德街，一路开到彭菲尔德新月路，到了那里之后转向。时间是八点二十分，四周一个人影都没有。他在公园边停了一下，但是里面一个人都没有。他在重新启动汽车的时候，看到人行道上有一个东西。他一开始以为那是一堆衣服，定睛一看，发现是一个人躺在那儿。他赶紧冲出车门，心脏狂跳不已：是他的妻子。

在警察局里，塞缪尔·帕达林说他一开始以为她是中暑了，走近时又担心她是突发了心脏病。但是当他走到梅根身边时，他看到了血迹，还有她脑后的洞。

他开始大喊，找人帮忙，他不知道自己是该留在妻子身边，还是跑去敲附近人家的门，请他们帮忙叫救护车。他眼前一片模糊，双腿也快支撑不住身体。他的叫喊声终于惊动了另一条平行街道上的居民，那人报了警。

几分钟之后，警察把街道封了起来。

第一位到达现场的警察在设立警戒线的时候，发现距离梅根尸体直线距离不远的市长家的大门是半开着的。他心中一动，走上前去，结果发现那门是被人破开的。他掏出武器，跳上门前的台阶，高声表明身份。无人回应。他用脚尖推开门，发现走廊上躺着一具女尸。他立刻呼叫增援，然后手里拿着枪，缓慢地往屋里前进。当他进入一个小客厅时，他惊恐地在他的右手边看到一个男孩的尸体。紧接着，他在厨房里找到了市长本人，市长躺在血泊里，也被人杀害了。

全家灭门。

Dans les abysses

上篇
深渊

我第一次也是最后一次见到斯特凡妮·梅勒，是在
我离开纽约州警队的欢送宴上，她不请自来。

消失的女记者

2014 年 6 月 23 日星期———7 月 1 日星期二

杰西·罗森伯格

2014 年 6 月 23 日星期一

第 21 届奥菲雅戏剧节开幕式前 33 天

我第一次也是最后一次见到斯特凡妮·梅勒，是在我离开纽约州警队的欢送宴上，她不请自来。

那天，来自各个大队的警察顶着中午的大太阳，聚集在用木头搭起来的台子前。我们每逢有重要活动，就会在州警地区中心的停车场里搭起这么一个台子。我站在台上，身边是在我的整个警察生涯中一直领导着我的老上司麦肯纳警长。他发表了一段讲话，对我大加赞扬。

"杰西·罗森伯格是一位年轻的队长，可他明显是迫不及待地想要退休，"警长说道，这话引发众人一阵哄笑，"我怎么也不会想到他会比我先走。人生不如意十之八九——所有人都盼着我走，结果我一直都在；所有人都希望杰西能留下，杰西却要走了。"

我四十五岁了，离开警察这个职业，我的心情是平静和愉快的。在工作了二十三年之后，我可以领退休金了，我决定退休去完成一个长久以来一直埋在我心里的计划。距离 6 月 30 日我正式退休的日子还有一个星期的上班时间。在那儿之后，我的人生新篇章就要开启了。

"我还记得杰西办的第一件大案，"警长继续说道，"那是一起骇人听闻的四人命案，当时警队里没有一个人认为他能破案，结果他了不起地给破了。他那时还只不过是一个新手警察。从那时开始，所有人都知道了杰西是个什么样的狠角色。所有跟他共事过的人都知道他是一名出色的侦探，我甚至可以说他是我们之中最优秀的那个。我们都叫他百分百队长，因为但凡有他参与的案子，都破案了，像他这样的侦探绝无仅有。他是备受同事们敬仰的一名警监，是大家争相请教的专家，是在警察学院里教学多年的教官。杰西，请允许我对你说一句：'二十年了，我们一直嫉妒你！'"

人们再次大笑起来。

"杰西，我们不是很清楚你的新计划到底是什么，但是我们祝你马到成功。请你记住，我们会想念你，警队会想念你，我们的老婆尤其会想念你，她们每次来参加慈善义卖会都恨不得用眼睛把你给生吃了。"

雷鸣般的掌声响起。警长给了我一个友爱的拥抱，然后我便下台去跟每一个出于友情而来到现场的朋友打招呼，招呼一完，他们便冲着自助餐而去。

我落单了一会儿，就在这时，一位三十多岁、十分漂亮的女子走过来跟我说话。我不记得我见过她。

"所以您就是那位百分百队长喽？"她对我说，嗓音很是悦耳。

"好像确实是我，"我笑着回答说，"我们认识吗？"

"不认识。我叫斯特凡妮·梅勒。我是《奥菲雅纪事报》的记者。"

我们握了握手。接着斯特凡妮又对我说道：

"您介意我叫您百分之九十九队长吗？"

我皱起了眉头。

"您这是在暗示我说我有一个案子没破？"

作为回答，她从包里掏出一张 1994 年 8 月 1 日版的《奥菲雅纪事报》的剪报复印件，把它递给我看。

奥菲雅发生四人命案：
市长全家被杀

　　星期六晚上，奥菲雅市长约瑟夫·戈登，连同他的妻子，还有年仅十岁的儿子在家中遭人杀害。第四名死者名叫梅根·帕达林，三十二岁。该名女子在案发时正在跑步，毫无疑问，她是一名不幸遇害的案发现场目击者。她就死在市长家门前的街上，中弹身亡。

文章配图是一张我和我当时的队友德里克·斯考特在犯罪现场的照片。

"您这是什么意思？"我问她。

"队长，这个案子您没有破。"

"您说什么呢？"

"您在 1994 年抓错了凶手。我觉得您在离开警察队伍之前会想要知道这件事。"

我一开始以为这只是同事们跟我开的一个恶劣的玩笑，然后才明白斯特凡妮是认真的。

"您在调查这个案子？"我问道。

"可以这么说吧，队长。"

"可以这么说？您要是想让我相信您的话，您最好说得具体点。"

"我说的是事实，队长。我一会儿要去见一个人，那人会给我铁证。"

"您要去见谁？"

"队长，"她用玩味的语气对我说，"我可不是什么新手记者。这种内幕消息，没有一个记者会想要错过。我可以跟您保证，等到时机成熟了，我会把我的调查结果告诉您。与此同时，我想请您帮个忙，请让我看看州警的调查卷宗。"

"您把这个叫作帮忙？我看您这是在勒索！"我斥责她说，"先把您的调查结果拿给我看，斯特凡妮。您的这些指控十分严重。"

"我知道，罗森伯格队长。正因如此，我才不想让州警绕过我去办案。"

"我提醒您一下，您有义务把您掌握的所有敏感的信息提交给警方。这是法律规定。我也可以去搜查您的报社。"

斯特凡妮似乎对我的反应有些失望。

"随便您，百分之九十九队长，"她说，"我本来以为这个案子您会感兴趣的。现在看来您已经开始考虑您的退休生活和那位警长口中的那个新计划去了。您的计划是什么呢？翻修一艘旧船吗？"

"这与您无关。"我冷冷地回道。

她耸了耸肩，作势要走。我确信她是在虚张声势，果不其然，她走了几步之后停了下来，转头对我说：

"真相就在您眼皮底下，罗森伯格队长。您只是没看见而已。"

我一时间既被她勾起了好奇心，又被她激怒了。

"我不明白您在说什么，斯特凡妮。"

她举起手，把它放到我眼前。

"队长，您看到了什么？"

"您的手。"

"我让您看的是我的手指。"她纠正我说。

"我看到的是您的手掌。"我不明所以地反驳她。

"问题就出在这里，"她对我说，"您只看到了您想看到的，却没有看到别人想让您看到的。您在二十年前错过的正是这个。"

这是她留下的最后几句话。说完她便走了，她把她的谜题、名片和剪报复印件都留给了我。

我的前队友，现在在行政大队里混吃等死的德里克·斯考特就站在自助餐台前。看到他之后，我立刻走了过去，把那张剪报复印件拿给他看。

"杰西，你还真是一点都没变啊！"他看到那张老照片不禁乐了，笑着对我说道，"那女的找你做什么？"

"她是记者。她认为我们在 1994 年犯下了大错。她说我们搞错了调查方向，抓错了人。"

"什么？"德里克哽住，"这不可能。"

"我知道。"

"她究竟说了些什么？"

"她说真相就在我们眼皮底下，我们却没看见。"

德里克还是一脸困惑。他似乎也被这句话扰乱了心神，但是他决定不去想这件事。

"我一秒钟都不会信，"他低声发牢骚道，"那就是一个二流记者，想要免费给自己挣点名气罢了。"

"也许吧，"我一边思索着，一边回答道，"也许不是。"

我扫视了一圈停车场，看到斯特凡妮登上了她的车。她冲我招手，对我大声喊道："回头见，罗森伯格队长。"

然而，"回头见"并没有发生。

因为就在那天，她失踪了。

德里克·斯考特

我还记得整件事情开始的那一天。那天是 1994 年 7 月 30 日星期六。

那天晚上，我和杰西正在执勤。我们把车停到"蓝色潟湖"餐厅去吃晚饭。那是一家时髦的餐厅，达拉和娜塔莎在里面当服务员。

杰西当时已经和娜塔莎同居好几年了。达拉是娜塔莎的好朋友。两个人打算将来一起开餐厅，整天都在谋划那件事。她们已经找好了地方，现在正忙着获得动工许可。她们每天晚上还有周末都在"蓝色潟湖"餐厅打工，把工资的一半都攒下来用于投资两人未来的餐厅。

她们两个本来是想到"蓝色潟湖"餐厅去当大堂经理或厨师的，但是餐厅老板对她们说："就凭你们俩这漂亮的小脸蛋，小翘屁股，你们肯定得去做外场啊！不要跟我抱怨，你们能挣到的小费，肯定会比在厨房干挣得多。"他这话说得没错：许多客人来"蓝色潟湖"餐厅都是专程为她俩而来的。两人不仅长得美，性格温柔，还总是笑盈盈的。她们所有条件都已具备，毫无疑问，她们的餐厅必将大获成功，所有人都这么说。

达拉还是单身。我承认自从我见到她的第一眼，我心心念念的都是她。每当娜塔莎和达拉在"蓝色潟湖"餐厅上班的时候，我都会缠着杰西，让他跟我一起去那里吃饭，找她俩喝咖啡。每当她俩在杰西家里碰头商量餐厅计划时，我都会不请自来，对达拉发起魅力攻势，但是效果只能说是所预计的一半吧。

就在 7 月 30 日那天晚上，大概八点半，我跟杰西坐在吧台边一边吃饭，一边兴高采烈地跟在我们身边转来转去的娜塔莎和达拉聊上几句。突然，我的寻呼机响了，杰西的也同时响了起来。我们一时间面面相觑。

"你们两个的寻呼机同时响起，看来这事情不简单啊！"娜塔莎说。

她给我们指了指餐厅里的电话亭和柜台上的座机。杰西往电话亭走去，我去了柜台。我们两个的通话时间都很短。

"发生了一起四人命案，所有人都被召集了。"我挂完电话，一边对娜塔莎和达拉解释，一边朝门口跑去。

杰西正忙着穿他的外套。

"你快点啊！"我冲他嚷道，"刑警大队哪个小组第一时间到达现场，这个案子就归谁了。"

我们当时年轻气盛，这个案子是我们能抓住的第一个重案。我的资历比杰西的老，当时我已经是警司了，上头对我很看重，大家都说我会当上大官。

我们一路跑到车前，跳上车。我坐驾驶位，杰西坐副驾驶位。

我迅速地发动车子，杰西拿起放在车里地板上的警灯，把它打开，然后手从车窗伸出去，把它放在我们那辆去掉警车标志的车顶上，警灯在黑夜之中发出红色的光芒。

一切就这样开始了。

杰西·罗森伯格

　　我原本以为我的最后一个星期会是在警局里到处闲逛，跟同事们喝喝咖啡告个别中度过。结果，我把自己从早到晚关在办公室里关了三天，一头扎进那个被我从档案里翻出来的四人命案调查卷宗之中。那个斯特凡妮·梅勒的到来让我动摇了：我一直想着那篇报道，还有她的那句话"真相就在您眼皮底下，罗森伯格队长。您只是没看见而已"。

　　可是，我怎么看都觉得我们已经什么都看过了。我越是反复思索那件案子，越是肯定那是我当警察以来调查得最清楚的一件案子：所有要素齐全，指向杀人犯的证据确凿。我和德里克办案严肃认真，一丝不苟。我一个疑点也找不出来。所以说我们怎么可能会抓错罪犯呢？

　　这天下午，德里克正巧来了我的办公室。

　　"杰西，你在捣鼓什么呢？所有人都在餐厅等你。秘书处的同事给你准备了个蛋糕。"

　　"我这就来，德里克，对不起，我在想事情。"

　　他看了一眼四散在我桌面上的文件，抓起一张大喊道：

　　"不是吧，你不要跟我说你信了那个女记者的蠢话吧？"

　　"德里克，我只是想确认一下……"

　　他不让我把话说完：

　　"杰西，这份案卷无懈可击！你比我更清楚这一点。好了，走吧，所有人都等着你呢。"

　　我点了点头。

　　"给我一分钟，德里克。我这就来。"

　　他叹口气，走出了我的办公室。我抓起放在我面前的那张名片，拨通了斯特凡妮的电话。她手机关机了。我昨天晚上已经试过一次了，也是没打通。自从星期一我们见面之后，她再也没有联系过我，所以我决定不再联系她。她知道哪里能找到我。最后，我心想，德里克说得对，没有任何证据可以质疑1994年的调查结论，于是我心情平静地去了餐厅与同事们会合。

但是等到一个小时之后，当我再次回到办公室，我收到汉普顿地区里弗代尔的州警发来的一份传真，说是有名年轻女子失踪：斯特凡妮·梅勒，三十二岁，记者。星期一之后再无踪影。

我蒙了。我扯下那张传真，扑向电话机，拨通了里弗代尔分局的电话。电话那头，一名警察告诉我，斯特凡妮·梅勒的父母是今天下午报的警，说他们的女儿从星期一之后就再也没有露过面。

"她父母为什么直接联系州警，而不是地方警察呢？"我问道。

"他们联系了，但是地方警察显然是没有当回事。我心想这事还是最好先报给重案刑警大队这边，也许什么事都没有，但是我还是想让你们知道一下。"

"你做得很对。我来接手。"

我立刻又给斯特凡妮的母亲打了电话，她非常担心。她跟她女儿最后一次通话是星期一上午。自那通电话之后，她们就再也没有联系了，她手机打不通。斯特凡妮的所有朋友也都联系不上她。最后，她带着当地警察去了女儿的公寓，但是屋里没人。

我立刻去行政大队找德里克。

"斯特凡妮·梅勒，"我对他说，"那个星期一来过这里的女记者，失踪了。"

"你在说什么，杰西？"

我把那份失踪人口通告递给他看。

"你自己看吧。我得去一趟奥菲雅。我得看看那里发生了什么。也许这一切只是一个巧合。"

他叹口气道：

"杰西，你不是要离开警队了吗？"

"我还有四天呢。在这四天里，我还是警察。星期一我见到她时，斯特凡妮跟我说她要去见一个人，那个人会给她提供那个卷宗里没有的信息……"

"把这事交给你的同事去做吧。"他劝我道。

"不可能！德里克，那个女的很确定地跟我说，在1994年……"

他不让我把话说完：

"杰西，那个案子已经结案了！已经是过去式了！你到底是怎么了？你为什么一定要不管不顾地再扎进去呢？你真的想再经历一遍那一切吗？"

他的不支持，让我感到很遗憾。

"所以说，你是不想跟我一起去一趟奥菲雅喽？"

"不想，对不起，杰西。我觉得你真是疯了。"

于是，在二十年前最后一次踏足奥菲雅之后，我一个人去了那里。这也是四人命案结案以来的第一次。从州警地区中心开到那里通常需要一小时，但是我为了赶时间，开启了警笛和警灯，无视了沿途的限速警告。我开上27号高速公路，在里弗黑德分岔口转弯，然后沿着25号高速公路往西北方向开。那条路的最后一段穿过一片美丽的风光，路两旁是郁郁葱葱的森林和布满睡莲的池塘。我很快就开到了通往奥菲雅的17号公路，那条公路又长又直，车辆稀少，我开得飞快。不久之后，一个巨大的路牌告诉我，我到了。

欢迎来到纽约州奥菲雅市

7月26日至8月9日，国家戏剧节

已经是下午五点了。我把车开到主街上，这条街绿化不错，到处装点得五颜六色的，路两旁的餐厅、咖啡厅和精品店从我眼前不断地晃过。街上一派祥和的假日气氛。7月4日①的庆祝活动即将到来，路灯上已经挂起了星条旗，广告牌上宣告国庆节当晚会有烟火表演。海滨路上花团锦簇，灌木修剪得整整齐齐，路两旁的小亭子里，有招揽游客参

---

① 美国国庆节。——译者注（如无特殊说明，后文的页下注均为译者注。）

加观鲸游的，也有出租自行车的，路人就在这些小亭子之间闲逛着。整座城市仿佛是从电影里面直接走出来的一样。

我的第一站是当地的警察局。

奥菲雅市的警察局局长罗恩·格利弗在他的办公室里接待了我。我都没有跟他提起我们在二十年前见过面的事，他就已经记起了我。

"您一点也没变。"他握着我的手说。

同样的话我却对他说不出口。他老得厉害，也发福了不少。虽说午饭时间早就过了，晚饭时间还没到，他却端着一个塑料饭盒在吃意大利面。于是就在我跟他说明来因的同时，他恶心地吞掉了一半的面。

"斯特凡妮·梅勒？"他吃惊地说，嘴巴塞得满满的，"这个案子我们已经处理完了。这不是一起失踪案件。这些我都已经跟那对父母说过了，他们可真是够难缠的。你请他们两个从这扇门出去，转脸他们又从窗户爬进来了！"

"他们只是担心自己女儿的安危而已，"我对他说，"他们已经三天没有斯特凡妮的消息了，他们认为这非常反常。我在这件事情上只是想要尽到我应有的职责罢了，希望您能理解。"

"斯特凡妮·梅勒都三十二岁了，她想干什么就干什么，不是吗？您信我的吧，罗森伯格队长，我父母要是跟她父母一样，我也会想要逃跑的。您就放心吧，斯特凡妮只是临时离开一阵子罢了。"

"您怎么能确定呢？"

"是她老板，《奥菲雅纪事报》的总编跟我说的。她星期一晚上用手机给他发了条信息。"

"是她失踪的那天晚上。"我给他指出来说。

"我都跟您说了，她没有失踪！"格利弗局长恼了。

他每一次大喊，都会有番茄酱沫从他嘴巴里喷射出来。我后退一步，免得那些喷射物落到我一尘不染的衬衫上。格利弗把那口面吞下去之后，接着说：

"我的副手陪着她父母去了她家。他们用备用钥匙打开了她家的门，并检查了一遍屋子：屋里一切井然有序。她的总编收到的信息也表明没有什么可担心的。斯特凡妮不用事事都向别人汇报。她自己怎么过她的日子，我们管不着。那我们呢，也尽到了我们的责任。所以说，算我求您了，您就别再给我添乱了。"

"她父母真的非常担心，"我坚持道，"另外，如果您同意的话，我想亲自查看一下这个案子。"

"您要是不嫌浪费时间的话，您就随意吧，队长。您就等着我的副手贾斯珀·蒙塔涅巡逻回来吧。这个案子是他从头到尾负责的。"

当警司长贾斯珀·蒙塔涅终于回来之后，我看到的是一个面目狰狞、肌肉虬结、膀大腰圆的巨人。他跟我说他陪着梅勒夫妇去的斯特凡妮家。他们进入了她的公寓里，她不在家。屋里没有任何值得注意之处。没有打斗的痕迹，没有任何异常之处。蒙塔涅接着又去查看了附近的街道，想要找到斯特凡妮的车，但是没有找到。他甚至给地区的所有医院和警察局都打了电话，结果什么都没有发现。斯特凡妮·梅勒就是单纯地不在家而已。

我想去斯特凡妮的公寓看一眼，他便说陪我一起去。她住在本德哈姆路，那是一条离主街很近的安静的小路。她的公寓在一座狭小的三层小楼里，一楼是五金店，二楼的公寓租给了别人，三楼租给了斯特凡妮。

我在她家门口按了很长时间门铃。我敲门，大喊，但都没有用。很显然，屋里没人。

"您都看到了吧，她不在家。"蒙塔涅对我说。

我拧了一下门把手，门是锁上的。

"我们能进去吗？"我问道。

"您有钥匙吗？"

"没有。"

"我也没有。那天是她父母开的门。"

"所以我们就进不去喽？"

"进不去。我们不能随随便便就砸开别人的门！如果实在不放心的话，您可以去本地报社，找他们的总编聊聊，他会把斯特凡妮星期一晚上发给他的信息给您看的。"

"楼下的邻居呢？"我问道。

"布拉德·梅尔肖？我昨天问过他了，他什么都没看见，也没听见什么不同寻常的动静。现在去敲他家的门一点用也没有。他是'雅典娜咖啡'的厨师，那是主街上的一家时髦餐厅，他现在在那里上班呢。"

然而我并没有放弃：我下到二楼去按响了布拉德·梅尔肖的门铃。没人应答。

"我都告诉您了。"蒙塔涅一边下楼梯一边叹气地说。我还是在楼道里多停留了一会儿，希望有人会来给我开门。

当我走楼梯准备下楼的时候，蒙塔涅已经出了楼。当我下到门厅处时，我趁着只有我一个人在，查看了一下斯特凡妮的信箱。透过信箱的缝隙，我看到里面有一封信，我用指尖成功地抓住了它。我把信对折好，悄悄地塞进裤子的后兜里。

在去过斯特凡妮家之后，蒙塔涅又开着车把我载到离主街只有两步路的《奥菲雅纪事报》的编辑部，去见该报的总编迈克尔·伯德。

编辑部坐落在一栋红砖楼里。如果说那楼外观看上去还不错的话，里面却是破败不堪。

迈克尔·伯德总编在他的办公室里接见了我们。他1994年就来到了奥菲雅，但是我不记得我见过他。他对我解释说，他是在机缘巧合之下，在四人命案发生的三天后接管的《奥菲雅纪事报》，所以那段时间，他一直在处理行政事务，没有去现场采访。

"斯特凡妮·梅勒在你手下工作了多久？"我问迈克尔·伯德。

"九个月左右。我大概是去年9月份雇的她。"

"她是个好记者吗？"

"非常好。她提高了我们整个报纸的水准。这一点对我们来说很重要，因为要想每天都有高质量的新闻内容是很难的。你知道吗，我们报社经营得十分困难。我们能存活下来，是因为我们的办公地点是市政府借给我们的。人们现在已经不看报纸了，广告商也没兴趣了。以前，我们是地区大报，很多人看，也很受人尊重。现在呢，你都能在网上看《纽约时报》了，还会看我们的《奥菲雅纪事报》吗？更不要说现在有些人什么报纸都不看，只知道在脸书上看新闻。"

"你最后一次看到斯特凡妮是什么时候？"我问他。

"星期一早上。在每星期的编前会上。"

"那你有注意到什么特别情况吗？她有没有什么异常行为？"

"没有，没什么特别的。我知道斯特凡妮的父母很担心，但是我昨天已经跟蒙塔涅副局长解释过了，斯特凡妮星期一晚上在很晚的时候给我发了一条信息，跟我说她要离开一阵子。"

他从兜里掏出手机，把那条在星期一午夜时分收到的信息递给我看。

我得离开奥菲雅一阵子。这件事情很重要。我以后再跟你解释。

"从收到这条信息之后，你就再也没有她的消息了？"我问道。

"没有。不过老实说，我并不担心她。斯特凡妮是个很独立的记者。她写文章有她自己的节奏。我不太干涉她的工作。"

"她现在在忙什么工作呢？"

"戏剧节。每年的7月末，奥菲雅市都会举行一场盛大的戏剧节……"

"对，我知道。"

"呃，那就好，斯特凡妮想要讲述戏剧节的内幕。她写了一系列这方面的文章。她目前在采访志愿工作者，多亏了他们，戏剧节才能长久地办下去。"

"她经常这样'失踪'吗？"我问道。

"我更愿意用'离开'这个词，"迈克尔·伯德说，"是的，她经常离开一阵子。你知道的，记者这个职业要求我们经常不在办公室。"

"斯特凡妮跟你说过她在调查一个大案子吗？"我又问道，"她说她星期一晚上要去见一个重要的人谈这个案子……"

我故意说得语焉不详，不想透露太多细节。但是迈克尔·伯德摇了摇头。

"没有，"他对我说，"她从来没有跟我说过。"

在从编辑部走出来之后，蒙塔涅认为已经没有什么可担心的了，他请我离开奥菲雅。

"格利弗局长想知道您是不是现在就准备离开。"

"没错，"我回他说，"我觉得我该走的地方都走了。"

在回到我自己的车上之后，我打开了在斯特凡妮的信箱里找到的那封信。那是一张信用卡账单。我仔细地看了起来。

除了一些日常开销（汽车加油、超市采买、自助取款机上取款、到奥菲雅书店买书），我注意到那上面有许多进入曼哈顿岛的过路费支出：最近一段时间，斯特凡妮经常去纽约。更值得注意的是，她还买过一张快速往返洛杉矶的机票：6月10日出发，13日返回。她在当地有几笔消费，尤其是在一家酒店，这说明她确实去过那里。也许她有个男朋友在加利福尼亚州。不管怎么说，这都说明她是一个到处跑的年轻人。她离开一阵子没有任何可以值得惊讶之处。我完全能够理解地方警察的判断：没有任何证据指向她失踪。斯特凡妮是个成年人，她爱干什么就干什么，不需要向任何人汇报。没有证据，我差点就要放弃了，就在这时，我想起了一个细节。有一个地方不对劲：《奥菲雅纪事报》编辑部。它的风格跟斯特凡妮给我的印象完全不搭。我确实不认识她，但是她在三天前质问我时的那种气势，让我觉得她更像一名在《纽约时报》工作的记者，而不像一个会在汉普顿的一座海滨小城的一家地方小报社里工作的人。这个细节让我决定再深挖一下，去拜访斯特凡妮的父母。他们住在距离这里二十分钟车程的萨格港。

现在时间是晚上七点。

※

同一时间，在奥菲雅的主街上，安娜·坎纳把车停在"雅典娜咖啡"前，她约了儿时的朋友劳伦和劳伦的丈夫保罗一起在那家餐厅吃晚饭。

自从离开纽约搬到奥菲雅之后，劳伦和保罗是安娜最常见面的朋友。保罗的父母在距离这里大约十五英里 [①] 的南安普敦有一栋度假屋，他们经常去那里过周末，为了避免遇上堵车，他们常常是星期四就从曼哈顿岛出来。

安娜正要下车时，看见劳伦和保罗已经在餐厅的露天座位上坐了下来，她注意到他们旁边还多了一个人，她立刻就明白了，她拨通了劳伦的电话：

"劳伦，你给我安排了一个相亲对象？"对方一接电话，她便劈头问道。

电话那头是一阵尴尬的沉默。

"大概是吧，"劳伦终于开口了，"你怎么知道的？"

"直觉，"安娜撒谎道，"喂，劳伦，你为什么要这么对我？"

安娜的朋友唯一能让她指责的一点就是她总是插手她的感情生活，总想让她遇上一个人就嫁了。

"这个人，你会喜欢上的，"劳伦不想让同桌男子听见她们的电话内容，走远之后才对安娜打包票道，"你相信我吧，安娜。"

"劳伦，你猜怎么着，其实，今天晚上不太凑巧。我还在办公室里呢，还有一大堆文件要处理。"

看到劳伦站在餐厅的露天座位区激动起来，安娜乐了。

"安娜，你不准放我鸽子！你都三十三岁了，你需要男人！你有多

[①] 1 英里 =1.609344 千米。——编者注

久没跟男人上床了，嗯？"

这句话是劳伦每次没词的时候都会抛出来的理由。但是安娜真的没心情参加一场相亲。

"对不起，劳伦。再说，我还得值班……"

"哦，不要跟我讲什么值班！这座城里整天什么事都没有。你也有权利找找乐子！"

就在这个时候，有人按响了车喇叭，劳伦同时从大街上和电话里听到了鸣笛声。

"哈哈，老朋友，你露馅了！"她大叫着冲到人行道上。"你在哪儿呢？"

安娜都没来得及反应。

"我看见你了！"劳伦喊道，"你现在还以为你能抛下我就这么一走了之吗？你知道你整天晚上自己一个人过，有多像一个老太婆吗?! 你知道吗，我一直怀疑你搬到这里来住是不是真的明智……"

"哦，求你了，劳伦！你的口吻跟我爸一模一样！"

"你再继续这样下去，你会孤独终老的，安娜！"

安娜大笑，从车上下来。如果她每次听到这句话就能收到一块钱的话，她想现在就能有一游泳池的钱了。不过，她也不得不承认，眼下这个阶段，她不能说是劳伦错了：她刚刚离婚，没有孩子，一个人住在奥菲雅。

按照劳伦的说法，安娜接连感情受挫主要是两个原因造成的：一是她自己缺乏动力，二是她的职业"让男人害怕"。"我从来不会提前告诉他们你是干什么的，"劳伦有好多次在给她安排相亲时都这么跟她说，"我觉得这样会把他们吓跑的。"

安娜走到露天座位区。当天的相亲对象名叫乔希，一副自信过头的男人普遍都会有的那种讨人厌的表情。他冲安娜打了个招呼，一双眼睛恨不能吞了她，看上去一副老态龙钟的样子，她立刻知道今天晚上她是遇不到她的白马王子了。

※

"我们担心死了，罗森伯格队长。"在他们位于萨格港的雅致的家中，斯特凡妮的父母特鲁迪和丹尼斯异口同声地对我说道。

"我星期一早晨给斯特凡妮打的电话，"特鲁迪·梅勒说道，"她对我说她在报社开编前会，会后给我回电话。结果她一直没回。"

"斯特凡妮总是会回我们电话的。"丹尼斯·梅勒说道。

我立刻明白梅勒夫妇是怎么激怒警方的了。在他们身边，一切事物都会沾染上一种戏剧化的色彩，就连我刚到时拒绝的那杯咖啡都会这样。

"您不喜欢喝咖啡？"特鲁迪·梅勒绝望地问道。

"您要不要来点茶水？"丹尼斯·梅勒问。

在终于把他们的注意力拉回到正题上之后，我问了他们几个基本的问题。"斯特凡妮有什么麻烦吗？""没有。"他们斩钉截铁地回答道。"她吸毒吗？""不吸。""她有未婚夫吗？男朋友呢？"据他们所知没有。"有什么理由会让她这样消失不见吗？""没有。"

梅勒夫妇向我保证说，他们的女儿不是那种有事会对他们藏着掖着的孩子。但是我很快就发现事实并不尽然。

"两个星期前，斯特凡妮为什么要去洛杉矶？"我问道。

"洛杉矶？"她母亲惊讶地道，"您在说什么呢？"

"两个星期前，斯特凡妮去了加利福尼亚三天。""我们一点也不知道，"她父亲痛心地道，"不跟我们说一声就去洛杉矶，这一点也不像她。是报社派她去的吗？她对自己在写什么文章总是守口如瓶。"

我很怀疑《奥菲雅纪事报》能有实力派遣记者到国家的另一头去进行报道任务。不过，既然说起了她在报社工作的话题，我便又多问了几个问题。

"斯特凡妮是什么时候，又是怎么来到奥菲雅的？"我问道。

"她前几年住在纽约，"特鲁迪·梅勒对我说，"她在圣母大学学的文学专业。她从很小的时候起就想当作家。她已经出版过几篇中篇小说，有两篇登在了《纽约客》上。大学毕业之后，她去了《纽约文学评论》工作，但是去年 9 月份她被人给辞退了。"

"因为什么？"

"好像是经营困难吧。后面的事情就接踵而至了：她在《奥菲雅纪事报》找到了一份工作，于是决定回到这里来生活。她好像对离开曼哈顿岛到一个更安静的环境生活还挺开心的。"

他们犹豫了一会儿，斯特凡妮的父亲对我说：

"罗森伯格队长，请您相信我，我们绝不是因为一点事情就会找警察的人。我和我妻子，如果不是确信出了问题的话，我们是绝对不会报警的。奥菲雅警察局的人对我们说得很明白，说没有任何切实的证据，但是斯特凡妮是个就算当天往返纽约都会在回来之后给我们发个信息或打个电话报平安的孩子。她为什么只给她的总编发信息而不给她父母发呢？如果她不想让我们担心的话，她只需要也给我们发个信息就好了。"

"说到纽约，"我又追问道，"斯特凡妮为什么那么频繁地去曼哈顿岛呢？"

"我没有说她频繁地去那里，"她父亲纠正道，"我刚才只是举个例子。"

"不对，她去得非常频繁，"我说道，"经常是固定日期的固定时间去。好像她在那边有一个固定要见面的人。她去那里做什么呢？"

梅勒夫妇再次看上去好像不知道我在说什么。特鲁迪·梅勒眼见自己没能让我完全地认识到问题的严重性，便开口问道：

"罗森伯格队长，您去过她家里吗？"

"没有，我倒是想进她的公寓看看，但是门锁上了，我没有钥匙。"

"那您想要现在去看一眼吗？您也许能发现我们没发现的迹象。"

我同意了，目的只是能够早点结案。等去了斯特凡妮家看过一眼之后，我应该就会相信奥菲雅警察局的结论是正确的了：没有任何证据表明这是一起令人担忧的失踪案。斯特凡妮可能是去洛杉矶了，又或者是去了纽约，谁也管不着。至于说她在《奥菲雅纪事报》的工作，我们完全有理由认为她是在被解雇之后，抓住了一个工作机会，然后一边工作，一边寻找更好的工作机会。

当我们来到本德哈姆路斯特凡妮家楼下时，时间刚好是晚上八点整。我们三个人一起来到她的公寓门前，特鲁迪·梅勒把钥匙给我让我来开门，但是当我在锁眼里转动钥匙时，钥匙转不动。门没有锁。我感到身体里有一股肾上腺素涌上来：有人在里面。是斯特凡妮吗？

我轻轻地按住门把手，门开了一条缝。我示意她父母保持安静，然后轻轻地推门，门悄无声息地开了。我当下便看到客厅里一片狼藉：有人搜过这里。

"下楼，"我小声地对她父母说，"回到车里去，等我回来找你们。"

丹尼斯·梅勒点点头，拖着他妻子走开了。我掏出武器，在公寓里走了几步。整座屋都被人翻了一遍。我先检查客厅：置物架已经被人推倒了，沙发上的靠垫也被人撕开了。散落在地上的几件东西吸引了我的注意力，我没有注意到身后有一个可怕的身影正在默默地靠近我。当我转身去查看其他房间时，正好跟那个黑影来了个脸对脸，那黑影冲着我的脸就发射了一记催泪弹。我的眼睛开始灼痛，呼吸也困难起来。我弯下了腰，什么也看不见。我挨了一击。

我的眼前一片漆黑。

※

晚上八点零五分，"雅典娜咖啡"。

爱神似乎总是不期而至的，但是今天晚上，毫无疑问，爱神决定自己待在家里，让安娜忍受这顿晚餐的煎熬。乔希已经连续说了一小时了。他的独角戏令人叹为观止。安娜已经没有在听他讲话了，她自娱自乐地数着有多少个"我"字像小蟑螂一样从他嘴里冒出来，每出来一个都让她心里的厌恶感增加一分。无地自容的劳伦已经喝了五杯白葡萄酒了，而安娜只喝了无酒精的鸡尾酒。

终于，乔希显然是自说自话得累了，他拿起一个水杯，一口气喝完，这使得他不得不闭嘴。在这个短暂的受人欢迎的沉默之后，他转脸看向安娜，用一种过分谨慎的语气问她："安娜，你呢？你是做什么的？劳伦她不想告诉我。"就在这个时候，安娜的电话响了。一看到屏幕上显示的号码，她立刻明白了，有紧急情况。

"对不起，"她道歉道，"我得接下电话。"

她起身离开桌子走远了几步，很快又回来说不好意思，她得先闪了。

"现在就走？"乔希显然很失望，"我们还没有多了解一下呢。"

"我对你已经非常了解了，你的情况……非常动人。"

她分别给了劳伦和她老公一个拥抱，然后跟乔希比了个手势，意思是"永不再见"，之后便迅速地离开了露台。那位可怜的乔希应该是看上她了，因为他追上她，陪她来到了人行道上。

"你需要我送你吗？"他问，"我有一辆……"

"奔驰跑车，"她打断他说，"我知道，你已经跟我说了两遍了。谢谢你，但是我的车就停在那边。"

她打开后备厢，乔希还戳在她身后。

"我会找劳伦要你的电话号码的，"他说，"我经常来这里，我们有时间可以喝杯咖啡。"

"好极了。"安娜说，她想让他赶紧走开，一边打开了一个占满整个后备厢的大帆布包。

乔希接着说：

"对了，你还一直没有告诉我你是干什么的呢。"

他话刚说完，安娜便从包里掏出一件防弹背心，套在了身上。就在她调整身上的装备时，她看到乔希瞪大双眼，目光紧紧地落在她身上那枚反光的徽章上，徽章上写着两个字：警察。

"我是奥菲雅警察局的副局长。"她对他说道，一边掏出一个枪套，把它挂在腰间，枪套里放着的是她的武器。

乔希打量着她，目瞪口呆，难以置信。她坐上车，迅速地发动车子，打开警灯，红蓝色的光芒在暮色之中闪耀起来，她打开警笛，引来所有路人的侧目。

据调度中心说，就在附近的一栋建筑里，刚刚有一位州警探员遭到袭击。所有巡逻警察及值班人员都被召集前往调查。

她开足马力行驶在主街上，逼得过马路的行人逃回人行道上，两个行驶方向上的车辆看到她过来都纷纷靠边停下。她把油门一脚踩到底，在马路中央全速行驶着。她有过在纽约交通高峰时段接到紧急命令的经历。

当她到达楼下的时候，巡逻警察已经到了。她走进门厅，正好遇到一个同事从楼梯上下来。他冲她大喊道：

"嫌犯从楼后门跑了！"

安娜穿过一楼，从安全出口出来，来到楼后面的一条无人小巷里。四下一片安静，她支着耳朵，仔细地听任何一个可疑的动静，接着她便继续追赶，一直来到一个荒无人烟的小公园。又是四下一片安静。

她听到灌木丛里有动静，便掏出手枪冲进公园里。没人。突然之间，她好像看到有一个影子在跑，立刻追了上去，但是很快就追丢了。最后，她晕头转向、气喘吁吁地停了下来。血不断地捶打着她的太阳穴。她听见灌木丛的篱笆后面传来一个声音，她慢慢地靠上前去，心脏扑通扑通地跳。她看见一个影子正在蹑手蹑脚地往前走。她瞅准时机，一下子跳了出去，把枪对准嫌犯，命令他不准动。那人是蒙塔涅，他也正拿着枪对着她。

"该死，安娜，你疯了吗？"他喊道。

她叹了口气，把枪塞回枪套，弯下腰来喘气。

"蒙塔涅，你在这里干什么？"她问道。

"我还要问你呢！你今晚又不值班！"

蒙塔涅这个副局长在理论上是她的上级，她只是第二副局长。

"我待命，"安娜解释道，"调度中心呼我了。"

"我刚才差点就逮住他了！"蒙塔涅气愤地道。

"逮住他？我比你到得还早，楼前面只有巡警而已。"

"我是从后街过来的。你应该在无线电里报告你的位置，有队友的人都会这么做，大家互通消息，不会冲动行事。"

"我刚才就自己一个人，我也没有无线电。"

"你车里有一个，不是吗？你真会添乱，安娜！自打你第一天来这里，你就给所有人添乱！"

他冲地上吐了口痰，然后往那栋楼的方向走去。安娜跟在他身后。本德哈姆路上现在已经停满了警车。

"安娜！蒙塔涅！"罗恩·格利弗看见两人过来，大声喊道。

"头儿，让他给跑了。"蒙塔涅小声地发牢骚道，"要不是安娜跟以前一样又来坏事的话，我就把他抓住了。"

"去你×的，蒙塔涅！"她嚷道。

"你，去你×的，安娜！"蒙塔涅暴怒，"你回家去吧，这是我的案子！"

"这是我的案子！我比你先到。"

"给我们大家行个方便吧，你赶紧走吧！"蒙塔涅吼道。

安娜转脸看向格利弗，找他做主。

"头儿……您能发个话吗？"

格利弗最烦这种争执。

"安娜，你今天不值班。"他安抚道。

"我待命啊！"

"这个案子让蒙塔涅来办吧。"格利弗直截了当地说。

蒙塔涅脸上露出胜利的微笑，抛开安娜和格利弗，朝那栋楼走去。

"这不公平，头儿！"她愤愤不平地道，"您就看着蒙塔涅这么对我说话吗？"

格利弗一句话都不想听。

"安娜，你就不要再把事情扩大化了！"他小声地对她说，"大家都看着呢。我现在没空处理这种事情。"

他好奇地打量了一眼面前这位年轻的女子，然后问道：

"你今晚有约会？"

"您为什么这么说？"

"你今天涂了口红。"

"我经常涂口红啊！"

"今天这个不一样。你看着就像有约会的样子。你为什么不回去继续约会呢？我们明天警局见。"

格利弗也朝那栋楼走去，把她一个人留在原地。她突然听见有人叫她，她转过头去，发现是《奥菲雅纪事报》的总编迈克尔·伯德。

"安娜，"他走到她面前问道，"这里发生了什么？"

"我没什么可说的，"她回答道，"我不是管事的。"

"你很快就会是的。"他笑着说道。

"你什么意思？"

"嗯，等你当上警察局局长的那一天，你就是了！你是因为这件事来这里找蒙塔涅副局长吵架的吗？"

"我不知道你在说什么，迈克尔。"安娜说道。

"真的吗？"他故作惊讶地问道，"所有人都知道下一任局长就是你。"

她没有回答他便走开了。她回到车上，脱下防弹衣，把它扔到后座上，然后启动了汽车。她可以再回到"雅典娜咖啡"去，但是她一点也不想去。她回到家，在自家门廊下趁着温柔的夜色喝了杯酒，抽了根烟。

安娜·坎纳

我是 2013 年 9 月 14 日星期六来到的奥菲雅。

从纽约开到这里两小时不到，可是我觉得自己好像穿过了整个地球。我从到处都是高楼大厦的曼哈顿岛，来到这个沉浸在落日余晖之中的宁静小城。开过主街之后，我穿过我的新街区，想要回到已经租好的房子那里。我缓缓地开着车，一边观察着路边那些悠闲散步的行人、围在冰激凌售货车前的孩子，还有悉心打理自家花坛的邻居。这里的一切都安静极了。

我终于开到了我的房子前。新生活在等着我。前段人生给我留下的唯一印记就是我的家具，我已经找人把它们从纽约搬了过来。我打开门走进去，把漆黑一片的门厅里的灯打开。令我吃惊的是，地上堆满了我的纸箱子。我立刻查看了一圈一楼：家具全部没有拆箱，没有一件是组装好的，我的衣物全都被塞在盒子里，堆在各个房间里。

我立刻打电话给搬家公司。但是工作人员冷冷地对我说："坎纳女士，我认为是您搞错了。您的订单就在我眼前，显然是您打错钩了。您勾选的服务不包含拆箱。"说完她就挂了。我走出门，坐在门廊的台阶上，不想再看那些乱七八糟的东西。我沮丧极了。一个人影出现在我面前，两只手里各拿着一瓶啤酒。原来是我的邻居科迪·伊利诺伊。我之前见过他两次，一次是来看房子的时候，一次是签完合同之后我过来准备搬家事宜的时候。

"我是来祝你乔迁新居的，安娜。"

"谢谢！"我撇着嘴回答道。

"你看上去心情不太好。"他说道。

我耸了耸肩。他递给我一瓶啤酒，在我身边坐下。我跟他说了我跟搬家公司的倒霉经历。他说他可以帮我，于是几分钟之后，我们便出现在我的卧室里，忙着装床。我一边忙活，一边问他：

"我该怎么融入这里呢？"

"安娜，你不用担心。大家会喜欢上你的。你可以去当戏剧节的志愿者，戏剧节明年夏天开，人气可旺了。"

科迪是我在奥菲雅认识的第一个朋友。他在主街上开了一家特别棒的书店，那里很快就变成了我的第二个家。

那天晚上，当科迪走了之后，我开始拆装衣服的箱子，就在这时，我接到了我前夫的电话。

"你是认真的吗，安娜？"我一接电话他便对我说，"你离开纽约都不跟我说一声。"

"我很早之前就跟你说过拜拜了，马克。"

"哎哟，可真伤人啊！"

"你为什么给我打电话？"

"我想找你聊聊，安娜。"

"马克，我不想跟你聊。我们是不会复合的。我们两个已经结束了。"

他对我的话置若罔闻。

"我今天晚上跟你爸一起吃的饭。气氛好极了。"

"你能不要骚扰我爸吗？"

"他喜欢我，这能是我的错吗？"

"马克，你为什么要这么对我？你是想要报复我吗？"

"你心情不好，安娜？"

"没错，"我怒了，"我心情不好！我的家具被人拆得七零八落的，我也不知道怎么组装，所以我现在是真的有比听你说话更重要的事情去忙。"

我这话一出口就后悔了，因为他立刻抓住机会，说他可以过来帮忙。

"你需要帮忙吗？我就在车上，我这就到！"

"不用，你千万别来！"

"我两个小时就能到。我们今天晚上可以一起组装家具，谈天说地……就跟以前一样。"

"马克，我不准你来。"

我挂掉电话，关机。但是第二天早晨，我心情恶劣地发现马克出现在了我家门口。

"你来干什么？"我打开门，语气不善地问道。

他冲我咧着嘴笑。

"真是热情啊！我是来给你帮忙的。"

"谁给你的我的地址？"

"你妈。"

"哦，真是的，我要杀了她！"

"安娜，她一直想要我们两个复合。她想要抱外孙！"

"再见，马克。"

他在我关上门的那一刻拦住了门。

"等等，安娜，至少让我进来帮帮你吧。"

我实在是太需要人帮我了。再说，他人都已经到这儿了。他给我演了一出好男人的戏码：搬家具，把画钉在墙上，装吊灯。

"你要一个人住在这里吗？"他还是没忍住，一边用手钻钻墙，一边问我。

"没错，马克。我要在这里开始我的新生活。"

※

星期一是我到警察局上班的第一天。早晨八点，我身着便服出现在接待窗口前。

"是来报警的吗？"那个警察看着报纸，头都没抬一下地问我。

"不是，"我回道，"我是新来的同事。"

他看了我一眼，冲我友好地笑了笑，然后冲后面的人喊："伙计们，美女到了！"有一个班的警察立刻冒了出来，他们打量着我，好像看一只稀有动物一般。格利弗局长走上前来，冲我友好地伸出一只手，说："欢迎你，安娜。"

我受到了热烈的迎接。我挨个跟新同事打招呼，跟他们每个人交流了几句，有人给我递咖啡，有人问了我许多问题。有人开心地大喊着："伙计们，我都要相信圣诞老人是真的了：退休了一个糟老头子，来了一个年轻的美女！"他们全都大笑起来。遗憾的是，这种友好的气氛并没有维持下去。

杰西·罗森伯格

2014 年 6 月 27 日星期五

开幕式前 29 天

今天一大早，我就在开车去奥菲雅的路上了。

我一心想要搞清楚昨天晚上在斯特凡妮的公寓里发生了什么。格利弗局长认为那只是一起入室盗窃案。我一点也不信。技侦大队的同事昨天在那里待到很晚，想要找到指纹证据，但是他们什么都没有找到。从我受到的袭击力度来判断，我强烈认为袭击者是一名男子。

必须得找到斯特凡妮。我感到时间越来越紧急。我现在已经开到了17 号公路上，在这条通往城市入口的最后一段笔直的公路上，我加快了速度。我既没有开警灯，也没有开警笛。

在开过标明奥菲雅边界的路牌时，我才看到那后面藏了一辆没有警标的警车。那车立刻上来追我，我把车停到路边，从后视镜里看到一个漂亮的穿着制服的年轻女子从车上下来，朝我走来。我即将认识第一个愿意帮我厘清这件案子的人——安娜·坎纳。

当她靠近我的车窗时，我亮出了证件，冲她微微一笑。

"杰西·罗森伯格队长，"她念出了证件上的名字，"您有急事？"

"我昨天好像在本德哈姆路上见过您。我是那个被人打晕的警察。"

"我是安娜·坎纳，本地警察局的副局长，"年轻女子自我介绍道，"您的头还好吗，队长？"

"我的头好得很，谢谢您的关心。不过老实说，在公寓里发生的那件事让我很闹心。格利弗局长说那是一起入室盗窃案，但是我不这么认为。我觉得我可能是蹚进了一摊浑水。"

"格利弗是个蠢货，"安娜对我说道，"跟我说说您的案子吧，我很感兴趣。"

我在那一刻便知道，安娜很有可能成为我在奥菲雅的一个得力帮手。我之后还会发现，不仅如此，她还是一个无人能及的好警察。于是我对她提议道：

"安娜，如果你不介意的话，我就不跟你'您来您去'的了。我能请你喝杯咖啡吗？我把一切情况都告诉你。"

几分钟之后，我坐在路边一个安静的小餐厅里，告诉安娜一切都是从斯特凡妮·梅勒为了调查 1994 年奥菲雅四人命案来找我的那天开始的。

"什么是 1994 年的四人命案？"安娜问道。

"奥菲雅市长全家都被人杀了，"我解释道，"还有一个出门跑步的路人。那真是一场屠杀。案件就发生在奥菲雅戏剧节开幕当晚，也是我办的第一件大案。当年这案子是我和我的队友德里克·斯考特一起破的案。但是就在这个星期一，斯特凡妮来找我说，她认为我们搞错了，那个案子并没有完结，是我们抓错了人。从那儿之后，她就消失了，然后昨天还有人进了她的公寓。"

安娜似乎被我的故事说动了。喝完咖啡，我们两个一起去了斯特凡妮的公寓。那栋公寓已经被锁上了，还贴了封条，但是斯特凡妮的父母把他们的钥匙留给了我。

整栋公寓已经被翻了个底朝天，东西乱七八糟地摆着。我们唯一掌握的切实的证据就是公寓的门不是被人用强力破开的。

我对安娜说：

"照梅勒夫妇的说法，唯一的备用钥匙在他们手上，这就是说进到这里的那个人手上有斯特凡妮的钥匙。"

我跟安娜说过，斯特凡妮曾经给《奥菲雅纪事报》的总编迈克尔·伯德发过信息，于是她说：

"如果这个人有斯特凡妮的钥匙的话，那他也有可能有她的手机。"

"你的意思是说发信息的人可能不是她本人？那会是谁呢？"

"一个想要争取时间的人。"她说。

我从裤子后面的口袋里掏出昨天从信箱里拿到的那封信，递给安娜。

"这是斯特凡妮的信用卡账单，"我解释道，"她这个月初去过洛杉矶，还得查一下她是为什么去的。我查过了，在那儿之后，她就再也没有坐过飞机了。如果她是自愿离开的，那就是开车走的。我已经把她的车牌号发了全境通告，如果她在某地开车的话，交通警察很快就能找到她。"

"你效率真高。"安娜佩服地说。

"没有时间可以浪费了，"我说，"我还申请了搜查她最近几个月的通话记录和信用卡账单，希望今天晚上就能拿到。"

安娜迅速地看了一眼那个账单。

"她最后一次刷信用卡是星期一晚上九点五十五分，在'科迪亚克烧烤'餐厅，"她注意到，"这是一家开在主街上的餐厅。我们应该去看看。也许有人见到过什么。"

"科迪亚克烧烤"餐厅位于主街的尽头。经理看了一眼本星期的排班表，从今晚在场的工作人员中指出了几个在星期一晚上上过班的人。其中一个女服务员从我们提供的照片中认出了斯特凡妮。

"对，"她对我们说，"我记得她。她星期一来过。很漂亮的一个姑娘，一个人来的。"

"这里每天有那么多客人，她身上有什么特别之处让你能记得她吗？"

"她不是第一次来我们这儿了。她总是要求坐同一张桌子。她说她等人，但是那个人从来没有来过。"

"那星期一呢，发生了什么？"

"她是晚上快六点的时候到的，我们刚开始营业。然后她就在那边等，后来她点了一盘凯撒沙拉和一杯可乐，再后来她就走了。"

"快十点的时候走的，这一点可以确定。"

"可能是吧。我不记得时间了，但是我记得她待了很久。她买完单就走了。我就记得这些。"

走出"科迪亚克烧烤"餐厅之时，我们注意到隔壁是一家银行，银行外面有一台自助取款机。

"这里肯定有摄像头，"安娜对我说，"斯特凡妮星期一说不定被拍到了。"

　　几分钟之后，我们出现在银行保安狭小的办公室里，保安给我们看了银行各个摄像头的视角。其中一个对着人行道，可以拍到"科迪亚克烧烤"餐厅的露天座位。他给我们放了星期一从晚上六点开始的录像。我扫视着在屏幕上鱼贯而过的行人，突然之间，我看到了她。

　　"停！"我喊道，"是她，是斯特凡妮。"

　　保安静止了画面。

　　"现在慢慢地往回倒。"我对他说道。

　　屏幕上的斯特凡妮在往后退。她嘴里的香烟开始复原，接着她用一个金色的打火机点燃了香烟，把它拿在指尖，然后把它收进烟盒里，又把烟盒放进包里。她还在倒退，在人行道上改变路线，来到一辆蓝色的小轿车前，坐了进去。

　　"这是她的车，"我说，"一辆蓝色的三门马自达。我星期一在州警地区中心停车场上看她上的这辆车。"

　　我让保安重新按照正常顺序播放那个片段。我们看到斯特凡妮从车上走下来，点燃了一根香烟，抽着烟在人行道上走了几步，最后朝"科迪亚克烧烤"走去。

　　然后我们把录像时间快进到晚上九点五十五分，那是斯特凡妮用信用卡买单的时间。两分钟后，她再次出现在画面中。她步伐紧张地走到车前。上车时，她从包里掏出了电话。有人给她打电话。她接了，通话时间很短。看上去她没有说话，只是在听。挂完电话之后，她坐进车里，一动不动地坐了一会儿。透过车窗玻璃，我们能清楚地看到她。她从手机通讯录里找出一个号码，拨了过去，但是立刻又挂断了。好像打不过去。于是她就坐在方向盘前等了五分钟。她看上去很紧张。然后她又打了第二通电话，这次我们看到她说话了。通话持续了二十多秒。最后，她发动车子，朝北驶去。

　　"这也许是斯特凡妮·梅勒的最后一次露面。"我喃喃地说。

我们花了半个下午的时间询问斯特凡妮的朋友们。他们大部分都住在萨格港，那里是她的老家。

　　自星期一之后，所有人都没有斯特凡妮的消息，大家都很担心。再加上梅勒夫妇给他们打了电话，这更加剧了他们的担心。他们试过给她打电话，发邮件，在社交网络上联系她，他们还去敲了她家的门，都是无果。

　　我们从不同的谈话中得知斯特凡妮是一个在各方面都很优秀的女孩。她不吸毒，不酗酒，跟所有人都处得来。对于她的感情生活，她的朋友们比她父母知道得多。她的一个女朋友告诉我们，她最近交了一个男朋友：

　　"是的，有一个叫肖恩的男的，有次聚会，她带来过。有点奇怪。"

　　"哪里奇怪？"

　　"两人之间的关系，感觉哪里不对劲。"

　　另一个女朋友跟我们说斯特凡妮一心扑在工作上。

　　"我们最近这段时间基本见不到斯特凡妮。她说她特别忙。"

　　"她在忙什么？"

　　"我不知道。"

　　第三位朋友跟我们说起了她的洛杉矶之行。

　　"对，她半个月之前去过洛杉矶，但是她不让我告诉别人。"

　　"她去做什么？"

　　"我不知道。"

　　最后一个跟她说过话的朋友叫蒂莫西·沃尔特。斯特凡妮跟他在上星期日晚上见过面。

　　"她来我家找我，"他跟我们说，"我一个人在家，我们喝了几杯。"

　　"她看上去紧张不安吗？"我问。

　　"不紧张。"

　　"斯特凡妮是个什么样的女孩？"

　　"一个特别好的女孩，超级聪明，但是很有个性，倔得像头驴。她一旦拿定主意了，就死也不会回头。"

"她告诉过你她在忙什么吗？"

"说了一点。她说她有一个大项目，但她没有细说。"

"哪种项目？"

"写书。反正她是为了这个目的才回到这个地方的。"

"怎么说？"

"斯特凡妮是个有雄心壮志的人。她想要成为一名作家，她也一定能做到。直到去年9月份，她都是一边写作一边靠给一家文学杂志打工养活自己，那个杂志的名字我忘了……"

"我知道，"我点头道，"《纽约文学评论》。"

"对，就是这个。但是她做那份工作只是为了生存而已。当她被解雇后，她说她想回汉普顿来安下心写作。我记得有一天她对我说：'我来这里是为了写本书。'我认为她需要时间和一个安静的环境来写作，这两点她都在这里找到了。不然的话，她怎么会接受一份在本地报社当按稿计酬的记者的工作呢？我跟您说过，她是个有大志的人。她目标远大，她来奥菲雅，有她的理由。也许是因为她在嘈杂的纽约无法集中精神写作吧。回归田园的作家很常见，不是吗？"

"她都在哪里写作？"

"在她家里吧，我猜。"

"在电脑上？"

"我不知道。为什么这么问？"

从蒂莫西·沃尔特家中出来之后，安娜对我说，斯特凡妮家中没有电脑。

"除非是被昨晚那位'不速之客'给拿走了。"我说。

既然已经到了萨格港，我们便去见了斯特凡妮的父母。两人从来没有听说过一个叫肖恩的人的存在，斯特凡妮也没有电脑留在他们那里。为谨慎起见，我们提出想看一眼斯特凡妮的房间。她中学毕业之后就再也没住过那里了，房间一直维持着原样，从墙上的海报，到体育比赛奖杯，再到床上的玩偶，还有上学时的书籍，一切都原封不动。

"斯特凡妮已经有好多年不住这里了，"特鲁迪·梅勒对我们说道，"她在中学毕业之后离家去上大学，她在纽约一直待到被《纽约文学评论》解雇。"

"有什么具体原因让斯特凡妮搬回了奥菲雅吗？"我问道，没把蒂莫西跟我说的话告诉他们。

"我昨天跟您说过，她在纽约丢了工作，再就是她想回汉普顿来。"

"但是为什么是奥菲雅呢？"我又问道。

"我猜是因为它是本地区最大的城市。"

我碰运气地问道：

"梅勒女士，那斯特凡妮在纽约有什么敌人吗？她跟谁有矛盾吗？"

"没有，完全没有这样的事。"

"她在纽约自己一个人住吗？"

"她有一个合租室友，一个也在《纽约文学评论》工作的女孩。她叫爱丽丝·菲尔莫尔。斯特凡妮决定离开纽约后，我们去帮她搬家具时，在那里见过她一次。斯特凡妮只有三样东西要搬，我们直接全都给运到她在奥菲雅的公寓里了。"

鉴于我们无论是在她家里，还是在她父母的家里都没有找到任何证据，我们决定回奥菲雅去，去查查斯特凡妮在《奥菲雅纪事报》编辑部里的电脑。

我们到达报社的时间是下午五点。迈克尔·伯德带着我们穿过员工们的工位，给我们指出了斯特凡妮的办公桌。她的桌子收拾得很整齐，上面放了一台显示器、一个键盘、一盒纸巾、一个记事本，以及一个茶杯，茶杯里面塞满了许多一模一样的笔，此外还有随便放着的几张纸。我迅速地查看了一遍，没发现什么特别值得注意的地方，然后问道：

"她不在的这些天里有人能进入她的电脑吗？"

我一边说着话，一边按下了键盘上的开机键。

"没有，"迈克尔回答，"电脑都是有个人密码保护的。"

电脑没有开机，我又按了一下开机键，一边继续问着迈克尔：

"所以不可能有人在斯特凡妮不知道的情况下进入她的电脑？"

"不可能，"迈克尔保证道，"只有斯特凡妮有密码，其他人都没有，就连技术人员都没有。再说，我都不知道没有密码的话，你们要怎么进入她的电脑。"

"我们会有专家来负责的，你不用操心。不过我希望它能先开机。"

我弯腰去看桌下的电脑主机是不是接上电源了，结果下面没有主机，什么都没有。

我抬起头问道：

"斯特凡妮的电脑去哪儿了？"

"呃，就在下面啊，不是吗？"迈克尔回答。

"不对，下面什么都没有！"迈克尔和安娜也弯腰去看，发现下面只有几根线缆吊在空中。然后就听见迈克尔用迟钝的语气喊道：

"有人偷了斯特凡妮的电脑！"

晚上六点三十分，《奥菲雅纪事报》办公楼周围乱七八糟地停了一堆地方警察和州警的警车。

办公楼内，技侦大队的一名警察告诉我们，确实有入室盗窃的痕迹。迈克尔、安娜和我跟着他，一直跟到地下室的一间技术室，那个房间也被用作杂物间和紧急出口。房间尽头有一扇门，连着一个陡梯，通向街道。玻璃窗被人打碎了，只要把手伸进来转动里面的门把手就可以把门打开。

"你从来没有来过这个房间吗？"我问迈克尔。

"没有。没人会到地下室来。这里只放着些没人看的档案。"

"那也没有警报器和摄像头吗？"安娜问道。

"没有，谁会出钱来装呢？我跟你说，我们要是有钱的话，那也得先花在修管道上。"

"我们试过从把手上提取指纹，"技侦大队的警察告诉我们，"但是上面有很多指纹，还有各种各样的污垢，也就是说，无法采用。我们在斯特凡妮的办公桌周围什么都没有找到。要我说，那人从这扇门进来，爬到一楼之后偷走电脑，又原路返回。"

我们回到编辑部大厅。

"迈克尔，"我问道，"有没有可能是编辑部内部人员干的？"

"不可能！"迈克尔不快地说道，"你怎么能这么说呢？我对我的记者绝对信任。"

"那你要怎么解释外部人员是怎么知道哪台电脑是斯特凡妮的呢？"

"我不知道。"迈克尔叹气道。

"早晨是谁第一个到的？"安娜问道。

"雪莉。一般都是她早晨来开门的。"

我们看见雪莉过来。我问她：

"最近这几天早晨，你来上班的时候发现有什么异常情况吗？"

雪莉一上来先迷惑了一阵子，她努力回想了一下，然后眼睛突然亮了。

"我嘛，我什么都没看到，但是星期二早晨，我们的一个记者，牛顿，他跟我说他的电脑被人打开了。他确定他前一天晚上是关机的，因为他是最后一个走的。他跟我吵了架，说有人在他不知情的情况下打开了他的电脑，但是我当时觉得他只是忘了关机罢了。"

"牛顿的办公桌在哪里？"我问。

"最靠近斯特凡妮办公桌的那一个。"

我按下那台电脑的开机键，我知道那上面的指纹已经没有什么用处了，因为它这段时间被人使用过。屏幕亮了：

用户名：牛顿

密码：

"他先打开了一台电脑，"我说，"他看到了屏幕上的用户名，知道不是这台电脑，于是又打开了第二台电脑，这次显示的是斯特凡妮的名字。所以他就不需要再到别处去找了。"

"这就证明是编辑部外边的人干的。"迈克尔松了一口气道。

"这尤其能说明盗窃案发生在星期一到星期二的夜间，"我说，"也就是斯特凡妮失踪的当晚。"

"斯特凡妮失踪了？"被触动的迈克尔重复道，"你说失踪是什么意思？"

我没有回答，而是问他：

"迈克尔，你可以把斯特凡妮到报社以来写过的文章都给我打印一份吗？"

"当然可以。但是队长，你能把事情经过告诉我吗？你认为斯特凡妮出事了吗？"

"我认为是的，"我说道，"而且我认为出了大事。"

离开编辑部时，我们撞上了格利弗局长和奥菲雅的市长艾伦·布朗，两人正站在人行道上讨论事情。市长立刻认出了我。他好像见鬼了一样。

"您怎么在这里？"他吃惊地问。

"我更希望是在别的场合遇见您。"

"什么场合？"他问，"发生了什么事情？打从什么时候起，一件普通的盗窃案会惊动州警的大驾？"

"您在这里没有执法权！"格利弗局长补充道。

"格利弗局长，这里发生了一件失踪案，而失踪案是州警的职权范围。"

"失踪案？"布朗市长差点噎住。

"没有什么失踪案！"格利弗局长愤怒地嚷道，"您一点证据都没有，罗森伯格队长！您给检察长办公室打电话了吗？如果您真的相信您说的事情是真的的话，您早就该给他打过电话了！也许我该给他们打个电话？"

我什么话都没说便走了。

这天夜里，凌晨三点，奥菲雅消防中心接到一通报警电话，本德哈姆路 77 号着火了，那是斯特凡妮·梅勒家的地址。

德里克·斯考特

1994 年 7 月 30 日，四人命案发生的当晚。

我们到达奥菲雅的时间是晚上八点五十五分。我们以破纪录的速度开出了长岛。

我们在警笛的呼啸声中出现在因为首届戏剧节而关闭的主街转角处。一辆停在那里的当地警车在前面开路，带着我们开过彭菲尔德街区。整个街区已经被封起来了，到处都是从附近城市赶来的警车、救护车。彭菲尔德巷四周已经被警戒线围了起来，好奇的人们从主街赶过来，挤在警戒线后面，不想错过一丝热闹。

我和杰西是第一批到达现场的刑侦警察。奥菲雅警察局局长柯克·哈维接待了我们。

"我是州警警司德里克·斯考特，"我亮出证件，自我介绍道，"这位是我的副手，杰西·罗森伯格探员。"

"我是柯克·哈维，本地警察局局长，"他对我们打招呼，能把这个案子交到别人手上，他看上去显然松了一口气，"老实跟你们说，这件事完全超出了我的能力范围。我们从来没有遇到过这样的事情。死了四个人，简直就是屠杀。"

几名警察在四处奔走，嘴里喊着自相矛盾的命令。我是现场级别最高的警官，于是决定出面控制局面。

"封锁全部道路，"我命令哈维局长道，"放置路障，我叫交通警察和所有能动用的州警部门派人增援。"

在距我们二十米远的地上，一具穿着运动服的女尸躺在血泊之中。我们慢慢地朝她走过去。旁边有一名警察在站岗，他一直努力地不去看她。

"是她丈夫发现的。如果你们想要询问他的话，他现在就在那边的救护车里。不过最恐怖的场面在里面，"他指着旁边的一栋房子对我们说道，"一个小男孩和他妈妈……"

我们立刻朝房子走去。我们想抄近路，从草坪直接穿过去，结果踩湿了鞋子。

"该死，"我骂道，"我脚湿透了，我会把水溅得到处都是。哪儿来的这么一大摊水啊？最近好几个星期都没有下雨啊！"

"有一根自动洒水管破了，警司，"一名在房前站岗的警察对我说道，"我们正在想办法关掉水阀。"

"什么都不要碰，"我命令道，"在法医到来之前，一切都要保持原样。把这个草坪两边都用警戒线给我拦起来，让人只准从石板路上走。我不希望整个犯罪现场就这样被一摊水给破坏了。"

我在门廊前的台阶上马马虎虎地擦了擦鞋底，然后我们便进了屋子：门已经被人用脚踢坏了。正对着我们的走廊里，一个女人躺在地上，身上中了好几弹。在她身旁有一个敞开的箱子，里面塞了一半的东西。右手边是一间小客厅，里面有一个被人枪杀的十多岁的男孩的尸体。他倒在窗帘里，好像还没来得及藏起来就被杀害了。在厨房里，一个四十多岁的男子趴在一摊血里：他是在逃跑的时候被人杀死的。

尸体的味道恶臭难忍。我们迅速地走出了房子，被刚刚看到的一切震惊得面色苍白。

不久之后，有人叫我们去市长的车库。几名警察在汽车后备厢里找到了另外几个行李箱。市长一家显然准备出远门。

那天夜里天气很热，穿着西装的年轻的副市长布朗已经满头大汗：他穿过人群尽可能快地从主街赶到了这里。他一接到消息就离开了剧院，决定徒步赶到彭菲尔德新月路，因为他认为走路会比坐车快。他是对的，市中心挤满了人，根本开不了车。在达勒姆街角，一些听到骇人风声的老百姓在看到他之后，纷纷围过来打听消息，但是他根本不做回应，飞快地跑了起来。他在本德哈姆路右转，一直跑到一处居民区。他穿过几条路上没人、两边的房子也没灯亮着的街道，从远处就看到了前面的动静。他越往前走，警车旋闪灯的光晕和声响变得越强烈。看热闹的人也越来越多。有人喊他，但是他不理他们，也不停下。他挤出一条路来，一直来到警戒线前。副局长罗恩·格利弗看到他之后，立刻放他进来。艾伦·布朗被眼前的景象镇住了：噪声、灯光、躺在人行道上盖着白布的尸体。他不知道自己该往哪儿走。就在这时，他看到了正在跟我和杰西说话的奥菲雅警察局局长柯克·哈维的熟悉的面孔，不禁松了一口气。

"柯克，"布朗副市长急忙跑到局长跟前问他，"到底发生了什么？谣言是真的吗？约瑟夫全家都被人杀了？"

"一家三口都死了，艾伦。"哈维局长语气沉重地回答。

他头朝那栋有警察进进出出的房子侧了侧。

"有人发现他们三个死在了家里。一场大屠杀。"

哈维局长把我们介绍给副市长。

"你们有什么线索吗？有犯罪形迹吗？"布朗问。

"目前没有，"我回答说，"让我觉得蹊跷的是，这件事为什么会发生在戏剧节开幕当晚。"

"你认为这两者之间有什么联系？"

"现在下结论还太早。我甚至都还没搞明白市长待在家里干什么，他不是应该出现在大剧院吗？"

"是的，我们本来是约好了晚上七点见面的。见他没来，我给他家里打过电话，但是没人接。戏就要开始了，我临时替他上场致辞，他的座位一直空着。幕间休息时我才知道发生了什么。"

"艾伦，"哈维局长说，"我们在戈登市长的车里找到了行李箱。他们一家好像要出远门。"

"出远门？什么意思，出远门？出远门去哪儿？"

"目前一切还只是假设，"我对他解释道，"不过依你看，市长他有什么烦心事吗？他跟你说过有什么人威胁他吗？他担心自己的安危吗？"

"威胁？没有，他从来没有跟我说过这样的话。我能……我能去房子里面看看吗？"

"最好不要破坏犯罪现场，"哈维局长劝阻了他，"再说那场面真的不好看，艾伦。简直是屠杀。小孩死在客厅里，戈登的老婆莱斯利死在走廊里，约瑟夫死在厨房。"

布朗副市长感觉自己都要站不稳了。他觉得他的双腿突然一下抛下了自己，然后他就一屁股坐在了路边。他的目光再次落在十几米之外的那匹白布上。

"如果他们都死在了家里，那这个人是谁？"他指着那具尸体问。

"一个可怜的年轻女人，梅根·帕达林，"我回答说，"她当时在外跑步。估计是在凶手出门的时候撞见了她，于是就被杀了。"

"怎么会这样！"副市长双手掩面地说，"一场噩梦啊！"

就在此时，副局长罗恩·格利弗来到我们身边。

他直接对布朗说：

"媒体问了许多问题。得有个人出面发个声明。"

"我……我不知道我能不能应付得来。"艾伦脸色苍白，结结巴巴地说道。

"艾伦，"哈维局长说，"你必须得出面，你现在是这座城市的市长了。"

杰西·罗森伯格
2014 年 6 月 28 日星期六
开幕式前 28 天

现在是早晨八点。奥菲雅慢慢地从沉睡中苏醒，本德哈姆路上停满了消防车，嘈杂到了顶点。斯特凡妮住过的那栋楼已经化成一片冒着烟的废墟。她的公寓已经彻底地被火焰吞没了。

我和安娜站在人行道上，看着来来往往的消防员忙着卷水管，收器材。不一会儿，消防局局长来到了我们身边。

"这是一起故意纵火案，"他毫不含糊地说，"幸运的是，没有人受伤。起火的时候，只有二楼的租户在楼里，他逃了出来。是他报的火警？你们能跟我来一下吗？我想带你们看样东西。"

我们跟着他进入楼里，走上楼梯。楼里烟雾缭绕，气味刺鼻。来到三楼时，我们发现斯特凡妮公寓的门是大开着的，那门看上去没有遭到任何破坏，锁也是一样。

"你们是怎么做到既没有砸门也没有撬锁就进去的？"安娜问道。

"这正是我要给你们看的地方，"消防局局长说，"我们到达的时候，这扇门就是敞开的，就像你们现在看到的这样。"

"放火的人有钥匙。"我说。

安娜面色沉重地看着我说：

"杰西，我觉得是你星期四晚上撞见的那个人干的。"

我走到楼面上，往公寓里面看，里面什么都不剩了——家具、墙、书全都被烧焦了。放火烧公寓的人只有一个目的：把一切都烧掉。

大街上，二楼的租客布拉德·梅尔肖裹着毯子坐在旁边一栋楼的台阶上喝着咖啡，一边看着被火熏黑的建筑外立面。他告诉我们，他是晚上十一点半左右从"雅典娜咖啡"下的班。

"我下班之后直接回了家，"他说，"我没注意到什么特别事件发生。我冲了澡，看了一会儿电视，然后在沙发上睡着了，我经常这样。凌晨三点，我突然醒了。我的房间里到处是烟。我立刻就明白了烟是从楼梯间进来的。我打开门，看到楼上在烧。我立刻跑到了大街上，然后用手机报了警。斯特凡妮好像不在家，她出事了是吗？"

"谁跟你说的？"

"大家都这么说。我们这里是个小地方，你知道的。"

"你跟斯特凡妮很熟吗？"

"不熟，就是偶尔碰面的邻居关系。再说，我们的工作时间很不一样。她是去年9月份搬进来的，人挺好的。"

"她跟你说过她有什么旅行计划吗？她告诉过你她会离开一阵子吗？"

"没有。就跟我和你说的一样，我们并没有亲近到她会跟我说这些的程度。"

"她会不会请你帮她浇浇花或者收收信之类的？"

"她从来没有请我帮过这种忙。"

突然之间，布拉德·梅尔肖的眼睛恍惚了一下。他大喊道：

"对了！我怎么把这事给忘了？她有一天晚上跟一个警察吵了一架。"

"什么时候？"

"上星期六晚上。"

"发生了什么？"

"那天，我从餐厅走路回家。当时快半夜了。有一辆警车停在楼前，斯特凡妮正在跟车上的司机说话。她对他说：'你不能这样对我，我需要你。'然后他对她说：'我不想再听到别人提起你。你要是再给我打电话的话，我就去告你。'然后他就发动车子走了。她在人行道上待了一会儿，样子非常可怜。我站在街角看到了整个场面，我在那里等了一会儿，一直等到她上楼回屋。我不想让她尴尬。"

"那辆警车是哪种类型的？"安娜问道，"是奥菲雅警察局的那种，还是别的城市的？是州警的，还是交警的？"

"我不知道。我当时没注意，再说当时是夜里。"

我们的谈话被布朗市长打断了，他直冲着我就过来了。

"我猜你看过今天的报纸了，罗森伯格队长！"他气冲冲地对我说，一边把一份《奥菲雅纪事报》摊开在我面前。

报纸的头版是斯特凡妮的一张肖像，上面还配了如下标题：

谁见过这位年轻女子？

斯特凡妮·梅勒，《奥菲雅纪事报》记者，自星期一之后再无踪迹。多起奇怪事件与她的失踪有关。州警正在调查之中。

"这篇文章的事情，我不知情，市长先生。"我保证道。

"不管你知不知情，罗森伯格队长，这些乱子都是你挑起来的！"布朗愤怒地说道。

我转头看向被大火摧毁的那栋建筑。

"你还坚持认为奥菲雅什么事情都没有发生？"

"没有任何本地警察处理不了的事发生。你能不能不要再添乱了？市政府的财政还不稳定，所有人都盼着夏天早点来，指望着戏剧节能重振经济。如果这事让游客害怕了，那他们就不会来了。"

"市长先生，请你容我多说一句，我认为这个案子可能非常严重……"

"你连一个证据都没有，罗森伯格队长。格利弗局长昨天告诉我，从星期一之后就没人再见到过斯特凡妮的车。要是她只是出门去了呢？我打了好几通电话问过关于你的情况，你似乎是下星期一就退休了啊！"

安娜用奇怪的神情打量着我。

"杰西，"她对我说，"你不当警察了？"

"在把这个案子调查清楚之前，我哪儿也不去。"

离开本德哈姆路之后，我和安娜刚回到奥菲雅警察局，我就接到了我的上司麦肯纳警长的电话，这让我明白了布朗市长的能量有多大。

"罗森伯格，"他对我说，"奥菲雅市长一直打电话骚扰我。他说你在他的城市里制造恐慌。"

"警长，"我解释道，"有一个女人失踪了，而且有可能跟1994年的四人命案有关。"

"那起四人命案已经结案了，罗森伯格。你该知道的啊，毕竟是你破的案。"

"我知道，警长。但是我在想我们当时会不会漏了什么……"

"你这是要给我唱哪一出？"

"失踪的女子是重启这项调查的记者。这难道不是一个让我们深挖下去的信号吗？"

"罗森伯格，"麦肯纳恼火地对我说，"照当地警察局局长的说法，你什么证据都没有。你不仅是在破坏我星期六的休息计划，还会在离开警队就差两天的时候沦为大家的笑柄。这种结果真是你想要的吗？"

我沉默不语，麦肯纳又用一种更加友善的口气对我说：

"你给我听着，我马上就要带着家人去尚普兰湖过周末，我会故意把手机忘在家里。在明晚之前谁都联系不上我，我下星期一早晨回去上班。所以你必须得在下星期一早晨之前找到切实证据，并且在第一时间交给我。不然的话，你就给我当作什么事情都没有发生，乖乖地回办公室去。到时我们喝上一杯，庆祝你离开警局，然后我再也不想听到有人说起这件事。听明白了吗？"

"听明白了，警长。谢谢你。"

计时开始。我们在安娜的办公室里开始把不同的证据贴在一个磁板上。

"根据记者们的证词，"我对安娜说，"编辑部里的盗窃案应该发生在星期一到星期二的夜间。公寓闯入案发生在星期四晚上，最后是昨天发生的纵火案。"

"你想说什么？"安娜给我递来一杯滚烫的咖啡，问我。

"呃，这一切都表明那个人要找的东西不在编辑部的电脑里，这让他不得不去翻了斯特凡妮的公寓。大概也是没有找到，于是他就在第二天冒险回去放了火。如果不是因为找不到那些文件，又想销毁它的话，谁会这么做呢？"

"也就是说，他要找的东西也许还藏在某个地方！"安娜欢呼道。

"没错，"我表示赞同，"可是在哪里呢？"

我随身带着昨天从州警地区中心那里取来的斯特凡妮的电话记录和银行流水，把它们放在桌上。

"我们先从在斯特凡妮从'科迪亚克烧烤'出来之后给她打电话的那个人找起吧！"我说道，一边翻着那堆文件，直到把那份最近拨出和接收的电话名单找了出来。

斯特凡妮在晚上十点零三分接到一个电话。然后她又接连两次给同一个人回了电话，分别是在晚上十点零五分和晚上十点十分。第一通电话持续了不到一秒钟，第二通电话二十秒。

安娜坐到她的电脑前。我把斯特凡妮在晚上十点零三分接到的电话号码念给她听，她把号码输进搜索系统，查找号码主人的信息。

"我的天哪，杰西！"安娜大喊道。

"怎么了？"我立刻冲到电脑前问。

"这是'科迪亚克烧烤'电话亭的号码！"

"斯特凡妮刚离开'科迪亚克烧烤'，就有人从里面给她打了电话？"我惊讶地说道。

"有人在监视她，"安娜说，"她在那里等着的整个过程，都有人在监视她。"

我重新拿起那份文件，用荧光笔把斯特凡妮最后拨出的号码画上颜色。我把它念给安娜听，安娜把它输进了电脑里。

面对电脑上显示出来的名字，她目瞪口呆。

"不可能，肯定是搞错了！"她对我说，脸一下子白了。

她让我再念一遍号码，然后疯狂地敲着键盘，重新把一连串的数字输进电脑里。

我靠近电脑屏幕，念出了上面显示的名字：

"肖恩·奥唐奈。有什么问题吗，安娜？你认识他？"

"不要太熟悉，"她呆呆地说，"他是我手下的一名警察。肖恩·奥唐奈是奥菲雅警局的警察。"

※

格利弗局长在看到那份通话记录后，没能拒绝我审问肖恩·奥唐奈的要求。局长把他从巡逻任务上叫回来，让他坐在了一间审讯室里等着。当我在安娜和格利弗局长的陪同下走进去的时候，肖恩离开椅子半直起身来，好像腿已经软了。

"有人能给我解释一下发生了什么吗？"他担心地问道。

"坐下，"格利弗对他说，"罗森伯格队长要问你几个问题。"

他奉命坐下。我和格利弗坐到桌前，正对着他。安娜退在后面，靠墙站着。

"肖恩，"我对他说，"我知道斯特凡妮·梅勒在星期一晚上给你打过电话，你是她试图联系的最后一个人，你有什么事情瞒着我们吗？"

肖恩双手抱住了头。

"队长，"他诉苦道，"我彻底搞砸了。我应该把这事告诉格利弗的。我本来就是要这么做的！我好后悔……"

"但是肖恩，你没有这么做！行了，你现在都说出来吧！"

他长长地叹了一口气之后才开始说：

"我和斯特凡妮曾经短暂地约会过。我们是不久之前在一家酒吧里认识的。是我先跟她搭讪的，老实说，当时她的回应不是很热情。不过她还是同意了让我请她喝一杯，我们聊了一会儿天，我觉得我们应该成不了了。直到我跟她说起我在奥菲雅当警察之后，她立刻就变得跟通了电一样。她的态度马上就变了，突然表现得对我特别感兴趣。我们互相留了号码，后来又见了几次面。然后就没有了。但是两个星期前，我们的关系又突然快速升温。我们上床了，就一次。"

"你们俩为什么没有继续交往下去？"我问。

"因为我知道了她不是对我感兴趣，她是对警察局里的档案室感兴趣。"

"档案室？"

"是的，队长。这点特别奇怪。她跟我说过好几次。她坚持让我带她去档案室。我当时以为她是开玩笑的，于是我跟她说这不可能。但是在半个月前，当我从她的床上醒来时，她提出让我带她去档案室，就跟我和她过夜是欠了她似的。我当时很受伤。我跟她说我再也不想见她了，然后我就怒气冲冲地离开了她的家。"

"你没有好奇她为什么对档案室那么感兴趣吗？"格利弗局长问。

"当然好奇。我心里是非常想知道的。但是我不想让斯特凡妮看出来我对她的事情感兴趣。我觉得我被她耍了，我是真的很喜欢她，所以这让我很受伤。"

"你后来又见过她吗？"我问。

"只有一次，上星期六。那天晚上，她给我打了好几次电话，但是我没有接。我以为她会放弃，但是她不停地打。我当时在执勤，她的坚持实在让人受不了，最后，我烦得不行了，让她到她家楼下等我。我连车都没下，我对她说如果她再联系我，我就会告她骚扰。她对我说，她需要帮助，但是我没有相信她。"

"她具体说了什么？"

"她对我说她需要看一份发生在本地的犯罪记录，还说她有关于这个案子的信息。她对我说：'有一个案子调查错了。有一个细节，非常明显，但是没有一个人发现。'为了说服我，她给我看了她的手，问我看见了什么。'你的手。'我回答说。'你该看的是我的手指。'她说。听完她那套手和手指的理论，我心想她真把我当成傻子了。我把她扔在大街上开车走了，我对自己发誓说我再也不会上她的当了。"

"再也不会？"我问。

"再也不会！罗森伯格队长。从那儿以后，我再也没跟她说过话。"

我故意沉默了一会儿，然后祭出了我的杀招：

"肖恩，你不要把我们都当成傻子！我知道你星期一晚上跟她说过话，就在她失踪的当晚。"

"我没有，队长！我没跟她说过话，我发誓！"

我挥动通话记录，把它拍在他面前。

"不要再撒谎了，这里都写着呢：你们两个通话了二十秒。"

"没有，我们没有通话！"肖恩喊道，"她确实给我打电话了，打了两次，但是我没有接！最后一次，她给我的语音信箱留了一段语音。我们的手机确实就像通话记录显示的那样连通过，但是我们没有通过话。"

肖恩没有撒谎。我们检查了他的手机，发现他在星期一晚上十点十分收到了一条二十秒的语音信息。我按下接听键，斯特凡妮的声音突然从手机的扬声器中传来。

肖恩，是我。我真的需要和你谈谈，事情很紧急。求你了……【停顿】肖恩，我害怕，我真的害怕。

她的声音透露出轻微的恐慌情绪。

"我当时没有听这段信息。我以为她又是来找我哭哭啼啼的。星期三她父母来警察局报案说她失踪了，我才听了，"肖恩解释道，"然后我就不知道该怎么办了。"

"你为什么什么都不说呢？"我问。

"我害怕，队长。我很羞愧。"

"斯特凡妮觉得自己被人威胁了吗？"

"没有……反正她从来没有跟我提起过。这是她第一次说她害怕。"

我跟安娜和格利弗局长交换了一下眼神，然后对肖恩说：

"我需要知道星期一晚上十点左右斯特凡妮给你打电话的时候，你人在哪里，在做什么。"

"我在东汉普顿的一家酒吧里。我有个朋友在那里当经理，我们一群朋友都去了，一起喝的酒。我可以把所有人的名字都告诉你，你可以去查。"

好几个人都证实在斯特凡妮消失的当晚，肖恩从晚上七点到凌晨一点都在那个酒吧里。在安娜的办公室里，我把斯特凡妮的谜语写在磁板上：1994年，真相就在我们眼皮底下，我们却没看见。我们认为斯特凡妮想进奥菲雅警察局的档案室是为了看1994年的四人命案的调查案卷。于是我们去了档案室，轻易地就找出了应该装着那份案卷的大纸箱。但是令我们吃惊的是，纸箱是空的。里面只有一张因时间久远而泛黄的纸，纸上用打字机写着这样一句话：

这里是黑夜开始的地方。

就好像寻宝游戏开头的第一句话。

※

我们掌握的唯一的切实证据就是斯特凡妮在走出"科迪亚克烧烤"之后接到的那通从餐厅里面打来的电话。我们来到餐厅，找到了昨天询问过的那名女员工。

"你们的公用电话在哪儿？"我问。

"您可以使用柜台上的那部电话。"她对我说。

"谢谢，但是我想知道你们的公用电话在哪儿。"

她带我们穿过餐厅，来到餐厅的后面，那里有两排衣帽钩钉在墙上，有厕所，有一台取款机，最后在一个角落里，还有一部投币电话。

"这里有摄像头吗？"安娜看着天花板问。

"没有，餐厅里一个摄像头都没有。"

"这个电话亭经常有人吗？"

"我不知道，这个地方总是有很多人来来往往的。厕所只有客人可以使用，但是总有人进来天真地问这里有没有电话可以用。我们回答说有。但是我们不知道他们是真的需要打电话，还是想要撒尿。现在每个人都有手机，不是吗？"

就在此时，安娜的手机响了。有人刚刚在海滩附近找到了斯特凡妮的车。

※

我和安娜在大洋路上全速行驶。那条路从主街一直通往奥菲雅海滩，路的尽头是一个开阔的用混凝土砌成的圆形停车场，来海边下水玩的人可以把车随便停在那里，也不受时间限制。冬天的时候，这里停车稀少，只有一些散步者和带孩子来放风筝的父亲会把车停在那里。春天天气好的时候，这里就开始停满车。盛夏的时候，从炎热的早晨开始，这里的停车位就开始有人抢，能挤进去的汽车不计其数。

在距离停车场大约一百米的地方，有一辆警车停在路边。一名警察冲我们招手，我把车停在了他的车后头。在那个地方，有一条小路扎进森林。那名警察给我们解释道：

"是几名散步者发现的那辆车。大概是星期二就停在这里了。他们看了今天早晨的报纸，想起来应该就是这辆车。我检查过了，车牌号对应的就是斯特凡妮·梅勒的车。"

我们走了大概两百米才走到那辆好好地停在一个角落里的车，正是被银行摄像头拍到的那辆蓝色马自达。我戴上乳胶手套，绕着车走了一圈，透过车窗玻璃看了看里面。我想要开车门，但是锁上了。我心里有一个想法，结果被安娜给大声地喊了出来：

"杰西，你觉得她在后备厢里吗？"

"想知道的话，只有一种办法。"我回答道。

那名警察给我们拿来一根撬棍。我把它插进后备厢的缝隙里。安娜屏住呼吸，站在我的正后方。锁很轻易地就被撬开了，后备厢突然一下打开。我往后退了一步，身子又往前探了探，想看清楚里面，里面是空的。"什么都没有，"我离开车子说，"给技侦打电话，不要让任何人破坏现场。我认为市长这次会同意下大力气找人了。"

找到斯特凡妮的车确实扭转了局面。布朗市长在得到消息之后，和格利弗来到了现场。他知道现在必须得展开搜寻行动了，而且当地警察很快就会人力不够，于是他命人打电话给附近城市的警察局，请求增援。

在一个小时之内，大洋路从路中段一直到海滩上的停车场就被彻底地封了起来。整个郡的警察局都派了人手过来，州警也派了巡逻警过来增援。警戒线周围挤满了好奇的人。

森林那边，穿着白色工作服的技侦警察围绕着斯特凡妮的车正在忙碌着，不放过一丝细节。同样赶到现场的还有几支警犬队。不久之后，警犬大队的负责人找人把我们叫到了海滩停车场上。

"所有的警犬都在追踪同一条线索，"当我们跟他会合之后，他对我们说，"它们从车子那里出发，循着那条从森林里出来的小路穿过草丛一直来到这里。"

他给我们指出了那条路线，那是散步的人从海滩走到森林路上会抄的一条近道。

"所有的警犬都在停车场上停了一下，就在我现在站的地方。然后，它们就失去线索了。"

他就站在停车场的正中间。

"这是什么意思呢？"我问。

"说明她从这里上了一辆车，罗森伯格队长。说明她是坐着那辆车离开的。"

市长转脸看向我。

"队长，你怎么看？"他问我。

"我认为有人在等斯特凡妮来。她那天约了人。她和那人约在'科迪亚克烧烤'见面，结果那人坐在餐厅里头的一张桌子旁监视她。当她离开餐厅时，那人从电话亭里给她打了电话，约她在海滩见面。斯特凡妮很担心：她本来是想在一个公共场所跟他碰面的，结果她得去海滩见他，而在那个时间，海滩上是没有人的。她给肖恩打电话，但是肖恩不接她的电话。最后她决定把车停在森林里的小路上，也许是为了给自己留条后路？又或者是想偷看她的那位神秘对象是谁？不管事实如何，她最后锁了车，走到停车场，上了她的联络人的车。至于她被带到哪里去了，只有老天能知道了。"

一阵冰冷的沉默之后，好像还在评估事件严重性的格利弗局长喃喃地说：

"斯特凡妮·梅勒的失踪案就这么开始了。"

德里克·斯考特

1994 年 7 月 30 日那天晚上，过了好一会儿，刑警大队的第一拨同事还有我们头儿——麦肯纳警长才来到犯罪现场。在听完现场报告后，他把我拉到一边问我：

"德里克，是你第一个到达现场的吗？"

"是的，警长，"我回答，"我和杰西一个多小时前就到这里了。作为现场级别最高的警官，我当时不得不做了一些决定，主要是让人把路障给立了起来。"

"你做得很对。我看事情处理得都很好。你觉得你能撑起这个案子吗？"

"我能，警长。我荣幸之至。"

我感觉麦肯纳在犹豫。

"这将是你的第一件大案，"他说，"杰西是个没什么经验的探员。"

"罗森伯格有干警察的天赋，"我跟他打包票说，"警长，您就放心吧，我们不会让您失望的。"

警长在考虑了一会儿之后，终于点头同意了：

"我想给你这个机会，斯考特。我很喜欢你和杰西。但是你们不要给我搞砸了。要是让别的同事知道我把这么一件大案交到你们俩手上，他们肯定要说闲话。他们就是一群吃闲饭的！你瞧瞧，他们现在人都在哪儿呢？休假？一群浑蛋……"

警长把杰西叫过来，然后当着大家的面宣布道：

"斯考特，罗森伯格，这件案子交给你们负责了。"

我和杰西下定决心，绝不让警长后悔做出这个决定。我们当晚留在了奥菲雅，收集初步证据。第二天，我把杰西送到皇后区他家门前时，已经是早晨快七点了。他请我进去喝一杯，我接受了。我们两个都累坏了，但又都为能接到这件案子而兴奋得睡不着觉。当杰西在厨房里煮咖啡时，我在一边开始记笔记。

"谁会恨市长恨到连他老婆儿子都要杀的地步？"我大声地问，一边把这句话写在一张纸上。他把它贴在了冰箱上。

"找他的亲友问问。"杰西建议道。

"戏剧节开幕当晚他们待在家里做什么呢？他们应该在大剧院才对。还有我们在车里发现的那些装满衣物的行李箱。我认为他们当时正准备离开。"

"他们是要逃跑？可是为什么呢？"

"这个吗？杰西，"我对他说，"这就是我们要查清楚的。"

我又贴了一页纸，纸上写着："市长有敌人吗？"

娜塔莎显然是被我们的说话声给吵醒的。她半梦半醒地出现在厨房门口。

"昨晚发生了什么？"她趴在杰西身旁问道。

"谋杀案。"我回答说。

"戏剧节谋杀案？"娜塔莎在打开冰箱前念道，"这听上去像是一出正经侦探戏的名字啊！"

"确实可以排成一出戏。"杰西点头说。

娜塔莎取出牛奶、鸡蛋，还有面粉，放在桌上，准备做薄煎饼，又给自己倒了杯咖啡。她继续看那些笔记，然后问道：

"所以你们的初步推断是什么？"

杰西·罗森伯格

2014 年 6 月 29 日星期日

开幕式前 27 天

搜寻斯特凡妮的行动一无所获。

在不到二十四小时之前，整个地区的人力都被动员起来了，但是无果。警察和志愿者组成的小分队对全郡进行了地毯式搜索。被动员起来的还有警犬队、水下搜索人员，以及一架直升机。一些志愿者把寻人启事贴到各大超市里，并到各个商店、加油站里去问，希望能有人——顾客或员工——见到过斯特凡妮。梅勒夫妇在当地报纸和电视台上登了寻人启事，他们提供了一张女儿的照片，呼吁见到她的人立即联系警方。

所有人都想尽一份力："科迪亚克烧烤"为参与搜索行动的人提供

饮料。全地区最豪华的酒店,坐落在奥菲雅郡的湖景酒店,为警方提供了一间大厅用作集合点,有意参与行动的志愿者们先到那里集合,然后根据安排前往指定搜索区域。

我和安娜坐在她在奥菲雅警局的办公室里,继续我们的调查。斯特凡妮的洛杉矶之旅依然是一个未解之谜。她是从加利福尼亚回来之后才突然跟肖恩·奥唐奈变得关系亲密起来,并坚持要进警局的档案室的。她在那里发现了什么呢?我们联系了她住的那家酒店,但是一无所获。反而是我们在检查她定期往返纽约的行程记录时(她在收费站消费的信用卡记录透露了她的行程),发现她因为停车时间超时或是非法停车而吃过几张罚单,甚至还被拖过一次车,每次都是停在同一条街。安娜轻而易举地找到了那条街上的机构名单:有餐厅、诊所、律所、脊柱按摩诊所、洗衣店。最显眼的是:《纽约文学评论》。

"这怎么可能呢?"我自问道,"斯特凡妮的母亲亲口跟我说她女儿去年9月份就被《纽约文学评论》解雇了,也是因为这个,她才回到了奥菲雅。那她为什么还要继续去那里呢?这完全说不通啊!"

"不管怎么说,"安娜说道,"她经过收费站的日期和收到违章通知单的日期是一致的。根据我这边看到的记录,她收到罚单的停车位置好像就在那个杂志所在大街的入口附近。我们给那个杂志的总编打电话问问情况吧!"她提议道,一边拿起了电话。

她还没来得及拨号码,有人拍响了办公室的门,是州警技侦大队的负责人。

"我把我们在斯特凡妮的公寓和车里找到的证据给你们拿来了,"他手里晃动着一个厚重的信封,对我们说道,"我觉得你们会感兴趣的。"

他坐到了会议桌的桌沿上。

"先从公寓开始说起吧,"他说道,"我可以肯定这是一起纵火案。现场被人洒了助燃剂。如果你们还有什么疑问的话,放火的人肯定不是斯特凡妮·梅勒。"

"为什么这么说呢?"我问。

他晃了晃一个里面装着一沓钞票的塑料袋。

"我们在公寓里发现了一万美元现金，藏在一个生铁造的意式咖啡壶的水箱里，完好无缺。"

安娜接过话茬继续说：

"确实，如果我是斯特凡妮，我要藏一万美元的现金在家里的话，我在放火烧自己的公寓之前，肯定会先把钱取出来。"

"那车里的证据呢？"我问那位警官，"你发现了什么？"

"不幸的是，除了斯特凡妮本人的 DNA，没有其他任何人的 DNA。我们把取到的 DNA 样本跟她父母的比对过了。不过，我们在驾驶座下发现了一个相当令人费解的字条，看字迹应该是斯特凡妮留下的。"

他把手伸进信封，掏出第二个塑料袋，里面装着从写字本上撕下来的一页纸，上面写着：

黑夜→奥菲雅戏剧节

跟迈克尔·伯德谈谈

"黑夜！"安娜喊道，"跟那个留在 1994 年的四人命案警方档案原来位置的字条上写的一样。"

"我们得去找迈克尔·伯德谈谈，"我说道，"他知道的可能比他愿意跟我们说的情况要多。"

※

我们在《奥菲雅纪事报》编辑部迈克尔的办公室里找到了他。他已经给我们整理好了一份文件，里面包含斯特凡妮为该报写过的所有文章，其中大部分都是地方性的内容：校园慈善义卖游乐会、哥伦布发现美洲纪念日游行、为孤寡人员举办的感恩节集体庆祝活动、万圣节南瓜大赛、交通事故和其他一些社会新闻事件等。我一边翻着眼前的文章，一边问迈克尔：

"斯特凡妮在报社的工资是多少？"

"每个月一千五百美元，"他回答，"为什么问这个？"

"这个可能会对调查有很大帮助。不瞒你说，我到现在还想不明白斯特凡妮为什么要离开纽约来奥菲雅写这些关于哥伦布发现美洲纪念日和南瓜节的文章。这在我看来完全说不通。你不要误会啊，迈克尔，但是这一点跟她在她父母和朋友口中那个充满雄心壮志的形象不相符啊！"

"我完全能理解你的困惑，罗森伯格队长。我自己也考虑过这个问题。斯特凡妮跟我说过，她被《纽约文学评论》解雇她这件事给打击到了，她想要一个新的开始。你知道吗，她是一个理想主义者。她想要改变一些事情。到一家地方报纸工作对她来说是一个挑战，反而吓不倒她。"

"我觉得还有别的原因。"我说，然后把在斯特凡妮的车上发现的那张字条拿给迈克尔看。

"这是什么？"迈克尔问。

"斯特凡妮手写的一张字条。她在上面提到了奥菲雅戏剧节，还说想要跟你谈谈这个节。迈克尔，有什么事情是你知道但是没有跟我们说的吗？"

迈克尔叹口气道：

"我跟她保证过绝对不会透露的……我跟她发过誓。"

"迈克尔，"我对他说，"我觉得你还不明白事情的严重性。"

"是你不明白，"他反驳道，"斯特凡妮消失一阵子也许有一个很重要的理由。你发动人们去找她，反而是在破坏她的计划。"

"重要的理由？"我哽住。

"她知道自己可能有危险，所以决定藏起来。你这样把整个地区翻过来找她，反而可能会使她暴露：她的调查比你能想象的还要重要。现在正在搜寻她的人有可能正是她要躲避的那些人。"

"你是说警察？"

"有可能。她一直神神秘秘的，我让她跟我多说一点，但是她始终不愿意告诉我具体内容。"

"这一点跟我那天遇到的斯特凡妮倒是很像，"我叹气道，"可是这件事跟戏剧节有什么关联呢？"

尽管编辑部里面没有人，迈克尔的办公室门也是关上的，迈克尔还是压低了声音，好像怕被别人听到似的：

"斯特凡妮认为戏剧节上有隐情，她需要在不打草惊蛇的前提下就一些事情询问志愿者。我建议她为报社做一个专题报道，这样就可以为她提供完美的掩护。"

"虚假采访？"我惊讶地说道。

"并不算是虚假采访，因为那些文章我们后面都刊发了……我之前跟你说过报社遇到了经济困难，斯特凡妮跟我保证说她的调查结果会扭转报社的收入状况。'等我们把这件事登出去，人们会挤破头来买《奥菲雅纪事报》的。'她是这么跟我说的。"

在回到警察局后，我们又联系了斯特凡妮的前老板——《纽约文学评论》的总编辑。他叫史蒂文·贝格多夫，住在布鲁克林。安娜给他打的电话。她开了免提，让我也能听见对话内容。

"可怜的斯特凡妮，"史蒂文·贝格多夫在听完安娜的情况介绍之后，难过地说，"我希望她不要遇到什么坏事。她是个非常聪明的女人，一名优秀的文学记者，一个有文采的笔杆子。她为人也非常客气，对所有人都很友善。她不是那种会给自己招惹敌人或是麻烦的人。"

"如果我的消息准确的话，是你在去年秋天解雇的她……"

"没错。那是一个痛苦的决定，她是那样一个出色的女孩。可是我们杂志的预算在去年夏天紧缩了。订阅量直线下降。我不得不节省开支，裁掉一个人。"

"她被裁之后是什么反应？"

"她不是很开心，这你们肯定能想到。但是我们关系还是很好。我去年12月份还给她写了封信问她情况呢。当时她跟我说她在《奥菲雅纪事报》工作，而且她非常喜欢那份工作。我虽然有点惊讶，但还是为她感到开心。"

"惊讶？"

贝格多夫把自己的想法详细地说了出来：

"像斯特凡妮·梅勒这样的女孩，是能去《纽约时报》的水平。她去一个二线地区的报社做什么呢？"

"贝格多夫先生，斯特凡妮离职之后又回来过你们杂志社吗？"

"没有，至少我不知道。为什么这么问？"

"因为我们已经查到她最近几个月多次把车停在你们大楼附近。"

※

星期天，在空荡的《纽约文学评论》编辑部里，史蒂文·贝格多夫在他的办公室里挂完电话后，心情久久不能平复。

"怎么了，史蒂文？"爱丽丝问道。她今年二十五岁，正坐在办公室里的长沙发上，用红色的指甲油涂着指甲。

"是警察。斯特凡妮·梅勒失踪了。"

"斯特凡妮？她以前就是个讨人厌的蠢货。"

"以前，为什么这么说？"史蒂文担心地说，"你是不是知道些什么？"

"当然不是，我说'以前'是因为自从她离开以后我再也没见过她。她现在肯定依然很蠢，你说得没错。"

贝格多夫推开办公椅，若有所思地走到窗边。

"我亲爱的史史，"爱丽丝嗔怪他，"你不是已经开始担心了吧？"

"当初如果不是你逼着我把她开除……"

"史史，你不要跟我提这个！你只是做了你必须要做的事情。"

"她走了之后，你再也没跟她说过话吗？"

"我可能跟她通过电话吧。那又怎样呢？"

"老天爷啊，爱丽丝，你刚刚还跟我说你没见过她！"

"我是没见过她啊！但是我跟她通过电话，只有一次，两个星期前。"

"你不要跟我说你给她打电话是为了嘲笑她！她知道她被解雇的真相吗？"

"不知道。"

"你怎么能这么肯定呢？"

"因为是她给我打的电话，让我给她出主意的。她听上去很担心的样子。她对我说：'我需要一个男人帮我一个忙。'我对她说：'男人嘛，并不复杂，你同意跟他们上床，以此为条件，他们就会对你死心塌地。'"

"帮什么忙？我们也许应该通知警方。"

"不许报警……听话啊，现在给我闭嘴。"

"可是……"

"史史，你不要惹我生气！你知道你惹恼了我会有什么后果。你有多余的衬衫换吗？你身上的这件都皱了。把自己打扮得帅气点，我今晚想出门。"

"我不想，我……"

"我说了我想出门！"

贝格多夫垂着脑袋离开办公室去倒咖啡。他给妻子打电话，说杂志签版出了紧急状况，他不回家吃晚饭了。打完电话，他双手掩面。他是怎么沦落到这种地步的？他都五十岁了，怎么还跟这个年轻姑娘发展出一段婚外情？

※

我和安娜坚信在斯特凡妮家里找到的那笔钱是我们查案的一个线索。那笔在她家里找到的一万美元现金是从哪儿来的呢？斯特凡妮一个月工资一千五百美元，交完房租、油钱，再扣除购物和保险费用，应该就剩不下多少钱了。如果说那是她的个人储蓄的话，那她应该存在银行户头里才对。

我们傍晚都在问斯特凡妮的父母和朋友知不知道这笔钱的存在，但是一无所获。梅勒夫妇说他们的女儿一直是自力更生的。她自己拿奖学金上的大学，毕业后也是自挣自花。她的朋友们则告诉我们，斯特凡妮经常在月底入不敷出，他们很难想象她会有钱攒下来。

离开奥菲雅时，我在主街上开着车，没有直接往 17 号公路开去上高速，而是几乎不假思索地转弯开到了彭菲尔德街区，来到彭菲尔德新月路。我沿着那个小广场往前开，停在了二十年前戈登市长的房子前，那里也是一切开始的地方。

我在那里停了好长一段时间，然后又上路往家的方向开去。我没忍住在德里克和达拉家门前停了下来。我不知道我这么做是因为我需要见见德里克，还是单纯是因为我不想一个人待着，因为我除了他，没有别人可见。

当我开到他们家门前时，是晚上八点。我在门前待了一会儿，不敢按门铃。我从外面可以听到从厨房传来的开心的谈话声和喧闹声，他们正在吃晚饭。德里克一家每个星期日都会吃比萨。

我悄悄地走到窗户边，观察他们的晚餐。德里克的三个孩子还在上中学。老大应该明年就上大学了。突然其中一个孩子发现了我。所有人都转过头来看向窗户，集体打量我。

德里克嘴里嚼着比萨，手里拿着餐巾纸，走出房门。

"杰西，"他惊讶地道，"你在外面干什么呢？进来一起吃饭。"

"不了，谢谢。我不是很饿。听着，在奥菲雅发生了一些奇怪的事情……"

"杰西，"德里克叹气道，"你不要跟我说你这个周末是在那里过的！"

我迅速地把最近发生的事情跟他说了一遍。

"毫无疑问，"我肯定地说道，"斯特凡妮发现了关于 1994 年的四人命案的新线索。"

"你这些只是假设，杰西。"

"可是，"我大喊道，"在斯特凡妮车上发现的那张提到'黑夜'的字条，还有同样的字出现在那张取代了失踪的四人命案案卷的字条上，这些都是真的！另外还有她发现的命案跟戏剧节的联系，如果你还记得的话，1994年夏天正好是戏剧节首届举办！这些难道不是实实在在的证据吗？"

"杰西，你看得到联系都是你想看到的！你知道重启1994年的案子意味着什么吗？意味着我们当年错大发了。"

"我们确实是错大发了！斯特凡妮说我们错过了一个就在我们眼前的细节。"

"可是我们当年哪里做错了？"德里克恼火地说，"杰西，你给我说说我们错哪里了！我们当年查案查得有多么辛苦，你不是不知道。我们的案子办得无懈可击！我觉得你要离开警局这件事让你一直抓着过去一些不好的回忆不放。人不能走回头路，也永远不能改变自己做过的事情！你为什么要这么做呢？你为什么想要重新调查这个案子呢？"

"因为必须这么做！"

"不，没有什么必须，杰西！明天就是你警察生涯的最后一天了。你为什么还要想在一摊跟你已经无关的浑水里掺一脚呢？"

"我打算暂时不离开了。我不能就这样离开警局。我不能心里揣着这件事活着！"

"我能！"

他作势要回屋，想要结束这段他不想进行的对话。

"德里克，帮帮我吧！"我喊道，"如果我明天不能交给警长一份正式的证据，证明斯特凡妮·梅勒和1994年调查案之间的联系，他就会逼我彻底停止这项调查。"

他转过脸来。

"杰西，你为什么要这么做？"他问我，"你为什么非要蹚这摊浑水？"

"德里克，跟我搭档吧……"

"杰西，我已经有二十年没有办案了。你为什么要把我拖进来呢？"

"因为你是我认识的最优秀的警察，德里克。你一直都比我优秀，你才应该是我们队的队长。"

"杰西,你不要来这里给我戴高帽,给我上思想课,教育我该怎么规划自己的职业生涯!你很清楚我这二十年来为什么一直坐办公室。"

"我觉得这件事是我们修复一切的一个机会,德里克。"

"杰西,我们什么都修复不了。你要是想吃东西的话,我很欢迎你进来吃口比萨。但是调查的事,你就不要再提了。"

他推开自己家的门。

"德里克,我嫉妒你!"我对他说。

他转过脸来:

"你嫉妒我?我有什么可值得你嫉妒的?"

"我嫉妒你有人爱,也被人爱着。"

他气恼地摇了摇头。

"杰西,娜塔莎已经走了二十年了。你早就该开始你的新生活了。有时候,我觉得你还在等着她回来。"

"每一天,德里克。每一天,我都对自己说她马上就会再出现的。每次我走进自己的家门时,我都希望能看到她在里面。"

他叹了口气。

"我不知道该跟你说什么。我很抱歉。你应该找个人看看。杰西,你应该往前看。"

他走进屋里,我回到车上。我正要启动车子时,看到达拉从房子里出来,她急匆匆地向我跑来,看上去很生气的样子,我知道她为什么生气。我降下车窗,她冲我嚷道:

"杰西,你不要对他这么做!不要再来翻过去的那些晦气事。"

"达拉,你听我说……"

"不,杰西,你听我说!你不能对德里克这么做,他不应该受到这种对待!不要再让他跟那件案子有什么牵扯!不许对他这么做!如果你还要翻过去的事情,我就不欢迎你来我们家。需要我提醒你二十年前发生了什么事吗?"

"不,达拉,你不需要!没有人需要提醒我那件事。我每天都会想起来，该死的每一天，达拉，你听到我说的了吗？我醒来的该死的每一天早晨，和我睡前的每一个夜晚。"

她悲伤地看了我一眼，我知道她后悔提起了那件事。

"对不起，杰西。进来吃饭吧，家里还剩了些比萨，我做了提拉米苏。"

"不用了，谢谢。我回家了。"

我发动了车子。

回到家后，我给自己倒了一杯酒，取出一个很久没有碰的文件夹，那里面散放着一些 1994 年的新闻报道。我翻看了好长一段时间，其中一篇引起了我的注意。

警方嘉奖一位英雄

州警地区中心昨天举行仪式，表彰警司德里克·斯考特。

今年夏天，一名凶犯在汉普顿地区犯下四人命案。斯考特警司在抓捕该名凶犯的过程中，英勇地拯救了队友杰西·罗森伯格的生命。

门铃声把我从思绪中拉了出来。我看了一眼时间，谁会这么晚来？我警惕地抓起放在桌子上的武器，悄无声息地靠近门口。我从猫眼往外看了一眼，是德里克。

我打开门，默默地打量了他一会儿，他注意到了我手里的枪。

"你真的认为这件事情很严重，嗯？"他问我。

我表示是的。他又说：

"把你手头上有的资料给我看看，杰西。"

我把我有的所有资料都拿出来摊开在客厅的桌子上。德里克看着那些监控摄像头的截图，车里发现的字条，公寓里发现的现金，还有信用卡账单，研究起来。

"斯特凡妮明显花的比挣的多，"我对德里克解释道，"光是飞洛杉矶的机票就花了她九百美元。她肯定还有别的收入来源。我们得找出来这个来源是什么。"

德里克陷入斯特凡妮的消费记录里。我从他的眼神里看出了一丝许久未见的闪亮的光芒。在花了好长时间把信用卡消费记录仔细地理了一遍之后，他抓起一支笔，把自 11 月以来每个月都会自动扣取的一笔六十美元的支出给圈起来。

"这些支出都是以一家名叫 SVMA 的公司扣取的。你对这家公司有什么印象吗？"

"没有，什么都没有。"我回答。

他拿起我放在桌上的笔记本电脑，上网查了起来。

"这是奥菲雅一家提供自助存放家具服务的公司。"他把电脑屏幕转向我，对我说。

"存放家具的公司？"我惊讶地说，回想起我和特鲁迪·梅勒的谈话内容。按照斯特凡妮妈妈的说法，斯特凡妮在纽约只有几样家具，都被她直接带到了奥菲雅的公寓里。那她为什么要从 11 月份起租用一间家具储藏室呢？

家具存放公司是二十四小时营业的，我们决定立刻过去看看。值班的警卫在我亮出警徽之后，查询了一下记录，然后把斯特凡妮租用的储藏室号码告诉了我们。

我们穿过一系列错综复杂的门和降下的帘子之后，来到一扇上了锁的金属卷帘门前。我带了一把钳子，毫不费力地就把锁打开了。我推动卷帘门，与此同时，德里克拿出一个手电筒，照亮了房间。

里面的东西把我们惊呆了。

德里克·斯考特

1994 年 8 月初，四人命案发生后一星期过去了。

我和杰西全身心地扑在这件案子上，我们废寝忘食地工作，顾不上休假，也不知道加了多少的班。

我们在杰西和娜塔莎的公寓里安营扎寨，那里比州警地区中心冰冷的办公室舒服多了。我们在客厅里摆了两张行军床，就住在客厅里，每天自由地进出。娜塔莎对我们照顾得无微不至。有时候，她会半夜起来给我们准备夜宵。她说这样正好可以检验一下她未来餐厅的菜好不好吃。

"杰西，"我吃了满满一嘴，对娜塔莎的手艺赞不绝口，"你一定要把这个女人娶回家，她简直太棒了。"

"我已经计划好了。"有一天晚上杰西对我说道。

"什么时候？"我欢呼道。

他笑着说：

"很快。你想看一眼戒指吗？"

"当然！"

他消失了一会儿，然后拿着一个盒子回来，盒子里面放着一枚璀璨的钻戒。

"老天，杰西，这太漂亮了！"

"这是我祖母的钻戒。"他解释说，然后迅速地把它收进了口袋里，因为娜塔莎来了。

※

弹道分析结果非常明确：罪犯只用了一件武器——一把贝雷塔手枪。只有一个人参与了谋杀，专家认为这个人应该是一名男子，犯罪手段粗暴是一个原因，门被人一脚破开是另一个原因。此外，那扇门当时并没有上锁。

应检察官办公室的要求，事件还原结果如下：凶手破开戈登一家的房门后，先在门厅里撞见了莱斯利·戈登，正面朝她当胸开了一枪，几乎是近距离射杀。然后他看到了客厅里的孩子，从走廊里朝他后背开了两枪，把他杀死。凶手接着往厨房走去，显然是听到了那边有动静。约瑟夫·戈登市长试图从厨房的落地窗逃到花园里，凶手朝他背上开了四枪。最后凶手从走廊和前门离开。从他每一枪都击中目标来看，他应该是一名经验丰富的射手。

他从房子大门出去，遇到了正在慢跑的梅根·帕达林。她肯定试图逃跑过，但是他朝她背上开了两枪。他大概率是没有蒙面的，因为他后来又近距离地冲着那名年轻女人的头部开了一枪，就像要确保她已经死透了，不会再开口说话似的。

额外的难点是，虽然有两名间接证人，但是他们无法为破案提供有用信息。事件发生时，彭菲尔德新月路上几乎是没有人在家的。整条街上的八栋房子里，一栋要卖，五栋里的住户在大剧院。最后一栋里住着贝拉米一家，事发当晚，只有三个孩子的母亲莉娜·贝拉米带着她出生还不到三个月的最小的孩子在家。她老公特伦斯带着两个大的去了海滨。

莉娜·贝拉米听到了枪响，但是她以为那是戏剧节期间有人在海滨放烟花。不过就在枪响之前，她看到过一辆黑色的小货车，那车的后窗玻璃上贴了一个很大的她不知道怎么形容的标志。她记得那是一个图案，但她当时没有留心，所以不记得画的是什么了。

第二名证人艾伯特·普朗特是一位独居者。他住在另一条平行街道上的一栋平房里。这位因为意外事故之后只能靠轮椅出行的证人当天晚上在家。他在吃晚饭时听见了几声枪响。接连传来的响声引起了他的注意，于是他来到门廊上听外面的动静。他留心看了一眼时间：晚上七点十分。但是当一切重新归于死寂之后，他以为之前的响声只是孩子们在放鞭炮。他待在门口，享受着惬意的夜晚时光。直到大概一小时之后，也就是大概晚上八点二十分，他听到一个男人在呼喊求救。他立刻报了警。

我们遇到的第一个难点就是缺乏动机。要查清楚是谁杀了市长及其家人，我们就必须知道谁有切实的理由要这么做。可是经过初步调查，我们一无所获：我们询问了城里的百姓，市政府的员工，市长夫妇的亲戚朋友，结果都是徒劳。戈登一家的生活看上去十分安定。没有众所周知的敌人，没有债务，没有狗血事件，没有麻烦的过往。就是一个普通的家庭。市长的妻子莱斯利·戈登是奥菲雅小学一位受人尊敬的老师。至于市长本人，除非那些形容他的词都是溢美之词，否则他还挺受市民们肯定的，所有人都认为他会在 9 月份举行的市政选举中再次当选。他的副手艾伦·布朗是他的竞争对手。

一天下午，我们第 N 次把调查材料拿出来研究，最后我对杰西说：

"如果说戈登一家当时不是准备出逃呢？如果说我们从一开始就偏离了方向呢？"

"怎么说，德里克？"杰西问我。

"嗯，我们关注的重点是戈登那天留在了家里，没去大剧院，还有就是他们的行李箱都装好了。"

"你得承认，"杰西反驳我道，"市长决定不出席自己创建的戏剧节开幕式这一点非常奇怪。"

"也许他只是迟到了，"我说，"也许他当时正要去呢。正式典礼晚上七点半才开始，他还来得及去大剧院，开车十分钟都用不了。至于行李箱嘛，戈登一家也许是打算外出度假。他的老婆和儿子都放暑假了。这样就很合理了。他们打算第二天一大早就出发，他们想要在去大剧院之前把行李都收拾好，因为他们知道他们会回来得很晚。"

"那你怎么解释他们被人杀了呢？"杰西问。

"也许是入室盗窃变成杀人劫财，"我说，"有人以为戈登一家那时应该已经在大剧院了，以为他家没人。"

"只是这个所谓的入室盗窃犯似乎除了取了他们的性命，什么东西都没有拿。还有，他为什么要一脚把门踹开呢？这样做可不是太低调啊！再说，市政府的员工没有一个人说过市长打算休假。不，德里克，不是这样的。杀死他们的人是打算把他们都消灭的。这种程度的暴力不容任何置疑。"

杰西从文件里抽出一张在市长家中拍的他的尸体照片，盯着看了许久之后问我：

"德里克，这张照片没有任何让你吃惊的地方吗？"

"你是说除了市长躺在血泊之中吗？"

"他没有穿西服、打领带，"杰西说，"他穿的是休闲装。什么市长会这身打扮去出席一个活动的开幕仪式呢？这说不通。你知道我在想什么吗，德里克？我认为市长根本没打算去看那场戏。"

莱斯利·戈登身旁敞开的那个行李箱的照片中可以看到行李箱里有相册和奶嘴。

"德里克，你看，"杰西又说道，"莱斯利·戈登在死前塞了一箱子的个人物品。谁会带着相册出门去度假啊？他们是在逃跑。他们应该是在逃避杀他们的人。那人正好知道他们不会出现在戏剧节现场。"

杰西说完时，娜塔莎正好走了进来。

"怎么样啊，伙计们，"她冲我们微笑着说，"你们有线索了吗？"

"什么都没有，"我叹气道，"除了一辆后窗玻璃有图案的黑色小货车，什么都没有。那个图案还不明确是什么。"

门铃声响起，打断了我们的谈话。

"是谁啊？"我问。

"达拉，"娜塔莎回我说，"她来看餐厅的规划方案。"

我抓起文件，把它们收进一个纸板文件盒里。

"你不要跟她说调查的事情。"我在娜塔莎去开门时对她命令道。

"好的，德里克。"她不走心地保证道。

"娜娜，这件事情很严肃，"我重复道，"我们的调查必须保密。我们不应该在这里办案的，你也不该看这些材料。不然的话，我和杰西都会有麻烦的。"

"我保证，"娜塔莎保证道，"我一个字都不会说的。"

娜塔莎打开门，达拉一进来就注意到了我手里拿着的文件盒。

"你们的调查进行得怎么样了？"她问道。

"还行吧。"我回答道。

"喂，德里克，你能跟我说的就只有这些吗？"达拉调皮地抗议道。

"调查保密。"我只说了这么一句。

虽说我并不是存心的，但是我的语气有点生硬，达拉生气地撇了撇嘴，说：

"调查保密，我信你才怪！我敢打赌娜塔莎什么都知道。"

杰西·罗森伯格

2014 年 6 月 30 日星期一

开幕式前 26 天

凌晨一点半，我把安娜叫醒，让她到家具储藏室这边来找我和德里克。她知道地方，二十分钟后就过来了。我们跟她在停车场见面。夜里很热，天空中繁星点点。

在把德里克介绍给安娜认识之后，我对她说：

"是德里克发现斯特凡妮在哪里进行她的调查的。"

"在一间家具储藏室里？"她吃惊地问道。

我和德里克同时点了点头，然后拉着安娜穿过那些两旁都是卷帘门的过道。我们在 234-A 号房门前停了下来。我把门再次掀开，把灯打开，出现在安娜眼前的是一个两米乘三米的小房间，地上堆满了文件，全是关于 1994 年谋杀案的。其中有一些是当初地方报纸上的新闻报道，尤其是《奥菲雅纪事报》的一系列文章。还有一些是遇害者尸体的放大照片，以及一张在谋杀案发生当晚拍下的戈登市长的房子的照片，那照片显然是从一篇报道中翻拍下来的。照片中有我，站在最前面，有德里克，还有一群警察，我们围绕在盖着白布的梅根·帕达林的尸体周围。斯特凡妮用记号笔在照片上写着：

> 真相就在我们眼皮底下，却没人看见。

里面的家具就只有一张小桌子和一把椅子，可以想象斯特凡妮就是在那里办公的。在那张简易的办公桌上，放着纸和笔。墙上贴着一张纸，纸上写着的内容引人注目：

找到柯克·哈维

"柯克·哈维是谁？"安娜大声地问。

"案发时奥菲雅警察局的局长，"我回道，"他跟我们一起办的案。"

"那他现在在哪儿呢？"

"不知道。我猜他应该退休很久了吧。我们必须得联系到他，他也许跟斯特凡妮说过话。"

我翻看着堆积在桌上的字条，有了新的发现。

"安娜，你看这个。"我把一张长方形的纸片递给她。

那是斯特凡妮去洛杉矶的机票。她在上面写着：

黑夜→警察档案室

"又是'黑夜'，"安娜咕哝道，"这到底是什么意思啊？"

"意思就是她的洛杉矶之行跟她的调查有关，"我说，"我们现在可以百分百确定斯特凡妮是在调查 1994 年的四人命案。"

墙上有一张布朗市长至少是在二十年前拍的照片。那张照片应该是从一段视频里截下来的。照片中的布朗站在麦克风后，手里拿着一张字条，好像正在发表讲话。字条也被用记号笔圈了起来。照片的背景看上去像是大剧院的舞台。

"这应该是谋杀案当晚，戏剧节开幕式时，布朗市长在大剧院里发表讲话时的影像。"德里克说。

"你怎么知道是谋杀案当晚呢？"我问道，"你还记得他那天晚上穿的什么衣服吗？"

德里克拿起一张同样有布朗的新闻报道的配图照片说：

"我觉得他穿的是完全一模一样的衣服。"

我们在家具储藏室里待了一夜。那里没有摄像头，保安什么也没看见。他跟我们说，他在那里值班只是为了以防万一，但是从来没出过问题。客人们进出自由，没有检查，也没人过问。

州警派了技侦来现场检查，经过仔细搜证，发现了斯特凡妮的电脑。那台电脑藏在一个箱子底下的夹层里，拿起箱子的警察以为箱子是空的，结果想移动它的时候，被箱子的重量吓了一跳。

"这就是那个放火烧公寓、进报社偷东西的人要找的东西。"我说。

技侦警察把电脑带回去分析。而我们这边，安娜、德里克和我把贴在家具储藏室墙上的文件带走，在安娜的办公室里原样复原。早晨六点三十分，困得两只眼睛都肿起来的德里克用图钉把戈登市长家的照片钉在墙上，盯着看了许久，然后再次大声地把斯特凡妮写的字念了出来："却没人看见。"他把眼睛凑到离照片几厘米的地方，仔细地研究里面每个人的面孔。"嗯，这个人是布朗市长，"他指着一个身穿浅色衣服的男人对我们说，"而他，"他指着另一个微缩的脑袋接着说，"是柯克·哈维局长。"

我得回州警地区中心向麦肯纳警长汇报调查进展，德里克陪我去。当我们离开奥菲雅，行驶在清晨的阳光照耀下的主街上时，二十年后再次看到奥菲雅的德里克对我说：

"这里一点也没变啊，就好像时间静止了一样。"

一个小时后，我们来到了麦肯纳警长的办公室，他目瞪口呆地听完了我这个周末的发现。有了家具储藏室里的发现，我们现在就有了证据证明斯特凡妮确实是在调查1994年的四人命案，而且她也许有了重大发现。

"该死的老天啊，杰西，"麦肯纳低声道，"这件事真是要纠缠我们一辈子吗？"

"我希望不会，警长，"我回答，"但是我们必须把这件案子调查个水落石出。"

"你意识到如果你们当年真的办错了案，这意味着什么吗？"

"这点我非常清楚。也正因如此,我希望您能把我继续留在警局,直到我把这个案子调查清楚为止。"

他叹了口气。

"杰西,你知道吗,这么做,我得花一堆时间写各种材料,还得费口舌跟上级解释。"

"我知道,警长。对不起。"

"那个让你能下决心离开警局的计划到底是什么啊?"

"这个,等我办完案之后再告诉您吧。"我保证道。

麦肯纳咕哝了一声,打开抽屉取出几张表格。

"杰西,我同意为你这么做,是因为你是我认识的最优秀的警察。"

"警长,我太感谢您了。"

"不过,我已经把你的办公室给别人了,从明天开始那就是别人的了。"

"我不需要办公室,警长。我这就去收拾我的东西。"

"还有,我不希望你一个人办案。我会给你指派一个搭档。不巧的是,因为你本来是今天就要走的,你们小队里的人都已经各自找好搭档了。不过你不用操心,我会给你找个人的。"

坐在我身边的德里克不再沉默:

"警长,我愿意跟杰西搭档。我来就是因为这个。"

"德里克,你?"麦肯纳惊讶地问,"可是你有多久没有办案了?"

"二十年。"

"对!亏了德里克,我们才找到的家具储藏室。"我说。

警长再次叹气。我看得很清楚,他很头痛。

"德里克,你是说你想要重新调查那件曾经让你离开刑侦工作的案子吗?"

"是的。"德里克语气坚决地说。

警长盯着我们看了许久。

"那你的配枪在哪儿呢,德里克?"他最后问道。

"在我办公室的抽屉里。"

"你还会用吗？"

"会。"

"好吧，不过我还是需要你去射击场打完一弹仓子弹，才能让你把那玩意挂在腰间出去晃悠。先生们，把这件案子给我快点结案，还要给我办好喽，我可不希望老天掉下来砸我们头上。"

※

我和德里克在州警地区中心期间，安娜也没闲着。她认为得先找到柯克·哈维，但是这件事结果比她想象的要复杂得多。她花了好几个小时去查前局长的踪迹，但是一无所获：他已经消失了，既没有地址，也没有电话号码。无奈之下，她只能去找她在奥菲雅唯一可以信赖的人帮忙：她的邻居科迪。他的书店在《奥菲雅纪事报》编辑部附近，她去那里找到了他。

"果然今天一个客人都没有啊！"科迪看见她进来时，叹气道。

安娜一听这话就明白了，他听见门打开的声音时，以为是有客人来了。他接着说道：

"希望 7 月 4 日放烟火会吸引一些客人过来。我 6 月份的生意糟透了。"

安娜拿起陈列架上的一本书。

"这本书好看吗？"她问道。

"不错。"

"那我买了。"

"安娜，你不需要这么做……"

"我正好没书看了。"

"可是我觉得你来的目的不是这个。"

"我来的目的不只是这个，"她冲他笑着说，一边递过去一张五十美元的钞票，"1994 年的四人命案，你有什么能告诉我的吗？"

他皱起了眉头。

"我已经很久没听人说起这件事了。你想知道什么？"

"我就是很好奇当时城里的气氛是什么样的。"

"恐怖极了，"科迪说，"大家显然都吓坏了，你想想，一家人都被人杀了，还包括一个小男孩。还有梅根，那个最温柔、最招人喜欢的姑娘。"

"你跟她很熟吗？"

"我跟她很熟吗？她就在书店上班。当时，店里生意好得不得了，主要是因为她。你想想一个年轻漂亮的女店员，热情迷人又聪明。全长岛的人都来看她。多可惜啊！多么不公平啊！那件事，对我来说是一个可怕的打击。我甚至一度想要抛开一切离开这里。但是我能去哪儿呢？我的所有关系都在这里。你知道吗，安娜，最可怕的是所有人都立刻明白了一点：梅根被杀，是因为她认出了杀死戈登的凶手，这就意味着那个人就生活在我们中间，是我们认识的一个人，是我们去超市、去海滩，甚至是来书店都会碰到的一个人。不幸的是，当凶手被戳穿的时候，事实证明我们的判断没错。"

"你说的是谁？"

"泰德·特南鲍姆，一个家庭出身好、为人友善、讨人喜欢的人，一个积极活跃的家伙。他是开餐馆的，也是义务消防员，还参与组织了首届戏剧节。"

科迪叹了口气，又说道：

"安娜，我不喜欢说这些事情，它让我心里太难受了。"

"对不起，科迪。我只有最后一个问题：柯克·哈维这个名字你有印象吗？"

"有，他是当时奥菲雅警察局局长。就是格利弗的前一任。"

"他后来去哪里了？我在找他。"

科迪神情古怪地看着她。

"他突然一下子就消失了，"他说道，一边把零钱找给她，把书放进一个纸袋里，"再没有人听到过他的消息。"

"发生了什么？"

"没人知道。1994年秋天，突然有一天他就不见了。"

"你的意思是说就在四人命案发生的同一年？"

"是的，在那三个月之后吧。我就是因为这个才记得的。那年夏天很古怪，城里大部分人都想忘掉发生的一切。"

他一边说着话，一边拿起钥匙，把放在柜台上的手机塞进兜里。

"你要走？"安娜问。

"对，没客人，我不如去大剧院跟其他志愿者一起干会儿活。对了，他们有段日子没有见到你了。"

"我知道，我最近事情有点多。我送你过去？我本来也是打算去大剧院问问那些志愿者关于斯特凡妮的事情的。"

"当然好。"

大剧院位于"雅典娜咖啡"旁边，也就是说主街尽头，几乎正对着海滨开始的地方。

和所有安宁的城市一样，这里进出公共场所是无须经过任何安检的，所以安娜和科迪推开大门就进入了剧院。他们穿过休息室，再穿过剧院大厅，下到中央过道上，过道两旁是一排排红色的天鹅绒座椅。

"想象一下，一个月之后，这里将坐满了人，"科迪骄傲地说，"这一切都要多亏志愿者们的功劳。"他激动地爬上通向舞台的阶梯，安娜紧随其后。他们走到大幕后面，来到后台。他们穿过错综复杂的过道，推开一扇门，门后面一群志愿者正在忙着干各种事情：有的管理票务，有的负责后勤。在一间大厅里，人们正在准备张贴海报事宜和复核马上就要付印的宣传单。工坊里，一队人马正在忙着搭背景。

安娜耐心地跟所有志愿者谈话。他们中的大部分前一天都放下了大剧院的工作去参加搜寻斯特凡妮的行动，所以都自然而然地过来问她案子的进展情况。

"没我希望的那样快，"她坦诚地说，"不过我知道她以前来过很多次大剧院，我自己都在这里遇见过她好几次。"

"是的，"一个负责票务的小个子先生对她说，"她是为了写关于志愿者的报道。安娜，你呢，她没采访你吗？"

"没有。"安娜回答道。

她都没有意识到这个问题。

"她也没有采访我。"一个最近才来奥菲雅的男人说。

"那肯定因为你是新来的。"有人回应道。

"是的，没错，"另一个人附和道，"1994 年的时候，你们都还没来呢。"

"1994 年？"安娜惊讶地问，"斯特凡妮跟您谈起过 1994 年？"

"是的，她主要是对首届戏剧节感兴趣。"

"她想知道什么？"

安娜从这个问题得到各式各样的答案，但是其中有一个重复出现：斯特凡妮一直在问关于开幕当晚在剧院里当值的消防员的问题。通过收集志愿者们的证词，她好像在试图巨细无遗地重现当晚的流程。

最后，安娜去了科迪办公室找他，那间办公室其实是一间凹室。他坐在一张简易的桌子后面，桌上放着一台老式电脑，还有几堆散放着的文件。

"安娜，你终于骚扰完我的志愿者了？"他开玩笑道。

"科迪，你还记得 1994 年戏剧节开幕当晚值班的消防员是谁吗？他还住在奥菲雅吗？"

科迪睁大了双眼：

"我还记不记得？老天啊，安娜，今天还真是见鬼了。是泰德·特南鲍姆，1994 年的四人命案的凶手。你再也找不到他了，因为他死了。"

安娜·坎纳

2013 年秋，我初到警察局时同事之间一派其乐融融的气氛没有维持超过两天，随之而来的是融入团队的第一拨困难。这些困难首先体现在一个工作安排的细节问题上。第一个问题是困扰大家的厕所分配问题。局里警察办公使用的部分，每一层都有厕所，全都是带着小便斗和隔间的男厕。

"要不就指定一个厕所当女厕所用。"一名警察提议道。

"行啊，但是这样的话，撒个尿还得换个楼层有点麻烦。"坐他旁边的一个同事答道。

"我们可以把厕所当作男女混用的来用，"我不想给大家添麻烦，便提议道，"除非有人对此有意见。"

"我……我觉得我在前面撒尿，后面有个女的在隔间里不知道在做什么，这样的感觉很不舒服。"新同事中的一位像小学生一样举起手，说道。

"你会尿不出来吗？"有人讥笑道。

所有人哄堂大笑。

恰巧警察局在接待访客的区域有男女分隔的厕所，就在接待窗口旁边。最后决定让我使用留给访客用的女厕，对此我完全没有意见。如果不是有一天我听到接待处的同事数着我的来往次数讥笑我的话，我原本是不会介意每次想上厕所的时候都要穿过接待室的麻烦的。

"你知道吗，那个女的，她尿得有点频繁啊！"他跟另一个趴在窗口跟他聊天的同事悄悄地说，"她今天已经去了三次了。"

"她可能是月经来了。"另一个人回答。

"也有可能是……"

他们扑哧笑了出来。

"嗯？你注意到她的身材有多好了吗？"

另一个关于警察局里突然出现了一个女的的问题是更衣室。局里只有一个大更衣室，里面有淋浴间，有更衣柜，警察们每天上班下班前都可以在里面换衣服。我的到来直接导致了全体男性被禁止进入更衣室，而我并没有向任何人要求过这件事。格利弗局长在写着更衣室的金属名牌下面贴了一张纸，上面写了个"女"字。"男女两性都必须有各自分开的更衣室，这是法律规定。"格利弗当着现场惊呆的众人的面，一边贴一边解释，"布朗市长要求必须得给安娜提供一间更衣室，所以，先生们，从今往后，你们就在你们的办公室里换衣服吧！"当场所有的警员都开始小声地抱怨，于是我提出应该是我在自己的办公室里换衣服，这个提议被格利弗局长拒绝了。"我不希望有人撞见你穿着小内裤的样子，这样会引起更大的风波。"接着，他又猥琐地笑着说，"你最好把你的裤子扣紧了，你明白我的意思吧？"我们最后找到了一个方案：我在家里换好衣服，穿制服直接上岗。这样大家都满意了。

　　但是第二天，当我开车来到警察局停车场，从车里走下来被格利弗局长看到时，他把我叫到了他的办公室里。

　　"安娜，"他对我说，"我不希望你在开私家车时穿着制服。"

　　"可是我在警局里没有地方换衣服啊！"我解释道。

　　"我知道。所以我会安排一辆没有警标的车给你使用。我希望你在穿制服的时候开着它来上下班。"

　　于是这样我就拥有了一辆公务车，那是一辆车窗贴着膜的黑色越野车，它的旋闪灯被藏在了挡风玻璃上方和散热器护栅里。

　　我不知道的一点是，奥菲雅警察局一共只有两辆去掉警标的公务车。格利弗局长有一辆供他专人使用，第二辆停在停车场里，是所有同事觊觎的宝贝，结果它现在被分配给了我。这显然引起了其他警察的不满。"这是在搞特殊！"他们在警局的休息室里临时召开的一场会议中抱怨道，"她刚来，就已经开始享受特殊待遇了。"

　　"伙计们，你们自己选啊，"当他们拿这个问题来找我的时候，我说，"是共用这辆车，还是把更衣室让给我，都随你们啊，我是怎么样都行。"

　　"你在自己的办公室里换衣服就行了，哪里需要搞出这些事！"他们反驳我，"你怕什么啊？怕我们看你啊？"

公务车事件是我在无心冒犯之下对蒙塔涅造成的第一次羞辱。他觊觎那辆车已久，然后我就在他眼皮底下把它给抢走了。

"那辆车应该是我的，"他跑到格利弗跟前哼唧道，"我毕竟是副局长！我现在让人怎么看我？"

但是格利弗直接回了他一个拒绝受理。

"你听着，贾斯珀，"格利弗对他说道，"我知道现在的情况很复杂。我们大家都要面对这个问题，尤其是我。老实说，我一点也不想要女的。女人总是会给警队里制造紧张的情绪。她们什么都想证明自己。我还没跟你说到时她怀孕了怎么办呢，我们所有人都得加班加点地替她完成工作！"

冲突一个接着一个地来。在属于后勤的问题过去之后，关于我的职位的正当性和我的能力问题又摆在了台面上。我是作为局长的第二副手来到警局的，这是一个专门为我设置的岗位。官方理由是多年以来，随着城市的发展，奥菲雅警局任务量增加，人员增多，第三位担任领导岗位的警官的到来，应该能给格利弗局长和他的副手贾斯珀·蒙塔涅带来一份急需的助力。

先是有人问我：

"他们为什么要为你专门设一个岗位？因为你是女的吗？"

"不是，"我解释，"是现有的岗位，然后他们才找人来接这个工作的。"

然后有人开始担心：

"要是遇到你必须得跟一个男的对抗的情况，该怎么办呢？我的意思是，你毕竟是个女的，你一个人开着一辆巡逻车，你能自己一个人把一个男的给拦下来吗？"

"那你呢，你能吗？"我反问道。

"当然能。"

"那我为什么不行？"

最后还有人对我进行考察，问我：

"你有在一线工作的经验吗？"

"我有在纽约街头工作的经验。"我回答。

"那不是一回事，"有人反驳我，"你在纽约是干什么的？"

我希望我的履历能震慑他们一下：

"我是危机处理小组的谈判专员。我一直在出任务。人质绑架案、家庭纠纷案、自杀威胁案之类的。"

但是我的同事们耸了耸肩膀。

"那不是一回事。"他们反驳我。

※

我第一个月的搭档是刘易斯·埃尔班，一个精力不济的老警察，他马上就要退休，我在编制上接替的人是他。我很快就熟悉了晚上在沙滩、城市公园里的巡逻流程，学会了对交通违章行为做笔录、开罚单，也知道了怎么介入酒吧关门时发生的纠纷。

虽然我不论是在出现场任务和介入行动中都证明了自己作为高级警官的能力，但是我的日常人际关系变得越来越复杂。在我来之前，局里原来的那种上下级关系，现在已经被彻底推翻。多年以来，罗恩·格利弗局长和蒙塔涅一直是双头共治，他们是统领狼群的两匹头狼。明年10月1日，格利弗就要退休，所有人都认为接替他的会是蒙塔涅。事实上，蒙塔涅已经在警局里发号施令了，格利弗发布命令只是做做样子罢了。格利弗本质上是个好人，但他不是个好领导，他完全被蒙塔涅掌控着，蒙塔涅在很早之前就把指挥权抢到手了。然而这一切都发生了改变：因为作为局长的第二副手的我的到来，从今以后，是我们三个人管理警局了。

光是这个理由就足以让蒙塔涅发动一场针对我的激烈的诋毁运动了。他让其他警察都相信，与我为伍不会有任何好处。在警局里，没有人想被蒙塔涅记恨上，所以除了正常的工作交流，大家都小心地避免与我有任何接触。我知道在更衣室里，当结束执勤的同事说要一起去喝杯啤酒的时候，他都会教训他们："你们胆敢叫那个蠢女人跟你们一起去，除非你们未来十年都想在警局里扫厕所。"

"当然不会！"警察们回答道，向他表忠心。

蒙塔涅发起的这场诋毁运动也给我融入奥菲雅这座城市造成了麻烦。我的同事们不愿意在下班之后跟我见面，我请他们的妻子吃晚饭，不是被拒绝，就是在最后一分钟被取消，甚至是被放鸽子。我已经不再去数我有多少次一个人对着一张专门为八人或十人立起来的桌子和一大堆菜吃星期天的早午餐了。我的社交活动极为有限：我有时会和市长的妻子夏洛特·布朗一起出门。我非常喜欢主街上的"雅典娜咖啡"，所以我跟它的老板西尔维亚·特南鲍姆有些交情。有时候，我会跟她闲聊几句，但是我不能说我们算朋友。我最常打交道的人是我的邻居科迪·伊利诺伊。我无聊的时候，会去他的书店。我偶尔会给他搭把手。科迪还是戏剧节志愿者协会的主席，最后在夏天快来临的时候，我也加入了协会，这保证了我每星期都会有一个晚上有事干：和大家一起为7月底到来的戏剧节做准备。

在警局里，我一感觉大家有点接受我了，蒙塔涅立刻就会发起进攻。他会开足马力，搜查我的过去，给我取一些充满"内涵"的绰号："扳机""女杀手"，并对我的同事们说："伙计们，你们小心一点啊，安娜一言不合就开枪哟！"他笑得像个傻子一样，然后说："安娜，大家都知道你为什么离开纽约吗？"

一天早上，我在办公室的门上发现了一张旧报纸剪报，上面的标题是：

曼哈顿岛：一名珠宝店被劫持人质遭警方射杀

我闯进格利弗的办公室里，手里晃动着那张剪报：
"局长，是您告诉他的吗？是您把这件事告诉蒙塔涅的吗？"
"安娜，这件事情跟我一点关系也没有。"他保证道。
"那您给我解释一下他是怎么知道的。"

"这都在你的档案里。他肯定是想办法看到了。"

一心想要摆脱我的蒙塔涅，想方设法地把最无聊、最没意义的工作都派给我去做。于是，当我一个人在城里或是城市周边巡逻的时候，我经常会接到警局的无线电呼叫："坎纳，这里是调度中心，有一个紧急出警任务要你去处理。"当我鸣着警笛、开着警灯赶到指定地点后，才发现那只是一起无关紧要的小事。

有野雁把 17 号公路的交通给堵了？找我处理。

有只猫被困在了树上？找我处理。

一位患阿尔茨海默病的老太太一直听到可疑的动静，一晚上报三次警？还是找我处理。

我甚至还因为一起母牛从围场里逃跑的事件，照片被登到了《奥菲雅纪事报》上。照片上的我，滑稽可笑，浑身上下沾满了泥，拖着一头母牛的尾巴，绝望地想要把它拖到一片田里去，那篇报道的题目是：警察在行动。

那篇文章显然让我受到了同事们的嘲笑，有的嘲笑很幽默，有的则没有那么幽默。我在我的那辆没有警标的车的雨刮器下面发现了一张剪报，上面有人用黑色的记号笔写着：奥菲雅的两头母牛。而且好像光是这样还不够，我父母正好在那个周末从纽约来看我。

"你到底为什么要来这里？"我父亲一来就拿着一份《奥菲雅纪事报》在我面前晃着说道，"你不要你的婚姻就是为了来当奶牛看护员的？"

"爸爸，我们现在就要开始吵吗？"

"不是，但是我以为你会成为一名优秀的律师。"

"我知道，爸爸，这句话你已经跟我说了十五年了。"

"我一想到你学了这么多年法律，结果就为了到一个小城市里当警察，我就觉得可惜！"

"我做的是我喜欢的工作，这是最重要的，不是吗？"

"我会让马克做我的合伙人。"他宣告。

"老天啊，爸爸，"我叹气道，"你真的要跟我的前夫一起工作吗？"

"他是个优秀的小伙子，你知道的。"

"爸爸，你不要又开始了！"我央求道。

"他愿意原谅你。你们会和好的，你可以回到律所来……"

"爸爸，我做警察我骄傲。"

杰西·罗森伯格

2014 年 7 月 1 日星期二

开幕式前 25 天

斯特凡妮已经失踪八天了。

整个地区的人都在谈论这件事。其中一小部分人认为她是自己策划了她的逃跑。大部分人认为她遭遇了不幸，担心下一个遇害者会是谁。一位出门买菜的家庭主妇？一个在沙滩路上行走的姑娘？

7 月 1 日早晨，我、德里克和安娜在"雅典娜咖啡"一起吃早餐。安娜跟我们说了柯克·哈维蹊跷的失踪事件，我和德里克当年都不知道这件事。这就意味着它发生在四人命案结案之后。

"我去《奥菲雅纪事报》的档案室转了一圈，"安娜对我们说，"你们看看我在查找关于 1994 年首届戏剧节的文章时发现了什么……"

她给我们看了一篇文章的复印件，标题是：

大批评家奥斯特洛夫斯基眼中的戏剧节

我迅速地浏览了文章的开头部分，写的是纽约著名的批评家梅塔·奥斯特洛夫斯基对首届戏剧节的评价。突然，我的目光停在了一段话上。

"你听听这段，"我对德里克说，"记者问奥斯特洛夫斯基戏剧节的惊喜和噩梦分别是什么，奥斯特洛夫斯基回答：'惊喜当然就是——所有人也都会赞同这一点——《万尼亚舅舅》的精彩表现，在剧中饰演叶莲娜的夏洛特·卡雷尔让整出戏都升华了。至于噩梦嘛，无疑就是柯克·哈维那段离奇的独白，从头到尾都是灾难，戏剧节安排这样一出无意义的表演实在有失水准。我甚至认为它是对观众的一种冒犯。'"

"他说的是柯克·哈维？"德里克不可置信地重复地问。

"他说的是柯克·哈维。"安娜确认道，她对自己的发现感到很骄傲。

"这是什么套路？"我惊讶地问，"奥菲雅的警察局局长参加戏剧节？"

"更重要的一点是，"德里克补充道，"哈维调查了1994年的谋杀案，所以他和谋杀案及戏剧节都有关联。"

"斯特凡妮是因为这个想要找到他的吗？我们必须把他找出来。"

有一个人可以帮我们找到柯克·哈维：刘易斯·埃尔班——安娜来到奥菲雅之后接替的那名警察。他在奥菲雅警局干了一辈子，肯定跟哈维打过交道。

我和安娜、德里克一起去看望他，见到他时，他正在自家屋前照料一大片花。看到安娜，他眼睛一亮，露出和善的笑容。

"安娜，"他说，"真是开心啊！你是第一个来关心我的同事。"

"我是有事来找你的，"安娜立刻坦承道，"跟我一起来的这两位是州警派来的。我们想跟你谈谈柯克·哈维。"

等我们到他的厨房里坐定之后，刘易斯·埃尔班坚持要给我们上咖啡。他对我们说他完全不知道柯克·哈维发生了什么事情。

"他死了吗？"安娜问。

"我不知道，我怀疑是。他如今该有多大年纪了？五十五岁上下吧！"

"所以他是在1994年10月消失的，也就是戈登市长一家被杀案破案之后，是这样吗？"安娜接着问。

"对。他突然之间就不见了，留下了一封奇怪的辞职信。大家都不知道是什么原因。"

"没人调查过吗？"安娜问。

"算不上有。"刘易斯回答，他低着头，神色有些羞愧。

"为什么呢？"安娜跳起来问，"你们的局长就这么一走了之，都没有人想知道为什么吗？"

"事实上，大家都讨厌他在那个位置上，"埃尔班回答，"哈维局长在失踪之前就已经管不住局里了。执掌大权的是他的副手罗恩·格利弗。局里的警察都不想再跟他扯上任何关系，大家都恨他。我们都叫他'光杆司令'。"

"光杆司令？"安娜惊讶地问。

"就像我跟你说的那样，大家都看不上哈维。"

"那为什么他还能当上局长呢？"德里克插嘴道。

"因为一开始，我们都很敬重他。他是一个很有魅力而且非常聪明的人，也是一位好领导。他还是狂热的戏剧爱好者。你们知道他空闲时间都干什么吗？写戏！他休假都去纽约，去看那里上演的所有戏剧。他甚至还和奥尔巴尼大学的学生剧团排了一出戏，取得了一点小小的成绩，为此他还上了报纸。他找了一个漂亮得像幅画一样的女朋友，是剧团里的一位女大学生。总之，就是一切都很完美。那个家伙该有的都有了。"

"后来发生了什么？"德里克追问道。

"他风光了不到一年，"刘易斯·埃尔班说，"成功之后，他乘胜追击又写了一出新戏。当时他一直跟我们说他的那部戏。他说那将是一出杰作。奥菲雅要创办戏剧节的时候，他花了不少力气想让人安排他在开幕式上演他的戏，但是戈登市长拒绝了他，说他的戏很烂。两人因为这件事吵了不少次。"

"可是他的戏最后还是在戏剧节上上演了，不是吗？我在《奥菲雅纪事报》的档案里读到了一篇关于那出戏的剧评。"

"他演了一出自编自演的独角戏，演得一塌糊涂。"

德里克又问：

"我的问题是，柯克·哈维是怎么在戈登市长拒绝他的情况下参加的戏剧节？"

"因为市长在戏剧节开幕当晚被人杀了呗！当时是他的副手艾伦·布朗接替了他的位置，于是柯克·哈维就如愿以偿地把他的戏加进了节目单里。我不知道布朗为什么会同意。他当时肯定有更重要的事情要处理。"

"所以，柯克·哈维能演出，单纯是因为戈登市长死了。"我总结说。

"就是这样，罗森伯格队长。每天晚上的下半场，他都要在大剧院里表演。那简直是惨败。可悲至极，你们都无法想象。他当着所有人的面出丑。而且，这只是他人生下坡路的开始而已：他的名声毁了，女朋友跑了，一切都急转直下。"

"是因为那出戏，所有警察才开始讨厌哈维的？"

"不是，"刘易斯·埃尔班说，"至少不是直接原因。戏剧节开始前的几个月，哈维跟我们说他父亲得了癌症，正在奥尔巴尼的一家医院里接受治疗。他说他得请无薪假去照顾他父亲。在警局里，大家都为这件事而感到难过。可怜的柯克，他的父亲就要死了。我们还想要给他募捐，补贴他被扣掉的工资。我们组织了好几场活动，我们甚至还把自己的假分给他用，让他能在请假期间继续有工资领。他是我们的局长，我们都很敬重他。"

"那后来发生了什么？"

"我们发现了他的秘密：事实上他父亲根本没事。哈维编出这段谎话只是为了能去奥尔巴尼准备他的那出大戏。从那儿以后，就没有人再想理他了，也不愿意再听从他的指挥。他跟我们解释说他把自己的谎话都当真了，还说他从来没想过我们大家会为了帮他把自己的假分出来给他用。这种话只会让我们更生气，也意味着他的思维方式跟我们大家都不一样。从那天起，我们都不再把他当领导了。"

"这件事发生在什么时候？"

"我们是在 1994 年 7 月发现他的谎言的。"

"那从 7 月到 10 月这段时间，警局是怎么在没有局长的带领下工作的？"

"罗恩·格利弗变成事实上的局长。大家都服他，一切都照常运转。虽然这种局面不是官方认可的，但是没人为此感到不满，因为不久之后就发生了戈登市长的谋杀案，再然后，接任他的布朗市长在之后的几个月里一直有更重要的事情要处理。"

"可是，"德里克说，"我们在调查四人命案期间经常跟柯克·哈维有合作啊！"

"所以除了他，你们还跟警局的谁有过接触？"埃尔班问。

"没人。"德里克承认道。

"你们当时不觉得奇怪吗，只有柯克·哈维跟你们有互动？"

"我当时都没有想过这个问题。"

"我提醒你们注意一点，"埃尔班补充道，"这并不意味着我们当时玩忽职守。那毕竟是一起四人命案。老百姓的每一通报警电话我们都严肃对待，对州警的所有要求，我们也是一样。但是除此之外，哈维都是自己待在他的小角落里查案。他当时对那件案子完全是痴迷了。"

"所以那个案子当时有留下卷宗吗？"

"当然了，哈维编写的。应该保存在档案室里吧。"

"里面什么都没有，"安娜说，"只有一个空箱子。"

"也许在他的地下办公室里。"埃尔班说。

"什么地下办公室？"安娜问。

"1994年7月，当我们发现他父亲没得癌症之后，所有的警察一起冲进哈维的办公室，想要他给我们一个解释。他当时不在，我们就开始搜他的办公室，然后我们就发现他把大部分时间都花在了他的那出戏上，而不是他的本职工作上，因为我们在那里发现了一些手稿和剧本。我们决定进行一次大清洗，把所有与警察局局长职责无关的材料都扔进了碎纸机。我告诉你们，扔完之后，他的办公室里也就不剩什么了。在干完这些之后，我们又拔了他的电脑电源线，收缴了他的办公桌椅，把他的办公室搬进了地下室的一间房子里。地下室是一个巨大的堆放杂物的地方，他的房间就是中间的一个器材间，没有窗户，也不通风。从那天起，哈维来到警局之后，都是直接下到他的新办公室里去。我们以为他会撑不到一个星期，结果他在地下室里撑了三个月，直到 1994 年 10 月他消失。"

在听完埃尔班讲完"政变"的过程之后，我们都震惊得说不出话来。最后我又问：

"所以，就是突然有一天，他消失了。"

"是的，队长。我记得很清楚，因为就在前一天，他一定要跟我说说他的事情。"

※

奥菲雅，1994 年 10 月底

刘易斯·埃尔班走进警察局的厕所时，正好撞见柯克·哈维在洗手。

"刘易斯，我有话跟你说。"哈维对他说。

埃尔班先是假装没听见，但是哈维盯着他，他只好小声地对哈维说：

"柯克，我不想被别人看到……"

"听着，刘易斯，我知道是我搞砸了……"

"该死，柯克，你到底是怎么了？我们每个人都把自己的假拿出来给你用。"

"我又没有要求你们这么做！"哈维抗议道，"我已经请了无薪假，没有麻烦任何人，是你们非要掺和进来的。"

"所以，现在都是我们的错喽？"

"听着，刘易斯，你有权利恨我，但是我需要你帮我。"

"别说了。如果其他人知道我跟你说过话，我也会被赶到地下室的。"

"那我们找个别的地方碰面。你今天晚上八点前到海滨的停车场来找我，我把一切都告诉你。这件事非常重要，跟泰德·特南鲍姆有关。"

※

"泰德·特南鲍姆？"我问。

"是的，罗森伯格队长，"刘易斯确认说，"很显然，我没有去。要是被人看见我跟哈维在一起，那就跟得了疖疮一样会让人避之不及。那是我最后一次跟他说话。第二天到警局之后，我听说罗恩·格利弗在他的办公桌上发现了一封哈维的亲笔信，告诉格利弗说他走了，说永远不会再回奥菲雅了。"

"你们当时是什么反应？"德里克问。

"我心里说，走得好。老实说，这样对大家都好。"

离开刘易斯·埃尔班家时，安娜对我们说：

"斯特凡妮询问大剧院里的志愿者，是想确定四人命案发生当晚泰德·特南鲍姆的时间表。"

"该死。"德里克小声地骂了一句。

他以为他有必要解释一下：

"泰德·特南鲍姆是……"

"泰德·特南鲍姆是 1994 年的四人命案的凶手，我知道。"安娜打断了他。

德里克接着说：

"至少这二十年来我们一直以为他是。关于他，柯克·哈维发现了什么？为什么他没有跟我们说呢？"

同一天，我们从技侦警察那里收到了斯特凡妮电脑内容的分析报告：硬盘上只有一份 Word 文档，文档有密码保护，但是很容易就被技术人员破解了。

我们三个聚在斯特凡妮的电脑前，打开了那个文档。

"这是一个文本，"德里克说，"肯定是她写的文章。"

"不如说是一本书。"安娜指出。

她说得对。我们看了文档，发现斯特凡妮就那个案子写了一本书。我抄了一段开头放在这里：

无罪之人

作者：斯特凡妮·梅勒

那则广告夹在一个鞋匠广告和一家自助餐低于二十美元的中餐厅广告之间。

你想要写一本畅销书吗？

文学界人士寻找志向远大的作者从事严肃的工作。推荐信必不可少。

我一开始没有把它当回事。不过，我还是好奇地拨通了上面的电话号码。一个男人接了电话，我没有立刻听出他的声音。直到第二天我到了他约的"SoHo 咖啡馆"见到他之后，我才明白他是谁。

"是你？"见到他之后，我惊讶地说。

他看上去跟我一样惊讶。他跟我解释说他需要一个人帮他把长期以来一直萦绕在他脑海里的想法写成一本书。

"斯特凡妮，这个广告我已经登了快二十年了，"他对我说，"这些年来，所有来应聘的人水平一个比一个差。"

"可是，你为什么要找人替你写书呢？"

"不是替我写，是为我写。主题我定，你来执笔。"

"你为什么不自己写呢？"

"我？不可能！别人会怎么说我？你想想……反正，总而言之，我会支付你写作期间的一切费用。然后你就再也不用操心了。"

"为什么？"我问。

"因为这本书会让你成为名利双收的作家，而我将成为天下最平静之人。我将终于能看到那个困惑了我二十年的问题有答案了，看到这本书问世，我将得到幸福。如果你能找到那个谜题的答案，那将是一本令人拍案称奇的侦探小说。读者们都会爱上它的。"

不得不承认的是，这本书写得非常引人入胜。斯特凡妮在书中写道，她去《奥菲雅纪事报》工作只是一个幌子，那份工作让她可以悄悄地调查 1994 年的四人命案。

可是，区分纪实和虚构很难。如果她写的都是真实发生的事件，那么那个请她写书的神秘资助者是谁呢？她没有提到他的名字，但是她似乎说他是一个她认识的人，而且在四人命案发生当晚，那人好像就在大剧院里。

"我也许就是因为这个才在这件事上如此执着的。我当时就在剧院里看戏，台上演的是《万尼亚舅舅》，演得非常平庸。而真正引人入胜的悲剧就发生在离剧院几条街之外的彭菲尔德街区。从那天晚上起，我每天都在想那天晚上到底发生了什么，我也每天都对自己说，这件事可以写成一部精彩绝伦的侦探小说。"

"可是根据我了解到的情况，凶手已经被抓到了。是一个叫泰德·特南鲍姆的人，奥菲雅一家餐厅的老板。"

"我知道，斯特凡妮。我也知道所有的证据都证明他有罪。但是我并没有完全信服。他是当晚在剧院值班的消防员。可是，那天就在晚上七点前不久，我到街上走了几步，看到一辆小货车从我面前开过。它的后窗玻璃上贴着一张贴画，很好认。我后来看报纸得知，那是泰德·特南鲍姆的车，可是问题是当时开车的人并不是他。"

"小货车是怎么回事？"安娜问。
"泰德·特南鲍姆的小货车是导致他被捕的重要线索之一，"德里克解释，"有一名证人明确地指出凶杀案发生前，它就停在市长家房前。"

"所以是他的小货车，但是开车的人不是他？"安娜问。

"这个人似乎是这么认为的，"我说，"斯特凡妮就是因为这个才来对我说我们抓错了凶手的。"

"也就是说，有人怀疑不是他做的，却一直什么话也没有说？"德里克问。

有一点对我们三人来说都是毫无疑问的：如果斯特凡妮是主动消失的，那她绝不会不带上她的电脑就离开。

不幸的是，我们的推断被证实是正确的。第二天早晨，也就是7月2日星期三，一位鸟类爱好者黎明时分在鹿湖边散步时，看到在远处的睡莲和芦苇荡之间有一个物体在漂。好奇之下，她拿起望远镜看了看。她看了好几分钟才明白，那是一具尸体。

德里克·斯考特

1994年8月，我们的调查毫无进展：我们一无嫌犯，二无犯罪动机。如果说戈登市长一家真到了要逃离奥菲雅的地步，我们却连他们要逃向何方，为何出逃都不知道。我们没有找到任何迹象、任何线索。莱斯利和约瑟夫·戈登没有任何引发亲友警觉的举动，他们的银行记录也没有任何异常之处。

为了探寻凶手的轨迹，尤其是在不知道谋杀动机的情况下，我们需要找到切实的证据。在弹道专家的帮助下，我们知道了用来杀人的武器是一把贝雷塔手枪，并且从枪手开枪的精准度来判断，他算得上训练有素。但是光是查武器登记记录和各大射击协会成员名单就让我们疲于奔命了。

不过，我们还是掌握了一个足以扭转调查局面的重要证据：那辆就在谋杀案发生前停在街上被莉娜·贝拉米看见的车。不幸的是，她只依稀记得那是一辆黑色的小货车，车窗玻璃上有一个硕大的图案。

我和杰西花了几个小时在她身上，把各种可能的和想象得到的车辆图片拿给她看。

"是不是这种类型的车？"我们问她。

她仔细地看那些从她眼前闪过的照片。

"真的很难说。"她回答。

"你所说的小货车，是厢式货车还是皮卡？"

"这两个有什么区别吗？你们知道吗，你们给我看的车越多，我的脑子越糊涂。"

尽管莉娜·贝拉米非常配合我们的调查，我们还是在原地打转。时间也不站在我们这边。麦肯纳警长给我们施加了巨大的压力：

"怎么样了？"他不停地问我们，"伙计们，告诉我，你们有进展了吗？"

"没有，警长。这个案子真的很难办。"

"该死，你们必须有进展。不要跟我说我看错你们了。这是件大案，警队里的所有人都盼着你们出错。你们知道大家都在倒咖啡的时候偷偷地说你们什么吗？说你们业余。你们会被人当傻子看，我也会被人当成傻子，这样对大家来说都会非常难堪。所以我希望你们接下来给我全身心地投入调查中。光天化日之下连杀四人，肯定有什么痕迹留下。"

我们的生活就只剩下这件案子，每天工作二十小时，每星期七天，我们就只做这一件事。我基本上是住在了杰西和娜塔莎家里。在他们的浴室里，从此以后有了三支牙刷。

多亏了莉娜·贝拉米，调查局面发生了变化。

谋杀案过去十天之后，她老公带她去主街上吃晚饭。自从 7 月 30 日那个可怕的夜晚之后，莉娜基本就没有出过门。她惴惴不安，焦虑难耐。她不再让孩子们到家对面的公园里去玩，宁愿把他们带到更远的地方去玩，哪怕是开车四十五分钟。她甚至想要搬家。她老公特伦斯想要让她不要老想着那件事，终于说服她跟他出去二人约会。他想要尝尝主街上大剧院旁边新开的那家餐厅，大家都说他家好吃。"雅典娜咖啡"赶在戏剧节开幕前开的业，是流行起来的餐厅，订位得靠抢。奥菲雅终于有一家像样的餐厅了。

那天晚上夜色温柔。特伦斯把车停在海滨停车场，然后他们慢悠悠地走到餐厅。餐厅位置好极了，有一片被鲜花包围、照明全靠蜡烛的露天座位。餐厅的正面是一面巨大的玻璃窗，上面画了一系列的点和线，让人第一眼看上去，感觉好像是某种部落图案，然后才会明白那是一只猫头鹰。

莉娜·贝拉米在看到餐厅门面之后，当场愣住，浑身开始颤抖。

"就是这幅画！"她对她老公说。

"什么画？"

"我在那辆小货车后面看到的那幅画。"

特伦斯·贝拉米立刻用公用电话通知了我们。我和杰西一路疾驶直接开到奥菲雅，在海滨停车场里找到了窝在车里的贝拉米夫妇。莉娜·贝拉米在哭。与此同时，那辆黑色的小货车就停在"雅典娜咖啡"前面，后车窗玻璃上的标志跟餐厅门面上的图案确实一模一样。司机是一个身材魁梧的大汉，贝拉米夫妇看着他进了餐厅。我们通过车牌号确定了司机的身份——"雅典娜咖啡"餐厅的老板泰德·特南鲍姆。

我们决定先不着急抓捕特南鲍姆，而是针对他悄悄地展开调查。很快我们就发现他跟我们要找的凶手条件很吻合：特南鲍姆一年前买过一支手枪，但那并不是一支贝雷塔手枪；他还非常频繁去当地一家射击场去练习射击，据射击场老板说，他在射击方面还挺有天赋。

根据我们的调查，特南鲍姆出身于曼哈顿岛的一个条件优渥的家庭，是那种性格冲动，动不动就动拳头的靠爸二代。因为爱打架，他被斯坦福大学开除，甚至蹲过几个月的监狱。不过这并没有妨碍到他后来买枪。几年前，他搬到奥菲雅，似乎没有再惹是生非。他在湖景酒店工作过，后来开了自己的餐厅——"雅典娜咖啡"。而正是因为"雅典娜咖啡"，泰德·特南鲍姆和市长起了严重争执。

特南鲍姆相信自己开的餐厅会取得巨大的成功，在主街上买下了一栋位置理想、要价高得吓跑其他买家的建筑。但是他有一个很重要的问题要解决：建筑的使用用途不允许他在那里开餐厅。特南鲍姆以为市政厅一定会破格准许他开，但是戈登市长根本不给他这个面子。他坚决反对"雅典娜咖啡"的开店计划。特南鲍姆的打算是把那里打造成一个曼哈顿风格的时髦餐厅，但是戈登认为那样对奥菲雅没有任何好处。他拒绝对建筑使用规划做任何改动，市政厅的员工说两人之间多次发生争吵。

然后我们又发现，2 月的一天夜里，一场火灾把那栋楼给烧成了灰烬。这把火对特南鲍姆来说是件好事，重建让他可以改变建筑使用用途。这个插曲是哈维局长告诉我们的。

"所以你是说，多亏了这场火，特南鲍姆的餐厅才开成功。"

"没错。"

"那我猜，这场火是有人故意放的吧。"

"显然是这样啊！但是我们没有找到任何证据能证明特南鲍姆就是纵火犯。不管怎样，也许是天意吧，火灾发生的时间正好让特南鲍姆可以开工，并赶在戏剧节前把'雅典娜咖啡'开起来。从那儿以后，他们家就再也没有过空位子。如果当初他的施工进度晚一点点，他就不可能有今天的局面了。"

而恰恰就是这一点，后来变成了决定性因素。因为有好几位证人证实戈登曾经隐晦地威胁特南鲍姆，说他会拖延施工进度。副局长格利弗还告诉我们，两人曾经差点在大街上动起手来，还是他出的警。

"为什么没人跟我们说过他和特南鲍姆之间的纠纷呢？"我惊讶地问。

"因为那是 3 月份的事情了，"格利弗回答我，"我已经忘了。你们知道的，在政策问题上，人们总是容易脑子发热。像这样的事情，我知道的有一大堆。你们去市议会开会现场看看，那些家伙都是不停地相互咒骂。但是那样并不意味着他们最后会拔枪相向。"

但是对我和杰西来说，这样的理由已经相当充分了。我们有了一份证据确凿的案卷：特南鲍姆有动机杀市长；他是受过训练的枪手；在枪杀案发生前几分钟，他的小货车被人明确指认停在戈登家门前。1994 年 8 月 12 日黎明，我们以杀害约瑟夫·戈登、莱斯利·戈登、亚瑟·戈登和梅根·帕达林的罪名在泰德·特南鲍姆的家中将他抓获。

我们志得意满地来到州警地区中心，在麦肯纳警长和同事佩服的目光中，把特南鲍姆送进了牢房。

然而我们的风光只持续了几个小时。泰德找来了纽约的大律师罗宾·斯塔尔。他在收到特南鲍姆姐姐支付的十万美元预付金之后立刻从曼哈顿岛杀了过来。

斯塔尔在问讯室里狠狠地羞辱了我们，警长和其他同事隔着一面单面透视镜看着这一幕，都笑弯了腰。

"无能的警察我见得多了，"罗宾·斯塔尔怒斥道，"但是你们俩绝对是个中翘楚。斯考特警司，您能再把您的故事给我说一遍吗？"

"您不必这么盛气凌人地跟我们说话，"我反驳他，"我们知道您的客户最近几个月因为'雅典娜咖啡'改建工程跟戈登市长有纠纷。"

斯塔尔一脸困惑地看着我说：

"工程似乎已经结束了啊，哪里还有问题呢，斯考特警司？"

"'雅典娜咖啡'的施工进度不能承受任何延迟，我知道戈登市长威胁过您的客户，说要让他彻底停工。在发生多次争执之后，泰德·特南鲍姆最后把市长全家还有那个可怜的跑步路过他家的女人杀了。正如您所知，斯塔尔先生，您的客户是一个受过训练的枪手。"

斯塔尔嘲讽地点了点头。

"警司大人，您的故事充满了混乱。我简直叹为观止。"

特南鲍姆不做任何反应，全权交由他的律师代为说话，这个策略到目前为止实施得还挺成功。斯塔尔接着说：

"如果您的让人站着都能听睡着的故事讲完了，那么现在请让我做个回应。我的客户不可能在 7 月 30 日晚上七点出现在戈登市长家，原因很简单，他当时在大剧院里担任值班消防员。你们可以去问当天晚上随便一个在后台工作的人，他们都会告诉你他们见过泰德。"

"那天晚上有不少人进进出出，"我说，"泰德有时间偷偷地离开。他离市长家开车只有几分钟的距离。"

"好，就算您说得对，警司！所以您的理论就是，我的客户迅速地钻进他的货车里，赶到市长家，把遇到的所有人都杀光，然后再悄悄地回到大剧院里。"

我决定祭出我的王牌，我自以为的大杀招。在故意让沉默的时间拉长了一会儿之后，我对斯塔尔说：

"有人明确指认在谋杀案发生前几分钟看到您客户的小货车停在戈登市长家门前。您的客户正是因为这个被请到警察局里来的，也正是因为这个，他将一直待在这里直到法院开庭，直接被关到联邦监狱里去。"

斯塔尔神情严肃地看着我。我以为我戳中了他的软肋。这时，他开始鼓掌：

"太棒了，警司大人。我还得跟您说声谢谢。我已经很久没有像今天这么开心了。所以您的理论就建立在这样一个关于小货车的离奇故事上？就凭您的证人花了十天时间都没有辨认出来，然后突然一下就恢复了记忆认出来的那辆车？"

"您是怎么知道的？"我不满地问。

"因为我跟你们不一样，我尽到了我的职责，"斯塔尔怒骂道，"你们应该知道没有一个法官会接受这种无聊的证词的！你们一点切实的证据都没有。你们的案卷写得像小孩子扮家家酒一样，你们应该感到羞愧才对，警司大人！如果你们没有别的要补充的，我和我的客户现在就要走了。"

问讯室的门开了。警长恶狠狠地瞪了我们一眼，让斯塔尔和特南鲍姆离开。等他们走了之后，他走进屋来，怒气冲冲地抬起一脚，把一把椅子踢飞了。我从来没有见过他发这么大火。

"所以这就是你们办的大案吗？"他大吼道，"我让你们取得进展，不是让你们胡作非为！"

我和杰西低下头，一句话也不说，这让警长更加生气。

"你们就没有什么可说的吗，嗯？"

"我确定就是特南鲍姆干的，警长。"我说。

"哪种确定，斯考特？作为警察的那种吗？能让你们不眠不休、不吃不喝直到把案子破了的那种吗？"

"是的，警长。"

"好，那就去干吧！你们两个现在就给我滚出去，立马重新开始调查！"

女记者之死
2014年7月2日星期三—7月8日星期二

杰西·罗森伯格
2014年7月2日星期三
开幕式前24天

从全区四面八方赶来的几十辆应急车、消防车、救护车和警车聚集在17号公路上，堵住了前往鹿湖方向的道路。交警把来往车辆导向其他方向，周围的草地上，从这片树林到那片树林之间，已经拉起了警戒线。警戒线后面，有警察在站岗，阻止赶来的围观群众和记者通过。

在距离那里几十米远的地方，一个缓坡下面，在高高的草丛和蓝莓灌木丛中间，我和安娜、德里克，以及格利弗局长，还有几名警察默默地看着眼前仙境一般的景象，那是一片长满水生植物的开阔水面。就在湖中央的位置，可以清楚地看到在水生植物之间有一块色斑，那是一堆白肉，一具困在睡莲之中的人类尸体。

从远处看无从判断那是否是斯特凡妮的尸体。我们在等州警的潜水员过来。与此同时，我们只能无可奈何地、默默地看着那片平静宽广的水面。

在对面的一处湖岸，几名警察想要靠近尸体，结果陷在了泥沼里。

"这片区域之前没有搜查过吗？"我问格利弗局长。

"我们没有搜到这里，这个地方进出有些困难。再说，湖岸上都是泥沼和芦苇荡，无法通行。"

我们听见远处有警笛声传来，有增援大批赶来。接着布朗市长也在蒙塔涅的陪同下赶来了，是蒙塔涅先到市政府去找他，然后开着车把他载过来的。最后，州警的各个组别的警察也都赶来了，场面立刻骚动起来：警察和消防员在前面搬运橡皮艇，潜水员抱着沉重的器材箱在后面跟着。

"这个城市到底怎么了？"市长来到我们身边，小声地说，盯着那片无边无际的睡莲。

潜水员们迅速穿戴整齐，橡皮艇已经下了水。我和格利弗局长坐上其中一艘橡皮艇，冲进湖里，潜水员们坐上第二艘，紧紧地跟了上来。青蛙和水鸟突然安静下来，当橡皮艇的发动机停止转动之后，四下一片死寂。橡皮艇在惯性之下劈开厚厚的盛开的睡莲，很快就来到尸体旁边。潜水员们下了水，消失在一片气泡之中。我蹲在船头往下看，想要看清楚那具被蛙人们拖出来的尸体。当他们终于把尸体翻转过来后，我猛地往后退了一下。眼前那张已经被水泡变形了的面孔正是斯特凡妮·梅勒。

在鹿湖之中发现溺亡的斯特凡妮·梅勒的尸体的消息立刻传遍了整个地区。好奇的群众争相赶来，沿着警戒线聚集。当地媒体也蜂拥而至。整条17号公路变成了一个巨大的嘈杂的游乐会场地。

湖岸上，法医兰吉特·辛格博士对运过来的尸体进行初步观测之后，把安娜、德里克、布朗市长、格利弗局长和我叫过去做了一次情况通报。

"我认为斯特凡妮·梅勒是被人勒死的。"他对我们说。

布朗市长双手掩面。

法医继续说："得等尸检结果出来之后才能知道具体经过，但是我已经在她的脖颈处发现了大片血肿和重度发绀迹象。她的上肢和面部有抓痕，肘部和膝盖处有擦伤。"

"为什么之前没人发现她呢？"格利弗问。

"尸体浮上水面需要一定的时间。从尸体的腐烂程度来看，死亡时间应该在八九天前。总之是超过了一星期的时间。"

"这样我们又回到了她消失的那天夜里，"德里克说，"所以斯特凡妮应该是被人绑架后杀害。"

"老天啊！"布朗喃喃地道，一只手插进头发里，面如死灰，"这怎么可能呢？谁会对这个可怜的姑娘做这种事情呢？"

"我们会查个水落石出的，"德里克回答，"市长先生，您现在面临着十分严重的局面。本地区有一个杀手，也许他就在您的城市里。我们对他的动机一无所知，也不能排除他会不会再出手。我们一天不把他抓住，就不能放松警惕。必要的话，请和州警共同落实一个维安方案，支援奥菲雅警方。"

"维安方案？"布朗担忧地问，"你们不想想，你们这样做会把所有人都吓到的！你们不知道奥菲雅是一个海滨度假城市吗？只要谣言四起，说这里有一个杀手在逃，整个夏季就完蛋了！你们知道这对我们来说意味着什么吗？"

说完布朗市长转脸看向格利弗局长和安娜：

"这个消息你们能封锁多久？"他问道。

"所有人都已经知道了，艾伦，"格利弗对他说，"谣言已经传遍整个地区了。你自己去那上边看看吧，路旁已经跟赶集一样热闹了！"

几声叫喊声突然把我们打断：梅勒夫妇刚刚到了。他们出现在湖岸上方。"斯特凡妮！"特鲁迪·梅勒惊恐地呼喊道，身后紧跟着她丈夫。我和德里克看着他们从坡上冲下来，赶紧上前阻止他们，不让他们再靠近一步，免得他们看见那具躺在岸边就要被装进尸袋的尸体。

"女士，你们不能看。"我小声地对紧紧贴在我身上的特鲁迪·梅勒说道。她开始哭喊。我们把特鲁迪·梅勒和丹尼斯·梅勒带到一辆警车里，会有心理专家负责接待他们。

得有人去见媒体。我倾向让市长去处理。格利弗不愿意错过任何一次上电视的机会，坚持要和他一起。

他们两个一起走到警戒线前，来自整个地区的媒体记者都在线后头焦急地等待着。来的媒体里有地区电视台的，有摄影记者，也有报社的。布朗市长和格利弗一到，一大堆麦克风和镜头都对准了他们。迈克尔·伯德的声音从众多同行之中脱颖而出，问出了第一个问题：

"斯特凡妮·梅勒是被人谋杀的吗？"

一阵冰冷的沉默。

"一切都得等调查结果出来再说，"布朗市长说，"目前请不要仓促下结论。我们会在适当的时间发布官方公告。"

"但是在湖里发现的尸体确实是斯特凡妮·梅勒吧？"迈克尔又问道。

"我不能透露更多情况。"

"市长先生，我们都已经看到她的父母到场了。"迈克尔坚持说道。

"大概确实是斯特凡妮·梅勒吧，"布朗被逼入了绝境，不得不承认，"她的父母还没有正式认领尸体。"

在场的其他记者立刻乱哄哄地冲他提出了一大堆问题。迈克尔的声音再次从众人之中传出来：

"所以斯特凡妮是被人谋杀的，"他总结道，"那发生在她公寓里的那场火灾就不会只是巧合吧？奥菲雅到底发生了什么？市长先生，有什么是您没有告诉老百姓的？"

布朗控制着自己的情绪，声音平静地回答：

"我理解你们的疑问，但是目前重要的是让查案人员做好他们的本职工作。目前我不会发表任何评论，我不希望耽误警察的工作。"

迈克尔明显是激动了，而且动了怒，又大声地问：

"市长先生，您的城市里有人死了，那您还打算继续举行 7 月 4 日的庆祝活动吗？"

始料未及的布朗市长只有一秒钟的时间反应：

"目前我宣布 7 月 4 日的烟火活动取消。"

一阵喧哗淹没了记者和围观群众。

我们这边，我和安娜、德里克还在检查湖岸，想要知道斯特凡妮是怎么出现在这里的。德里克认为这是一起仓促之间发生的谋杀案。

"我的观点是，"他说，"但凡是一个稍微细心一点的凶手都会给斯特凡妮的尸体绑上重物，确保她在一定时间内不会浮上岸来。犯下此案的人应该是没有计划在这里用这种方式把她杀死。"

鹿湖湖岸大部分地方都无法徒步靠近——这一点也让它成为一个鸟类天堂——因为都被一片无边无际密密麻麻的芦苇荡像堵墙一样围住了。有几十种鸟在这片真正的未开垦的森林里筑巢安家，平静地生活。湖岸的另一部分直接连着一片茂密的松树林，树林沿着整条 17 号公路生长，蔓延到大洋。

我们一开始认为只有通过我们来时的那个岸边才能走到这里。但是经过仔细地观察地形之后，我们发现森林那边高高的草丛最近被人踩平过。我们十分费劲地才走到那个地方：那里土壤稀松，像沼泽地一样。然后我们又发现了一块从森林里伸出来的平地，那里的泥土被人翻动过，虽然不能确定，但是看上去像脚步的痕迹。

"这里发生过什么，"德里克肯定地说，"但是我怀疑斯特凡妮是跟我们走同一条路过来的。这条路太难走了。我认为，唯一能走到这处湖岸的路是……"

"从森林里走过来？"安娜说。

"没错。"

我们在几名奥菲雅警察的帮助下，对那片森林进行了仔细的搜索。我们发现了一些断掉的树枝和有人走过的痕迹。在一片灌木丛上，挂着一块布料。

"这可能是斯特凡妮星期一身上穿的那件 T 恤上的。"我用戴着乳胶手套的手捡起那块布料，对安娜和德里克说。

我之前在水里看到的斯特凡妮脚上只有一只鞋，在她的右脚上。我们在树林的一个树桩后面发现了她左脚的那只鞋。

"所以她在树林里跑过，"德里克总结道，"她想要逃开某个人，不然她会把鞋穿好的。"

"追她的人在湖边追到了她，然后把她淹死在湖里。"安娜补充道。

"你说得完全正确，安娜，"德里克点头道，"但是她是从海滩一直跑到这里的吗？"

两者之间的距离超过五英里。

我们沿着她穿过森林留下的痕迹，一路来到路上距离警察布置的路障大约两百米的地方。

"她应该是从这里进的森林。"德里克说。

差不多就在这个地方，我们在路旁发现了轮胎的痕迹。所以追她的人是开车来的。

※

与此同时，纽约

梅塔·奥斯特洛夫斯基在《纽约文学评论》的办公楼里，正在透过办公室的窗户看着一只松鼠蹦蹦跳跳地穿过一个广场上的草坪。他用一口标准的法语在电话里接受巴黎一家晦涩的知识分子杂志关于欧洲文学在美国观感的采访。

"当然了！"奥斯特洛夫斯基语调欢快地大声说，"如果说我是当今世上最出众的批评家之一，那是因为我三十年来从不妥协。宁折不屈，这就是我的秘密。尤其重要的一点是，永远不去爱。爱，就是软弱！"

"可是，"电话那头的女记者反对道，"有些爱说别人坏话的人总说文学批评者都是失败的作家……"

"无稽之谈，我亲爱的朋友，"奥斯特洛夫斯基冷笑道，"我从来没有，我说的是'从来没有'，遇到过一个想当作家的批评家。批评家要高于作家。写作是二流艺术。写作，就是把一些词放在一起组成句子。就连一只接受过一些训练的猴子都能做到！"

"那批评家的角色是什么呢？"

"建立真相，帮助大众去芜存菁。你知道吗，只有极小一部分人能凭自己的能力知道什么是真正的好。不幸的是，今天所有人都想对一切事物发表意见，而且一些无聊至极的东西都能被人吹上天，我们这些批评家就只能出来整顿一下秩序。我们是维护知识层面真相的警察。这就是我的看法。"

结束采访之后，奥斯特洛夫斯基继续沉思。他刚才说得多么精彩啊！他可真是有趣啊！还有那个作家跟猴子的类比，多么绝妙的想法啊！他只用了寥寥几句，就总结出了人性的堕落。他的思维是如此敏捷，他的大脑是如此精彩绝伦，真是令人骄傲啊！

一位一脸疲惫的女秘书没有敲门就推开了里面一片纷乱的办公室的门。

"进来之前先敲门，该死！"奥斯特洛夫斯基扯着嗓子大叫，"这是大人物的办公室。"

他讨厌那个女人，怀疑她有抑郁症。

"今天的信。"她说，对他的话连理都没理。

她把一封信放在一堆待读的书上面。

"就一封？"奥斯特洛夫斯基失望地问。

"就一封。"女秘书回答，一边走出办公室，顺手把门关上。

来信越来越少是多么不幸的一件事啊！他在《纽约时报》时，读者们从来不会错过他的任何一篇评论和专栏文章，他们经常给他写来成麻袋的热情洋溢的信。可是，那都是过去式了。从前的光辉岁月，他的全盛时期，都已经过去了。如今，人们不再给他写信，街上不再有人认出他来，在演出大厅里，排队等待的观众不再因为他的路过而躁动，作者们不会再在他家楼下翘首以待，想把自己写的书送给他看，然后在下个星期日迫不及待地翻开文学手册想要读到他的评论。有多少人经过他的精彩点评功成名就？又有多少人因为他的口诛笔伐声名狼藉？他曾经把人捧上天，也把人踩在脚下。但是那些都是过去式了。如今，人们不再像过去那样怕他。他的书评只有《评论》杂志（《纽约文学评论》杂志的简称）的读者才看，这份杂志确实名声在外，但是读者数量少了不是一星半点。

今天早晨醒来之后，奥斯特洛夫斯基有一个预感，有一件将会重振他事业的大事要发生。现在他明白了，就是这封信。这封信很重要。他的直觉从来不会欺骗他：一本书是好是坏，他只凭一上手的第一印象就能知道。可是这封信里会写些什么呢？他不想太快打开它。为什么是一封信而不是一通电话呢？他紧张地思考着：会不会是某个制作人想拍一部关于他的电影呢？他怀着怦怦跳的心又看了一遍那个神奇的信封，撕开了它，小心翼翼地取出里面的信纸。他先看了一眼写信人是谁：艾伦·布朗，奥菲雅市长。

亲爱的奥斯特洛夫斯基先生：

我们很荣幸邀请您参加今年在纽约州举行的第二十一届奥菲雅国家戏剧节。您是众所周知的评论家，您的出席将使我们蓬荜生辉。二十年前，您曾经亲临首届戏剧节，让我们备感荣幸。此次如能与您共同庆祝我们走过的二十年，那对我们来说将是莫大的喜悦。我们将承担您此行的一切费用，并为您安排最好的住宿条件。

信的末尾使用了那些常见的敬语套话。随信附上的是一张戏剧节的节目单和奥菲雅旅游办公室的一张宣传折页。

收到这么一封招人烦的信是多么令人失望啊！一座从犄角旮旯里蹦跶出来的招人烦的城市的一位招人烦的市长写来的一封招人烦的毫不重要的信！为什么没人请他去出席一些更有名望的活动呢？他把信扔进了垃圾篓。

为了转换心情，他决定给《评论》写他的下一篇评论。他跟往常一样，拿出最新一期纽约市畅销书销售排行榜，用手指顺着格子从下往上一直画到卖得最好的那本，然后针对那本倒霉的他都没有翻开过的书写出一篇致命的评论。他正写着，突然被电脑的提示音打断了，有新邮件。奥斯特洛夫斯基抬眼看向屏幕，是《评论》的总编史蒂文·贝格多夫写来的。他心想贝格多夫找他做什么。贝格多夫之前给他打过电话，但是他当时正忙着接受采访。奥斯特洛夫斯基打开邮件：

> 梅塔，既然你不屑于回我的电话，那我就通过邮件通知你，你被《评论》开除了，即刻生效。
>
> 史蒂文·贝格多夫

奥斯特洛夫斯基从椅子上蹦起来，冲出办公室，穿过走廊，猛地打开总编的办公室大门：

"你居然敢这么对我！"他咆哮道。

"哟，奥斯特洛夫斯基！"贝格多夫心平气和地说，"我想找你说话已经找了两天了。"

"史蒂文，你怎么敢开除我？你疯了吗？整个纽约市都要骂死你！你会被暴怒的人们从曼哈顿岛一直拖到时代广场，吊死在路灯上，你听到我说的了吗?!到时候，我什么也帮不了你。我会对他们说：'停下！放过这个可怜的男人吧，他不知道他自己都做了些什么！'然后，气疯了的他们会对我说：'冒犯了伟大的奥斯特洛夫斯基，只有以死谢罪。'"

贝格多夫一脸怀疑地打量着他的评论家。

"奥斯特洛夫斯基，你是在威胁我吗？"

"当然不是，"奥斯特洛夫斯基反驳道，"相反，我是在尽我全力救你的命。纽约人民都爱奥斯特洛夫斯基！"

"老朋友，停止你的胡话吧！纽约人根本就不关心你是哪根葱，他们连你是谁都不知道了。你已经彻底过气了。"

"我是近三十年来最令人畏惧的批评家！"

"没错，所以是时候换一个人了。"

"读者们都崇拜我！我是……"

"你是神，你比神还伟大，"总编打断他，"我知道你的口号，奥斯特洛夫斯基。你主要是太老了。放手吧，是时候把位子让给年轻人了。我很抱歉。"

"以前的演员光是听说我在剧院里都会吓得尿裤子！"

"是的，可是那都过去了，电报和热气球的时代！"

奥斯特洛夫斯基忍住没给他照脸来一巴掌。他不想自己落到跟人拳脚相向的地步。他没打招呼扭头就走了，这对他来说已经是对人最大的侮辱了。他回到自己的办公室，让女秘书给他拿个纸箱，他把自己最心爱的纪念物放进去，然后抱着箱子逃走了。他活了一辈子，从来没被人这样羞辱过。

※

奥菲雅已经沸腾了。先是发现了斯特凡妮的尸体，接着市长又宣布取消 7 月 4 日的烟火表演，老百姓开始不安。我和德里克继续在鹿湖岸边调查，安娜被叫去市政厅增援，那里已经有人开始游行。一群示威者——全是城里的商人——聚集在市政府大楼前，要求保留烟火表演。他们一边摇晃着标语牌，一边抱怨。

"要是星期五晚上不举行烟火表演，我就只能关门大吉了，"一个小个子秃头的墨西哥小吃摊贩抗议道，"我整个夏天就指着那天晚上挣钱呢。"

"我呢，我花了大价钱在海滨租了一个摊位，雇了人手，"另一个人说，"取消烟火表演的话，市政府会给我补偿吗？"

"那个梅勒小姑娘的遭遇确实让人很难受，但是这跟国庆节有什么关系？每年都有成千上万的人来海滨看烟火表演。他们一大早就来，会先到主街上去逛，然后去城里的餐馆吃饭。如果烟火表演不办了，那人也就不会来了！"

游行很和平，安娜决定去三楼的办公室里找布朗市长。她看到他正对着窗户站着。他跟她打了个招呼，继续看着示威者们。

"这就是当官的惊喜啊，安娜，"他对她说，"发生了这样一起震惊全城的谋杀案，如果我还继续举办庆祝活动的话，那我就是个没有良心的人；可是如果我取消的话，那我又是一个头脑不清、逼商贩破产的人。"

气氛沉默了一会儿。最后，安娜努力想要安慰他一下：

"这里的百姓都很喜欢你，艾伦……"

"可惜啊，安娜，我9月份很有可能不会再次当选了。奥菲雅不再是过去那样的城市了，老百姓也都要求改变。我想来杯咖啡，你要吗？"

"好啊！"她说。

安娜以为市长会让他的女助理去端两杯咖啡过来，结果他拖着她来到走廊尽头一个自助热饮贩卖机前。他往机器里投了一枚硬币，黑色的液体流进一个纸杯里。

艾伦·布朗风度翩翩，目光深沉，体格像演员一般。他总是穿得一丝不苟，灰白的头发也梳得一丝不乱。第一杯咖啡做好之后，他把它递给了安娜，然后重复操作，给自己准备一杯。

"如果你没有再次当选的话，"安娜用嘴抿了一口难喝的咖啡后问道，"你会觉得问题很严重吗？"

"安娜，你知道去年夏天我在海滨第一次见到你的时候，你什么地方最让我喜欢吗？"

"不知道……"

"我们都对社会抱有坚定的理想，我们有同样的抱负。你本来可以在纽约警界大展宏图的，而我可能在很早之前就受到政治圈的诱惑，去选参议员或众议员。但是说到底，我们对这些东西都不感兴趣，因为我们能在奥菲雅实现的理想，是我们在纽约、华盛顿或洛杉矶永远也实现不了的，那就是创造一座公平的城市，一个没有太多不公、可以正常运转的社会。当戈登市长在1992年提出让我当他的副手的时候，一切百废待兴。这城市就像一张白纸。我在最大程度上按照我的信念来打造它，我心里总是想着公平，总是想着什么才是对我们的社群最大的利好。自从我当上市长，老百姓挣钱更多了，他们眼见着市政服务质量改善，社会补助提高，他们的日常生活也随之改善，而税收并没有随之增加。"

"那你为什么还认为奥菲雅的市民今年不会再选你呢？"

110

"因为时光飞逝,他们都已经忘了。从我第一任期到现在,几乎一代人的时间已经过去了。如今,人们的期待已经变了,要求也变了,因为一切既得利益都被当成理所当然的了。再者,奥菲雅繁荣起来了,也刺激了一些人的胃口,现在有许多野心勃勃、渴望权力的年轻人都觉得自己能当市长。下一次选举可能标志着这座城市的结束,我的继任者对权力的渴望,对独掌大权的欲求会毁了它。"

"你的继任者?谁啊?"

"我现在还不知道。他会出现的,你看着吧。候选人的报名日期月底才截止。"

布朗市长重整旗鼓的能力令人印象深刻。安娜在傍晚陪他去萨格港的斯特凡妮父母家的时候对此深有体会。

在梅勒一家屋前,一道警戒线已经拉了起来,空气中飘荡着紧张的气氛。街上密密麻麻地聚集了许多人。有一些是听到动静赶过来的好奇的人,有一些是想来给这家人加油打气的。许多人手里都拿着一根蜡烛,背靠着路灯,一个临时祭台已经被搭建起来,四周放满了鲜花、信笺和毛绒玩具。有人在唱歌,有人在祈祷,还有的人在拍照。现场也有许多记者,他们从整个地区的各个地方赶来,部分人行道已经被当地电视台的转播车侵占了。布朗市长一出现,记者们立刻冲向他,想要就7月4日烟火表演取消的事情采访他。安娜想要推开他们,让布朗不用回答问题便可以走开,但是布朗拦住了她。他想要跟媒体说话。这个刚才还在办公室里一筹莫展的男人现在神采飞扬,充满自信。

"城里商贩的担忧我都听到了,"他说,"我完全能够理解他们的心情,我也很清楚,取消7月4日庆祝活动会对我们本就很脆弱的地方经济造成打击。所以,跟我的工作人员商讨之后,我决定继续举办烟火表演,并以此来纪念斯特凡妮·梅勒。"在取得满意的效果之后,市长没有回答问题,继续往前走去。

这天晚上，把布朗送回家之后，安娜把车停在正对着大海的海滨停车场上。时间已经是晚上八点。夜晚迷人的热浪透过降下来的车窗玻璃传进车厢内。她不想回到那个只有她自己的家里，更不想要一个人去餐厅里吃晚饭。

她打电话给她的朋友劳伦，可是劳伦在纽约。

"我真搞不懂你，安娜，"劳伦对她说，"我们一起吃饭的时候，你总是一有机会就溜走，等我到纽约了，你又想跟我一起吃晚饭了？"

安娜没心情跟她长聊。她挂了电话，去海滨上的一家快餐厅买了吃的打包带走。然后她去了自己的办公室，一边看着写着调查信息的白板一边吃饭。突然，当她盯着那个写在白板上的柯克·哈维的名字时，她又想起了刘易斯·埃尔班昨天说的关于这位前警察局局长如何被逼着搬进地下室去的那番话。地下室里确实有一间堆放杂物的房间，她决定这就下去看看。当她推开门时，她突然有一种奇怪的不舒服的感觉。她想象二十年前柯克·哈维是如何在这里办公的。

灯已经坏了，她不得不用手电筒照明。屋里堆满了椅子、柜子、腿长短不一的桌子和纸箱。她在这片家具的墓地之中杀出一条路来，一直来到一张漆木办公桌前。桌上布满了灰尘，还放着各种各样的物件，她注意到其中有一件是一个金属名牌，上面刻着"柯克·哈维局长"。这是他的办公桌。她去拉那四个抽屉，其中三个都是空的，第四个拉不开，那个抽屉有锁，被锁上了。她从隔壁房间拿来一根撬棍撬锁，轻易地就把锁撬开了。抽屉一下子就开了，里面放着一张泛黄的纸，上面写着：

黑夜

安娜·坎纳

再没有比夜间在奥菲雅的街头巡逻更让我喜爱的事情了。

再没有比海蓝色的天空中繁星点点，宁静祥和的街道沉浸在夏日夜晚的热浪之中更让我喜爱的景象了。你开着车缓缓地穿过门窗紧闭、静谧的街道，偶尔遇上一个失眠的散步者，抑或一些生活美满的居民，他们趁着夜色正好，在自家露台上守夜，见你路过，便伸出手冲你友好地打个招呼。

再没有比冬天突然开始下雪的夜里市中心的街道更让我喜爱的地方了。大雪会在转瞬之间给地面盖上一层厚厚的白毯。在那一刻，你是唯一醒着的人，扫雪车还没出来开始它们的表演，你是第一个注意到无人踏足的雪景的人。你从车上走下来，在广场中心的小公园里徒步巡逻，听见积雪在你脚下发出吱呀的声音，然后深吸一口气，用这干冷、沁人心脾的空气充满你的双肺。

再没有比在清晨的主街上突然撞见一只漫游的狐狸更让我喜爱的画面了。

再没有比一年四季太阳从海滨上升起更让我喜爱的场景了。你看着一个圆点刺破漆黑如墨的地平线，颜色从鲜红变成橙黄，再看着那个火球缓缓地升起在波涛之上。

我在离婚协议书上签完字的几个月之后，就搬到了奥菲雅。

我结婚太过仓促，他是一个浑身上下全是优点，但是不适合我的人。我认为我太仓促结婚的原因是我的父亲。

我跟我父亲的关系一直很好、很紧密。从我小时候起，我跟他亲得就像一只手上的两根手指。我父亲做什么，我就想做什么。我父亲说什么，我就跟着说什么。他去哪里，我就跟着去哪里。

父亲喜欢打网球，我也喜欢跟他在同一个俱乐部里打网球。我们经常在星期天对打，随着我一年年长大，我们的比赛也变得越来越激烈。

父亲酷爱玩拼字游戏。巧的是我也酷爱这个游戏。我们常年去不列颠哥伦比亚的惠斯勒过冬假，去那里滑雪。每天吃完晚饭之后，我们都会坐在酒店的会客厅里玩拼字游戏，我们会仔仔细细地把每一局的比分记下来，算谁赢了，赢了多少分。

父亲是哈佛大学毕业的律师，所以我自然而然地没有一丝疑问地去了哈佛大学学法律。我总是觉得这就是我一直以来想做的事情。

从打网球到玩拼字游戏，再到上哈佛大学，在所有的事情上，父亲总是特别为我感到骄傲。他人对我的夸赞之词，他怎么听也听不够。他尤其喜欢听别人夸我有多聪明、多美丽。每当我去到某个地方，不管是我们一起出席的一场晚会，还是在网球场上，又或者在惠斯勒酒店的会客厅里，当他看到众人的目光投向我时，我知道他心中有多么骄傲。可是，与此同时，我父亲从没有喜欢过我的任何一任男朋友。从我十六七岁起，跟我谈过恋爱的每一个男孩在我父亲看来都不够好，不够优秀，不够帅气，不够聪明。

"安娜，"他对我说，"你总能找到比他更好的人！"

"我很爱他，爸爸，这是最重要的，不是吗？"

"可是你能想象自己跟这个家伙结婚吗？"

"爸爸，我才十七岁！我还没到结婚的时候！"

我与一个人恋爱的时间越长，我父亲阻挠的力度就越大。他从不正面阻挠，而是迂回行动。每次他都会抓住机会，对我当时的爱人发表一个无关痛痒的意见，指出他的一个小毛病，透露一点自己的见解，慢慢地、妥妥地破坏他在我心中的形象。而我最后总是以分手告终，并且在心中笃定这个决定是我要的，至少当时的我是这么想的。最可怕的是，每当我开始一段新恋情时，父亲总是会对我说："你的前任确实是一个讨人喜欢的男孩，你们俩分手了真是可惜，你现在这个，我真不知道你喜欢他什么。"每一次，我都会被他骗到。但是当时的我真的有傻到让我的父亲在我不知情的情况下决定我是否该分手的地步吗？难道我分手不是因为我有什么具体的理由，而是单纯地因为我没法下决心去爱一个我父亲不喜欢的男人吗？我认为跟一个我父亲不喜欢的人在一起是一件无法想象的事。

在从哈佛大学毕业并通过纽约律师资格考试之后，我成为父亲律所里的一名律师。这段经历持续了一年。一年之后，我发现司法虽然在原则上很高大，但实际上是一个耗时良久、成本高昂、程序复杂而又不堪重负的机器。而且说到底，就算一个人打赢了官司，最后他也无法安然无恙地从中走出来。我很快地就认识到正义只有当我能在源头上落实它时才会得到更好的伸张，在街头的工作比在会客室里的工作更有影响力。于是我去上了纽约警察局的警察学校，这让我父母大为失望，尤其是我父亲，他特别不能接受我离开他的律所。他希望我的行为只是一时冲动，而不是一种抛弃，他希望我半途而废。一年后，我得到了全体教官的一致夸赞，以第一名的成绩从警察学校毕业，然后以高级警监的级别加入了第五十五区刑警大队。

我很快就爱上了这份职业，尤其是因为我每天都能从中取得一些微不足道的胜利，这些胜利让我意识到，面对生活的偏差，一名好警察可以是一种补救手段。

我离开父亲律所留下的空位被交给了一位已经有些资历的律师——比我大几岁的马克。

我第一次听到马克的名字是在一次家庭晚餐上。我父亲很欣赏他。"一个出色的年轻人，有天分，帅气。"他对我说，"他有好多优点，他还会打网球。"然后突然之间，他说出了我人生之中第一次从他嘴里听到的一段话："我敢肯定你会喜欢他的。我希望你能见见他。"

我当时处于很想要找个人谈恋爱的阶段，我当时遇到的对象没有一个能成的。在离开警察学校之后，我的恋爱关系通常只能维持一顿晚餐或有其他人在场的一次外出聚会的时间。人们一旦得知我是警察，还是刑警大队的，就会兴致盎然地问我各种问题。我不由自主地就会吸引所有人的注意力，吸引所有人的目光。然后我的恋爱关系经常就在这样一句话面前戛然而止："安娜，跟你在一起很难，所有人都只对你感兴趣，我觉得我好像不存在一样。我觉得我需要跟一个更在意我的人在一起。"

一天下午，我去我父亲的律所看他，终于见到了那位著名的马克，然后我开心地发现他并不受上面那些情结的困扰：他天生风度翩翩，引人注目，什么话题都能聊。他什么都懂，几乎什么都会做，遇到不懂的事情，他也懂得欣赏他人。我看着他就好像我以前从未见过别人一样，那也许是因为我父亲看着他的眼神里充满赞许。父亲喜欢他。马克是他的心头好，他们甚至一起去打网球。我父亲每次说起他都是一脸欣喜。

马克请我喝咖啡。我们俩立刻来了电，有一种完美的化学反应，一种疯狂的能量在我们之间产生。第三杯咖啡，是他端到我床上来的。我和他都没有把我们的关系告诉我父亲，最后有一天晚上，在我们一起吃晚饭的时候，他对我说：

"我很希望我们的关系能够变得更正式一点……"

"可是……"我担忧地说道。

"我知道你父亲有多么器重你，安娜。他把标准放得太高了。我不知道他会不会认为我不够格。"

当我把这些话转告给我父亲听时，父亲更加喜欢他了，如果这还有可能的话。父亲把他叫到自己的办公室，开了一瓶香槟。

当马克把这件事告诉我时，我狂笑了好几分钟。我拿起一只杯子举在空中，学着我父亲低沉的声音和家长式的手势说道："敬我女儿的男人一杯！"

我和马克之间充满激情的恋爱就这样开始了，它随后变成一段真正意义上的情感关系。我们一起去我父母家吃晚饭，度过了第一个真正的关卡。与我过去十五年的经历相反，我第一次看到我父亲面对一个陪我前来的男人喜笑颜开、和蔼可亲。在把我的前任都清扫殆尽之后，他终于开始赞叹了。

"多好的小伙！多好的小伙！"晚饭结束后的第二天，我父亲在电话里对我说。"他太棒了！"我母亲跟在后面加码道。"你要努力别让他像其他人一样跑了！"我父亲居然有脸这么说。"没错，这个男人很可贵。"我母亲说。

我和马克度过恋爱关系满一年这个关卡的时机正好是我们一家传统上去不列颠哥伦比亚度假滑雪的时候。我父亲请他跟我们一起去惠斯勒，马克欣然接受。

"如果你能连续五个晚上从我父亲手上活下来，尤其是在拼字游戏中，那你就配得一枚奖牌。"

他不仅活了下来，还赢了三次。另外，他滑雪还滑得特别好。最后一天晚上，我们正在餐厅里吃饭，邻桌的一位客人突然心脏病发，马克一边打急救电话，一边在等救护车来的过程中对病人实施了关键的急救。

那人被救活送去了医院。当急救员把他抬上担架时，与他们一起赶来的医生佩服地握住了马克的手。"先生，是您拯救了这个人的生命。您是英雄。"整个餐厅的人都为他鼓掌，餐厅老板给我们免了单。

一年半之后，在我们的婚礼上，我父亲讲起了这个故事，让宾客们知道马克是一个多么出色的人。而我穿着白纱，美艳动人，双眼热烈地望着我的丈夫。

我们的婚姻维持了不到一年。

杰西·罗森伯格

2014 年 7 月 3 日星期四

开幕式前 23 天

《奥菲雅纪事报》头条新闻：

斯特凡妮·梅勒谋杀案
跟戏剧节有关吗？

《奥菲雅纪事报》女记者斯特凡妮·梅勒遭人杀害，尸体被人在鹿湖中发现，全市震动。市民忧心。夏季已经开始，市政府面临压力。凶手是否就隐藏在我们之中？

在斯特凡妮车中发现的一张字条提到了奥菲雅戏剧节，这让人不禁联想到她的死亡也许与她为本报调查 1994 年戏剧节创始人戈登市长一家灭门案有关。

今天早晨我和德里克、安娜在州警地区中心见面时，安娜把报纸递给我俩看。法医兰吉特·辛格博士今天要给我们看斯特凡妮的尸检初步报告。

"还能再糟糕点吗！"德里克气愤地说。

"我把字条的事告诉迈克尔真是太蠢了。"我说。

"我来之前在'雅典娜咖啡'遇到他了，我觉得斯特凡妮的死对他打击挺大。他说他觉得自己也有责任。技术部门的分析报告给你们了吗？"

"在17号公路边上发现的轮胎痕迹很可惜不能用。不过，那只鞋子确实是斯特凡妮的，还有那个布条是她穿的那件T恤上的。他们还在路边发现了她的鞋印。"

"这就说明她是从那里穿过森林的。"安娜下结论道。

辛格博士的到来打断了我们的谈话。

"谢谢你这么快出结果。"德里克对他说。

"我希望能让你们在7月4日放假前有进展。"他回答。

辛格博士是一个优雅和气的人。他戴上眼镜，把报告上的关键部分说给我们听。

"我注意到一些相当不寻常的地方，"他上来就说道，"斯特凡妮是溺亡的。我在她的肺部和胃里发现了大量积水，在她的气管里还发现了淤泥。她身上有大片的发绀和呼吸困难迹象，这说明她反抗过，或者以她的情况来说是挣扎过：我在她的脖颈上发现了几处血肿，上面留下一个大手印，这说明有人用力抓着她的脖子把她的头摁入水里。除了气管里有淤泥，她的嘴巴上、牙齿上，还有头发顶部都有，这说明她的头被人一直摁在水里较浅的地方。"

"她在溺亡之前，身体有没有遭到暴力对待？"德里克问。

"没有任何暴力击打的痕迹，我的意思是说斯特凡妮没有被人打昏，也没有挨打，也没有性侵害的迹象。我认为斯特凡妮是在逃跑的过程中被凶手抓到的。"

"你认为凶手是男人吗？"德里克问。

"从把一个人摁在水里不动所需的力气来判断，我倾向于认为是一个男人所为。但是为什么不能是一个足够强壮的女人呢？”

“所以她当时在森林里奔跑过？”安娜问。

辛格点头说：

“我在她的脸部和两臂上还发现了多处树枝导致的挫伤和划痕。她光着的那只脚的脚底板上也有伤痕。所以她应该是在森林里全力奔跑过，被树枝和小石子刮伤了脚。她的指甲里还有泥土的痕迹。我认为她很有可能是摔到了湖岸上，然后被凶手直接把头摁进了水中。”

“所以说，这应该是一起临时起意的杀人事件，”我说，“这么做的人本来没有打算杀她。”

“我正要说到这里，杰西。”辛格博士接着说，一边给我们展示了几张斯特凡妮肩部、肘部、双手和膝盖的特写照片。

我们看到上面有许多淡红色的脏污伤口。

“看着像烧伤。”安娜小声地说。

“没错，”辛格赞同地说，“这都是些相对浅表的擦伤，我还在上面发现了沥青和小砾石。”

“沥青？”德里克说，“博士，我不太明白你说的话。”

“嗯，好吧，”辛格解释道，“从伤口的位置判断，它们应该是人在沥青上翻滚造成的，也就是说在一条沥青路上。这也就意味着斯特凡妮是主动从一辆行驶中的车跳下来逃进森林里的。”

辛格的结论得到了两份重要证词的支持。第一份证词来自一个跟父母到本地度假的少年。他每天晚上都会和一群朋友在离我们发现斯特凡妮汽车的地方不远的沙滩上聚会。他的父母在看到铺天盖地的媒体报道之后联系了我们，认为他们的儿子也许看到了一些重要的事情，他们想得没错。安娜询问了那个男孩一些情况。

根据辛格博士的说法，斯特凡妮的死亡时间是在星期一夜间，也就是她失踪的当天夜里。男孩说就在6月23日星期一，他从朋友们身边走开，想找个安静的地方给他留在纽约的女朋友打电话。

“我坐在一块岩石上，”男孩说，“从那里我可以清楚地看到停车场，我记得当时那里完全没有人。突然之间，我看到一个年轻女人从森林那边沿着小路走了下来。她等了一会儿，一直等到晚上十点半。我知道这个时间是因为我在那时挂断了电话。我查过我的通话记录。就在那时，一辆汽车开到了停车场上。我从车前灯的光束中看到了她的脸，我是这样才知道她是一个穿着白 T 恤的年轻女人的。副驾驶位那侧的车窗玻璃降了下来，那女的跟开车的人说了几句话，就上了车，然后车就开走了。死的就是那个女人吗？"

"我会去核实的，"安娜回答，不想平白无故地吓到他，"你能给我描述一下那辆车吗？你还记得它有什么特征吗？你有看到它的车牌号吗，一部分也行？州的名字呢？"

"很遗憾，我不记得了。"

"开车的人是男的还是女的？"

"我没法跟您说。当时天太黑了，而且整个过程发生得很快。另外，我也没有注意。当时我要是知道……"

"你已经帮我很大的忙了。所以你能确定那姑娘是自愿上的车？"

"对，绝对能！她等的就是他，这是肯定的。"

这个男孩是最后一个看到斯特凡妮还活着的人。他的证词又得到了一位来自希克斯维尔的旅行推销员的补充。他来到州警地区中心跟我们说他 6 月 23 日星期一那天来奥菲雅是为了见客户。

"我在晚上十点三十分左右出的城，"他对我们解释道，"我开上17 号公路准备上高速。在开到鹿湖附近时，我看到有一辆车停在路边，发动机还在转着，两边的前车门都开着。这很自然地就引起了我的注意，于是我放慢了车速，我以为也许有人车出了毛病，这种事情很常见。"

"当时是几点？"

"大约是晚上十点五十分，反正不到十一点，这一点是肯定的。"

"所以你放慢了车速，然后呢？"

"我放慢了车速，因为我觉得那辆车停在那里很奇怪。我往周围看了一眼，然后我就看到一个影子从路边的斜坡爬上来。我心想肯定是司机一时尿急，把车停在路边了。我就没有再多想了。我认为如果这个人需要帮忙的话，他会冲我示意才对。我就继续赶路了，然后我就回到了家里，没再去关心这件事了。我是刚才在新闻里听说了上星期一晚上在鹿湖边发生了一起谋杀案，才把我看到的情况跟它联系起来，我心想我看到的情况也许很重要。"

"你看到那个人了吗？是男的还是女的？"

"从身形来看，我认为是个男人，但是当时天色太暗了。"

"那车呢？"

仅就他看到的那点情况来看，这位证人描述的车跟一刻钟前男孩在沙滩上看到的那辆车是同一辆。回到安娜在奥菲雅警局的办公室里，我们把这些情况相互比对之后，重建了斯特凡妮最后一晚的时间线。

"她于晚上六点到达'科迪亚克烧烤'，"我说，"她在等人，很有可能是凶手，那人没有出现，但实际上是躲在餐厅里偷偷地观察她。晚上十点，斯特凡妮离开'科迪亚克烧烤'。她的潜在凶手从餐厅里的电话亭给她打电话，约她到沙滩上见面。斯特凡妮很担心，给警察肖恩打电话，但是他不接电话。于是她去了约定地点。晚上十点三十分，凶手开车来找她。她自愿上了车。这说明她对他是完全放心的，她认识他也说不定。"

安娜借助墙上挂着的一幅巨大的区域地图，用红色的记号笔把那辆车的行驶路线画了出来："它从沙滩出发，必然要开上大洋路，然后上了沿湖的17号公路，往东北方向开。沙滩到鹿湖之间的距离有五英里，开车一刻钟的时间。"

"大约晚上十点四十五分，"我继续说道，"斯特凡妮意识到自己有危险，从车上跳下来，逃进了森林，然后被抓到溺死。之后凶手拿走了她的钥匙，星期一当天夜里就去了她家里。他在那里一无所获，便去撬了编辑部，把斯特凡妮的电脑偷走，但是他再次一无所获。斯特凡妮太谨慎了。为了争取时间，他半夜给迈克尔·伯德发了一条短信，他知道迈克尔是她的总编，希望能通过迈克尔拿到斯特凡妮的调查资料。但是当他知道州警已经开始怀疑斯特凡妮失踪之后，情况就变得紧急起来。

他重新回到斯特凡妮的公寓，但是我出现了。他把我打昏，第二天夜里又回去放了一把火，希望把他没能找到的调查证据毁掉。"

从开始调查这件案子起，我们第一次对事情经过有了稍微清晰一点的了解。但是，如果说我们这边对凶手的包围圈开始收紧了的话，城里的居民就都要疯了，《奥菲雅纪事报》今天刊登的头条新闻更是火上浇油。当安娜接到科迪打来的电话时，我对这一点有了充分的认识。"你看了今天的报纸吗？斯特凡妮的谋杀案跟戏剧节有关。我召集了志愿者今天下午五点在'雅典娜咖啡'开会，就罢工问题进行投票。我们的安全不再得到保障。今年的戏剧节也许不会办了。"

※

与此同时，纽约

史蒂文·贝格多夫跟他妻子一起走路回家。

"我知道《评论》遇到了许多问题，"他妻子温柔地对他说道，"但是不能休假是怎么回事？你知道这对我们全家都有好处。"

"从财务上来看，我不认为现在是出门豪华旅行的时候。"史蒂文粗暴地回绝她。

"豪华旅行？"他妻子反驳道，"我姐把她的露营车借给我们了。我们开车游全国，这花不了多少钱。我们一直开到黄石公园吧，孩子们做梦都想去黄石公园看看。"

"黄石公园？有熊，还有其他猛兽，太危险了。"

"啊，史蒂文，你到底怎么了？"他妻子恼怒道，"你最近牢骚可真多。"

他们来到自家楼下。史蒂文突然哆嗦了一下：爱丽丝在那里。

"您好，贝格多夫先生。"爱丽丝对他说。

"爱丽丝，多么令人意外的惊喜啊！"他结结巴巴地说。

"我把您要的文件给您拿来了，您只要签字就好。"

"这是自然。"贝格多夫回答道，演技十分拙劣。

"这些文件都很紧急，您今天下午不在办公室，我就想着带到您家里来请您签了。"

"你能来到这里真是太客气了。"史蒂文谢她道，一边傻傻地冲他妻子笑。

爱丽丝把一个装满信件的文件夹递给他。他用一个让他妻子看不见里面内容的角度打开文件夹，开始看信。第一封信是一个广告，他装模作样地看了一眼，然后看第二封，那其实是一张白纸，爱丽丝在上面写道：

今天一整天没跟我联系，罚金一千美元。

在那张纸上面，用曲别针别着一张支票，那是她之前从他的支票本上撕下来的，上面已经填好了她的名字。

"你确定这个金额是对的吗？"贝格多夫颤抖着声音问，"我觉得贵了啊！"

"这是合理价格，贝格多夫先生。一分价钱一分货。"

"好吧，我批准了。"他哽住声音说。

他签了那张一千美元的支票，合上文件夹，递给爱丽丝。他表情僵硬地冲她笑了笑，然后跟妻子钻进了大楼。几分钟之后，他把自己关在洗手间里，把水龙头打开，开始给她打电话。

"你疯了吗，爱丽丝？"他蹲在马桶和洗手池之间，小声地对她说。

"你今天去哪里了？一句话不说就玩失踪？"

"我去买东西了，"贝格多夫含糊地说，"然后又去接我老婆下班。"

"买东西？你买什么东西，史史？"

"我不能告诉你。"

"如果你不立刻告诉我的话，我现在就按你家门铃，把一切都告诉你老婆。"

"好，好，好，"史蒂文求饶道，"我去了奥菲雅，你听着，爱丽丝，斯特凡妮被人杀了……"

"什么?!你去了那里,你还能再蠢点吗?啊,你为什么这么蠢啊?我要拿你怎么办呢,蠢货?"

暴怒之下的爱丽丝挂断了电话。她跳上一辆出租车,去了曼哈顿岛。她来到第五大道上的奢侈品店。她有一千美元可花,打算让自己好好地开心一下。

出租车在一栋玻璃大楼附近把爱丽丝放下,实力强大的私人电视台——14台的办公室就在那栋大楼里。在五十四层的一间会议室里,首席执行官杰瑞·艾登召集了主要部门经理开会。

"正如你们所知,"他对部门经理说,"今年夏天开端的收视率,就算不说低得一塌糊涂,那也是非常差。我今天把你们都召集到这里来就是这个原因。我们现在必须行动起来了。"

"主要问题出在哪里?"创意部门的一个负责人问。

"晚上六点时段。我们被'看!'彻底地甩在后面了。"

"看!"是14台的直接竞争对手。两个电视台有相似的观众、相近的收视率和相似的内容,彼此争得死去活来,尤其是为了争夺黄金节目的天价广告合同。

"'看!'推出了一档成功的电视真人秀节目。"市场营销部经理解释说。

"节目的噱头是什么?"杰瑞·艾登问。

"恰恰是没有噱头。节目跟拍了三个姐妹的日常生活。拍她们吃饭、购物、健身,拍她们吵架,拍她们和好。就是她们典型的一天。"

"她们都是做什么工作的?"

"老总,她们没有工作,"节目副经理说,"他们给她们发工资就是让她们什么都不干。"

"我们在这一点上可以比他们做得更好!"杰瑞说,"我们可以把电视真人秀拍得更加深入生活。"

"可是老总,"部门经理反对道,"电视真人秀的目标观众大都是一些没钱也没受过教育的人。他们打开电视机是想把他们的一部分梦想投射到别人身上。"

"正因如此,"杰瑞说,"我们得提出一个概念,让观众能够正视自己,直面自己的雄心壮志。打造一个带着观众往前进的电视真人秀!我们可以在开学季推出一个新策划,必须一击即中!我已经想好口号了:'14台,梦想就在你身上!'"

"啊,这个好!"市场营销部经理赞成道。

"我希望我们能在开学季推出一档一击即中的节目,我希望你们都给我动起来,从现在起到9月份,必须给我推出一个天才策划,把电视观众都给我抢过来。我给你们不多不少十天时间,7月14日星期一,我要收到一份开学季旗舰节目的策划书。"

杰瑞宣布散会。当与会者离开办公室时,他的手机响了,是他妻子辛西娅。他接通了电话。

"杰瑞,"辛西娅责怪道,"我打电话找你都找了好几个小时了。"

"对不起,我刚才在开会。我们正在准备下一季的电视节目,眼下台里气氛很紧张。怎么了?"

"达科塔今天上午十一点醉醺醺地回来了。"

杰瑞无奈地叹了口气。

"你想要我怎么做,辛西娅?"

"喂,杰瑞,她是我们的女儿啊!你听到莱恩医生是怎么说的了,得让她离开纽约。"

"让她离开纽约,一切就会变好了吗?!"

"杰瑞,你不要这么听天由命,好不好?!她才十九岁。她需要帮助。"

"不要跟我说我们没有试图帮过她……"

"你不知道她在经历些什么,杰瑞!"

"我只知道我有个十九岁的不学好的女儿!"他愤怒地说道,但还是注意在说最后一句话时压低声音,他不想让旁人听见。

"我们见面聊吧,"辛西娅提议道,想要让他冷静下来,"你现在在哪儿?"

"我在哪儿？"杰瑞重复道。

"对啊，跟莱恩医生约的时间是下午五点，"辛西娅提醒道，"你不要跟我说你已经忘了。"

杰瑞睁大了双眼，他彻底忘了。他立刻奔出办公室，冲进电梯。

他奇迹般地准时来到莱恩医生位于麦迪逊大道上的诊所。六个月前，杰瑞同意跟他妻子辛西娅和十九岁的女儿达科塔每星期到这里来接受一次家庭治疗。

艾登一家三口齐齐地坐了治疗师对面的长沙发上，而治疗师坐在他平时坐的座椅上。

"怎么样？"莱恩医生问，"上个疗程结束之后发生了什么？"

"你是说十五天之前的那次吗？"达科塔开火道，"因为上个星期我父亲可是忘了露面……"

"原谅我为了支付这个家庭不合理的开销而辛苦工作！"杰瑞辩白道。

"啊，杰瑞，我求你了，你别说了！"他妻子恳求他道。

"我说了是'上个疗程'。"治疗师不带感情地提醒道。

辛西娅努力地想要把谈话引到积极的方向。

"我跟杰瑞说了，他应该花更多的时间陪达科塔。"她说。

"杰瑞，你是怎么想的？"莱恩医生问。

"我想的是这个夏天对我来说会很困难。我们得完成一档节目的设计。竞争很激烈，我们必须赶在秋天开始前推出一档新节目。"

"杰瑞！"辛西娅火了，"肯定有人能替代你，不是吗？除了工作，对谁你都没时间！"

"我要养家，还得养一位心理医生。"杰瑞无所顾忌地反驳道。

莱恩医生不接话。

"反正，你心里只有你那个该死的工作，爸爸！"达科塔喊道。

"不许粗鲁。"杰瑞命令他女儿。

"杰瑞，"治疗师问他，"你觉得当达科塔这么说话的时候，她想跟你说什么？"

"说多亏了我的这份该死的工作，她才能有钱交话费，买衣服，买她那辆该死的车，还有买那些让她不学好的东西！"

"达科塔，这是你想跟你父亲说的吗？"莱恩问。

"不是，我想养条狗。"达科塔回答。

"总是想要更多的东西，"杰瑞哀叹道，"你之前想买一台电脑，现在又想养条狗……"

"不要再跟我提那台电脑！"达科塔反对道，"永远不要再提。"

"电脑是达科塔要求买的？"莱恩问。

"是的，"辛西娅·艾登解释道，"她以前非常喜欢写作。"

"那为什么不能养狗呢？"心理医生问。

"因为她不负责任。"杰瑞说。

"你不让我试试，怎么能知道呢？"达科塔抗议道。

"我看到你照顾自己的样子，就知道了！"她父亲回击道。

"杰瑞！"辛西娅喊道。

"反正，她想养狗是因为她朋友内拉买了一条狗。"杰瑞自以为是地说道。

"是莱拉，不是内拉！你连我最好的朋友的名字都不知道！"

"那女孩是你最好的朋友？她给她的狗起名叫大麻！"

"那又怎么了，大麻非常乖！"达科塔抗议道，"它才两个月，就知道爱干净了！"

"问题的关键不在这里，该死！"杰瑞恼火道。

"那问题出在哪里？"莱恩医生问。

"问题是，这个莱拉对我女儿有不好的影响。她俩在一起的时候，总是会干蠢事。要我说的话，所有的事情都跟那台电脑无关，全是那个莱拉的错！"

"有问题的人是你，爸爸！"达科塔喊道，"因为你太蠢了，你什么都不懂！"

她起身离开，整个疗程持续了不到一刻钟。

※

下午五点十五分，我和安娜、德里克来到奥菲雅的"雅典娜咖啡"餐厅。我们在餐厅里头找了一张桌子，悄悄地坐了下来。餐厅里坐满了志愿者和来看热闹的好事者。一场奇怪的会议正在举行。科迪把自己这个志愿者协会会长的职位看得特别重，站在一把椅子上铿锵有力地说着话，在场的人们不时地齐声附和。

"我们有危险！"科迪喊道。

"没错，有危险！"专心听他演讲的志愿者们应和道。

"布朗市长隐瞒了斯特凡妮·梅勒死亡的真相。你们知道她为什么被杀吗？"

"为什么？"众人颤抖着声音问道。

"因为戏剧节！"

"戏剧节！"志愿者们喊道。

"我们花时间来帮忙是为了让人杀害的吗？"

"不是！"人们嚷道。

一位服务生过来给我们上咖啡，并把菜单拿给我们。我之前就在餐厅里见过他。他是一个印第安人，留着中长发，头发花白。他的名字让我印象深刻，叫马萨诸塞。

志愿者们轮流发言。所有人都为他们在《奥菲雅纪事报》上看到的内容而感到担忧，害怕自己就是下一个受害者。布朗市长也在现场，他倾听每一个人的诉求，努力给出一个抚慰人心的回答，希望能让志愿者们恢复理智。

"奥菲雅没有连环杀人犯。"他一字一顿地说。

"肯定有杀人犯，"一个小个子男人说道，"因为斯特凡妮·梅勒死了。"

"听着，我们这里确实发生了一起惨剧。但是它跟你们和戏剧节一点关系也没有。你们完全不用担心。"

科迪再次爬上椅子，回应市长：

"市长先生，我们不会为了一个戏剧节把命给丢了的！"

"我再跟你说一遍，"布朗回答，"这件事，不管它有多么恐怖，绝对跟戏剧节没有任何关联！你的推断毫无逻辑！你们知道如果没有你们的话，戏剧节就举办不了了吗？"

"所以，市长先生，您关心的就只有这件事吗？"科迪回应道，"您的屁大点的戏剧节难道比市民的安全还重要吗？"

"我只是要告诉你们莽撞行事会造成的后果，如果戏剧节不能举办，我们的城市会元气大伤。"

"这就是征兆！"一个女人突然叫了起来。

"什么征兆？"一个年轻男子担忧地问。

"是'黑夜'！"那女人喊道。

听到这里，我和德里克、安娜面面相觑，一脸震惊；而此话一出，"雅典娜咖啡"里立刻响起一阵慌乱的嘈杂声。科迪试图让人们恢复秩序，当大家终于安静下来之后，他提议进入投票环节。

"谁支持举行全面罢工，直到杀死斯特凡妮的凶手被缉拿归案为止？"他问。

一只只手举了起来，几乎全部的志愿者都拒绝继续工作。于是科迪宣布："关于全面罢工的决定通过，罢工将一直进行到杀死斯特凡妮·梅勒的凶手被缉拿归案，我们的安全得到保障为止。"会议结束，人们吵吵嚷嚷地离开餐厅。外面，傍晚的阳光依然炙热。德里克急忙抓住那个提到"黑夜"的女人。

"这位女士，'黑夜'是什么？"他问。

她一脸受惊地看着他。

"先生，您不是本地人？"

"不是，我是州警派来的。"

他亮出证件，于是那女人小声地对他说：

"'黑夜'是可能会发生的最糟糕的事情，是巨大灾祸的化身。它已经发生过一次了，还会再发生。"

"女士，我没明白您的意思。"

"所以您什么都不知道？1994年夏天，'黑夜'发生的那个夏天！"

"您指的是那起四人命案？"

她忧心地点了点头。

"那起四人命案就是'黑夜'！今年夏天它还会再次发生！您赶快离开这里吧，在厄运缠上您，降临到这座城市之前离开吧！戏剧节被诅咒了！"

她匆忙地离开餐厅，跟其他志愿者一起消失，"雅典娜咖啡"变得空荡荡的。德里克回到我们的桌上，除了我们，餐厅里只剩下布朗市长了。

"那个女人好像被那个'黑夜'的故事吓得不轻。"我对市长说。

他耸了耸肩。

"不要理会这些，罗森伯格队长，'黑夜'只是一个可笑的传说。那女人胡说八道。"

布朗市长也离开了。马萨诸塞立刻走过来，往我们基本没有碰过的咖啡杯里添咖啡。我知道他这是在找机会跟我们说话。他小声地说：

"市长是不会跟你们说实情的。'黑夜'可不只是一个都市传说。城里好多人都相信它是真的，并认为它是一个在1994年发生过的预言。"

"什么预言？"德里克问。

"说是有一天，因为一出戏，奥菲雅会陷入动乱，持续整整一夜，这就是著名的'黑夜'。"

"1994年发生的就是这件事吗？"我问。

"我记得就在戈登市长宣布创立戏剧节之后，许多奇怪的事情就开始发生了。"

"什么样的事情？"德里克问。

马萨诸塞没能跟我们多说，因为这时"雅典娜咖啡"的门开了，是餐厅的主人来了。我立刻认出了她，是西尔维亚·特南鲍姆，泰德·特南鲍姆的姐姐。她当年应该有四十岁了，所以现在应该有六十岁了。可是她外表看上去一点也没变，还是我当年在办案时见到的那副精致的模样。当她看到我们时，脸上闪过一阵慌乱的表情，然后又急忙摆出一副冷冰冰的面孔。

"我听说你们又回到了这里。"她语气生硬地对我们说。

"你好，西尔维亚，"我说，"我不知道后来是你接管的这家餐厅。"

"你们杀了我弟弟之后，总得有人来管吧。"

"我们没有杀你弟弟。"德里克反驳道。

"这里不欢迎你们，"她一字一顿地回道，"买单，走人。"

"很好，"我说，"我们到这里来不是为了找你麻烦的。"

我让马萨诸塞把账单拿过来，他在收银小票的下面用圆珠笔写下了一行字：

请调查在 1994 年 2 月 11 日至 12 日夜间发生了什么。

※

"我没想到西尔维亚和泰德·特南鲍姆有关系，"当我们走出"雅典娜咖啡"时，安娜说道，"她弟弟是怎么回事？"

我和德里克谁也不想说。大家一阵沉默，最后是德里克换了个话题：

"我们先从'黑夜'和马萨诸塞留给我们的那张字条开始调查吧。"

在这方面，有一个人一定能帮到我们——迈克尔·伯德。我们去了《奥菲雅纪事报》编辑部，一见到我们走进他的办公室，迈克尔·伯德立刻问我们：

"你们是为了今天报纸头条的事情而来的吗？"

"不是，"我回答，"不过既然你提到了，我很想知道你为什么要这么做。我是把你当朋友，才把在斯特凡妮车上发现字条的事情告诉你的！我可不是要让你把它登在报纸的头版上。"

"斯特凡妮是个非常勇敢的女人，一名优秀的记者！"迈克尔说，"我不能让她白死，所有人都应该知道她的工作！"

"正因如此，迈克尔，向她致敬的最好方式就是把她的案子调查清楚，而不是泄露调查线索，在城里制造恐慌。"

"对不起，杰西，"迈克尔说，"我觉得我没能保护好斯特凡妮。我好希望时间能够倒流。我还相信了那条该死的短信。就在一个星期前，我还跟你们说，没什么好担心的。"

"你当时也不可能知道，迈克尔。你不要再无谓地折磨自己了，因为不管怎样，她那时都已经死了。你做什么也救不了她。"

迈克尔骇然地瘫坐在椅子上。我接着说：

"不过，你能帮助我们找出是谁干的。"

"杰西，你让我做什么都行。我都听你的。"

"斯特凡妮对一个词很感兴趣，我们一直都没能明白其含义，这个词是'黑夜'。"

他会心一笑。

"你给我看的那张字条上有这两个字，我当时见了就很好奇。所以我到报社的档案室里做了些调查。"

他从抽屉里拿出一个档案袋，递给我们。里面是从1993年秋到1994年夏期间刊登的一系列文章，报道的都是一些令人忧心而又费解的标语。那些标语先是出现在邮局的墙上：黑夜即将来临。后来全城各处都有。

1993年11月的一天夜里，成百上千辆汽车的雨刮器下面被人压了一张纸，纸上面写着：黑夜将至。

1993年12月的一个早晨，城里的居民醒来后在自家门前都发现了一些纸张，上面写着：准备好，黑夜将至。

1994年1月，市政府大门被人用油漆写了字，宣布开始倒计时：距离黑夜来临还有六个月。

1994年2月，主街上一栋改作他途的建筑被人纵火之后，消防员在墙上发现了一条新的标语：黑夜即将开始。

类似的事情一直持续到1994年6月初，这次轮到大剧院的外墙被人涂了：戏剧节即将开始，黑夜也是。

"所以，'黑夜'跟戏剧节有关。"德里克下结论道。

"警方一直没有查清楚这些威胁的意图。"迈克尔补充道。

我接着说：

"安娜在警局档案室里本该放 1994 年的四人命案卷宗的地方发现了同样的标语，在柯克·哈维局长办公室的抽屉里也发现了。"

柯克·哈维是知道些什么吗？他是因为这个才神秘地消失的吗？我们还想知道 1994 年 2 月 11 日至 12 日夜间在奥菲雅发生了什么。在去档案室里调查一番之后，我们发现了刊登在当年 2 月 13 日的报纸上的一篇文章。文章报道说主街上有一栋属于泰德·特南鲍姆的建筑，特南鲍姆想把它改造成一家餐厅，但是遭到了戈登市长的反对，后来建筑被人故意纵火。

我和德里克当年在调查谋杀案时已经知道了这个情况，但是安娜是第一次听说这件事。

"那是'雅典娜咖啡'开业之前的事，"德里克跟她解释道，"火灾正好让特南鲍姆可以改变建筑使用用途，开起了餐厅。"

"当时有可能是泰德·特南鲍姆自己放的火吗？"她问。

"真相到底是怎样，我们一直也搞不清楚，"德里克说，"但是这件事情所有人都知道，'雅典娜咖啡'的那个服务生让我们调查这件事，肯定还有别的理由。"

突然，他皱起了眉头，把那篇关于火灾的报道和一篇关于"黑夜"的报道放在一起比对。

"该死，杰西！"他对我说。

"你发现什么了？"我问。

"你听听这句。这是关于'黑夜'标语的文章里的一句话：'在大火吞噬主街上那栋建筑的两天之后，消防员在清理废墟时，在其中一面墙上发现了一条标语：黑夜即将开始。'"

"所以说'黑夜'和泰德·特南鲍姆有关？"

"如果'黑夜'这件事是真的呢？"安娜说，"如果因为一出戏，奥菲雅真会陷入动乱整整一夜呢？如果 7 月 26 日戏剧节开幕时，又会发生杀人案，或者发生一场跟 1994 年那个案子类似的屠杀呢？如果斯特凡妮的死亡只是一件即将发生的更加严重的事情的序曲呢？"

德里克·斯考特

1994 年 8 月中，我和杰西被泰德·特南鲍姆的律师羞辱的那个晚上，我们决定出门去散散心。我们接受了达拉和娜塔莎的邀请，一路开到皇后区。她们给了我们一个在雷哥公园的地址。那是一个正在施工中的小店面，招牌上面盖了一块布，达拉和娜塔莎站在店前等我们。两人喜气洋洋。

"我们现在是在哪儿？"我好奇地问。

"我们未来的餐厅前。"达拉笑着说。

我和杰西惊呆了，立刻忘记了奥菲雅，忘掉了谋杀案，还有泰德·特南鲍姆。她们的餐厅计划就要启动了。长期以来的辛苦工作终于要有回报了，她们很快就能离开"蓝色潟湖"，实现自己的梦想了。

"你们打算什么时候开业？"杰西问。

"年底之前，"娜塔莎回答，"里面还有好多活没做。"

我们知道她们一定会大获成功的。人们会围着大片的房子排起长队，只为了等一张空桌。

"对了，"杰西问，"你们的餐厅要叫什么名字？"

"我们叫你们来就是为了这个，"达拉说，"我们已经让人把招牌放好了。我们已经定好名字了，这样一来，店还没开，住在这片的人就会先开始讨论它了。"

"餐厅还没开起来就公布招牌，会不会不吉利啊？"我戏弄她们说。

"德里克，不要说蠢话。"娜塔莎笑着对我说。

她从一处矮树丛里取出一瓶伏特加和四个小杯子，把杯子递给我们，然后倒满酒。达拉抓起一根绳子，那绳子另一端连着招牌上的那块布。她们两人在交换了一个信号之后，一起干脆利落地拉动绳子。那块布像个降落伞一样飘到了空中，然后落到地上。我们看到餐厅的名字在黑夜之中亮了起来：

小俄罗斯

我们举杯预祝"小俄罗斯"开业大吉，接着我们又喝了几杯伏特加，然后参观了现场。达拉和娜塔莎给我们看了规划图，让我们能够想象餐厅将来的模样。餐厅二楼是一个逼仄的空间，她们准备在那里布置一个办公室。有一个梯子可以直通屋顶，在那个炎炎夏日的夜晚，我们大部分时间是在那上头度过的，我们借着几根蜡烛的微光，喝着伏特加，吃着姑娘们准备好的食物，一边看着耸立在远处的曼哈顿岛的轮廓。

我看到杰西和娜塔莎拥抱在一起。他们是那样般配，看上去是那样幸福。这是一对你可以相信什么都不会把他们拆散的情侣。正是在看着他们的那一刻，我产生了想要有同样体验的想法。达拉在我身边，我注视她的双眼，她伸出手来轻抚我的手，我吻了她。

第二天，我们又回到了工作上，我们隐藏在"雅典娜咖啡"前监视餐厅，两人都宿醉得厉害。

"怎么样，"杰西问我，"你在达拉家过的夜？"

我笑了一下，算回答了。他大笑起来。但是我们没有心思开玩笑：我们的调查得从头开始。

我们坚持认为莉娜·贝拉米在谋杀案发生前在街上看到的那辆小货车就是泰德·特南鲍姆的。"雅典娜咖啡"的标志设计是独一无二的，特南鲍姆让人把它贴在车的后窗玻璃上是为了让人知道他的餐厅。但是现在只有莉娜的证词和泰德的证词对峙。我们需要更多的证据。

我们毫无进展。市政府的人跟我们说，戈登市长对泰德·特南鲍姆那栋楼着火的事情大为光火。戈登认为是特南鲍姆自己放的火。奥菲雅警方也是这样认为的。但是没有任何证据能证明这一点。特南鲍姆显然在不留痕迹这方面很有天赋。我们有一线生机：只要能证明他在谋杀案当晚特定时间段里离开过大剧院，就可以取消他的不在场证明。他的值班时间是下午五点到晚上十一点，也就是六个小时。他只需要二十分钟就可以在大剧院和市长家之间打个来回。区区二十分钟。我们审问了开幕当晚所有在后台的志愿者，所有人都说在那天晚上多次见到过特南鲍姆。但是问题在于，他是否在大剧院里待满了五小时四十分到六小时？这可以有很大不同。当然了，没有人知道答案。有人看到他一会儿出现在演员化妆室区域，一会儿在布景区，一会儿又去餐吧买了一个三明治。大家在各处都见到了他，又都没有见到他在任何地方久待。

我们的调查彻底陷入了泥淖，就在我们要失去希望之际，突然一天早晨，我们接到了希克斯维尔一家银行的员工打来的电话，这通电话将改变整个调查的方向。

杰西·罗森伯格

2014 年 7 月 4 日星期五和 7 月 5 日星期六

开幕式前 22 天

德里克和达拉每年都会在自家花园里举办一场盛大的烧烤聚会，庆祝 7 月 4 日国庆节。他们请了我和安娜。我拒绝了，借口说我在别处有约了。我一个人过的国庆节，把自己关在厨房里，绝望地想要重现一种汉堡包酱汁，那是娜塔莎当年的秘方。可惜我的多次尝试都以失败告终。缺了几味调料，我完全不知道是哪几种。娜塔莎最初设计这种酱汁是为了用在烤牛肉三明治上。后来我建议她用在汉堡包里，结果大获成功。可是我今天做了几十个汉堡包，没有一个像娜塔莎做的。

至于安娜，她去了温切斯特她父母家中参加全家传统的庆祝活动。温切斯特是一个距离纽约不远的富裕郊区。就在快到的时候，她突然接到了姐姐慌张地打来的电话：

"安娜，你到哪儿了？"

"基本上已经到了，怎么了？"

"烧烤聚会是爸妈的新邻居组织的。"

"旁边那栋房子终于卖出去了？"

"是的，安娜，"她姐姐回答，"你绝对猜不到是谁买的。马克，你的前夫马克。"

安娜猛踩刹车，惊愕不已。她听见姐姐还在电话里说着话："安娜？安娜？你还在吗？"好巧不巧，她正好停在了那栋房子前，她以前一直觉得它好看，现在却觉得它丑陋不堪、刺眼至极。她看着那些挂在窗户上的可笑的国庆节装饰，心想不知道的还以为它是白宫呢。马克在对待她父母方面，总是有做过头的倾向。安娜不知道自己是该留还是该逃，她决定把自己关在车里。在旁边的草坪上，她看到一些孩子在玩耍，还有一些幸福的父母在旁边看着。在她的众多雄心壮志里，她曾经最看重的就是组建家庭。她嫉妒她的那些婚姻幸福的朋友。她嫉妒她的那些做了妈妈之后心满意足的朋友。

有人敲她的车窗玻璃，把她吓了一跳，是她母亲。

"安娜，"母亲对她说，"我求求你了，不要让我丢脸，进来吧！所有人都知道你在这里。"

"你为什么没有提前跟我说？"安娜严肃地问，"那样我就不用来了。"

"这就是我没跟你说的原因。"

"你们都疯了吗？到我前夫家庆祝国庆节？"

"我们是跟邻居一起庆祝国庆节。"她母亲反驳道。

"啊，我求你了，不要跟我玩文字游戏！"

宾客们慢慢地聚集到草坪上看戏，马克摆出一副十足的哀怨小狗的表情，也身在其中。

"都是我的错，"他说，"我不该没有先跟安娜说就邀请你们的。我们也许应该取消这次聚会。"

"不准取消，马克！"安娜的母亲怒道，"你不需要事事都向我女儿汇报！"

安娜听见有人小声地说：

"可怜的马克，他这么大方地招待我们，却被人这么羞辱。"

安娜感觉到众人谴责的目光重重地落在自己身上。她不想让马克抓住把柄，联合她的家人对付她，于是她下车加入了在花园后院的泳池边举行的聚会。

马克和安娜的父亲围着一样的围裙在烧烤架旁忙碌着。所有人都对马克的新房子和他做的汉堡包赞叹不已。安娜抓起一瓶白葡萄酒，坐到一个角落里，发誓说自己一定要举止得体，不要大吵大闹。

在几十英里外的曼哈顿岛，梅塔·奥斯特洛夫斯基在自己位于中央公园西面的公寓书房里，悲伤地看着窗外。他一开始以为自己被《纽约文学评论》解雇只是贝格多夫一时冲动做出的决定，以为他第二天就会给自己打电话，告诉他说他是不可或缺的、独一无二的。然而，贝格多夫一直也没有打电话来。奥斯特洛夫斯基去了编辑部一趟，结果发现他的办公室已经被人彻底地清空了，他的书被堆放在纸箱里，随时可以搬走。秘书们不让他进贝格多夫的办公室，他给贝格多夫打电话也打不通。他该怎么办呢？

他的女佣走进屋来，给他奉上一杯茶。

"我得走了，奥斯特洛夫斯基先生，"她轻声地说，"我要去我儿子家过国庆节。"

"你去吧，埃丽卡。"批评家说。

"我走之前还能为您做点什么吗？"

"你愿意拿一个靠枕过来把我给闷死吗？"

"不，先生，我不能这么做。"

奥斯特洛夫斯基叹了口气：

"那行吧，你可以走了。"

在公园的另一边，杰瑞和辛西娅在他们位于第五大道的公寓里准备出门去朋友家庆祝独立日。

达科塔借口说自己偏头痛，不想出门。他们没有反对。他们宁愿她待在家里。他们出门时，她正待在客厅里看电视。几个小时之后，她一个人在偌大的公寓里待得烦了，便拿起一盒烟，又去她父亲的酒柜里拿了一瓶伏特加——她知道他把钥匙藏在哪儿——然后坐到厨房的通风口下面，开始又喝又抽。抽完一支烟之后，她飘飘然地、醉醺醺地回到自己的房间。她拿出中学时的年鉴，找到她要找的那一页，然后又回到厨房。她拿出了第二支烟，继续喝酒，用指尖轻轻抚摸一名女学生的照片。那是塔拉·斯卡利尼。

她念出她的名字：塔拉。她开始大笑，紧接着眼泪就流了下来。她抑制不住地发出一声呜咽，然后瘫倒在地，默默地哭起来。她维持着这个样子一直到电话铃响，是莱拉。

"嘿，莱儿。"达科塔接通电话后说。

"你的声音怎么这么难听，达科塔？你哭了？"

"是啊！"

她年轻漂亮，几乎还是个孩子。她躺在地上，头发像鬃毛一样披散在她那张清瘦的脸庞周围。

"你想来找我吗？"莱拉问。

"我跟我爸妈保证过，我会待在家里。不过我想让你到我这儿来。我不想一个人待着。"

"我这就打车，马上就到。"莱拉保证说。

达科塔挂上电话，又把一杯伏特加一饮而尽。

直到第二天早晨，也就是星期六，杰瑞才发现那瓶已经空了四分之三的伏特加。于是他去翻了厨房里的垃圾桶，在里面发现了好几个烟头。他正要去把女儿从床上拉起来，辛西娅让他等她起来再说。于是，达科塔一从房间里出来，他便立刻让她做出解释。

"你又一次辜负了我们的信任！"他摇晃着酒瓶和烟头，怒斥道。

"哦，不要这么死板嘛！"达科塔说，"就跟你没年轻过似的。"

她又回到房间，再次倒头睡下。她父母立刻跟了进去。

"你知道你几乎喝了一整瓶伏特加，还在家里抽了好几支烟吗？"她父亲怒气冲冲地说。

"你为什么要这么糟蹋自己？"她母亲辛西娅问，努力地控制着自己，不对她说重话。

"跟你们有什么关系？"达科塔回嘴道，"反正我死了你们才开心！"

"达科塔！"她母亲反对道，"你怎么能说这种话？"

"洗碗槽里有两只杯子，谁来过？"杰瑞·艾登问，"你叫人来家里了？"

"我请我朋友来，有什么问题吗？"

"问题就是你抽了太多烟！"

"你放松一点。"

"你不要把我当蠢货！谁跟你一起的？那个叫内拉的小傻帽？"

"她叫莱拉，爸爸，不叫内拉！而且她不是傻帽！你不要以为你有钱就高所有人一等！"

"是我的钱供你活着的！"杰瑞咆哮道。

"亲爱的，"想要平息一下事态的辛西娅说，"我和你爸爸都很担心你。我们认为你应该去治疗一下你的上瘾问题。"

"我已经在看莱恩医生了。"

"我们说的是专门的机构。"

"专门机构？我不会再去接受专门机构的治疗了！你们从我的房间里出去！"

她抓起一只跟房间风格格格不入的儿时的玩偶，往门那边掷去，想把她父母赶出去。

"我们让你做什么，你就得做什么。"杰瑞说道，决定再也不能听之任之。

"我不去，你们听见我说的话了吗？我不去，我恨你们！"

她从床上起来，把门"啪"的一声关上，让他们给自己一点私人空间，然后哭着给莱拉打电话。

"你怎么了，达科塔？"莱拉听见她的啜泣声，关心地问道。

"我爸妈想送我去专门机构戒烟瘾和酒瘾。"

"什么？送你去专门机构？什么时候？"

"我不知道。他们想要星期一跟心理医生谈谈。但是我不会去的。你听我说，我是不会去的。我今晚就走。我永远也不想再看到这两个蠢人了。等他们一睡着，我就溜。"

同一天早上，温切斯特。安娜昨天晚上睡在父母家中，在早餐桌上，她一直忍受着来自她母亲的各种问题的狂轰滥炸。

"妈妈，"安娜终于忍不了了，"我还宿醉着呢。如果可以的话，我想安静地喝会儿咖啡。"

"呵，瞧瞧，你喝得太多了！"她母亲恼怒地说，"所以，你现在开始喝酒了？"

"是的，妈妈，当所有人都来烦我的时候，我会喝。"

她母亲叹气道：

"如果你还跟马克在一起的话，我们现在就是邻居了。"

"还好我们不在一起了。"安娜说。

"你跟马克之间是真的结束了吗？"

"妈妈，我们离婚都已经一年了！"

"啊，可是我的女儿，你知道如今这都不算什么事了。现在的男女都是先同居再结婚，离了三次，最后又复合。"

安娜叹了一口气，算是回应了她母亲。她拿起咖啡杯，起身离开桌子。母亲又对她说：

"自从萨巴尔珠宝店那件事之后，你就变了，安娜。你当警察是在浪费生命，这就是我的想法。"

"我夺去了一个人的生命，妈妈，"安娜说，"我做什么也改变不了这个事实。"

"那你还想怎样，你就宁愿跑到那么一个又小又穷的地方过日子，这么来惩罚自己吗？"

"我知道我不是你心目中理想的女儿的样子，妈妈。但是不管你信不信，我在奥菲雅过得很开心。"

"我原本还以为你会当上那里的警察局局长呢，"她母亲讽刺她说，"结果呢？"

安娜没有回话。她跑到露台上一个人待着，想要安静一会儿。

安娜·坎纳

我还记得 2014 年春天的那个早上，就在与斯特凡妮失踪案有关的几个事件发生的几星期前。那是最早来临的一段好天气。尽管时间还早，天已经热了起来。我出门走到自家门廊下，拿起每天都会送到那里的当天的《奥菲雅纪事报》，坐到一把舒服的扶手椅上，准备一边喝咖啡一边看报。就在这时，我的邻居科迪从我面前走过，他冲我打招呼：

"干得好，安娜！"

"什么干得好？"我问。

"报纸上有关于你的文章。"

我立刻翻开报纸，吃惊地发现头版头条上有一张我的大幅照片，上面配的标题是：

这个女人会是
下一任警察局局长吗？

现任警察局局长罗恩·格利弗将于今秋退休，有传言说接替人选不是他的副手贾斯珀·蒙塔涅，而是他的第二副手，去年 9 月来到奥菲雅的安娜·坎纳。

我全身心都被恐慌感占据了：是谁跟《奥菲雅纪事报》说的？更重要的是，蒙塔涅和他的同事们会做何反应？我急忙赶去警察局。所有的警察都来围攻我："安娜，这是真的吗？你要接替格利弗局长？"我没有理会，冲进格利弗局长的办公室，想要阻止这场灾难。但是一切已经太晚了，办公室的门已经关上了。蒙塔涅在里头。我听见他大喊道：

"局长，这到底是怎么回事？你看到这个了吗？是真的吗？安娜要当下一任局长？"

格利弗听上去比他还震惊。

"不要相信报纸上说的，蒙塔涅，"格利弗劝他，"上面都是些白痴话！我这辈子都没听说过这么好笑的话。安娜，下任局长？让我先笑一会儿。她刚来！再说伙计们永远也不会接受让一个女人来领导他们！"

"可是你让她当了副局长。"蒙塔涅反驳道。

"是第二副局长，"格利弗纠正道，"你知道在她前面的第二副局长是谁吗？没人。你知道这是为什么吗？因为这就是一个虚职，是布朗市长为了赶时髦，到处提拔女人当官而专门编出来的职位。去他的男女平等。你跟我一样，对这种事清楚得很，这就是瞎胡闹。"

"这么说的话，"蒙塔涅担心地问，"等我当了局长，我还得任命她当我的副手？"

"贾斯珀，"格利弗努力安抚他道，"等你当了局长，你爱任命谁就任命谁。那个第二副手的位子就是个没有实权的职务。你知道是布朗市长强迫我接受的安娜，我束手束脚的，什么也做不了。但是等我走了之后，你当了局长，你高兴的话，把她开掉好了。你不用担心，我会让她老老实实的，你看着吧。我会让她知道谁是领导。"

不一会儿，我被叫到了格利弗的办公室。他请我在他对面坐下，然后拿起一份放在他办公桌上的《奥菲雅纪事报》。

"安娜，"他用没有起伏的语调对我说，"我要给你一个忠告，以朋友的身份给你一个建议。低调点，使劲低调，低调得像只老鼠一样。"

我试图为自己辩解：

"局长，我不知道那篇文章是怎么……"

然而格利弗并没有让我把话说完，他粗暴地对我说：

"安娜，我就直截了当地跟你说了吧。你被任命为第二副局长，单纯是因为你是个女的。所以，不要再趾高气扬地以为你是因为所谓的能力才被聘用的。你能来到这里的唯一原因，就是那个抱着该死的改革想法的布朗市长无论如何都要雇一个女人在警察局。他拿他那些什么多样性、性别歧视的蠢话来烦我，给我施加了天大的压力。你知道这里面都是怎么回事：我还有一年就要退休，我不想跟他来一场拉锯战，不想让他拿预算问题来卡我们。总之，他无论如何都要雇个女的，而你是唯一的女候选人，所以我就要了你。但是请你不要在警局里制造麻烦。你就是一个保障名额，安娜。你就是一个保障名额！"

在听完格利弗的训诫之后，我不想再忍受同事们的言语攻击，便出去巡逻了。我把车停在 17 号公路旁的那个大指示牌后面。自从我来到奥菲雅之后，每当我需要冷静地思考一些事情，但是警局里的纷扰又让我无法安静时，我都会躲到那里。

我一边盯着早晨路上还很稀少的车流，一边给劳伦回信息。劳伦找了一个完美男人给我，想要安排一顿晚饭，把他介绍给我。因为我拒绝了她，她又开始跟我老生常谈："安娜，你要是再这么下去，你会孤独终老的。"我们互发了几条短信。我跟她抱怨格利弗局长，她建议我搬回纽约。但是我一点也不想回去。除了工作上的那些烦心事，我还挺喜欢住在汉普顿地区的。奥菲雅是一座安静、宜居的城市。它毗邻大海，周围是原生态的大自然。那些漫长的沙滩、茂密的森林、长满睡莲的池塘和蜿蜒的海湾吸引了大量的野生动物，和城市周围的一些地方一样魅力十足。这里的夏天炎热又神奇，冬天凛冽而明媚。

我知道这是一个我终于可以感受到幸福的地方。

杰西·罗森伯格

2014 年 7 月 7 日星期一

开幕式前 19 天

2014 年 7 月 7 日星期一版《奥菲雅纪事报》头条：

被抛弃的戏剧节

奥菲雅戏剧节就要拉下大幕了吗？在成为百姓夏季生活重心的二十年后，今年的戏剧节似乎受到了前所未有的冲击：志愿者们出于自身安全考虑，投票决定发动无限期罢工。自此所有人都在关心一个问题：没有了志愿者，戏剧节还会办下去吗？

安娜的周末是在追寻柯克·哈维的踪迹中度过的。她找到了柯克的父亲科尼利厄斯·哈维。他住在波基普西市的一家养老院里，距离奥菲雅有三个小时的车程。她联系了那里的院长，告诉他我们要过去。

"你昨天上班了啊，安娜？"在我跟她一起开车去养老院的路上，我问她，"我以为你去你父母家过周末了。"

她耸了耸肩。

"庆祝活动被缩减了，"她说，"我正好也想找点事做，换换心情。德里克人呢？"

"在地区中心。他又去看1994年的调查卷宗了。他一想到我们当年可能漏掉了点什么，就烦心。"

"杰西，你们俩之间在1994年发生了什么？听你所说，我觉得你们俩以前是最好的朋友。"

"我们现在还是。"我说。

"可是在1994年，你们俩之间发生了点什么事情……"

"是的，我不知道我现在是不是已经准备好可以说那件事了。"

她默默地点了点头，想要换个话题。

"那你呢，杰西，你国庆节干什么了？"

"我自己在家。"

"一个人？"

"一个人。我给自己做汉堡包，用了娜塔莎配方的酱汁。"

我笑了，我提娜塔莎做什么？

"娜塔莎是谁？"

"我未婚妻。"

"你订婚了？"

"那都是老皇历了。我现在是个老光棍。"

她大笑起来。

"我也是，"她说道，"自从离婚以后，我的女朋友们都说我会孤独终老。"

"真是伤人啊！"我同情地说。

"有一点。不过，我还是希望我会找到一个人。那你跟娜塔莎呢，你们俩为什么没成？"

"安娜，人生啊，有时会跟我们开一些奇怪的玩笑。"

我从安娜的目光里看出来，她明白了我的意思。然后她只是默默地表示了赞同。

"橡树"养老院坐落在波基普西郊区的一栋小楼里，小楼的阳台上繁花似锦。进门大厅里，一小撮老年人坐在轮椅上监视着过往的每一个人。

"有访客！有访客！"其中一个人看到我们之后大喊，膝盖上还放着棋盘。

"你们是来看我们的吗？"一位看上去像只乌龟的没牙老先生问。

"我们是来看科尼利厄斯·哈维的。"安娜友好地回答。

"你们为什么不来看我呢，啊？"一位瘦得像根麻秆一样的老太太声音颤抖地问道。

"我的孩子已经有两个月没来看我了。"那个下象棋的老人说。

我们到前台介绍了自己，不一会儿，养老院的院长出现了。他是一个胖乎乎的小个子男人，穿着西装，一身的汗。他偷瞄了一眼穿制服的安娜，用力地跟我们握了握手。他的手黏糊糊的。

"你们找科尼利厄斯·哈维做什么？"他问。

"我们因为一起刑事案件要找他的儿子。"

"他儿子干什么了？"

"我们只是想跟他谈谈。"

他带着我们穿过走廊，来到一间大厅，里面一些老人四散在各处。有人在打牌，有人在看书，还有的看着空气发呆。

"科尼利厄斯，"院长喊道，"有人来看你。"

一位身材高大瘦削，顶着一头蓬乱的白发，穿着一件厚厚的睡衣的老人从扶手椅上站起来，好奇地看着我们。

"奥菲雅的警察？"他朝我们走来，看见安娜身上那件黑色的制服，惊讶地说，"发生了什么？"

"哈维先生，"安娜说，"我们必须得联系上您儿子柯克。"

"柯克？你们找他做什么？"

"哈维先生，"安娜说，"您先请坐。"

我们四个人在一个有张长沙发和两个扶手椅的角落里坐了下来。一群好奇的老年人聚到我们周围。

"你们找我的柯克做什么？"科尼利厄斯担忧地问。

他的说话方式打消了我们的第一个疑虑：柯克·哈维显然还活着。

"我们重启了他的一项调查，"安娜解释道，"您儿子在1994年调查了一起在奥菲雅发生的四人命案。我们有理由相信是同一个凶手在几天前杀死了一名年轻女子。为了破案，我们迫切需要跟柯克谈谈。您跟他有联系吗？"

"当然。我们经常通电话。"

"他来这里吗？"

"啊，不可能！他住得太远了！"

"他住在哪里？"

"加利福尼亚。他在创作一出肯定会大获成功的戏！你们知道吗，他是一个大导演。他会变得非常有名的，非常有名！等他的戏上演了，我会穿上一身漂亮的西装去给他鼓掌。你们想看看我的西装吗？它就在我的房间里。"

"不用了，非常感谢！"安娜拒绝道，"哈维先生，您能告诉我怎么才能联系到您儿子吗？"

"我有一个电话号码，可以给你们。你们得先给他留言，然后他会给你们回电话。"

他从兜里掏出一个记事本，把号码念给安娜听。

"哈维在加利福尼亚住了多久了？"我问道。

"我记不清了，很久了，也许有二十年了。"

"也就是说，他在离开奥菲雅之后，直接去了加利福尼亚？"

"对，直接去的。"

"他为什么要突然抛下一切离开呢？"

"当然是因为'黑夜'。"科尼利厄斯一副理所当然的样子。

"'黑夜'？可是这个'黑夜'到底是什么啊，哈维先生？"

"他什么都发现了，"科尼利厄斯说，并没有真正地回答我们的问题，"他发现了1994年的四人命案的凶手的身份，然后他不得不离开。"

"所以他知道凶手不是泰德·特南鲍姆？可是他为什么不抓住他呢？"

"这个只有我的柯克能回答你们。对了，如果你们见到他，请替我对他说，他的爸爸要给他送去一个大大的吻。"

我们从养老院一出来，安娜就拨通了科尼利厄斯·哈维给我们的那个电话号码。

"'白鲸'酒吧，您好。"电话那头传来一个女人的声音。

"您好，"安娜惊讶了一下之后说，"我想要找柯克·哈维。"

"请留下您的信息，他会给您打过去的。"

安娜留下了她的姓名和电话号码，并说她有一件极其重要的事情需要联系他。等她挂断电话，我们立刻上网搜查："白鲸"酒吧是位于洛杉矶梅多伍德街区的一家酒吧。我对这个名字并不陌生。我突然想了起来。我立刻给德里克打电话，让他把斯特凡妮的银行卡记录找出来。

"你记得没错，"他在看完记录之后跟我确认，"根据斯特凡妮的消费记录，她6月份在洛杉矶的时候，去过'白鲸'酒吧三次。"

"这就是她去洛杉矶的原因！"我大喊道，"她找到了柯克·哈维的踪迹，然后去见了他。"

※

同一天，纽约

在艾登一家的公寓里，辛西娅心急如焚。达科塔已经失踪两天了。警方已经接到报警，并在积极寻找。杰瑞和辛西娅已经找遍了全城，联系了她的所有朋友，结果都没有找到。现在，他们在自家公寓里来回地绕圈子，期盼着有消息传来。他们的神经一直紧绷着。

"等她缺钱了，肯定就会回来的。"身心俱疲的杰瑞说。

"杰瑞，我都认不出你来了！她是我们的女儿！你们以前是那样亲密！你还记得吗？在她小时候，我甚至还嫉妒你们的关系。"

"我知道，我知道。"杰瑞说，想让他妻子冷静下来。

他们在星期天很晚的时候才发现女儿失踪了。他们以为她在睡觉，在下午之前都没有进她房间看看。

"我们该早点进去看看的。"辛西娅自责道。

"那又能改变什么呢？再说了，我们不是要'尊重她的私人空间'吗？去家庭治疗的时候，医生不是这么要求我的吗？我们不过是遵照那个狗屁莱恩医生的说法落实那个狗屁信任原则罢了！"

"杰瑞，你不要曲解别人的意思！我们在治疗时谈到这个问题，那是因为达科塔抱怨你搜查她的房间。莱恩医生说我们要尊重她，因为那是她的私人领域。他要建立起一个信任原则。他没有不让我们去查看我们女儿的状况！"

"当时一切迹象都让人以为她在睡懒觉。我只是想姑且相信她罢了！"

"她的电话一直打不通！"辛西娅哽咽地道，她在此期间一直试图给女儿打电话，"我给莱恩医生打电话。"

就在此时，家里的固定电话响了。杰瑞立刻过去接了起来。

"艾登先生？这里是纽约警察局，我们找到您女儿了。她很好，您不用担心。巡逻警察发现她睡在一个小巷里，明显是喝醉了。他们把她带到了西奈山医院做检查。"

同一时间，在《纽约文学评论》编辑部，副总编斯基普·纳兰冲进史蒂文·贝格多夫的办公室。

"你开掉了奥斯特洛夫斯基？"斯基普大喊道，"你真是彻底疯了！还有这篇蹩脚的专栏文章，你要把它登在下期杂志上？这个爱丽丝·菲尔莫尔是从哪里冒出来的？她的文字一文不值，你不要跟我说你想把这种一无是处的文章登出来！"

"爱丽丝是个非常有天分的记者，我很相信她的实力。你认识她，她以前是负责收发邮件的。"

斯基普·纳兰双手抱头。

"收发邮件？"他恼怒地重复道，"你把梅塔·奥斯特洛夫斯基开掉，就是为了让一文章写得像狗屎一样、负责收发邮件的姑娘来接替他？你是疯了吗，史蒂文？"

"奥斯特洛夫斯基水平已经不行了，还平白地讨人厌。至于爱丽丝，她是个才华横溢的年轻人！"贝格多夫反对道，"我才是这个杂志的老板，到底还是不是？"

"才华横溢？横溢个屁，是，你是老板！"斯基普再次大喊大叫，把门砰的一声关上，走了。

他刚一离开，壁柜的门突然开了，爱丽丝从里面走了出来。史蒂文立刻跑去把门锁上。

"爱丽丝，现在不要！"他求她道，怕她又要生事。

"他怎么能这样?! 你听见他的话了吗？你听见他说我说得有多难听了吗？你都不维护我！"

"我当然维护你了。我说了你的文章写得非常好。"

"史史，你不要再这么软蛋了。我要你把他也赶走！"

"你不要开玩笑了，我是不会开除斯基普的。你已经让我赶走了斯特凡妮和奥斯特洛夫斯基，你总不能把我杂志社的人都给赶走吧！"

爱丽丝瞪着他，然后跟他要礼物。

贝格多夫狼狈地听命行事。他去爱丽丝最爱的第五大道上的奢侈品店里转了一圈，在一家皮件商店里好不容易找到了一款十分优雅的小手提包。他知道这就是爱丽丝喜欢的那一款。他挑了它，然后把信用卡递给售货员。卡被拒了，余额不足。他又试了另一张卡，还是被拒。第三张也是一样。他开始慌了，汗水爬满了他的额头。现在还只是 7 月 7 日，他的卡就都透支了，他的账上也没钱了。别无他法之下，他把杂志社的卡递了过去，这次刷过了。他只剩下一个账户还有钱，那是留着度假用的。他无论如何都得说动他妻子，让她放弃那个开着露营车去黄石国家公园度假的计划。

买完东西之后，他又在街上逛了逛。外面，沉闷的天空正要迎来暴风雨。第一场温热脏污的雨水落下，打湿了他的衬衣和头发。他继续漫无目的地往前走着，他感觉自己已经完全迷失了方向。最后，他走进一家麦当劳，点了一杯咖啡，坐在一张脏兮兮的桌子旁边喝了起来。他感到绝望。

※

我和安娜在回到奥菲雅之后，先去了大剧院。从波基普西回来的路上，我们给科迪打了电话：我们还在找一切跟第一届戏剧节有关的资料。我们尤其想要多了解一下柯克·哈维那出一开始戈登市长不想让他演，但他还是演了的戏。

安娜带着我穿过剧院来到后台。科迪在他的办公室里等我们。他已经从档案室里翻出来一个纸箱，里面装满乱七八糟的纪念品。

"你们主要想找什么？"科迪问。

"跟第一届戏剧节有关的情况。演开幕戏的剧团的名字，柯克·哈维的戏叫什么名字……"

"柯克·哈维？他演了一出可笑的戏，叫《我，柯克·哈维》。那是一出无聊的独角戏。开幕戏是《万尼亚舅舅》。瞧，这是节目单。"

他拿出一份泛黄的宣传册，递给我。

"这份你可以留着，"他对我说，"我还有。"

接着，他又在箱子里乱翻一气，掏出一本小书。

"啊，我完全忘了这本书的存在。这是当时戈登市长的主意，它可能对你有用。"

我双手捧书，看到上面的书名：

奥菲雅戏剧节历史
作者：史蒂文·贝格多夫

"这是本什么书？"我立刻问科迪。

"史蒂文·贝格多夫？"安娜看到作者的名字，不禁哽住。

接着科迪便给我们讲了在四人命案发生前两个月发生的一件事。

※

奥菲雅，1994 年 5 月

科迪把自己关在书店逼仄的办公室里，王忙着下订单，梅根·帕达林怯生生地推开了他的门。

"不好意思，打扰你了，科迪，市长来了，他想见你。"

科迪立刻起身，从后厅走到店里。他很好奇市长找他做什么。他不知道出于什么神秘原因，市长从 3 月起就不再到书店里来了。科迪搞不明白是什么原因。他感觉市长在刻意避开他的店，甚至有人撞见过他去东汉普顿的书店买书。

戈登站在柜台后面，紧张地翻弄着一本小册子。

"市长先生！"科迪大声地喊道。

"你好，科迪。"

他们热情地握了握手。

"真是幸福啊！"戈登市长看着书架上旳书说，"在奥菲雅拥有一间如此美丽的书店。"

"一切都好吗，市长先生？"科迪问，"我感觉你最近在躲着我。"

"我躲你做什么?"戈登笑道,"不过,你这想法真是奇怪啊!你知道吗,这里的人爱看书的程度给我留下了深刻的印象。每个人手里都拿着一本书。有一天,我在餐厅里吃饭,不管你信不信,就在我邻桌,有一对面对面坐着的年轻情侣,两人都在低头看书!我心说这些人都疯了不成?你们不要埋头看书,倒是说话啊!还有去海边玩水的人,他们不随身带上几本好书,都不会去沙滩的。书让他们上瘾。"

科迪乐呵呵地听着市长的话。他觉得市长亲切友善,一脸敦厚。他心想,看来之前都是自己想多了。但是戈登的到来并不是没有目的的。

"科迪,我想问你一个问题,"戈登说,"你知道的,7月30日,我们的首届戏剧节就要开幕了……"

"对啊,我当然知道,"科迪兴奋地回答,"我已经订了不同版本的《万尼亚舅舅》,准备推荐给客人。"

"多好的主意啊!"市长赞赏道,"我想找你的事情是,《奥菲雅纪事报》的总编史蒂文·贝格多夫写了一本关于戏剧节的小书,你觉得能把这本书放在你这里卖吗?瞧,我给你带了一本。"

他把那本小册子递给科迪。封面是市长站在大剧院前的一张照片,上头配着书名。

"《戏剧节历史》,"科迪大声念出来之后才感到震惊,"可是,这不才是第一届戏剧节吗?现在就给它写书是不是有点早?"

"你知道吗,现在已经有好多内容可以写了,"市长在走之前跟他打包票道,"你就等着惊喜吧!"

科迪实在看不出这本书的意义在哪里,不过他想要对市长表现得友好一点,于是同意了在自己的店里卖这本书。等戈登离开之后,梅根·帕达林又走了过来。

"他想做什么?"她问科迪。

"推荐一本他朋友写的书。"

她放松下来,开始翻那本小书。

"看着不错,"她评论道,"你知道吗,汉普顿地区有许多人自费出书。我们应该给他们设一个小角落,让他们可以卖自己的书。"

"设一个角落？可是我们已经没地方了啊！再说，没人会感兴趣的，"科迪对她说，"没人想买自己邻居写的书。"

"就用店里头那个杂物间吧，"梅根坚持道，"刷完漆就跟新的一样。我们可以把它改造成一个专卖本地作者出书的房间。你看着吧，写书的人对书店来说都是好客户。他们会从全区各个地方赶来看自己的书被摆在书架上，然后他们会顺便买几本书。"

科迪心想这说不定是个好主意。再说，他还想着讨戈登市长欢心呢，但是他感觉有什么地方不对劲，他不喜欢这种感觉。

"梅根，如果你愿意的话，我们就试试，"科迪赞同地说，"试试也没什么损失。最差也就是把杂物间恢复原样。不管怎么说，多亏了戈登市长，我现在知道史蒂文·贝格多夫在工作繁忙之余还会写书。"

※

"史蒂文·贝格多夫以前是《奥菲雅纪事报》的总编？"安娜惊讶地问，"这件事你知道吗，杰西？"

我耸了耸肩，我毫无所闻。当年我有见过他吗？我更是一点也不知道了。

"你们认识他？"科迪问，我们的反应让他很惊讶。

"他是斯特凡妮·梅勒在纽约工作过的那家杂志社的总编。"安娜解释道。

我怎么会不记得史蒂文·贝格多夫呢？一番调查之后，我们发现贝格多夫是在四人命案发生的第二天辞去的《奥菲雅纪事报》的总编职务，交由迈克尔·伯德接任。这个巧合有点蹊跷啊！如果贝格多夫是带着诸多至今依然困扰着他的疑问离开的呢？如果他就是委托斯特凡妮写书的那个人呢？她说过那是一个不能直接自己写的人。当地报纸的一位前任总编不能在二十年后回来插手这件案子，对于这一点我们都是很理解的。我们必须去纽约找贝格多夫谈谈。我们决定明天一早就去。

我们的惊讶还没有结束。同一天，夜深时分，安娜接到一通电话。手机屏幕上显示的是"白鲸"酒吧的号码。"坎纳副局长吗？"电话那头传来一个男人的声音，"我是柯克·哈维。"

德里克·斯考特

1994 年 8 月 22 日星期一。四人命案发生三星期后。

我和杰西驱车去希克斯维尔，那是一座位于纽约和奥菲雅之间，坐落在长岛之上的城市。之前联系我们的那个女人是长岛银行一家小支行里的柜员。

"她约了我们在市中心的一家咖啡馆见面，"我跟杰西解释说，"她的老板不知道她联系了我们。"

"跟戈登市长有关？"杰西问。

"似乎是。"

尽管是早晨，杰西却在吃着一个热乎乎的夹肉三明治，三明治上面淋了一层褐色的酱汁，闻起来特别香。

"你想尝尝吗？"杰西吃到一半问我说，把三明治递给我，"真的很好吃。"

我咬了一口。我很少吃到跟它一样好吃的东西。

"好就好在它的酱汁。我不知道娜塔莎是怎么做的，我给它取名娜塔莎酱。"

"什么？娜塔莎在你今天早晨出门之前给你做的这个三明治？"

"是啊，"杰西回答我，"她早晨四点钟起来给餐厅试菜。达拉一会儿就要过去。我当时都不知道该选哪样。薄煎饼、华夫饼、俄罗斯沙拉，吃的东西都够养一团人的。我建议她在'小俄罗斯'提供这种三明治，客人肯定会抢着来吃。"

"再配上很多薯条，"我说，脑子里已经想着我那么吃的样子了，"配多少薯条都不够吃的。"

那位长岛银行的女员工名叫梅西·沃里克。她在一家没什么人的咖啡厅里一边用勺子紧张兮兮地搅拌着卡布奇诺，一边等着我们。

"我上个周末去了一趟汉普顿，在一份报纸上看到了灭门的那家人的照片。我觉得我认识上面的那位先生，然后我才明白他是我们银行的客户。"

她拿了一个纸板文件夹过来，里面放着一些银行文件。她把它推向我们，接着说：

"我花了点工夫才找到他的名字。看到那张照片的当下，我没把报纸随身带走，也没记住他的姓。我不得不在银行系统里翻了翻，才找到他的交易记录。最近几个月，他每星期都来，有时甚至会一星期来好几次。"

我和杰西一边听着，一边看着梅西·沃里克带来的那些银行流水。每一次都是一笔两万美元的款项，汇入的是一个在长岛银行注册的户头。

"约瑟夫·戈登一星期来这家支行好几次，每次存两万美元？"杰西惊讶地说。

"是的，"梅西点头道，"两万美元是一位客户在不用提供任何说明的情况下，可以存入的最大金额。"

我们研究着那些文件，发现这种行为是从 3 月份开始的。

"所以如果我理解得没错的话，"我说道，"你们从来没有要求戈登先生为这笔钱提供任何说明？"

"没有。再说，我老板也不喜欢我们问太多问题。他说，如果客户不来我们这里，他们也会去别处。好像银行的管理层打算关掉几家支行。"

"所以钱还在那个户头上，在你们银行里？"

"还在我们银行里，但是我擅自看了那笔钱转入的户头，那是另外一个账号，还是在戈登先生名下，但是开在我们银行在蒙大拿州的博兹曼分行。"

我和杰西大吃一惊。在戈登家找到的银行文件里，只有他在汉普顿一家银行开的私人账户信息。这个开在蒙大拿偏僻的博兹曼市的秘密账户是怎么回事？

我们立刻联系了蒙大拿州州警，请他们帮忙查取更多信息。他们的发现让我和杰西坐上了从芝加哥转机飞往博兹曼机场的航班，我们还带了娜塔莎做的三明治在飞机上吃。

约瑟夫·戈登从4月起在博兹曼租了一栋房子，这是我们通过他开在蒙大拿的那个神秘银行账户的自动转账记录发现的。我们找到了房屋中介人员，中介人员带着我们来到一个阴森的棚屋面前，那屋子是用木板搭的，只有一层，坐落在两条街的街角。

"是的，就是他，约瑟夫·戈登，"我们把市长的照片拿给中介看后，他肯定地说，"他来过博兹曼一次，4月，一个人来的。他是从纽约州开车来的，车上装满纸箱。他还没看到房子就跟我说他租了。'这样的价格，谁能拒绝？'他对我说。"

"你确定你看到的就是这个人吗？"我问。

"是的，我当时不信任他，我就悄悄地拍了一张有他和他的车牌的照片，以防万一。你们看！"

中介人员从他的文件夹里拿出一张照片，从上面我们可以清楚地看到戈登市长正在从一辆蓝色的敞篷车上往下搬箱子。

"他跟你说过他为什么要搬来这里住吗？"

"没怎么说，不过他大致说过这么一句话：'你们这里不是特别美，但是至少在这里，没人会来找我。'"

"那他本来是打算什么时候过来的？"

"房子是他4月开始租的，但是他不知道具体会在什么时间搬过来长住。我嘛，不关心这些事情，只要租金付了，其他的都跟我无关。"

"这张照片我能拿走当作证据吗？"我又问中介人员。

"当然可以，警官。"

3月开银行账户，4月租房，戈登市长是在计划逃跑。他死的那晚，确实是要带上全家一起离开奥菲雅的。还有一个问题没有答案：凶手是怎么知道的呢？

还得搞清楚那笔钱是从哪里来的。因为目前在我们看来很明确的一点是他的死跟他往蒙大拿州转入的巨额现金有关，他一共转了有将近五十万美元。

我们的第一反应是去查这笔钱是不是可以确立泰德·特南鲍姆和戈登市长之间的关联。我们费了不少力气才说服警长同意请求代理检察长发出搜查令，好让我们可以调查特南鲍姆的银行信息。

"你们知道的，"警长警告我们，"跟斯塔尔这样的律师打交道，只要你们再搞砸一次，你们就会因为人身骚扰而直接被拉去见纪律委员会，甚至是去见法官。到了那个地步，我告诉你们，你们的事业也就完了。"

我们当然清楚这一点。但是让我们不能忽略的事实是，市长开始收到这笔来历不明的钱的时间点，正是"雅典娜咖啡"改建工程开始的时候。如果那笔钱是戈登市长以不阻挠特南鲍姆开工，让他能赶在戏剧节开始前开业为条件换来的呢？

代理检察长在听完我们的理由后，认为我们的推断足以构成签发搜查令的条件。我们就是这样才发现在 1994 年 2 月至 7 月，泰德·特南鲍姆曾经从曼哈顿岛的一家银行账户里提取过五十万美元，那个账户是他父亲留给他的。

杰西·罗森伯格

2014 年 7 月 8 日星期二

开幕式前 18 天

这天早晨，在去纽约找史蒂文·贝格多夫的车上，安娜跟我和德里克说了她和柯克·哈维的通话内容。

"他拒绝在电话里向我透露任何内容，"她说，"他约我星期三下午五点在'白鲸'酒吧见面，也就是明天。"

"去洛杉矶？"我吃惊地问，"他是认真的吗？"

"他听上去认真得不能再认真了，"安娜说，"我看了一下时间，杰西，你可以坐明天上午十点的飞机从肯尼迪机场出发。"

"什么意思，你叫我去？"我抗议道。

"这是州警的职责范围，"安娜据理力争，"再说德里克家里有孩子。"

"行吧，我去。"我叹气道。

我们没有告诉史蒂文·贝格多夫我们要来，想给他来个出其不意。我们在《纽约文学评论》的编辑部里找到了他，他把我们迎进他那个乱糟糟的办公室。

"啊，我听说了斯特凡妮的事，多么可怕的消息啊！"他上来就对我们说，"你们有线索了吗？"

"也许吧，可能还跟你有关。"德里克上来就给了他一击。我发现德里克虽然离开一线工作已经二十年了，但依然宝刀未老。

"我？"贝格多夫脸唰的一下白了。

"斯特凡妮到《奥菲雅纪事报》上班，目的是偷偷地调查一起在1994年发生的四人命案。她在写一本书，是关于这个案子的。"

"我惊得下巴都要掉了，"贝格多夫说，"我不知道这件事。"

"真的吗？"德里克惊讶道，"我们知道在谋杀案发生当晚，那个建议斯特凡妮写书的人就在奥菲雅，更准确地说，是在大剧院。贝格多夫先生，谋杀案发生时，你在哪里？我相信你还记得的。"

"我在大剧院，这点没错。当天晚上，所有人都在大剧院里！我跟斯特凡妮都没提过这件事情。在我看来，这件事一点也不重要。"

"你当时是《奥菲雅纪事报》的总编。在四人命案发生后的几天之后，你就突然辞职了。更不要说你还写了一本关于戏剧节的书，而斯特凡妮正好对戏剧节产生了浓厚的兴趣。这也太巧合了吧，你不觉得吗？贝格多夫先生，是你请斯特凡妮·梅勒写一本关于奥菲雅四人命案的书的吗？"

"我发誓我没有！这太荒谬了。我为什么要做这种事？"

"你有多久没去奥菲雅了？"

"去年5月，我受市政府的邀请去那边过了一个周末。除此之外，自1994年以后，我就再也没有踏足奥菲雅半步。我离开奥菲雅，没有任何留恋，我搬来纽约，在这里遇见了我的妻子，然后继续从事着我的记者工作。"

"你为什么在四人命案发生后立刻离开了奥菲雅？"

"因为戈登市长。"

贝格多夫把我们带回了二十年前。

"约瑟夫·戈登，"他跟我们解释道，"不论在为人处世上，还是在工作上，都是一个相当平庸的人。他是一个失败的商人，他开过的所有公司都倒闭了。后来，当能当上市长的机会出现在他面前，还有与之相应的高薪诱惑他时，他便投身了政治。"

"他是怎么当选的？"

"他是一个非常善于花言巧语的人，很会做表面功夫。他能把雪卖给因纽特人，但是他无法交货，你们能明白我的意思吧？在1990年市政选举期间，奥菲雅市的财政情况不是很好，大环境很低迷。戈登讲了人们心里想听到的话，他就当选了。但是因为他只是一个平庸的政客，很快人们对他的评价就变得很差了。"

"平庸也许不假，"我有所保留地指出，"但是戈登市长创立了戏剧节，给奥菲雅带来了极大的反响。"

"罗森伯格先生，创立戏剧节的人不是戈登市长，而是他当时的副手艾伦·布朗。戈登市长在当选之后很快就意识到他需要帮手来替他管理奥菲雅。当时艾伦·布朗，一个本地孩子，刚刚拿到法律文凭。他接受了给市长当副手的邀请，毕竟对一个刚毕业的小伙子来说，这个职位还是相当高的。很快，年轻的布朗就靠着他的聪明才智崭露头角。他采取一切措施振兴经济，并成功了。克林顿总统当选后的那几个行情好的年头也帮了不少忙，但是基础都是布朗的一系列点子打下的：他大力振兴旅游业，又举办7月4日庆祝活动，年度烟火表演，还出台政策，鼓励新店开业，又对主街进行了整修。"

"戈登死后，他就被提拔为市长了，是这样吗？"我问。

"不是提拔，队长。戈登被杀后，艾伦·布朗担任代理市长的时间都不到一个月。反正就是，1994年9月举行了市长选举，布朗在此之前就宣布他要参选，然后他就以出色的表现当选了。"

"我们还是回到戈登市长身上吧，"德里克建议道，"他有敌人吗？"

"他没有一个明确的政治主张，所以他总是时不时地惹怒大家。"

"比如说，泰德·特南鲍姆？"

"他那都算不上什么矛盾吧。他们确实因为要把一栋建筑改成餐馆的问题有过小争执，但是还不至于到要杀了他全家的地步。"

"真的吗？"我问。

"哦，当然，我从来都不相信他会因为这样一个微不足道的理由做出这种事！"

"那你当时为什么一句话都没有说呢？"

"跟谁说？警方？你们觉得我像是能冲到警察局里质疑警方办案的人吗？我当时心想警察肯定是找到了铁证。我的意思是，那个可怜的家伙反正已经死了。再说了，说实话，我也有点不关心这件事。反正我也不住在奥菲雅了，我只是远远地关注了这件事。总而言之，我们再说回我的故事吧。我刚才跟你们说了，年轻时候的艾伦·布朗想要重建奥菲雅的愿望对当地所有的小企业家来说是一种恩赐，他翻修了市政府、餐厅、兴建了市立图书馆，还有许多新建筑。总之，官方说法是这样的。但是在私下，戈登打着让所有市民都有工作的幌子，背后让承包商虚开发票，换取承包合同。"

"戈登受贿？"德里克惊讶道，好像从云端上摔下来一般。

"当然了！"

"那为什么当年警方调查时，没人提起过呢？"安娜惊讶道。

"你们想怎样呢？"贝格多夫反驳道，"让承包商们相互举报？他们跟市长一样有罪。怎么不去承认自己杀了肯尼迪总统呢？"

"那你呢？你是怎么知道的？"

"合同都是公开的。施工的时候，你可以查到市政府付给不同企业的金额。还有，参加市政建设的企业也得把他们的账目交给市政府检查，确保其不会在施工中破产倒闭。1994年年初，我想办法得到了施工企业的账目表，跟市政府官方支付的金额比对了一下。其中涉及市政府付款的那一栏，大部分金额都低于合同上的金额。"

"怎么会没人发现这个问题呢？"德里克问。

"我猜开给市政府的是一张发票，开给财务的是另一张发票，至于两笔金额不一致的问题，除了我，再没有别人去核实过。"

"然后你什么都没说？"

"我说了，我写了一篇文章，准备登在《奥菲雅纪事报》上。我还去见了戈登市长，请他做出解释，结果你们猜他跟我怎么说的？"

※

奥菲雅市政府，戈登市长办公室，
1994年2月15日

戈登市长专心读着贝格多夫刚刚拿来给他看的那篇文章。房间里一片寂静。戈登看上去很平静，而贝格多夫很紧张。终于，市长把那篇文章放在桌上，抬眼看向贝格多夫，然后用一种几乎是好笑的语气说：

"亲爱的史蒂文，你告诉我的这件事情非常严重。所以说，在奥菲雅的领导层有腐败现象喽？"

"是的，市长先生。"

"这可就要成大新闻了。你肯定是有合同和财务报表的复印件来佐证的吧？"

"是的，市长先生。"贝格多夫点头道。

"你的工作做得真是细致啊！"戈登市长夸奖他道，"知道吗，我亲爱的史蒂文，你今天晚上来找我实在是太巧了，我正要跟你说一个大项目。你知道我们再过几个月就要庆祝首届戏剧节开幕了吧？"

"当然知道，市长先生。"贝格多夫回答，他不是太明白市长想说什么。

"很好，我想让你给戏剧节写本书。通过这本书来讲讲戏剧节创建背后的故事，再配上一些照片，在开幕的时候出版。这本书肯定会受到观众们的欢迎，他们会毫不犹豫地买它的。对了，史蒂文，请你写本书要多少钱？"

"我……我不知道，市长先生。我还没做过这种事。"

"要我说啊，至少十万美元。"市长信誓旦旦地说。

"你……你要付我十万美元写这本书？"史蒂文结结巴巴地说。

"是的，对一个像你这样能写的人来说，我觉得这个价格很正常。不过，当然了，要是一篇关于市政府账目管理的文章登上了《奥菲雅纪事报》，这笔钱就不可能有了。因为市政府的账目肯定面临严格的审查，老百姓也不会理解我为什么会付你这么大一笔钱。你明白我的意思了吧……"

※

"然后你就写了那本书！"我大喊道，立刻想到了我和安娜在科迪那里找到的那本书，"你被收买了……"

"啊，我没有，罗森伯格队长！"史蒂文反对，"请你不要侮辱人！你很容易地会想象这样的条件我是无法拒绝的！那是我挣钱的一个机会，那笔钱都够我买栋房子的了。不幸的是，我从来都没有收到过那笔钱，因为那个蠢货戈登在我收到钱之前就被人杀了。他为了防止我在收到十万美元之后转而针对他，对我说，他会在书出版之后付我钱。在戈登死后的第二天，我立刻去见了代理市长艾伦·布朗。我跟戈登没有签书面合同，我又不想让人就这么把我们之间的协议给忘了。我以为布朗也知情，结果我发现他什么都不知道。他知道后大为惊骇，并要求我立刻辞职，否则他就要通知警察。他对我说，他不会接受在《奥菲雅纪事报》报社里有一个腐败的记者，于是我不得不离开。那个稿子写得狗屁不通的垃圾迈克尔·伯德就是这样当上总编的！"

在奥菲雅，市长的妻子夏洛特·布朗终于把她老公从办公室里揪了出来。她带着他去了"雅典娜咖啡"餐厅，一起在露天座位上吃午饭。她觉得他最近异常地紧张：他几乎不睡觉，什么也不吃，看上去很累，一副忧心忡忡的样子。她心想，带他出来到太阳底下吃顿午饭会对他有好处。

她的这个主意很成功。艾伦之前信誓旦旦地说自己没有时间吃午饭，最后还是被她说服了，而且这样做确实让他舒服了不少。但是休息时间是短暂的：艾伦的手机开始在桌上振动，当他看到屏幕上显示的名字时，他的脸上露出了担忧的神色。他离开桌子去接电话。

夏洛特·布朗没能听到他的通话内容，但是她听见了几声大呼小叫，并从她丈夫的手势中看出一种极度的不快。她突然听见他用一种几乎是在央求的声音说："请不要这样做，我会找到解决办法的。"然后他便挂了电话，气冲冲地回来。这时，一位服务生刚好把他们之前点的甜点放在了桌上。

"我得回市政厅去了。"艾伦语气不好地说。

"现在？"夏洛特问，"至少吃完甜点再走吧，艾伦，一刻钟都不能等吗？"

"我有大麻烦要处理，夏洛特。刚才打电话来的是要在戏剧节上演主戏的戏团经理，他说他听说了罢工的事情，还说演员们都在担心自身的安全问题。他们退演了。我没有别的戏可上了。这简直是一场灾难。"

市长说完就走了，没有注意到有一个人从他吃午饭开始，就坐在他背后的一张桌子那里，没有漏掉他谈话的任何内容。她等到夏洛特也走了之后，掏出手机。

"迈克尔·伯德？"她说，"我是西尔维亚·特南鲍姆。我手上有关于市长的情报，你也许会感兴趣。你能到'雅典娜咖啡'来一趟吗？"

※

当我问起史蒂文·贝格多夫在斯特凡妮·梅勒失踪当晚人在何处的时候，他露出一副受到冒犯的表情，说："我去参加了一场开幕式，你可以去查，队长。"我们在回到安娜在奥菲雅警局的办公室之后就去查了。

举办那场活动的画廊跟我们证实了贝格多夫的说法，并补充说开幕式是在晚上七点结束的。

"晚上七点从曼哈顿岛离开的话，他可以在十点钟到达奥菲雅。"安娜说。

"你认为对斯特凡妮下手的人有可能是他？"我问她。

"贝格多夫对《奥菲雅纪事报》编辑部大楼很熟悉，他知道怎么进去偷电脑。他也知道迈克尔·伯德是报社的总编，要用斯特凡妮的手机发短信请假的话，那就得发给他。然后我们可以推想，他是因为害怕在奥菲雅被人认出来，所以最后才放弃了跟斯特凡妮在'科迪亚克烧烤'见面，跟她改约在了海滩上碰头。你们能告诉我，刚才为什么不把他抓上车吗？"

"因为这些都只是猜测，安娜，"德里克说，"没有任何证据。律师五分钟内就能把你打回原形。我们没有任何证据证明他有罪，就算他那天是一个人在家待着，你又怎么证明是他干的呢？再说，他那个不牢靠的不在场证明正好说明了他连斯特凡妮被杀的时间都不知道。"

这一点德里克没有说错。不过，我还是把贝格多夫的照片贴在了磁板上。

"杰西，我嘛，"安娜说，"我倒是把贝格多夫当成委托斯特凡妮写书的那个人来看。"

磁板上贴着几段我们从电脑里找出来的书的原文摘抄，她拿起来对我们说：

"当斯特凡妮问委托人为什么他不自己写书的时候，那人回答：'我？不可能！别人会怎么说我？'所以他应该是一个众所周知的不能写的人，所以才把这个任务假手他人。"

我接着读下一段：

"'那天就在晚上七点前不久，我到街上走了几步，看到一辆小货车从我面前开过。……我后来看报纸得知，那是泰德·特南鲍姆的车，可是问题是当时开车的人并不是他。'贝格多夫正好跟我们说过他怀疑泰德·特南鲍姆真的有罪，而且那晚他在大剧院。"

"我很想知道那天开小货车的人是谁。"安娜说。

"我嘛，"德里克说，"我想知道为什么布朗市长从没有说起过戈登市长贪污的事？如果他当时就已经知道了，那就有可能会改变我们调查的方向。尤其是，如果戈登转到蒙大拿的钱来自他从承包商那里收到的贿赂的话，那泰德·特南鲍姆提取的现金又是干什么用的呢？这一点他从来也没能解释清楚。"

房间里一阵长时间的沉默。安娜看到我和德里克彻底地困惑了，于是问我们：

"泰德·特南鲍姆是怎么死的？"

"被捕时死的。"我只是这么简单地回了一句。

而德里克直接转换了话题，示意安娜说我们俩并不想谈这个问题。

"我们应该出去吃点东西，"他说，"我们还没吃午饭呢。我请客。"

※

布朗市长出乎寻常地早早地回到了家中。他需要冷静冷静，思考如果戏剧节取消，可能会出现的情况。他苦着脸，在客厅里转圈子。他妻子夏洛特远远地看着他，感觉得出他的紧张。最后，她决定过去找他谈谈。

"艾伦，亲爱的，"她一边说，一边用手轻抚他的头发，"也许这就是让你放弃举办戏剧节的一个信号呢？它让你这么操心……"

"你怎么能说这种话呢？亏你以前还是当演员的……你知道这意味着什么！我需要的是你的支持！"

"我只是说这也许是天意。反正戏剧节早就不赚钱了。"

"戏剧节必须得办，夏洛特！我们全城都指望着它呢。"

"那你能有什么办法来接替主戏呢？"

"我不知道，"他叹气道，"我会成为大家的笑柄的。"

"一切都会好的，艾伦，你看着吧。"

"怎么好？"他问。

她根本不知道，她这么说只是为了给他打气。她努力地想出了一个办法。

"我……我去动用下我在戏剧圈的关系！"

"你的关系？亲爱的，你太可爱了，可是你已经二十年没有登台了。你已经没有任何关系了……"

他伸出一只胳膊搂住妻子的脖子，她把头枕在他的肩上。

"这就是一场灾难，"他说，"没人想来参加这场戏剧节。演员、媒体、评论家都不愿意来。我们发出去几十份邀请，都石沉大海。我还给梅塔·奥斯特洛夫斯基写了封信。"

"《纽约时报》的那个梅塔·奥斯特洛夫斯基？"

"前《纽约时报》，他现在在《纽约文学评论》工作，请他也比没有人来强，但是他也没有回复。离开幕式还有不到二十天了，戏剧节都快关门了。我还不如放一把火把剧院烧了……"

"艾伦，"他妻子打断他，"你不要说这种蠢话！"

就在此时，大门外的门铃响了。

"瞧瞧，说不定就是他来了。"夏洛特开玩笑道。

"你约了人？"完全没心情开玩笑的艾伦问。

"没有。"

他起身，穿过房子前去开门。来人是迈克尔·伯德。

"你好，迈克尔。"他对迈克尔说。

"你好，市长先生。对不起，我不请自来。我一直拼命地想要联系你，但是你手机关机了。"

"我刚才想要静一静。有什么事吗？"

"我想请你对传言发表一下评论。"

"什么传言？"

"就是戏剧节已经没了主戏的那个传言。"

"谁告诉你的？"

"我是记者。"

"那你就该知道传言一文不值，迈克尔。"布朗怒斥道。

"我很同意你的观点，市长先生。所以我才跟剧团的经纪人通了电话，他跟我确认了演出取消的事情。他说演员们觉得自身安全在奥菲雅无法得到保障。"

"这简直太可笑了，"艾伦回答道，继续保持着冷静，"如果我是你的话，我不会公开这个消息……"

"是吗？为什么呢？"

"因为……因为你会被人笑话的！"

"我被人笑话？"

"没错。你以为呢，迈克尔，我已经解决了原定剧团不演的问题。"

"是吗？那你为什么还没有宣布呢？"

"因为……因为这是一出大制作，"市长不假思索地回答，"独一无二的制作！一出将会造成轰动，让观众纷至沓来的大戏。我想要来一场盛大的宣布仪式，而不是随随便便发个没人看的新闻通稿。"

"这么说的话，你打算什么时候搞这个盛大的宣布仪式呢？"迈克尔问。

"我这星期五就会宣布，"布朗市长针锋相对道，"没错，就是7月11日这星期五，我会在市政府举行一场新闻发布会，你看着吧，我到时候宣布的消息会震惊所有人！"

"嗯，那好吧，谢谢你的这些消息，市长先生。我会把这些都写在明天的报纸上。"迈克尔说，想要看看市长是在虚张声势还是在说真话。

"那你就写吧。"艾伦努力用听上去充满信心的语气回答道。

迈克尔点点头，作势要走，但是艾伦没忍住又补了一句：

"迈克尔，你别忘了是市政府在资助你们报社，给你们减免了房租。"

"市长先生，你这是什么意思？"

"意思是狗不会咬喂它食物的人。"

"市长先生，你在威胁我？"

"我不可能做这种事，我只是给你一个友好的建议。"

迈克尔冲他点头示意告别。艾伦关上门，愤怒地攥紧了拳头。他感觉有一只手落在他的肩上，是夏洛特。她什么都听见了，担忧地看着他：

"盛大的宣布仪式？"她问，"可是，亲爱的，你要宣布什么啊？"

"我不知道，我还有两天时间等待奇迹出现。不然的话，我宣布的就是我的辞职消息了。"

黑夜

2014 年 7 月 9 日星期三—7 月 10 日星期四

杰西·罗森伯格

2014 年 7 月 9 日星期三，洛杉矶

开幕式前 17 天

2014 年 7 月 9 日星期三《奥菲雅纪事报》头条新闻节选：

戏剧节开幕式迎来神秘大戏

节目单改变：市长将于这星期五宣布开幕大戏戏名，并预告说这将是一出令第二十一届戏剧节成为史上最出彩的一届的鸿篇巨制。

飞机降落在洛杉矶时，我把报纸放了下来。这份《奥菲雅纪事报》是今天早上我和德里克跟安娜碰面，总结办案最新进展时，安娜给我的。

"拿着，"她把报纸递给我说，"路上拿着看。"

"这位市长要么是位天才，要么就是屎淹脖子了。"我看到报纸头条时笑着说，然后把它放进了包里。

"我猜是第二种可能。"安娜笑道。

现在是加利福尼亚时间的下午一点。我是上午九十点从纽约起飞的，虽然飞行时间是六个半小时，但是神奇的时差让我比和柯克·哈维的约定时间还早了几个小时到达。我决定利用这点时间来调查斯特凡妮在这里都做了些什么。我的时间不多，回程时间是明天下午，留给我的时间正好二十四小时。

按照例行规定，我先联系了加利福尼亚高速公路的巡警，即那边的州警，告诉他们我要来。一位名叫克鲁兹的警察到机场来接我，并将在我逗留期间全程陪同我。我根据斯特凡妮的信用卡消费记录，请克鲁兹警司开车直接送我去她住过的那家酒店。那是一家精致的贝斯特韦斯特酒店，就在"白鲸"酒吧附近。房间价格很高，显然价钱对她来说不是个问题。有人资助她。但是谁呢？她的那位神秘的委托人？

当我把斯特凡妮的一张照片递给酒店接待员看时，他立刻认出了她。

"没错，我记得她。"他肯定地回答。

"她身上有什么让你记住她的特别之处吗？"我问。

"一个年轻漂亮的女人，又很优雅，让人一看就会记住她的，"接待员回答，"不过，她尤其让我印象深刻，是因为她是我遇到的第一位作家。"

"她是这么介绍自己的？"

"对，她说她在写一本建立在真实事件基础上的侦探小说，说她到这里来是为了探寻答案。"

所以斯特凡妮肯定是在写一本书。她被《评论》辞退之后，决定实现自己成为作家的梦想，但是付出的代价是什么呢？

我来之前没有预订酒店，于是顺便在贝斯特韦斯特酒店开了一间房过夜。之后，克鲁兹警司开车送我去了"白鲸"酒吧，我于下午五点准时到达那里。在酒吧柜台后面，一名女子正在擦玻璃杯。她从我的态度看出来我在找人。当我提起柯克·哈维的名字，她莞尔一笑，问：

"你是演员？"

"不是。"我坚决地否认道。

她耸耸肩，好像不相信我。

"穿过那条街，那边有所学校。下到地下室去，下面有个演出厅。"

我立刻执行。我没能找到地下室的入口，正好看到有个门卫在扫院子。

"打扰一下，先生，我来找柯克·哈维。"

那家伙哈哈大笑起来。

"又来了一个！"他说。

"又来了一个什么？"我问。

"你是演员，不是吗？"

"不是，为什么所有人都以为我是演员？"

那人笑得更大声了。

"你很快就会明白的。你看到那边的铁门了吗？下去一层，你会看到一个牌子。你不会搞错的，祝你好运！"

他还在笑，我便把他留在那里继续笑，按照他的指示走了。我穿过那扇门，门连着一段楼梯。我走下去一层，看见一扇厚重的大门，上面用胶布草草地贴着一张巨幅海报：

世纪大戏

《黑夜》

排练室

有意参加的演员请在排练结束后联系
柯克·哈维大师。
欢迎送礼。

<u>请全程保持安静！</u>
<u>禁止交头接耳！</u>

我的心开始在胸腔里狂跳。我用手机拍了一张照片，立刻把它发给了安娜和德里克。然后，正当我要去按门把手时，门突然猛地开了，我

不得不后退一步，才没被门打个正着。我看见一个男人从门里走出来，哭着消失在楼道里。我听见他狂怒地发誓道："再也不会了！再也不会让人这么对待我了！"

门还开着，我畏畏缩缩地走进那个里面一片昏暗的房间。这是一间典型的学校演出厅，空间相当开阔，房顶很高。几排椅子正对着一个小舞台，几盏过热的聚光灯投下耀眼的光芒，照亮舞台，舞台上有两个人：一位胖胖的女士和一个小个子男人。

一小群人聚在舞台前，聚精会神地看着舞台上的演出。在一个角落里，有一张桌子，桌上摆着咖啡、饮料、面包和饼干。我看到一个半裸的男人一边匆匆忙忙地吃着一块糕点，一边换上一件警察制服，他显然是一名正在换装的演员。我走过去，小声地对他说：

"不好意思，这里在做什么啊？"

"什么？这里在做什么？这里是《黑夜》的排练厅！"

"啊！"我稍微慎重地说道，"那《黑夜》是什么？"

"它是哈维大师打磨了二十年的一部戏。他排练了二十年！传说等它排好，它就会取得前所未有的成功。"

"那它什么时候能排好呢？"

"没人知道。眼下，他还没排练完第一场戏呢。光是第一场就排练了二十年，你想想这出戏的质量吧！"

周围的人都转过脸来，用一种不善的眼神看着我们，示意我们闭嘴。我贴近我的交谈对象，趴在他耳边小声地问：

"这些人都是谁啊？"

"演员。所有人都想来碰碰运气，想要成为戏里的演员。"

"有这么多的角色要演吗？"我估摸了一下在场的人数，问道。

"没有，但是轮换的人选很多。因为大师，他要求很高……"

"大师人在哪儿呢？"

"第一排。"

他示意我说我们已经聊得够多了，他现在得闭嘴了。我钻进人群之中，我知道戏已经开始了，保持安静也是演戏的一部分。在靠近舞台时，我看到有一个男人躺在台上演死人。那个穿制服的小个子男人仔细地看着那具尸体，一个女人朝尸体走去。

沉默持续了好几分钟。突然从观众席传来一道狂喜的声音：

"杰作！"

"闭嘴！"另一个人对他说。

全场再次沉默。接着录音的声音响起，开始一段旁白：

这是一个昏暗的早晨。天在下雨。在一条乡间道路上，交通瘫痪了：大批车辆堵成一团。愤怒的司机疯狂地按着喇叭。一名年轻女子沿着静止的车流在路边走着。她一直走到警戒线前，询问站岗的警察。

年轻女人：发生了什么事？

警察：死了一个人，摩托车车祸。

"停！"一个带鼻音的声音喊道，"开灯！开灯！"

灯突然一下亮了，照亮了整个大厅。一个穿着皱巴巴的西装，头发乱糟糟的男人手里拿着一个剧本走到舞台前。那是比我认识他的时候老了二十岁的柯克·哈维。

"不对，不对，不对！"他冲那个小个子男人吼道，"你的语气是怎么回事？请有说服力一点好不好，我的老朋友！好了，再来一遍。"

穿着过大制服的小个子男人挺起胸膛大喊：

"死了一个家伙！"

"不对，蠢货！"柯克怒斥道，"台词是'死了一个人'。还有，你为什么要嚷得像条狗一样？你是在宣布一个死亡事件，不是在跟羊倌汇报他有多少只羊。走心一点，该死！观众都要坐不住了。"

"对不起，柯克大师，"小个子男人哼唧道，"再给我一次机会，求你了。"

"好吧，最后一次机会。之后我就把你扫地出门！"

我趁着中断的机会走到柯克·哈维身边介绍自己。

"你好，柯克，我是杰西·罗森伯格，我……"

"我应该知道你是谁吗，蠢货？想要角色的话，应该等到排练结束之后来见我才对，不过你嘛，你没机会了！你不是演戏的料！"

"我是罗森伯格队长，"我补充道，"纽约州州警。二十年前，我们一起调查过1994年的四人命案。"

他的神色突然亮了起来。

"啊，对！是啊！莱昂伯格！你一点也没变样。"

"是罗森伯格。"

"听着，莱昂伯格，你来得真是非常不巧。我这边正排练着呢。什么风把你给吹来了？"

"你之前跟奥菲雅警察局的副局长安娜·坎纳通过话，是她派我来的。你约的时间是下午五点……"

"那现在几点了？"哈维问。

"下午五点。"

"怎么着，你是艾希曼①的孙子还是怎么回事？别人让你做什么你就做什么？要是我让你用枪朝我的演员们的脑袋开枪，你也会照做吗？"

"呃……不会。柯克，我得跟你谈谈，这件事很重要。"

"啊，你们听听这个人说的！重要，重要！让我告诉你什么叫重要，年轻人，这个舞台叫重要，现在这里上演的一切才叫重要！"

他转身看向舞台，用两只手指着它说：

"看，莱昂伯格！"

"罗森伯格！"

"你看到什么了？"

"我只看到一个空舞台……"

"闭上双眼仔细看。刚刚发生了一起谋杀案，但是还没有一个人知道。时间是早晨，是夏天，但是天气很冷。一场冰冷的雨像泡尿一样洒

---

① 阿道夫·艾希曼，纳粹德国高官，也是在犹太人大屠杀中执行"最终方案"的主要负责者，被称为"死刑执行者"。

在我们身上。我们可以感受到开车人的激动和愤怒，因为路被警察封了，他们无法前行。空气中弥漫着排气管排出的刺鼻味道，因为那些被困在原地一个小时的蠢货不知道要把发动机停下。熄火吧，一帮蠢货！就在这时，啪！我们看见一个女人出现在大雾之中。她问一名警察：'发生了什么事？'警察说：'死了一个人……'这一幕就成功了！观众被迷住了。灯光！灯光！把灯光给我灭了，该死！"

厅里的灯光熄灭了，只留下那个舞台在一片静默之中继续亮着。

"开始吧，胖妞！"哈维对演那个女人角色的女演员喊道，示意她可以开始演了。

她绕过半个舞台走到警察旁边，背诵出她的台词：

"发生了什么事？"她问。

"死了一个人！"穿着过大制服的小个子男人大声地说。

哈维点头赞许，让他们继续演。

女演员夸张地演着那个好奇的女人，想要靠近尸体。但是，她肯定是太紧张了，没有注意到演尸体那人的手，一脚踩了上去。

"哎哟！"死人哼哼道，"她踩到我了！"

"停！"哈维喊道，"灯光！灯光！该死！"

大厅再次亮起来，哈维跳上舞台。演尸体的人在揉自己的手。

"你走路不要像头母牛一样！"哈维大喊道，"该死的蠢货，注意一下你下脚的地方！"

"我不是母牛，也不是蠢货！"女演员抽噎着回道。

"啊，你还有脸说你不是！诚实一点好不好，你饶了我好不好！你瞧瞧你自己，瞧你那个大腹便便的样子！"

"我不干了！"那女人哭号道，"我拒绝被人这么对待！"

她想要离开舞台，但是紧张之下，她再次踩了一脚那具"尸体"，"尸体"这次叫得更大声。

"行吧，"哈维冲她大喊道，"滚吧，丑陋的母牛！"

那个可怜的女人哭着挤开人群往门口逃走了。众人能听见她的哭声伴随着她沿楼梯往上走而渐渐地远去。哈维怒气冲冲地把他的漆皮鞋往门上一扔，然后转过身来，打量着默默地看着自己的那群演员，发起火来：

"你们全都没用！你们什么都不懂！所有人都走！滚！滚！今天的排练到此结束！"

演员们乖乖地走了。当最后一名演员离开之后，哈维从里面把门锁上，靠在上面瘫在了地上。他发出了一声绝望的嘶喊：

"我永远也做不成！永远！"

我还留在大厅里，有点尴尬地靠近他。

"柯克。"我轻声地对他说。

"叫我大师就行。"

我冲他友好地伸出一只手，他站了起来，用黑色西装的两只袖子擦了擦眼睛。

"你不会碰巧也想当演员吧？"哈维问我。

"不，谢谢你，大师。但是如果你有时间的话，我有几个问题想问你。"

他把我带到"白鲸"酒吧喝啤酒，而克鲁兹警司坐在旁边的一张桌子旁玩填字游戏，老实地等着我。

"斯特凡妮·梅勒？"哈维对我说，"对，我在这里见过她。她想要找我谈谈。她在写一本关于1994年的四人命案的书。为什么问她？"

"她死了，被人杀死的。"

"哎哟……"

"我认为她被杀是因为她发现了关于1994年杀人案的真相。你具体跟她说了什么？"

"说你们肯定抓错了凶手。"

"所以是你让她产生这个想法的？可是当初调查的时候，你为什么没跟我们说呢？"

"因为我是后来才明白的。"

"你是因为这个才逃离奥菲雅的吗？"

"我什么都不能告诉你，莱昂伯格。现在还不行。"

"现在还不行，什么意思？"

"你会明白的。"

"大师，为了来见你，我飞了四千公里。"

"你不该来的。我不能冒险让我的戏毁了。"

"你的戏？《黑夜》是什么意思？它跟1994年的事件有关系吗？1994年7月30日晚上发生了什么？是谁杀了市长全家？你为什么要逃？你在一个学校地下室的排练厅里做什么？"

"我带你过去，你会明白的。"

警司克鲁兹开着他的巡逻车，带着我和柯克·哈维来到好莱坞山顶，俯瞰那座在我们眼前展开的城市。

"你带我们到这里有什么原因吗？"我问哈维。

"你以为你了解洛杉矶，莱昂伯格？"

"了解一点吧……"

"你是艺术家吗？"

"算不上。"

"呸！那你就跟其他人一样，你只知道那些有名的地方：马尔蒙城堡酒店、好人俱乐部、罗迪欧大道和比弗利山庄。"

"我来自皇后区的一个贫困家庭。"

"不管你从哪里来，人们评判你，是看你要往哪里去。你的命运是什么，莱昂伯格？艺术对你来说是什么？你怎么为它服务？"

"你想说什么，柯克？你说话的样子好像一个邪教领袖。"

"我花了二十年打造这出戏！每一个字，每一处演员的沉默都是我精心打磨的。这是一部杰作，你能明白吗？可惜你明白不了，你感受不到，这不是你的错，莱昂伯格，你生来就是个白痴。"

"你能不能不要侮辱人？"

他不回话，继续看着广阔的洛杉矶。

"走吧！"他突然大喊道，"我带你去看看！我带你去看洛杉矶的另一群人，被飞黄腾达的幻影欺骗的那群人。我要带你看看梦碎者和燃翼天使的城市。"

他引导着克鲁兹警司把车开到一家汉堡包店前，让我一个人进去给我们三个人买汉堡吃。我不是太明白他这是什么意思，但还是照做了。靠近柜台时，我认出来柜台后面的人正是两个小时前我在舞台上看到的那个穿着过大警服的小个子男人。

"欢迎来到 In-N-Out，您想点些什么？"他问我。

"我刚才见过你，"我说，"你参加了《黑夜》的排练？"

"对。"

"结果不太好。"

"经常是这个样子，哈维大师要求非常严格。"

"要我说的话，他是个彻头彻尾的疯子。"

"不要这么说，他就是这个样子，他在导一出大戏。"

"《黑夜》？"

"对。"

"可那到底是出什么戏？"

"只有熟悉内情的人才知道。"

"什么内情？"

"我自己也不能确定。"

"我听过一个传说。"我说。

"对，据说《黑夜》将成为有史以来最伟大的戏！"

他的神色突然亮了起来，被激动的情绪淹没。

"你有办法给我找到这出戏的剧本吗？"我问。

"谁都没有剧本。大家手上传的只有第一幕戏的剧本。"

"可是你为什么愿意被人那样对待呢？"

"你看看我，我来这里，到现在已经有三十年了。三十年来，我一直努力想要靠当演员成名。如今我五十岁了，每小时挣七美元，没有退休金，也没有保险。我租一个单间，也没有家庭。我什么都没有，《黑夜》是我成名的唯一希望。你想点些什么呢？"

几分钟之后，我拿着一袋汉堡和薯条回到车上。

"怎么样？"他问我。

"我看到了你的一个演员。"

"我知道。亲爱的克鲁兹警司，西木大道，谢谢。那里有一家很潮的酒吧叫'火烈鸟'，你不会开过的。我想去那里好好地喝一杯。"

克鲁兹点点头，开始上路。哈维是个既可恶又有威严的人。在"火烈鸟"酒吧前下了车之后，我认出了其中一位泊车员，他是我在放着咖啡和面包的桌前跟他聊过天的那位演员。就在我向他走去的时候，他坐进了一位刚刚抵达的客人的豪华轿车。

"进去找张桌子吧，"我对哈维说，"我过一会儿去找你。"

我冲进那辆汽车，坐在了副驾驶位上。

"你要做什么？"泊车员担心地问。

"你还记得我吗？"我亮出证件说，"我们在《黑夜》的排练厅里说过话。"

"对。"

他发动车子，往一个开阔的露天停车场开去。

"《黑夜》是什么？"我问。

"在洛杉矶大家口耳相传的一出戏。参演的人……"

"都会取得巨大的成功，这个我知道。你能不能告诉我点我不知道的？"

"像什么？"

这时我的脑海里冒出来一个问题，这个问题我之前也该问问那位 In-N-Out 员工。

"你认为柯克·哈维会是个杀人犯吗？"

那人不假思索地回答：

"当然啊！你看到他的样子了吗？如果你把他惹怒了，他会像碾一只苍蝇一样把你给碾死。"

"他动手打过人吗？"

"光从他骂人的样子来看，还说明不了问题吗？"

他把车停好，下了车。他朝一个同事走去，那人坐在一张塑料花园桌后面，根据对讲机里从餐厅传来的呼叫声来管理客人的车钥匙。他把一串钥匙递给泊车员，给他指了一辆车让他开回。

"《黑夜》对你来说意味着什么？"我又问泊车员。

"一种补偿。"他理所当然地说。

他坐进一辆黑色的宝马汽车走了，给我留下了更多的问题，而不是答案。

我走路回到仅在一个街区之外的"火烈鸟"酒吧。刚走进酒吧，我就认出了负责迎宾的那名员工，他是演尸体的那个演员。他带我走到柯克的桌前，柯克已经喝上了一杯马提尼。一名女服务员走到我身边，递给我一份酒单，她是刚才的那位女演员。

"怎么样？"哈维问我。

"这些人都是谁啊？"

"从过去到现在一直在等待飞黄腾达的一群人。这是社会每天都在给我们传达的一个信息：要么飞黄腾达，要么死。他们会等着飞黄腾达一直等到死的，因为到了生命的最后，这两者也就合而为一了。"

我直奔主题地问他：

"柯克，是你杀了市长一家吗？"

他大笑起来，把马提尼干掉，然后看了一眼手表：

"时间不早了，我得去干活了。送我回去吧，莱昂伯格。"

克鲁兹警司把我们送到了洛杉矶北郊的伯班克。哈维给我们的地址是一个房车村。

"我到站了，"柯克客气地对我说，"很高兴再次见到你，莱昂伯格。"

"你在这里工作？"我问。

"我住在这里，"他说，"我得去换我的工作服了。"

"你是做什么的？"我问。

"我是环球影城的夜间清洁工。我跟你今天晚上看到的那些人都一样，莱昂伯格。我被我的梦想吞噬了。我以为我是一个伟大的导演，但我其实只是个给大导演刷厕所的。"

原来这位变身为导演的奥菲雅前警察局局长如今穷困潦倒地住在洛杉矶的郊区。

柯克下了车。我也下了车，想从后备厢里取出我的包，拿一张名片给他。

"我真的很想明天还能再见你一面。我的调查需要进展。"

我一边说话，一边翻着我的东西。就在这时，柯克注意到了那份《奥菲雅纪事报》。

"你这份报纸能给我吗？"他问我，"我休息的时候可以看一看，它会让我回想起过去的一些事情。"

"当然可以。"我说，把报纸拿给他。

他把报纸打开，瞥了一眼头条。

戏剧节开幕式迎来神秘大戏

柯克大喊一声：

"××的！"

"怎么了，柯克？"

"这出神秘大戏是哪出戏？"

"我不知道……老实说，我甚至不知道布朗市长本人知不知道。"

"如果说这就是那个信号呢？那个我等了二十年的信号！"

"什么信号？"我问。

"莱昂伯格！我想要在奥菲雅戏剧节上演《黑夜》！"

"什么？戏剧节过两个星期就要举行。你排练了二十年才排到第一幕。"

"你不明白……"

"不明白什么？"

"莱昂伯格，我想要参加奥菲雅戏剧节，我要演《黑夜》。那样你就会得到所有问题的答案。"

"关于市长谋杀案的？"

"对，你会知道一切真相。如果你让我演《黑夜》的话，你会知道一切真相！开幕式当晚，关于这个案子的一切真相都将被公开！"

我立刻打电话给安娜，把情况跟她说了一遍：

"哈维说，如果我们让他演他的戏，他就会告诉我们是谁杀了戈登市长。"

"什么？这么说他什么都知道？"

"他是这么说的。"

"他不是在吹牛？"

"奇怪的是，我不认为是。他一个晚上都在拒绝回答我的问题，结果在要走的时候看到了《奥菲雅纪事报》的头条，当下就有了反应。他对我说，如果我们让他演他的那出大戏的话，他就会把真相告诉我们。"

"也有可能是，"安娜说，"他杀了市长一家，他疯了，想要自我揭露。"

"你这个想法我还真没想到过。"我说。

安娜对我说：

"你跟哈维说我们同意了。我会想办法让他得偿所愿的。"

"真的？"

"真的。你得把他带到这里来。最坏的结果就是，我们把他抓了，这样他落到我们手里，他不得不说。"

"很好，"我赞成道，"我现在就去跟他说。"

柯克在他的房车前等着我，我走到他身边：

"我正在跟奥菲雅警察局的副局长通电话，"我跟他说，"她跟我说她同意了。"

"你不要把我当傻子！"哈维大叫道，"什么时候警察局能决定戏剧节的节目单了？我要奥菲雅市长的亲笔信。下面是我的条件。"

※

因为时差的关系，现在是东岸时间的晚上十一点。然而安娜别无他法，只能现在去布朗市长家里找他。

当她来到他家门前时，她注意到一楼的灯还是亮的。运气好的话，市长还没睡。

艾伦·布朗确实没睡。他在书房里来回地踱步，反复读那份写给同僚的辞职信。他没有找到接替原来那出戏的解决方案。其他的剧团都太业余，太没名气，无法吸引足够多的观众把奥菲雅的大剧院坐满。他接受不了大剧院里四分之三的位子都是空的样子，也接受不了它赔本赚吆喝。他决定了，明天早晨，也就是星期四，他将召集市政府全体人员，宣布辞职。星期五，他会按照计划召开新闻发布会，把这个消息公之于众。

他喘不过气来，他需要氧气。之前因为需要反复地大声念稿，但又害怕让睡在他头顶的二楼卧室里的夏洛特听见，所以他没有开窗。现在他再也受不了了，他推开通往花园的落地窗，夜间温热的空气立刻涌进屋来。玫瑰的芳香袭来，让他平静下来。他再次念起稿子，这次压低了声音："女士们，先生们，今天我怀着沉重的心情把你们召集到这里，向你们宣布，今年的奥菲雅戏剧节停办。你们知道我不论在个人层面还是公务层面都和这项活动的联系非常深远。我没能把戏剧节打造成一个不容错过的活动，让奥菲雅再现辉煌。在举办我任内的这项重大活动上，我失败了。所以我怀着复杂的心情向你们宣布，我将辞去奥菲雅市长一职。我希望你们是第一批知道这个消息的人。我希望你们能够在星期五的新闻发布会召开之前守口如瓶，不要泄露这个消息。"

他感觉自己似乎轻松了。他有太多的雄心壮志了，不光是为自己，也是为奥菲雅，为戏剧节。当他启动这个项目的时候，他还只是个市长助理。他想象着先把它打造成纽约州的重大文化活动之一，然后是全国，让它成为戏剧界的"圣丹斯"①。但是这一切都只是一场华丽的失败罢了。

就在这时，大门外的门铃响了。谁会在这个时间登门呢？他往大门

① 指美国的圣丹斯电影节，是全球著名的独立制片电影节。该电影节由罗伯特·雷德福一手创办，由圣丹斯学院举办。圣丹斯电影节每年在美国犹他州的帕克城举行，为期 10 天左右。

方向走去。被铃声吵醒的夏洛特穿着一件睡袍从楼梯上下来。他从猫眼往外看，发现是穿着制服的安娜。

"艾伦，"她对他说，"真的很抱歉，这么晚打扰你。如果不是事情紧急，我是不会来的。"

不一会儿，在布朗家的厨房里，夏洛特一边准备茶水，一时还没从听到那个名字的冲击中回过神来。

"柯克·哈维？"她重复那个名字。

"那个疯子，他想干什么？"艾伦问道，明显被激怒了。

"他排了一出戏，想要在奥菲雅戏剧节上演。作为交换，他……"

安娜还没来得及把话说完，艾伦已经从椅子上跳了起来。他的脸突然之间有了颜色。

"一出戏？可不是吗！你认为他的戏能让大剧院接连好几个晚上爆满吗？"

"好像是出世纪大戏。"安娜回答道，把贴在排练厅门上的那张海报照片拿给他看。

"世纪大戏！"为了保住自己的位子，已经不惜一切代价的布朗市长重复道。

"为了能演他的戏，作为交换，哈维会告诉我们一些关于1994年的四人命案的关键信息，很有可能还有关于斯特凡妮·梅勒命案的信息。"

"亲爱的，"夏洛特·布朗轻声说，"你不觉得……"

"我觉得这是上天送来的礼物！"艾伦心花怒放。

"他有一些要求，"安娜提醒道，一边打开一张纸，上面有她的笔记，她照着念了出来，"他要我们给他在全市最好的酒店里提供一个套间，负担他的所有费用，并安排他即刻可以在大剧院里开始彩排。他需要一封你手写的亲笔签名的同意书。我是因为这个才这么晚来找你的。"

"他没有要求盖公章？"布朗市长惊讶地问。

"似乎没有。"

"天哪！所有这些我都没问题。把你这张纸给我，我在上面签字。

然后你尽快通知哈维，他会成为戏剧节海报上的主角！我要他坐上明天第一班飞纽约的飞机，你能把我这个意思转达给他吗？他必须得在星期五早上出现在我身边，跟我一起出席记者会。"

"很好，"安娜点头道，"我会跟他说的。"

布朗市长拿起一支钢笔，在那张纸下面写了一行字，表示同意他的条件，然后签上了他的签名。

"好了，安娜，现在轮到你表现了。"

安娜走了，但是当艾伦从她身后关上门时，她没有立刻走下门前的台阶。她听见市长和他妻子在说话。

"你疯了，相信哈维！"夏洛特说。

"行了，亲爱的，这是意想不到的事！"

"他又要回到这里了，回到奥菲雅！你知道这意味着什么吗？"

"他会挽救我的职业生涯，它就意味着这个。"布朗说。

※

我的手机终于响了。

"杰西，"安娜对我说，"市长同意了。他签了哈维的申请信。他希望你们能够出席星期五早晨在奥菲雅举行的新闻发布会。"

我把消息转达给哈维，他立刻激动起来。

"太好了！"他喊道，"太好了！新闻发布会，还有一切的一切！我能看看他签字的那封信吗？我想要确认一下你们不是在耍我。"

"一切都合规合矩，"我跟哈维保证道，"信在安娜手上。"

"那让她传真给我！"他大叫道。

"让她传真给你？可是哈维，现在还有人用传真机吗？"

"你们自己想办法，我是角儿！"

我开始失去耐心，但我还是努力保持冷静。柯克可能掌握了决定性的信息。奥菲雅警察局里有一台传真机，安娜建议把那封信发到克鲁兹警司的办公室里，他那里也应该有一台传真机。

半小时后，在加利福尼亚高速公路巡警中心办公室里，哈维骄傲地又读了一遍传真。

"太棒了！"他叫道，"《黑夜》终于要上演了！"

"哈维，"我对他说，"现在你已经得到保证，你的戏将会在奥菲雅上演，你能把你知道的关于1994年的四人命案的情况告诉我了吗？"

"开幕式当晚，你会知道一切的，莱昂伯格！"

"开幕式是7月26日，我们不能等到那一天。警方办案都指着你呢。"

"26号之前我一个字都不会说。就这样。"

我内心沸腾起来。

"哈维，我要求知道一切情况，而且就是现在。不然的话，我就取消你的演出。"

他轻蔑地看着我说：

"闭嘴吧，莱昂狗屎！你怎么敢威胁我？我是大导演！你再这样的话，我会每走一步都让你舔一口我脚下的泥！"

这太过分了。我丧失了冷静，抓住哈维的领子，把他推到墙上。

"你会开口的！"我吼道，"你不说我就敲碎你满口的牙！把你知道的情况都给我说出来！谁是杀死戈登一家的凶手？"

哈维喊救命，克鲁兹警司跑过来把我们分开了。

"我要投诉这个家伙！"哈维宣布道。

"无辜的人因你而死，哈维！只要你一天不开口，我就不会放过你。"

克鲁兹警司请我从房间里出去，让我冷静一下，但是我气冲冲地离开了警察局。我叫了一辆出租车，让司机把我送到柯克·哈维住的那个房车村。我让人给我指了哪一辆是他的车，然后一脚踹开了车门。我开始在里面搜。如果答案就在柯克的戏里的话，我只需要把剧本找出来就可以了。我找到了一些无关的各种各样的文稿，然后在一个抽屉深处找出了一个上面印着奥菲雅警察局标志的硬纸板文件夹。里面是几张警方拍的戈登一家和梅根·帕达林的尸体照片。这是1994年的调查案卷，从档案室里消失的案卷。

就在这时，我听到一阵叫声，是柯克·哈维。

"你在这里做什么，莱昂伯格？"他吼道，"立刻给我出去！"

我向他扑去，然后我们两个就滚到了地上。我朝他的肚子和脸上捶了几拳。

"有人死了，哈维！你明白吗？这个案子夺走了对我来说最重要的人！而你呢，你把秘密保守了二十年？你现在给我说！"

最后一拳把他捶倒在地，我又拿脚朝他肋骨上踹了一脚。

"是谁躲在整个案子背后？"我问道。

"我什么都不知道！"哈维呻吟道，"我什么都不知道！这个问题我已经想了二十年了。"

房车村的住户已经报了警，几辆巡逻车鸣着警笛冲了过来。警察们扑向我，把我摁在一辆车的引擎盖上，粗暴地给我铐上了手铐。

我看着蜷缩在地上瑟瑟发抖的哈维。我是怎么了，我怎么会把他打成这样？我都认不出来我自己了。我心烦意乱。这个案子在折磨我。过去的魔鬼正在浮现。

德里克·斯考特

1994 年 8 月的最后几天。自从四人命案发生之后，一个月过去了。围绕泰德·特南鲍姆的包围圈已经收紧。除了我和杰西已经掌握的疑点，现在又多了一条市长以拖延"雅典娜咖啡"施工进度而发出的勒索。

虽然特南鲍姆取款的金额和日期与戈登市长的存款金额和日期正好对得上，这些却不能被当作确凿证据。我们想要就取款的性质审问特南鲍姆，但是我们尤其不想犯错。于是，我们通过信函正式把他召到州警地区中心。正如我们所料，他带着他的律师罗宾·斯塔尔来的。

"你们认为戈登市长勒索我？"特南鲍姆乐了，"这事变得越来越荒唐了，斯考特警司。"

"特南鲍姆先生，"我回击道，"在同一时期，同样金额的一笔钱，几千美元，从你的账户出来，进了戈登市长的账户。"

"你知道吗，警司，"罗宾·斯塔尔对我指出，"每天有几百万美国人在不知情的情况下，做着类似的操作。"

"你取这些钱是做什么用的，特南鲍姆先生？"杰西问，"五十万美元毕竟不是个小数目。我们也知道它不是用在你的餐厅施工上的，它在另一笔账上，我们查过了。"

"你们能查，那是因为我客户的主动配合，"斯塔尔提醒我们，"特南鲍姆自己的钱自己怎么花与任何人无关。"

"特南鲍姆先生，既然你没有任何可隐藏的，你为什么不直接告诉我们你这笔钱是怎么花的呢？"

"我喜欢约会，喜欢吃大餐，热爱生活。我没有任何需要证明自己的地方。"特南鲍姆回击道。

"你有收据能证明你的话吗？"

"我要是拿钱到处去养小女友了呢？"他用一种嘲讽的语气说道，"那种不会给你开收据的小女友。不跟你们开玩笑了，先生们，这笔钱是合法的，是我从我父亲那里继承来的。我想怎么花就怎么花。"

特南鲍姆在这一点上完全有理。我们知道从中什么也审不出来。

麦肯纳警长对我和杰西说过，我们虽然掌握了一堆指向特南鲍姆的线索，但是我们缺少一个可以一锤定案的证据。"直到现在，"麦肯纳对我们说，"特南鲍姆还不需要推翻举证责任。你们不能证明他的小货车在那条街上停过，你们不能证明勒索案真实地发生过。你们得找到一个能让特南鲍姆不得不证明自己的证据。"

我们再次从头开始调查这个案子，在哪里肯定有疏漏，我们一定得找到它。娜塔莎的客厅，随着调查的深入，已经被我们贴满了线索，我们在里面重新研究了一遍所有的可能线索，一切再次把我们引向特南鲍姆。

我们在"雅典娜咖啡"和"小俄罗斯"之间往返。达拉和娜塔莎的项目进展顺利。她们整天测试菜谱，然后把菜谱记在一个红色的大本子里，准备制作菜单。我和杰西成为第一批受益者：不管我们白天黑夜什么时间进出家门，厨房里总在做吃的。不过，有一天当我说起娜塔莎做的那个三明治时，引发了一个小小的"外交事件"。

"我求求你们了，告诉我你们已经准备把那个好吃得不得了的炖肉三明治放进菜单里了。"

"你已经尝过了？"达拉不快道。

我立刻明白我说错话了。娜塔莎努力缓和道：

"他们上个星期去蒙大拿时，我给杰西做了几个三明治带上飞机吃。"

"我们说过要让他们两人一块儿品尝，看他们的反应的。"达拉惋惜道。

"对不起，"娜塔莎后悔地说，"我看他凌晨那么早坐飞机，我没忍心。"

我以为这件事很快就结束了，但是几天之后，只有我们两个人，达拉又跟我提起了这件事。

"德里克，"她对我说，"我还是没想到娜塔莎会这么对我。"

"你还是在说三明治的事吗？"我说。

"对，对你来说，这也许没什么，但是当你跟人合伙的时候，要是信任没了，项目也就做不下去了。"

"你不觉得你有点夸大其词了吗，达拉？"

"你是哪一边的，德里克？我这边的，还是她那边的？"

我认为达拉有点嫉妒娜塔莎，而实际上她不需要嫉妒任何人。不过我想所有的姑娘都会时不时地嫉妒一下娜塔莎：她更聪明，更专注，更漂亮。当她走进一个房间，所有的人眼睛里便只有她了。

在查案方面，我和杰西把注意力放在我们能证明的疑点上。其中一个疑点特别引起了我们的注意：特南鲍姆曾经至少有二十分钟不在大剧院里，但他坚称自己没有离开过。所以我们的任务就是证明他说谎了。

在这一点上，我们还有些操作空间。我们询问了所有的志愿者，但是我们还没有跟演开幕戏的剧团谈过话，因为我们是在戏剧节结束之后才开始怀疑特南鲍姆的。

不幸的是，那个隶属于奥尔巴尼大学的学生剧团在此期间解散了。剧团里的大部分大学生成员已经毕业并分散到了全国各地。为了争取时间，我和杰西决定集中精力联系两个还住在纽约州的成员，并分头行动。

杰西去问的是留在奥尔巴尼大学的剧团导演巴兹·莱昂纳德，他中了大奖。

当杰西跟他提起泰德·特南鲍姆时，巴兹·莱昂纳德立刻对他说：

"开幕式当晚，我有没有注意到值班消防员的异常行为？我主要注意到了他什么都没做。快到七点的时候，有一个演员的休息室里发生了点意外——一个吹风机着火了。那个家伙到处都找不到人，我只好一个人想办法把火给灭了。幸好那里有个灭火器。"

"所以你能证实当天晚上七点时，消防员不在大剧院？"

"我能证实。当时我的叫喊声把隔壁休息室的演员都给叫过来了，他们都可以跟你证明这一点。至于你的那位消防员，他在七点半才又神奇地露面，我就把我对他的意见跟他直说了。"

"所以说消防员不见了有半个小时？"杰西重复地问。

"没错。"巴兹·莱昂纳德肯定地回答道。

杰西·罗森伯格

2014 年 7 月 10 日星期四

开幕式前 16 天

我在牢房里过了一夜，天亮才出来。警察把我带到一间办公室里，里面一部电话已经接通了，电话那头是麦肯纳警长。

"杰西，"他大吼道，"你是彻底疯了吗！先拆人的家，再把人给打一顿！"

"对不起，警长。他说他有关于 1994 年的四人命案的关键信息。"

"杰西，你的借口我一点也不关心！什么理由都不能解释你发疯的行为，除非你的心智已经不允许你再调查此案了。"

"我会恢复正常的，警长，我向你保证。"

警长长长地叹了口气，然后语气突然放软道：

"你听着，杰西，我无法想象重温 1994 年发生的那些事对你来说是什么感受，但是你必须得控制住自己。为了把你捞出来，我不得不动用了我的所有关系。"

"谢谢你，警长。"

"那个哈维，如果你保证不再靠近他，他就不会投诉你。"

"好的，警长。"

"好了，现在你去找一班飞纽约的飞机，立马给我飞回来。你还有一个案子要结。"

当我还在从加利福尼亚回奥菲雅的路上时，安娜和德里克一起去见了开幕戏的导演巴兹·莱昂纳德，他如今住在新泽西，在一所中学里当戏剧老师。

在去的路上，德里克把情况跟安娜说了一下。

"1994 年，"他说，"查案过程中，有决定性的两点对泰德·特南鲍姆极为不利：一是转账记录，现在我们知道那笔钱不是从他那里来的；二是大剧院后台起火的时候他不在场。不过，他不在场这件事可能是最关键的。当时的一名证人莉娜·贝拉米，她家跟戈登家就隔着几栋房子。她说枪响的时候，看见特南鲍姆的小货车就停在街上，而泰德声称他在当值班消防员时没有离开过大剧院。结果就是贝拉米和特南鲍姆各说各话。这个时候那个导演巴兹·莱昂纳德来了，他说在演出开始前，有一间演员休息室里的吹风机着火了，而特南鲍姆到处都找不到人。"

"所以说，如果特南鲍姆不在大剧院里的话，"安娜说，"那就是他开着小货车去杀戈登市长全家了。"

"没错。"

六十多岁已经谢顶的巴兹·莱昂纳德在客厅里接待了他们，客厅里还有一张用玻璃框保存着的 1994 年演出海报。

"当年在奥菲雅戏剧节上演出的《万尼亚舅舅》给很多人留下了深刻的印象。我提醒你们注意，我们当时只是一个大学剧团，而戏剧节也只是刚刚起步而已，奥菲雅市政府不指望自己能吸引来一个专业剧团。但是我们为观众献上了一出精彩绝伦的表演。大剧院连续十天场场爆满，评论界一致好评。那次成功的演出让所有人都以为演员们会从此走上职业道路。"

我们能从巴兹·莱昂纳德愉快的神情中看出他很享受回忆那段时光。四人命案对他来说只是一个模糊的没有多大重要性的社会新闻。

"然后呢？"德里克好奇地问道，"剧团的其他成员有像你一样投身戏剧界的吗？"

"没有，没有一个人继续走这条路。我也不能怪他们，现在这世道太难了。对于这一点，我个人有些体会：我的目标是百老汇，结果却沦落到去一所郊区的私立学校当老师。他们之中只有一个人本来有可能成为真正的明星，那就是夏洛特·卡雷尔。她扮演的是谢列勃里雅科夫教授的妻子叶莲娜。她演得精彩绝伦，吸引了所有人的目光。她有一种天真和清新脱俗的姿态，这让她显得卓尔不凡。她更专注，更有力量。老实跟你们说，那出戏之所以能在戏剧节上大获成功，都是多亏了她。我们之中没一个人能够得到她的脚后跟。"

"那她为什么没有继续演戏呢？"

"她没有坚持下去。当时已经是她大学的最后一年了，她学的是兽医。我最后听到的消息是，她在奥菲雅开了一家动物诊所。"

"等一下，"安娜一下子明白了，"你所说的夏洛特，是夏洛特·布朗，奥菲雅市长的妻子？"

"对，就是她，"巴兹·莱昂纳德点头道，"他们是因为那出戏结缘的，两人一见钟情。他们十分般配。我参加了他们俩的婚礼，但是这么多年过去了，我们已经断了联系，可惜啊！"

德里克问：

"也就是说，1994 年柯克·哈维当时的那位漂亮的女朋友就是夏洛特，未来市长的妻子？"

"对，没错。你之前不知道，警司？"

"完全不知道。"德里克说。

"你知道的，那个柯克·哈维，就是一个卑鄙的蠢货，一个自命不凡的警察，一个不得志的艺术家。他想要当剧作家和导演，但是他一点天赋都没有。"

"可是，我听说他的第一部戏小有成绩。"

"那部戏能成功只有一个原因：夏洛特。她提高了整部戏的档次。那出戏本身就是个垃圾。但是有夏洛特在台上，她就是给你念电话号码簿，你也会为之倾倒，因为她太美了。另外，我百思不得其解，她为什么会跟哈维那样的家伙在一起。这也是人生的一个未解之谜。我们总是能看到优秀美丽的女孩迷恋上又丑又蠢的家伙。总而言之，那个家伙实在是太蠢了，蠢到没能守住她。"

"他们在一起很长时间吗？"

巴兹·莱昂纳德想了一下才回答：

"一年吧，我认为。哈维经常去纽约看戏，夏洛特也是。两人就是这么认识的。她出演了他的第一部戏，她的成功也成就了哈维。那是1993 年春天。我记得这个时间，是因为当时我们刚开始筹备《万尼亚舅舅》。他被胜利冲昏了头脑，以为自己有天赋，自己写了一出戏。当奥菲雅要举办戏剧节时，他坚信自己的戏会被选为主戏。但是我看了他的戏，写得一塌糊涂。与此同时，我把《万尼亚舅舅》推给了戏剧节艺术委员会，经过几次试演之后，我们入选了。"

"哈维肯定恨死你们了！"

"哦，当然！他说我背叛了他，说没有他的话，我不会想到参加戏剧节。这句话是没错。但是怎么说呢，他的戏是永远不可能上演的，因为市长本人都反对。"

"戈登市长？"

"对。有一天他叫我去他的办公室找他，被我听到了他的一段谈话。当时应该是 6 月中旬。我提前到的，在门外等着。突然之间，戈登把门打开，把哈维赶了出来。他对哈维说：'你的戏吓死人了，哈维。只要我还活着，就不可能让它在我的城市里上演！你是奥菲雅的耻辱。'说完，市长当着所有人的面把哈维交给他的剧本撕了。"

"市长说'只要我还活着'？"德里克问。

"没错，"巴兹·莱昂纳德肯定地回答道，"所以，当他被杀的时候，全剧团的人都在想是不是跟哈维有关系。更让人不舒服的是，市长死后的第二天，哈维就霸占了大剧院当晚下半场的舞台，在我们的演出后面，上演了一出糟糕的独角戏。"

"谁允许他这么干的？"德里克问。

"他利用了四人命案发生后的混乱局面。他对愿意相信他的人说他的表演是跟戈登市长说好了的，主办方就让他演了。"

"你当时为什么没把戈登市长和柯克·哈维的对话告诉警方呢？"

"有什么用呢？"巴兹撇着嘴问道，"那也只能是我和他各说各话。再者，老实说，我很难想象这个家伙能杀了戈登市长全家。他是那样一无是处，说他能做出这种事来，简直让人发笑。《万尼亚舅舅》演出结束后，当观众离席准备走出大厅时，他跑上台去大喊：'请注意，今晚的演出还没有结束！接下来要上演的是由著名的柯克·哈维创作和表演的《我，柯克·哈维》！'"

安娜没忍住笑出声来。

"这是个笑话吗？"她问。

"我不能再严肃了，女士，"巴兹·莱昂纳德对她说，"他立刻开始了他的自言自语，我还记得开头的几句话：'我，柯克·哈维，一个没有剧本的男人！'他大喊大叫道。我忘了后面的话。但是我记得我们都赶紧从后台冲到剧院的楼厅里看他在那里声嘶力竭地演。他一直坚持到演完。剧院里的观众都走光了，他还不受影响地对着几名技术人员和清洁工继续表演。他的朗诵会一结束，就跳下舞台消失不见了，也没有人关心他去哪儿了。清洁工有时会早点结束工作，最后一个要走的人在哈维朗诵的正中间打断了他，对哈维说：'够了，先生！我们要关门了，您得走了。'接下来的几秒钟，灯灭了。还有就是，当哈维一个人在台上自取其辱的时候，艾伦·布朗正在台下对他身旁的夏洛特发起追求攻势呢，他是专门跑到我们这一排来的。对不起，你们为什么会对这些事情感兴趣呢？你们在电话里不是说想聊一件特别的事情吗？"

"正是如此，莱昂纳德先生，"德里克说，"我们尤其想要了解一下在《万尼亚舅舅》首演之前发生在演员休息室里的吹风机着火事件。"

"对，这个嘛，我还记得，是因为有一位探员来问过当时值班消防员当晚有没有什么异常举动。"

"那是我当时的同事，杰西·罗森伯格。"德里克补充道。

"对，就是这个人，罗森伯格，他是姓这个。我跟他说，我觉得消防员很紧张。尤其令人吃惊的一点是，那天晚上快七点的时候，吹风机着火了，却到处找不到那个消防员。幸运的是，一名演员找到了一个灭火器，控制住了火势，不然整个休息室都会烧起来，那就酿成大祸了。"

"根据当时的报告记载，消防员在七点三十分才出现。"德里克说。

"对，我记的就是这样。不过既然你们已经看过我的证词了，那为什么还来找我呢？这都是二十年前的事情了……你们指望我能告诉你们更多情况吗？"

"你在报告中说，当时你在走廊里，你看到有烟从一间休息室的门缝下面飘出来，你去叫值班消防员，但找不到消防员本人。"

"没错，"巴兹·莱昂纳德确认道，"我打开房门，看见吹风机在冒烟，正要起火。一切都发生在转瞬之间。"

"这一点我非常能理解，"德里克说，"可是我在看你的证词时，让我吃惊的是，为什么起火的时候，休息室里的人没有反应呢？"

"因为休息室是空的，"巴兹突然反应过来说，"当时里面没人。"

"但是吹风机是开着的？"

"是的，"巴兹·莱昂纳德回答道，有些困惑，"我不知道为什么这个细节从来没有引起我的注意……我一心想着要发生火灾了……"

"有时候，有些事情就发生在我们眼皮底下，我们却没看见。"安娜大致复述了一下斯特凡妮说过的那句语焉不详的话。

德里克继续问道：

"告诉我，巴兹，当时是谁用的那间休息室？"

"夏洛特·布朗。"导演立刻回答道。

"你怎么能这么肯定呢？"

"因为那个出问题的吹风机是她的。我记得这一点。她说如果她用的时间太长了，它就会变热，开始冒烟。"

"她有可能是故意让它过热的吗？"德里克惊讶道，"为什么呢？"

"不，不可能，"巴兹·莱昂纳德回忆道，"那天晚上发生了一次大停电。因为保险丝承受不了那么大的用电量，烧了。停电发生在晚上七点左右。我记得时间是因为我们还有一个小时就要开始表演了，我很慌张，因为技术人员一直修不好保险丝。他们花了好长时间，不过最后终于修好了，不久之后就发生了火灾事件。"

"也就是说，夏洛特在停电期间离开了休息室，"安娜推断道，"吹风机是接着电源的，在她不在期间又通上了电。"

"可是如果她不在自己的休息室，她又去了哪里呢？"德里克问道，"剧院里别的地方？"

"如果她在后台的话，"巴兹·莱昂纳德指出，"听到火灾引起的动静，她肯定会跑过去看的。当时有很多人大喊大叫，大家都很激动。但是我记得她是至少半个小时以后才过来跟我抱怨说她的吹风机不见了。我能肯定这一点是因为当时我非常担心可能无法准时开幕。官方环节已经开始了，我们不能延迟。夏洛特这时突然来到我的休息室，对我说有人拿了她的吹风机。我当时很恼火，对她说：'你的吹风机着火了，被扔进了垃圾桶！你还没梳好头？为什么你的鞋子是湿的？'我记得她的舞台鞋是湿的，好像她故意踩过水一样。距离开场只有三十分钟了，你想想我当时有多焦虑吧！"

"她的鞋子是湿的？"德里克重复他的话。

"对，我记得很清楚，因为当时我以为那部戏要彻底搞砸了。我们离开幕只剩三十分钟了。先是保险丝断了，又发生了火灾，然后我的女主演还没打扮好，来的时候脚上的舞台鞋还是湿的，我当时简直无法想象我们那天晚上的演出会成功。"

"接下来演出正常进行了？"德里克继续问道。

"完美无瑕。"

"你是什么时候听说戈登市长一家被人杀害的？"

"幕间休息的时候有消息传来，但是我们当时并没有特别关注，因为我希望演员们把注意力都放在戏上面。在接着演戏的时候，我注意到观众席上有几个人离开了，包括布朗市长，我注意到他走了，是因为他当时坐在第一排。"

"市长是什么时候离开的？"

"这个我不知道。但是如果能对你有所帮助的话，我手上还有当时演出的录像带。"

巴兹·莱昂纳德去堆在书房里的一堆古董里翻了翻，拿着一卷老录像带回来。

"我们请人把首场演出录了下来，留作纪念。录像质量不是太好，用的是当时的录像手段，但是它也许能让你们感受一下当时的气氛。看完请一定要还给我，我很珍惜它。"

"这是当然，"德里克保证道，"谢谢你的宝贵帮助，莱昂纳德先生。"

离开巴兹·莱昂纳德家后，德里克看上去好像非常忧虑。

"你怎么了，德里克？"安娜一边坐上车，一边问道。

"关于鞋子的那件事，"他说，"我记得谋杀案发生当晚，戈登家的自动喷洒器的水管破了，把他们家门前的草坪都给淹了。"

"你认为夏洛特有可能涉案？"

"我们现在已知她在与谋杀案发生时间相对应的时间里不在大剧院。如果她离开了半小时，这足以让她在大剧院和彭菲尔德街区之间打个来回，与此同时，所有人都以为她还在自己的休息室里。我又想起了斯特凡妮的那句话：真相就在我们眼皮底下，我们却没看见。如果说那天晚上，当警察封锁了彭菲尔德街区，在全地区各处设立路障，而四人命案的凶手就在大剧院的舞台之上，有好几百名观众充当他的不在场证人呢？"

"德里克，在你看来，这卷录像带能帮助我们看清楚真相吗？"

"我希望如此，安娜。如果能看到观众席，也许我们能注意到一些被我们漏掉的细节。我必须得跟你承认，当年我们办案时，演出期间发生的事情我们并没有关注太多。我们今天会往这个方向调查，都是多亏了斯特凡妮·梅勒。"

※

与此同时，艾伦·布朗在他的市政府办公室里，没好气地听着他的副手皮特·弗洛格发牢骚：

"柯克·哈维就是你为戏剧节准备的王牌？那位前警察局局长？还用我提醒你他演的那出《我，柯克·哈维》吗？"

"不用，皮特，但是他的新戏好像很出彩。"

"但是你怎么能知道呢？你自己都没看过！你是疯了吗，在媒体上说你会推出一部引起轰动的戏！"

"那我能怎么办呢？我被迈克尔问住了，不得不想个办法。皮特，我们已经一起工作二十年了，我什么时候让你怀疑过我？"

办公室的门微微地开了一条缝，一名女秘书怯生生地探头进来。

"我说了不要打扰我们！"布朗市长怒道。

"我知道，市长先生，但是您有一位不速之客：大批评家梅塔·奥斯特洛夫斯基。"

"这下人都聚齐了！"皮特·弗洛格惊恐道。

几分钟之后，奥斯特洛夫斯基笑容满面地躺在市长面前的一把扶手椅里。他为自己能够离开纽约，来到这座迷人而又能让他感到自身价值受到尊重的城市而高兴。然而，市长的第一个问题就冒犯了他：

"奥斯特洛夫斯基先生，我没太明白你来奥菲雅做什么？"

"呃，在收到你的盛情邀约之后，我大受感动，我就来了。你们的戏剧节可是声名远播啊！"

"可是你知道戏剧节两个星期之后才开始吗？"市长说。

"当然知道。"奥斯特洛夫斯基说。

"那你是为什么呢？"市长问。

"什么为什么？"

"你来做什么？"有些失去耐心的市长问道。

"什么来做什么？"奥斯特洛夫斯基问，"请你再说清楚一点，我的老朋友，你都把我给绕糊涂了。"

皮特·弗洛格发现了老板的恼怒情绪，接过话茬说：

"市长想知道你为什么，怎么说呢，提前这么早来到奥菲雅。"

"我为什么来？可是，不是你们邀请我来的吗？好嘛，等我冲着兄弟情谊兴高采烈地来了，你们问我来干吗？你们是不是有点自恋型人格啊，还是我理解错了？如果你们愿意的话，我现在就回纽约去跟人说奥菲雅是个盛产傲慢和在精神上哗众取宠的地方！"

布朗市长突然有了个主意。

"哪儿也别去，奥斯特洛夫斯基！我需要你。"

"啊，瞧瞧，我来得有多是时候！"

"明天星期五，我要举办一场新闻发布会，宣布戏剧节的开幕大戏。这将是这部戏的全球首演。我希望你能与我一同出席，并宣布这是你从业以来看过的最出色的一出戏。"

奥斯特洛夫斯基上下打量着市长，被他的要求镇住了。

"你希望我用这种无耻的方式当着媒体的面撒谎，大力地吹捧一出我没看过的戏？"

"没错，"布朗市长肯定地回答道，"作为交换，我今晚就安排你住进湖景酒店的套房里，一直到戏剧节闭幕。"

"一言为定！"奥斯特洛夫斯基激动地喊道，"为了套房，我保证给你吹上天！"

奥斯特洛夫斯基走了，布朗市长让副手弗洛格着手安排批评家的住宿问题。

"湖景酒店套房，连住三星期，艾伦？"弗洛格惊讶地说，"你是认真的吗？这要花一大笔钱啊！"

"皮特，你不用担心。我们会想到办法平衡收支的。如果戏剧节成功了，我就可以再次当选，老百姓就不会关心戏剧节的预算是不是超支了。如果需要的话，我们可以削减下一届的开支。"

※

纽约，在艾登一家的公寓里，达科塔在自己的房间里休息。她躺在床上，两眼望着天花板，默默地流泪。她终于从西奈山医院回到了自己家中。

她已经不记得上星期六离家出走之后自己都做了什么。她模糊地记得自己去了一个聚会场合找莱拉，在那里抽了烟，喝了酒，然后就是到处流浪，去了一些陌生的地方。她记得有一家俱乐部，一栋公寓，她亲了一个男孩，还有一个女孩。她记得自己在一栋楼的天台上喝了一瓶伏特加，然后走到天台边缘，看着下面骚动的街道。她感觉自己被虚空无可救药地吸引着。她想要往下跳，想要看看那是什么感觉，但是她没有这么做。也许这就是她吸毒的原因，希望自己有一天能有勇气这样做：消失不见，归于平静。她穿着破衣烂衫睡在一条巷子里，被几名警察叫醒。医生给她做了检查，她没有被人强奸过。

她看着天花板，一颗豆大的泪珠顺着脸颊滚到她的嘴角。她是怎么落到今天这个地步的？她曾经是一个好学生，天资聪颖，目标远大，人见人爱。她应有尽有，生活顺遂，无忧无虑。父母总是陪伴在她左右，她想要的任何东西，她都能得到。后来她遇见了塔拉·斯卡利尼，发生了那场惨剧。自那儿之后，她就开始讨厌自己，想要自我毁灭。她想要一死了之，想要抓破自己的皮肤直到有血流出来，想要伤害自己，让所有人看到她憎恨自己和她感到痛苦的痕迹。

她父亲杰瑞把耳朵贴在门上。他连她的呼吸声都听不见。他把门推开一条缝。她立刻闭上眼睛装睡。他走到床前，厚厚的地毯隐匿了他的脚步声，他看到她紧闭的双眼，便又走了出去。他穿过宽敞的公寓，来到厨房，辛西娅坐在吧台前的一把高脚椅上等着他。

"怎么样？"她问。

"睡着了。"

他给自己倒了杯水，把胳膊肘支在吧台上，面对着妻子。

"我们该怎么办呢？"辛西娅愁眉苦脸地说。

"我不知道，"杰瑞叹气道，"有时候我会对自己说没有任何能做的了，没有希望了。"

"杰瑞，我已经认不出你来了。她差点被人强奸！听见你这么说话，我觉得你已经放弃女儿了。"

"辛西娅，我们试过单人心理治疗、家庭心理治疗，找过宗教大师，看过磁疗，见了各种各样的医生，什么都试过了！我们送她去了两次专业机构治疗，两次都是灾难。我已经认不出来我女儿了。你还希望我能跟你说什么？"

"你没有尽力，你，杰瑞！"

"你想说什么？"

"没错，你是送她看了所有能看的医生，你甚至还陪她去了几次，但是你没有尽力地去帮她！"

"医生都没办法，我还能怎么帮她？"

"你还能怎么帮她？你是她父亲，该死。你以前不是这么对她的。你忘了你们曾经有多么亲密吗？"

"你知道这中间出了什么问题，辛西娅！"

"我知道，杰瑞！正因如此，才需要你来帮她修补创伤。你是唯一能做到的人。"

"那个死了的小女孩的问题怎么解决？"杰瑞哽住道，"她也能修补过来吗？"

"你住嘴，杰瑞！我们不能让时光倒流。你不行，我不行，谁也不行。把达科塔带走吧，我求你了，救救她，纽约正在杀死她。"

"带她去哪儿？"

"去我们曾经幸福过的地方，去奥菲雅。达科塔需要一个父亲，不是一对整天吵架的父母。"

"我们吵架，那是因为……"

杰瑞提高了音量，他妻子立刻把手指轻轻地放在他的嘴唇上，让他闭嘴。

"救救我们的女儿吧，杰瑞。只有你能救她了。她得离开纽约，带她远离她的过去。走吧，杰瑞，我求你了。等你们再回来时，我想重新找回我的丈夫，重新找回我的女儿。我想重新找回我的家庭。"

她大哭起来。杰瑞脸上露出赞同的表情，她把手从他的嘴上拿开。他离开厨房，迈着坚定的脚步朝他女儿的房间走去。他猛地推开房门，把窗帘全部拉开。

"喂，你干什么呢？"达科塔从床上坐起来抗议道。

"做我早就该做的事。"

她父亲用一种冷静得出奇的声音对她宣布道：

"收拾行李，我们明天一早就出发。"

"什么？我们一起出发？我哪儿也不去。"她说。

"我没问你的意见。"

"我能知道去哪儿吗？"

"奥菲雅。"

"奥菲雅？你发什么神经？我永远也不回那里去！再说，我都定好计划了，你知道吗，莱拉的朋友在蒙托克有栋房子……"

"忘了蒙托克吧，你的计划刚刚改了。"

"什么？"达科塔大吼道，"不，你不能这么对我！我不是小孩子了，我想做什么就做什么！"

"不，你不能想做什么就做什么，我已经放任你太长时间了。"

"你现在就从我房间出去，不要烦我！"

"我已经认不出你了，达科塔……"

"我已经成年了，我不再是那个吃着谷物片给你背诵字母表的小姑娘了！"

"你是我女儿，你十九岁，我说什么，你就做什么。我跟你说了，收拾行李。"

"那妈妈呢？"

"只有你跟我，达科塔。"

"我为什么要跟你走？我要先跟莱恩医生谈谈。"

"不，你不用再跟莱恩谈了，也不用跟任何人谈，是时候给你施加一些限制措施了。"

"你不能这么对我！你不能强迫我跟你一起走！"

"我能，因为我是你父亲，我命令你这么做。"

"我恨你！我恨你，你听见了吗？"

"哦，这一点我很清楚，达科塔，你不需要提醒我。现在给我收拾行李。我们明天一早就出发。"杰瑞用一种没有任何商量余地的语气再次说道。

他迈着坚定的脚步离开了房间，去给自己倒了一杯苏格兰威士忌。他看着玻璃窗外纽约市壮观的夜景，几口就把酒喝完了。

与此同时，史蒂文·贝格多夫回到家中。他身上散发着一股汗味和性爱过后的气味。他之前跟妻子说因为工作需要，得去出席一个展览的开幕式，但其实他是跟爱丽丝购物去了。他又花了一大笔钱，她许诺他说之后会跟他上床，她说到做到了。在她位于100街上的小公寓里，他像一只狂热的大猩猩一样扑到她身上，激情过后，她要他陪她去过一个浪漫的周末。

"史史，我们明天就出发，去过两天二人世界。"

"不可能。"史蒂文一边穿上三角内裤，一边语气不快地说，因为他一没有钱，二还有个家庭要养。

"你总是什么都不可能，史史！"爱丽丝像个小孩子一样哼唧道，"我们为什么不能去奥菲雅呢，去年春天我们不是去过那座漂亮的城市吗？"

怎么找理由去那里呢？他去年已经用过受邀去参加戏剧节的那个理

由了。

"那我要怎么跟我老婆交代呢?"他说。

爱丽丝生气了,拿起一个抱枕砸到他脸上。

"你老婆,你老婆!"她吼道,"我不许你在我面前提她!"

爱丽丝把他从自己家中赶了出去,史蒂文便回到了自己家中。

他妻子和孩子在厨房里刚刚吃完晚饭。妻子冲他温柔地笑了笑,他不敢抱她,他身上都是性爱过后的味道。

"妈妈说,我们要去黄石国家公园度假。"大女儿这时说道。

"我们还会住在露营车里。"小儿子兴奋地说。

"你们的妈妈在做出承诺之前,应该跟我商量。"史蒂文简单地回应道。

"一起去吧,史蒂文,"他妻子反驳道,"8月出发。你就答应了吧!我已经请好假了。我姐姐也同意把她的露营车借给我们了。"

"你们都疯了吗?"史蒂文发火道,"那个公园到处都有熊出没!你看过统计数据吗?光是去年公园里就有几十个人受伤!还有一个女的被野牛给杀了!更不要说里面还有美洲狮、野狼和滚烫的热泉。"

"你太夸张了,史蒂文。"他妻子不同意道。

"我太夸张,我?拿去,你看看!"

他从口袋里掏出当天早些时候打印的一篇文章给她看:"自1870年以来,有二十二人死于黄石国家公园的硫黄泉。去年春天,一个二十岁的男人,不顾警示牌的警告,跳进一个滚烫的硫黄池中,当场死亡。事故发生后,救援人员因为天气只能等到第二天打捞尸体,他们最后只找到了他的塑料拖鞋。他的整个身体都被硫黄分解了,什么都没剩下。"

"只有真正的傻瓜才会跳进硫黄泉里!"他女儿反对说。

"说得好,亲爱的!"史蒂文的妻子赞成道。

"妈妈,我们会死在黄石国家公园里吗?"小儿子担心地问道。

"不会。"史蒂文的妻子怒了。

"会的!"史蒂文喊道,然后便借口要冲澡,进了浴室。

他打开淋浴喷头,懊恼地坐到马桶上。他要怎么跟孩子们说呢?说他们的爸爸因为控制不了自己的冲动，花光了家里的所有积蓄？

斯特凡妮·梅勒是个才华出众、大有前途的记者，他却把她解雇了；那个可怜的梅塔·奥斯特洛夫斯基，从来没有伤害过任何人，还是他的明星专栏作家，他却把他赶走了。下一个会是谁呢？大概会是他自己吧，当他被人发现跟一个年纪只有自己一半的女员工有染，还用杂志社的钱给她买礼物的时候。

爱丽丝贪得无厌，他不知道怎么才能结束这段恶性循环的关系。离开她？她威胁说要告他强奸。他希望现在一切都能终止。他第一次想要爱丽丝去死。他甚至觉得命运不公，如果死的是她，而不是斯特凡妮，那样一切就简单多了。

手机的提示音提醒他有新邮件。他机械地看了一眼手机屏幕，突然神色亮了起来。邮件来自奥菲雅市政府。真是巧啊！自从去年他写过一篇关于戏剧节的文章之后，他就被列入了市政府的联络名单。他立刻打开邮件：这是一封提醒邮件，提醒他说新闻发布会将于明天上午十一点在市政厅举行。届时，市长将"**宣布即将在戏剧节开幕式上举行全球首演的优秀剧目的名字**"。

他立刻写了一封信给爱丽丝，告诉她他会带她去奥菲雅，说他们明天一早就出发。他感到心脏在胸腔里剧烈地跳动。他要杀了她。

他从来没有想过自己有一天会去冷血地杀一个人，但是眼下的这种情况是不可抗力，只有这样，他才能摆脱她。

史蒂文·贝格多夫

我和妻子特蕾西在孩子上网方面的要求十分严格，他们只能上网学习、查资料，其他的一概不准，尤其是禁止登录一些聊天网站。我们听说了太多恋童癖伪装成同龄人接触小孩子的猥琐故事。

但是到了2013年春天，我们的大女儿十岁的时候，她提出要开通一个脸书账号。

"你上脸书做什么？"我问她。

"我的所有朋友都在脸书上！"

"这并不是一个正当理由。你知道我和你妈妈都不赞成你们上这类网站。互联网发明出来不是用来干这些蠢事的。"

我十岁的女儿反驳我说：

"脸书上有大都会艺术博物馆，也有现代艺术博物馆，还有《国家地理》杂志，圣彼得堡芭蕾舞团。所有人都在脸书上，除了我！在这个家里，我们活得像阿米什人^①一样！"

我妻子特蕾西认为她说得没错，她说我们的女儿在智力上比她的同学都超前许多，如果她不想在学校里被人彻底孤立的话，我们就该让她跟同龄人多些互动。

尽管如此，我还是很反对。我看过太多关于青少年通过社交网络互相攻击的文章：他们互相发送攻击性文字和图片视频，用各种脏话咒骂对方，并传播不堪入目的图片。为了讨论这个问题，我和妻子、女儿召开了一次家庭会议，我让她们看了《纽约时报》登的一则关于一名女学生最近因为不堪脸书上的骚扰，最后自杀身亡的新闻。

"你们知道这件事吗？它就发生在上星期，发生在纽约市。'她在一则消息中透露了自己的个人信息。当这则消息在她不知情的情况下被人泄露之后，她在脸书上被人肆意辱骂和威胁，最后，这位十八岁的姑娘，知名私立高中海菲尔中学的高三学生，在家中自杀身亡。'你们瞧瞧！"

"爸爸，我只是想和朋友们互动一下而已。"女儿对我说。

"她十岁了，而且她会用'互动'这个词，"特蕾西说，"我认为她已经足够成熟，可以拥有一个脸书账号了。"

最后我做出了让步，但是我提出了一个条件：给我也开一个账号，让我可以跟踪我们女儿的动态，确保她不会被人骚扰。她们同意了。

在这里我必须承认，我在接受新技术方面从来都不是太有天赋。就

---

① 基督新教再洗礼派门诺会中的一个信徒分支，以拒绝使用现代科技，过着简朴的生活而闻名。

在我的脸书账号创建不久之后，有一天，我跟斯特凡妮·梅勒在编辑部的休息室里喝咖啡，我因为需要找人教我设置账号，就问了她一下。"史蒂文，你注册了脸书账号？"斯特凡妮不禁笑道，然后迅速给我上了一堂关于账号参数和用途的课。

当天，不久之后，爱丽丝来我的办公室给我送信，她对我说：

"你应该放一张头像。"

"我的一张大头照吗？要放在哪里？"

她笑道：

"是放在你的脸书主页上。你应该在上面放一张你的照片。我已经加你好友了。"

"我们已经在脸书上成为好友了？"

"如果你接受了我的好友申请的话。"

我立刻接受了。我觉得这个操作很有意思。她离开之后，我去看了她的脸书主页，看了她的照片，我不得不承认这还挺有意思的。原来我印象中的爱丽丝只是个给我送信的姑娘。现在我了解了她的家人，她喜欢的地方，她爱看的书。我了解了她的人生。斯特凡妮教过我怎么发信息，于是我决定给爱丽丝发一条信息：

"你去墨西哥度过假？"

她回我说：

"是的，去年冬天。"

我对她说：

"照片拍得太棒了。"

她回我说：

"谢谢。"

我们一开始的交流内容贫瘠得可怜，但我不得不说它让人很上瘾。一些完全没意义的对话，却让我开心。

平时的晚上我都是看书或跟妻子一起看部电影，但是那天晚上我开始跟爱丽丝在脸书上说蠢话了。

我："我看到你放了一张《基督山伯爵》的照片，你喜欢法国文学？"

爱丽丝："我热爱法国文学。我在大学里学过法语。"

我："真的吗？"

爱丽丝："真的。我的梦想是当作家，搬到巴黎去住。"

我："你会写作？"

爱丽丝："会啊，我正在写一本小说。"

我："我很想读一读。"

爱丽丝："也许等我写完的时候吧。你还在办公室？"

我："不，我在家。我刚吃完晚饭。"

我妻子在沙发上看书，突然停下来问我在做什么。

"我在赶一篇文章。"我说。

她又埋头看书去了，我继续看着屏幕：

爱丽丝："你都吃了什么？"

我："比萨，你呢？"

爱丽丝："我现在要去吃饭。"

我："去哪儿吃？"

爱丽丝："我还不知道呢，我跟几个女朋友一起出去。"

我："好吧，玩得开心。"

交流到此停止，她大概已经出门了。但是几个小时后，我正准备睡觉，好奇心驱使我又去脸书上晃了一圈，我看到她回复了我：

爱丽丝："谢谢。"
我想要重启对话。

我："你今晚玩得开心吗？"
爱丽丝："嘿，无聊死了。我希望你今晚过得开心。"
我："为什么无聊？"
爱丽丝："我有点烦跟同龄人在一起，我喜欢跟更成熟的人在一起。"

我妻子在屋里叫我。
"史蒂文，你还不睡吗？"
"我这就来。"
但是我被勾住了，我跟爱丽丝在线上一直聊到凌晨三点。

几天之后，当我跟妻子去参加一个画展的开幕式时，在自助餐台前跟爱丽丝撞了个脸对脸。她身穿一条短裙，脚踩高跟鞋，看上去美极了。
"爱丽丝？"我惊讶道，"我不知道你会来。"
"我可是知道你会来。"
"你怎么知道的？"
"你在脸书上收到了今天晚会的邀请，答复你会出席。"
"这些你能在脸书上看到？"
"对，脸书上什么内容都能看到。"
我笑了，觉得有意思。
"你要喝什么？"我问她。
"马提尼。"

我替她点了酒，又要了两杯红酒。

"你跟别人一起来的吗？"爱丽丝问。

"跟我妻子一起来的。她在别处等着我，我得去找她了。"

爱丽丝露出失望的表情。

"算了，是我运气不好。"她对我说。

当天晚上，等我从开幕式回到家之后，一条信息已经在脸书上等着我了。

"我非常想单独跟你喝一杯。"

犹豫了很久之后，我回道：

"明天下午四点在广场酒店的酒吧见？"

我不知道自己出于什么荒唐的想法，向她同时发出了喝酒和在广场酒店的酒吧见面的邀请。请她喝酒，无疑是因为我被爱丽丝吸引了，一想到我能讨得一个漂亮的年轻女人的欢心，我就有些得意。广场酒店的酒吧，是因为它是全纽约我最不会去喝酒的一个地方：那里完全不是我会去的类型，而且跟我住的街区在相反的方向，所以我不会在那里遇到什么熟人。我这么做，并不是因为我已经想象着自己会跟爱丽丝有什么进展，而是因为我不希望让别人这么想。所以下午四点在广场酒店的酒吧碰面，会让我真正感到安心。

走进酒吧时，我既紧张又兴奋。她已经到了，蜷在一把扶手椅里等我。我问她想喝点什么，她回我说："你，史蒂文。"

一小时之后，喝香槟已经彻底喝醉的我，跟她在广场酒店的一个房间里上了床。那是一种疯狂刺激的体验，我觉得我跟自己的老婆从来没有过这种感受。

我回到家里时已经是晚上十点了，我的感官还在躁动着，我的心怦怦地跳着，被刚刚经历的一切搞得心绪不宁。我感觉我又有了青少年时期的冲动。我以前从来没有出轨过。我对朋友和同事中有婚外情的人总是保持着严厉的批评态度。可是，当我拉着爱丽丝走进酒店的那个房间时，我脑海里根本都没有想过这些。而且我出来时脑子里只有一个想法：再来一次。我的感觉是如此良好，以至于我认为出轨也没什么不好的。我甚至都不觉得自己出轨了。我体验了一把，仅此而已。

当我推开公寓门时，我妻子立刻劈头盖脸地问：

"你去哪儿了，史蒂文？我都担心死了。"

"对不起，杂志社出了紧急事件，我还以为我会早点结束呢。"

"可是，我给你留了至少十条信息。你不能回个电话吗？"她责怪我道，"我差点都要报警了。"

我走进厨房，打开冰箱找东西吃。我快饿死了。我找到一盘剩菜，把它热了一下，然后直接放在吧台上吃了起来。我妻子则一个人在餐桌和洗碗池之间忙碌着，把孩子们留下的烂摊子收拾干净。我还是没有愧疚感，并且自我感觉良好。

第二天早晨，爱丽丝拿着当天的信件，一脸淘气的样子，闯进我的办公室，给我来了一句："你好，贝格多夫先生。"

"爱丽丝，"我小声地说，"我必须得再见你。"

"我也想见你，史蒂文。一会儿去我家？"

她把她的地址写在一张纸片上，把它放在一堆信上头。

"我晚上六点到家。想来你就来吧。"

接下来的一整天，我都是在过度兴奋中度过的。时间终于到了之后，我坐上一辆出租车，车往她住的 100 街开去。我在离她家还有两个街区的地方下了车，到超市里去买花。她住的楼逼仄破旧。进门的对讲机是坏的，但是门是开着的。我爬了两层楼，然后走过一条狭窄的走廊，才找到她的公寓。门铃上有两个人名，我没有仔细去看，但是我担心公寓里有另一个人在。当爱丽丝半裸着给我打开房门时，我便知道里面没有别人了。

"你跟人合租？"不管怎样，我还是问了出来，担心被人看见。

"不用管她，她没在。"爱丽丝说，她拉住我的胳膊，把我拉进房里，然后用脚尖把门关上。

她把我拖进她的卧室，我在里面一直待到夜里很晚才走。第二天，我重新开始，第三天还是这样。我心里只想着她，只想和她在一起。爱丽丝无时不在，无处不在。

一个星期之后，她让我像第一次时那样去广场酒店的酒吧找她。我觉得这个主意好极了，预订了一个房间，然后跟我妻子说我要去华盛顿，还要在那里过夜。她一点也没有起疑，一切对我来说都太简单了。

我们在酒吧里点了特级园香槟，喝得酩酊大醉，然后去了"棕榈林"餐厅吃晚餐。我不知道是出于什么原因，但我就是想要打动她。这也许是广场酒店的作用，也许是因为我感到自己更加自由了。跟我妻子在一起，总是预算，预算，预算，时时刻刻都得小心，从买日常用品到外出，再到购物，花一点点钱都要讨论半天。全家每年夏天的度假计划都是固定的，都是到我妻子的父母在尚普兰湖旁边的小木屋里去过，在那里还要跟我老婆的姐姐一家挤着住。我经常提议换个地方度假，但我妻子总是对我说："孩子们喜欢去那里。他们可以跟他们的表兄弟一起玩。那里开车就可以到，很方便。再者，我们不需要花钱住酒店。为什么要花无谓的钱呢？"

在这家我感觉已经算熟悉的广场酒店，跟这位年轻的姑娘面对面吃晚餐，我想到的是我妻子不懂生活。

"史史，你在听我说话吗？"爱丽丝剥着龙虾问我。

"我只听你一个人说话。"

侍酒师端着一瓶价格高得离谱的红酒把我们的酒杯倒满。酒瓶空了之后，我又立刻叫了一瓶新的。爱丽丝对我说：

"史史，你知道我最爱你什么吗？你是个男人，一个真正的、有种的、有责任感，还有钱的男人。我受不了那些数着钱花的小处男，他们带我去比萨店吃饭。你呢，你会做爱，懂生活，你让我感到幸福。你会看到我要怎么答谢你。"

爱丽丝不仅让我感到幸福，还使我升华了。我在她身边感觉自己很强大，当我带她去购物，宠着她时，我觉得我像个男人。我感觉我终于成了一直以来想要成为的那种男人。

我不用太操心我的财务状况，因为我私藏了一笔钱，在一个没有跟我妻子说的账户上。杂志社给我平时报销的钱都打在那个账户上，我从来没动过那笔钱，经年累月之下，也就攒下了几千美元。

※

人们很快就说我变了。我看上去更加自信，更加开心，更引人注意。我开始运动，我瘦了，并以此为借口，在爱丽丝的陪伴下买了一些更显年轻的衣服。

"你什么时候有时间去买衣服的？"我妻子在看到我的新衣服时问我。

"在我办公室附近的一家店里买的。我原来的裤子都太肥了，穿着可笑。"

她撇了撇嘴：

"我觉得你是想显年轻。"

"我还没到五十岁呢，我还年轻，不是吗？"

我妻子什么都不懂。至于我，我从没经历过这样的爱情故事，因为它肯定是爱情。我被爱丽丝迷得很快就开始考虑跟我妻子离婚。在我能看得到的未来里只有爱丽丝。她让我魂牵梦绕。我甚至想象着，如果情势所迫的话，我可以住进她那个小公寓。但是我妻子毫无觉察，于是我决定不要仓促行事：一切都好得不能再好了，为什么还要去自寻烦恼呢？我宁愿把我的精力，尤其是金钱贡献给爱丽丝。我们的生活方式开始耗费我太多金钱，但是我完全不在乎。又或者说，我不想去在乎。我太想讨她欢心了。为了做到这一点，我不得不开了一张透支额更高的信用卡，还把我们的一部分饭钱记在杂志社的账上报销。任何问题都不是问题，我有的是解决办法。

2013 年 5 月，我在杂志社收到了奥菲雅市政府发来的一封信，信中邀请我到汉普顿去度一个周末，费用他们来出。作为交换，他们希望能在 6 月底出的下期杂志上刊登一篇关于戏剧节的文章，这样正好来得及吸引更多观众。市政府显然很担心观众不足的问题，他们甚至承诺要在杂志上买三页广告。

当时我考虑为爱丽丝准备个特别的惊喜，已经有一段时间了。我心心念念地要带她去个什么地方度个浪漫的周末。在此之前，有我妻子和孩子在，我一直不知道怎么才能做到这一点，但是这份邀请的到来，彻底地改变了局面。

当我对妻子说，我得因为一篇文章的事去奥菲雅过个周末时，她要求我带她一起去。

"太麻烦了。"我说。

"麻烦？我让我姐帮我们照顾孩子。我们已经很久没有一起像情侣一样过周末了。"

我很想跟她说，这就是一个情侣之间要过的周末，只不过是跟另一个人过。结果我只是含糊地解释道：

"你很清楚把工作和私人生活搅和在一起有多麻烦。这会让人在编辑部里说闲话的，更不要说会计部门也不喜欢这些，等我报账的时候，每一顿饭钱，他们都要找我麻烦。"

"我的那份我自己出，"妻子跟我说，"好了，史蒂文，你不要这么倔了，真是的！"

"不行，这不可能。我做事不能为所欲为，你不要把事情搞复杂了，特蕾西。"

"把事情搞复杂了？我搞复杂什么了？史蒂文，这是一个我们两人可以聚聚，在一个好酒店里过两天的机会。"

"你知道，这不是什么好玩的事。我这是去出差。你相信我吧，并不是我乐意要去的。"

"那你为什么还坚持要去呢？你不是一直跟我说你永远也不想再踏进奥菲雅一步了吗？你完全可以派别人去。你毕竟是总编。"

"正因为我是总编，我才不得不去。"

"你知道吗，史蒂文，你最近像变了一个人，不再跟我说话，不再碰我，我也见不到你的人，你几乎不管孩子们，就算你跟我们在一起，你也跟不在一样。史蒂文，你是怎么了？"

我们吵了很久。对我来说最奇怪的是，争吵现在让我变得无动于衷。我一点也不在乎我妻子的意见，也不在乎她是否高兴。我觉得我处于强势地位，她不高兴她可以走啊！我还有另外一个生活在别处等着我，跟一个我疯狂迷恋的年轻女人在一起。而且一说起我的妻子，我经常在心里想：如果那个蠢女人太烦人了，我就跟她离婚。

第二天晚上，我借口跟我妻子说我要去匹兹堡见一个大作家，其实我是在广场酒店订了一个房间，我已经彻头彻尾地爱上了那里，我邀请爱丽丝来找我去"棕榈林"餐厅吃饭，然后一起过夜。我趁机告诉了她我们要一起去奥菲雅度周末的好消息，那天晚上美妙极了。

但是第二天，当我准备离开酒店的时候，接待员跟我说我的信用卡因为余额不足，被拒了。我感到我的整个胃绞痛起来，冷汗也冒上了额头。万幸的是，爱丽丝已经离开去杂志社了，没有看见这个尴尬的场景。我立刻给我的银行打电话，电话那头的工作人员跟我解释：

"您的信用卡已经达到了一万美元的消费额度，贝格多夫先生。"

"但是我在你们银行办了另一张卡啊？"

"是的，是您的白金卡，额度是两万五千美元，但是它的额度也已经达到上限。"

"那请用关联账户上的钱还款。"

"关联账户欠款一万五千美元。"

我慌了。

"你的意思是说，我欠了你们四万五千美元？"

"准确地说是五万八千四百八十美元，贝格多夫先生。因为还有您的另一张信用卡上的欠款，以及利息。"

"那你们为什么没有早点通知我呢？"

"先生，您的财务问题并不是我们的责任。"工作人员继续冷静地回答道。

我认为他是个蠢货，心想我妻子永远也不会让我落到这种境地。一直以来都是她在操心开支的问题。我决定把这件事延后处理，什么事情都不能破坏我和爱丽丝的周末。银行的那个家伙告诉我，我可以再申请一张新的信用卡，我立刻同意了。

不过我还是得注意我的开销问题，更重要的是我还得支付我在广场酒店过夜的房费，那笔钱我是用杂志社的卡结的。这是我即将犯下的一连串的错误的开始。

秘密

2014 年 7 月 11 日星期五—7 月 13 日星期日

杰西·罗森伯格

2014 年 7 月 11 日星期五

开幕式前 15 天

我和安娜在奥菲雅的海滨上喝着咖啡等德里克。

"所以说，你最后把柯克·哈维留在了加利福尼亚？"安娜在听完我在洛杉矶的经历之后问道。

"那个家伙满口谎言。"我说。

德里克终于到了，看上去忧心忡忡。

"麦肯纳警长很生你的气，"他对我说，"经过你对哈维做的那件事之后，你离被开除就差一点了。你以后不能再以任何借口接近他了。"

"我知道，"我说，"再说，也没有任何可能了。柯克·哈维在洛杉矶呢。"

"市长想见我们，"安娜说，"我猜他要骂我们一顿。"

当我们走进布朗市长的办公室时，从他看我的眼神，我能看出来安娜说得没错。

"罗森伯格队长，我听说了你对那个可怜的柯克·哈维所做的事情。以你的身份，你不该做这种事情。"

"那个家伙想要拿谎话骗我们，他没有一点跟 1994 年的案子有关的确凿证据。"

"你知道这一点是因为他在你的折磨之下都没有开口？"市长嘲讽道。

"市长先生，我是冲动了，我很后悔，但是……"

布朗市长没让我把话说完。

"罗森伯格，你让我瞧不起你。还有你已经收到警告了。如果你敢再碰那个人哪怕一根头发，我都能毁了你。"

就在这时，布朗的女秘书在内部电话里宣告柯克·哈维马上就要进来。

"你还是把他给弄来了？"我惊呆了。

"他的戏精彩绝伦。"市长辩解道。

"可这就是一场骗局！"我大喊道。

办公室的门突然开了，柯克·哈维出现。他一看到我就开始大喊：

"这个人不能出现在我面前！他无缘无故地打我。"

"柯克，你没有什么可怕这个人的，"布朗市长向他保证道，"你有我的保护，罗森伯格和他的同事正要离开。"

市长请我们离开，我们不想让局面恶化，便离开了。

就在我们离开之后，梅塔·奥斯特洛夫斯基也来到了市长办公室。他走进房间，打量了一眼哈维，然后自我介绍道：

"梅塔·奥斯特洛夫斯基，全国最令人敬畏和最知名的批评家。"

"啊，是你，我认识你！"柯克凶狠地看着他，"毒药！爬虫！二十年前，是你把我踩在地上碾。"

"哼，我永远也不会忘记你在那届戏剧节上，接在《万尼亚舅舅》后面上演的那出折磨人耳朵的臭戏有多么无聊！你的表演简直太难看了，让仅有的几名观众都瞎了眼！"

"你给我住嘴，我刚刚写了一出近几百年来最伟大的戏。"

"你怎么敢自吹自擂？"奥斯特洛夫斯基反驳道，"只有批评家才可以决定什么是好，什么是坏。只有我能决定你的戏有没有价值。我的批评绝不留情！"

"你只能说这是一出精彩绝伦的好戏！"布朗市长气红了脸，插在两个人中间，爆发道，"奥斯特洛夫斯基，需要我再提醒一下我们之间的协议吗？"

"艾伦，你之前跟我说的是一出天才之作！"奥斯特洛夫斯基抗议道，"不是柯克·哈维最新写的烂剧！"

"谁请你来的，你这个恶臭胆汁？"哈维反击道。

"你怎么敢跟我这么说话？"奥斯特洛夫斯基不快道，双手捂嘴，"我打个响指就能毁了你的职业生涯！"

"你们两个，马上停止你们的蠢话！"布朗大吼道，"难道你们想在记者面前上演这一出吗？"

市长叫喊的声音之大，连墙都震动了。办公室里突然一片死寂。奥斯特洛夫斯基和哈维一脸窘迫，低头看着自己的鞋。市长整理了一下西装外套的领口，努力平复了一下自己的语气，问柯克：

"剧团其他人呢？"

"目前还没有演员。"哈维回答。

"什么，还没有演员？"

"我准备在奥菲雅挑选演员。"哈维解释。

布朗惊恐地睁大了眼睛，说：

"这怎么可能，在这里挑选演员？首场演出十五天之后就开始了！"

"你不用担心，艾伦，"哈维安慰他，"我这周末就会一切准备就绪。星期一面试，星期四首场排练。"

"星期四？"布朗说不出话来，"可这样的话，你就只有九天时间来排这出戏剧节的重点剧目？"

"这样绰绰有余。我已经排练这出戏二十年了。相信我吧，艾伦，这出戏肯定会引起轰动的，到时全国各地都会谈论你的二流戏剧节。"

"老天啊，这么些年过去，你真是彻底疯了，柯克！"布朗不能自已地大吼道，"我要取消一切安排！我能忍受失败，但是不能受辱！"

奥斯特洛夫斯基开始讥笑，哈维从口袋里掏出一张皱巴巴的纸，把它打开，拿到市长眼皮底下晃着：

"你签过协议的，你这个××！你必须得让我演！"

就在这时，市政府的一名女工作人员打开了里面的门：

"市长先生，新闻发布厅里来满了记者，他们已经等得不耐烦了，都在等着你宣布重大消息呢。"

布朗叹了一口气，他退无可退了。

※

史蒂文·贝格多夫走进市政厅，到接待处报上自己的名字，请人把自己带到新闻发布厅。他把自己的名字报给那位女员工，问她自己是否需要在登记簿上签名，并确认了这栋建筑里有摄像头，而且自己已经被拍到了：这场新闻发布会将是他的不在场证明，就是今天了，他要杀死爱丽丝。

今天早晨，他像往常去上班一样离开家门。他只是跟他妻子提了一句，说他要开车去郊区参加一场新闻发布会。他去爱丽丝家把她接上，当他把她的箱子放进后备厢时，她没有注意到他没带行李。她很快就昏昏欲睡，最后偎在他身上睡了一路。史蒂文的杀人欲望很快就减弱了。他觉得睡梦中的她是那样惹人怜爱，他怎么会想要杀她呢？他甚至开始笑话自己，他连怎么杀人都不会！随着他越开越远，他的情绪也有了变化：他喜欢跟她在一起，他爱她，尽管他俩的关系已经进行不下去了。他利用开车的时间思索着，最后决定就在今天做个了断。他们会去海滨散步，他要跟她解释，他们不能再这样下去了，他们必须得分手，然后她会理解的。再说了，如果他自己已经感觉到两人之间的关系不像从前了，那爱丽丝肯定也感觉到了。他们都是成年人。这将是一场和平分手。今天结束之后，他们回到纽约，一切都会回到正轨。啊，他多么想要晚上早点到来啊！他需要重新回到宁静稳定的家庭生活中。他只急着去做一件事：重新去尚普兰湖边的小木屋度假，把开销问题留给他的妻子去处理，正如过去一样，一直都是她在尽心尽力处理这种问题。

他们到达奥菲雅时，爱丽丝醒了。

"睡得好吗？"史蒂文温柔地问。

"还没睡够，我累死了。我想要到酒店里再睡个午觉。他们的床实在是太舒服了。我希望能住跟去年一样的房间。房号是312，你会跟他们要求的吧，史史？"

"酒店？"史蒂文说不出话来。

"当然啦！我希望我们能直接开去湖景酒店。哦，史史，求求你了，不要跟我说你成了讨人厌的小气鬼，订了一间乡巴佬住的汽车旅馆！我可忍受不了住一般的汽车旅馆。"

史蒂文的胃抽痛起来，他把车开到路边，熄了火。

"爱丽丝，"他语气坚定地说，"我们得谈谈。"

"你怎么了，亲爱的史史？你脸都白了。"

他深吸一口气，然后脱口而出：

"我没打算跟你一起过周末，我想分手。"

在把一切都说出来之后，他立刻感觉舒服多了。她一脸惊讶地看着他，然后大笑起来。

"哦，史史，我差点信了你！天哪！你刚才吓死我了。"

"我不是开玩笑，爱丽丝，"史蒂文说，"我连行李都没带。我来这里是为了跟你分手。"

爱丽丝在座位上转过身去，发现后备厢里确实只有她自己的箱子。

"史蒂文，你怎么了？如果是为了分手，那你为什么还要跟我说，带我出来是为了过周末？"

"因为，昨天晚上我确实是想要带你出来过周末的，但是我终于想明白了，我必须得停止这段关系。它已经变得有毒了。"

"有毒？你在说什么啊，史史？"

"爱丽丝，你只对出书和我送你的礼物感兴趣。我们几乎不再上床。爱丽丝，你已经从我身上获利不少了。"

"那又怎么了，史蒂文，只有上床才能让你有兴趣吗？"

"爱丽丝，我已经决定了，再无谓地指责下去没什么意思。再说，我本来就不该来这里的，我们回纽约去吧。"

他重新发动车子，准备掉头。

"你老婆的电子邮件地址是 tracy.bergdorf@lightmail.com 吗？"爱丽丝一边开始在手机上敲击键盘，一边冷静地问道。

"你怎么有她的邮箱地址的？"史蒂文叫道。

"她有权利知道你对我做过的一切。所有人都会知道的。"

"你什么都证明不了！"

"是你需要证明你什么都没做过，史史。你很清楚这种事都是怎么一回事。我会去找警察，我会给他们看你在脸书上给我发的信息，给他们看你是怎么给我下套的，你是怎么约我在广场酒店见面的。我会告诉他们，你在那里把我灌醉了，然后把我带到酒店房间里强奸了。我会跟他们说我被你控制了，我一直不敢说话是因为我知道了你对斯特凡妮·梅勒的所作所为。"

"我对斯特凡妮·梅勒的所作所为？"

"你是如何强奸她，又在她想分手的时候把她开除了的！"

"可是我从来没做过这样的事！"

"那你去证明啊！"爱丽丝凶狠地看着他，大吼道，"我会跟警察说斯特凡妮跟我说了她的心事，说她跟我说了你对她做过的那些事，说她害怕你。上星期二，警察不是去了你的办公室吗，史史？哦，天哪！我希望你不会已经上了他们的嫌疑人名单了吧？"

惊呆了的史蒂文把头放在了方向盘上。他完全被问住了。爱丽丝居高临下地拍了拍他的肩膀，然后小声在他耳边说：

"史史，你现在给我掉头，带我去湖景酒店。312号房间，你还记得吧？你要像你跟我保证的那样，让我过一个梦想中的周末。如果你听话的话，我也许会让你睡在床上，而不是地毯上。"

史蒂文别无选择，只能听话。他开去了湖景酒店，身无分文的他拿出杂志社的信用卡交了住宿押金。312号房间是个套房，一个晚上要九百美元。爱丽丝想要睡个午觉，于是他把她留在那里，自己去参加在市政厅举行的新闻发布会。如果会计部门来找他的话，他出席的那场活动可以作为他使用杂志社信用卡的理由。更重要的是，一旦人们发现爱丽丝的尸体，警察来找他询问时，他可以说他来这里是为了出席新闻发布会——这一点所有人都可以证明——说他不知道爱丽丝也在这里。在穿过市政厅的走廊来到新闻发布厅的路上，他努力想要找到一个杀死她的好方法。目前他想到的是在她的食物里放老鼠药，但是要这样做的话，就不能让人在公众场合看见他和爱丽丝在一起过，看到他们两个是一起到的湖景酒店。他知道他的不在场证明已经落空了：湖景酒店的员工已经看到他们是一起来的了。

市政府的一名员工冲他招手，把他从思绪之中拉了出来。员工请他走进一间大厅，里面挤满了人，记者们正在专心地听着布朗市长结束他的开场词。

"正因如此，我要在这里非常高兴地向你们宣布，柯克·哈维导演的最新作品《黑夜》将在奥菲雅戏剧节上进行全球首演。"

他坐在一张长桌后头，面对着听众。让史蒂文最为惊讶的是，梅塔·奥斯特洛夫斯基坐在他左手边，柯克·哈维坐在他右手边。他最后一次见到后者，那人还是奥菲雅市的警察局局长。这时轮到那人讲话了。

"为了准备《黑夜》，我花了二十年时间，我非常骄傲，这个珍宝终于可以跟公众见面了，它已经激发了全国最重要的批评家们的极大热情，其中就包括传奇人物梅塔·奥斯特洛夫斯基。他今天出现在这里，可以给我们说说这部作品的全部优点。"

奥斯特洛夫斯基心里想着由奥菲雅纳税者支付的他在湖景酒店的度假费用，冲拿着长枪短炮拍他的摄影记者微笑着点了点头。

"这是一部伟大的作品，朋友们，十分伟大的作品，"他夸口道，"难得的上乘之作。你们知道我向来吝惜赞美之词，但是这部作品，它非同寻常！可以说它代表了世界戏剧的新生！"

史蒂文心想：奥斯特洛夫斯基来这里做什么？讲台上的柯克·哈维受到下面热烈反响的鼓舞，接过话茬说道：

"这出戏之所以出色，是因为它将由本地区的演员出演。我拒绝了百老汇和好莱坞最大牌的演员，就是为了把机会留给奥菲雅的百姓们。"

"你的意思是说业余演员？"与会者之中的迈克尔·伯德打断他道。

"不得无礼，"柯克怒道，"我想说的是真正的演员！"

"一个业余剧团再加上一个不知名的导演，布朗市长还真是出其不意！"迈克尔·伯德冷冷地反击道。

现场有笑声传出，大厅里掀起一阵嘈杂声。布朗市长决心及时止损，说道：

"柯克·哈维会给大家呈现一出精彩纷呈的表演的。"

"表演什么的，大家早就看腻了。"一家地方电台的女记者反驳道。

"盛大宣布仪式变成了盛大骗局，"迈克尔·伯德遗憾地说，"我认为这出戏没有任何了不起的地方。布朗市长是在想尽一切办法挽救他的戏剧节，尤其是他在今年秋天的选举，但是没人是傻瓜！"

柯克这时大喊道：

"这出戏不同凡响，是因为它将揭露一个令人震惊的真相！1994年的四人谋杀案的真相还没有大白。布朗市长让我演这出戏，是因为我将会揭开此案迷雾，让大家看清楚事情的真相。"

全场人员都被吸引了。

"我和柯克之间达成了一个协议，"布朗市长解释道，他本来是不想揭露这个协议的，但是他发现这是一个说服记者的方法，"柯克将会把他掌握的所有情况提交给警方，以此来换取演出机会。"

"首演当晚才交，"柯克补充道，"在此之前，我不会透露任何情况，因为警方一旦知道了，就不会让我上演我的杰作了。"

"首演当晚才交，"布朗重复他的话，然后继续说，"所以我希望大家能够踊跃前来，为这出还原真相的戏捧场。"

话音一落，大厅里一片寂静，所有人都呆住了。不一会儿，记者们反应过来自己掌握了一条重大消息，立刻乱糟糟地忙碌起来。

※

在奥菲雅警察局，安娜找人搬了一台电视机和一台录像机到她办公室。

"我们在巴兹·莱昂纳德家里找到了1994年演出的录像带，"她跟我解释，"我们想看看，希望能从中发现一点线索。"

"你们见完巴兹·莱昂纳德有什么收获吗？"我问。

"收获非常大。"德里克激动地回答道，"首先，莱昂纳德说柯克·哈维和戈登市长有过口角。哈维想要在戏剧节上演他的戏，戈登跟他说，只要我还活着，你就不可能演这出戏。然后戈登市长就被人杀了，哈维演了他的戏。"

"有可能是他杀了市长？"我问。

德里克并不肯定。

"我不知道，"他说，"我觉得就为了一出戏，把市长全家和一个可怜的出门跑步的女人都杀了，有点夸张。"

"哈维当年是警察局局长，"安娜指出，"梅根看到他从戈登家里出来，肯定把他认出来了，他没有别的办法，只能把她也杀了。这样说得通。"

"怎么着？"德里克反对道，"难不成等到7月26日演出开始之前，哈维会上台拿起麦克风，对着所有观众宣布'女士们，先生们，所有人都是我杀的'？"

我想到那个画面，笑了起来。

"就凭柯克·哈维疯癫的程度，他是能给我们来这么一出的。"我说。

德里克仔细地看着那个随着我们的调查深入上面的线索也越来越多的磁板。

"现在我们知道市长的钱是从本地区的承包商那里受贿得来的，不是泰德·特南鲍姆给的，"他说，"但是，如果特南鲍姆取出来的那一大笔钱不是给市长的，那我很想知道他拿去做什么用了。"

"另外，"我接着说，"始终还有他的车在谋杀案发生前后出现在那条街上的问题。那辆小货车肯定是他的，我们的证人很肯定。巴兹·莱昂纳德向你们证实了谋杀案发生时，泰德·特南鲍姆不在大剧院的事实了吗？我们当年也是证实过这一点的。"

"是的，杰西，他证实了。但是，他似乎不是唯一神秘消失半小时的人。你能想到吗，那个在剧团里演戏的夏洛特，柯克·哈维当年的女朋友……"

"那个离开他的大美女？"

"就是她。嗯，巴兹·莱昂纳德说她那天晚上在七点之前就不见了，七点半才出现。也就是谋杀案发生的那段时间。她回来的时候鞋是湿的。"

"你的意思是说像戈登家的草坪一样湿？我记得当时是因为他家的水管破了。"我说。

"没错，"德里克笑了，很高兴我还记得这个细节，"不过你等一下，这还不是全部，这个夏洛特是因为艾伦·布朗离开的哈维。两人之间是真爱，最后结婚了。另外，他们现在还在一起。"

"这可真是让人意想不到啊！"我说。

我看着墙上贴着的那些从斯特凡妮的储藏室里找来的文件，里面有她去洛杉矶的机票和写着"找到柯克·哈维"的字条。这个我们已经完成了。可是哈维跟她比跟我们说过更多内容吗？我的目光接下来又落到了那张《奥菲雅纪事报》的剪报上：头条新闻里的那张照片，被用红笔圈了起来，上面是我和德里克站在戈登市长家门前，看着用布盖起来的梅根·帕达林的尸体，柯克·哈维和艾伦·布朗就站在我们身后。两人相互看着对方，也许是在说话。我继续看着，然后我注意到了艾伦·布朗的手。他好像在比一个"三"。这是给谁打的一个手势吗？是给哈维吗？照片下方，还有斯特凡妮用红笔写下的那句醒目的话："却没人看见。"

"怎么了？"德里克问我。

我问他：

"柯克·哈维和艾伦·布朗有什么共同点？"

"夏洛特·布朗。"他回答。

"夏洛特·布朗，"我点了点头，说，"我知道当时专家们都说凶手是个男人，但是他们有没有可能出错呢？凶手有可能是女人吗？我们在1994年没有看见的真相是这个吗？"

接下来，我们便开始专心细致地看那个 1994 年拍的演出录像。录像画质不是很好，取景局限于舞台。我们完全看不到观众席。但是拍摄在官方环节就开始了。所以我们能看到副市长艾伦·布朗神色尴尬地登上舞台，走到话筒前。在他开口之前，有一段空白时间。布朗好像很热的样子，他犹豫了一会儿，从兜里掏出一张纸打开，我们猜那上面是他在座位上临时打的草稿。"女士们，先生们，"他说，"戈登市长先生今晚未能来到现场，所以由我来替他发表讲话。老实说，我原以为他会出现在这里。另外，不幸的是，我没来得及准备一篇像样的讲话稿。所以我只能在这里简单地欢迎……"

"停！"安娜突然对德里克喊道，让他暂停播放，"你们看！"

画面静止了。我们看见艾伦·布朗一个人站在台上，手里拿着张纸。安娜从椅子上站起来，去墙上取了一张也是在储藏室里找到的图片。那上面是一模一样的一幕：布朗面对着话筒，手里拿着张纸，斯特凡妮用红色记号笔把纸圈了出来。

"这张图像是从录像里截下来的。"安娜说。

"所以说斯特凡妮看过这个录像，"我小声地说，"是谁给她找到的呢？"

"斯特凡妮虽然死了，但她还是领先我们，"德里克叹气道，"还有，她为什么要把那张纸给圈起来呢？"

我们继续听下面的讲话，但是里面没有任何有意义的内容。斯特凡妮圈起那页纸是因为布朗讲的话，还是为了上面写的内容呢？

※

奥斯特洛夫斯基走在本德哈姆路上。他联系不上斯特凡妮：她的电话一直关机。她换号码了吗？为什么她不接电话呢？他决定去她家里找她。他顺着门牌号码走，又看了一眼他记在那个从不离身的真皮记事本上的地址是否准确。最后，他终于来到她家楼前，惊恐地停下了脚步：眼前的楼似乎是被火烧过，入门处还被警戒线封上了。

就在这时，他突然看见一辆巡逻警车缓缓地开过来，于是他冲车里的警察招手。

坐在方向盘后面的警局副局长蒙塔涅停车，降下车窗。

"有事吗，先生？"他问奥斯特洛夫斯基。

"这里发生了什么？"

"火灾。为什么这么问？"

"我来找一个住在这里的人。她叫斯特凡妮·梅勒。"

"斯特凡妮·梅勒？她被人杀了。你是从哪里来的？"

奥斯特洛夫斯基愣住了。蒙塔涅升起车窗，朝着主街方向驶去。他的无线电突然通知他在海滨停车场上有对情侣吵架。他就在附近。他对调度员说他这就赶过去，然后打开了警灯和警笛。一分钟之后，他来到了停车场。停车场中间停着一辆黑色保时捷，两侧车门大开着。一个年轻姑娘正朝防波堤跑去，一个年纪能当她父亲的大个子男人在后面有气无力地跟着。蒙塔涅用力地按了一下警笛，发出震耳欲聋的声响，一群海鸥飞起，那对"情侣"也停了下来。那女孩一副开心的样子。

"好极了，达科塔！"杰瑞·艾登骂道，"现在警察都来了！真是开了个好头！"

"奥菲雅警察，不许动！"蒙塔涅命令他，"我们接到报警电话，说这里有情侣吵架。"

"情侣？"男人大惊失色地说，"这下可真是好极了！她是我女儿！"

"他是你父亲？"蒙塔涅问年轻姑娘。

"不幸的是，先生，他是。"

"你们从哪里来？"

"曼哈顿岛。"杰瑞回答。

蒙塔涅检查了他们的身份证，又问达科塔：

"你刚才为什么跑？"

"我想逃跑。"

"你在逃什么？"

"人生，先生。"

"你父亲对你施暴了吗？"

"我，施暴她？"杰瑞惊呼。

"这位先生，请你闭嘴，"蒙塔涅冷冷地命令道，"我没跟你说话。"

他把达科塔拉到一边，重复了一遍刚才那个问题。小姑娘开始哭起来。

"没有，当然没有，我爸没有打过我。"她哭着说。

"那你为什么这个样子？"

"我这个样子已经一年了。"

"为什么？"

"哦，那就说来话长了。"

蒙塔涅不再坚持，让他们走了。

"你自己生个孩子出来看看就知道了！"杰瑞·艾登猛地关上车门骂道，然后启动车子离开了停车场。几分钟之后，他和达科塔来到湖景酒店，他在那里订了一间套房。行李员排成一条长长的礼仪队把他们迎进 308 号套房。

在隔壁的 310 号套房，刚刚进来的奥斯特洛夫斯基手里拿着一个相框坐在床上。相框里的照片是一个美丽的女人。那是梅根·帕达林。他久久地盯着那张照片，小声地说："我会发现是谁干的，我向你保证。"然后他亲吻了一下那块把他们彼此隔开的玻璃。

在 312 号套房里，爱丽丝正在洗澡，史蒂文·贝格多夫两眼闪着亮光，陷入沉思。用演戏来交换真相的这个做法在整个文化史上都是头一遭。直觉告诉他，他应该在奥菲雅多待一段时间，这不仅是出于作为记者的激情，也是因为他觉得在这里多待几天可以让他有时间去解决他和爱丽丝之间的感情问题。他走到阳台上，给留在杂志社编辑部的副手斯基普·纳兰打电话。

"我要报道一个世纪新闻，接下来几天都不在。"他对斯基普解释道，然后便把他刚刚看到的一切详细地告诉了他，"一位前警察局局长如今变成导演了，他以说出一桩陈年旧案的真相为条件，要求在戏剧节上演出自己的戏，而所有人都以为那桩二十年前的案子早就结案了。我打算从内部写一篇报道，所有人都会抢着看这篇文章的，我们的销售量会翻三番。"

"那你慢慢来，"斯基普对他说，"你觉得这事是真的吗？"

"还这事是真的吗？你不知道，它真得不能再真了。"

贝格多夫又给他妻子特蕾西打了电话，把刚刚给斯基普说过的理由又跟她说了一遍，说自己会离开家几天。特蕾西沉默了一会儿，担忧地问：

"史蒂文，发生了什么事？"

"就是有一出古怪的戏要上演，亲爱的，我刚刚跟你解释过了。这对我们杂志社来说是独一无二的机会，你知道我们最近的订户量直线下降。"

"不是的，"她说，"我问的是你发生了什么事。你有事情不对劲，我看得很清楚。你跟原来不一样了。银行打电话来了，他们说你的账户已经透支了。"

"我的账户？"他说不出话来了。

"是的，你的银行账户。"她重复了一遍。

她听上去太冷静了，所以她不可能知道家里的储蓄账户也已经没钱了，但是他知道被她发现只是时间问题。他努力保持镇定，说道：

"是的，我知道。我后来给银行打电话了，是他们在处理一笔转账的时候出了错。没事的。"

"史蒂文，你在奥菲雅好好地做你要做的事吧。我希望之后一切都能好起来。"

"一切都会好很多的，特蕾西，我向你保证。"

他挂了电话。这出戏是上天送来的礼物：他将可以平静地解决所有跟爱丽丝之间的问题。他之前太粗暴了，也不太优雅：在车里提这种事。他要花时间把一切都跟她解释清楚，她会理解的。他总算不用杀掉她了，一切都会妥善解决的。

史蒂文·贝格多夫

2013 年 5 月，我和爱丽丝在奥菲雅度过的那个周末绝对美妙至极，它还给予了我灵感，我在《纽约文学评论》上写了一篇高度赞扬奥菲雅的文章。我在文章里邀请读者们赶紧去那里，并把奥菲雅戏剧节称作"各大戏剧节中最小巧的那个"。

8 月，我不得不抛下爱丽丝，全家一起去尚普兰湖边那个寒酸的小木屋里过我们的传统假期。我带着两个吱哇乱叫的孩子，一个坏脾气的老婆，在堵车的路上连开了三小时的车，结果到了之后走进屋里却惊恐地发现，一只松鼠不知什么时候从烟囱里钻进了屋子，还被困在了里面。它在屋里搞了一些小破坏，啃坏了几根椅子腿，还有电视线，又在地毯上拉了屎，最后饿死在客厅里。小小的尸体让整栋房子都散发着一股恶臭。

我们的假期是以三小时的高强度的家务劳动为开端的。

"我们要是去了那个城市的话，也许现在就是全世界最香的人了！"我妻子愤恨地说，一边用力地擦着沾了屎的地毯，额头上全是汗。

她还在怨我没有带她去奥菲雅过周末。我开始在心里琢磨她是不是已经猜到了些什么。我之前对自己说我可以为了爱丽丝随时离婚，但是眼前的形势对我来说正合适：我既可以跟爱丽丝在一起，又不用去面对离婚会牵扯出来的糟心事。有时候，我会想我是个孬种，但是说到底我还不是跟天下的男人都一样？老天给了我们一双卵蛋，正是因为我们没有种。

我在那里度日如年，我想爱丽丝。为了逃避和找机会给爱丽丝打电话，每天我都会长时间地出去"跑步"。我跑进森林里，跑个十五分钟便停下来，坐在树桩上，看着河，然后给她打电话，每次都能聊上一个多小时。如果我不是因为无法解释运动时间为什么会超过一个半小时，并因此而感觉自己必须得回小木屋去的话，我们的聊天时间还可以更长。

幸运的是，杂志社发生了一件真正紧急的事情，这让我不得不提前一天离开家人坐巴士回到纽约，并拥有了一个可以和爱丽丝在一起的完全自由的夜晚。那天夜里，我是在她家过的。我们在她的床上吃了比萨，做了四次爱。最后她睡着了。快到夜里十二点时，我很渴，于是我只穿着一件很短的 T 恤和内裤走出卧室去厨房找水喝。我正好跟她的室友撞了个脸对脸，我惊恐地发现她竟然是我手下的一名记者——斯特凡妮·梅勒。

"斯特凡妮？"我呆住了。

"贝格多夫先生？"她跟我同样惊讶。

她看着我一身可笑的装扮，忍着没有笑出声来。

"所以她的同居室友是你？"

"所以你就是我隔着墙听见的那个男朋友？"

我实在是太尴尬了，脸唰地羞红了。

"你不用担心，贝格多夫先生，"她离开厨房对我说，"我什么都不会说的，这都是你的个人私事。"

斯特凡妮·梅勒是个有水准的女人。第二天我在编辑部又碰见她时，她表现得就像什么都没发生一样。另外，她在任何时候都没有再提起这件事。我反而责怪了爱丽丝，怪她没有提前告诉我。

"你总该告诉我一声跟你同住的人是斯特凡妮！"我对她说，一边关上办公室的门，以免别人听见我们说话。

"那又能改变什么呢？"

"那样我就不会去你家了。要是别人知道你跟我的事怎么办？"

"怎么着？跟我在一起很丢人吗？"

"我不是这个意思，但我是你的上级。我会有大麻烦的。"

"你什么事都太夸张了，史史。"

"不，我没有事事都夸张！"我气愤地说，"另外，我再也不去你家了，这种小孩子的把戏不能再干了。我们另找一个地方。我来决定去哪里。"

就是在这一刻——在我们的关系维持了五个月之后——一切都开始转向了，我发现爱丽丝发起脾气来很吓人。

"什么意思？你不想再来我家了？你以为你是谁啊，史史？你以为是你在做决定吗？"

我们发生了第一次争吵，最后她说："我看错你了，你配不上我，史史。你跟其他的男人一样，都是没种的可怜虫。"她走出我的办公室，并决定立刻把她剩下的十五天年假都休了。

她连续十天都没有给我发来任何消息，也不接我的电话。这件事让我感到不安，让我极度痛苦。它尤其让我明白我从一开始就错了：我原以为爱丽丝可以为了我，为了满足我的欲望，愿意付出一切，其实恰恰相反。她是那个发号施令的人，而我才是听从命令的人。我以为她是我的，但其实我是她的。从第一天开始，她就完全主宰着我们之间的关系。

我妻子发现了我的不正常。

"你怎么了，亲爱的？"她问我，"你看上去很忧虑的样子。"

"没什么，都是些工作上的事。"

事实上，我既为失去爱丽丝而感到极度伤心，又非常担心她会害我，把我们的关系告诉我的妻子和杂志社的同事。一个月前还骄傲如雄鸡，可以为她放下一切的我，现在吓得屁滚尿流：我即将失去我的家庭和工作，落得一无所有的下场。我妻子努力地想要知道我哪里不对劲，对我变得温柔可亲，而妻子越对我好，我越觉得我不想失去爱丽丝。

最后，我坚持不住了，我决定下班后去爱丽丝家找她。我不知道我这么做是因为我需要听见她对我说她不会跟任何人说起我们之间的事，还是因为我想见她。当我在晚上七点按下她家楼下的对讲机时，里面没有任何回应。显然，她不在家，于是我决定坐在门前的台阶上等她。我一动不动地等了三小时。对面有一家小咖啡馆，我是可以进去歇一歇，但是我担心会错过她。最后，她来了。我看见她的身影出现在人行道上，她穿着一条皮裤，脚上蹬着高跟鞋。她看上去美极了。然后我又发现她不是一个人，斯特凡妮·梅勒陪在她身边。她俩是一起出去的。

看到她俩走近，我站了起来。斯特凡妮客气地跟我打了声招呼，便走进楼门，留下我和爱丽丝两个人。

"你想干什么？"爱丽丝语气冰冷地问道。

"求你原谅。"

"你就是这么请求别人原谅的吗？"

我不知道我是怎么了，但是我跪在了她面前，就在人行道上。结果她对我说："哦，史史，你太可爱了！"她的声音充满爱意，把我的心都融化了。

她把我扶起来，深情地吻我。然后她把我带进她的公寓，把我拖进她的房间，命令我跟她做爱。她用指尖抓着我的肩膀对我说：

"史史，你知道我爱你，但是你得求得我的原谅。明天下午五点，带上一个漂亮的礼物到广场酒店来找我。你知道我喜欢什么，不要抠门。"

我跟她做了保证，第二天下午五点，在广场酒店的酒吧里，我喝着特级园的香槟，把一条钻石手链送给了她，那是用我和妻子为孩子们开的账户里的钱买的。我知道我妻子从来不检查那个账户，我可以在她什么都不知道的情况下把钱补上。

"很好，史史，"爱丽丝一边用一种居高临下的语气对我说，一边把手链戴到手腕上，"你终于明白你在我面前该如何表现了。"

她把香槟杯里的酒一饮而尽，站了起来。

"你去哪儿？"我问她。

"我约了朋友。我们明天办公室见。"

"可是我以为我们今天晚上要一起过呢，"我听见自己在哀怨，"我订好房间了。"

"那你就趁这个机会好好休息一下吧，史史。"

她走了，而我待在那个不能取消的房间里，吃着汉堡、看着电视过了一夜。

从一开始，爱丽丝就给我们的关系定了调。我只是不想要意识到这一点罢了。这次事件对我来说，就是通往地狱的一条漫长通道的起点。她对我忽冷忽热。如果我偏离了路线，她便威胁我说要把一切都说出去，把我毁掉。除了告诉杂志社的同事和我妻子，她还要去找警察，说自己被一个奸诈专横的雇主给控制了，被迫与他发生了性关系。有时候，她会接连好几天表现得温柔可人，让我彻底无力，无法真正地恨她。尤其是从那件事以后，她只是在很偶尔的情况下，才会赏赐给一直苦苦等待的我一场绝妙无穷的性爱体验，这种体验让我对她产生了一种可怕的依赖感。

直到 2013 年 9 月，我才明白爱丽丝的动机并不只来源于金钱。当然，为了给她买礼物，我已经倾家荡产，我已经办了第四张信用卡，还花光了家庭储蓄账户里足足四分之一的钱，但是她完全可以吸引到一些更有钱的男人，从他们那里获得百倍之多的礼物。让爱丽丝真正感兴趣的是她的作家梦，她认为我可以帮她。她执迷于要成为纽约下一个流行作家。她一心想要清除所有可能跟她竞争的人。我记得 2013 年 9 月 14 日星期六的那个早上。她给我打电话的时候，我正在跟老婆、孩子买菜。我走开了一会儿去接她的电话，听见她劈头盖脸地冲我吼道：

"你把她放在了封面上？你这个浑蛋！"

"你在说谁啊，爱丽丝？"

她说的是秋季最新一期《评论》的封面。斯特凡妮·梅勒写了一篇极好的文章，我把她的名字放到了封面上，以示表彰，刚刚被爱丽丝看到了。

"爱丽丝，你是疯了吗？斯特凡妮那篇文章写得太精彩了！"

"我不需要你的解释，史史！你会付出大代价的！我要见你，你在哪儿？"

我想方设法在当天傍晚到她家楼下的咖啡馆跟她见了一面。怕她生气，我还给她带了一条法国奢侈品牌的丝巾。她从家里出来，来到咖啡馆，把我的供品扔在我的脸上。我从来没见过她如此生气。

"你关心她的事业，把她放在《评论》的封面上，那我呢？我还是一个可笑的送信的小职员！"

"可是爱丽丝，你又不写文章！"

"我写！我有小说博客，你跟我说过我写得很好。你为什么不能摘一些登在《评论》上呢？"

"爱丽丝，我……"

她气得拿起丝巾抽打空气，就像驯马一样，让我闭了嘴。

"不要再狡辩！"她发号施令，"就凭这块烂抹布就想打动我？你以为我是出来卖的吗？你以为这样就能收买我？"

"爱丽丝，你想要我干什么？"我哀求道。

"我要你开掉那个白痴的斯特凡妮！我要你立马开除她！"她从椅子上站起来，示意我说她跟我之间已经结束了。我想要轻轻地拉住她的胳膊留住她。她把指甲深深地插入我的肉里。

"我可以抠掉你的眼睛，史史。好了，你给我听清楚了：星期一早上，你必须把斯特凡妮·梅勒从《评论》开掉，听到了吗？否则的话，星期一所有人都会知道你对我做了什么。"

今天再回想那件事，我当时不应该让步的。我应该留住斯特凡妮的，爱丽丝可以去警察局举报我，可以告诉我妻子，告诉她想告诉的任何人，我会为我的所作所为承担所有后果。至少那样，我也承担了自己的责任。但是我太孬种了，我没有那么做。于是，在接下来的那个星期一，我借口财政问题，把斯特凡妮·梅勒从《纽约文学评论》开除了。她在走之前，抱着装着自己私人物品的箱子，哭着来到我的办公室。

"史蒂文，我不明白你为什么要这么对我。我工作那么认真。"

"对不起，斯特凡妮。大环境不好，我们的预算紧缩了太多。"

"你撒谎，"她对我说，"我知道爱丽丝在操控你。不过你不用担心，我不会对任何人说的。你可以踏实睡觉，我不会怪你的。"

开除斯特凡妮让爱丽丝消了气，她开始孜孜不倦地写小说。她说她有一个世纪构思，她的书肯定会写得非常好。

三个月之后，时间来到 2013 年 12 月，圣诞节期间，我花了一千五百美元给爱丽丝买了一个坠子，花了一百五十美元给我妻子买了一个廉价首饰，我的妻子却给我准备了一个惊喜，她要安排全家去热带地区度一星期的假。在一个星期五的晚上，她在饭桌上红光满面地宣布了这个消息，把宣传册拿给我们看："为了能让全家去加勒比海过新年，我盯着我们花的每一分钱，什么都不敢买，从复活节就开始攒钱。"她口中的去加勒比海度假，就是到牙买加去找一个全包式酒店入住，那种酒店就是专为想要摆阔的中产家庭开的：那里有大游泳池，但是水不干净；提供自助餐，但是难吃得要命。不过，在牙买加沿岸湿热的空气中，待在棕榈树下喝着三手酒精调制的鸡尾酒，躲避炙热的阳光，远离爱丽丝和所有烦恼，这让我感觉很好。我感受到久违的平静。我明白了我想要离开纽约，想要到别的地方重新开始我的生活，想要不再犯那些让我迷失的过错。最后我把这个想法跟我妻子说了，我问她：

"你不想离开纽约吗？"

"什么？你为什么想要离开纽约？我们在这里过得很好，不是吗？"

"是的，但是你明白我是什么意思。"

"不，恰恰相反，我不明白你是什么意思。"

"我们可以去一个小城市生活，不用把时间浪费在公共交通上，整天跟人挤来挤去。"

"史蒂文，你这个突发奇想是从哪里来的？"

"我这不是突发奇想，就是跟你分享一下我的想法。"

我妻子和所有真正的纽约人一样，无法想象自己在他处生活的样子，于是我的关于逃离和开启一段新生活的想法很快就被忘了。

※

六个月过去。

2014 年 6 月，孩子们的储蓄账户空了。银行打电话告诉我们，我们不能保留一个空的储蓄账户，电话被我截住了。为了解决这个问题，我转了一笔钱。我必须得想办法把钱补上，不能再因为同样的问题让我的财务窟窿越挖越深。我必须得结束这一切。我再也睡不着觉，而当困意终于袭来时，我做的全是难以忍受的噩梦。这件事正在从内往外地吞噬着我。

爱丽丝刚刚完成了她的小说。她让我读，让我对她实话实说。我看不下去，最后跳了很多段才看完，因为她迫不及待地要听我的意见。然而不幸的是，我的看法非常明确：她的文字一无是处，看得让人难受。但是我不能把这种话告诉她。结果就是我们两个坐在 SoHo 区的一家高档餐厅里，举着香槟酒杯碰杯，庆祝她未来的巨大成功。

"你能喜欢，这太让我高兴了，史史，"她兴高采烈地说，"你不是为了让我开心才这么说的吧，嗯？"

"不是，是真的，我非常喜欢。你怎么能怀疑我呢？"

"因为我把它拿给三个文学经纪人看了，他们都拒绝帮我说话。"

"嗯，你别泄气。你要是知道有多少书都是先被经纪人和出版人拒绝再成功，就不会难过了。"

"没错，所以我想要你帮我推荐一下，让梅塔·奥斯特洛夫斯基读一下。"

"奥斯特洛夫斯基，那个批评家？"我忧心地问。

"对啊，当然是他。他可以在下期杂志上发一篇文章。所有人都听他的意见。只要他在文章里对这本书大加赞赏，那么即使这本书还没出版，它就已经成功了。经纪人和出版人都会求着我跟他们签合同的。"

"我不太确定这是个好主意。奥斯特洛夫斯基有时候会非常强硬，甚至恶毒。"

"你是他的老板，不是吗？你要求他写一篇赞美的文章不就好了？"

"爱丽丝，事情并不是这么简单的，这一点你也很清楚，每个人都有自由……"

"史史，你又要开始给我上课了。我要奥斯特洛夫斯基给我的书写一篇热情洋溢的赞美文章，他就得写。你来落实这件事。"

服务生这时端着我们点的缅因州龙虾走了过来，但是她一挥手便把他赶回了厨房。

"我不饿，我今晚过得很不开心，我要回家。"

在接下来的十天里，她一直跟我索要我已经付不起的礼物。当我不执行她的命令的时候，她就让我受尽折磨。最后，为了让她消气，我跟她保证，奥斯特洛夫斯基会读她的书，并且会为她写一篇充满赞美之词的评论文章。

我让人把书稿给奥斯特洛夫斯基送去，他跟我保证说他会看。结果十五六天之后，他一点动静也没有。于是我去问他小说看了吗，结果他对我说他已经看完了。爱丽丝让我把他叫到办公室，让他给我做个口头汇报。我们把时间定在了 6 月 30 日。那天，就在奥斯特洛夫斯基来之前，爱丽丝藏进了我办公室的壁柜里。他的话非常尖酸刻薄：

"史蒂文，我是什么时候不小心得罪过你吗？"他到办公室里一坐下来就问，"如果真是这样的话，那我向你道歉。"

"没有啊，"我惊讶地说，"你为什么要这么说？"

"因为你逼我读这样的一本书，肯定是恨我！现在还让我浪费更多时间，来找你谈论它。不过我总算明白了你为什么那么坚持要让我读这本丢人现眼的书了。"

"啊？为什么？"我有点担心地问。

"因为这本书是你写的，你想要听听别人的意见。史蒂文，你想要当作家，是吗？"

"不是的，我不是这本书的作者。"我保证道。

但是奥斯特洛夫斯基不相信我，他对我说：

"史蒂文，作为朋友，我要跟你说几句，因为我不想让你产生错误的希望：你毫无天赋。这本书一无是处！一无是处！一无是处！我甚至可以说你的书就是一无是处的最佳定义。就连一只猴子都能写得比你好。放过人类吧，好不好？放弃这个职业吧。也许，你可以尝试一下画画，或者是双簧管？"

他走了。他刚出去，爱丽丝便从壁柜里跳了出来。

"爱丽丝，"我想让她冷静，"他刚才说的不是他的真实想法。"

"我要你开除他。"

"开除他？可是我不能开除奥斯特洛夫斯基啊，读者们都很崇拜他。"

"你会开除他的，史史！"

"不行啊，爱丽丝，我不能这么做！你能想象吗？开除奥斯特洛夫斯基？"

她用一根手指指着我，威胁我说：

"我会让你遭到报应的，史史。我会让你身败名裂，坐进大牢。你为什么不听我的话？你这是在逼我惩罚你！"

我不能开除奥斯特洛夫斯基。但是爱丽丝让我当着她的面，开着免提给他打电话。让我大大地松了一口气的是，他没有接电话。我决定拖着这件事，希望爱丽丝会消气。但是两天之后，也就是7月2日，她像复仇女神一样走进我的办公室：

"你还没有开除奥斯特洛夫斯基！你是疯了吗？你敢挑衅我？"

"我当着你的面都给他打过电话了，他不回我电话。"

"再试一次！他在他的办公室里，我刚才碰见他了。"

我给他打直线电话，但是他不接。电话最后被转接到了一位女秘书那里，她对我说他正在接受一家法国杂志的电话采访。

气红了脸的爱丽丝，怒气冲冲地把我从椅子上一把推开，自己坐到了我的电脑前面。

"爱丽丝，"我看到她打开我的邮件箱，担忧地说，"你做什么？"

"做你该做的事，软蛋。"

她写了一封邮件：

> 梅塔，既然你不屑于回我的电话，那我就通过邮件通知你，你被《评论》开除了，即刻生效。
>
> 史蒂文·贝格多夫

她点击"发送"按钮，心满意足地离开了我的办公室。

那一刻，我心想事情再也不能这样继续下去了。我正在失去对《评论》和我人生的控制权。靠着刷信用卡和抽光家庭储蓄账号里的钱挥霍，我已经负债累累。

杰西·罗森伯格

2014 年 7 月 12 日星期六

开幕式前 14 天

我们决定周末给自己放两天假。我们需要喘口气，后退几步看问题。我和德里克得控制住自己的情绪：如果我们在柯克·哈维面前失去理智，那损失就太大了。

我连续两个星期六都待在厨房里，练习制作酱汁和汉堡。

德里克则回去陪家人。

至于安娜，她没法把案子放下。我认为她尤其是在操心巴兹·莱昂纳德说的关于夏洛特·布朗的那些事。1994 年开幕当晚，她去了哪里？为什么消失？她在隐藏什么？安娜刚搬到奥菲雅时，艾伦和夏洛特·布朗两个人经常陪着她。她已经数不清他们请她吃过多少次晚餐，邀请她去散步，乘船去出游了。她经常跟夏洛特一起出去吃晚饭，她们最常去的是"雅典娜咖啡"，两人经常在那里一聊就是好几个小时。安娜跟她说自己在格利弗局长那里遭受的挫折，而夏洛特跟她讲自己搬到奥菲雅的经历。当时，她刚刚毕业，在一家兽医诊所找到了一份工作。那个兽医是个爱发脾气的人，经常让她干一些秘书的活，还会讪笑着调戏她。安娜很难想象夏洛特·布朗会闯进别人家里，把一家人都杀死。

前一天晚上，在看完录像之后，我们给巴兹·莱昂纳德打电话，问了他两个重要问题：剧团成员里有没有人有车？谁有演出的录像带？

关于车的问题，他回答得很明确：整个剧团都是一起坐巴士来的。没人有车。至于录像带，有六百份通过不同的销售点卖给了城里的居民。"当时在主街的商店里有卖，在食品杂货店、在加油站都有卖。人们觉得它是一个很好的纪念品。从 1994 年秋天到第二年夏天，所有录像带都卖光了。"

这说明两件事：斯特凡妮可以很轻松地得到一份二手录像带——市图书馆里就有一份。更重要的一件事是，在谋杀案发生当晚，夏洛特·布朗消失的大约三十分钟内，她在没有车的情况下只能在距大剧院步行往返三十分钟的距离内移动。我和德里克、安娜由此认为，如果她打了一辆城里本就稀少的出租车，又或者是让人开车把她送到了彭菲尔德街区的话，那么在悲剧发生之后，司机早就应该露面了。

这天早晨，安娜决定在她出门慢跑的时候，顺便记录一下步行从大剧院到戈登市长家往返所需要的时间。走路需要将近四十五分钟。夏洛特消失了大约半小时。这个"大约"的范围能解释到多大呢？用跑的话，二十五分钟足够。一个擅长跑步的人二十分钟就可以做到，而对一个脚上鞋子不太适合跑步的人来说，差不多就是三十分钟。所以从技术层面来说，这是可行的。夏洛特·布朗有时间跑到戈登家里，把他们杀了，再跑回大剧院。

当安娜坐在戈登家老房子对面小广场上的一条凳子上思考问题的时候，她接到了迈克尔·伯德打来的一通电话。"安娜，"他紧张地说，"你能立刻来一趟编辑部吗？这里刚刚发生了一件非常奇怪的事。"

在《奥菲雅纪事报》的办公室里，迈克尔跟安娜讲起自己刚刚接待的一位访客。

"梅塔·奥斯特洛夫斯基，那个著名的文学批评家，突然来到我们前台打听斯特凡妮的事。当我跟他说了谋杀案的事之后，他开始大喊大叫：'为什么没人通知我？'"

"他跟斯特凡妮之间有什么关联？"安娜问。

"我不知道。我就是因为这个才给你打电话的。他问了我各种各样的问题，他什么都想知道：她是怎么死的，因为什么，警察的线索有哪些。"

"你是怎么回答他的？"

"我只是告诉他这件事情众所周知，他自己可以去报纸上查。"

"然后呢？"

"然后，他跟我要跟她的失踪案有关的过期报纸。我把这里还有的多余的几份给他了。他坚持要给我钱。然后他就走了。"

"他去哪里了？"

"他说他要回宾馆好好研究。他住在湖景酒店。"

安娜迅速地回家冲了个澡，去了湖景酒店。她让人先给奥斯特洛夫斯基的房间打了电话，他约她在酒店的酒吧里碰面。

"我是在《纽约文学评论》认识的斯特凡妮，"奥斯特洛夫斯基解释，"她是一个很聪明的女人，非常有天赋，有望成为大作家。"

"你是怎么知道她搬来奥菲雅的？"安娜问。

"她被解雇之后，我们还保持着联系，就时不时地交流几句。"

"她搬来汉普顿地区的一个小城市工作，你没有感到惊讶吗？"

"现在我也回到了奥菲雅，我觉得她当时的决定实在是太明智了：她说她想要写作，这座城市十分安静，正好适合写作。"

"十分安静，"安娜接过他的话说，"这话说得有点早……如果我没搞错的话，奥斯特洛夫斯基先生，这不是你第一次来这里吧？"

"你的信息很准确，年轻的警官女士。我二十年前来过这里，来参加首届戏剧节。戏剧节当年的节目安排我已经记不太清了，但是这座城市给我留下了愉快的印象。"

"1994年之后，你就没有再回来参加过戏剧节吗？"

"没有，一次都没有。"他肯定地说。

"那你为什么在二十年之后突然回来呢？"

"我收到了布朗市长发来的一封客气的邀请函，我心想为什么不呢？"

"这是在1994年之后，他第一次重新邀请你来吗？"

"不是，但是今年我想来了。"

安娜感觉奥斯特洛夫斯基没有跟她说实话。

"奥斯特洛夫斯基，你能不能不要再把我当傻子了？我知道你今天去了《奥菲雅纪事报》编辑部，也知道你问了一些关于斯特凡妮的问题。报纸的总编辑告诉我，你当时看上去好像有些失态。发生了什么？"

"发生了什么？"他不快道，"一个我十分欣赏的年轻女人被人杀了！所以请原谅我在听到这个悲惨的消息的时候没能控制住我的情绪。"

他的声音哑了，她感觉他的情绪极度烦躁。

"你在此之前不知道斯特凡妮发生了什么吗？在《评论》编辑部，都没人告诉你吗？这种消息通常都是在咖啡机周围传播得最快的，不是吗？"

"也许吧，"奥斯特洛夫斯基声音哽住，"可是我不可能知道，因为我被《评论》解雇了。我被扫地出门！被人羞辱！被人当成无名小卒一般对待！贝格多夫那个恶棍突然就把我给打发了，他们把我扫地出门，不许我再踏进编辑部一步，也不接我的电话。我，伟大的奥斯特洛夫斯基，被人当成最微不足道的人。警官，你知道吗？当时全国上下，就只有一个人还客客气气地对待我，这个人就是斯特凡妮·梅勒。我在纽约已经处于抑郁边缘，却怎么也联系不上她，于是我决定来奥菲雅找她。我觉得市长的邀请函来得正是时候，谁知道呢，也许它就是命运给我的一个信号。我来到这里之后，还是联系不上我的朋友，我决定循着她的私人地址去找她。到了那里之后，一名警察告诉我，她被人杀了，被人溺死在一个混浊不堪的湖里，尸体任由昆虫、蛆虫、鸟类和水蛭蚕食。警官，这就是我伤心和气愤的原因。"

两人一阵沉默。他擤了一把鼻涕，擦掉一滴眼泪，大口地深呼吸，想要恢复常态。

"我对你朋友的死真的感到很遗憾，奥斯特洛夫斯基先生。"安娜说道。

"谢谢你能分担我的痛苦，警官。"

"你说是史蒂文·贝格多夫解雇的你？"

"是的，史蒂文·贝格多夫，《评论》的总编辑。"

"所以他先解雇了斯特凡妮，然后又解雇了你？"

"对，"奥斯特洛夫斯基确认道，"你认为这中间有什么关联吗？"

"我不知道。"

在跟奥斯特洛夫斯基谈完话之后，安娜去了"雅典娜咖啡"吃午餐。她正要在一张桌子旁边坐下时，突然听见有人叫她：

"安娜，你穿便服很好看。"

安娜转过脸去，发现是西尔维亚·特南鲍姆。她在对安娜笑，似乎心情不错。

"我之前不知道你弟弟的事，"安娜说，"我不知道他发生的那些事。"

"这有什么关系呢？"西尔维亚说，"你会对我另眼相看吗？"

"我是想说，我很抱歉。这件事对你来说应该很难接受吧。我很喜欢你，知道这件事之后，我为你感到难过。仅此而已。"

西尔维亚脸上露出悲伤的表情：

"谢谢你。你愿意让我跟你一起吃饭吗，安娜？我请客。"

她们在露天座位区的一张桌子旁坐下，与其他客人保持了一点距离。

"在很长一段时间里，我都被人叫作那个怪物的姐姐，"西尔维亚倾诉道，"这里的人都希望我能搬走，希望我能卖了他的餐厅，然后离开。"

"你弟弟是个怎样的人？"

"他有一颗金子般的心，善良，豪爽，但是太冲动，太好打架。这些毁了他。他的一辈子，总是因为挥拳头，把什么都搞砸。他在上学时就是这样。但凡他跟别的孩子有点争执，他就忍不住要打架。他不停地被学校开除。我们父亲的事业当时正做得兴旺，一家人住在曼哈顿岛，他把我们送进了曼哈顿岛最好的私立中学。我弟弟上遍了所有学校，最后只能在家上私教。后来他被斯坦福大学录取了，一年之后，因为跟老师打架，他又被开除了。跟老师打架，你能想象吗？！我弟弟回到纽约之后找了一份工作，干了八个月，然后跟同事干了一架。他又被开除了。我们家当时在里奇斯堡特有栋度假屋，离这里不太远，我弟弟便搬去了那里。他找了一份餐厅经理的工作。他非常喜欢那份工作，那家餐厅发展得特别好，但是他在那边交了一些坏朋友。他因为醉酒闹事被抓过。再后来，他跟人在停车场上发生了一次十分严重的打架事件。他被判了六个月的监牢。出来之后，他想要回到汉普顿，但是他不想再回里奇斯堡特了。他想跟过去告别。他说他想从头开始。于是他就来到了奥菲雅。因为有案底，虽然只是很短的经历，他在找工作方面还是遇到了很多困难。最后，湖景酒店的老板雇了他当行李员。他是模范员工，职位很快就升了上去。他先是变成门房，然后当上了副经理。他参加公民活动，当了义务消防员，生活步入正轨。"

西尔维亚的话停在了这里，安娜感觉她不一定想要再说下去，便推了她一把。

"后来发生了什么？"她轻声地问。

"泰德知道怎么做生意，"西尔维亚接着说，"他在酒店里注意到大多数客人抱怨在奥菲雅找不到一家像样的餐厅。他想要自己创业。在此期间，我们的父亲去世了，给我们留了一大笔钱，泰德因此有钱买下市中心一栋位置很理想的破旧建筑。他想要把它翻修一下，改造成'雅典娜咖啡'。不幸的是，事情很快就急转直下。"

"你是说火灾吗？"安娜问。

"你知道？"

"是的，我听说因为戈登市长拒绝批准改变建筑用途，你弟弟跟他的关系很紧张。为了获得开工授权，也许是泰德放的那场火。在那儿之后，他和市长之间的关系可能就一直紧张……"

"安娜，你知道吗，关于这件事的什么说法我都听过。但是我可以跟你保证，那场火绝对不是我弟弟放的。他确实是个很容易生气的人，但他不是一个没有远见的骗子。他是一个体面的人，一个有原则的人。确实，火灾发生之后，我弟弟和戈登市长之间的关系依然很紧张。我知道很多人都看到过他俩在大街上吵架，但是如果我把他们不和的原因告诉你，我觉得你可能不会相信我的话。"

※

奥菲雅主街，

1994 年 2 月 21 日

火灾发生两星期后

　　当泰德·特南鲍姆来到那栋未来的"雅典娜咖啡"建筑前时，他发现戈登市长已经在外面等着自己了，他在人行道上来回地踱步取暖。

　　"泰德，"戈登市长叫他的名字，就当是问候了，"我看你是已经拿定主意了啊！"

　　特南鲍姆一开始没明白他说的是什么事。

　　"市长先生，我没太听明白你的意思。发生了什么事？"

　　戈登从大衣口袋里掏出一张纸：

　　"我给你开了这份企业名单，供你开工参考，结果你没有雇其中任何一家。"

　　"没错，"泰德·特南鲍姆说，"我找人报了价，选了报价最低的那几家。我不明白问题出在哪里。"

　　戈登市长声音拔高了一些。

　　"泰德，你少废话。你要是想开始改造的话，我建议你联系这些更有资质的企业。"

　　"我找的都是本地区完全有能力胜任的企业，我想怎么做就怎么做，不是吗？"

　　戈登市长失去了耐心。

　　"我禁止你和这些企业合作！"他大喊道。

　　"你禁止我？"

　　"没错。我会动用一切手段阻止你开工，需要阻止你多久，就阻止多久。"

　　几名路人被他们突然爆发的声音吸引了注意力，停下了脚步。泰德

248

走到市长跟前大喊道：

"我能知道这件事跟你有什么关系吗，戈登？"

"请称呼我为市长先生。"戈登纠正他道，一根手指按在他的胸膛上，好像是为了加强他的命令语气。

泰德怒了，猛地一把抓住他的领子，然后松开。市长拿眼神挑衅他道：

"怎么着，特南鲍姆，你以为你能吓到我？你先学会站稳脚跟再出来现眼吧！"

就在这时，一辆警车开了过来，副局长格利弗匆忙地从车上下来。

"市长先生，一切都还好吗？"他手放在警棍上问道。

"一切都很好，副局长，谢谢你。"

※

"这就是他们不和的原因，"在"雅典娜咖啡"的露天座位区，西尔维亚对安娜解释道，"选哪些企业开工的问题。"

"我相信你。"安娜对她说。

西尔维亚看上去似乎有些惊讶，问道：

"真的吗？"

"真的，市长收受企业贿赂，把合同分包给它们。我猜兴建'雅典娜咖啡'的施工费用应该比较高，戈登市长想从中分一杯羹。后来发生了什么？"

"泰德同意了。他知道市长有手段阻止他施工，给他制造各种麻烦。事情就这么解决了，'雅典娜咖啡'也在戏剧节开幕前一星期开业了。一切进展得都很顺利，直到戈登市长被杀。我弟弟没有杀戈登市长，这一点我可以确定。"

"西尔维亚，'黑夜'这个词对你来说有什么含义吗？"

"黑夜，"西尔维亚慢慢地思索着说道，"我在哪里见过这个词。"

她看到隔壁桌上有一份别人扔下的当天的《奥菲雅纪事报》，便把它拿了过来。

"对，就是这个，"她看着报纸上的头条新闻说，"这是那出终于要在戏剧节开幕当天上演的戏的名字。"

"前警察局局长柯克·哈维和你弟弟有没有关联？"安娜问。

"据我所知没有，为什么？"

"因为'黑夜'和在举办首届戏剧节的前一年，在城里各处出现的神秘留言有关。在1994年2月未来的'雅典娜咖啡'着火之后，同样的标语也出现在了瓦砾之中。你当时不知道吗？"

"不，我不知道。不过你别忘了，我是在这些事情发生之后才搬到这里的。当时我住在曼哈顿岛，我结婚了，继承了我父亲的生意。我弟弟死后，我继承了'雅典娜咖啡'，我决定不卖它。他是那样在乎它。我雇了一名经理，后来我离婚了，我把我父亲的公司给卖了。我想要开始新生活，结果我在1998年搬来了这里。跟你说这些都是为了告诉你，我对于这段往事的了解是缺了一块的，尤其是你跟我说的这个'黑夜'的事。我完全不知道它跟火灾的联系，不过我知道是谁放的火。"

"谁？"安娜问，心脏怦怦地跳了起来。

"我刚才跟你说过，泰德在里奇斯堡特有些坏朋友。其中有个家伙叫杰里迈亚·福德，他是一个过了今天不想明天，靠敲诈勒索过活的流氓，给泰德找了不少麻烦。杰里迈亚是个卑鄙的家伙，有时候会带着一些乱七八糟的姑娘到湖景酒店去显摆。他总是兜里装满钞票，开着大摩托车轰隆隆地来。他到处喧哗，说话下流，经常吸毒吸得晕乎乎的。他喜欢大宴宾客，每次饭局到最后都会变成一场狂欢。他还会拿出百元大钞往服务员身上撒。酒店的老板不喜欢他这样，但是他不敢禁止杰里迈亚来酒店，害怕给自己惹来麻烦。当时泰德还在酒店上班，有一天，他决定出面干预。他这么做是出于对酒店老板的忠心，因为他给过杰里迈亚机会。在杰里迈亚离开酒店之后，泰德开车去追他。泰德把他逼停在路边，想跟他理论一番，告诉他湖景酒店不欢迎他。但是当时杰里迈亚摩托车后面坐着一个姑娘。为了在她面前逞英雄，他想要打泰德，结果被泰德暴揍了一顿。杰里迈亚受到了极大的羞辱。不久之后，他便带着两个壮汉到泰德家，把他给揍了一顿。后来，当杰里迈亚得知泰德准备开'雅典娜咖啡'之后，他就找上门来要求'合作'。他跟泰德索要佣金，不然不让泰德正常施工。他还说等餐厅开业之后，他还要从收入里抽成。他感觉到它的发展潜力。"

"泰德是怎么做的？"安娜问。

"一开始，他拒绝付钱。在 2 月份的一天晚上，'雅典娜咖啡'那栋楼就化为了灰烬。"

"杰里迈亚·福德干的？"

"对。火灾当晚，泰德突然在凌晨三点来到我家。我是这样才知道事情发生的全部经过的。"

※

1994 年 2 月 11 日至 12 日夜里
西尔维亚·特南鲍姆位于曼哈顿岛的公寓

西尔维亚是被电话铃声吵醒的。她的闹钟显示的时间是两点四十五分。电话是大楼的看门人打来的：她弟弟来了，有急事。

她让他上来，当电梯门打开的时候，她看见泰德面色苍白，站都站不稳。她扶他进了客厅，给他倒了杯茶。

"'雅典娜咖啡'烧没了，"泰德说，"我的东西都在里头，施工图纸、我的文件，几个月的工作都烧成了灰烬。"

"建筑师没有备份吗？"西尔维亚问，想要让她弟弟平静下来。

"不，你不明白！事情非常严重。"

泰德从口袋里掏出一张皱巴巴的纸。那是一封匿名信。那是他在听说着火了之后，急忙冲出家门的时候，在车的雨刮器下面发现的。

下次着火的是你的房子。

"你的意思是说这是有人故意纵火？"西尔维亚惊恐地问。

泰德点点头。

"谁干的？"西尔维亚大叫。

"杰里迈亚·福德。"

"谁？"

她弟弟把什么都告诉了她。他是怎么禁止杰里迈亚·福德再回湖景酒店的，两人打过的架，还有从那儿之后发生的一系列事件。

"杰里迈亚想要钱，"泰德说，"他想要很多钱。"

"我们得报警。"西尔维亚求他道。

"眼下不可能。我了解杰里迈亚，这事是他找人干的。警察永远也不会追查到他身上，至少不会立刻查到他。报警只会给我带来严厉的打击报复。他是个疯子，什么事情都干得出来。情况会变得更糟，最好的结果是，他把我拥有的一切都给烧了；最坏的结果是出人命。"

"那你觉得你给了他钱，他就会放过你吗？"西尔维亚脸色苍白地问道。

"我很确定，"泰德说，"他喜欢钱。"

"那你就先给他钱吧，"他姐姐恳求他道，"我们钱多得不知道该怎么花，给他钱，等事态平息下来，不被人掐住喉咙的时候，再去报警。"

"我认为你说得对。"泰德点头道。

※

"所以我弟弟决定给他钱，至少是暂时给他钱，先把事态平息下来，"西尔维亚对安娜说，"他非常看重他的餐厅，那是他的骄傲，他个人取得的一项成绩。他雇用了戈登市长指派给他的企业，并定期给杰里迈亚·福德汇一大笔钱，让他不要破坏施工。这样，'雅典娜咖啡'才及时开业。"

安娜困惑了：所以泰德·特南鲍姆在1994年2月到7月之间汇出的钱不是给戈登市长的，而是给杰里迈亚·福德的。

"你当时把这些情况都告诉警方了吗？"安娜问。

"没有。"西尔维亚叹气道。

"为什么？"

"我弟弟当时已经成为那起谋杀案的嫌疑人，突然有一天他就失踪了，最后死在一场跟警察的追逐战中。我不想再加重他的罪名。但有一点是肯定的，如果他没有被杀死的话，我就可以拿着那些让我想不明白的问题去问他了。"

※

就在安娜和西尔维亚·特南鲍姆在"雅典娜咖啡"吃饭的同时，爱丽丝正拖着贝格多夫在主街上一家挨一家地逛商店。"你不该犯傻的，你本来可以跟我一样带着行李来的。现在什么都得重新买！"他的每次抗议都会招来她的敲打。在要进入一家内衣店时，他直接停在了人行道上。

"你什么都不缺，"他反对道，"不用进这里。"

"一个礼物给你，一个礼物给我。"爱丽丝要求道，把他推了进去。

他们刚好错过了柯克·哈维。他从那家店面前走过，在一堵砖墙前停下。他从包里掏出一瓶胶水、一把刷子，然后把他刚刚找人印好的海报贴到了墙上。

杰瑞和达科塔正在主街上溜达，他们每隔几百米便能看到一幅这样的海报。

"招募演员试镜，"杰瑞念给女儿听，"我们去参加怎么样？你小时候就想长大了当演员。"

"那也不可能是为了演给傻子看。"达科塔反驳道。

"我们试试吧，看看结果再说。"杰瑞努力维持着热情说道。

"它上面写的试镜时间是星期一，"达科塔悲叹道，"我们还要在这个破烂乡下待多久？"

"我不知道，达科塔，"杰瑞怒道，"需要多久就待多久。我们刚来，你不要又开始闹脾气。你有别的打算吗？去上大学吗？啊，我忘了，你一所大学都没注册。"

达科塔赌气走了，把她父亲甩在后头。他们来到科迪的书店门前，达科塔走了进去，痴痴地看着书架上的书。她在一张桌子上看到了一本字典。她拿起它，翻了翻。她一个字接着一个字地看，看那些字的解释。她感觉到她父亲来到了自己身后。

"我已经好久没看字典了。"她对他说。

她拿起字典，又到小说区去逛。科迪走了过去。

"你在找什么书吗？"他问她。

"一本好看的小说，"达科塔回答，"我已经好久没看小说了。"

他注意到她夹在胳膊下面的那本字典。

"这个，这可不是小说。"他笑着说。

"这样更好。我要买它。我已经不记得我上次翻一本纸质字典是什

为知名戏剧

《黑夜》

招募演员试镜

伟大的、超级知名的、天才导演

寻找：

演员（有无演出经验皆可）

已预定在世界范围内取得成功！
保障全体人员成名！
高额报酬！

14日星期一上午10点
在奥菲雅大剧院试镜

注意：

名额有限！！！
接受甚至推荐大家捐款送礼！

么时候了。我一般只在电脑上写东西，用文字处理软件修改错字。"

"真是滑稽的时代啊！"科迪叹气道。

她点点头，接着说：

"我小时候参加过拼写比赛。我爸爸训练我。我们整天在一起拼写单词，把我妈都给逼疯了。有段时间，我可以连续几个小时看字典，记住最复杂的单词拼写。来吧，你随便挑个词来考我。"

她把字典递给科迪。科迪觉得很有意思，接过字典，随便翻开一页，浏览了一下，说：

"全收缩的。"

"简单，h-o-l-o-s-y-s-t-o-l-i-q-u-e。"

他露出一个调皮的微笑。

"你真的会读字典？"

"对啊，可以读一整天。"

她笑了，像突然散发出耀眼的光芒。

"你从哪里来？"科迪问她。

"纽约。我叫达科塔。"

"我叫科迪。"

"我喜欢你的书店，科迪。我本来是想当作家的。"

她好像突然忧郁起来。

"本来？"科迪问，"是什么原因阻拦了你呢？你应该还不到二十岁啊！"

"我再也写不出来了。"

"再也？什么意思？"

"自从我干了件特别严重的事情之后，我就再也写不出来了。"

"你做了什么？"

"那件事情太严重了，我不能说。"

"你可以写出来。"科迪建议道。

"我知道，我的心理医生也是这么说的，但是我写不出来，什么也写不出来。我觉得我心里面是空的。"

那天晚上，杰瑞和达科塔在"雅典娜咖啡"吃饭。杰瑞知道达科塔一直喜欢这个地方。

他带她来这里，就是想让她开心。可是她整顿饭都不高兴。

"你为什么要拖我来这里？"她搅动着海鲜意面问。

"我以为你喜欢这里。"她父亲说。

"我说的是奥菲雅，你为什么要把我带到这里来？"

"我认为这样对你有好处。"

"你认为这样对我有好处？还是你想让我看看你对我有多么失望，提醒我，都是因为我，你才丢掉了你的房子？"

"达科塔，你怎么能说这么可怕的话！"

"我毁了你的人生，这一点我很清楚！"

"达科塔，你应该停止责怪自己，你应该往前看，重建自己。"

"所以你是听不懂，是吧？我永远也弥补不了我做过的事情了，爸爸！我恨这座城市，我憎恨一切，我恨活着！"

她没能忍住泪水，为了不让别人看见自己哭，她逃进了卫生间。二十分钟后，她终于走了出来，她问她父亲他们能不能回酒店去。

杰瑞没有注意到在套房的两个卧室里，各有一个小酒柜。达科塔不声不响地打开柜门，拿起一只酒杯，然后从小冰箱里取出一瓶迷你伏特加。她给自己倒了一杯，喝了几口。

达科塔打碎瓶子的一头，把里面的液体全倒进了杯中。

几分钟之后，她感觉到有一种平静的感觉涌上身来。她变得轻飘飘的，变得更加快乐。她躺在床上，盯着天花板，那上面的白色油漆似乎在缓缓地碎裂，露出一幅神奇的壁画，她认出来那是他们家在奥菲雅的房子，她想要进去走走。

※

在大洋路上艾登家的豪华夏季别墅里，一张面朝大海的早餐桌上欢声笑语不断。

"针灸。"杰瑞一脸狡黠地喊道。

九岁的达科塔翘起鼻尖，不服气地撇了撇嘴，这让在一旁看着她的母亲脸上露出陶醉的笑容。接下来，小姑娘坚定地拿起一把泡在碗里的勺子，在牛奶里探着，翻出一个个字母形状的谷物片，然后清晰而缓慢地说出：

"A-c-u-p-u-n-c-t-u-r-e。"

她每说出一个字母，便把相应的谷物片放在旁边的一个盘子上。她看着自己的最终结果，感到很满意。

"太棒了，亲爱的！"她父亲激动地大叫道。

她母亲笑着拍起手来。

"你是怎么做到的？"她问达科塔。

"我不知道，妈妈。这个词在我脑袋里就像一张照片一样，一般来说，它的拼写都是正确的。"

"我们再试一个，"杰瑞提议道，"杜鹃花①。"

达科塔转了转眼珠，引得父母哈哈大笑。然后她试着拼了出来，结果只漏掉了一个"h"。

"几乎完全正确！"她父亲表扬她说。

"至少我学到了一个新词，"达科塔老成地说，"我再也不会搞错了。我能去游泳池了吗？"

"去吧，去换上泳衣。"她母亲笑着对她说。

---

① 英文为 Rhododendron。

小女孩开心地大叫一声，急忙离开了餐桌。杰瑞温柔地看着她消失在走廊里，辛西娅利用这个宁静时刻坐到了丈夫的腿上。

"谢谢你，亲爱的，你真是一个好老公，好父亲。"

"也谢谢你，你是一个了不起的好老婆。"

"我从来没想过我会这么幸福。"辛西娅两眼充满爱意地说。

"我也没有。我们实在是太幸运了。"杰瑞说。

杰西·罗森伯格

2014 年 7 月 13 日星期日

开幕式前 13 天

在这个酷热难耐的星期日，德里克和达拉请我和安娜到他们家的小游泳池里避暑。这是我们第一次在查案之外这样聚在一起。对我来说，这甚至是我这么长时间以来第一次到德里克家度过一个下午。

他们这次邀请的首要目的是让我们喝喝啤酒放松一下。但是达拉离开了一会儿，孩子们又都在水里忙着玩水，我们便忍不住又聊起了案子。

安娜告诉我们，她跟西尔维亚·特南鲍姆聊了天，接着便详细地跟我们讲了一方面戈登市长是怎么对泰德施压，让他接受自己指定的企业的；另一方面，当地的流氓头子杰里迈亚·福德是怎么一心敲诈勒索泰德的。

"'黑夜'，"她对我们解释道，"可能跟杰里迈亚·福德有关。他在1994 年 2 月放火烧'雅典娜咖啡'，为的是对泰德施压，逼他给钱。"

"'黑夜'会不会是一个犯罪团伙的名字？"我说。

"这是一个可以考虑的线索，杰西，"安娜说，"我还没来得及去局里一趟，挖一挖关于这个杰里迈亚·福德的更多情况。我知道的是，火灾那件事让泰德同意给钱。"

"所以说，我们当时追踪到的特南鲍姆账户上的金钱流动，其实是汇给这个杰里迈亚的？"德里克明白了。

"是的，"安娜赞同地说，"特南鲍姆想要确保杰里迈亚不会破坏他的施工进度，好让'雅典娜咖啡'能够在戏剧节开幕前及时开业。现在我们知道戈登向建筑企业索贿，我们就可以理解他为什么会在同一时期收到汇款了。他肯定是要求被选中参与建设'雅典娜咖啡'的企业给他佣金，他对他们说，多亏了他，他们才能接到那个活。"

"如果戈登市长和杰里迈亚·福德之间有联系呢？"德里克这时说道，"戈登市长会不会跟当地的黑社会有联系呢？"

"你们当时考虑过这个线索吗？"安娜问。

"没有，"德里克回答，"我们以为市长只是一个腐败的政客，不知道他谁的钱都拿。"

安娜接着说：

"假设'黑夜'就是一个犯罪组织的名字，那么那个提前几个月在奥菲雅街头巷尾的墙面上所做的重大宣告会不会指的就是戈登市长的谋杀案？一起凶手留下姓名的谋杀案，众所周知，却没人看见。"

"没人看见！"德里克大叫道，"真相就在我们眼皮底下，我们却没看见！你怎么想，杰西？"

"这就意味着当时柯克·哈维就在调查这个组织，"我经过一番思考之后说，"还有就是他知道一切真相。他也许就是因为这个，才把卷宗带走的。"

"我们明天要做的第一件事就是查清楚这件事。"安娜提议道。

"让我难受的是，"德里克说，"为什么在 1994 年，当我们问泰德·特南鲍姆关于那笔钱的动向时，他一个字都不提自己被这个杰里迈亚·福德勒索的事情。"

"害怕被报复？"安娜说。

德里克撇了撇嘴。

"也许吧。但是如果说我们漏掉了杰里迈亚·福德这一段，那我们也许漏掉了其他事情。我想从头开始调查这个案子的背景，想知道当时的报纸都是怎么写的。"

"我可以叫迈克尔·伯德把他有的所有关于四人命案的档案资料都给我们准备好。"

"好主意。"德里克赞成道。

夜晚来临，我们留下来吃晚饭。跟往常的星期日一样，德里克点了比萨。就在我们都在厨房里坐下的时候，安娜注意到挂在墙上的一张照片，上面是达拉、德里克、娜塔莎和我站在还在施工中的"小俄罗斯"前。

"'小俄罗斯'是什么？"安娜不明就里地问。

"我一直没开成的餐厅。"达拉回答。

"你喜欢做饭？"安娜问她。

"我有一段时间靠这个生活。"

"那你旁边的这个姑娘是谁，杰西？"安娜指着娜塔莎问我。

"娜塔莎。"我回答。

"娜塔莎，你当时的未婚妻？"

"是的。"我点头道。

"你从来没跟我说过你们俩之间的事情……"

达拉从安娜的一连串问题中看出来安娜什么都不知道，摇着头对我说：

"老天啊，杰西，所以你什么都没有跟她说过？"

※

在湖景酒店，史蒂文·贝格多夫和爱丽丝刚刚在泳池边的躺椅上坐下。天气出奇地热，奥斯特洛夫斯基混在一群在水中纳凉的客人中扑腾着，直到他的手指完全泡皱了，才从水中出来，回到自己的躺椅上擦干身体。就在这时，他惊恐地发现就在他旁边的躺椅上，史蒂文·贝格多夫正在给一个不是他妻子的年轻女人往背上涂防晒霜。

"史蒂文！"奥斯特洛夫斯基大喊道。

260

"梅塔？"贝格多夫看到批评家出现在自己面前，不禁呆住，"你在这里做什么？"

虽然他确实在新闻发布会上看到了奥斯特洛夫斯基，但是他从没想过他会住在湖景酒店。

"请允许我问你同样的问题，史蒂文。我离开纽约是为了讨个安静，结果却非让我在这里遇见你！"

"我来这里是为了多了解一下那出即将上演的神秘大戏。"

"史蒂文，这里是我先来的，你赶紧滚回纽约去吧！"

"我们想去哪儿就去哪儿，我们这里是民主国家。"爱丽丝冷冷地回他。

奥斯特洛夫斯基认出了她，她在杂志社工作。

"好啊，史蒂文，"他嘘道，"看来你是工作娱乐两不误啊！你老婆肯定很开心。"

他拿起自己的衣物，气冲冲地走了。史蒂文急忙上前抓住他。

"你等等，梅塔……"

"史蒂文，你不用担心，"奥斯特洛夫斯基耸了耸肩说，"我什么都不会跟特蕾西说的。"

"我不是这个意思，我想跟你说声对不起。我很抱歉我之前那样对你。我……我现在不是我的正常状态。我请你原谅。"

奥斯特洛夫斯基感觉贝格多夫是认真的，贝格多夫的道歉也打动了他。

"谢谢你，史蒂文。"他说。

"我就知道你会原谅我的，梅塔。《纽约时报》派你来这里的吗？"

"不是，老天啊，我没有工作。谁会再把一个过时的批评家请回去呢？"

"梅塔，你是个伟大的批评家，任何一份报纸都会聘请你的。"

奥斯特洛夫斯基耸了耸肩，叹气道：

"也许这正是问题所在。"

"为什么这么说？"贝格多夫问。

"我从昨天起就在考虑一个问题，我想要参加《黑夜》的试镜。"

"那你为什么不去呢？"

"因为这不可能！我是文学批评家、剧评家！所以我既不能写，也不能演。"

"梅塔，我不太明白你的意思……"

"哎，史蒂文，你能不能稍微用点脑子想想啊！你给我说说一个剧评家会在什么神奇的情况下去演戏？你能想象文学批评家开始写作、作家变成文学批评家的场景吗？你能想象唐·德里罗^①给《纽约客》写文章，点评大卫·马麦特^②的新剧吗？你能想象波洛克^③在《纽约时报》上发表见解，评论罗斯科^④的最新画展吗？你觉得杰夫·昆斯^⑤会在《华盛顿邮报》上解构达明安·赫斯特^⑥的新作吗？你能想象斯皮尔伯格在《洛杉矶时报》上批评科波拉的最新电影，说'不要去看这坨屎，它糟透了'吗？所有人都会大叫'这是丑闻''这不公平'的，而他们是对的，因为艺术家不能评论自己所从事的艺术。"

贝格多夫明白了奥斯特洛夫斯基的逻辑，对他说：

"从技术层面来说，梅塔，你已经不是批评家了，因为我已经把你解雇了。"

奥斯特洛夫斯基突然神色为之一亮：贝格多夫说得对。这位前批评家立刻回到他的房间，拿起几份报道斯特凡妮·梅勒失踪案的《奥菲雅纪事报》。

会不会在哪里写着我该换个角度看问题呢？奥斯特洛夫斯基思索道，还有，贝格多夫解雇了他，会不会其实是放了他自由呢？再者，他会不会一直以来都是一个不自知的创作者呢？

---

① 唐·德里罗（1936—　），美国当代作家，代表作有《地下世界》《天秤星座》《白噪音》等。

② 大卫·马麦特（1947—　），美国剧作家，代表作有《美国野牛》《拜金一族》等。

③ 杰克逊·波洛克（1912—1956），美国抽象表现主义画家。

④ 马克·罗斯科（1903—1970），美国抽象派画家。

⑤ 杰夫·昆斯（1955—　），美国造型艺术家。

⑥ 达明安·赫斯特（1965—　），英国艺术家。

史蒂文回到泳池边，教训爱丽丝：

"你不要去惹奥斯特洛夫斯基，他什么也没对你做。"

"我为什么不能呢？你看到他看我的眼神有多么轻视吗？就跟我是个××一样。下次我要告诉他，是我把他给开除的。"

"你不许告诉别人是你要求开除他的！"史蒂文暴怒道。

"可这是事实啊，史史！"

"哼，就是因为你，我现在麻烦缠身。"

"因为我？"爱丽丝气愤地说。

"没错，就是因为你，还有你要的那些愚蠢的礼物！银行电话都打到我家了，我老婆发现我的财务问题只是个时间问题。"

"你的财务出了问题，史蒂文？"

"当然！"贝格多夫恼火地咆哮道，"你没看我们花了多少钱吗？我的账户全空了，我现在就是一个浑身是债的傻瓜！"

爱丽丝一脸悲伤地看着他：

"你从来都没跟我说起过。"她责怪他道。

"从来都没跟你说起过什么？"

"说你没钱给我买礼物了。"

"说了又能改变什么呢？"

"一切！"爱丽丝发怒道，"一切都会改变！我们会小心花钱，我们不会再去豪华酒店！总之，史史，你应该……我以为你是广场酒店的常客，我看你花钱如流水，所以我以为你有钱。我从来没想过你是靠借贷生活。你为什么从来没跟我说起过呢？"

"因为我羞愧。"

"羞愧？你羞愧什么？可是，史史，我既不是××，也不是个坏女人。我跟你在一起不是为了要礼物，也不是为了给你制造麻烦。"

"那你为什么跟我在一起？"

"因为我爱你啊！"爱丽丝大喊道。

她看着史蒂文，一颗泪珠滑落在她的脸颊上。

"你不爱我吗？"她呜咽着说，"你恨我，是吗？因为我让你陷入了麻烦？"

"爱丽丝，我昨天在车里都跟你说了，也许我们两个都该各自想一想，分开一段时间。"史蒂文大着胆子提议道。

"不，不要离开我！"

"我是想说……"

"离开你老婆吧！"爱丽丝恳求他道，"如果你爱我的话，你就离开你老婆，不要离开我。我只有你，史蒂文。我除了你没别人。如果你走了，我就只有我自己了。"

她痛哭不已，泪水打湿了睫毛膏，顺着她的脸颊流下来。周围所有的客人都在看他们。史蒂文赶紧安慰她：

"爱丽丝，你知道我有多爱你。"

"不，我不知道！那你现在告诉我，证明给我看！我们明天不要走，我们再在这里待几天，这是我们的最后时间。你为什么不能跟杂志社说，我们一起参加了那出戏的试镜，因为我们想从内部发出报道呢？说所有人都会谈论那出戏，而我们将从它的幕后发出报道。报社会报销你的费用的。求你了！至少再留几天吧。"

"好的，爱丽丝，"史蒂文答应她，"我们就再多留星期一和星期二这两天吧，利用这两天去参加试镜。我们一起给杂志社写篇文章。"

※

晚饭之后，德里克和达拉家中。

夜幕已经笼罩整片街区。安娜和德里克在收拾桌子。达拉在外面泳池旁边抽烟。我走了过去。天还是很热，蟋蟀在唱歌。

"杰西，你看看我，"达拉语带戏谑地对我说，"我本来是要开餐厅的人，结果现在每个星期天都点比萨吃。"

我感觉到她的不安，试图安慰她道：

"比萨是个传统。"

"不，杰西，你知道的。我厌倦了，我厌倦了现在的生活，厌倦了我讨厌的工作。每次我路过一家餐馆，你猜我在心里想什么？‘它本来可以是我的。’然而事实并非如此，我累死累活地干着一份医生助理的活。德里克讨厌他的工作。他憎恨他的工作有二十年了。自从一个星期前，他重新开始跟你搭档，回到一线工作之后，他整天开心得跟什么似的。”

“他适合干一线工作，达拉。德里克是个了不起的警察。”

“他不能再当警察了，在发生那件事情之后，就不能再当了。”

“那就让他辞职！让他干点别的。他已经可以领退休金了。”

“房子的贷款还没还完。”

“那就卖掉它！反正两年之后，你们的孩子都要上大学去了。你们可以去找一个平静点的地方，远离这片都市丛林。”

“去做什么呢？”达拉绝望地问。

“生活啊！”我回答道。

她眼神恍惚，我只能借着泳池的光线看到她的脸。

“走，”最后我跟她说，“我要带你看样东西。”

“什么？”

“我在筹备的一个计划。”

“什么计划？”

“我离开警局就是为了它，我之前不想跟你说，是因为我当时还没有准备好。走吧！”

我们扔下德里克和安娜，开车离开。我们先往皇后区方向开，然后朝着雷哥公园开。当我把车停进小巷里时，达拉明白了。她下了车，看着眼前的小店面。

“你把它租下来了？”她问我。

“是的，这里之前开了一家缝纫用品店，但是生意不行了。我以便宜的价格买下了它的租约。我正准备施工。”

她看向那个上面盖着一块布的招牌。

“你不要跟我说……”

“没错，”我说，“你在这里等我一下。”

我走到里面，把招牌上的灯打开，然后找来一把梯子。我回到店外，爬上梯子，一直爬到能够得到布的地方，把它拉了下来。招牌上的字闪耀在夜空之中：

小俄罗斯

达拉不说话。我感觉有些不自在。

"你看，我还留着那本红宝书，上面有你们的所有菜谱。"我把那本刚才和梯子一起拿出来的珍贵的册子拿给她看。

达拉还是不说话。我继续自说自话，等着她的反应：

"我知道，我不会做菜。我只会做汉堡包，配上娜塔莎酱汁的汉堡包。达拉，至少你是愿意帮我的吧。跟我一起做这个项目。我知道这有点疯狂，但是……"

她终于喊了出来：

"有点疯狂？你这是彻底疯了！你是个疯子，杰西！你没脑子！你为什么要这么做？"

"为了弥补。"我轻轻地说。

"可是杰西，"她大喊道，"我们永远也无法弥补发生的一切！你听见我说话了吗？我们永远也弥补不了过去发生的事情！"

她大哭起来，逃进黑夜之中。

试镜

2014 年 7 月 14 日星期一——7 月 16 日星期三

杰西·罗森伯格

2014 年 7 月 14 日星期一

开幕式前 12 天

这天早晨，我和德里克藏在湖景酒店的餐厅里，远远地观察柯克·哈维。他刚刚落座，准备吃早餐。

奥斯特洛夫斯基也到了，看到他，跟他坐在一起。

"不幸的是，肯定会有些人要失望，因为今天早晨不可能所有人都入选。"哈维说。

"你说什么，柯克？"

"我不是在跟你说话，奥斯特洛夫斯基！我在跟薄煎饼说话，它们不会入选，粥也不可能入选，土豆也不行。"

"柯克，这只是顿早饭。"

"不，你这个天生的蠢货！它绝不仅仅是顿早饭！我必须得做好准备，选出奥菲雅最优秀的演员。"

一位服务员走过来，问他们要点些什么。奥斯特洛夫斯基点了一杯咖啡和一份带壳煮的溏心蛋。服务员转脸看向柯克，但是这位没有说话，只是看着他。于是服务员问他：

"先生，您吃点什么呢？"

"这个人以为他是谁啊？"柯克大喊道，"我不准你这么直接跟我说话！我毕竟是位大导演！这些小人物有什么权力跟我'你'来'你'去的？"

"对不起，先生。"服务员十分尴尬地道歉。

"把经理给我叫过来！"哈维要求道，"只有这家酒店的经理才配跟我说话。"

客人都惊呆了，默默地看着眼前的这一幕。经理在接到通知之后，赶了过来。

"伟大的柯克·哈维想要吃皇家荷包蛋和鱼子酱。"哈维说。

"伟大的柯克·哈维想要吃皇家荷包蛋和鱼子酱。"经理把他的话重复给员工听。

那位员工记下点单，大厅里又恢复了宁静。

我的手机响了，是安娜打来的。她在警察局等我们。当我告诉她我和德里克在哪里时，她让我们立刻离开那里。

"你们不应该出现在那里，"她对我们说，"如果市长知道了，我们都会有麻烦的。"

"这个哈维就是一个行走的笑话，"我愤恨地说，"所有人却都把他当回事。"

"正因如此，我们更需要把注意力放在案子上。"

她说得对。我们离开酒店，到警察局跟她会合。我们开始调查杰里迈亚·福德。我们发现他死于1994年7月16日发生的一场车祸，也就是戈登市长被杀的前两个星期。

让我们大为吃惊的是，杰里迈亚没有案底。他的档案里只有一个联邦烟酒枪支爆炸物管理局针对他展开的一项公开调查。那个调查显然什么结果也没有调查出来。我们联系了里奇斯堡特警方，想要多了解一些关于他的情况，但是我们联系到的那位警察对我们一点帮助也没有。"这里没有任何关于福德的案卷。"他跟我们打包票说。这就意味着警方不认为福德的死有疑点。"杰里迈亚·福德死在戈登一家被杀之前，"德里克说，"这就排除了他跟四人命案的干系。"

"我这边呢，"我说，"我查了联邦调查局的资料，没有任何犯罪组织名叫'黑夜'。所以它跟组织犯罪无关，也跟留名作案无关。"

至少我们可以排除福德这条线索，剩下斯特凡妮的委托人那条线索。

德里克拿来几个装满报纸的纸箱子。

"斯特凡妮·梅勒是通过广告认识的那位找她写书的委托人，那则广告肯定就登在某份报纸上，"他对我和安娜说，"因为根据她讲述的两人谈话内容，委托人说过他登了二十年的广告。"

说完他又让我们看了一遍斯特凡妮的书稿：

那则广告夹在一个鞋匠广告和一家自助餐低于二十美元的中餐厅广告之间。

你想要写一本畅销书吗？
文学界人士寻找志向远大的作者从事严肃的工作。推荐信必不可少。

"所以那肯定是一个经常出现的广告。"德里克继续说，"斯特凡妮似乎只订了一份报纸，她母校圣母大学文学系出的期刊。所以我们找来了今年出的所有期刊。"

"她也有可能是在某个地方的一本杂志上偶然看到的，"安娜反对道，"在咖啡馆里，在一处地铁座位上，在医生的候诊室里。"

"也许是，"德里克说，"也许不是。如果我们找到了那则广告，我们就可以追踪到委托人，继而可以得知他在谋杀案当晚看到的那个开泰德·特南鲍姆车的人是谁。"

※

大剧院里，一大群人正迫不及待地参加试镜。试镜进行的速度慢到令人泄气的程度。柯克·哈维坐在舞台上的一张桌子后面，让候选者两两一组上场，表演第一幕戏的对白。对白记在薄薄的一张纸上，有志成为演员的试镜者们还得共用。

> 这是一个昏暗的早晨。天在下雨。在一条乡间道路上，交通瘫痪了：大批车辆堵成一团。愤怒的司机疯狂地按着喇叭。一名年轻女子沿着静止的车流在路边走着。她一直走到警戒线前，询问站岗的警察。
> 年轻女人：发生了什么事？
> 警察：死了一个人，摩托车车祸。

候选者乱七八糟地挤在舞台前，等着柯克·哈维发出指令，让他们上台。他冲他们大声地吼着各种颠三倒四的命令：先是必须得从右边的楼梯上台，然后又改成左边的楼梯，接着又要求他们上台前得致敬，之后又说上台之后，绝对不准再致敬。如果不按这个顺序来的话，柯克就会让他们从头再来一遍登台流程。演员们开始表演，判决随时到来。"一无是处！"哈维喊道。这就意味着该名演员必须立刻消失在大师的视野之中。

有人抗议：

"你怎么能凭一句台词就下结论？"

"哦，少来给我捣蛋。滚！我才是导演。"

"我们能重演一遍吗？"一位倒霉的试镜者问。

"不能！"哈维吼道。

"可是我们都等了好几小时，每个人只看了一句台词。"

"你没有成名的命，你的人生在臭水沟里等着你呢！现在就离开，我光是看到你，眼睛就开始疼！"

※

在湖景酒店 308 号套房的客厅里，达科塔懒洋洋地躺在沙发上，她父亲正一边跟她说话，一边把笔记本电脑放到办公桌上。

"我们应该去参加那场戏的试镜，"杰瑞建议道，"这样就算是我们两个的一次共同行动了。"

"呸！演戏无聊死了！"达科塔说。

"你怎么能这么说！你不是还写过一出好极了的戏嘛，你们学校里的剧团当时不是还要演它来着？"

"那出戏从来也没有演出过，"达科塔提醒他，"我现在对戏剧不感兴趣了。"

"你以前是个多么充满好奇心的小女孩啊！"杰瑞痛心疾首地说，"你们这代人整天痴迷于手机和社交网站，真是悲哀！你们再也不看书，除了对着午餐拍照，对什么都不感兴趣。可真是一个美好的时代啊！"

"你还有脸教训我，"达科塔反驳道，"是你的那些烂节目把人都变成傻瓜的！"

"达科塔，你说话不要这么粗俗。"

"反正你说的这个戏，谢谢，我不去。要是我被录取了，我就得在这里一直待到 8 月份了。"

"那你想做什么？"

"什么都不做。"达科塔撇着嘴说。

"你想去海边吗？"

"不想。我们什么时候回纽约？"

"我不知道，达科塔，"杰瑞火了，"我很想对你耐心一点，但是你能不能也做出一点点努力啊？你知道我除了来这里，还有别的事情要忙，好吗？ 14 台开学季还没有推出重磅节目，另外……"

"那我们现在就离开这里吧，"达科塔打断他，"你去忙你的好了。"

"不，我已经安排好了，我在这里也可以工作。我现在就有一个视频会议要开。"

"当然了，你总是有接不完的电话，干不完的工作！你眼里只有工作。"

"达科塔，这只是个十分钟的事！我已经对你随叫随到了，你至少可以承认这一点。就给我十分钟的时间，完了你想做什么就做什么。"

"我什么都不想做。"达科塔小声地发牢骚，然后把自己关进了房间。

杰瑞叹口气，打开电脑摄像头，准备给他的工作团队开视频会议。

在二百五十公里之外的曼哈顿岛的中心，14 台大楼五十四层的会议室里坐满了人，与会者一边闲聊着，一边耐心地等着。

"老板人在哪儿呢？"一个人问道。

"在汉普顿。"

"呃，我们这边累得跟狗一样，他倒是轻松！我们工作，他挣钱。"

"我觉得是跟他女儿的事情有关。"一个跟杰瑞的女助手很熟的女人说道。

"反正有钱人家的小孩子都一样。不是这里让人操心，就是那里出问题。"

信号突然联通，所有人都闭嘴。他们的老板出现在墙上的大屏幕之中，所有人都转脸看向他，跟他打招呼。

创意总监第一个发言。

"杰瑞，"他说，"我认为我们的方向是对的。我们集中精力做了一个项目，迅速地得到了大家的一致支持。这是一档真人秀节目，我们打算跟拍一个拼命想要减肥的肥胖家庭的减肥历程。这个企划应该能获得所有观众的喜爱，因为所有人都能从中看到自己的影子，观众会对他们共情，喜欢上他们，也会嘲笑他们。我们组织了评审测验，目前看来这是最好的方案。"

"我喜欢这个方案！"杰瑞兴高采烈地说。

创意总监请项目负责人说话：

"我们的想法是给这个肥胖家庭请一位健身教练，这位教练长相帅气，浑身肌肉，训练严格，说话难听。不过随着节目播出，观众会发现他以前也是一个胖子，是甩掉了身上的赘肉变成现在这个样子的。这种多面性人物很讨观众喜欢。"

"他也会是节目播出过程中必不可缺的一个冲突元素，"创意总监说，"我们已经想好了两三个会引起观众热议的场景。比如说，那个胖子在沮丧之下，哭了，然后吃了一罐巧克力冰激凌，与此同时，这个健身教练一边听他抱怨，一边做俯卧撑和腹肌运动，让自己变得更有肌肉，更加健美。"

"我觉得你这个想法非常好，"杰瑞评论道，"不过得小心，从我目前听到的内容来看，我们往催泪的方向挖得太深，冲突方面反而不够。而观众们喜欢看冲突。如果节目里有太多哭哭啼啼的情节，他们会厌烦的。"

"我们想到了这种情形，"创意总监兴奋地滔滔不绝起来，"为了制造更多的冲突，我们想了另一个版本：我们把两组家庭放在同一栋度假屋里。一组家庭超级爱好运动：父母和孩子都是运动员，很健康，只吃水煮蔬菜，从来不吃油腻食物。另一组家庭是肥胖家庭，整天坐在电视机前吃比萨。这种对立的生活方式会导致恐怖的紧张关系。运动家庭会跟胖子家庭说：'喂，伙计们，来跟我们做运动吧，运动完一起去吃木薯粉！'胖子家庭则会让他们滚一边去，对他们说：'不了，谢谢，我们就喜欢躺在沙发上，配着奶酪吃玉米片再加汽水！'"

会议室里的人看上去似乎都被这个主意说服了。这时，法务总监开口了：

"唯一的问题是，如果我们强迫胖人家庭像猪一样吃喝，他们会有患上糖尿病的风险，那样的话，我们还得支付他们的看病费用。"

杰瑞大手一挥，把这个问题拦了回去：

"那就准备一份滴水不漏的免责书，让他们不能发起任何诉讼。"

法务团队成员立刻记了下来。市场营销总监这时说话了：

"'油滋滋'薯片厂商对我们的节目非常感兴趣，希望能参与到项目中来。只要我们可以在节目中传达出吃薯片有助减肥的意思的话，他们就可以赞助我们一笔费用。他们在发生有毒苹果事件之后，一直想要重振品牌形象。"

"有毒苹果事件？"杰瑞问，"那是怎么回事？"

"几年前，有人指责'油滋滋'，说他们把薯片卖进学校食堂，导致儿童肥胖，他们便出资给纽约地区一些条件差的学校送苹果。但是那些苹果上面都是农药，孩子们得了癌症，有四百个孩子生病，品牌形象也就毁了。"

"啊，是啊，可不是嘛！"杰瑞惋惜道。

"不过，"市场营销总监补充道，"不幸之中的万幸是，那些孩子都是贫困街区的孩子，他们的父母没钱打官司。有些孩子连医生的面都见不到。"

"'油滋滋'要求那些有肌肉的人也吃薯片。我们得在有肌肉和吃薯片之间建立联系。他们希望健身教练或那个运动员家庭是拉美人，这是他们的一个重要的消费者市场，他们希望扩大这个市场。他们口号都已经想好了：拉美人都爱'油滋滋'。"

"我对这个完全没有意见，"杰瑞说，"不过得先评估一下他们的投资预算是多少，我们才能决定这个合作是否有意义。"

"那找肌肉拉美人这一点，你也没问题？"市场营销总监说。

"对，没问题。"杰瑞确认道。

"我们需要拉美人！"创意总监大声地说，"有人记下来了吗？"

在湖景酒店的套房里，杰瑞盯着屏幕，没有注意到达科塔已经从房间里走了出来，就站在他身后。她看了专心开会的他一眼，然后走出了套房。她在走廊里来回走着，不知道该拿自己怎么办。她经过 310 房间，奥斯特洛夫斯基正在背诵经典戏剧片段，准备参加试镜。她听到312 号套房里有人在大声地做爱，不禁一笑，那是贝格多夫和爱丽丝的房间。最后，她决定离开酒店。她跟泊车员要了她父亲的保时捷，然后朝奥菲雅的方向开去。她开上大洋路，沿着一排排房屋朝沙滩方向开。她很紧张。不久之后，她就来到那栋曾经属于他们的度假屋前。在那里，他们一家人曾经是那样幸福。她把车停在大门前，盯着那个锻铁打造的名牌看：艾登花园。

她没有忍住泪水，趴在方向盘上，大哭起来。

※

"杰西，"迈克尔·伯德看到我出现在他办公室门口，露出了笑容，"什么风把你给吹来了？"

安娜和德里克还在警察局里埋头调查圣母大学的期刊，而我来到《奥菲雅纪事报》编辑部调取当年关于四人命案的报道。

"我需要进报社的档案室看看，"我对迈克尔解释，"我能请你帮个忙吗？但是我希望有些情况不会出现在明天的报纸上。"

"这是当然，杰西，"他对我保证道，"我至今还在后悔之前辜负了你的信任。我当时的行为不是很专业。你知道吗，我脑子里不停地放电影：我当初要是能保下斯特凡妮该有多好？"

他眼神悲伤。我看见他的目光落在斯特凡妮的办公桌上，那张桌子就在他对面，还是原来的样子。

"迈克尔，你当时什么都做不了。"我努力地安慰他。

他耸了耸肩，然后把我带到位于地下的档案室。

迈克尔是个得力帮手，他帮我分拣往期的《奥菲雅纪事报》，从中找出相关报道，然后拿去复印。因为他对本地区了解甚深，我问起了他有关杰里迈亚·福德的情况。

"杰里迈亚·福德？"他重复了一遍那个名字，"从来没听说过，他是谁？"

"里奇斯堡特的一个小流氓头头，"我解释，"他威胁过泰德·特南鲍姆，跟他索要钱财，说不然就不让'雅典娜咖啡'开张。"

迈克尔惊讶道：

"特南鲍姆被人勒索过？"

"是的。州警在1994年漏掉了这一点。"

多亏了迈克尔，我又核查了一遍"黑夜"事件。他联系了本地区的其他报纸，尤其是里奇斯堡特的报纸——《里奇斯堡特晨星报》，问他们的档案里是否有含有关键词"黑夜"的文章。但是，什么都没有。唯一看上去能有联系的就是在1993年秋和1994年夏之间在奥菲雅发生的那些事件。

"哈维的戏和这些事件之间有什么关联呢？"迈克尔问我，他还是没能把两者联系起来。

"我也很想知道，尤其是现在我知道了'黑夜'只跟奥菲雅有关。"

我把我复印的所有《奥菲雅纪事报》的旧报纸都带回警察局去研究。我看报、剪报，在上面圈圈画画，对它们进行分类或淘汰。与此同时，安娜和德里克则继续仔细地研究圣母大学期刊。安娜的办公室变得越来越像一个报纸分拣中心。突然，德里克大喊一声："找到了！"他找到了那则广告。2013年秋季刊第21页，那个神秘的广告页就夹在一个鞋匠广告和一家提供二十美元以下自助餐的中餐厅广告之间：

你想要写一本畅销书吗？

文学界人士寻找志向远大的作者从事严肃的工作。推荐信必不可少。

现在只需要联系报社负责发布广告的人就可以了。

※

达科塔依然停在艾登花园的大门前。她父亲都没有打电话找她。她心想，他一定跟所有人一样憎恨她。因为房子的事情，因为她对塔拉·斯卡利尼做的那件事。因为那件事，她永远也不会原谅自己。

她又一次痛哭起来。她心里实在太难受了，她认为她再也好不了了。她不想再活了。她眼里含着泪水，她需要让自己好受一些。她在一堆东西之中找到了她朋友莱拉给她的一个小塑料盒子，那里面装的是用来吸食的毒品。

在房子里面，杰拉尔德·斯卡利尼听他妻子说外面有一辆车在自家门前停了很长时间，他决定报警。

在大剧院里，布朗市长在试镜当天快要结束的时候前来观看。他看到了候选人被羞辱的场景，看到他们一个接着一个地被淘汰，看到柯克·哈维大喊着："今天到此为止，你们明天再来，另外请不要再演得像今天这么差了，老天啊！"把所有人都给赶了出去。

"你需要多少位演员？"布朗走到舞台上跟他会合之后问道。

"差不多八位吧。你知道我差了不止一位。"

"差不多？"布朗哽住了，"你没有一个确切的演员名单吗？"

"差不多吧。"哈维说。

"那你今天留下了几个？"

"一个也没有。"

市长绝望地长长地叹了口气。

"柯克，"他在临走前提醒他，"你还剩下一天时间来确定演员名单，你必须得加快速度，不然你这戏永远也成不了。"

几辆警车停在艾登花园前。达科塔两手被手铐铐在背后，坐在蒙塔涅的巡逻车后座上哭。蒙塔涅站在打开的车门外审她。

"你在这里做什么？"他问，"你是在等客人吗？你在这里卖这种垃圾？"

"不是的，我发誓。"半清醒状态的达科塔哭着说道。

"蠢货，你吸得太上头了，都不知道你在说什么！你不要在我的座位上吐了啊，听明白了吗？该死的毒虫！"

"我要跟我爸爸说话。"达科塔央求道。

"可不是嘛,当然喽,你还想干什么?就凭我们在你车上找到的那些东西,就可以把你送上法庭。小美女,你的下一步,就是去蹲牢房。"

下午即将结束,在布朗一家居住的平静的居民区里,夏洛特刚刚结束在兽医诊所的一天。她回到家中,待在自家门廊下胡思乱想着。她丈夫从大剧院回来,坐到她身边。他看上去累坏了。她轻轻地抚摸他的头发。

"今天的试镜进行得怎么样?"她问。

"非常糟糕。"

她点燃了一根香烟。

"艾伦……"她说。

"我想参加。"

他笑了。

"你应该参加。"他鼓励道。

"我不知道……我已经二十年没有登台了。"

"我猜你肯定会大获成功的。"

夏洛特没有说话,只是长长地叹了口气。

"怎么了?"艾伦见她哪里不对劲,问道。

"我在想也许我应该继续保持低调,尤其是远离哈维。"

"你在害怕什么?"

"艾伦,你很清楚我在害怕什么。"

在几英里之外的湖景酒店,杰瑞·艾登焦躁不安:达科塔不见了。他找遍了整个酒店,他去了酒吧、游泳池、健身房,都没有找到她。她不接电话,也没有给他留言。最后,他联系了酒店保安,监控录像显示达科塔离开房门,在走廊里游荡了一会儿,然后下楼走到前台要了车离开。保安经理没有办法,建议他报警。杰瑞不想走到那一步,因为他害怕会给女儿带来麻烦。突然,他的手机响了。他连忙接通了电话。

"达科塔？"

"杰瑞·艾登？"一个低沉的声音回答道，"我是奥菲雅警察局副局长贾斯珀·蒙塔涅。"

"警察？发生了什么事？"

"你女儿达科塔现在被关在警察局里。她因为持有毒品被我们逮捕了，明天早晨要见法官。她今天要在牢房里过夜。"

Originally published in France as:
La Disparition de Stephanie Mailer by Joël Dicker
© Joël Dicker 2018
Current Chinese translation rights arranged through Divas International, Paris
巴黎迪法国际版权代理（www.divas-books.com）

著作权合同登记号：图字 18-2021-231

图书在版编目（CIP）数据

黑夜开始的地方：全两册 /（瑞士）若埃尔·迪克著；王猛译. -- 长沙：湖南文艺出版社，2022.2
ISBN 978-7-5726-0579-6

Ⅰ. ①黑… Ⅱ. ①若… ②王… Ⅲ. ①长篇小说—瑞士—现代 Ⅳ. ①I522.45

中国版本图书馆CIP数据核字（2022）第006179号

上架建议：畅销·外国悬疑小说

HEIYE KAISHI DE DIFANG: QUAN LIANG CE
黑夜开始的地方：全两册

作　　者：〔瑞士〕若埃尔·迪克（Joël Dicker）
译　　者：王　猛
出 版 人：曾赛丰
责任编辑：吕苗莉
监　　制：邢越超
策划编辑：李美怡
版权支持：辛　艳　张雪珂
营销支持：文刀刀
版式设计：潘雪琴
封面设计：利　锐
封面插图：Ximena Arias
内文排版：百朗文化
出　　版：湖南文艺出版社
　　　　　（长沙市雨花区东二环一段 508 号　邮编：410014）
网　　址：www.hnwy.net
印　　刷：北京天宇万达印刷有限公司
经　　销：新华书店
开　　本：880mm×1200mm　1/32
字　　数：521 千字
印　　张：17.5
版　　次：2022 年 2 月第 1 版
印　　次：2022 年 2 月第 1 次印刷
书　　号：ISBN 978-7-5726-0579-6
定　　价：79.80 元（全两册）

若有质量问题，请致电质量监督电话：010-59096394
团购电话：010-59320018

［瑞士］若埃尔·迪克（Joël Dicker）————著

王猛————译

黑夜
开始的地方

La Disparition de
Stephanie
Mailer

下

湖南文艺出版社
HUNAN LITERATURE AND ART PUBLISHING HOUSE

博集天卷
CS-BOOKY

Echo

———

下篇
回声

"柯克,一个年轻女人死了。杀她的人肯定是杀死戈登一家的凶手。我们不能等到 7 月 26 日,你现在就该把一切说出来。"

"开幕式当晚,你们会知道一切。"哈维重复道。

"你简直荒谬,柯克!你为什么要这个样子啊?有人死了,你明白吗?"

"我也跟着他们一起死了!"哈维大喊道。

杰瑞·艾登

1994 年夏天，我是纽约一家电台的小经理，收入微薄。我刚刚跟我中学时候的恋人辛西娅，那个一直以来唯一相信我的姑娘，结了婚。

大家真得看看我们当时的样子，我们可真是一对奇怪的夫妻。我们彼此相爱，三十岁不到，像风一样自由。我最贵重的财产就是一辆二手的科尔维特，我们俩每到周末便开着那辆车周游全国，从一个城市开到另一个城市，住在汽车旅馆或包食宿的公寓里。

辛西娅当时在一家小剧院做行政。她有各种可靠的渠道，让我们可以不用花一分钱就能每星期都去百老汇看戏。我们当时虽然没有多少钱，但是我们挣的钱足够我们两人花的。我们很幸福。

1994 年我们俩结婚了，是在 1 月份结的婚。我们决定把蜜月推迟到天气暖和的时候再去。有限的预算让我们只能选择去一些开着那辆科尔维特能到的地方。辛西娅听说奥菲雅要举办一场全新的戏剧节，艺术圈的人都说它不错，许多知名记者要去参加，这说明它的质量有保障。我在当地找到一间漂亮的包食宿的家庭公寓，就在一栋离大海只有两步路，周围都是绣球花的木板屋里。毫无疑问，我们将会在那里度过难忘的十八天。最后不管从哪个方面看，事实也是如此。当我们回到纽约之后，辛西娅发现自己怀孕了。1995 年 4 月，我们最宝贝的独生女达科塔出生了。

我不确定当时我们是否要这么快地要孩子，当然这并不会削减达科塔来到我们的生命中给我们所带来的幸福。接下来的几个月就跟所有的年轻父母都要经历的一样，我们的生活被一个小家伙搅得天翻地覆：我们的生活从过去的开着一辆两人座的科尔维特到处跑的二人世界，变成三人世界。我们得把车卖了换一辆更大一点的车；得换公寓，为了多一间卧室；还要承担买尿布、婴儿服、消毒巾、口水巾、婴儿推车和奶嘴之类的开支。总而言之，必须得随之改变。

更糟糕的是，辛西娅在休完产假后就被剧院解雇了。而我呢，电台被一家大集团收购了。在听到各种关于重组的谣言之后，因为害怕丢掉自己的位子，我被迫接受在同样的工资待遇下，大幅减少广播时间，去做大量的行政工作和承担更多的责任。我们的每个星期都变成一场真正跟时间的赛跑：我们要兼顾工作和家庭，辛西娅既要找工作，又不知道让谁来照顾达科塔，而我每天晚上都累得筋疲力尽才回家。我们的感情生活面临着严峻的考验。于是，当夏天到来时，我提议在7月底去奥菲雅我们曾经住的那个公寓里住几天，重温旧梦。那一次，奥菲雅的奇迹再次奏效。

接下来的几年一直都是这样。不管在嘈杂的纽约发生了什么，不管我们的日子有多难，奥菲雅总是能修复一切。

辛西娅在坐火车需要一小时的新泽西找到一份工作。她每天都要花三小时在公共交通上。她得安排好时间，算好日子，把小孩送去托儿所，再后来是送去学校，还要去买菜，开会。无论是在工作上还是在家庭上，她到哪儿都是顶梁柱，她从早忙到晚，每天都是如此。我们两个都非常敏感，有些天我们几乎都见不着面。但是多亏了每年一次的修复疗程，所有的紧张情绪、不理解、压力和吵闹，都会在我们到达奥菲雅之后一扫而空。这个城市对我们来说有一种净化作用。这里的空气更加纯净，天空更蓝，生活更平静。房东太太的孩子都已经成年，把达科塔照顾得非常好。有时候如果我们想去戏剧节上看表演，她会主动地帮我们照看她。

每次度假结束，我们都是身心舒畅、高高兴兴地回到纽约，重新回到原来的生活轨道上。

※

　　我从来都不是一个非常有野心的人，我认为如果没有辛西娅和达科塔的话，我的事业不会起飞。因为随着时光飞逝，每次回到奥菲雅，我都会感到心情舒畅，这让我想要给她们提供更多的享受。我想要住在一个比那个小家庭公寓更好的地方，想要每年都在安普敦过超过一星期的时间。我想让辛西娅不再需要每天坐三小时的车，才能让我们勉强维持生计。我想让达科塔上私立学校，得到最好的教育。为了她们，我开始更加努力地工作，追求升职加薪。为了她们，我放弃了节目上的工作，去承担更多的职责，担任那些我并没有那么有兴趣，但是薪酬更高的职位。我开始抓住每一个出现在我面前的机会往上爬，我永远是第一个到办公室，最后一个离开。我在三年内，从电台经理变成集团所有频道的电视剧开发负责人。

　　我的工资翻了两倍，翻了三倍，我们的生活质量也随之翻倍。辛西娅可以不去上班，在家陪伴年纪还小的达科塔。空闲时，她会去一家剧院里做志愿者服务。我们在奥菲雅的度假时间也变长了：一开始三个星期，后来是一个月，再后来是一个夏天，租住的房子也越来越大，越来越豪华，找打扫阿姨也从一星期一次，变成一星期两次，再到每天一次。让阿姨给我们操持房子，铺床叠被，准备吃的，跟在我们后面收拾我们留下的烂摊子。

　　日子太美了，但是跟我想象的有一点点出入：当我们只能在公寓房里住一个星期的时候，我是完全脱离工作的。但是当我有了新职责之后，我就不能一次连续休好几天假了。当辛西娅和达科塔在泳池边无忧无虑地享受的时候，我要定期回纽约管理日常事务，处理文件。辛西娅很遗憾我不能待更长时间，但是尽管如此，一切都很美好。我们能抱怨什么呢？

　　我继续升职，这甚至不是我要求的，我已经记不清了。我的工资，尽管在我看来已经是天文数字了，还在随着我的职责变化继续增加。媒体集团相互并购，组成超级强大的联合体，而我在一栋玻璃摩天大楼里有了一间巨大的办公室。我的位置坐得越高，我的办公室也就变得越大，楼层也变得更高。我的收入翻了十倍、百倍。十年之间，我从一个小电台的经理变成全国收视率最高、最赚钱的电视台14台的总经理。我坐在玻璃大楼的五十四层，也即它的最后一层，管理着整个电视台。我的工资包括奖金，一年可以达到九百万美元，也就是每月七十五万美元。我挣的钱永远也花不完。

我想给辛西娅和达科塔提供什么，我都能做到——名牌衣服、跑车、豪华公寓、私立学校、梦幻假日。当纽约的冬天让我们心情不悦的时候，我们便坐上私人飞机飞到圣巴泰勒米去过重获新生的一星期。至于奥菲雅，我花了天价，让人在海边盖了一栋我们梦想中的房子，我把它命名为"艾登花园"，并把这几个字用锻铁打造出来安在了大门上。

一切都变得那样简单、容易，那样美妙。但是这有一个代价，不只是金钱方面的，它还要求我在工作上付出更多。我越想给我深爱的两个女人付出更多，我给14台付出的也要更多，不论是时间、精力，还是注意力。

每年夏天，以及天气好的所有周末，辛西娅和达科塔都是在我们在安普敦的房子里度过的。我尽可能多地过去陪她们。我在那里给自己布置了一间办公室，可以在那边处理日常工作，甚至召开电话会议。

但是我们的日子看上去越轻松，它也变得越来越复杂。辛西娅希望我能花更多的时间在我们的夫妻感情和家庭生活上，希望我不要一直操心工作上的事。但是我不工作，我们就不会有这栋房子。这就是一个永远也没有答案的难题。我们的假期总是不停地充满了抱怨和争吵："你一来这里就把自己关在办公室里，那你还来干什么呢？""可是我们不是在一起吗……""不，杰瑞，你人在这里，心不在。"同样的场景在沙滩上、在餐厅里反复地发生。有时候，当我出去跑步的时候，我会一直跑到那栋出租家庭公寓的房子前。在它的主人死后，那里就关门了。我会看着那栋漂亮的木板屋，回想起我们曾经度过的那些寒酸、短暂却又美好的假期。我很想回到那个时期，但是我已经不知道该如何回去了。

如果你们问我，我会跟你们说，我所做的一切都是为了我的妻子和女儿。

如果你问辛西娅或达科塔，她们会跟你说我做这些都是为了我自己，为了我的虚荣心，为了我对工作的痴狂。

但是谁对谁错，已经不重要了。随着时间流逝，奥菲雅的魔法已经失效。我们的夫妻感情、我们的家庭关系，已经无法通过在那里停留来修复和弥补。相反，它还把我们撕裂。

后来，一切都变了。

2013 年春天发生的那些事，让我们不得不卖掉了在奥菲雅的房子。

杰西·罗森伯格

2014 年 7 月 15 日星期二

开幕式前 11 天

在圣母大学的期刊上找到的那则广告没能让我们追踪到发布广告的人。在报纸编辑部里，负责广告的那个人不掌握任何信息：广告是在前台登记的，费用是直接用现金付的。一切都是个谜。不过，那位女员工在档案室里找到在前一年同一时期发布的同样一则广告。再前一年也有。每一年的秋季刊里都登了同样的广告。我问：

"秋天有什么特别之处吗？"

"秋季刊看的人最多，"女员工跟我解释，"因为它是在大学开学季发行的。"

德里克这时提出了一个假设：开学意味着新生的到来，在那个迫切地想要找人写书的委托人眼里，他们都是潜在的应征者。

"如果我是那个人，"德里克说，"我不会只在一份报纸上登，我会在更大的范围内发布广告。"

我们给纽约和周边地区的好几家大学文学院的期刊编辑部打了电话，证实了这个假设：类似的广告也同样地连续好多年登在每一年的秋季刊上，但是发布广告的人没有留下任何线索。

我们唯一知道的是，他是个男人，1994 年来过奥菲雅，他掌握了一些情况，可以证明泰德·特南鲍姆不是凶手。另外就是，他认为事情足够严重，可以写一本书，但是他自己不能写这本书。这是最奇怪的一点。德里克大声地自言自语道：

"一个想写又不能写的人？绝望到要通过连续好多年在大学生报纸上发布广告找人替他写的地步？"

这时，安娜拿起黑色的记号笔在磁板上写下了一句堪称是底比斯的斯芬克司式的谜语：

　　　　我想写，但是我不能写。我是谁？

眼下没有什么更好的线索去查，我们只能继续埋头去看《奥菲雅纪事报》的那些报道，其实我们已经大致翻了一遍了，却没什么收获。突然之间，埋头看文章的德里克激动起来，他用红笔把一段话给圈了起来。他看上去很慎重，他的态度引起了我们的警觉。

"你发现有用的了？"安娜问他。

"你们听听这个，"他说，难以置信地继续看着手里的那份复印件，"这是在 1994 年 8 月 2 日登在《奥菲雅纪事报》上的一篇文章。它在这里写道：'据警方消息人士称，第三名证人可能已经出现。对目前几乎没有掌握任何情况的警方来说，他的证言可能至关重要。'"

"这是怎么回事？"我惊讶道，"第三名证人？当时只有两名证人啊，那个街区上的两个住户。"

"我知道，杰西。"德里克跟我一样吃惊。

安娜立即联系了迈克尔·伯德。他不记得有这个证人，但是他提醒我们，在四人命案发生的三天后，城里传言满天飞。文章的作者十年前就死了，我们也不可能去问他。但是迈克尔对我们说，那个警方消息人士肯定是格利弗局长，因为他一直是个大嘴巴。

格利弗不在警察局。等他回来之后，他到安娜的办公室里来找我们。我跟他说，我们发现有第三名证人，他立刻回我说：

"那是马蒂·康纳斯。他当时在彭菲尔德新月路附近的一家加油站工作。"

"那我们为什么从来都没听人提起过他呢？"

"因为经过核实之后，他的证词没有任何价值。"

"我们更希望能够自己来评判。"我说。

"你知道的，当时有几十个这样的人出现，我们都是在仔仔细细地核实之后才转交给你们的。当时有些人不管有什么事情，不问什么原因都来联系我们，说他们感觉到有什么东西存在，听到了一声奇怪的响动，看见了一个飞碟。总之，都是诸如此类的蠢话。我们必须得筛选一下，不然的话，你们肯定要忙死的。我们的工作做得很细致的。"

"这一点，我毫不怀疑。当时是你审问的他吗？"

"不是，我已经不记得是谁审的了。"

格利弗在离开房间的时候，突然停在了门口，说：

"一个没有手的人。"

我们三个齐齐地看向他。我问他：

"局长，你在说什么？"

"板子上的那句话'我想写，但是我不能写。我是谁？'，答案是：一个没有手的人。"

"谢谢你，局长。"

我们联系了格利弗提到的那个加油站，它还在。幸运的是，二十年后，马蒂·康纳斯还在那里工作。

"马蒂上夜班，"电话那头的女工作人员对我说，"他夜里十一点来上班。"

"他今天晚上上班吗？"

"上班，您需要给他留言吗？"

"不用了，谢谢。我会直接来找他的。"

※

没有时间可以浪费的人从曼哈顿到安普敦都是坐飞机来的。从岛南端的直升机场出发，二十分钟足以从纽约到达长岛上的任何一座城市。

杰瑞·艾登坐在方向盘后面，在奥菲雅飞机场的停车场里等着。一阵巨大的发动机噪声把他从思绪之中拉出来。他抬起眼睛，看到直升机到了。他下了车。飞机降落在距他几十米远的停机坪上。发动机一停，螺旋桨停止转动，直升机的侧门就开了，辛西娅·艾登从上面走下来，后面跟着他们的律师本杰明·格拉夫。他们穿过分隔停机坪和停车场的铁丝网，辛西娅哭着扑进丈夫的怀里。

杰瑞一边抱着他妻子，一边跟律师友好地握了握手。

"本杰明，"他问律师，"达科塔会坐牢吗？"

"她身上携带了多少毒品？"

"我不知道。"

"我们现在就去警察局吧，"律师建议道，"得为庭审做准备。一般情况下，我是不担心的。但是现在有塔拉·斯卡利尼那个案底在前。如果法官仔细地看了档案，肯定会看到那个案子的，有可能会把它纳入考量，这样就对达科塔太不利了。"

杰瑞浑身颤抖。他腿都软了，甚至要让本杰明替他开车。一刻钟之后，他们来到奥菲雅警察局。他们被请进一间审讯室里坐下，随后戴着手铐的达科塔被领了进来。当她看见父母时，她大哭起来。警察解除了她的手铐，她立刻扑进了他们怀里。"我的宝宝啊！"辛西娅用尽全身力气把女儿紧紧地抱住大喊道。

警察把他们单独留在那间屋子里，他们围着一张塑料桌子坐好。本杰明·格拉夫从手提箱里取出一个文件夹和一个记事本，立刻开始工作。

"达科塔，"他问，"我需要知道你具体对警察都说了些什么。更重要的是，我需要知道你有没有跟他们说起过塔拉。"

※

大剧院里，试镜还在继续。舞台上，布朗市长坐在柯克·哈维旁边，想要催促他尽快确定演员名单。但是没有一个人合适。

"他们都不行，"柯克·哈维反复地说，"我要导的是一出世纪大戏，出现在我眼前的这些人都是上帝发脾气时造出来的玩意。"

"柯克，你能不能尽力一点！"市长恳求他道。

哈维叫后面的候选者上台，结果后面的候选者没来，来的是另外两个男人：罗恩·格利弗和梅塔·奥斯特洛夫斯基。

"你们两个来这里做什么？"

"我来试镜！"奥斯特洛夫斯基大声地说。

"我也是！"格利弗高声地说。

"我的指令很清楚：一男一女。你们两个都被淘汰了。"

"我是先来的！"奥斯特洛夫斯基抗议道。

"我今天要值班，我不能排队等着，我有优先权。"

"罗恩？"布朗市长惊讶道，"你不能演这出戏！"

"为什么不能？"格利弗局长反抗道，"我会休几天假。这是独一无二的机会，我有权抓住它。再说了，在 1994 年，哈维局长也演了。"

"我给你们一个机会，"柯克这时干脆地决断道，"但是你们其中一个得演女人。"

他让人给他找一顶假发。为了找这么一个配饰，试镜中断了二十分钟。最后，一个对场地很熟的志愿者从后台找来一顶质量很差的长长的金色假发，奥斯特洛夫斯基接过去给自己戴了上去。在戴好假发之后，他拿着那张上面写着第一幕台词的纸，听哈维开始念旁白。

这是一个昏暗的早晨。天在下雨。在一条乡间道路上，交通瘫痪了：大批车辆堵成一团。愤怒的司机疯狂地按着喇叭。一名年轻女子沿着静止的车流在路边走着。她一直走到警戒线前，询问站岗的警察。

奥斯特洛夫斯基装作穿着高跟鞋的样子走到格利弗跟前，开始说台词。

奥斯特洛夫斯基（像被鬼附身一样尖着嗓子大喊道）：发生了什么事？

格利弗局长（试了三次）：死了一个人，摩托车车祸。

他们糟透了。但是等他们一演完，柯克·哈维就从椅子上站起来，拍着手大喊道：

"你们两个都被录用了！"

"你确定吗？"布朗市长小声地问，"他们演得太烂了。"

"确定以及肯定！"哈维激动地说。

"你淘汰的候选人里都有比他们好的。"

"艾伦，我已经跟你说过我的选择了！"

说完，他冲着大厅和候选者大喊道：

"我们的头两名演员已经产生。"

奥斯特洛夫斯基和格利弗在其他候选者的掌声之中下了台。他们先是被《奥菲雅纪事报》摄影记者的闪光灯闪瞎了眼睛，又被一名记者拉住，想要访问他们的感想。奥斯特洛夫斯基红光满面，他心想：导演们都来找我演戏，记者们骚扰我，我现在已经是一个被人奉承和认可的演员了。哦，亲爱的荣光啊，我觊觎了你这么久，你终于来了！

在大剧院前，爱丽丝坐在临时停下的车上等史蒂文。他们准备回纽约，但是他临时想要去看一眼试镜情况，想给那篇能够使他在奥菲雅过周末合理化的文章增添些内容。

"就五分钟。"他对已经开始抱怨的爱丽丝保证道。五分钟后，他从剧院里走了出来。现在他跟爱丽丝之间的一切已经结束了。他们已经谈过分手了，她最后终于说出，她能理解，她不会闹事。但是当史蒂文要上车时，他接到了副总编斯基普·纳兰的电话。

"史蒂文，你今天几点回来？"斯基普的声音有些奇怪，"我得跟你谈谈，这件事非常重要。"

贝格多夫立刻从斯基普的语气中听出来出事了，他决定撒谎：

"我不知道，要看试镜情况而定。这里发生的事情非常有意思。怎么了？"

"史蒂文，会计来找我了。她给我看了杂志社给你的那张信用卡的明细，上面有些交易非常奇怪。有各种各样的购物消费，尤其是在一些奢侈品店里。"

"奢侈品店？"史蒂文装作大吃一惊的样子，重复他的话道，"是有人盗刷了我的卡吗？听说在……"

"史蒂文，那张卡是在曼哈顿刷的，不是在别的地方。上面还有在广场酒店的过夜记录，在豪华餐厅的消费记录。"

"真是想不到啊！"史蒂文继续假装震惊地说道。

"史蒂文，你跟这事有关系吗？"

"我？当然没有，斯基普。哎，你认为我能干出这种事情来吗？"

"确实不能。但是有一笔在奥菲雅湖景酒店的支出，这个只能是你了吧。"

史蒂文颤抖了，不过他还是努力地保持声音镇定。

"这个，这个不正常，"他说，"你通知我做得很对。我刷那张卡只是为了支付房费以外的费用。市政府跟我保证说他们会承担房费的，前台的那个服务员肯定搞错了，我这就给他们打电话。"

"这样就好，"斯基普说，"这样我就放心了。不瞒你说，我差点就以为……"

史蒂文大笑起来：

"你觉得我会到广场酒店去吃饭，我？"

"不，确实不会，"斯基普乐道，"总之，好消息是，按照银行的说法，我们大概率是什么钱都不用付，因为他们本来就该发现这个骗刷行为的。他们说这种情况以前就发生过：有些家伙拿到别人的信用卡号，然后复制了一张。"

"啊，你瞧瞧，我跟你说什么来着！"史蒂文又恢复了神气。

"你要是可以的话，今天等你回来之后，你得去一趟警察局报案。这是银行赔钱提出的要求。因为金额巨大，他们想要抓出那个造假的人。他们很确定这个人就住在纽约。"

贝格多夫感觉恐慌感再次袭来，银行一眨眼的工夫就能把他找出来。在有些商店，售货员都能叫出他的名字。他今天不能回纽约，他得先想一个应对之策。

"我一回去就去报案，"他跟斯基普保证道，"但是目前的重点是这里的报道：这出戏太出彩了，候选演员的水平都非常高，创作方法也是独一无二的，所以我决定参与。我要去参加试镜，打入他们内部来写一篇报道。从内部来写这出戏，这篇文章肯定会特别棒。斯基普，你相信我的直觉吧，它会对我们的杂志大有好处的。普利策奖拿定了！"

普利策奖，这是史蒂文接下来对他老婆特蕾西使用的一模一样的借口。

"可是你还要在那边待多久啊？"特蕾西担心地问。

他感觉出来特蕾西不相信他的话，他不得不下猛药，说：

"多长时间，我不知道。但是重点是，我在这里，杂志社会付我加班费。考虑到我的工作时间，一大笔钱马上就要到手了！所以等我一回去，我们就去黄石国家公园旅行！"

"所以我们还是去喽？"特蕾西高兴起来。

"当然，"她丈夫对她说，"我太开心了。"

史蒂文挂了电话，打开副驾驶位那边的车门。

"我们走不了了。"他语气沉重地说。

"为什么？"爱丽丝问。

他突然发现自己对她也不能说出真相，于是他努力地挤出一丝笑容，对她说：

"杂志社希望你能参加试镜，打入他们内部来写一篇关于这出戏的文章。这将是一篇大稿子，你的照片甚至有可能登上杂志封面。"

"哇，史蒂文，这太棒了！我的第一篇文章！"

她深情地亲吻他，然后两人急忙地走进了剧院。他们在台下等了好几个小时。当他们终于被叫上舞台时，哈维已经把前面的候选者全都赶走了，在他旁边的布朗市长一直催着他再去找别的候选演员。柯克虽然对爱丽丝和史蒂文的表演不是很满意，但是为了让艾伦不再哼唧，他还是决定留下他们。

"再加上格利弗和奥斯特洛夫斯基，八名演员已经找齐了四个，"市长稍稍安心地说，"我们已经选了一半了。"

※

下午的太阳开始落山，在奥菲雅司法大楼的主庭审大厅里，经过漫长的等待，达科塔·艾登终于被带到法官亚伯·库珀斯汀面前。

她在一名警察的看押下，颤抖着脚步，走到法官面前。在牢房里过的那一夜让她的身体筋疲力尽，眼睛也哭红了。

"现在是 23450 号案件，奥菲雅市政府控告达科塔·艾登小姐，"库珀斯汀法官扫了一眼呈上来的报告后宣布道，"艾登小姐，根据这份报告显示，你于昨天下午被捕时，正坐在一辆车的驾驶座上吸食毒品，对吗？"

达科塔用惊恐的眼神看了一眼律师本杰明·格拉夫，他冲她点点头，鼓励她按照他们昨天一起准备好的内容回答。

"是的，法官大人。"她回答道，声音因为哭过太多次而变得沙哑。

"这位小姐，我能知道像你这样年轻漂亮的姑娘为什么要吸食毒品吗？"

"法官大人，我犯了一个严重的错误。我正在经历人生中的困难时刻，但是我已经试过所有办法让自己走出来，我在纽约有个心理医生。"

"所以这不是你第一次吸食毒品？"

"不是，法官大人。"

"所以你是一个经常吸食毒品的人？"

"不是的，法官大人。我不是这个意思。"

"可是警察在你的身上发现了大量毒品。"

达科塔低下了头。杰瑞和辛西娅·艾登感觉自己的胃都绞痛起来：如果法官知道了塔拉·斯卡利尼的事，他们的女儿就麻烦大了。

"你是做什么工作的？"库珀斯汀问。

"目前，基本上不做什么工作。"达科塔坦诚地说。

"为什么？"

达科塔开始哭。她想要把一切都说出来，跟他说塔拉的事情，她就该进监狱。眼见她无法恢复平静，不能回答问题，库珀斯汀接着说：

"这位小姐，我不得不说在这份警方报告中有一点让我很困惑。"

大厅里一阵安静。杰瑞和辛西娅感觉他们的心脏都要爆炸了：法官什么都知道。他们的女儿肯定要坐牢了。但是库珀斯汀问：

"你为什么要跑到那栋房子前去吸毒？我的意思是，旁人都会去树林里，去沙滩上找个没人的地方吸，不是吗？可是你停在别人家的大门口去吸，就这样在路中间堂而皇之地吸。难怪附近的居民会报警。你不觉得你的行为很奇怪吗？"

杰瑞和辛西娅受不了了，气氛实在太紧张了。

"那是我们家以前的度假屋，"达科塔解释，"因为我，我父母不得不把它给卖掉。"

"因为你？"法官重复着她的话，好奇起来。

杰瑞想要站起来，想要大喊，又或者是随便做点什么让庭审中断，但是本杰明·格拉夫替他出手了。他利用达科塔犹豫的工夫替她回答了问题：

"法官大人，我的当事人只是想要自我救赎，跟人生和解。她昨天的行为是一种求救行为，这是显而易见的。她停在那栋房子前，是因为她知道别人会在那里找到她。她知道她父亲会想到去那里找她。达科塔和她父亲来奥菲雅是为了恢复到正常状态，重新开始生活。"

库珀斯汀的目光从达科塔身上移开，看了一眼律师，然后又回到被告身上。

"是这样吗，小姑娘？"

"是的。"她小声地回答道。

法官看上去对这个回答很满意。杰瑞悄悄地松了口气：本杰明·格拉夫的策略很完美。

"我认为你值得我再给你一次机会，"库珀斯汀宣布道，"但是注意，这次机会你要抓住喽。你父亲来了吗？"

杰瑞立刻起身。

"我在这里，法官大人。杰瑞·艾登，达科塔的父亲。"

"艾登先生，这一切也都跟你有关，因为我了解到你跟你女儿来这里是为了找回自己。"

"是的，法官大人。"

"那你跟你女儿来奥菲雅打算做什么呢？"

这个问题问得杰瑞措手不及。法官感觉到他的犹豫，又补充道：

"这位先生，你不要跟我说，你来这里就是为了让你女儿在酒店的游泳池边浑浑噩噩地度日吧？"

"不是的，法官大人。我们……我们打算一起参加演出试镜。在达科塔小的时候，她说过她想当演员。她甚至在三年前写过一出戏。"

法官思考了一会儿，仔细地看了一眼杰瑞，然后看向达科塔，最后宣布道：

"很好。艾登小姐，只要你和你父亲能参加演出，我就暂停对你的刑罚。"

杰瑞和辛西娅彼此看了对方一眼，松了一口气。

"谢谢你，法官大人，"达科塔冲他微笑着道，"我不会让你失望的。"

"我希望如此，艾登小姐。但是我们丑话要说在前头，如果你没有坚持下去，又或者是你又因为携带毒品被抓了，那我是不会再对你宽大处理了。你的案子将会由州法院审判。再跟你说得清楚一点，也就是说，如果再犯，你会直接进牢房里去蹲几年。"

达科塔做了保证，然后扑进父母怀里。他们回到湖景酒店。达科塔累坏了，一坐到套房的沙发上就睡着了。杰瑞拉着辛西娅来到阳台上，小声地说话。

"你能留下来吗？我们可以共同度过一段家庭时光。"

"杰瑞，你听见法官的话了，要留下来的是你和达科塔。"

"但是没人说你不能留在这里跟我们在一起啊……"

辛西娅摇了摇头，说：

"不，你不明白。我不能跟你们共度家庭时光，因为现在我觉得我们不再是一家人了。我……我没有力气了，杰瑞，我没有精力了。这么多年来，你一直让我一个人面对各种事情。没错，杰瑞，我们的生活费用全是你来出的，在这一点上，我是真心地感谢你，不要认为我是个不知感恩的人。但是除了在金钱方面，你上一次关心这个家庭是什么时候呢？这些年来，你让我一个人面对各种事情，维持全家的正常运转。你呢，你只负责去上班。没有一次，杰瑞，没有一次你问过我，我过得好不好，我是怎么走出来的。没有一次，杰瑞，没有一次你问过我，我是否幸福。你推测我是幸福的，你只想着圣巴泰勒米岛或可以看到中央公园的公寓，便觉得我肯定是幸福的。没有一次，杰瑞，你问过我这个该死的问题。"

"那你呢？"杰瑞反问她，"那你又问过我幸不幸福吗？你有没有问过我，你和达科塔那么讨厌我的那份该死的工作，我是不是也很讨厌它呢？"

"你可以辞职啊，谁拦着你了？"

"可是辛西娅，我做这些都是为了给你们提供梦想中的生活。结果是你们并不想要。"

"哦，真的吗，杰瑞？你现在是要告诉我，你更喜欢那个家庭旅馆，而不是我们在海边的那栋别墅吗？"

"也许吧。"杰瑞小声地说。

"我不相信！"

辛西娅默默地看了一会儿她的丈夫。然后她沙哑着嗓子对他说：

"杰瑞，我需要你来修补我们的家庭关系。你听到那个法官是怎么说的了：下次再犯的话，等着达科塔的就是蹲监狱了。你怎么能保证没有下次呢，杰瑞？你要怎么保护你的女儿不会自我毁灭，阻止她去坐牢呢？"

"辛西娅，我……"

她不让他说话。

"杰瑞，我要回纽约去。我要把你留在这里完成修复我们女儿的任务。这是我的最后通牒。拯救达科塔，拯救她，不然我就离开你。我不能再这么过下去了。"

※

"在那里，杰西。"德里克指着彭菲尔德路尽头的那家老加油站对我说。

我转弯开上那条混凝土仿石板路，停在亮着灯的商店前。现在是夜里十一点十五分。没有人来加油，整个地方似乎空无一人。

外面，虽然时间已经很晚了，空气还很闷热。店里头，空调机把屋子吹得冰凉。我们穿过放着杂志、饮料和薯片的过道，走到柜台前。柜台后面，一个白头发的男人藏在一排巧克力棒陈列架后面看着电视。他对我打了声招呼，眼睛一刻也没离开屏幕。

"几号泵？"他问。

"我不是来加油的！"我亮出警官证，对他说。

他立刻关上了电视机。

"有什么事吗？"他站起来问道。

"你是马蒂·康纳斯吗？"

"是的，是我。怎么了？"

"康纳斯先生，我们在调查戈登市长的死亡案。"

"戈登市长？可是他都已经死了二十年了。"

"据我了解，你在那天晚上看到过一些情况。"

"是啊，没错。但是我当时已经跟警察说过了，他们跟我说我看到的什么都不是。"

"我想知道你看到了什么。"

"一辆全速行驶的汽车。它从彭菲尔德路开过来，然后朝萨顿街方向开去，笔直地开过去的，开得很猛。我当时在加油，刚好看见它开过去。"

"你认出了车的型号吗？"

"当然了。一辆福特 E-150，后面有一个奇怪的图案。"

我和德里克彼此看了对方一眼：特南鲍姆当时开的就是一辆福特 E-150。于是我问：

"你看到开车的人了吗？"

"没有，完全没有。当时我以为是一些干蠢事的年轻人开的。"

"当时具体是几点？"

"晚上七点左右吧，但是具体的时间，我就不清楚了。可能是七点整，也可能是七点十分。你知道吗，那就是一瞬间的事，而且我也没有特别注意。我是到后来听说了市长家发生的事情，才心想这两件事之间也许有些联系，于是我就联系了警方。"

"这件事你是跟谁说的？你还记得那个警察的名字吗？"

"哦，当然。是警察局局长本人亲自来问我的，柯克·哈维局长。"

"然后呢……"

"我把跟你们说的同样的话也跟他说了，他说它跟案情一点关系也没有。"

莉娜·贝拉米 1994 年时在戈登市长家门前确实看到了泰德·特南鲍姆的小货车。马蒂·康纳斯看见了同一辆车从彭菲尔德路开过来。他的证言证明了莉娜的说法。那柯克·哈维为什么要对我们隐瞒他的证言呢？

在离开加油站里的商店之后，我们在停车场上多停留了一会儿。德里克打开一张城市地图，我们一起研究了一下按照马蒂·康纳斯的描述，那辆小货车的行驶路线。

"小货车走了萨顿街，"德里克用手指在地图上比画出同样的路线，"然后萨顿街又通往主街尽头。"

"你还记得吗，戏剧节开幕式那天晚上，主街是禁止通行的，只有尽头上的一条通道可以允许有资格的车辆开往大剧院。"

"有资格的？你的意思是通行证或停车证那样的东西吗？那天晚上值班的消防员应该会有吧？"

我们在当时就问过有没有人看到特南鲍姆经过主街上的检查站进入大剧院。但是在问过那天在那里轮流值班的志愿者和警察之后，我们发现，当时场景太混乱，他们什么都没看见。戏剧节败就败在太成功：当时主街上黑压压的全是人，停车场也被挤爆了。工作人员不堪重负。引导人流的指令没能执行多久，人们开始到处乱找空地停车，到处乱走，侵犯他人空间。所以，想要知道当时谁在什么时间通过了检查站，根本是不可能的任务。

"所以特南鲍姆走的是萨顿街，然后再回到大剧院，跟我们之前认为的完全一致。"德里克对我说。

"可是哈维为什么从来没跟我们说过呢？有了这个证词，我们本来可以更早地把特南鲍姆逼问住。难道说哈维是想让他脱身吗？"

马蒂·康纳斯突然出现在商店门口，朝我们跑来。

"还好你们没走，"他对我们说，"我刚刚想起来一个细节：当时我还跟另一个家伙说起过那辆小货车。"

"另一个家伙？"德里克问。

"我已经不记得他的名字了，但是我知道他不是本地人。在谋杀案发生后的第二年，他经常回到奥菲雅。他说他在查案。"

杰西·罗森伯格

2014 年 7 月 16 日星期三

开幕式前 10 天

《奥菲雅纪事报》头条新闻：

《黑夜》：首批演员已经选定

　　试镜环节将于今天落下帷幕。本次试镜吸引了全地区数量惊人的候选者前来参加，也为本市的商人带来大量商机。第一位有幸成为演职人员之一的不是别人，正是著名的批评家梅塔·奥斯特洛夫斯基（见旁边的照片）。他说这是一部破茧之作，"众人眼中的毛毛虫其实是美丽的蝴蝶"。

　　我和安娜、德里克在第三天的试镜开始前赶到了大剧院。大厅里还是空荡荡的，只有哈维在舞台上。看见突然到来的我们，他大叫道：

　　"你们没有权利来这里！"

　　我都懒得回答他。我扑向他，抓起他的衣领。

　　"你对我们隐瞒了什么，哈维？"

　　我把他拖到后台别人看不见的地方。

　　"你当年明明知道停在戈登家前面的就是特南鲍姆的小货车，可是你故意隐瞒了那个加油工的证词。关于这个案子你知道些什么？"

　　"我什么都不会说的！"哈维吼道，"你怎么敢这么粗暴地对我，你这个吃屎的猴子？"

　　我掏出枪，抵在他的肚子上。

　　"杰西，你干什么？"安娜担心地说。

　　"你冷静点，莱昂伯格，"哈维商量道，"你想知道什么？我同意回答你一个问题。"

　　"我想知道'黑夜'是什么。"我说。

　　"《黑夜》，它是我的戏啊！"哈维回答，"你是傻子吗？"

"1994年的'黑夜'，"我又说道，"这个该死的'黑夜'到底是什么意思？"

"就算在1994年，它也是我的戏。不过，不是同一出。因为那个蠢货戈登，我不得不重新写了一出戏。但是我保留了原来的名字，因为我觉得它很好。《黑夜》，听上去很好，不是吗？"

"不要把我们当傻子，"我怒道，"有一个事件跟'黑夜'有关，你很清楚这件事，因为当时你是警察局局长：当时在奥菲雅各处都出现了一些神秘的标语，后来又发生了'雅典娜咖啡'火灾事件，还有那个到戈登死后才结束的倒计时事件。"

"你信口开河，莱昂伯格！"哈维愤怒地大喊道，"所有那些都是我干的！那是我为了让大家关注我的戏而采取的手段！在开始布置那些标语时，我确信我一定可以在戏剧节开幕式上演我的戏。我当时想，当人们由神秘标语联想到我的戏之后，就会对我的戏产生极大的兴趣。"

"是你放火烧的'雅典娜咖啡'吗？"德里克问他。

"当然不是，我没放火！我被叫到了火灾现场，我在那里一直等到半夜，等到消防员把火扑灭。我趁着没人注意的时候走进废墟，在墙上写下'黑夜'。那是一个绝佳机会。等到天亮时，消防员们一看到它，它就产生了小小的效果。至于那个倒计时，它不是戈登死亡时间的倒计时，而是戏剧节开幕式的倒计时，你们这些无能的人！我当时坚信我会成为戏剧界海报上的头面人物，而1994年7月30日将标志着《黑夜》——柯克·哈维大师轰动一时的作品——的降临。"

"所以这一切都是一场愚蠢的宣传造势活动？"

"愚蠢的？愚蠢的？"哈维不快道，"并没有多愚蠢吧，莱昂伯格，因为二十年后，你还来找我说起它！"

就在这时，我们听见大厅里有声音传来。候选者们正在赶来。我松了手。

"柯克，你从来没在这里见到过我们，"德里克说，"否则的话，没你好果子吃。"

哈维没有说话。他整理了一下衬衫下摆，回到了舞台上。我们则从一个紧急出口溜走。

大厅里，第三天的试镜开始了。第一个上台的不是别人，正是塞缪尔·帕达林，他来是为了驱除过去的阴影的，向他被人杀害的妻子致敬。哈维立刻就选了他，因为他让哈维难受起来。

"哦，我可怜的朋友，"柯克对他说，"你知道吗，你妻子，是我给她收的尸，她被人杀死在人行道上，身体这边一小块，那边一小块！"

"是的，我知道，"塞缪尔·帕达林回答，"当时我也在场。"

然后，让哈维大为吃惊的是，夏洛特·布朗也出现在舞台上。看到她，他很激动。他幻想这个时刻到来已经很久了，他想要对她强硬一些，当着众人的面羞辱她，就像她当年为了布朗对他所做的那样。他想要对她说，她的水平不足以成为他的戏的演职人员，但是他做不到。只消看她一眼就能知道她身上散发出来的吸引力有多强大。她是一个天生的演员。

"你没有变。"最后他对她说。

她笑了，说："谢谢你，柯克。你也没变。"

他耸了耸肩，说："咳！我……我都变成一个老疯子了。你想要重新登台表演？"

"我认为是的。"

"你被录取了。"他干脆地说。

他把她的名字记在了纸上。

※

"黑夜"从头到尾都是柯克·哈维编造出来的这件事让我们更加认为他是一个疯子。他要他的戏上演，要自取其辱，那就由他去好了，还有布朗市长陪着他。

但是布朗正好引起了我们的注意。为什么斯特凡妮要在那间储藏室里贴一张他在1994年戏剧节开幕式上发表讲话的照片呢？

我们在安娜的办公室里，又看了一遍那段录像。布朗的话并没有什么值得注意的地方。那还有什么地方值得注意呢？德里克建议把录像带拿去给警方的专家去研究一下。说完他便站起来去看那张磁板。他擦掉写在上面的"黑夜"两个字，因为现在谜团已经解开，它对我们的调查已经没有什么意义了。

"我无法相信所有的这一切都只是哈维想要上演的一出戏的名字，"安娜叹气道，"我们还拼凑出来那么多的假设！"

"有时候，真相就在我们眼皮底下。"德里克又说起斯特凡妮的那句一直困惑我们的先知一般的话。

他突然露出一副若有所思的神情。

"你在想什么？"我问他。

他转脸看向安娜。

"安娜，"他说，"你记得上星期四我们去见巴兹·莱昂纳德时，他告诉我们柯克·哈维曾经朗诵了一段独白，名叫《我，柯克·哈维》。"

"对，没错。"

"可是他为什么要演这个，而不是《黑夜》呢？"

这个问题问得好。就在这时，我的电话响了，是加油工马蒂·康纳斯打来的。

"我找到那个人了。"马蒂在电话里对我说。

"谁？"我问。

"那个在谋杀案发生后的第二年自己查案的人。我刚刚在今天的《奥菲雅纪事报》上看到他的照片了。他要出演那部戏。他叫梅塔·奥斯特洛夫斯基。"

※

大剧院里，在犹豫了一阵子又见证了柯克·哈维的几次精神崩溃之后，杰瑞和达科塔·艾登登上舞台，准备开始他们的试镜。

哈维打量着杰瑞。

"你叫什么，从哪里来？"他咄咄逼人地问道。

"杰瑞·艾登，来自纽约。是库珀斯汀法官他……"

"你从纽约来演这出戏？"哈维打断他。

"我需要和我女儿达科塔相处一段时间，跟她创造一段经历。"

"为什么？"

"因为我觉得我失去了她，我想把她重新找回来。"

空气突然沉默。哈维看了看面前的这个男人，然后宣布道：

"这话我喜欢。这位爸爸被录用了。现在我们来看看女儿怎么样。请你站到灯光下面。"

达科塔照着他的命令走进光晕之中。哈维突然哆嗦了一下：她身上散发着一种不同寻常的力量。她向他投来强有力的目光，那目光强烈得让人几乎无法直视。哈维抓起放在桌上的台词页，站起来要把它递给达科塔，结果她对他说：

"不用了，这一幕的台词我已经听了至少三个小时了，我知道该怎么说。"

她闭上眼睛，保持那个样子站了一会儿。大厅里其他的候选者都认真地看着她，被她散发出来的魅力吸引。已经被征服的哈维默默不语。

这时，达科塔重新睁开了眼睛，朗诵道：

> 这是一个昏暗的早晨。天在下雨。在一条乡间道路上，交通瘫痪了：大批车辆堵成一团。愤怒的司机疯狂地按着喇叭。一名年轻女子沿着静止的车流在路边走着。她一直走到警戒线前，询问站岗的警察。

然后她在舞台上跳了几下，把并不存在的大衣领子往上拉了拉，避过几处想象之中的水洼，小跑到哈维跟前，就好像在躲避落下的雨滴。

"发生了什么事？"她问。

哈维看着她，一句话都不说。她重复了一遍。

"喂，警察先生？这里发生了什么事？"

哈维恢复了镇定，回她道：

"死了一个人，摩托车车祸。"

他打量了一会儿达科塔，然后得意扬扬地大喊：

"我们的第八名演员，也是最后一名演员已经有了！明天，我们第一时间就可以开始排练了。"

大厅里的人们鼓起掌来。布朗市长松了口气。

"你太棒了，"柯克对达科塔说，"你之前上过戏剧表演课吗？"

"没有，哈维先生。"

"主角是你的了！"

他们还在用一种不同寻常的强烈的眼神看着对方。接着哈维问她：

"孩子，你杀过人吗？"

她突然变得脸色苍白，身体开始颤抖。

"你……你怎么会知道？"恐慌之下，她结巴地说道。

"从你的眼睛里可以看得出来。我从来没见过像你这样阴郁的灵魂，它很迷人。"

达科塔吓坏了，忍不住流出了眼泪。

"别担心，亲爱的，"哈维温柔地对她说，"你会成为巨星的。"

※

时间是晚上十点半左右，在"雅典娜咖啡"餐厅前，安娜坐在车里，观察着餐厅里面的动静。奥斯特洛夫斯基刚刚买完单。在他起身之时，她立刻抓起了无线电。

"奥斯特洛夫斯基马上出来了。"她通知我们。

我和德里克埋伏在露天座位区，等批评家一走出餐厅便拦下了他。

"奥斯特洛夫斯基，"我指着停在他眼前的警车对他说道，"你能跟我们走一趟吗？我们有几个问题要问你。"

十分钟之后，奥斯特洛夫斯基坐到了安娜在警察局的办公室里，喝起了咖啡。

"没错，"他承认，"我对这个案子非常感兴趣。我参加过不少戏剧节，但是在开幕式当晚来一出谋杀案，我从来没见过。跟所有有点好奇心的人一样，我想要知道这件事的真相。"

"根据加油工的说法，"德里克说，"你是在谋杀案发生后的第二年又来到的奥菲雅。可是在那个时候，案子已经结了。"

"根据我当时对那个案子的了解，那个杀人犯，虽然在警方的眼里，他的罪行毋庸置疑，但是他还没有招供，人就死了。老实说，当时这个让我有点不舒服。罪犯没有招供，我的好奇心就没有得到满足。"

德里克谨慎地看了我一眼。奥斯特洛夫斯基继续说：

"所以，我就利用经常到安普敦这个神奇的地方休息的机会，时不时地来一趟奥菲雅，左打听一下，右打听一下。"

"那是谁告诉你那个加油工看到过一些情况的？"

"完全是巧合。有一天，我停下来加油。我们聊了会儿天。他跟我说他看见了什么。他还说他告诉了警方，但是警方认为他的证词不相关。至于我嘛，随着时间流逝，我的好奇心也渐渐地消磨没了。"

"就是这样？"我问。

"就是这样，罗森伯格队长。不能帮你们更多忙，我真的非常难过。"

我对奥斯特洛夫斯基的配合表示感谢，并提出要送送他。

"你太客气了，队长，不过我想自己走一走，欣赏一下美丽的夜色。"

他站起来，跟我们告辞。但是在走到门口时，他转过脸来，对我们说：

"一个批评家。"

"你说什么？"

"你们的谜语，那边，板子上的那个，"奥斯特洛夫斯基骄傲地说道，"我刚才就一直在看它。我刚刚想明白了。**谁想写但是不能写**？答案是：一个批评家。"

他冲我们点了点头，然后走了。

"是他！"我对没有立即反应过来的安娜和德里克喊道，"那个想写但是又不能写的人，谋杀案当晚也在大剧院里的那个人，就是奥斯特洛夫斯基！他是斯特凡妮那本书的委托人！"

几秒钟之后，奥斯特洛夫斯基出现在审讯室里，接受一场比刚才难受许多的谈话。

"我们都知道了，奥斯特洛夫斯基！"德里克大发雷霆道，"二十年来，你每年秋天都在纽约地区文学院的报纸上发广告，找人来写一本关于四人命案调查的书。"

"你为什么发这个广告？"我问，"现在给我说清楚。"

奥斯特洛夫斯基看了我一眼，好像这是一件理所当然的事情：

"呃，队长……你能想象一个大批评家自降身价去写一本侦探小说吗？你知道人们会怎么说吗？"

"这有什么问题？"

"因为在不同类型的小说的地位排序里，排在第一位的是晦涩难懂的小说，其次是人文小说，再次是历史小说，再然后是一般小说，在这些之后，排在倒数第二名的，仅在言情小说之前的才是侦探小说。"

"这是个笑话吗？"德里克对他说，"你是在耍我们吗？"

"当然不是，我以别西卜 ① 的名义发誓！不！这正是问题所在！自从谋杀案发生之后，我就沦为一部情节绝妙，但我觉得自己不能动笔的侦探小说的囚徒。"

---

① 在拉丁语中，原意是"所有飞翔之物的主人"。这个名词出现在《新约全书·路加福音》《新约全书·马可福音》和《新约全书·马太福音》中。在恶魔学中，别西卜也被认为是仅次于路西法的恶魔，也被称作"苍蝇王"。

※

奥菲雅，*1994 年 7 月 30 日*
谋杀案当晚

《万尼亚舅舅》的演出一结束，奥斯特洛夫斯基便走出了大厅。舞台呈现不错，表演很好。从幕间休息时开始，他就听见他那一排的人在骚动。有些人走了便没有再回来看第二场表演。当他穿过动荡不安的大剧院观众休息室时，他明白了：所有人都在谈论刚刚发生的一起四人命案。

他站在高出街面的剧院台阶上，看着人群不断地往同一个方向赶去，那里是彭菲尔德街区。所有人都想去看看那里发生了什么。

气氛很紧张，带有一种狂乱的气息：人们着急忙慌地化成一股人流，让奥斯特洛夫斯基想起了《哈默林的花衣吹笛人》里潮水般的老鼠。作为批评家，当所有人都急着赶去某一个地方时，他是偏偏不会去的。他不喜欢流行事物，他嘲笑一切大众行为，他厌恶一切集体狂热运动。不过，受到氛围的吸引，他也想要随波逐流。他知道这是好奇心在作祟。于是他也加入了那股沿着主街奔流而下，一路上不断地从周围街道汇集人群的人流，一直来到一片宁静的住宅区。奥斯特洛夫斯基迈着矫健的步伐，不久之后便来到彭菲尔德新月路附近。到处都是警车，红蓝色的警灯把房屋外墙照亮。奥斯特洛夫斯基在黑压压的人群中杀出一条路来，走到警戒线前。人们激动、紧张、担心、好奇。听说那里是戈登市长家的房子，听说他、他的妻子和儿子都被人杀了。

奥斯特洛夫斯基在彭菲尔德新月路停留了很久，为他所看到的一切着迷。他想，真正的演出不是在大剧院里，而是在这里。是谁杀了市长？为什么？好奇心吞噬着他的内心。他开始拼凑各种理论。

回到湖景酒店后，他坐在吧台旁。虽然时间已经很晚了，但是他太兴奋了，无法入睡。发生了什么？他为什么会对一个社会新闻如此感兴趣？突然之间，他明白了。他要人给他拿来纸和笔。他人生中第一次在脑海里出现了一本书的脉络。书的情节引人入胜：当全城都在忙着庆祝戏剧节时，一起可怕的谋杀案发生了。好像变戏法一样：事情发生在右边，观众们却往左看。奥斯特洛夫斯基甚至还用大写字母写下了"魔术"这个词。这就是书名！第二天一早，他就要飞奔到当地的书店里，把能找到的所有侦探小说都买下来。就在这时，他突然中断了想象，明白了一个可怕的现实。如果由他来写这本书的话，那么所有人都会说这是一本二流类型的小说：一本侦探小说。他的名声就毁了。

※

"所以我一直没能写那本书，"二十年后，奥斯特洛夫斯基坐在警察局的审讯室里对我们解释道，"我一直梦到它，不停地想着它。我想要读这个故事，但是我不能写它。我不能写一本侦探小说，这太冒险了。"

"于是你就想要雇一个人来写？"

"对。我不能找一个已经成名的作家来写。你们想想，他可能会以向世人揭露我对侦探故事的秘密爱好来勒索我。我心想，雇一个大学生来写风险低一些。我就是在这种情况下遇见的斯特凡妮。我在杂志社时就认识她，当时她刚刚被那个蠢货史蒂文·贝格多夫解雇。斯特凡妮是一名出色的作家，一个纯粹的天才。她同意写这本书，她说她想找一个好题材已经找了好几年了。我们的相遇简直完美。"

"你跟斯特凡妮定期联系吗？"

"一开始是的。她经常来纽约，我们会在杂志社附近的咖啡馆里见面。她会告诉我她的进展。她有时候会给我读几段。但是当她埋头进行调查的时候，有时候也会好长时间音信全无。所以当上个星期我联系不到她时，我并没有担心。我完全放任她去写书，并给了她三万美元作为酬劳。我把钱和名声都给她，我只想要知道这个故事的来龙去脉。"

"因为你认为泰德·特南鲍姆不是凶手？"

"没错。我密切关注了这个案子的进展，我知道，根据一位证人的说法，他的小货车被人看到出现在市长的房前过。但是，根据别人跟我的描述，我知道我在谋杀案当晚看到过同样的小货车从大剧院前驶过。我那天到大剧院特别早，里面热得要死，于是我出去抽了根烟。为了避开人群，我走到了附近的一条街上，那是连着演员入口的一个死胡同。就在那时，我看见一辆黑车开过。它引起我的注意，是因为后车窗玻璃上有一个奇怪的图案。那就是后来所有人都说起的特南鲍姆的小货车。"

"结果你在那天看到了司机是谁，然后那个人不是特南鲍姆？"

"没错。"奥斯特洛夫斯基说。

"那驾驶座上坐的人是谁呢，奥斯特洛夫斯基先生？"德里克问道。

"夏洛特·布朗，市长的妻子，"他回答道，"是她开着泰德·特南鲍姆的小货车。"

排练
2014 年 7 月 17 日星期四—7 月 19 日星期六

杰西·罗森伯格
2014 年 7 月 17 日星期四

开幕式前 9 天

夏洛特·布朗的兽医诊所位于奥菲雅的工业区，在两个大商业中心附近。和每天早晨一样，她于七点半抵达空荡荡的停车场，把车停在诊所正对面的专用停车位上。她手里拿着咖啡下了车。她看上去心情不错。她专心地想着自己的事情，以至于当我走到离她几米远的地方时，她还没有看到我，直到我叫她：

"你好，布朗夫人，"我自我介绍道，"我是罗森伯格队长，州警派来的。"

她吓了一跳，向我看过来。

"你吓到我了，"她冲我笑着说，"对，我知道你是谁。"

这时，她看到了在我身后，背靠着巡逻车站着的安娜。

"安娜？"夏洛特惊讶道，突然恐慌起来，"哦，天哪！是不是艾伦……"

"夫人，你不用担心，"我对她说，"你丈夫好得很。不过，我们有几个问题要问你。"

安娜打开了后车门。

"我不明白。"夏洛特一字一顿地说。

"你很快就会明白的。"我跟她保证道。

我们把夏洛特·布朗带到奥菲雅警察局。我们准许她给她的女秘书打电话，取消当天所有的预约，并允许她行使自己的权利，联系一名律师。不过她没有联系律师，而是把她的丈夫叫来了。艾伦·布朗虽然是一市之长，但是他不能参与他妻子的审讯。他想要大闹一番，但是格利弗局长说服了他。"艾伦，"格利弗对他说，"他们没把夏洛特带到州警地区中心去，而是在这里对她进行快速低调的审问，已经是给你面子了。"

夏洛特·布朗坐在审讯室里，面前放着一杯咖啡，看上去不安极了。

"布朗夫人，"我对她说，"1994年7月30日星期六当晚，有一位证人明确地指认你在晚上七点前驾驶着一辆属于泰德·特南鲍姆的车离开大剧院。几分钟之后，也就是戈登市长及其家人遭人杀害的时候，同一辆车被人看见停在戈登市长房前。"

夏洛特·布朗垂下了眼睛。

"我没有杀害戈登一家。"她上来就一字一顿地说。

"那天晚上发生了什么？"

空气中一阵沉默。夏洛特一开始面无表情，然后小声地说：

"我知道这一天迟早会来。我知道我不可能瞒着这个秘密一直到我死。"

"什么秘密，布朗夫人？"我问，"你隐藏了二十年的秘密是什么？"

夏洛特在犹豫了一阵之后，用微弱的声音跟我们交代道：

"开幕式当晚，我确实开了泰德·特南鲍姆的小货车。我看到它就停在演员入口前，谁都不会搞错的，因为它的后窗玻璃上画了一只猫头鹰。我知道那是他的车，是因为前几天晚上，我跟几名演员在'雅典娜咖啡'吃过饭，之后都是泰德送我们回酒店。那天晚上，我必须得在七点前短暂地离开一阵子，为了节省时间，我立即想到了要跟他借车。当时剧团里没人在奥菲雅有车。当然了，我是想要征求他的同意的，我去他的小休息室里找他，消防员的休息室就在我们旁边，但是他不在。我在后台快速转了一圈，没有找到他。当时保险丝烧断了，我以为他应该是去忙那件事了。我看到他的钥匙就堂而皇之地放在他休息室里的一张桌子上。我没有很多时间，官方环节还有半个小时就要开始了，导演巴兹不想让我们离开大剧院，于是我就拿走了钥匙。我以为不会有人注意到的。再说，特南鲍姆要值班，他哪儿也不会去。我偷偷地从演员入口出去，开着他的小货车离开。"

"你当时有什么急事要做，非得在官方环节开始前半个小时离开？"

"我必须得去找戈登市长谈谈。就在他和他家人被杀死之前的几分钟，我到了他们家。"

※

奥菲雅，1994 年 7 月 30 日，晚上六点五十分
谋杀案当晚

夏洛特发动特南鲍姆的小货车，开出那条死胡同，来到主街上。她吃惊地发现那里一片嘈杂，简直无法形容。大街上黑压压的全是人，禁止车辆通行。她早晨跟着剧团一起来的时候，这里还是一片宁静，空无一人。现在拥挤的人群正在集结。

在十字路口，一名负责指挥交通的志愿者正在给一些明显是迷路了的人指路。他推开警察路障让夏洛特通过，示意她，她只能通过一个留给紧急车辆进入的通道沿街逆行。她照做了，反正她也没有别的选择。她不熟悉奥菲雅，只能靠着旅游办公室为戏剧节编写的一本小册子背面的一张粗略的城市地图来辨别方向。彭菲尔德新月路没有显示在上面，但是她看到了彭菲尔德街区。她决定先开到那里，再找路人问路。于是她一路逆行到萨顿街，然后沿着那条街一直开到彭菲尔德路，那里是同名住宅区的入口，但是里面跟迷宫一样，通往各个方向的路都有。夏洛特漫无目的地开着车，不停地掉头，甚至短暂地迷失了方向。路上空荡荡的，几乎有些鬼魅：连一个路人的影子都见不着。时间紧迫，她必须得快点。最后，她重新开上主干道彭菲尔德路，沿着那条路快速地反方向行驶，这样她总能遇上一个人。就在这时，她看到了一位穿着运动装的年轻女子在小公园里锻炼。夏洛特立刻把车停在路边，从车上走下来，快步走上公园的草坪。

"打扰一下，"她对那位年轻女子说，"我彻底迷路了，我想去彭菲尔德新月路。"

"你已经到了，"那女子对她笑着说，"它就是围着公园的这条半圆形的路。你要找的门牌号是几号？"

"我连门牌号码也不知道，"夏洛特坦诚道，"我找戈登市长家。"

"哦，它就在那里。"年轻女子指着公园和路另一边的一栋雅致的房子说。

夏洛特谢过她，然后回到车上。她在彭菲尔德新月路的岔路口拐弯，开到市长家门前，她把车停在路上，让发动机继续转着。仪表盘上显示的时间是晚上七点零四分。她得快点，时间紧迫。她跑到市长家门口，按响门铃。没人应门。她又按了一下，把耳朵贴在门上听。她听到里面好像有动静。她用拳头砸门。"有人吗？"她大声地喊。但是没有回应。她从门廊的台阶上下来，看到房子一扇窗户里头被拉起的窗帘在轻轻地摆动。就在这时，她看到一个小男孩在看到她之后立刻拉上了窗帘。她冲他叫："哎，你等一下……"然后她冲到草坪上，想要靠近窗户。但是草坪被水彻底淹了。夏洛特蹚着水往前走，来到窗户下面继续喊那个男孩，但是没有用。她没时间再继续坚持了。她得回大剧院去。她踮着脚穿过草坪回到人行道上。真是倒霉！她的舞鞋被彻底泡湿了。她回到小货车上，全速离开。仪表盘上显示的时间是晚上七点零九分。她得冲刺。

※

"所以你正好在凶手到达之前离开了彭菲尔德新月路？"我问夏

洛特。

"是的，罗森伯格队长，"她点头道，"如果我多停留了一分钟的话，我也会被杀掉。"

"他也许当时已经到了，藏在某个地方，"德里克指出，"他在等着你离开。"

"也许吧。"夏洛特回答道。

"你有注意到什么情况吗？"我又问她。

"没有，什么都没注意到。我尽可能快地回到了大剧院。当时主街上的人太多了，到处都被封住，我以为我肯定赶不及演戏了。我走路的话会更快，但是我不能把特南鲍姆的小货车扔下。最后，我在七点半赶到了大剧院，官方环节已经开始了。我把车钥匙放回原处，然后冲进休息室。"

"特南鲍姆没有看见你？"

"没有，后来我也没有跟他说。不过，我的那场短暂的出逃完全以失败告终：我没有见到戈登，而导演巴兹，因为我的吹风机着火，发现了我不在。不过，最后，他没有怪我：我们马上就要开始演出了，他在后台看到我，大大地松了口气；再者，演出取得了巨大的成功。所以我们后来再也没提起过这件事。"

"夏洛特，"我对她说，总算问出了那个让我们都很关心的问题，"你为什么一定要找戈登市长谈谈呢？"

"我要拿回哈维的剧本，《黑夜》。"

※

在"雅典娜咖啡"的露天座位区，史蒂文·贝格多夫和爱丽丝默默地吃着早餐。爱丽丝瞪着他。他连眼睛都不敢抬起来看她，一直盯着自己的那盘炸薯条。

"一想起你让我住的那个穷酸的宾馆，我就来气！"她说道。

没了杂志社的信用卡，史蒂文不得不在距奥菲雅几英里远的一家肮脏不堪的汽车旅馆里开了一个房间。

"你不是跟我说你不在乎享受的吗？"史蒂文辩解道。

"可是，史蒂文，那也得有个限度啊！我又不是一个牧羊女！"

他们该走了。史蒂文买了单。当他们准备穿过马路，走到大剧院时，爱丽丝诉苦道：

"史史，我不明白我们在这里干什么。"

"你想要上杂志的封面，不是吗？那你也尽点力。我们得写一篇关于这出戏的文章。"

"可是没人在乎这出可笑的戏。我们不能选另外一个题目吗，既不用住在一个床上都是臭虫的宾馆里，也可以登上封面？"

就在史蒂文和爱丽丝走上大剧院的台阶时，杰瑞和达科塔从停在剧院前的车上走了下来。终于离开了警察局的格利弗局长此时也开着他的巡逻车到了。

大厅里，塞缪尔·帕达林和奥斯特洛夫斯基已经面对着舞台坐下，舞台上坐着的是红光满面的柯克·哈维。今天是个大日子。

※

在警察局里，夏洛特·布朗跟我们简述了在 1994 年柯克·哈维是如何和为什么托付她去找戈登市长要回《黑夜》的剧本的。

"他因为这件事情烦了我好几天，"她对我们说，"他说市长拿了他的剧本，不愿意还给他。开幕式当天，他来我的休息室里烦我。"

"当时哈维还是你的男朋友，对吗？"我问。

"是也不是，罗森伯格队长。我当时跟艾伦已经有了感情，并跟哈维提了分手，但是他拒绝放手。他当时把我的生活搅得天翻地覆。"

※

奥菲雅，1994 年 7 月 30 日，十点十分
谋杀案前九个小时

夏洛特走进休息室，看见穿着制服的柯克·哈维躺在沙发上时吓了一跳。

"柯克，你在这里做什么？"

"夏洛特，如果你离开我的话，我就自杀。"

"哦，我求求你了，你不要再闹了！"

"我闹？"柯克大喊。

他从沙发上跳起来，拿起枪放到自己嘴巴里。

"柯克，你停下，老天啊！"夏洛特慌张地大喊。

他听了她的话，把枪又放回了腰间。

"你看，"他说，"我不是开玩笑的。"

"我知道，柯克。但是你应该接受我们俩之间已经结束的事实。"

"艾伦·布朗比我强在哪里？"

"哪里都比你强。"

他叹了一口气，又坐了下来。

"柯克，今天是开幕式，你不是应该在警察局吗？你们应该忙坏了才是。"

"我什么都没敢跟你说，夏洛特，我工作不顺，特别不顺。正因如此，我才需要精神支持。你现在不能离开我。"

"我们已经结束了，柯克。就是这样。"

"夏洛特，我的人生一切都出了问题。今天晚上，我本来应该可以凭着我的戏一鸣惊人的。我本来可以让你演女主角的！如果那个蠢货约瑟夫·戈登能让我演的话……"

"柯克，你的剧本不是特别好。"

"你是真的想让我去死，是吗？"

"不是的，我只是想让你睁开眼睛看看。重写你的戏，改进它，你明年肯定可以演的。"

"你会同意当我的女主角吗？"重新获得希望的柯克问道。

"当然了。"夏洛特撒谎说，希望他能离开自己的休息室。

"那你就帮帮我！"哈维跪下来哀求道，"帮帮我，夏洛特，不然我会疯掉的！"

"帮你什么？"

"戈登市长手上有我的剧本，他拒绝还给我。你帮我把它要回来。"

"这是怎么回事，戈登拿了你的剧本？你没有备份吗？"

"呃，是这样的，大约两个星期前，我跟警察局里的伙计们发生了一点误解。作为报复，他们砸了我的办公室，撕了我的所有剧本。夏洛特，我的一切都在那里啊！我所有跟《黑夜》有关的文件都不见了。我只剩下一份剧本在戈登手上。如果他不还给我的话，我就没有别的办法了！"

夏洛特看着那个她曾经爱过的男人如今垂头丧气地跪在自己脚下，一副可怜兮兮的样子。她知道他为了那出戏投入了多少。

"柯克，"夏洛特对他说，"如果我把剧本从戈登市长手上要了回来，你能保证不再打扰我和艾伦吗？"

"哦，夏洛特，我向你保证！"

"戈登市长住在哪里？我明天去找他。"

"他住在彭菲尔德新月路。可是你得今天就去找他。"

"柯克，这不可能。我今天至少得排练到晚上六点半。"

"夏洛特，我求求你了。运气好的话，我可以试试在你们表演结束之后登台。我会把我的戏朗诵一遍，我敢肯定，观众们会留下来听的。幕间休息的时候，我来找你拿我的剧本。你今天就去找戈登，你发誓。"

夏洛特叹了口气。她可怜哈维，她知道这个戏剧节就是他的命。

"我发誓，柯克。幕间休息的时候你来这里找我。晚上九点左右，我会拿到你的剧本的。"

在警察局的审讯室里，德里克打断了夏洛特的讲述：

"所以说，哈维当初想演的确实是《黑夜》？"

"是的，"夏洛特点头道，"怎么了？"

"因为巴兹·莱昂纳德跟我们说他演了一出独角戏——《我，柯克·哈维》。"

"不是这样的，"夏洛特解释道，"戈登市长被杀之后，柯克没能拿回他的剧本。所以他第二天晚上只能临时编了一出没头没尾的戏，名叫《我，柯克·哈维》。开头第一句是这样的：'我，柯克·哈维，一个没有剧本的男人。'"

"没有剧本，是因为他丢掉了《黑夜》的所有备份。"德里克这下明白了。

巴兹·莱昂纳德在1994年看到的柯克·哈维和戈登市长之间的那一幕确实是关于《黑夜》的。市长撕掉的正是那个剧本。是谁让柯克以为戈登手上还有他的最后一份剧本呢？夏洛特对此一无所知。我接着问她：

"当初你为什么不说出来小货车里的人是你呢？"

"因为特南鲍姆的小货车跟谋杀案的关系是在戏剧节结束之后才确立的，我当时没有立刻得知这个情况：我短暂地回了一趟奥尔巴尼，然后在匹兹堡的一家兽医诊所实习了几个月。我是在六个月之后才回到的奥菲雅，为了搬来跟艾伦在一起。我是直到那时才知道发生了什么。然而特南鲍姆当时已经被警方认定有罪了，他就是凶手，不是吗？"

我们没有回答。然后我又问：

"那哈维呢？他没跟你说过吗？"

"没有。戏剧节之后，我再也没有收到过柯克·哈维的消息。1995年1月，当我搬到奥菲雅时，我听说他神秘地失踪了。没人知道是什么原因。"

"我认为哈维离开是因为他以为你是凶手，夏洛特。"

"什么？"她惊讶道，"他以为我见到了市长，因为他拒绝给我剧本，我就杀了他全家作为报复？"

"我不能这么肯定，"我对她说，"但是我知道的是，批评家奥斯特洛夫斯基看到了你在谋杀案发生前，开着特南鲍姆的小货车离开了大剧院。他昨天晚上告诉我们，当他得知特南鲍姆因为他的小货车而被认为是凶手的时候，他去见了哈维局长，把他看到的情况告诉了他。当时是1994年10月。我认为柯克受了太大刺激，最后他宁愿消失。"

夏洛特·布朗摆脱了嫌疑。她在离开警察局之后立刻去了大剧院。我们知道这一点，多亏了迈克尔·伯德。他在那里，把他看到的经过跟我们讲了。

当夏洛特出现在剧院大厅里时，哈维高兴地大喊起来：

"夏洛特提前到了！"他开心地说，"今天不能更顺利了。我们已经把尸体的角色分配给了杰瑞，警察的角色给了奥斯特洛夫斯基。"

夏洛特默默地走上前去。

"一切都还好吗，夏洛特？"哈维问，"你的脸色很奇怪？"

她打量了他很长时间，然后小声地说：

"柯克，你离开奥菲雅是因为我吗？"

他没有回答。她又接着问：

"你知道当初开着特南鲍姆的小货车的人是我，你以为是我杀了所有人？"

"夏洛特，我怎么想不重要。重要的是我知道的真相。我跟你丈夫保证过了：如果他让我演这出戏，他就会知道一切。"

"柯克，一个年轻女人死了。杀她的人肯定是杀死戈登一家的凶手。我们不能等到7月26日，你现在就该把一切说出来。"

"开幕式当晚，你们会知道一切。"哈维重复道。

"你简直荒谬，柯克！你为什么要这个样子啊？有人死了，你明白吗？"

"我也跟着他们一起死了！"哈维大喊道。

随之而来的是久久的沉默。所有人都看向柯克和夏洛特。

"所以怎么着，"夏洛特被激怒了，眼泪都要流下来了，"下星期六，警察得客气地等到表演结束，你才会屈尊揭露你所知道的真相？"

哈维震惊地看着她。

"演出结束？不，应该是在中间的时候？"

"中间？什么中间？柯克，我更搞不懂了！"

她看上去一副迷惑不解的样子。柯克眼中藏着怒火，宣告道：

"夏洛特，我说过开幕式当晚，你们会知道一切。也就是说，答案就在这出戏里。《黑夜》将揭露这个案子的真相。演员们会负责解释一切，不是我。"

德里克·斯考特

1994 年 9 月初。

四人命案发生一个月之后，我和杰西对泰德·特南鲍姆的犯罪事实已没有任何怀疑。这个案子几乎可以结案了。

特南鲍姆杀了戈登市长，因为市长以阻拦"雅典娜咖啡"施工来勒索特南鲍姆。两人之间的金钱往来，与两个人的账户支出和收入正好对得上。一名证人说特南鲍姆在谋杀案发生时离开了他在大剧院的岗位，然后他的小货车被人看到停在市长家门前，更不要说我们已经确定他是一个有经验的枪手。

要是别的警察，他们肯定早就对特南鲍姆实行预防性羁押，让预审法官接手。控告他犯下四起一级谋杀罪的证据已经相当充分，可以对他提起诉讼了，但是问题就出在这里：以我们对特南鲍姆和他那个该死的律师的了解，他们很有可能说服法官承认此案存在对被告有利的合理性怀疑。那样的话，特南鲍姆就会被无罪释放。

我们不想着急地逮捕他。因为我们取得的进展让警长站到了我们这一边，所以我们决定耐心一点。时间对我们有利。特南鲍姆最后总会放松警惕，露出马脚。我和杰西的名声就看我们能不能耐得住性子。我们的同事和上司都在密切地关注着我们，这一点我们很清楚。我们想要成为一个把犯下四人命案的杀人犯送进监狱的不知疲倦的年轻警察，而不是一个让特南鲍姆最后无罪释放，并让州政府赔偿他相关损失和利息的颜面尽失的业余警察。

另外这个案子中还有一个方面没有调查清楚：犯罪武器。一把被抹去序列号的贝雷塔手枪，一支流氓武器。正是这一点让我们好奇：一个出身曼哈顿显赫家庭的人是怎么买到这种武器的？

带着这个问题，我们悄悄地在安普敦地区游走。我们重点去了里奇斯堡特的一家声名狼藉的酒吧。几年前，特南鲍姆在那家酒吧前因为一场激烈的斗殴事件被警察逮捕。我们在那家店前面埋伏了好几天，希望特南鲍姆会出现。但是我们的这次行动导致我们有一天一大早被叫到麦肯纳警长的办公室里。里面除了麦肯纳，我们还看到了另一个家伙，那人上来就开始咆哮：

"我是 ATF[①] 的特别探员格雷斯。所以那两个破坏联邦探员破案的浑蛋就是你们两个吧。"

"你好，这位迷人的先生，"我自我介绍道，"我是德里克·斯考特警司，这位是……"

"我知道你们是谁，两个小丑！"格雷斯打断我道。

警长用一种更加外交的方式跟我们解释了一下情况：

"ATF 在监视里奇斯堡特一家酒吧时发现了你们两个。"

"我们在酒吧对面租了栋房子。我们已经在那里待了几个月了。"

"格雷斯特别探员，我们能知道你了解到的关于那家酒吧的情况吗？"杰西问。

"2 月份，有个家伙在长岛抢银行被我们逮到了。他为了减刑，交代了些情况，把我们引到了那里。他说他的武器是在那家酒吧买的。我们通过调查发现，那是一个贩卖军队失窃枪支的地方。那些枪都是被人

①美国烟酒枪支爆炸物管理局。

从内部偷走的，你们能明白我的意思吧。也就是说，有军人参与其中。所以不要怪我不能跟你们透露更多情况。这个案子很敏感。"

"那你总能告诉我们是哪种武器呢？"杰西又问。

"贝雷塔，序列号都被人抹掉了。"

杰西朝我投来吃惊的眼神：我们也许要拿到赛点了。凶手犯下四人命案的凶器就是在那家酒吧买的。

杰西·罗森伯格

2014 年 7 月 18 日星期五

开幕式前 8 天

柯克·哈维前一天在大剧院里的那通宣言，说 1994 年真凶的姓名将在他的戏里揭露，在整个地区都引起了轩然大波。奥菲雅尤其沸腾起来。要我说，柯克在吹牛。他什么都不知道，他只是想让大家都讨论他罢了。

但是有一点困惑着我们：《黑夜》。我们都知道戈登市长已经撕掉了他的那份剧本，那他又是怎么还有一份的？为了尝试回答这个问题，我和安娜、德里克坐上了连接长岛北部的杰斐逊港和康涅狄格州布里奇波特的渡轮。我们要去纽黑文询问戈登市长的哥哥欧内斯特·戈登，耶鲁大学的生物学教授。他弟弟全家被杀之后，他继承了他的一切。当时，他弟弟的遗物是他整理的，也许他在哪里看到过那个剧本。他是我们最后的希望。

欧内斯特·戈登如今已经七十岁了。他在自家厨房里接待了我们，并给我们准备了饼干和咖啡。他的妻子也在。她看上去很紧张。

"你们在电话里说有关于我弟弟和他家人谋杀案的新情况？"欧内斯特·戈登问我们。

他妻子坐都坐不住。

"没错，戈登先生，"我说，"老实跟你说，我们发现了一些新的线索，这让我们不得不考虑我们在二十年前有可能抓错了泰德·特南鲍姆。"

"你的意思是说他不是凶手？"

"我正是这个意思。戈登先生，你记不记得你弟弟有一出戏的剧本？名字叫《黑夜》。"

欧内斯特·戈登叹气道：

"我弟弟家里的文件多得不得了。我试过整理一下，但是太多了。我最后几乎都给扔了。"

"我觉得那出戏有些重要。他明显不想把它还给原作者。这让我们认为他把它放在了一个安全的地方，一个不同寻常的地方，一个没有人会去找的地方。"

欧内斯特·戈登打量着我们。空气中弥漫的沉默很沉重。最后他妻子开口说话了，她说：

"欧内，全都告诉他们吧。这件事也许非常严重。"

戈登叹了口气，说：

"在我弟弟死后，一位公证人联系了我。约瑟夫写了一份遗嘱，这让我很惊讶，因为他除了房子，没有别的财产。但是他在遗嘱里说他在一家银行里面有一个保险箱。"

"我们当年从来没听说过这个保险箱。"德里克指出。

"我没有跟警察说。"欧内斯特·戈登承认说。

"为什么呢？"

"因为在那个保险箱里，有现金，有很多现金，足够送我们的三个孩子去上大学那么多。于是我决定留下那笔钱，隐瞒它的存在。"

"那是戈登没能转移到蒙大拿的受贿来的钱。"德里克理解道。

"保险箱里还有什么？"我问。

"一些文件，罗森伯格队长。但是老实说，我没有看那都是些什么文件。"

"他 × 的，"德里克骂道，"我猜你把它们都给扔了！"

"说实话，"欧内斯特·戈登对我们解释说，"我没有通知银行我弟弟的死讯，我给了公证人一笔钱，把保险箱的租金一直付到我死为止。我担心那里面的钱不是太干净，所以我想，不让别人知道这个保险箱存在的最好办法就是我千万不能掺和进去。我心说，如果我开始找银行办理手续，把它关掉的话……"

德里克没有让他把话说完：

"是哪家银行，戈登先生？"

"我会把钱全都补上的，"戈登保证道，"我发誓……"

"我们根本不关心那笔钱，我们也没有要拿这件事找你麻烦的意思，但是我们必须得看看你弟弟藏在保险箱里的那些文件。"

※

几小时之后，我和安娜、德里克走进曼哈顿一家小型私人银行的保险箱大厅。一位工作人员给我们打开了保险箱，从中取出一个盒子，我们迫不及待地把它打开。

我们在里面看到一沓装订起来的纸，封面上写着：

黑夜

作者：柯克·哈维

"真是想不到啊！"安娜惊讶道，"戈登市长为什么要把这个剧本放进银行保险箱里呢？"

"还有，谋杀案跟这出戏有什么关系呢？"德里克问。

保险箱里还有一些银行文件。德里克翻看了一眼，若有所思。

"你发现什么了，德里克？"我问他。

"这些都是账户明细，有大笔的汇款，肯定都是贿赂。也有一些取款记录，我认为是戈登在出逃之前汇给自己在蒙大拿的账户的那些钱。"

"我们已经知道戈登受贿了。"我提醒德里克，我不明白他为什么一副愣住的样子。

他对我说：

"账户是以约瑟夫·戈登和艾伦·布朗的名义开的。"

所以布朗也下水了。我们的惊讶还没有结束。在去完银行之后，我们又去了州警地区中心取艾伦·布朗在首届戏剧节当晚的讲话录像分析结果。

图像专家们从那段视频中辨认出了一小段内容。画面中，剧院的聚光灯打在艾伦·布朗手里的那张纸上，背光让上面的字迹清晰可见。他们的报告简要地指出："从可见的字句上判断，演讲者发表的讲话似乎与纸上写的内容一致。"

在看到放大后的内容之后，我目瞪口呆。

"有什么问题吗，杰西？"德里克问我，"你刚才跟我说纸上的内容和布朗的讲话内容是一致的，不是吗？"

"问题是，"我把那图拿给他看，"这上面的字是机打的。谋杀案当晚，与艾伦·布朗的说辞相反的是，他不是临时准备的讲话稿，他是提前写好的。他知道戈登市长不会出现，把一切都准备好了。"

杰西·罗森伯格

2014 年 7 月 19 日星期六

开幕式前 7 天

在戈登保险箱里发现的银行文件是原件。用来转移贿赂的那个账号是戈登和布朗一起开的，后者本人还签署了开户文件。

我们一大早，在尽量不引人注目的情况下，按响了艾伦和夏洛特·布朗家的门铃，把他们两个带到州警地区中心审问。夏洛特肯定知道艾伦参与了 1994 年在奥菲雅猖獗的腐败案。

尽管我们在把布朗夫妇带上车的时候尽量不引人注意，一位早起的女邻居扒在她家厨房的窗户上，还是看到了他们坐上了两辆州警警车。这个消息以电子信息的指数速度从一家传到另一家。有些不敢相信的人甚至好奇到跑去按布朗家的门铃的地步，其中就有想要确认传言真实性的迈克尔·伯德。冲击波很快就蔓延到当地的各大报社：奥菲雅市长夫妇被警察抓走了。副市长皮特·弗洛格不堪电话的骚扰，自闭家门。而格利弗局长很乐意回答所有人的问题，但是他什么都不知道。一场丑闻正在缓缓地酝酿。

当柯克·哈维赶在排练开始前来到大剧院时，已经有记者在那里等着了。

"柯克·哈维，你的戏跟夏洛特·布朗被捕有关吗？"

哈维在回答之前犹豫了一秒钟。最后他说：

"你们一定要来看戏。一切都在其中。"

记者们更加激动，哈维笑了。所有人都开始谈论《黑夜》了。

※

在州警地区中心，我们把艾伦·布朗和夏洛特·布朗安排在两个分开的审讯室里审问。当安娜把在戈登市长保险箱里的银行对账单拿给夏洛特·布朗看时，她先撑不住了。一看到那些文件，夏洛特脸就白了。

"受贿？"她露出被冒犯到的样子，"艾伦绝不可能做这种事！没有比他更正直的人了！"

"证据就在这里，夏洛特，"安娜对她说，"你能认出他的签名吧？"

"是的，我承认，这确实是他的签名，但是肯定有别的解释。我很确定。他怎么说？"

"他现在否认一切，"安娜坦诚地说，"如果他不帮我们的话，我们也帮不了他。他会被移交给检察官，并被预防性羁押。"

夏洛特大哭起来。

"哦，安娜，我向你发誓，这事我一点也不知情！"

安娜同情地把一只手放在她手上，问她：

"夏洛特，那天你把该说的都跟我们说了吗？"

"安娜，我漏掉了一个细节，"夏洛特承认道，艰难地恢复了正常呼吸，"艾伦知道戈登要逃跑。"

"他知道？"安娜惊讶地问。

"是的，他知道他们要在戏剧节开幕当天夜里偷偷地出城。"

※

奥菲雅，1994 年 7 月 30 日，十一点三十分
四人命案前八小时

在大剧院的舞台上，巴兹·莱昂纳德正在给聚在他周围的演员下达最后的指令。他想要让几处细节更完美些。夏洛特趁有一幕没有自己的机会去了一趟厕所。她在休息室里遇见了艾伦，兴高采烈地扑进他的怀里。他把她拖到别人看不到的地方，深情地接吻。

"你是来看我的吗？"她调皮地问。

她的眼睛闪闪发光，但是他看上去似乎很纠结。

"一切都还顺利吗？"他问她。

"非常顺利，艾伦。"

"没有那个疯子哈维的消息？"

"还真有，算是一个好消息吧。他说他不再骚扰我了，他不会再拿自杀来威胁我，不会再闹事。从今往后，他会端正行事的。他只是想让我帮他拿回他的剧本。"

"他这是在勒索你吗？"艾伦愤怒地说。

"不是的，伦儿，我愿意帮他。他为了那出戏费了不少功夫。他好像只剩下一份剧本了，在戈登市长手上。你能让市长还给他吗？或者让市长把它给你，你再转交给柯克？"

艾伦立刻闹情绪了。

"夏洛特，你忘掉那出戏吧。"

"为什么？"

"因为我要你这么做。让哈维去死好了。"

"艾伦，你为什么要这样？我都不认识你了。哈维是很奇怪，这点我同意。但是他有权拿回他的剧本。你知道他付出了多少心血吗？"

"你听着，夏洛特，我尊重哈维，无论是作为警察，还是导演。但是你忘掉他的那出戏吧，忘掉戈登。"

她坚持道：

"可是，艾伦，你明明可以帮我这个忙的。你不知道柯克天天拿自杀威胁我有多烦人。"

"很好，那就让他自杀好了！"布朗大喊道，明显怒了。

"我不知道原来你这么浑蛋，艾伦。"夏洛特懊悔道，"我看错你了。"

她转身朝大厅走去。他抓住她的胳膊。

"你等一下，夏洛特。对不起，我真的很抱歉。我是真的想帮柯克，但这是不可能的。"

"为什么？"

艾伦犹豫了一秒钟，然后跟她坦言道：

"因为戈登市长马上就要离开奥菲雅了，彻底地离开。"

"什么？今晚吗？"

"是的，夏洛特。戈登一家准备消失了。"

※

"戈登一家为什么必须得离开？"在那一幕发生的二十年后，安娜问夏洛特。

"我不知道，"她回答，"我当时甚至也不想知道。戈登市长一直给我一种很奇怪的印象。我当时唯一一想的，就是拿回剧本，把它还给哈维。但是我一整天都没能离开剧院。有几幕戏，巴兹·莱昂纳德坚持要再排练一下，然后他要求大家一起对台词，又想跟我们每个人都谈一谈。那出戏的重要性让他非常紧张。直到傍晚我才终于有了点空闲时间去市长家，于是我就赶紧去了。我当时都不知道他们是否还在。我知道那是我拿回剧本的最后机会。"

"后来呢？"安娜问。

"当我听说戈登一家被人杀了之后，我想要告诉警察，但是艾伦把我给劝住了。他说他可能会有大麻烦，而我也会，因为我在他们被杀之前的片刻出现在了他们家中。当我告诉艾伦，有一个在公园里做运动的女人看到我时，他一脸惊恐地对我说：'她也死了。所有看见点什么的人都死了。我认为你最好不要跟任何人说。'"

安娜随后到旁边的房间里找艾伦。她没有跟他提自己跟夏洛特谈过话，只是对他说：

"艾伦，你早就知道市长不会出席开幕仪式。你那个所谓的临时发挥的讲话稿是用机器打出来的。"

他垂下了眼睛。

"我向你保证，我跟戈登一家人的死一点关系也没有。"

安娜把银行文件放到桌上。

"艾伦，你和约瑟夫·戈登在1992年开了一个联名账户，这个账户在两年里收到的钱超过五十万美元，全是跟奥菲雅公共建筑翻修工程有关的贿赂款。"

"你们是在哪里找到这个的？"艾伦问。

"在约瑟夫·戈登名下的一个保险箱里。"

"安娜，我发誓我没有受贿。"

"那这些你都给我解释一下吧，艾伦！因为到目前为止，你一直全盘否认，这对你可不利。"

在最后犹豫了一下之后，布朗市长终于开始交代了：

"我在1994年年初发现了戈登腐败。"

"怎么发现的？"

"我接到一通匿名电话。当时是2月底，那是一个女人的声音。她让我去查一下市政府为了公共工程雇的那些企业的账，比对一下同一个合同在企业内部开的发票金额和市政府收到的发票金额。两者差距很大。所有的企业都一贯地虚开发票：市政府里有人中饱私囊。这个人所在的职位有分发合同的最终决定权，也就是说，要么是戈登，要么是我。而我知道这个人不是我。"

"你是怎么做的？"

"我立刻去找戈登让他做出解释。我承认，当时我还姑且相信他不会这么做，但是我没料到他会反击。"

※

奥菲雅，1994 年 2 月 25 日
戈登市长办公室

戈登市长迅速地研究了一遍艾伦·布朗拿给他看的文件。艾伦站在他面前，对戈登的毫无反应感到有些不自在，最后他开口道：

"约瑟夫，你让我安下心，你没有掺和到这起受贿丑闻里去吧？你没有以分发合同作为交换索要钱财吧？"

戈登市长打开一个抽屉，从中取出一些文件递给艾伦，用一种痛心的语气对他说：

"艾伦，我们两个只是没什么魄力的小骗子罢了。"

"这是什么？"艾伦看了一遍文件问，"为什么这个银行对账单上有我的名字？"

"因为是我们在两年前一起开的这个账户，你还记得吗？"

"我们一起开账户，是为了市政府，约瑟夫！你说这样会方便记账，尤其是为了报销方便。我现在看到的这个是一个私人账户，跟市政府没有关系。"

"所以你应该仔细看清楚了再签字啊！"

"我是信任你才签的，约瑟夫！你陷害我？哦，天哪……我还把我的护照交给你，让你拿去给银行做认证……"

"是的，我谢谢你的配合。这就意味着，如果我倒台了，你也会跟着倒，艾伦。这笔钱是我们两人的。不要去当什么英雄好汉，不要去找警察，不要去翻这个账户。一切都挂着我们两个的名字。所以，除非你想要我们两个因为受贿而被关进联邦监狱的同一个牢房里，你最好把这件事给忘了。"

"可是这件事迟早要被人发现的，约瑟夫！不管是不是因为全市的承包商都知道你受贿！"

"艾伦，不要再像个懦夫一样哼哼唧唧的了。所有的承包商都像你一样被我吃定了。他们一个字都不会说的，因为他们跟我一样有罪。你可以放心。再说，这种事情已经持续了一段时间，所有人都很满意：承包商都能保证有活干，他们不会为了逞英雄，就把一切都置于险地的。"

"约瑟夫，你不明白。有人已经知道了你的把戏，并准备说出来。我接到了一通匿名电话，我是这样才发现的。"

戈登市长第一次看上去恐慌起来。

"什么？是谁？"

"我不知道，约瑟夫。我再跟你说一遍，那是一通匿名电话。"

※

在州警地区中心的审讯室里，艾伦默默地盯着安娜。

"我当时真的被他吃定了，安娜，"艾伦对她说，"我知道我没有办法证明我没有参与到这个集体腐败的案子里去。那个账户上也有我的名字。戈登是魔鬼，他都想好了。有时候，他看上去有些软弱，笨手笨脚的，但事实上，他完全知道自己在做什么。我完全受他摆布。"

"后来发生了什么？"

"因为匿名电话的事，戈登开始恐慌。他太相信所有人都会把嘴巴闭上了，没有想到会发生这种事。我推断他的腐败范围比我知道的还要广，他面临非常大的风险。接下来的几个月，情况非常复杂。我们关系恶化，但是我们不得不保存颜面。戈登不是一个束手就擒的人，我猜他正在想解决办法。果然，到了4月份，一天晚上，他约我到海滨停车场见面。'我不久之后就要离开这里。'他对我说。'你去哪里，约瑟夫？''不重要。''什么时候？'我又问。'等我把这个烂摊子清理干净就走。'漫长的两个月又过去了。1994年6月底，他再次把我叫到海滨停车场，对我说他会在夏末离开。'我会在戏剧节之后宣布不再参加9月份的市政选举。接着我就会搬走。''你为什么不在那之前走呢？'我问他，'为什么还要再等两个月呢？''我从3月份开始慢慢清空那个银行账户里的钱。为了不引起怀疑，我只能按照限额转账。照着这个速度下去，它会在夏末清空。这个时间点很理想。到时我们把账户关了，它就不存在了。你也永远不用担心了。这个城市也是你的了。它是你一直梦想得到的，不是吗？''那到你走之前这段时间呢？'我担心道，'这件事随时都有可能突然找到我们头上来。还有，就算你关闭了账户，交易记录肯定还存在什么地方。约瑟夫，你不可能一下子就把所有的痕迹都删除！''别慌张，艾伦。我会处理好一切的，跟往常一样。'"

"戈登市长说'我会处理好一切'？"安娜重复他的话。

"是的，这是他的原话。我永远也忘不了他说这句话时那张冰冷吓人的脸。我跟约瑟夫·戈登共事那么久，从来都不知道他不是一个会让别人挡了他的道的人。"

安娜一边记着笔记，一边点头。她抬起眼睛看向布朗，然后问他：

"可是，如果戈登已经准备好在戏剧节之后离开，他为什么要改变计划，决定在戏剧节开幕式当晚离开呢？"

艾伦撇了撇嘴。

"这是夏洛特告诉你的，对吗？"他说，"只能是她，只有她知道这件事。戏剧节快要来临的时候，我非常受不了戈登把一切功劳都揽到自己身上的行为，他其实既没有参加它的创立，也没有参与它的组织。他唯一做的事情，就是通过授权商家在主街上开流动摊位继续收钱。我受不了了。他甚至还有脸找人编了一本小册子来夸自己。所有人都恭喜他，真是虚伪！在戏剧节前一天，我去他的办公室里找他，让他最迟第二天早上离开。我不希望他收割这场活动的所有功劳，不想让他致开幕词。他打算在收割所有功劳之后安静地离开奥菲雅，给人们留下不可磨灭的记忆，而事实上，所有的活都是我干的。这在我看来是无法忍受的。我想让戈登像条狗一样逃跑，像个可怜虫一样离开。所以我要求他在 7 月 29 日当天夜里消失。但是他拒绝了。1994 年 7 月 30 日早上，我发现他公然挑衅我，他大摇大摆地出现在主街上，一副确认一切准备工作就绪的样子。我对他说，我要立刻去他家里找他老婆谈。我跳上车，朝彭菲尔德新月路全速开去。当他老婆莱斯利打开房门，跟我友好地打招呼的时候，我听见戈登快速地从我身后跑过来。莱斯利·戈登什么都知道了。在他们家的厨房里，我对他们说：'如果你们不在今晚之前离开奥菲雅的话，我就会在大剧院的舞台上对所有人宣布约瑟夫·戈登是个腐败分子。我要把一切都说出来！我不怕我会有什么后果。今天是你们逃跑的唯一机会。'约瑟夫和莱斯利明白了我不是在虚张声势，我已经到了要爆发的边缘了。他们跟我保证，他们最迟会在当天晚上消失。在从他们家里出来之后，我去了大剧院。当时已经快到中午了，我看到了夏洛特。她当时正一心想着怎么从戈登手上拿回一份文件，一份哈维写的该死的剧本。她坚持要去，最后我不得不告诉她戈登在未来的几个小时内就会消失。"

"所以只有你和夏洛特知道戈登一家当天要逃跑？"安娜问。

"是的，只有我们两个知道。我可以跟你保证这一点。我了解戈登，他肯定不会到处去跟人说的。他不喜欢有意料之外的事情发生，他习惯于控制一切。也正因如此，我无法解释他是怎么被人在家里杀害的。谁会知道他当时在家呢？官方来说，在那个时间，他应该出现在大剧院的，和我一起，跟来宾握手。流程上也是这么写的：*晚上七点至七点三十分，约瑟夫·戈登在大剧院观众休息室里举行官方接待活动*。"

"那个银行账户后来怎么样了？"安娜又问。

"一直开着，从来没有向税务机关申报过，就好像不存在一样。我从来都没碰过那个账号，我觉得这是隐瞒这件事的最好的方式。那账面上肯定还有不少钱。"

"那通匿名电话呢？你后来发现是谁打的了吗？"

"一直都没有，安娜。"

当天晚上，安娜邀请我和德里克去她家吃饭。

我们在饭桌上喝掉了好几瓶好极了的波尔多红酒。当我们喝完咖啡，在她家客厅里喝着烧酒时，安娜对我们说：

"你们愿意的话，可以睡在我家。客房的床非常舒服。我还有新牙刷可以给你们一人一支，另外我还留着我前夫的许多旧 T 恤，我不知道我为什么还留着，但是非常适合你们穿。"

"真是一个好主意，"德里克说，"我们可以趁机相互讲讲彼此的人生。安娜给我们说说她的前夫，我说说我在警局行政部门的痛苦人生，杰西嘛，聊聊他的餐厅计划。"

"杰西，你打算开餐厅？"安娜好奇地问我。

"你别听他的，安娜，这个可怜的家伙喝多了。"

德里克看到茶几上有一份《黑夜》的剧本，那是安娜拿回家准备看的。他拿起剧本。

"你真是从来不会真的放下工作。"德里克对她说。

突然之间，气氛又变得严肃起来。

"我不明白为什么这出戏在戈登眼里那么宝贵。"安娜说。

"宝贵到要放进银行保险箱里的地步。"德里克指出。

"还跟能把布朗市长拖下水的银行文件放在一起，"我补充道，"也就是说，他留着这份剧本当担保，保证自己不被人伤害吗？"

"你是说柯克·哈维吗，杰西？"安娜问我。

"我不知道，"我回答，"不管怎么说，这个剧本内容本身没有任何实质的意义，而且布朗市长说他从没听过戈登说起过这出戏。"

"我们能相信艾伦·布朗吗？"德里克问，"他对我们隐瞒了那么多事……"

"他没有理由对我们撒谎，"我说，"再说，我们从一开始就知道，谋杀案发生时，他正在大剧院的观众休息室里跟几十个人握手呢。"

我和德里克都看过了哈维的剧本，但肯定是因为劳累吧，我们没有发现安娜发现的细节。

"如果跟这些下面画着线的字有关呢？"她说。

"画着线？"我惊讶道，"你在说什么？"

"剧本里头，有十几个字的下面用铅笔画了线。"

"我以为是哈维做的笔记，"德里克说，"他想要对剧本做修改。"

"不是的，"安娜说，"我觉得它有别的含义。"

我们围着茶几坐了下来。德里克拿起剧本，安娜随着他念，把那些画了线的字都给记下来。首先出来的是这样一句没头没尾的话：

杰出的海里迈出亚洲，福利院无德

"这能是什么意思？"我问。

"是暗语吗？"德里克说。

安娜趴到纸上。

她好像有了主意。她把那个句子重写了一遍：

杰出的里海迈出亚洲，福利院无德

杰里迈亚·福德

德里克·斯考特

1994 年 9 月中旬，四人命案发生六星期后。

如果 ATF 的格雷斯特别探员提供的情报是准确的话，那我们无疑是追踪到了四人命案凶器的源头——里奇斯堡特的那家酒吧。在那家店里可以买到抹去序列号的军方使用的贝雷塔手枪。

在 ATF 的要求下，也是为了展现我们的善意，我和杰西立刻停止了在里奇斯堡特的监视工作。我们只需要等着 ATF 什么时候决定去搜查那里就好了，在此期间我们去忙别的案子。我们的耐心和交际手段有了成果：9月中旬的一天傍晚，格雷斯探员召集我和杰西参加他们对酒吧展开的一次大型搜查活动。他们查获了一批武器弹药，抓到了一个名叫齐吉的步兵下士。那人一副不太聪明的样子，让我们认为他只是一个小喽啰，而不是贩卖军火的大头目。

在这个案子里，各个部门都有自己的算盘：ATF和加入来的军警认为齐吉不可能一个人弄到那些武器。至于我们，我们想要知道他把贝雷塔都卖给了谁。最后，我们达成了一个共同协议。ATF让我们审问齐吉，而我们负责让下士签署一份协议：他对ATF交代同伙名字，以此获得减刑。这样大家都满意。

我们给齐吉看了一组照片，其中一张是泰德·特南鲍姆。

"齐吉，我们非常希望你能帮我们。"杰西对他说。

"我真的记不得任何一张脸了，我向你们发誓。"

这时杰西把一张电椅的照片放在了齐吉的面前。

"这个，齐吉，"他语气平静地对他说，"如果你不说的话，等着你的就是这个……"

"凭什么？"齐吉说不出话来。

"你的一把武器被用来杀了四个人。你将会被以谋杀他们的罪名起诉。"

"但是我什么都没做！"齐吉大叫道。

"这个嘛，你自己跟法官说去。"

"除非你的记忆又回来了，我可爱的小齐齐。"杰西对他说。

"把那些照片再给我看一遍，"下士哀求道，"我刚才没看清楚。"

"你要不要到窗户边凑着光亮看？"杰西建议道。

"要，刚才光线不充足。"齐吉点头道。

"啊，是啊，光线充足很重要。"

下士靠近窗户，仔细地看着我们给他的每一张照片。

"我卖过一把枪给这个家伙。"他对我们说。

他递给我们的照片是泰德·特南鲍姆的。

"你确定吗？"我问。

"确定。"

"你什么时候卖给他的这把枪？"

"2月，我以前就在酒吧里见过他，不过那都是几年前的事情了。他想要买枪，身上带了现金。我卖给他一把贝雷塔枪，还有一些子弹。后来我就再也没见过他了。"

我和杰西彼此交换了一个胜利的眼神：泰德·特南鲍姆这下是切切实实地被我们逮住了。

最后审判日：愤怒之日

2014 年 7 月 21 日星期一——7 月 25 日星期五

杰西·罗森伯格

2014 年 7 月 21 日星期一

开幕式前 5 天

奥菲雅沸腾了。有一出戏即将揭露一个逍遥法外的凶手身份的消息迅速传遍了全国。在一个周末的时间里，大批的媒体都赶来了，随之而来的还有追求刺激的成群的游客，好奇的本地居民也跟他们掺和。主街上黑压压的都是人，流动摊贩也抓住机会赶来贩卖饮料、吃的，甚至一些上面印着诸如"我来过奥菲雅，我知道 1994 年发生了什么"的标语的 T 恤。大剧院外围了一群乱糟糟的陌生人。剧院的入口已经被警察封了起来，几十名电视记者排成一排站在剧院前，对着直播镜头进行定时播报：

"是谁杀了戈登一家，一名慢跑女子，以及一位即将发现真相的女记者？答案就在五天后，纽约州奥菲雅的这个地方……"

"……五天之后，一出堪称长久以来最不同凡响的戏剧将为我们揭开秘密……"

"……在安普敦一座宁静的城市里，有一个杀手在游荡，他的名字将由一出戏剧揭露……"

"……在奥菲雅这里，现实超越了想象，市政府宣布将在开幕式当晚封城。地区将派人手前来增援，而目前里面正在进行排练的大剧院，已经被二十四小时监控……"

当地警察已经不堪重负了。更糟糕的是，因为格利弗局长忙着排练，蒙塔涅在地区地方警察和州警派来的增援人手的支持下，负责统一指挥。

除了这个不真实的氛围，动荡之中还掺杂了政治动机：在最新的一些消息披露之后，西尔维亚·特南鲍姆要求正式宣布她弟弟无罪。她召集了一个声援委员，举着上面写着"还泰德公道"的标语牌在电视镜头前摇动。除此之外，西尔维亚·特南鲍姆还要求布朗市长辞职，并提前举行市政选举，还说她会参加选举。只要媒体给她一点点关注，她就会反复地强调："布朗市长已经因为 1994 年的四人谋杀案被警方审问，他已经威信全无。"

但是作为政治动物的布朗市长，完全没有要放下职务的想法。混乱的场面反而对他有利：奥菲雅比任何时候都需要一个领导人。尽管被警方审问给他招来了各方质疑，但是布朗依然拥有较高的信任资本，以及那些担心情势恶化，尤其不想在危机时刻失去市长的市民的支持。至于城里的商人，他们不能再高兴了：餐厅和酒店里人满为患，纪念品商店已经开始卖断货了，大家都预感自己在本届戏剧节期间的销售额要破纪录了。

为众人所不知的是，在除了剧团内部人员，外人一律不可以进的大剧院里，柯克·哈维的戏已经完全不知道是在演什么了。戏的内容跟公众所期待的不同凡响的解密相去甚远。多亏了迈克尔·伯德，我们知道了这个情况。他如今已经成为我们在这个案子中不可或缺的同盟。迈克尔因为取得了柯克·哈维的信任，成为剧团之外唯一可以进入剧院内部的人。在让他发誓不会在开幕式之前泄露戏的内容之后，哈维给他颁发了一个特别证件。"让一位记者见证在奥菲雅发生的一切是必不可少的。"柯克对迈克尔解释。于是我们就委托后者作为我们在剧院内部的眼睛，替我们录下排练的情况。今天早晨，他把我们召集到他家里，给我们看一些他在昨天拍到的片段。

他和家人住在奥菲雅城外布里奇安普敦路上的一栋非常漂亮的房子里。

"就凭一个地方报社总编辑的工资能买得起这种房子？"当我们来到那栋房前时，德里克问安娜。

"他岳父有钱，"她对我们解释道，"克莱夫·戴维斯，你们也许听说过他。几年前，他参选过纽约市长。"

迎接我们的正好是迈克尔的妻子。她是一位非常漂亮的金发女子，年纪应该不到四十岁，也就是说比她丈夫要年轻得多。她提出要给我们准备咖啡，并把我们带到客厅里。我们看到迈克尔正在客厅里摆弄着电视线，想要把它连到一台电脑上。

"谢谢你们能来。"他对我们说。

他看上去很困扰的样子。

"怎么了，迈克尔？"我问。

"我觉得柯克彻底疯了。"

他在电脑上操作了几下，我们看到大剧院的舞台突然出现在屏幕上。舞台上，塞缪尔·帕达林演尸体，杰瑞演警察。哈维手里拿着一个装订起来的大本子看着他们。

"很好，"哈维大喊着出现在屏幕上，"投入你们的角色中去！塞缪尔，你是一个死了不能再死的死人。杰瑞，你是一名骄傲的警察！"

哈维翻开一页纸，开始念：

> 这是一个昏暗的早晨。天在下雨。在一条乡间道路上，交通瘫痪了：大批车辆堵成一团。

"他手里拿的那包纸是什么？"我问迈克尔。

"他的完整剧本。很显然，一切都在那里头了。我试过想看一眼，但是哈维从来不让它离身。他说里面的内容太敏感了，他只能一点一点地分发剧本。就连演员都只能在开幕式当晚看，因为他们没时间熟悉台词。"

哈维：愤怒的司机疯狂地按着喇叭。

爱丽丝和史蒂文表演被堵在路上的不耐烦的司机。

突然，达科塔出现了。

哈维：一名年轻女子沿着静止的车流在路边走着。她一直走到警戒线前，询问站岗的警察。

达科塔（女人）：发生了什么事？

杰瑞（警察）：死了一个人，摩托车车祸。

达科塔：摩托车车祸？

杰瑞：是的，他全速行驶撞到了一棵树上，只剩一摊肉泥了。

"他们还在排同一幕戏。"安娜发现。

"等着看，"迈克尔预告说，"精彩的马上就来了。"

屏幕上，哈维突然大喊："现在，死亡之舞！"所有的演员开始大喊："死亡之舞！死亡之舞！"突然之间，奥斯特洛夫斯基和罗恩·格利弗穿着三角裤出现了。

"这是什么乱七八糟的？"德里克惊恐道。

奥斯特洛夫斯基和格利弗一直跑到舞台前。格利弗拿着一个动物标本。他看了它一会儿，然后对它说道："獾啊，我美丽的獾啊，救我们脱离这个如此迫近的末日吧！"他亲吻了那只动物，然后扑向地面，拙劣地滚动。这时，奥斯特洛夫斯基张开双臂，看着空荡荡的座位，大喊道：

Dies iræ, dies illa,

Solvet sæclum in favilla!

我不能相信我的眼睛。

"现在又开始来拉丁语了？"我不快道。

"真是可笑。"德里克说。

"那个拉丁语部分，"做过研究的迈克尔跟我们解释道，"是中世纪的一个末日箴言，说的是'愤怒之日'。"

他给我们读了那句话的翻译：

在愤怒之日那天，

他会将世界化为灰烬！

"这听上去像是一句威胁。"安娜指出。

"就像哈维在 1994 年在城里到处留下的标语一样，"德里克说，"'愤怒之日'就是'黑夜'？"

"让我困惑的是，"我说，"这出戏无论如何都不可能来得及准备好。哈维想要欺骗所有人。为什么呢？他有什么打算？"

我们不可能审问哈维，他受到麦肯纳警长、市长和奥菲雅警方的保护。我们唯一的线索是杰里迈亚·福德。我们跟迈克尔·伯德提起这个名字，但是他一点印象都没有。

我问安娜：

"你觉得那个词有可能不是杰里迈亚·福德吗？"

"我觉得不可能，杰西，"她回答我，"我昨天花了一天时间重读《黑夜》。我试过了所有可能的组合，就我所见，再没有别的更恰当的组合了。"

为什么要在《黑夜》的剧本里隐藏暗语呢？是谁留的呢？柯克·哈维？哈维真的知道些什么吗？他在跟我们和奥菲雅全城玩什么把戏？

就在这时，安娜的手机响了，是蒙塔涅。

"安娜，我到处找你。你得赶紧来警察局一趟，你的办公室昨天夜里被人撬了。"

当我们抵达警察局时，安娜的同事们都聚在她办公室的门口，看着地上的碎玻璃和坏掉的窗户卷帘，想要搞明白发生了什么。答案其实很简单。警察局与街面齐平，所有的办公室都位于建筑后方，面对着一片草坪，草坪是被一道木板栅栏围起来的。只有停车场和入门处装有摄像头。闯入者显然不费吹灰之力就跨过了栅栏，他只消穿过草坪就能来到办公室的窗前。他使用强力把卷帘推上去，砸碎玻璃，打开窗户，然后进到了房间里。一名警察在走进安娜的办公室给她送信的时候，发现了有人破窗而入的痕迹。

另一名警察前天下午去过她的办公室，当时一切都还完好如初。所以闯入的时间肯定是在昨天夜里。

"怎么会没人发现呢？"我问。

"所有人员都去巡逻了，警察局里一个人都没有。"安娜对我说，"有时候会发生这种情况。"

"那声响呢？"德里克问，"要把这些卷帘推上去声响肯定很大。没人听见一点动静吗？"

周围的所有建筑都是办公楼，或者是市政府的仓库。唯一可能的证人是附近消防站里的消防员。但是当一名警察告诉我们昨天夜里凌晨一点钟，发生了一场严重的交通事故，所有的巡逻警察和附近消防站里的消防员都赶去了。这样，我们就明白了闯入者为什么可以为所欲为。

"他肯定是先藏起来，"安娜说，"伺机而动。他也许等了好几个晚上。"

我们在看完警察局内部监控的录像之后，发现建筑内部没有任何被人入侵的迹象。在走廊里正好就有一个摄像头，视角正对着安娜办公室的门。门一直是关着的。那个进入她办公室的人没有出过办公室。所以他瞄准的就是这间办公室。

"我不明白。里面真的没有什么可偷的，"安娜对我们说，"另外，什么都没丢。"

"没什么可偷的，但是有可看的。"我指着磁板和贴满与案情相关的文件的墙壁说道，"闯进这里的那个人想要知道我们调查到哪一步了。他看到了斯特凡妮和我们的工作内容。"

"我们的杀人犯铤而走险了。"德里克说道，"他开始慌张了，他暴露了。安娜，谁知道你的办公室在这里？"

安娜耸了耸肩。

"所有人。我的意思是说，这不是什么秘密。就连来警察局办案的人穿过这条走廊都能看到我的办公室。门上面有我的名字。"

德里克这时把我们拉到一边，语气严肃地对我们小声地说：

"闯进这里的那个人没有白白冒险。他非常清楚办公室里面有什么，他是警察局里的人。"

"哦，我的天哪！"安娜说，"条子干的？"

"如果是个条子干的，"我反对说，"他只需要在你不在的时候走进去就好了，安娜。"

"那样他可能会被人撞见，"德里克对我说，"他进出的经过会被走廊里的摄像头拍下来。如果他认为自己被监视了，肯定不会犯下这种错误。再说，通过撬窗进入，他可以混淆视听。警察局里说不定有个腐化分子。"

我们在警察局里已经不安全了。但是去哪儿呢？我在州警地区中心已经没有办公室了，德里克办公的地方在一个开放空间里。我们需要一个没人会来找我们的地方。这时，我想到了《奥菲雅纪事报》的档案室，我们可以从编辑部的后门直接进去而不被人看见。

迈克尔·伯德很高兴地接待了我们。

"没人会知道你们在这里的，"他对我们打包票说，"记者们从来不到地下室来。我把档案室的钥匙和备用钥匙都给你们。这样就只有你们能进出这里了。还有后门钥匙，这样你们无论白天，还是夜里，随时都可以来。"

几小时之后，我们在高度保密的情况下，原封不动地复原了我们的调查墙。

※

这天晚上，安娜跟劳伦和保罗约了一起吃饭。他们这个星期回到了他们在南安普敦的房子里，约她在"雅典娜咖啡"见面，想要消除 6 月 26 日那个晚上的糟糕记忆。

安娜回到家中换衣服，她突然想起来自己跟科迪讨论过贝格多夫写的那本关于戏剧节的书。科迪对她说，他在 1994 年春天决定在书店里专门辟出一个空间来展示本地作者写的书。如果哈维也把他的剧本放在那里出售了呢？在出发去吃饭前，她迅速地去了一趟科迪家。她在他家门廊前找到了他，他当时正喝着一杯威士忌，享受着夜幕降临时凉爽的天气。

"是的，安娜。"科迪对她说，"我们在店里头辟出了一间屋子，专门卖本地作者的书。那是一间有点阴森的杂物间，我们把它改成书店的附属房间了，起名叫'作者之屋'。这个创意立刻取得了成功，比我想象的还要成功：游客们喜爱地方故事。这个部分现在还在，还在原来的地方。不过我后来让人打掉了那个房间的一面墙，把它跟书店连成一体了。你为什么对这个感兴趣呢？"

"只是好奇而已。"安娜说，想要含糊过去，"我想知道你还记不记得当年那些把书托给你卖的作家。"

这个问题让科迪笑了，说：

"不要太多啊！我觉得你高估了我的记忆力。不过我记得《奥菲雅纪事报》在 1994 年夏初的时候登过一篇文章。我在书店里应该还有一份，你想让我去给你找来吗？说不定你可以在上面找到一些有用的信息。"

"不用了，科迪，非常感谢。你别专门跑一趟了。我明天去你店里吧。"

"你确定，安娜？"

"确定，谢谢。"

安娜离开去找劳伦和保罗。但是在开到主街上时，她决定去一趟《奥菲雅纪事报》编辑部。她可以稍微迟到一会儿再去吃晚餐。她绕过大楼，从后门进去，来到档案室里。她坐到检索用的电脑前。在输入关键词"科迪·伊利诺伊""书店"和"地方作者"之后，她轻而易举地找到了一篇日期是 1994 年 6 月底的文章。

奥菲雅书店
向安普敦本地作者致敬

十五天前，奥菲雅书店新增了一个专门展示地方作者书籍的小房间。这个举措立即取得了成功，许多作者争相把自己的作品送来，希望能被世人所知。书店主人不得不采取措施，限制一部作品只能展示一本，好让所有人都有展示的机会。

文章配了一张科迪的照片，他骄傲地站在那个曾经是杂物间的门框里，门口有块木牌，上面用烙画术烙着"我们的本地作家"字样。照片上可以看到房间内部的墙上摆满了书和装订本。安娜拿起一只放大镜，趴上去仔细地看每一部作品。就在这时，她在图片中间看到了一个装订本，它的封面上用大写字母写着："黑夜，柯克·哈维著。"这下她明白了：戈登市长是在科迪的书店里拿到的那部剧本。

※

在湖景酒店，奥斯特洛夫斯基刚刚从湖边散步回来，今天的夜色很美。看到批评家穿过酒店大堂，前台的一名员工迎了上去。

"奥斯特洛夫斯基先生，您的房间门外已经挂了好几天'请勿打扰'的牌子了。我想要跟您确认一下是否一切都好？"

"我是故意的，"奥斯特洛夫斯基确认道，"我要专心艺术创作。我不能被人以任何借口打扰。艺术是一种不可思议的概念！"

"这是肯定的，先生。您是否需要我们给您送几条浴巾过去？您需要化妆品吗？"

"什么都不需要，我的朋友。谢谢你的关心。"

奥斯特洛夫斯基上楼回房间去了。他喜欢当一个艺术家。他觉得自己总算找对位置了，那就好像他找到属于他自己的真正的外皮了。他推开套房的门，一边嘴里复述着："Dies irœ…dies irœ…"他打开灯，他已经在一面墙上贴满了关于斯特凡妮失踪案的新闻报道。他久久地看着它们，又往上面添了一篇。然后他坐到铺满笔记的办公桌前，看着摆在桌上的梅根的照片，亲了一下相框上的玻璃，说："亲爱的，我现在是个作家了。"他拿起钢笔，开始写：Dies irœ，愤怒之日。

在几公里之外，17 号汽车旅馆里，在爱丽丝和史蒂文入住的一个房间里，一场激烈的争吵刚刚爆发：爱丽丝想要离开。

"我要回纽约去，不管你跟不跟我走。我不想再在这个破酒店里住下去，过这种可怜日子了。你是个可怜虫，史史。我从一开始就知道。"

"好吧，你走吧，爱丽丝！"史蒂文反击道，身体凑在笔记本电脑前，他必须得先交一篇文章登在杂志社的网站上。

他这么轻而易举地就放她走，让爱丽丝怒了。

"你为什么不回纽约去？"爱丽丝问他。

"我想报道这出戏。这是独一无二的创作机会。"

"你撒谎，史史！这出戏烂透了！奥斯特洛夫斯基穿着三角裤到处晃，你叫这个是戏？"

"你走吧，爱丽丝。"

"我要开你的车走。"

"不行！你坐大巴走！你自己想办法！"

"你怎么敢用这种语气跟我说话，史史？我不是牲口！你怎么了，嗯？不久之前，你还把我当女王。"

"你听着，爱丽丝，我有不少麻烦事。因为信用卡的事，我在杂志社的位置都要保不住了。"

"史史，你关心的只有钱！你一点都不懂爱！"

"没错。"

"我要把一切都说出去，史史。如果你让我一个人回纽约去的话，我会把所有关于你的真相都告诉斯基普的，告诉他你是怎么对待女人的。我还会说出你让我受到的那些凌辱。"

史蒂文没有反应。爱丽丝看到车钥匙就放在他旁边的桌子上，决定夺走逃跑。她冲向钥匙，嘴里大喊着："我要毁了你，史蒂文！"但是她没有来得及跑出门去。史蒂文抓住她的头发把她往后拖。她痛得大叫起来。他把她扔到墙上，然后扑过去，用力地抽了她一巴掌。"你哪儿也不许去！"他大吼道，"你把我拖进了泥潭里，你就得跟我待在一起！"

她害怕地看着他，泪流满面。突然之间，他轻轻地抬起她的脸。"对不起，爱丽丝。"他温柔地小声说道，"原谅我，我不知道我是怎么了。这件事把我逼疯了。我会给你找一家更好的酒店的，我向你保证。我会把一切都处理好的。原谅我，我的爱人。"

与此同时，一辆保时捷从 17 号酒店的阴森的停车场驶过，往大洋路方向开去。坐在方向盘后面的是达科塔。她对父亲说，她要去酒店的健身房，其实她是开车逃跑。她不知道自己是故意对他撒的谎，还是她的双腿拒绝听他的。她转弯开上大洋路，继续往前开，一直开到那栋曾经属于她父母的房子前——艾登花园。她盯着大门上的门铃看。在原来写着"艾登家"的地方现在写上了"斯卡利尼家"。她沿着房子的树篱走，透过枝叶观察着这个地方。她看到了灯光，最后她找到了一条路。她跨过栅栏，穿过树篱。树枝轻轻地划过她的脸颊。她踏上草坪，一直走到游泳池前。那里没有一个人。她默默地哭泣。

她从包里拿出一个塑料瓶，她在里面装了掺了毒品的伏特加。她把那液体一饮而尽。她趴在泳池旁边的躺椅上，听着让人平静的汩汩水声，闭上了眼。她想塔拉·斯卡利尼。

达科塔·艾登

我还记得 2004 年 3 月我第一次见到塔拉·斯卡利尼时的场景。当时我九岁。我们两个是闯进纽约一场拼写大赛决赛的选手。我们两个一见如故。那天，我们谁都不想赢。我们平分秋色，轮流地故意拼错评委让我们拼写的单词。他不停地对我们重复道："如果下一个单词你拼对了，你就赢了比赛！"

结果比赛就一直结束不了。最后，在毫无进展的一小时之后，评委宣布我们两个同时胜出，并列冠军。

这是一段美好友谊的开始。我们变得密不可分。我们一有机会，就会住到对方的家里去。

塔拉的父亲杰拉尔德·斯卡利尼在一家投资基金工作。他们一家住在俯瞰中央公园的一栋超大的公寓里。他们的生活太优越了：有司机，有厨师，在安普敦还有别墅。

当时我父亲还不是 14 台的负责人，没有同样的财力。我们的日子过得舒服，但是生活水平跟斯卡利尼家比，差了好几光年。从一个九岁孩子的角度来看，我觉得杰拉尔德·斯卡利尼对我们好极了。他喜欢接待我们去他家，他会派司机接我去他家跟塔拉玩。夏天时，当我们在奥菲雅时，他会请我们去他们在东安普敦的别墅里吃中午饭。

我虽然年纪小，但是没过多久就明白了，杰拉尔德·斯卡利尼的邀请并不是出于他的慷慨，而是出于他的优越感。他喜欢到处展示这一点。

他喜欢邀请我们到他那俯瞰中央公园的六百平方米的双层公寓里做客，为的是能够在之后来到我们家里时说："你们的小公寓布置得可真漂亮。"他乐于在他那栋位于东安普敦的不得了的别墅里招待我们，然后在来我父母租的那栋寒酸的房子里喝咖啡的时候说："你们的这个小房子，不错。"

我认为我父母跟斯卡利尼一家来往主要是为了让我开心。我和塔拉彼此喜欢对方。我们两个也非常相像：都是非常好的学生，都在文学方面特别有天赋，都喜欢看书，都梦想着要当作家。我们整天在一起编故事，一部分写在纸上，一部分写在家用电脑上。

四年之后，2008 年春天，我和塔拉快十三岁了。我父亲的事业有了翻天覆地的变化。他接二连三地大步晋升，业内报纸已经开始讨论他，最后他被任命为14台的负责人。我们的生活也快速地发生改变。从那儿以后我们也住进了一栋俯瞰中央公园的公寓里，我们也开始让人在奥菲雅盖一栋别墅，更让我高兴的是，我进了海菲尔中学——塔拉上的那所著名的私立学校。

我认为杰拉尔德·斯卡利尼开始觉得自己有些被我父亲威胁到了。我不知道斯卡利尼一家人都在自家的厨房里说了些什么，但是我觉得塔拉对我的态度很快就不一样了。

长期以来，我一直对塔拉说，我梦想着拥有一台笔记本电脑。我梦想着有一台属于我自己的电脑，梦想着能躲在我的房间里用它写我的故事。但是我父母拒绝给我买。他们对我说，在小客厅里就有电脑——我们现在有了一个大客厅和一个小客厅——我可以想怎么用就怎么用。

"我喜欢在我自己的房间里写作。"

"在客厅里写就很好。"我父母不为所动地说。

那年春天，塔拉收到一台笔记本电脑，正好是我想要的型号。我之前好像从来没听她说过有这方面的想法。反正就是从那儿以后，她就整天带着她的新玩具在学校里招摇。

我努力地不去注意它，尤其是我心里还有一件更重要的事：学校在组织一场写作比赛，我想要投稿参加。塔拉也是。于是我们两个一起在学校的图书馆里努力。她在她的笔记本电脑上写，而我只能写在一个本子上，晚上再把内容都誊到小客厅的电脑上。

塔拉说她父母觉得她的文章棒极了。他们甚至还请他们的一个好朋友，似乎是纽约的一位知名作家，给她重看了一遍，并润色了一下。当我的文章写好之后，在交稿之前，我让她看了一遍。她对我说："不错。"她说这话的口气，让我觉得好像听到了她父亲在说话。相反的是，当她的文章写好之后，她却拒绝给我看。"我不想让你抄我的。"她对我说。

2008年6月初，一场盛大的颁奖仪式在学校礼堂里举行，比赛得奖人的名字被盛大宣布。让我大为惊讶的是，我得了第一名。

一个星期之后，塔拉在班里抱怨说，她的电脑被人偷了。我们每个人都在走廊里有一个单独的储物柜，用密码锁锁着。校长说："班上所有学生的书包和柜子都要接受检查。"当轮到我当着校长和副校长的面打开储物柜时，我惊恐地发现里面放着塔拉的电脑。

这件事变成一起巨大的丑闻。我和我父母被校长召见。无论我怎么发誓与我无关，证据都是无可辩驳的。我们后来又跟斯卡利尼一家开了一次会，他们说自己很吃惊。我再次抗议喊冤，结果都是徒劳。我不得不面对纪律委员会的制裁。我被学校停课一个星期，并被要求参加公益劳动。

最糟糕的是，我的朋友们都离我而去，他们不再信任我。大家从那儿之后都开始叫我"小偷"。塔拉，她到处跟人说她原谅我，说如果我跟她借的话，她会把电脑借给我的。我知道她在撒谎。只有一个人知道我柜子密码锁的密码，那就是塔拉。

我变得非常孤单，非常难过。但是这件事并没有击垮我，反而让我更加努力地写作。文字变成了我的避难所。我经常一个人待在学校的图书馆里写作。

对斯卡利尼一家人来说，风向在几个月之后就变了。

2008 年 10 月，可怕的金融危机直接击中了杰拉尔德·斯卡利尼，让他损失了一大半财产。

杰西·罗森伯格

2014 年 7 月 22 日星期二

开幕式前 4 天

这天早上，当我和德里克在《奥菲雅纪事报》的档案室里见到安娜时，她脸上挂着胜利的笑容。我有些好笑地看着她，把给她带的咖啡递给她。

"你……你找到线索了。"我对她说。

安娜神秘兮兮地点了点头，把那篇日期是 1994 年 6 月 15 日，报道科迪书店的文章拿给我们看。

"你们看看这张照片，"她指给我们看，"右边最里面的那个架子上，可以看到一本《黑夜》。所以戈登市长很有可能就是在这家书店里拿到的剧本。"

"也就是说，在 6 月初，"德里克总结道，"戈登市长撕掉了柯克的剧本，然后他又到书店拿了同样一本剧本，为什么呢？"

"这个嘛，我不知道，"安娜说，"不过，我找到了柯克现在在大剧院里准备的那出戏和杰里迈亚·福德之间的联系。我昨天在吃完晚饭回家的路上，去了一趟警察局，花了不少时间查数据库。杰里迈亚·福德有过一个儿子，是在他死之前出生的。我找到了那孩子母亲的名字，她叫维吉尼亚·帕克。"

"然后呢……"德里克问，"这个名字有什么特别之处吗？"

"没有，但是我跟她联系过了。她告诉了我杰里迈亚是怎么死的。"

"车祸，"德里克说，还没明白安娜想说什么，"这个我们早就知道了。"

"是摩托车车祸，"安娜补充说，"他是骑摩托车撞在树上死的。"

"你的意思是说就跟哈维的戏的开头一模一样？"我说。

"没错，杰西。"安娜回答。

"我们必须得立刻逮捕柯克，"我决定，"必须逼他把他知道的一切告诉我们。"

"警长不会让你这么干的，杰西，"德里克对我说，"如果你碰了哈维，你就会被解除职务，退出这个调查的。我们还是努力地有条理地来办案吧。首先搞清楚为什么我们在联系里奇斯堡特警方时，他们连车祸的卷宗都没有吧。"

"因为交通致死案是由纽约州高速公路警察负责的。"安娜回答说。

"那我们现在就联系高速公路警察要一份报告的复印件吧。"

安娜把一包文件递给我们。

"已经要来了，先生们。这就是。"

我和德里克立刻埋头看起来。事故发生在 1994 年 7 月 15 日至 16 日夜间。警方笔录非常简短："福德先生失去了对摩托车的控制，骑车未戴头盔，有证人看见他于午夜时分离开'里奇俱乐部'。早晨七点左右，他被一个开车人发现，当时已经失去意识，但还活着。死在医院。"附件中还附了几张照片：在一道小沟底部，只剩下一堆废铁和散落的碎片。文件还指出，同一份文件在 ATF 的特别探员格雷斯的要求下抄送了一份给他。

"特别探员格雷斯就是那个让我们顺藤摸瓜地抓到泰德·特南鲍姆的人。他抓到了那个卖武器给特南鲍姆的人。"德里克对安娜说。

"我们必须得联系上他。"我说，"他肯定已经不当警察了，他当年就该有五十岁了。"

"与此同时，我们还该去审问一下这个维吉尼亚·帕克，杰里迈亚·福德的前女友，"德里克建议，"她也许能告诉我们关于他的更多的情况。"

"她在家里等着我们呢，"安娜这时对我们说，她显然是领先我们一步，"上路吧。"

维吉尼亚·帕克住在里奇斯堡特进城处一栋维护得不好的小房子里。她是一个五十岁的女人，年轻时应该很漂亮，但现在已经容颜不再。

"杰里迈亚是个坏蛋，"她把我们迎到客厅里之后对我们说，"他做过的仅有的一件好事就是生了个孩子。我们的儿子是个好小伙，他在一家园艺公司上班，特别受器重。"

"你是怎么认识杰里迈亚的？"我问。

在回答之前，她点燃了一根香烟，长长地吸了一口。她的手指纤细瘦长，尖尖的指甲上涂着血一样红的指甲油。她在吐出一条长长的白烟之后才对我们说：

"我以前在'里奇俱乐部'里当歌手。当时那是一家时髦的俱乐部，现在过时了。帕克小姐，这是我的艺名。我现在有时还会去那里唱歌。

当年，我算得上那里的明星。所有的男人都拜倒在我脚下。杰里迈亚是酒吧的老板之一。他算得上一个帅小伙，他那种冷酷的样子一开始让我很喜欢。我被他危险的一面吸引了。我在怀孕之后才明白真正的杰里迈亚是个什么样的人。"

※

里奇斯堡特，1993 年 6 月
晚上六点

当有人敲门的时候，被恶心折腾了一整天的维吉尼亚正躺在自家沙发上。她以为是来关心她的杰里迈亚。二十分钟前，她给他在俱乐部留了一条口信，说她今晚身体不舒服，不能去唱歌。

"进，"她大喊着，"门是开着的。"

来客进来了。来人不是杰里迈亚，而是他的手下科斯蒂克，一个虎背熊腰、手跟蒲扇一样的大汉。她讨厌他，也怕他。

"你来做什么，科斯蒂克？"维吉尼亚问，"杰里迈亚不在。"

"我知道，是他派我来的。你得去俱乐部。"

"我去不了，我吐了一整天了。"

"麻利点，维吉尼亚，我不是在问你的意见。"

"科斯蒂克，你看看我的样子。我唱不了歌。"

"起来，客人们来俱乐部是为了听你唱歌。不要以为你和杰里迈亚睡过，你就有特权了。"

"你看看我的肚子。"维吉尼亚回嘴道。

"闭嘴！"科斯蒂克命令她道，"跟我走！我在车上等你。"

※

"然后你去了吗？"安娜问。

"当然啊！我没有选择。我的怀孕期就是一场折磨。我被逼着一直唱到我生产的前一天。"

"杰里迈亚打你吗？"

"没有，比打我还可怕。这就是杰里迈亚的变态之处。他不觉得自己是个罪犯，他觉得自己是个'企业家'，他的手下科斯蒂克，是他的'合伙人'。他在后厅里干着各种勾当，把那里叫作'办公室'。杰里迈亚觉得自己比所有人都聪明。他说，要想不被司法部门逮到，他就不能留下任何痕迹。他没有任何账本，他的枪是合法持有的，他也从来不下达任何书面指令。那些敲诈勒索、贩毒和卖枪的勾当，他都让'售后部门'去干，所以他指定了一群听命于他的'走狗'替他做事。那些人主要都是一些有家庭的男的，他手上掌握了一些可以毁掉他们人生的不利证据，像一些姿势尴尬的跟妓女睡觉的照片之类的。要让他保持沉默，那些'走狗'就得替他办事。他派他们去他勒索的人家里要钱，去给毒贩送货，然后再去找毒贩要分成。这些事都是由那些不受人怀疑的老实家伙干的。杰里迈亚从来不打头阵。他的'走狗'之后会装成客人的样子来到俱乐部，把一个信封留给酒吧服务员，再由服务员转交给杰里迈亚。他们之间从来没有过直接联系。然后杰里迈亚再通过俱乐部把他的所有脏钱洗干净。在洗钱这件事上，他也有一套自己的规则：他把所有的钱都投到俱乐部里去。所有的钱都被藏到俱乐部的账上，因为当时俱乐部的生意好得不得了，所以谁也发现不了。然后他会为俱乐部交一大笔税。谁也碰不了他。他想怎么挥霍就怎么挥霍，他的收入都是向税务部门申报过的。我知道警察试图调查过他，但是他们什么都没有查到。唯一有可能让他垮台的人是他的'走狗'，但是他们知道如果举报他的话，自己会面临什么后果：最好的结果是他们的社交生活和职业生涯全被毁掉。更不要说，他们自己也有可能会因为参与犯罪活动而坐牢。再者，不听话的都会被修理一顿，让他们重新听话。还是一样，他不会留下任何痕迹。"

※

里奇斯堡特，1993 年
俱乐部后厅

杰里迈亚刚刚倒满一大盆水，"办公室"的门就开了。他抬起眼睛，科斯蒂克把一个穿西装打领带的瘦弱男子推了进来。

"啊，你好啊，埃弗雷特！"杰里迈亚热情地打招呼，"见到你真开心。"

"你好，杰里迈亚。"那男子回答道，抖得像筛子一样。

埃弗雷特是个模范父亲，他被科斯蒂克拍到跟一个未成年妓女上了床。

"怎么着，埃弗雷特，"杰里迈亚亲切地对他说，"我听说你不想在我的企业里干了？"

"杰里迈亚，你听着，我不想再冒险了。这简直太疯狂了。如果我被抓到了，我要坐好几年的牢。"

"不会比你睡一个十五岁的女孩要坐的牢时间长的。"杰里迈亚对他说。

"我当时以为她成年了。"埃弗雷特有气无力地分辩道。

"你听着，埃弗雷特，你是一个睡小姑娘的小废物。只要我让你给我干活，你就得给我干活，除非你想进牢房。"

埃弗雷特还没来得及回话，科斯蒂克已经把他用力地一抓，逼他弯下腰，把他的头摁进了一个装满冰水的水盆里。在把他摁在里面二十多秒之后，科斯蒂克才把他拎出来。埃弗雷特大大地吸了一口气。

"你给我干活，埃弗雷特。"杰里迈亚低声地对他说，"你明白吗？"

科斯蒂克再次把那个可怜人的脑袋摁进水里，直到埃弗雷特保证他会忠心不贰之后，这场酷刑才算结束。

※

"杰里迈亚会对人用水刑？"我立刻想到了斯特凡妮的死法，问维吉尼亚。

"是的，罗森伯格队长，"维吉尼亚点头道，"他和科斯蒂克已经把模拟溺水变成自己的特长了。他们只对一些脆弱的、容易任人奴役的普通人下手。在俱乐部里，每当我看到一个可怜的家伙头发湿淋淋的、眼里含着泪从'办公室'出来时，我就知道发生了什么。我跟你们说，杰里迈亚都是把人从里面杀死，从来不会留下任何看得见的痕迹。"

"杰里迈亚用这种方式杀过人吗？"

"大概吧。他什么事情都干得出来。我知道有些人没有留下任何痕迹就消失了。他们是被淹死了？烧死了？活埋了？还是拿去喂猪了？我不知道。杰里迈亚什么都不怕，除了坐牢，所以他才那么谨慎。"

"后来发生了什么？"

"我在1994年1月生下了孩子。这对我和杰里迈亚的关系没有带来任何改变。结婚从来都是不可能的，同居也是不可能的。不过他给我钱，让我养孩子。注意，他从来不给我现金。他给我支票，或者直接银行转账，公开的那种。这样一直持续到7月，到他死。"

"他死的那天晚上发生了什么？"

"我觉得杰里迈亚怕坐牢是因为他有幽闭恐惧症。他说一想到自己被关起来，就受不了。只要在可能的情况下，他出行都是骑一辆大摩托车，而不是开车。他也从来不戴头盔。他每天晚上都走同样的路线：他一般是在半夜时分离开俱乐部，很少会更晚，走34号公路回家，那条路基本上是笔直地通向他家。他骑车一直像个疯子一样。他觉得自己是不受约束的，不可战胜的。他经常喝得醉醺醺的。我一直觉得他会因为骑摩托车而死掉。我从来都没想到他会一个人撞碎了脸，像一条狗一样，在路边垂死挣扎了几个小时才死掉。在医院里，医生们说，如果早点发现的话，他也许还能挺过来。他们对我宣布他的死讯的那刻，我感觉我这一辈子从来没有感到如此轻松过。"

"约瑟夫·戈登这个名字你有印象吗？他是奥菲雅的前市长，一直当到 1994 年 7 月。"

"约瑟夫·戈登？"维吉尼亚重复了一遍那个名字，"不知道，我没有任何印象。为什么提这个人？"

"他是一个受贿的市长，我在想他会不会跟杰里迈亚有关联。"

"我从来不掺和他的事，你知道的。我知道得越少，过得越好。"

"你在杰里迈亚死后做了什么？"

"做我唯一会做的事情：我继续在'里奇俱乐部'唱歌，收入很好。那个蠢货科斯蒂克现在还在那里。"

"他接管了生意？"

"他接管了俱乐部。杰里迈亚的生意在他死后就停止了。科斯蒂克是一个没有魄力的男人，也不聪明。所有的员工都偷收银台里的钱，他是唯一不知情的人。他甚至还因为一些无足轻重的非法交易坐过牢。"

在拜访完维吉尼亚·帕克之后，我们去了"里奇俱乐部"。那家店傍晚才开门，但是里面已经有几名员工在心不在焉地打扫卫生了。这是一家复古式的地下俱乐部。光是从它的装潢就可以看出，这里在 1994 年曾经有多么新潮，在 2014 年又是多么过时。我们在柜台旁边看到一个身材魁梧的六十多岁的男人，就是那种以前是壮汉，现在老得厉害的类型。他正在忙着验收酒水。

"谁让你们进来的？"他看到我们，不快地说，"我们晚上六点才开门。"

"专门为警察开一下吧。"德里克亮出证件对他说，"你是科斯蒂克？"

我们立刻就知道是他，因为他逃得比兔子还快。他穿过大厅，冲进一个通向紧急出口的走廊。他跑得飞快，我和安娜在后面追，而德里克选择了主楼梯。科斯蒂克爬过一段有许多台阶的楼梯，穿过一扇通往外面的门，消失在太阳刺眼的光芒之中。

当我和安娜也追到外面时，德里克已经在停车场上制服了粗壮的科斯蒂克，正在给他戴手铐。

"好啊，德里克，"我说，"你又恢复了当年的快速反应啊！"

他笑了。他给我的感觉像在突然之间容光焕发了。

"回到一线工作的感觉真好啊，杰西。"

科斯蒂克真名叫科斯塔·苏亚雷斯。他曾经因为贩毒坐过牢，而他逃跑正是因为他的外套里面放着一大袋可卡因。从数量上判断，他显然还在销售毒品。但是我们对此并不关心。我们想要出其不意，攻其不备，直接在俱乐部里审问他。俱乐部有一个后厅，门上挂着一个牌子，写着"办公室"。房间跟维吉尼亚给我们描述的一样：冰冷，没有窗。在一个角落里，有一个洗手池，下面放着一个陈旧的铜水盆。

主导审问的是德里克。

"我们不管你在俱乐部里贩卖什么东西，科斯蒂克。我们有几个关于杰里迈亚·福德的问题要问你。"

科斯蒂克看上去很惊讶，说：

"我已经有二十年没听人说起他了。"

"你却保留了他的纪念物。"德里克回他道，"所以，你们就是在这里干那些烂事的？"

"是杰里迈亚喜欢干那些蠢事。要是由我来决定的话，我肯定是直接让他们尝尝我拳头的厉害。"

科斯蒂克给我们展示了他的粗大指节，他的指节上戴着厚重的有尖锐棱角的指环。他确实不是一个让人看上去觉得聪明的人。但是他有足够的判断力知道他该把我们想知道的情况告诉我们，而不是让自己因为持有毒品而被押上警车。结果科斯蒂克似乎从来没有听说过戈登市长这个人。

"戈登市长？我对这个名字完全没有印象。"他对我们肯定地说。

因为科斯蒂克对我们说他不擅长记名字，所以我们给他看了一张市长的照片。但是他坚持自己的说法。

"我可以跟你们发誓，这个家伙从来没有来过这里。我是不会忘记一个人的长相的。相信我吧，如果我见过这个家伙，肯定会记得他。"

"所以他跟杰里迈亚·福德一点关系都没有？"

"肯定没有，当年我对所有事情都知情。杰里迈亚从来不亲自动手。虽然所有人都在背后笑我是个傻子，但是当年杰里迈亚信任的人是我。"

"如果说约瑟夫·戈登不是跟你们有生意往来的话，他有可能是你们的一个'走狗'吗？"

"不，这不可能。那样我会记得他的脸的。我跟你们说，我记性很好的。杰里迈亚就是因为这一点才器重我的，因为他不想留下任何书面痕迹，什么痕迹都不留。但是我什么都记得住：不论是指令、长相，还是数字。再说了，奥菲雅毕竟不是我们的势力范围。"

"但是你们敲诈了泰德·特南鲍姆，'雅典娜咖啡'的老板。"

听到这个名字冒出来，科斯蒂克似乎吓了一跳。他点了点头，说：

"泰德·特南鲍姆是个硬骨头，完全不是杰里迈亚会下手的类型。杰里迈亚从来不冒险。他只对那些看见我过来就会尿裤子的人下手。但是特南鲍姆的情况不一样，那是私人恩怨。那个家伙当着一个姑娘的面把他给揍了一顿，杰里迈亚想要报仇。我们当然去了特南鲍姆家里把他猛打了一顿，但是这样对杰里迈亚来说还不够，杰里迈亚决定勒索他。除了这个特例，杰里迈亚都是待在自己的领地上。他控制着里奇斯堡特，他认识这里的每一个人。"

"你记得是谁放火烧了泰德·特南鲍姆的餐厅吗？"

"这个嘛，你们对我的要求就有点高了。肯定是我们的一个'走狗'干的。那些家伙什么都干。至于我们，从来不直接下手，除非是出了问题要处理。否则的话，所有的不重要的活，都是他们干。他们负责验收毒品，把货送到零售商手里，把钱交给杰里迈亚。我们负责发号施令。"

"你们都是在哪里找到的这些人？"

"他们都是一些嫖客。以前在16号公路上有一家脏兮兮的汽车旅馆，其中一半的房间都被妓女租来接客。我认识那里的老板和那些妓女，我们之间有个协议：我们不干涉他们，作为交换，我们可以安稳地使用他们的一个房间。当杰里迈亚需要'走狗'时，他就派一个未成年的女孩去拉客。我找到了一个非常漂亮的姑娘。她完全知道该挑什么样的客人下手：一些有老婆孩子，容易被恐吓的人。她把他们带到房间，对客人说：'我未成年，我还在上中学，这让你兴奋吗？'客人回答说是的，然后那女孩就会让他做一些下流的事。我就拿着摄像机藏在房间里，通常都是在窗帘后面。等到时机成熟，我就大喊一声'惊喜吧！'跳出来，把摄像机对准那个家伙。那人脸都绿了，你都想象不到！我就喜欢这个。我都要笑死了。我让那女孩出去，然后我就看着那个家伙，浑身光溜溜的，丑死了，在那里不停地抖。我开始威胁要打他，然后对他说我们可以达成一个协议。我会捡起他的裤子，掏出他的钱包，检查他的信用卡、驾照、他妻子和孩子的照片。我把这一切都没收，然后对他说，他要么给我们干活，要么我就把录像带送去给他老婆和老板看。我让那个家伙第二天到俱乐部去找我。然后在接下来的几天里，他会看到我每天早晨、晚上出现在他家门口。那些家伙都被吓坏了，直接开溜。"

"所以你有所有受你们掌控的人的名单吗？"

"没有，我让他们以为我会把一切都留着，但是我很快就会把他们的钱包扔掉。同样，摄像机里也从来没放过录像带，免得我们也有被指控的危险。杰里迈亚说千万不能留下任何证据。我有我自己的一个用人的小圈子，我轮流使唤他们，免得打草惊蛇。总而言之，有一件事是确定以及肯定的，你们说的那个家伙，戈登，跟杰里迈亚没半毛钱关系。"

※

在大剧院里，当天的排练很不顺利。爱丽丝一副要死了的样子，而达科塔像是从坟里挖出来的一样。

"都怎么了？"柯克·哈维最后怒了，大吼道，"开幕式就在四天后，你们一个个都萎靡不振的样子，全都不在状态！不行的话，我把你们都换掉！"

他想要再排练一次第一幕戏，但是达科塔没有跟上。

"达科塔，你怎么了？"哈维问。

"我不知道，柯克。我做不到。"

她大哭起来，好像垮了一样。

"哦，真是该死！"哈维再次大喊大叫，一边翻着剧本，"好吧，那我们就排第二幕戏吧。夏洛特，这一幕是你的大戏，我希望你状态好一点。"

坐在第一排等着的夏洛特·布朗走上舞台，来到柯克身边。

"我准备好了。"她说，"这幕戏是什么内容？"

"这一幕发生在一个酒吧里，"哈维说，"你演一名歌手。"

工作人员换上新背景：几把椅子，背景是一块红色帷幕。杰瑞演一个客人，坐在舞台前面喝着一杯鸡尾酒。塞缪尔·帕达林这次演的是酒吧老板，站在后面盯着他的女歌手。

一段钢琴酒吧的音乐响起。

"很好，"哈维赞赏道，"背景很好。但是换景的速度要加强。好了，夏洛特，他们会给你放一个立式话筒，你走出来，然后开始唱歌。你唱得像女神一般，酒吧里的所有客人都为你痴狂。"

"好的，"夏洛特点头道，"可是我该唱什么呢？"

"这是你的台词。"哈维递给她一张纸，说道。

夏洛特看了台词，不可置信地睁大了眼睛。然后她大叫道：

"《我是副市长的婊子》？这就是你的歌？"

"没错。"

"我是不会唱这首歌的，你疯了吗？"

"那我就开除你，蠢女人！"哈维反击道。

"我不许你用这种口气对我说话！"夏洛特命令他，"你在报复我们所有人，是吗？你的所谓的巨作就是这个？你现在是翻过去的账来报复吗？报复奥斯特洛夫斯基，报复格利弗，报复我。"

"我不知道你在说什么，夏洛特！"

"《獾之舞》《我是副市长的婊子》？你是认真的吗？"

"夏洛特，你要是不满意，你就滚！"

当我、安娜和德里克还在从里奇斯堡特回来的路上时，迈克尔·伯德把这个情况告诉了我们。我们在《奥菲雅纪事报》的档案室里见到了他。

"夏洛特想要说服所有演员放弃出演《黑夜》,"迈克尔对我们说,"最后,大家投票表决,其他演员都想留下。"

"那夏洛特呢?"安娜问。

"她也留下了。柯克同意删掉那句《我是副市长的婊子》。"

"这怎么可能呢?"德里克说,"从这首歌还有那个《死亡之舞》来看,我们可以认为柯克·哈维导这出戏就是为了报复那些当年羞辱他的人。"

这时迈克尔给我们看了他当天早些时候偷偷地录下的第二幕画面,夏洛特在戏里饰演一位让所有客人都着迷的女歌手。

"这不可能是巧合,"德里克大喊道,"这是'里奇俱乐部'。"

"里奇俱乐部?"迈克尔问。

"是杰里迈亚·福德开的夜总会。"

先是车祸,其次是俱乐部。这一切既不是凭空编造的,也不是巧合。另外,我们还看出来,在第一幕里饰演尸体的那个演员,在第二幕里演的是酒吧老板。

"第二幕是一个闪回。"德里克小声地对我说,"这个人物是杰里迈亚·福德。"

"所以说案子的真相真的就藏在这出戏里?"迈克尔喃喃自语。

"迈克尔,"我说,"我不知道现在正在发生什么,但是请你一定不要离开哈维半步。"

我们想要找科迪聊聊 1994 年在他店里出售《黑夜》剧本的事情。安娜打电话联系不上他,于是我们去了他的店里。然而女店员告诉我们,她今天没见到老板。

这太奇怪了。安娜建议我们去他家看看。在来到他家门前时,她立刻注意到他的车就停在前面。科迪应该在家。然而,不管我们怎么按门铃,他就是不来给我们开门。安娜推了一下门把手,门是开的。这一刻,我突然有一种熟悉的感觉。

我们走进房里。四下一片死寂。大白天的，灯却都亮着。

我们在客厅里发现了他。

他倒在茶几上，身下是一摊血。

科迪被杀了。

德里克·斯考特

1994 年 11 月底，四人命案四个月之后。

杰西不想见任何人。

我每天都去他家，我长时间地敲门，求他开门。没用。有时我会在门后等上好几个小时，但是我什么都做不了。

当我威胁要把锁撬开，并开始踢门的时候，他终于让我进去了。我看到一个幽灵出现在我面前：脏兮兮的，头发乱糟糟的，满脸络腮胡，眼神阴郁悲伤。公寓里一片杂乱。

"你想干什么？"他语气不善地对我说。

"确定你是不是还好，杰西。"

他玩世不恭地大笑起来。

"我很好，德里克，我好极了！我从来没有像现在这么好过。"

他把我赶出了他家。

两天后，麦肯纳警长来我的办公室里来找我。

"德里克，你得去一趟皇后区 54 区分局。你朋友杰西干傻事了，他昨天夜里被纽约警察抓了。"

"被抓了？在哪儿啊？他已经好几个星期没出门了。"

"嗯，那他肯定是想好好地发泄一下，因为他砸了一家还在施工的餐厅，一个名叫'小俄罗斯'的餐厅。你对这个名字有印象吗？总之，你快去找到那里的业主，把这件事给我解决了。还有，德里克，让他理智点，不然的话，他就再也别想回警队了。"

"我会处理好的。"我点头回答道。

麦肯纳打量着我。

"德里克,你脸色很难看。"

"我状态不太好。"

"你去看心理医生了吗?"

我耸了耸肩。

"警长,我每天早晨都行尸走肉般地来这里,但是我觉得我已经不适合再待在警队里了。在经过那件事之后,我已经待不下去了。"

"该死的,德里克,你可是个英雄啊!你救了他的命!你永远不要忘了这一点:没有你,杰西早就死了。你救了他的命!"

杰西·罗森伯格

2014 年 7 月 23 日星期三

开幕式前 3 天

奥菲雅全城震惊。老实和气的书店老板科迪·伊利诺伊被人杀了。

昨天夜里,警方和城里百姓都没有睡多久。第二起谋杀案的消息把记者和好奇的人都往科迪家引去。人们既着迷又害怕。先是斯特凡妮·梅勒,现在是科迪·伊利诺伊。人们开始谈论连环杀手的存在了。市民们开始组织联合巡逻行动。在这种普遍担忧的氛围中,尤其要避免的就是恐慌事件的发生。州警和本地区所有地方警察都由布朗市长统一调配,确保城市安全。

我、安娜和德里克忙了半夜,想要搞清楚发生了什么。我们听了赶到现场的法医兰吉特·辛格博士的初步判断。科迪死于脑后重击,凶器是在尸体旁边发现的一个带血的粗重金属台灯。除此之外,尸体的姿势很奇怪,科迪像跪在地上,双手捂脸,像是想要遮住眼睛或揉眼睛的样子。

"他是在恳求凶手吗?"安娜问道。

"我不这么认为，"兰吉特博士回答，"他原本可能是要被击中脸部的，而不是后面。另外，在我看来，要想让头骨碎到这种程度，凶手应该比他高很多。"

"比他高很多？"德里克问，"你是什么意思？"

辛格博士有自己的想法，他当场简单地复原了犯罪场景：

"科迪给凶手开了门。他也许认识凶手。总而言之，他没有多想，因为没有搏斗的痕迹。我认为他招待凶手进了屋，并走在凶手前头进了客厅。这看上去像是一次登门做客。但是就在这时，科迪转过脸来，他被弄瞎了眼睛，双手遮眼，双膝跪地。凶手拿起这只台灯，用尽全力朝受害者的头上砸去。科迪当场死亡，但是他还被砸了好几下，就好像凶手想要确保他已经死了一样。"

"你等一下，博士，"德里克打断他，"你说'弄瞎'是什么意思？"

"我认为受害者是被催泪弹压制了，这可以解释他脸上的泪痕和鼻涕痕迹。"

"催泪弹？"安娜重复着他的话，"就像杰西在斯特凡妮·梅勒的公寓里遭到的袭击那样？"

"是的。"辛格博士肯定地回答。

我接过话茬：

"你说凶手想要确保他已经把人杀死了，他却空手前来，用一盏台灯杀人？什么样的杀手会这么干呢？"

"一个不想杀人但是没有选择的人。"辛格回答道。

"他要消除过去的痕迹？"德里克喃喃地说。

"我是这么认为的，"辛格肯定地说，"这个城市里有一个人为了保住自己的秘密，阻止你们调查到底，什么事情都做得出来。"

科迪知道些什么呢？他跟这件事有什么联系呢？我们搜了他的家，检查了他的书店，一无所获。

这天早上，从奥菲雅到纽约州，很快地再到全国，几乎所有人都在醒来之后从新闻播报中听到了科迪被杀的消息。让人们尤为感兴趣的不是一个书店老板之死，而是一连串事件的发生。全国媒体都开始讨论这些事，史无前例的，一大拨好奇人士即将赶来奥菲雅。

为了应对这个局势，市政厅里举行了一场紧急会议，布朗市长、麦肯纳警长、周边各市的代表、格利弗局长、蒙塔涅、安娜、德里克，还有我参加了会议。

需要回答的第一个问题就是是否还要继续举办戏剧节。昨天夜里已经下了决定，剧团全体成员都被置于警方的保护之下。

"我认为应该取消演出，"我说，"继续演出只会让情势恶化。"

"队长，你的意见不能算数。"布朗语气不善地对我说，"你因为一个我不知道的原因，对正直的哈维一直怀恨在心。"

"正直的哈维？"我语带讥讽地重复他这句话，"二十年前，你抢走他女朋友的时候，也是这么评价他的吗？"

"罗森伯格队长，"市长怒喝道，"你的语气蛮横无理，我不能接受！"

"杰西，"麦肯纳警长规劝我道，"我建议你把你的个人观点收起来。你认为柯克·哈维对四人命案真的知道些什么吗？"

"我们认为他的戏和那个案子之间可能有关联。"

"你认为？可能？"警长叹了口气，"你手上有确凿的证据吗？"

"没有，都是些相对被证实了的猜测。"

"罗森伯格队长，"布朗市长插嘴道，"所有人都说你是个大侦探，我也敬重你。但我认为自从你来到这座城市之后，你到处制造混乱，案情却没什么进展。"

"正是因为我们对凶手的包围圈收紧了，他才挣扎。"

"哦，听完你给奥菲雅现在这个烂摊子找到的解释，我可真是太开心了！"市长讥讽道，"无论如何，我都会保留这出戏。"

"市长先生，"德里克道，"我认为哈维是在耍你，他不会揭露凶手的身份的。"

"他不会，他的戏会！"

"市长先生，请你不要玩文字游戏。我确信柯克·哈维根本不知道凶手的身份。我们不应该冒险让那出戏上演。凶手如果认为他的名字将会被公布，我不知道他会做何反应。"

"没错，"布朗市长说，"这是从来没有过的事情。你看看外面有多少电视台的摄像机和好奇的人吧，奥菲雅现在是所有人关注的焦点。全国人民都忘了电子游戏和白痴的电视节目，屏住呼吸等着看一出戏！这棒极了！现在这里正在发生的一切，完完全全是独一无二的！"

麦肯纳警长转脸看向格利弗局长：

"格利弗局长，你对维持演出有什么看法？"

"我要辞职。"格利弗回答道。

"什么，你要辞职？"布朗市长说不出话来。

"我即刻放弃我的职务，艾伦。我想要演这出戏，它太了不起了！另外，我现在也是焦点人物了。我从来没有过这样一种个人成就感。我终于有价值了！"

于是布朗市长宣布道：

"蒙塔涅副局长，我任命你为代理局长。"

蒙塔涅露出一个胜利的微笑。安娜努力地保持冷静：现在不是闹事的时候。市长转脸看向麦肯纳警长，又问他：

"你呢，警长，你是怎么想的？"

"这是你的城市，布朗市长。所以，由你来定。不管怎么说，我认为就算你把一切活动都取消，也解决不了安全问题。城里还是会到处都是媒体记者和好奇人士。不过如果你要维持演出的话，你就必须采取一些严厉的措施。"

市长思考了一会儿，然后声音坚定地宣布道：

"我要封锁全市，维持演出。"

于是麦肯纳开始一一列举要采取的安全措施。进城的所有入口都要监控起来，主街上禁止车辆通行，剧团成员都住进被警方高度监视的湖景酒店，安排专门车队每天护送剧团在酒店和大剧院之间往返。

会议终于结束之后，安娜把布朗市长堵在一条走廊里。

"××的，艾伦，"她爆发了，"你怎么能任命蒙塔涅接替格利弗的位置？你调我来奥菲雅是为了让我接管警察局，不是吗？"

"安娜，这是临时的。我需要你把心思放在破案上。"

"你是因为我在查案过程中审问了你，所以恨我是吗？是这样吗？"

"你应该先跟我打个招呼的，安娜，而不是像个土匪一样把我架上车。"

"如果你把知道的情况早点说出来，你也不会在这个案子中看起来像个犯罪嫌疑人。"

"安娜，"没心情跟她交谈的艾伦火了，"如果这个案子让我当不成市长，你也得卷铺盖走人。你先证明给我看你的能力，抓到那个正在恐吓这座城市的人再说。"

※

湖景酒店变成一座四处设防的兵营。剧团里的所有演员都被带到一间门口有警察把守的大厅里。

媒体和好奇人士都顶着中午的大太阳挤在酒店的广场上，希望能看到哈维和演员们。当一辆小客车和几辆警车到来时，人们越发激动起来：剧团成员要去大剧院排练了。在长时间的等待之后，演员们终于在警察的包围下出现了。在警戒线后头，有人给他们喝彩，有人喊他们的名字。看热闹的人索要他们的照片和签名，而记者们想让他们发表声明。

奥斯特洛夫斯基第一个冲过去回应那些请求。其他人很快地纷纷效仿。受到热情群众的感染，那些还在担心自己因为参演《黑夜》而会有危险的演员现在终于信服了。他们马上就要变成明星了。通过电视屏幕直播，全美国的观众都将看到这个引起轰动的业余剧团的成员的面孔。

"我早就跟你们说过，你们会变成明星的。"哈维脸上洋溢着幸福的笑容，开心地说道。

几英里之外，杰拉尔德·斯卡利尼和他的妻子在他们位于大洋边的房子里，一脸震惊地在自家电视荧幕上看到了达科塔·艾登的面容。

在纽约，特蕾西·贝格多夫，史蒂文的妻子，经过同事们的提醒，目瞪口呆地发现她丈夫一副好莱坞明星的做派。

在洛杉矶，"白鲸"酒吧里，柯克·哈维以前的演员们，着迷地看着他们一夜成名的导演出现在所有不间断播出的新闻频道上。全国上下都在谈论《黑夜》。他们错过了机会。

※

我、安娜和德里克在现阶段可以考虑的线索是科迪可能跟杰里迈亚·福德和他那些下流勾当有关。于是我们决定回到"里奇俱乐部"去审问科斯蒂克。但是当我们把书店老板的照片拿给他看时，他坚称自己从来没见过他。

"这个人又是谁啊？"他问。

"一个在昨天夜里被人杀掉的人。"我回答他。

"哦，老天啊，"科斯蒂克感叹道，"你们不会每次发现一具尸体就来找我吧？"

"所以说你从来没在俱乐部里见到过这个人？也没在杰里迈亚周围见过他？"

"从来没见过，我都跟你们说了。你们为什么觉得他们之间有关联呢？"

"一切迹象说明，你不认识的那个戈登市长，在你不认识的这个科迪开的书店里买了一出名叫《黑夜》的戏的剧本，而在这个剧本里，杰里迈亚·福德的名字以暗语的形式出现。"

"我长得像是会演戏的人吗？"科斯蒂克反问道。

科斯蒂克太蠢了，不可能会撒谎，所以我们可以相信他没有听说过戈登和科迪。

戈登参与过贩毒吗？科迪的书店有可能是个幌子吗？如果整个关于本地作家的故事都是用来掩盖一个犯罪活动的圈套呢？各种假设在我们

的脑子里碰撞。我们再一次缺少了实质性的证据。

没有更好的办法，我们决定去科斯蒂克跟我们说过的他抓"走狗"的那个汽车旅馆看看。一到那里，我们就知道这个旅馆多少年来都没有变过样。当我们走下车时，安娜的制服和我们腰带上的警徽引发了停车场上人群的一小阵恐慌。

我们拦下了所有年龄在五十岁以上的妓女。其中一个看上去像是老鸨、自称名叫雷吉娜的女人对我们说，她从 20 世纪 80 年代中期起就在这片停车场上管事。

"怎么了？"她请我们在一个人造革沙发上落座之后问，"你们看着不像是风化纠察队的人，我从来没见过你们。"

"刑事侦查队的。"我说，"我们不是来找你麻烦的。我们是想问几个关于杰里迈亚·福德的问题。"

"杰里迈亚·福德？"雷吉娜重复着这个名字，好像我们提到了鬼一样。

我点了点头。

"我要是跟你提起杰里迈亚·福德的'走狗'们，你有印象吗？"我问。

"当然了，帅哥。"她说。

"那你认识这两个人吗？"我把戈登和科迪的照片拿给她看，又问道。

"我从来没见过这两个人。"

"我想知道他们是不是跟杰里迈亚·福德有关系。"

"跟福德的关系？这个嘛，我什么都不知道。"

"他们有可能是他的'走狗'吗？"

"有可能。老实说，我真的一点也不知道。杰里迈亚都是从偶尔来这里的客人中挑'走狗'。常客们一般每次来都选同样的姑娘，而且知道米拉不能碰。"

"米拉是谁？"德里克问，"那个当诱饵的姑娘？"

"对，她不是唯一的一个，但她是干得最久的，两年。直到杰里迈亚死掉。其他的人都撑不到三个月。"

"为什么？"

"因为她们都吸毒，最后都变得拿不出手。杰里迈亚就把她们都清理了。"

"怎么个清理法？"

"吸毒过量。警察从来都没有怀疑过。他把尸体随便一扔，警察觉得瘾君子又少了一个。"

"但是那个米拉不吸毒？"

"不吸，她从来不碰那些脏东西。她是个聪明的女孩，非常有教养，却落入了杰里迈亚的魔爪。他留着她，因为他应该是有点爱上她了。她长得真的很美。我的意思是说，外面那些姑娘，她们都是婊子。而她不一样，像个公主。"

"那她都是怎么抓'走狗'的？"

"她在路边招客，把他们带回房间，然后他们就会落入科斯蒂克的陷阱。你们认识科斯蒂克吗？"

"认识，"安娜说，"我们跟他谈过话。但是我不明白的是，为什么那些被下套的男人里没有一个反抗的。"

"哦，那你们得看看科斯蒂克二十年前的样子。他是一个肌肉怪兽，而且残忍，可怕，有时候还不受控制。我看见过他为了让人听话，把一个人的膝盖和胳膊上的骨头砸碎了。有一天，他闯进一个'走狗'家里，把他和他吓破胆的老婆从床上叫起来，当着他老婆的面痛揍他。你指望那个家伙之后还能做什么呢？一边给人当骡子运毒，一边去报警？那样的话，他就得去坐联邦监狱的苦牢。"

"所以你就由着他这么干？"

"这个停车场不是我的，这家汽车旅馆也不是我的。"雷吉娜辩解道，"再说了，杰里迈亚不找我们的麻烦。没人想被他找麻烦。我只见过一次一个人收拾了科斯蒂克，那场面还挺有意思的。"

"发生了什么？"

"那是 1994 年 1 月的事情，我记得那个时间是因为当时下了很大的雪。那个家伙光着屁股从米拉的房间里出来。他身上只有他的车钥匙。科斯蒂克从后面追他。那人打开车门，掏出一颗催泪弹，朝科斯蒂克扔去，让他哭得像个小姑娘一样。笑死人了。然后那个家伙回到车上，走了。光着屁股！大雪天！啊，真是精彩啊！"

雷吉娜想起那个画面，笑了起来。

"你是说，催泪弹？"我好奇起来。

"对啊，为什么问这个？"

"我们在找一个使用催泪弹的人，他也许跟杰里迈亚·福德有关。"

"这个嘛，亲爱的，我可不知道。我只看到了他的屁股。那都是二十年前的事了。"

"有什么特别的记号吗？"

"他的屁股很漂亮，"雷吉娜笑道，"也许科斯蒂克会记得。那个家伙把他的裤子和钱包都留在了房间里，我觉得科斯蒂克不会漏掉的。"

我没有在这个问题上纠缠，又问：

"米拉后来怎么样了？"

"杰里迈亚死后，她就消失了。这样对她最好不过了。我希望她已经在某个地方开始新生活了。"

"你知道她的真实姓名吗？"

"完全不知道。"

安娜觉得雷吉娜没有和盘托出，对她说：

"我们需要跟这个女人谈谈。这件事很重要。有一个家伙为了保护他的秘密，正在到处制造恐慌，杀死无辜的人。这个人可能跟杰里迈亚·福德有关。米拉她叫什么名字？如果你知道的话，一定要告诉我们。"

雷吉娜在打量了我们一番之后，站起来，到一个装满纪念品的箱子里翻找着。她从里面掏出一张陈旧的剪报。

"这是在米拉离开之后，我在她的房间里找到的。"

她把那个纸片递给我们。那是 1992 年登在《纽约时报》上的一则寻人启事。曼哈顿岛一位商人和政客的女儿在离家出走之后音信全无。

她的名字叫米兰达·戴维斯。寻人启事上配着一位十七岁少女的照片，我一眼就认了出来。她是迈克尔·伯德的妻子，米兰达。

达科塔·艾登

在我小的时候，父母总是对我说不要对人太快地下结论，而且应该再给他们一次机会。我努力地原谅了塔拉，做了一切能做的，让我们的友谊和好如初。

在 2008 年股市危机之后，杰拉尔德·斯卡利尼损失了非常多的钱，不得不放弃了他那栋能俯瞰中央公园的公寓、他在安普敦的别墅以及原来的生活方式。跟大部分的美国人相比，斯卡利尼一家并不可怜。他们搬进了上东区的一栋漂亮的公寓，而且杰拉尔德想办法让塔拉留在了原来的私立学校里，这并不是什么轻而易举的事。但是他们的日子已经不是过去那种有司机、有厨师，周末可以去乡下度假的日子了。

杰拉尔德·斯卡利尼努力地想要装出一副没事发生的样子，但是塔拉母亲见人就说："我们什么都没了。我现在就是奴隶。我得跑步去洗衣店拿衣服，然后去学校接女儿，还得给全家人做饭。"

2009 年夏天，"艾登花园"——我们在奥菲雅不同凡响的别墅，落成了。我说它"不同凡响"，这不是我夸大其词：整栋房子都散发着一种神奇的特质。它的设计和装修，处处都彰显品位。那年夏天，我每天早晨都面对着大海吃早餐。我每天都在看书和写作中度过。我觉得这栋房子就像书里写的那种作家的房子。

在夏天快要结束的时候，我母亲劝我邀请塔拉来奥菲雅住几天。我一点也不想这么做。

"那个可怜的孩子，她整个夏天都困在纽约。"我母亲替她说话道。

"她不值得可怜，妈妈。"

"亲爱的，你应该学会分享，对朋友们有耐心一点。"

"她招我烦，"我解释说，"她总是一副什么都知道的样子。"

"也许是因为她觉得受到威胁了吧。友谊是需要培养的。"

"她已经不是我的朋友了。"我说。

"你知道那句格言是怎么说的：朋友，就是那个你很了解还依然爱着的人。再说了，以前她请你去她家在东安普敦的房子时，你不是挺开心的吗？"

我最后还是邀请了塔拉。我母亲说得对，我们的重逢对我们两个都有好处。我又恢复了我们友谊之初的活力。我们会整晚躺在草坪上谈天说地。有一天晚上，她哭着对我说，是她策划了她的电脑被盗案陷害我。她承认她嫉妒我文章写得好，说这种事情不会再发生了，说她爱我胜过一切。她求我原谅她，我原谅了她。这些事情从那儿以后就都被忘记了。

我们的友谊重新出发。我们父母之间的关系，曾经因为我们的关系而疏远过，现在又密切起来。斯卡利尼一家甚至被邀请来"艾登花园"过周末。其间，杰拉尔德还是一如既往地招人烦，不停地批评我父母的选择："哦，你们选了这种材料真是可惜！"或者是："要是我的话，肯定不会这么做！"我和塔拉再次变得密不可分，我们总是去对方家里玩。我们又开始一起写作。那段时间也是我发现戏剧的时候，我爱上了戏剧，贪婪地读着剧作。我甚至想要写一出戏。塔拉说我们可以试着一起写。我父亲因为他在 14 台的工作关系，会收到所有预演邀请函，所以我们经常去看戏。

2010 年春天，我父母送了我一台我梦寐已久的笔记本电脑。我不能再开心了。我整个夏天都在奥菲雅的房子的露台上写作。父母对我这个样子很是担心。

"你不想去海滩吗，达科塔？或者进城去？"他们问我。

"我在写东西呢。"我对他们说，"我太忙了。"

那是我人生第一次写戏，我把它取名为《康斯坦丁先生》。故事情节是这样的：康斯坦丁先生，一位独自住在安普敦一栋豪宅里的老先生，他的孩子从来不去看他。一天，他再也受不了这种被人抛弃的感觉，便让子女以为他要死了。他的孩子们每一个都想继承他的房子，于是急忙赶到他的床前，接受他的各种任性要求。

这是一出喜剧。我充满激情，在它上面花了一整年时间。我父母不断地看到我坐在电脑前。

"你工作得太努力了！"他们对我说。

"我不是在工作，我是在玩。"我说。

"那你就是玩得太努力了！"

我利用 2011 年夏天写完了《康斯坦丁先生》。9 月开学的时候，我把它拿给我非常敬仰的文学老师看。她在看完之后的第一反应就是把我和我父母叫到了学校。

"你们看了你们女儿的这个剧本吗？"她问我父母。

"没有，"他们说，"她想要先给你看。有什么问题吗？"

"有问题？你们是在开玩笑吗？她写得太好了！这是一部了不起的作品！我认为你们的女儿很有天赋。这就是我想见你们的原因。你们也许知道，我是校戏剧俱乐部成员。每年 6 月，我们都要演一出戏，我希望今年的戏是达科塔写的这出戏。"

我简直无法相信，我的戏要有人演了。很快，在学校里，大家都开始谈论这个了。作为一名还挺低调的学生，我在同学之间的行情暴增。

排练将在 1 月开始。我还有几个月的时间打磨我的剧本。我只做这件事，包括在寒假期间。我一心想要它是完美的。塔拉每天都来我家，我们会把自己关在我的房间里。我坐在书桌前，脸趴在电脑屏幕上，大声地念着对白，而塔拉躺在我的床上，仔细地听着，发表她的意见。

在假期的最后一个星期日，一切都变了。那是我提交剧本前的最后一天。跟之前的每一天一样，塔拉在我家。当时是下午快要结束的时候，她对我说她口渴，我去厨房里给她倒水。当我回到卧室的时候，她正要走。

"你现在就走？"我问她。

"对，我刚才没看时间。我得回家了。"

我觉得她突然变得很奇怪。

"你还好吗，塔拉？"我问她。

"好啊，一切都好。"她跟我保证，"我们明天在学校见。"

我把她送到门口。当我回到电脑前时，我的文档已经没有显示在屏幕上了。我以为是电脑出问题了，但是当我重新打开文件时，我发现它已经消失了。我以为是我点错了文件夹。但是我很快就意识到我的文档已经找不到了。当我想要看看电脑的回收站时，我发现它刚刚被清空过，我立刻明白了：塔拉删除了我的剧本，已经没有任何手段可以恢复了。

我大哭起来，然后变得歇斯底里。我父母跑来我的房间。

"你告诉我，"我父亲对我说，"你有备份的吧？"

"没有！"我大吼道，"全在那里！全没了。"

"达科塔，"他教训我说，"可是我之前就……"

"杰瑞，"我母亲已经明白了事情的严重性，打断他道，"我认为现在不是时候。"

我对我父母解释了事情的经过：塔拉让我给她倒水喝，我离开了一会儿，然后她就着急走了，剧本就不见了。我的剧本是不可能突然不翼而飞的。只能是塔拉干的。

"可是她为什么要做这种事情呢？"我母亲纳闷道，一心想要搞清楚这是怎么回事。

她给斯卡利尼家打电话，把事情跟他们解释了。他们替他们的女儿辩护，发誓说她绝不可能干出这种事情来，并怪我母亲没有证据就责怪他人。

"杰拉尔德，"我母亲在电话里说，"这出戏不可能自己不见了。我能跟塔拉说话吗？"

但是塔拉不想跟任何人说话。

我最后的希望是我在 9 月交给文学老师的那份打印出来的版本。但是她找不到了。我父亲把我的电脑拿去给 14 台的一位电脑专家看，但是他也说无能为力。"当回收站被清空了，那就是被清空了。"他对我父亲说，"你们从来没有做过备份吗？"

我的剧本再也不存在了。一年的努力就这么化为乌有，一年的努力就这么烟消云散了。这种感觉无法描述，就好像有什么东西在我身上熄灭了一样。

我父母和文学老师只会说些愚蠢的解决办法："凭着记忆重新写一遍你的戏吧。你都已经烂熟于心了。"很明显，他们从没有写作过。一年的创作是不可能在几天的时间里重现的。他们建议我写一出新戏，为下一年做准备，但是我已经没有意愿再写了。我抑郁了。

在接下来的几个月里，我的记忆中只有一种苦涩感。有一种痛苦埋藏在我的灵魂深处，那是一种深深的不公平感带来的痛苦。塔拉必须得付出代价。我甚至都不想知道她为什么要这么做，我只想要报复。我想要让她像我一样痛苦。

我父母去见了校长，但是他推卸一切责任：

"按照我的理解，"他解释说，"这件事发生在教学环境之外，所以我不能介入。你们应该直接去找塔拉·斯卡利尼的父母解决这个小分歧。"

"小分歧？"我母亲怒了，"塔拉毁了我女儿一年的心血！她们两个都是这里的学生。你应该采取措施。"

"你听我说，艾登夫人，也许这两个人需要远离对方，她们不停地对对方下黑手。先是达科塔偷了塔拉的电脑……"

"她没有偷电脑！"我母亲发火道，"一切都是塔拉搞的鬼！"

校长叹了口气：

"艾登夫人……这件事请你直接跟塔拉的父母解决。这样比较好。"

塔拉的父母什么话都不想听。他们竭力地维护他们的女儿，说我胡编乱造。

几个月过去了。

除了我，所有人都忘记了这件事。我的心口上留着伤痕，那是一条深深的不肯愈合的伤口。我不停地说着这件事，但是我父母最后对我说，我应该停止再提这件事，说我应该往前看。

6月，校戏剧俱乐部最后演了一出改编自杰克·伦敦的戏。我拒绝去看首演。那天晚上，我把自己关在房间里哭泣。我母亲没有来安慰我，反而对我说："达科塔，事情已经过去六个月了，该往前看了。"

但是我做不到。我呆坐在电脑屏幕前，却不知道该写什么。我觉得我的所有想法和灵感都枯竭了。

我无聊得要死，我想要父母亲的关心，但是我父亲工作太忙了，我母亲也永远不在家。我之前从来没有意识到他们有多忙。

那年夏天，在"艾登花园"，我把时间都花在了上网上。我尤其把时间花在了脸书交友上。我不是上网交友就是没事做。我意识到最近这段时间以来，我除了塔拉，并没有交到多少朋友。当然我之前是太忙于写作了。从现在开始，我要努力地用虚拟的方式追回失去的时间。

我一天会上塔拉的脸书主页上看好几次。我想要知道她做了什么，看了什么。自从1月那个星期日她最后一次来我家里之后，我们就再也没有说过话。不过，我一直通过她的脸书偷窥她，我憎恨她在上面发布的一切内容。这也许就是我驱除她给我造成的痛苦的一种方式吧，还是说我在培养我对她的怨恨？

2012年11月，我们已经有十个月没有说话了。一天晚上，当我把自己关在房间里，在脸书上跟不同的人聊天时，我收到了塔拉发来的一条信息。那是一封很长的信。

我立刻明白那是一封告白信。

塔拉在信中对我诉说了她多年以来的痛苦，说她无法原谅自己对我做过的那些事，说她从春天开始就去看精神科医生，说医生帮助她把事情看得更清楚了。她说现在是时候接受她自己本来的样子了。她告诉我，说她爱我，说这话她跟我说过好多次，但是我从来没有明白过。她跟我解释，她最后对我写的那出戏产生了嫉妒心，因为我眼里只有我的剧本。她对我倾诉，请求我原谅她。她说她想弥补一切，希望让我理解她的不合理的举动，说她每天都因为自己的行为而憎恨自己。她很遗憾她对我所做的一切。

我把那封信读了好几遍。我混乱了，感觉不自在。我不想原谅她。当时我心中憋了太久的怒火，无法一下子就消散。于是，在短暂地犹豫了一下之后，我把塔拉的信通过脸书的聊天软件发给了全班同学。

第二天早上，全学校的人都看过了那封信。塔拉从此以后成了笑话，随之而来的还有其他各种可以想象到的难听的外号。我不认为这是我最开始想要得到的结果，但是我意识到，看到塔拉这样被钉在耻辱柱上，我的心情会很好。另外最重要的是，她承认是她删除了我的剧本。真相终于大白了。有罪之人被揭穿了，受害者可以稍稍得到一些安慰了。但是大家都在嘲笑塔拉，没人在意所谓的真相。

当天晚上，塔拉再次在脸书上给我发消息："你为什么要这么对我？"我针锋相对地回复："因为我恨你。"我认为在那一刻我真正感到了恨意，而这种恨意在消耗着我。塔拉就这样成了所有人嘲笑和侮辱的对象，而当我在学校的走廊里遇见她时，我心想她活该。我一直记着1月的那天晚上，她删掉了我的剧本。那天晚上，她抢走了我的戏。

就是在这段时间，我跟莱拉成了朋友。她在跟我同年级的另一个班里。她是那种所有人都会关注的女孩，充满魅力，又总是穿得很好看。有一天，她来学校餐厅找我。她对我说，她觉得我散发塔拉的信的做法妙极了，她一直觉得塔拉很假。"你这星期六晚上要做什么？"莱拉问我，"你要来我家玩吗？"

从此，星期六去莱拉家变成一种永恒不变的惯例。我和学校里的好几个女孩都聚在她家，我们把自己关在她的房间里，偷喝她父亲的酒，在浴室里抽烟，在脸书上给塔拉发辱骂信息：贱货、婊子。什么话都说。我们对她说我们恨她，我们变着法子骂她，乐此不疲。

于是，我就变成了这样的女孩。一年前，我父母要催着我出门，催我交朋友，但是我宁愿把周末时间花在写作上。现在呢，我去莱拉的房间喝酒，整晚地辱骂塔拉。我越攻击她，越觉得她渺小。过去那个仰慕她的我，现在喜欢俯视她。我开始在学校的走廊里撞她。我喜欢这种感觉，这种变强的感觉。我喜欢看她可怜兮兮的样子。

这种情况持续了三个月。

2月中旬的一个早上，几辆警车停到了学校门前。塔拉在自己的房间里自杀了。

※

警察没花多少时间就找到了我。

在悲剧发生的几天之后，我准备出门去上学的时候，几名探员来家里找我。他们给我展示了几十页打印出来的我发送给塔拉的信息。爸爸通知了他的律师本杰明·格拉夫。警察离开之后，律师对我们说，我们大可放心，警察没法证明我在脸书上发的信息和塔拉自杀之间的关联。我记得他有一句话是这样说的：

"幸亏小斯卡利尼没有留下一封遗书，解释她的举动，不然的话，达科塔可能就麻烦大了。"

"幸亏？"我母亲大吼道，"你知道你在说什么吗，本杰明？你让我恶心得想吐！"

"我只是在努力做我的工作，"本杰明·格拉夫辩解道，"免得达科塔进监狱。"

但是她确实留下了一封信，那是她父母在几天后整理她房间的时候发现的。塔拉在信中详细地解释了她为什么宁愿去死也不想每天继续被我羞辱。

斯卡利尼夫妇报了警。

警察又来了。这时我才真正意识到我做了什么。我杀了塔拉。手铐、警察局、审讯室。

当本杰明·格拉夫到来时，他已经没了平时的骄傲。他甚至忧心忡忡。他说检察官想要杀鸡儆猴，警醒一下那些在网络上恐吓自己同学的人。按照他的观点，教唆人自杀甚至可以被认为是谋杀。

"你可能会被当成成年人来审判，"格拉夫提醒我，"如果是这种情形的话，你将会面临七到十五年监禁。除非能跟塔拉的家人达成协议，让他们撤回起诉。"

"协议？"我母亲问。

"给钱，"格拉夫解释，"作为交换，让他们放弃起诉达科塔。这样就不用上法庭了。"

我父亲让格拉夫去接洽斯卡利尼家的律师。然后格拉夫便带着他们的要求回来了。

"他们想要你们在奥菲雅的房子。"他对我父母说。

"我们的房子？"我父亲难以置信地重复着他的话。

"是的。"格拉夫确认道。

"那就给他们好了，"我父亲说，"立即给他的律师打电话，跟他说，如果斯卡利尼一家放弃起诉，我明天第一时间就去找公证人。"

杰西·罗森伯格

2014 年 7 月 24 日星期四

开幕式前 2 天

前 ATF 特别探员格雷斯如今已经七十二岁了，在缅因州波特兰市过着平静的退休生活。当我打电话联系上他时，他立刻对我的案子表现出了兴趣。"我们能见面吗？"他问，"我必须得给你看点东西。"

为了省得我们一路开到缅因州去，我们说好了在中间地带，也就是马萨诸塞州的伍斯特郡碰面。格雷斯给了我们一个地址，那是他喜欢去的一家小餐馆，我们在里面碰头不会有人打扰。当我们到达时，他已经找了张桌子坐下了，面前放着一摞薄煎饼。他瘦了，脸上也布满皱纹了，他老了，但是没有太大变化。

"罗森伯格和斯考特，1994 年的两个危险分子。"格雷斯看到我们笑道，"我一直觉得我们会再见面的。"

我们在他对面坐下。再次见到他，我有种重返过去的感觉。

"所以说，你们是对杰里迈亚·福德感兴趣喽？"他问。

我把情况详细地给他介绍了一下，然后他对我们说：

"罗森伯格，我昨天在电话里就跟你说过，杰里迈亚是条鳗鱼。滑溜、难抓、敏捷，还会放电。总之他就是警察最讨厌的那种人。"

"当年 ATF 为什么对他感兴趣？"

"老实说，我们只是非常间接地对他感兴趣。对我们来说，真正的大案是在里奇斯堡特地区贩卖的从军中偷来的武器。我们调查了好几个月，才搞清楚在那家运动酒吧里，也就是我们在 1994 年相遇的那个地方，进行着什么勾当。我们调查的其中一条线索就是杰里迈亚·福德，线人告诉我们他什么非法交易都干。我很快就意识到他不是我们要抓的人，但是我们监视了他好几个星期，结果令我目瞪口呆：这个家伙是一个非常有条理的细节狂。最后我们彻底对他失去了兴趣。然后在 1994年 7 月的一个早上，他的名字又突然冒了出来。"

※

里奇斯堡特，ATF 监视藏身处
1994 年 7 月 16 日早上

早上七点，里格斯探员来到 ATF 监视藏身处接替守了一夜的格雷斯。

"我来的时候经过 16 号公路，"里格斯说，"发生了一起严重的交通事故。一个骑摩托车的死了。你肯定猜不到是谁。"

"骑摩托车的？不知道。"疲惫的格雷斯说，没心情跟他玩猜谜游戏。

"杰里迈亚·福德。"

格雷斯探员愣住了。

"杰里迈亚·福德死了？"

"差不多吧。据警方说，他活不了了。他的状况很糟糕。那个蠢货好像骑车没戴头盔。"

格雷斯心中一动：杰里迈亚·福德是一个谨慎细致的人，不是那种会蠢到把自己搞死的人，好像有什么地方不对劲。在离开藏身处之后，格雷斯决定去16号公路上去看看。高速公路警察的两辆警车和一辆清障车还在现场。

"这个家伙失去了对摩托车的控制，"一位在现场的警察对格雷斯解释说，"他骑出了公路，正面撞上了一棵树。他垂死挣扎了好几个小时。救护车上的人说他活不了了。"

"你认为他失去对摩托车的控制，都是因为他自己？"格雷斯问。

"是的。路面上没有任何刹车的痕迹。ATF为什么对这个事故感兴趣？"

"这个家伙是本地的一个流氓头子。他是一个行事谨慎的家伙，我很难想象他会自己把自己搞死。"

"反正没有谨慎到记得戴头盔的地步，"那个警官务实地说，"你认为是有人寻仇？"

"我不知道，"格雷斯道，"有什么地方让我觉得不对劲，但是我不知道是什么地方。"

"要是有人想杀这个家伙的话，那他应该早就死了吧。我的意思是说，那个想杀他的人可以碾死他，冲他开枪。结果呢，这个家伙躺在沟里奄奄一息了好几小时。要是他被发现得早的话，还是可以被救活的。那就远不是一场完美犯罪了。"

格雷斯点了点头，递了一张名片给那名警察。

"你的报告，请发给我一份。"

"没问题，特别探员格雷斯，这事包在我身上。"

格雷斯又花了很长时间检查路边。当他的注意力被埋在草丛中的一块毛塑料和几块透明的碎片吸引时，高速公路警队的警察都已经走了。他把那些东西捡起来：那是一块保险杠碎片和几片车头灯碎片。

"只有那么几片碎片，"格雷斯一边吃着薄煎饼，一边对我们说，"没有别的。这就意味着那些碎片要么是留在那里已经有一段时间了，要么是有人在夜里打扫过现场。"

"这个人故意撞了杰里迈亚·福德？"德里克说。

"对，这就可以解释为什么没有刹车痕迹。那个撞击力度肯定很大。为了不留下痕迹，开车的那个人把大块的碎片都捡了起来，然后开着一辆引擎盖完全撞破，但是还能开的车逃走了。再然后，这个人去修车的时候，可能会对修车工说他撞了一头鹿。这样别人就不会再问他更多的问题了。"

"你循着这条线索继续查下去了吗？"我问他。

"没有，罗森伯格队长，"格雷斯说，"我后来得知杰里迈亚·福德没戴头盔，他有幽闭恐惧症。这样就可以解释他的一些谨慎行为了。再说，这件事反正不是 ATF 的职责范围。我已经有足够多的工作要忙了，怎么会再去掺和一起交通事故呢？但是我心中一直有这个疑问。"

"所以说，你没有再深入调查下去？"德里克问。

"没有。不过在三个月之后，也就是 1994 年 10 月底，奥菲雅警察局局长联系了我，他跟我有同样的疑问。"

"柯克·哈维来找过你？"我惊讶道。

"柯克·哈维，他是叫这个。没错，我们简单地谈论了那个案子。他对我说他会再联系我的，但是他再也没联系过我。我猜他应该是放弃了。时间流转，我也放弃了。"

"所以，你从来没有让人分析过那些车头灯碎片？"德里克总结说。

"没有，但是你们可以，因为我还留着它们。"

格雷斯眼中闪过一丝狡黠的光芒。在用纸巾擦完嘴巴之后，他递给我们一个塑料袋，里面放着一大块黑色的保险杠碎片和几块车头灯碎片。他笑着对我们说：

"先生们，接下来轮到你们表演了。"

我们花了一天时间往返于马萨诸塞州还是值得的：如果杰里迈亚·福德是被人杀害的，那我们也许就有了他跟戈登市长之死的关联。

※

　　大剧院像座城堡一样被守卫起来，外面围了一大群人，里面的排练正在继续，但是并没有什么实质性的进展。

　　"出于众所周知的安全原因，我不能对你们多说，"柯克·哈维对他的演员们解释道，"开幕式当晚，我会把剧本发给你们，一场演完再发下一场的。"

　　"《死亡之舞》会被保留吗？"格利弗担忧地问。

　　"当然了，"柯克说，"那是演出的亮点之一。"

　　就在哈维回答团员的问题时，爱丽丝偷偷地溜出了大厅。她想要抽根烟。她来到演员入口处，那里连着一条死胡同，禁止媒体和好奇人士进入。她在那里不会有人打扰。

　　她点燃香烟，坐在人行道边上。就在此时，她看见一个脖子上挂着一张官方记者证的男人冒了出来。

　　"弗兰克·凡南，《纽约时报》记者。"他自我介绍。

　　"你是怎么进来的？"爱丽丝问。

　　"要干记者这个行当，就要有手段能进入别人不想让你进的地方。你是戏里的演员吗？"

　　"爱丽丝·菲尔莫尔，"爱丽丝自我介绍，"是的，我是其中一名演员。"

　　"你饰演哪个角色？"

　　"不是很清楚。对了避免泄密，哈维导演对戏的内容说得非常含糊。"

　　那名记者掏出一本笔记本，记了几笔。

　　"你爱怎么写就怎么写，"爱丽丝对他说，"但是请不要引用我的名字。"

"没问题，爱丽丝。所以你也不知道这出戏将揭露什么？"

"你知道吗，弗兰克，这是关于秘密的一出戏。而一个秘密，说到底，它所隐瞒的真相要比它所揭露的更重要。"

"什么意思？"

"弗兰克，你看看我们这个剧团。每一个演员都在隐藏些什么。哈维，一个感情失败、歇斯底里的导演；达科塔·艾登，活着对她来说就是一种毁灭性的痛苦；还有夏洛特·布朗，她跟这件事或多或少地有些关联，她先是被抓，然后又被放了，最后无论如何还是要继续来演这出戏。这是为什么呢？我就不跟你说奥斯特洛夫斯基和格利弗了，这两人为了能够摸到一点幻想了一辈子的飞黄腾达的门槛，随时准备丢人现眼。不要忘了还有那位纽约的著名文学杂志社的经理，他睡了自己的女下属，来这里是为了躲他老婆。弗兰克，你要是问我的看法的话，我觉得关键不在于发现这出戏将要揭露什么，而是在于知道它隐瞒了什么。"

爱丽丝转身进门。她之前从地上捡了一块砖挡着那扇门，让它一直开着。

"你想进来的话，就进来吧。"她对那个记者说，"里面值得一看。但是千万不要告诉别人门是我开的。"

"你放心好了，爱丽丝，没人会查到你身上的。这不过是剧院的一扇门罢了，谁都可以替我开门。"

爱丽丝立刻纠正他道：

"这是地狱之门。"

※

同一天，当我和德里克往返于马萨诸塞州时，安娜去见了米兰达·伯德——迈克尔·伯德的妻子，曾经的米兰达·戴维斯，那个给杰里迈亚·福德和科斯蒂克当过诱饵的女人。

米兰达在布里奇安普敦路上开了一家名叫"基思和达内"的服装店，就在"金色珍珠"咖啡馆旁边。当安娜走进去的时候，店里只有她一个人。米兰达立刻认出了她，冲她微笑，好奇她为何而来。

"你好啊，安娜，你是来找迈克尔的吗？"

安娜也向她温柔地笑笑。

"我是来找你的，米兰达。"

她把手里的寻人启事拿给她看，米兰达的脸色变了。

"你不用担心，"安娜想要让她安心，"我只是需要和你谈谈。"

但是米兰达面无血色。

"我们出去谈吧。"她提议，"去转一圈，我不希望客人看到我这个样子。"

她们关上店门，一起上了安娜的车。她们先往东安普敦方向开了一会儿，然后开上一条土路，一直开到森林边缘一处四下无人的花田边。米兰达下了车，好像晕车似的蹲到草丛里，大哭起来。安娜蹲到她身旁，努力想要让她平静下来。在经过漫长的一刻钟之后，米兰达才艰难地说出话来。

"我老公，我的孩子们……他们都不知道。安娜，不要毁了我。我求你了，不要毁了我。"

一想到自己的秘密要被家人发现，米兰达再次无法抑制地哭了起来。

"你别担心，米兰达，没人会知道的。但是你必须跟我说说杰里迈亚·福德。"

"杰里迈亚·福德？哦，老天啊，我真希望永远也不会再听到这个名字。为什么要提起他？"

"因为他似乎以某种方式参与了 1994 年的四人命案。"

"杰里迈亚？"

"是的，我知道这可能听上去很奇怪，因为他死于四人命案之前，但是现在他的名字又冒了出来。"

"你想知道什么？"米兰达问。

"你是怎么落到杰里迈亚·福德手上的？"

米兰达悲伤地看了一眼安娜。在沉默了许久之后，她对安娜说：

"我出生于 1975 年 1 月 3 日，但我活着是从 1994 年 7 月 16 日开始的。那一天我得知杰里迈亚·福德死了。杰里迈亚是我认识的最有魅力，也最残忍的家伙。他是一个少有的邪恶之人。他跟我们可以想象的那种冷酷粗暴的流氓一点也不一样，杰里迈亚比他们更可怕。他是一股真正的邪恶力量。我是在 1992 年离家出走之后认识的他。当时我十七岁，我恨所有人，因为什么我现在已经不知道了。我跟我父母天天吵架，然后一天晚上，我走了。当时是夏天，外面天气很好。我在户外睡了好几夜。后来我被几个偶然遇见的家伙说服，去了一栋被非法占据的住处。那是一栋荒废的旧房子，结果变成嬉皮士聚集的地方。我很喜欢那种无忧无虑的生活。我身上带了点钱，可以给自己买点吃的用的。一天晚上，房子里的几个家伙发现了我有钱。他们想要抢我的钱，开始打我。我逃到马路上，差点被一个骑摩托车的人给撞死。他没戴头盔，还算年轻，长得非常帅，穿着一件剪裁很好的西装和一双好看的鞋子。他看到我一脸惊恐的样子，问我发生了什么。在看到追我的三个家伙赶来之后，他把追我的三个家伙全给揍了。对我来说，我这是遇到了守护天使。他让我坐在他的摩托车后面，把我带回了他家。他骑得很慢，因为'没有头盔，这样很危险'，他说。他是一个极其小心的人。"

※

1992 年 8 月

"我送你去哪儿？"杰里迈亚问米兰达。

"我无处可去，"她说，"你能收留我几天吗？"

杰里迈亚把米兰达带回了家，安排她住在客房里。她已经有好几个星期没在真正的床上睡过觉了。第二天，他们聊了很久。

"米兰达，"杰里迈亚对她说，"你只有十七岁，我应该送你回你父母家。"

"求求你了，让我再留一段时间吧。我不会打扰到你的，我向你保证。"

杰里迈亚最后同意了。他同意让她多待两天，结果她越待越久。他允许米兰达陪他去他开的俱乐部，但是不准别人给她酒喝。后来，她问他能不能为他工作，他便雇了她当俱乐部的迎宾小姐。米兰达更想留在俱乐部里头服务客人，但是杰里迈亚不同意，并解释说："米兰达，从法律上讲，你还没有权利给人倒酒。"这个男人让她着迷。一天晚上，她想要亲杰里迈亚，但是杰里迈亚拦住了她。他对她说："米兰达，你才十七岁。我会有麻烦的。"

后来，奇怪的是，他开始叫她米拉。她不知道为什么，但是她很喜欢他给自己起了一个昵称。她觉得这是自己跟他之间的一种更加特殊的联系。后来杰里迈亚让她给自己帮忙，让她给一些不认识的人去送包裹，去一些餐厅取一些厚厚的信封给他。有一天，她明白了杰里迈亚在做什么：她是在替杰里迈亚运毒、运钱，天知道还有什么其他违法的事情。她立刻忧心忡忡地去找杰里迈亚：

"杰里迈亚，我以为你是个好人。"

"我是好人啊！"

"大家都说你在贩毒。我打开了一个包裹……"

"你不该打开的，米拉。"

"我不叫米拉！"

当时，杰里迈亚让她以为她不需要再做这种事了。但是第二天，他就像使唤狗一样使唤她。"米拉！米拉，把这个包裹给温特尔送去！"她害怕了。她决定逃跑。她按照他的要求接过包裹，但是她没有去指定的地点。她想要回她父母家，回纽约去。她想要重新回到温馨的家中。她身上还剩了一些钱，于是她叫了一辆出租车。当出租车把她送到她父母家门前时，她感受到一种深深的幸福感。当时是午夜，那是一个秋天的美丽夜晚。街道安静无人，陷入沉睡之中。突然之间，她看到了他，他就坐在门廊前的台阶上，是杰里迈亚。他恶狠狠地看着她。她想要大喊，想要逃跑，但是杰里迈亚的手下科斯蒂克出现在她身后。杰里迈亚示意米兰达不要出声。他们把她带上车，一路带回"里奇俱乐部"。他们第一次把她带进那间叫作"办公室"的房间。杰里迈亚想知道包裹在哪儿。米兰达哭了起来。她对他说她把包裹扔了，说对不起，她不会再犯了。杰里迈亚对她反复地说："你离不开我，米拉，你明白吗？你是我的！"她大哭，双膝跪地，心里既害怕又混乱。最后，杰里迈亚对她说："我要惩罚你，但是我不会让你破相。"米兰达一开始没听明白。接着，杰里迈亚便抓起她的头发，把她拖到一个水盆前。他把她的头摁进水里，维持了漫长的好几秒。她以为她要死了。当他放手的时候，她瘫倒在地，哭着，颤抖着。就在这时，科斯蒂克把她父母的几张家庭照扔到她脸上。"如果你不听话的话，"他对她说，"如果你干蠢事的话，我就会把他们全杀掉。"

※

米兰达的讲述中断了一下。

"真的很抱歉，让你重新经历这一切。"安娜把手放在她的手上，轻声地对她说，"后来又发生了什么？"

"我开始了另一段人生，为杰里迈亚服务的一段人生。他让我住进16号公路边上一家恶心的汽车旅馆。那里住的大部分是妓女。"

※

1992 年 9 月

"这里就是你的新家了。"杰里迈亚走进汽车旅馆的房间里，对米兰达说，"你在这里更自在，你可以自由进出。"

米兰达坐到床上。

"我想回家，杰里迈亚。"

"你在这里不好吗？"

他说话的声音很温柔，这正是杰里迈亚的变态之处：他前一天虐待米兰达，第二天又带她去购物，好像她刚认识他的时候那般亲切。

"我想要离开。"米兰达又说。

"你想走，那你就走好了。门是敞开的。但是我不希望你父母出事。"

说完这些话，杰里迈亚便走了。米兰达长久地看着房间门。她只要跨出去，坐上巴士就可以回纽约，但是这不可能。她觉得自己完全被杰里迈亚囚禁了。

他强迫她继续送包裹。后来他又加强了对她的掌控，让她参与招募"走狗"的工作。一天，他把她叫进"办公室"。她颤抖着走进去，以为她要被摁水盆，但是杰里迈亚似乎心情很好：

"我需要一名新的人事经理，"他对她说，"上一位刚刚吸毒过量，死了。"

米兰达感觉自己的心脏在怦怦乱跳。杰里迈亚想要她干什么？他继续说：

"我要抓一些想睡未成年少女的变态，而你就是那个未成年少女。别担心，没人会对你做什么的。"

计划很简单。米兰达负责到汽车旅馆的停车场上招客。当有客人出现的时候，她就把他带到房间里去。她会让他脱衣服，她自己也会一起脱，然后告诉那个男人她是未成年。那人肯定会说，这对他来说恰恰不是问题。这时，科斯蒂克就会从藏身处走出来，负责接下来的事情。

于是事情就按照计划进行了。米兰达同意参与这个计划，不仅是因为她没有选择，也是因为杰里迈亚跟她保证，只要她帮忙抓住三条"走狗"，她就可以自由地离开。

在按照协议完成约定之后，米兰达去找杰里迈亚，要求他放自己离开。结果她进了"办公室"，头被摁进了水盆里。"你是个罪犯，米拉。"当她努力想要恢复呼吸的时候，他对她说，"你陷害他人，敲诈勒索！他们都看见了你的样子，他们甚至知道你的真实姓名。你哪儿也去不了，米拉，你要跟我在一起。"

米兰达的生活变成人间地狱。她不是在送包裹，就是在汽车旅馆的停车场里当诱饵，每天晚上还要在"里奇俱乐部"迎宾，那里的客人尤其喜欢她。

※

"你这样抓了多少人？"安娜问。

"我不知道。这件事持续了两年，肯定有好几十人吧。杰里迈亚经常更新他的'走狗'库。他不希望用他们太长时间，害怕他们会被警察认出来。他喜欢混淆视听。而我，终日担惊受怕，抑郁难过。我不知道我会怎么样。停车场上的姑娘们跟我说，在我之前当诱饵的那些女孩最后都死于吸毒过量或自杀。"

"汽车旅馆的一个女的告诉我们在 1994 年 1 月，科斯蒂克跟一个没能抓成功的'走狗'有过争执。一个不愿意任人摆布的家伙。"

"对，我差不多还记得。"米兰达说。

"我们可能需要找到他。"

米兰达睁大了眼睛。

"那是二十年前的事情了，我已经记不太清楚了。他跟你的调查有什么关系？"

"那人用催泪弹喷了科斯蒂克，而我们要抓的那个人正好是一个爱用催泪弹的人。我觉得到了现在这个阶段，这不可能是一种巧合。我必须找到这个人。"

"可惜的是，他从来没跟我说过他的名字，我恐怕也记不得他长什么样子了。那是二十年前了。"

"据我所知，那人是光着身子逃跑的。你注意到他身上有什么特殊标记吗？能给你留下印象的那种？"

米兰达闭上双眼，好像是为了更好地在记忆里寻找。突然，她想起了一件事。

"他肩胛骨上有一大片文身，文的是一只飞翔的鹰。"

安娜立刻记了下来。

"谢谢你，米兰达。这条信息可能非常有用。我还有最后一个问题。"

她把戈登市长、泰德·特南鲍姆和科迪·伊利诺伊的照片拿给米兰达看，然后问她：

"这几个人里有人是'走狗'吗？"

"没有。"米兰达确定地回答，"科迪尤其不可能！他是多么好的一个人啊！"

安娜又问："在杰里迈亚死后，你做了什么？"

"我回到了我在纽约的父母家中。我读完高中去念了大学。我慢慢地恢复了过来。几年之后，我遇见了迈克尔。多亏了他，我才真正找回继续活下去的力量。他是一个不一般的男人。"

"没错，"安娜点头道，"我非常喜欢他。"

两个女人随后回到了布里奇安普敦路。在米兰达下车的时候，安娜问她："你确定你还好吗？"

"确定，谢谢。"

"米兰达，你迟早要把这些事情告诉你丈夫。秘密到最后总是会被人发现的。"

"我知道。"米兰达悲伤地说道。

杰西·罗森伯格

2014 年 7 月 25 日星期五

开幕式前 1 天

距离开幕式还有二十四小时。我们有进展，但是距离破案还远。在过去的二十四小时里，我们发现杰里迈亚·福德的死也许不是意外，他可能是被人杀死的。特别探员格雷斯当年收集的保险杠和车头灯碎片，现在都在技侦大队手上进行深入分析。

我们还通过米兰达·伯德的叙述（我们向她保证，对她的过去守口如瓶），知道了那人肩胛骨上有一个老鹰文身。据我们所知，泰德·特南鲍姆和戈登市长身上都没有这样的文身，科迪·伊利诺伊也没有。

科斯蒂克是唯一能帮我们找到那个使用催泪弹男人的人，但是我们从昨天起就找不到科斯蒂克。他既不在俱乐部，也不在家里。然而他的车还停在他家门外，他的房门也没有锁。我们进去之后，发现电视还是开着的。仿佛科斯蒂克是匆忙离开家的，又或者他出了什么事情。

光是忙这些似乎还不够，我们还得去支援迈克尔·伯德。布朗市长指责他给《纽约时报》透露了消息，因为《纽约时报》今天早晨刊登了一篇报道，现在所有人都在谈论它。文章对剧团成员和剧的质量并不是很恭维。

布朗在他的办公室里召开了一次紧急会议。当我们到达的时候，蒙塔涅、麦肯纳警长和迈克尔已经到了。

"你能给我解释一下这篇狗屎文章是怎么回事吗？"布朗市长手里晃动着一份《纽约时报》，冲着可怜的迈克尔大吼道。

我插话说："市长先生，你是在担心有不好的批评吗？"

"我担心的是谁都可以进出大剧院，队长！"他咆哮道，"这还真是奇怪了！有几十名警察把守着剧院的出入口，这个家伙是怎么进去的呢？"

"现在负责城市安全的人是蒙塔涅。"安娜提醒市长。

"我的部署非常严密。"蒙塔涅辩解道。

"严密，严密个鬼！"布朗发火道。

"肯定是有人把这个记者给放进去的，"蒙塔涅抗议道，"那人也许是他的同行？"他转头看向迈克尔。

"跟我一点关系都没有！"迈克尔气愤道，"我甚至都没明白我来这里做什么。你们认为我会给一个《纽约时报》派来的家伙开门？我为什么要破坏我自己的独家报道呢？我说过我在开幕式之前什么都不会说，我是一个言而有信的人！如果有人把这个《纽约时报》的蠢货放进了剧院，那肯定是演员干的！"

麦肯纳警长努力地让大家都冷静一下：

"好了，好了，相互指责一点用也没有。现在必须得采取措施，确保类似事件不再发生。从今天晚上开始，大剧院将被视为全封闭区域。所有的入口都要被围起来，派人守卫。明天早晨，安排炸弹嗅探犬对剧院进行彻底搜查。明天晚上，观众在进入剧院之前，全要接受检查，走金属探测门。经过认证的人员，包括剧团成员在内，也不能例外。传令下去：除了手提包，其他的包一律禁止入内。布朗市长，你放心好了，明天晚上大剧院里不会有任何事情发生。"

※

在湖景酒店，演员房间所在的那层楼已经被州警彻底守卫起来，里面的动静嘈杂到了顶点。几份《纽约时报》被从一个房间传到另一个房间，引发愤怒而绝望的叫喊。

在走廊里，哈维和奥斯特洛夫斯基大声地读着其中几段。

"他们说我是个躁狂症患者、疯子！"哈维不忿道，"里面还说我的戏一文不值！他们怎么敢这么对我？"

"里面说《死亡之舞》糟糕透顶。"奥斯特洛夫斯基惊骇道，"这个记者，他以为他是谁啊？这么没有良心地诋毁一位正直的艺术家的工作？啊，坐着批评真是太容易了！让他来试试写一出戏，他就会知道这是一门复杂的艺术！"

达科塔把自己关在浴室里，哭出了身体里几乎全部的眼泪。她父亲站在门外，努力地想要让她冷静下来。*"剧名角色的扮演者是达科塔·艾登，14台台长杰瑞·艾登的女儿。她在去年因为在脸书上骚扰一名同班同学，导致后者自杀身亡。"*

在隔壁的套间里，史蒂文·贝格多夫也在咚咚地敲着浴室门。

"开门，爱丽丝！是你告诉的《纽约时报》吗？明显就是你！不然他们怎么会知道《纽约文学评论》的经理出轨？爱丽丝，你现在给我把门开开！你必须把这件事给我解决了！刚才我老婆给我打电话了，她现在歇斯底里，你必须跟她解释一下，反正你得做点什么，把我从这件麻烦事中救出来，该死！"

门突然开了，贝格多夫差点摔到地上。

"你老婆，"爱丽丝哭着吼道，"你老婆？那你滚回去找你老婆好了！"

她朝他脸上扔了一个东西，然后喊道：

"我怀了你的孩子，史蒂文！我也要把这件事告诉你老婆吗？"

史蒂文捡起那个东西，那是一根验孕棒。他惊慌失措。这怎么可能！他是怎么沦落到这种地步的？这一切必须停止。他必须把他来这里本来打算要做的事情做了。他得杀了她。

※

在去完市政厅之后，我们回到了我们的办公室——《奥菲雅纪事报》的档案室。我们查看所有收集而来贴在墙上的证据。突然，德里克把一篇文章撕了下来，那上面有斯特凡妮用红色签字笔写着的那句话："真相就在我们眼皮底下，却没人看见。"

他大声地重复道："什么就在我们眼皮底下，我们却看不见？"他看着那篇文章的配图，然后说："我们去那儿。"

十分钟之后，我们来到了彭菲尔德新月路，那里是二十年前，1994 年 7 月 30 日晚，一切开始的地方。我们把车停在宁静的街道上，看着那栋曾经属于戈登一家的房子许久。我们把文章的配图拿来跟它比对：除了街道上的房屋被重新刷了油漆，一切似乎都没有改变。

戈登家房子的新主人是一对和气的夫妻，他们已经退休了，房子是他们在 1997 年买的。

"我们当然知道这里发生过什么，"那位丈夫跟我们解释道，"不瞒你们说，我们犹豫了很久，但是它的价格太有吸引力了。我们要是在它最高价的时候买的话，永远也买不起这么大的一栋房子。这是一个不容错过的机会。"

我问那位丈夫："房子现在的格局跟之前一模一样吗？"

"是的，队长，"他对我说，"我们把厨房彻底地重装了一遍，但是房间以前的布局跟你现在看到的一模一样。"

"我们能进去看一看吗？"

"请进。"

我们按照警方卷宗里的犯罪现场模拟报告，从入门处开始。安娜念报告。

"凶手一脚踹开门，"她说，"他在走廊里遇见了莱斯利·戈登，把她杀了，然后右转，在这个被当作客厅使用的房间里，看到了他们的儿子，冲他开了枪。接着他朝厨房走去，在那里杀掉了市长，最后从大门离开。"

我们重新走了一遍从客厅到厨房的路线，然后从厨房走到房子外面的台阶。安娜接着念道：

"他出去的时候，撞见了梅根·帕达林。后者想要逃跑，但是背后中了两枪，最后被一枪打在脑袋上，她死了。"

我们现在已知凶手不是像我们之前所认为的那样开着泰德·特南鲍姆的小货车来的，他要么是开着另一辆车来的，要么是步行来的。安娜还在看着花园，突然说：

"呃，有地方不对劲。"

"哪里不对劲？"我问。

"凶手想要趁着所有人都在戏剧节现场的机会采取行动。他不想被人看见，想要悄无声息地、迅速地杀人完事。按照逻辑来说，他应该先在房子周围打探一番，再溜进花园，透过玻璃窗观察屋里的动静。"

"这些他也许都已经做过了。"德里克说。

安娜皱起了眉头。

"你们对我说过，那天有一根自动洒水管破了。所有走过草坪的人鞋都是湿的。如果凶手在破门之前经过花园，那他肯定会把水带进屋里。但是报告中没有提到任何湿脚印。里面应该有的，不是吗？"

"这是一个好角度，"德里克赞同，"我之前没有想到这一点。"

"还有，"安娜接着说，"凶手为什么要从正门进，而不从房子后面的厨房门进呢？那是一扇玻璃门，一扇普通的玻璃门。他为什么不从那里进去呢？大概是因为他不知道这扇玻璃门的存在。他的行事方式迅速、激烈而又粗暴。他先是破门而入，然后杀了所有人。"

"没错，"我说，"可是安娜，你想说什么呢？"

"我不认为市长是他的目标，杰西。如果凶手想杀的是市长的话，他为什么要从入门处冲进去呢？他有更好的选择。"

"你想到了什么？入室抢劫？但是他什么都没有偷啊！"

"我知道，"安娜说，"不过有一个地方不对劲。"

德里克也思索起来，看向房子旁边的公园。他朝那里走去，坐到草坪上。然后他说：

"夏洛特·布朗说，当她来到这里时，梅根·帕达林正在这个公园里做运动。我们知道按照事件发生的时间顺序，凶手在她离开之后的一分钟来到同一条街上。所以当时梅根还在公园里。如果说凶手下车是为了去踹开戈登家的门，把他们都杀死的话，那梅根为什么要朝这栋房子跑呢？这完全说不通。她应该往另一个方向逃才对。"

"哦，我的天哪！"我大喊道。

我刚刚想明白了。1994年凶手要杀的人不是戈登一家，而是梅根·帕达林。

凶手知道她的习惯，他是来杀她的。也许他已经在公园里袭击了她，她想要逃，于是他就当街把她打死了。他确定那天晚上戈登家里没人，城里所有人都去了大剧院。但是突然之间，他看到戈登的儿子在窗边。就在不久之前，夏洛特也看到了戈登的儿子。于是他踹开房门，把所有的目击者都杀了。

这就是从一开始就在调查者眼皮底下，但是所有人都没有看见的真相：躺在屋前的梅根·帕达林的尸体。凶手要杀的人是她，戈登一家只是附带遇害者。

德里克·斯考特

1994 年 9 月中，四人命案发生后一个半月，即将向我和杰西袭来的那场悲剧发生的前一个月。

泰德·特南鲍姆无路可逃了。

齐吉下士在审问中向我们承认他曾经卖给过特南鲍姆一把抹掉序列号的贝雷塔手枪，我们在当天下午便去了奥菲雅要对他实施逮捕。为了确保一击即中，我们带了两支州警队伍。第一支由杰西带队，负责包围他家；第二支由我带队，负责"雅典娜咖啡"。但是我们扑了个空。特南鲍姆不在家，餐厅经理说自打昨天起就没见过他。

"他去度假了。"经理跟我们解释说。

"度假，"我惊讶道，"去哪里度假？"

"我不知道。他请了几天假，应该星期一回来。"

对特南鲍姆的房子进行的搜查没有任何结果。查他在"雅典娜咖啡"的办公室也一样。我们无法耐着性子等着他大驾归来。据我们所知，他没有坐飞机，除非他用了假身份。他的家人都没有见过他。他的小货车也不见了。我们开始了一次大规模的搜索行动：他的体貌特征被发给机场、边检站，他的汽车牌照被传给全国所有警局，他的照片被发给奥菲雅地区的所有商店和纽约州的许多加油站。

我和杰西轮流在行动中心——我们在州警地区中心的办公室和奥菲雅之间换班。在奥菲雅，我们就睡在车上，埋伏在特南鲍姆的家门口。我们相信他就藏在本地区。他对当地情况了如指掌，有很多人可以帮忙。我们甚至还申请到了对他住在曼哈顿岛的姐姐西尔维亚·特南鲍姆的电话和餐厅电话进行监听的权力。但是一无所获。三个星期之后，因为费用问题，监听行动被取消。警长派来支援我们的警察也被重新分配，去执行更加优先的任务。

"还有比抓捕四人命案的凶手更优先的任务？"我跟麦肯纳警长抗议道。

"德里克，"警长对我说，"我已经给了你三个星期，所有资源都供你用了。你知道这件事可能会持续好几个月，你们得耐得住性子，他迟早会被抓到的。"

泰德·特南鲍姆从我们手上溜掉了，他正在逃跑。我和杰西几乎不再睡觉。我们想要找到他，抓到他，给这个案子画上句号。

就在我们的搜索行动一筹莫展的时候，"小俄罗斯"的施工进行得如火如荼。达拉和娜塔莎认为她们肯定可以在年底开业。

但是最近一段时间以来，她俩的关系变得有点紧张。紧张的原因是登在皇后区一份报纸上的一篇文章。附近的居民在看到餐厅的招牌后都非常感兴趣，但凡是进来了解情况的路人都倾倒在两位店主的魅力之下。很快，所有人都开始谈论"小俄罗斯"。这件事引发了一位记者的兴趣，他想要为此写一篇文章。他带着一位摄影师上门，拍了一系列照片，其中有一张是娜塔莎和达拉两个一起站在招牌前。但是等到几天之后，文章登出来时，两人惊愕地发现，登出来照片是娜塔莎一个人穿着印有餐厅标志的围裙，配图说明是这样的：娜塔莎·达林斯基，"小俄罗斯"的老板娘。

虽然这件事跟娜塔莎一点关系也没有，但达拉还是被严重地伤害到了，因为它充分地说明娜塔莎有多么迷人。当她走进一间屋子的时候，所有人便只看得见她。

尽管在此之前诸事顺利，这件事却成为一系列严重不和事件的开端。每当她们意见发生分歧的时候，达拉总是忍不住说：

"反正娜塔莎，到最后都是按你的来。一切都是你来定，老板娘！"

"达拉，我还要因为那篇该死的文章道歉多久？那件事跟我一点关系都没有，我甚至都没想接受采访。我当时说过，最好等到餐厅开业之后，这样能给餐厅打打广告。"

"哈，所以说是我的错喽？"

"我没这么说，达拉。"

晚上，当我们见到两人之中的一个时，她们总是垂头丧气、死气沉沉的。我和杰西清楚地感觉到"小俄罗斯"正在分崩离析。

达拉不想加入一个会被娜塔莎遮住光芒的项目。

至于娜塔莎，就因为她是娜塔莎，那个总是不由自主就能吸引到所有人的目光的姑娘，也不免心生烦恼。

这真的太可惜了。她们已经具备了可以让那个了不起的项目成为现实的所有条件，而且她们已经为之梦想了十年，并且为了它曾经那么努力地工作过。在"蓝色潟湖"忙个不停的工作时间，为它攒下的每一美元，为了构思出一个符合她们形象的地方所度过的岁月，所有这些都在轰然倒塌。

我和杰西尤其不想牵涉其中。上次我们四个聚在一起，结果以灾难收场。当时我们聚在娜塔莎的厨房里品尝她们最终选定的"小俄罗斯"的菜品，我说出了最错的一句话。我又一次品尝到了那个淋上独一无二的酱汁的三明治，心花怒放，不幸地说出了"娜塔莎酱汁"几个字。达拉立刻大闹起来：

"'娜塔莎酱汁'？所以说它是叫这个名字了吗？为什么不把餐厅的名字改为'娜塔莎餐厅'呢？"

"它不叫娜塔莎酱汁，"娜塔莎努力地想让她冷静下来，"这家餐厅是我们的，是属于我们两个人的，你知道的。"

"不，我不知道，娜塔莎！因为我一直觉得我只是一个听命于你的员工，你才是决定一切的那个人。"

她摔门而出。

于是，几个星期之后，她们叫我和杰西陪她们去印刷厂看用哪种排版格式来印餐厅的菜单时，我和杰西都拒绝了。我不知道她们是不是真的想要听我们的意见，还是只是想让我俩扮演和事佬，我和杰西谁都不想掺和。

那天是 1994 年 10 月 13 日星期四。就是在那一天，一切都变了。

当时下午刚开始，我和杰西正在办公室里吃着三明治，突然杰西的电话响了。是娜塔莎打来的，她在哭。她是从长岛的一家打猎钓鱼用品店打来的。

"我和达拉去印刷厂的时候，在车里吵架了，"她跟杰西解释，"达拉突然停在路边，把我扔下了车。我的手提包落在了车上，我现在迷路了，身上一分钱都没有。"

杰西让她不要动，说他会去接她。我决定陪她去。我们把可怜的流着泪的娜塔莎接了回来。我们努力地安慰她，跟她保证说一切都会好起来的，但是她一直在说，餐厅项目对她来说已经结束了，说她再也不想听见别人提起它了。

我们正好错过了掉头回来接她的达拉：达拉为自己刚才的所作所为感到自责，准备回来不惜一切地请求娜塔莎原谅。她没有找到娜塔莎，便把车停在了荒凉的公路边那家打猎钓鱼用品店前。店老板对她说，他确实看见有一个年轻女人在哭，说他借给她电话用，还说有两个男人过来把她接走了。"他们刚走，"店老板说，"都不到一分钟之前。"

我猜就差几秒钟时间，达拉说不定就可以在打猎钓鱼用品店前看到我们，也许一切都会不一样了。

在送娜塔莎回家的路上，我们的无线电突然响了。泰德·特南鲍姆刚刚被人发现出现在附近的一家加油站里。

我抓起无线电话筒，向接警中心报道。杰西抓起旋闪灯，把它放在车顶上，然后按响了警笛。

开幕式当晚

2014 年 7 月 26 日星期六

杰西 · 罗森伯格

2014 年 7 月 26 日星期六

开幕式当天

这一天，一切都变了。

时间是下午五点半，大剧院即将打开大门。被警察封起来的主街上黑压压的全是人，场面乱到了极点。持票观众夹在一堆记者、看热闹的人和贩售纪念品的移动摊贩之中，挤在依然不让他们进入大剧院的警戒线后头。一些因为没能买到首演剧目门票而失望的人，举着自制标牌在人群中走来走去，许诺高价买票。

不久之前，滚动播出新闻的电视台直播了演员车队在高度保护下抵达大剧院的画面。在走进演员入口之前，每一个人都接受了仔细的搜身检查，并通过了金属探测门。

在大剧院的几个主入口处，警察正在完成检测门的安装工作。观众已经等不及了。还有两个多小时，《黑夜》的首场演出就要开始了。1994 年的四人命案的凶手也终于要现身了。

在《奥菲雅纪事报》的档案室里，我、德里克和安娜也正准备去大剧院，被迫去见证柯克 · 哈维可笑的胜利时刻。麦肯纳警长之前警告过我们，命令我们离哈维远一点。"你们与其找哈维的麻烦，"他对我和德里克说，"不如把案子给破了，查明真相。"这么说并不公平。我们不眠不休地工作到了最后一刻，但是不幸的是，我们没有取得多大进展。梅根·帕达林为什么被杀呢？谁会有理由想要杀害这样一个普通的女子呢？

迈克尔·伯德给我们提供了宝贵的帮助，陪着我们几乎熬了一夜。他把他能找到的关于梅根的所有资料都给找齐了，好让我们能够复原她的生平。她出生在匹兹堡，在纽约州一所规模很小的大学里学过文学。她在纽约短暂地生活了一段时间，然后在 1990 年跟着她的丈夫塞缪尔搬到奥菲雅。塞缪尔在本地区的一家工厂里当工程师。她到奥菲雅没多久就被科迪雇去他的书店工作。

还有她的丈夫塞缪尔·帕达林是怎么回事？他为什么突然回到奥菲雅来参演这出戏呢？自从他的妻子被杀之后，他就搬到了南安普敦，而且再婚了。

塞缪尔·帕达林似乎也是一个普通人。他没有犯罪记录，是多家志愿者协会的成员。他的第二任老婆凯莉·帕达林是一名医生。两人生了两个孩子，一个十岁，一个十二岁。

所以梅根·帕达林跟杰里迈亚·福德之间可能有关联吗？又或者塞缪尔·帕达林和杰里迈亚·福德之间有关联？

我们给 ATF 的前特别探员格雷斯打电话，但是他对帕达林这个名字没有任何印象。问科斯蒂克是不可能的，还是找不到他。于是我们问了维吉尼亚·帕克，那个跟杰里迈亚·福德生了一个孩子的俱乐部女歌手，但是她坚称说从来没听说过塞缪尔·帕达林或梅根·帕达林的名字。

任何人跟任何人之间都没有关联。这几乎不可能是真的。在剧院即将开门的时候，我们甚至开始想，这会不会是两件不相关的案子。

"梅根的谋杀案是一件，戈登跟杰里迈亚·福德的勾当是另一件。"德里克思索着说。

"可是戈登似乎跟杰里迈亚·福德也没有任何关联。"我指出。

"但是哈维的戏似乎就是在说杰里迈亚·福德，"安娜提醒我们，"我认为一切都有联系。"

"所以如果我理解正确的话，"迈克尔总结道，"一切都有联系，但是一切又都没有联系。你的这个理论有点费解啊！"

"这话还用你说吗！"安娜叹气道，"除此之外，还要加上那个杀死斯特凡妮的凶手。有可能是同一个人吗？"

德里克努力地想要理清头绪，重新整理思路道：

"我们试着以凶手的角度来考虑看看。如果我是他的话，我今天会做什么呢？"

"我要么已经跑到非常远的地方了，"我说，"到委内瑞拉，或者任何一个跟美国没有引渡关系的国家，要么就努力地阻止演出。"

"阻止演出？"德里克惊讶道，"但是剧院已经被搜查犬搜了一遍，所有进入的人员也都要被搜身。"

"我认为他会在那里。"我说，"我认为凶手会在剧院里，就在我们中间。"

我们决定前往大剧院，观察观众进场时的样子。说不定某一个特别的动作会引起我们的注意？又或者，我们会认出一张熟悉的面孔？另外，我们也想知道柯克·哈维到底在搞什么名堂。如果我们能在他让演员说出凶手的名字之前就知道，那我们就能领先一步采取行动。

要进入哈维的脑袋，知道他的想法的唯一方式就是拿到他的创意素材，尤其是他藏在某个地方的调查卷宗。我们派迈克尔·伯德回酒店，让他趁哈维不在搜查他的房间。

"我发现的一切材料都不会被认定为证据。"迈克尔提醒我们。

"我们不需要证据，"德里克说，"我们需要的是一个人名。"

"那我要怎么进入他那层楼呢？"他问，"酒店里到处都是警察。"

"给他们看你的采访证，说是柯克·哈维派你来取东西的。我会提前跟他们打招呼，说你会过去。"

虽说警察已经准备放迈克尔进去了，酒店经理却拒绝给他房间的备用钥匙。

"哈维先生的指令十分明确，"他对迈克尔说，"任何人都不许进他的房间。"

当迈克尔坚持要进，说是哈维本人派他来取一个记事本的时候，经理决定陪他进去。

房间里一切秩序井然。迈克尔在经理猜疑的目光下，没有看到任何文件，连一本书、一页纸都没有。他检查了书桌、抽屉，甚至床头柜，但是什么都没有。他朝浴室看了一眼。"我觉得哈维先生不会把他的记事本收在浴室里。"经理不快地说道。

"哈维的房间里什么都没有。"迈克尔在经过烦琐的安检程序来到大剧院的观众休息室里找我们时说道。

时间已经是晚上七点半了，演出即将在半个小时之后开始，我们还是没能绕开哈维。我们将不得不和其他观众一起，从演员口中得知凶手的名字。我们忧心忡忡地想要知道如果凶手就在剧院里的话，他将会做何反应。

※

晚上七点五十八分。在剧院后台，距离上台还有几分钟时间，哈维把所有演员召集到连接着演员休息室和舞台的走廊里。站在他对面的是夏洛特·布朗、达科塔和杰瑞·艾登、塞缪尔·帕达林、罗恩·格利弗、梅塔·奥斯特洛夫斯基、史蒂文·贝格多夫和爱丽丝·菲尔莫尔。

"朋友们，"哈维对他们说，"我希望你们已经准备好迎接飞黄腾达和胜利的战栗感了。你们的演出，绝对将是戏剧史上独一无二的演出，必将震撼全国。"

晚上八点。

剧院大厅陷入黑暗之中，观众的嘈杂声立即停止，紧张的气氛触手可及。演出即将开始。我、德里克和安娜站在最后一排，每人守着大厅的一扇门。

布朗市长出现在舞台上，准备发表开幕致辞。我想起了同样一段流程的视频静止画面，只不过那个画面发生在二十年前，被斯特凡妮·梅勒用记号笔圈起来过。

在发表了几句常规讲话之后，市长在讲话结尾说道："这将是一个令人难忘的戏剧节。现在就让演出开始吧。"他走下舞台，坐到第一排座椅上。大幕拉开。观众们颤抖了。

舞台上，塞缪尔·帕达林饰演死人，旁边是饰演警察的杰瑞。角落里，史蒂文和爱丽丝手里各拿着一个方向盘，饰演不耐烦的驾车者。达科塔慢慢地往前走。这时哈维开口道：

"这是一个昏暗的早晨。天在下雨。在一条乡间道路上，交通瘫痪了：大批车辆堵成一团。愤怒的司机疯狂地按着喇叭。"

观众听不见史蒂文和爱丽丝的声音，但是他俩其实是一边假装按着喇叭，一边吵架。"爱丽丝，你得去流产！""绝不可能，史蒂文！这是你的孩子，你必须得负责。"

哈维继续说道：

"一名年轻女子沿着静止的车流在路边走着。她一直走到警戒线前，询问站岗的警察。"

年轻女人（达科塔）：发生了什么事？

警察（杰瑞）：死了一个人，摩托车车祸。

年轻女人：摩托车车祸？

警察：是的，他全速行驶撞到了一棵树上，只剩一摊肉泥了。

观众被吸引住了。然后哈维大声喊道："死亡之舞！"然后所有演员大声喊道："死亡之舞！死亡之舞！"奥斯特洛夫斯基和罗恩·格利弗穿着三角内裤出现，观众们哈哈大笑起来。

格利弗把他的标本獾紧紧抱住，用夸张的语调说道："獾啊，我美丽的獾啊，救我们脱离这个如此迫近的末日吧！"他抱着那只动物，扑向地面。奥斯特洛夫斯基张开双臂，尽管观众的笑声已经影响到了他，他还是努力地集中注意力，说道：

Dies iræ, dies illa,

Solvet sœclum in favilla!

就在这时，我注意到哈维手上没有剧本。我走到德里克身边。

"哈维说他会随着剧情发展把剧本分发给演员，但是他现在手上什么都没有。"

"这意味着什么呢？"

当舞台之上，夏洛特在俱乐部里唱歌的剧情开始的时候，我和德里克立刻冲出大厅，跑向后台。我们找到了哈维的休息室，门是锁着的。我们一脚把门踹开。我们在桌上立刻看到了那份警察卷宗，尤其是还有他的那堆纸。我们翻看起来，里面确实有刚刚演完的前面几场的剧本，在酒吧那个场景结束之后，一个年轻女人独自出现，她说道：

"真相大白的时刻已经到来。凶手的名字是……"

那句话就停在省略号那里，后面什么都没有了，全是白纸。德里克在目瞪口呆了一会儿之后，突然大声喊道：

"哦，老天啊，杰西，你说得没错！哈维根本就不知道凶手是谁，他在等凶手出来中断演出。"

与此同时，舞台上，达科塔独自向前走着。她以一种先知的语气宣布道："真相大白的时刻已经到来。"

我和德里克急忙冲出休息室，我们必须在大事发生之前叫停演出，但是为时已晚。大厅陷入一片黑暗之中。只有舞台上的灯是亮着的。当我们来到舞台时，达科塔刚开始念出她的台词："凶手的名字是……"

突然两声枪声响起，达科塔倒在了地上。

人们开始大叫。我和德里克掏出武器，冲上舞台，对着无线电大声喊道："有人开枪，有人开枪！"大厅的灯光亮了，现场一片恐慌。观众们吓坏了，想尽办法逃跑，到处都是人挤人的场面。我们没有看到枪手是谁。安娜也没看见。我们也拦不住人们朝紧急出口拥去。枪手就混在人群之中，他也许已经走远了。

达科塔躺在地上，抽搐着，到处都是血。杰瑞、夏洛特和哈维冲过去围在她身边。杰瑞大吼大叫。我按住伤口止血，而德里克对着无线电大声呼叫："有人中弹！快派抢救人员到舞台上来！"

大批观众拥向主街，引发一场巨大的恐慌性移动，连警察也无可奈何。人们大声地叫喊着，说是有袭击事件发生。

史蒂文跟爱丽丝一直跑到一个没人的小公园里。他们停下来喘口气。

"到底发生了什么？"爱丽丝慌张地问道。

"我不知道。"史蒂文说。

爱丽丝看着街道，四下荒无人烟。他们跑了很久。史蒂文知道机会就在眼前。爱丽丝背对着他。他捡起一块石头，用一种从未有过的力道砸向爱丽丝的头，她的头骨当即碎掉。她倒在地上，死了。

史蒂文被自己刚刚的行为吓到了，松开石头，往回退，看着那具尸体。他想要呕吐。他恐慌地看向四周，没有人。没人看到他。他把爱丽丝的尸体拖进一片灌木，然后撒开腿往湖景酒店方向逃去。

主街上，尖叫声和警笛声齐鸣。紧急车辆蜂拥而至。

天下大乱。

"黑夜"降临。

安娜·坎纳

2012 年 9 月 21 日星期五。这一天，一切都变了。

在此之前，一切都好。不管是我的职场生活，还是我跟马克的爱情生活。我是第五十五区警察局的高级警监。马克在我父亲的律所里当律师，他成功地发展了一批商业客户，收入不菲。我们很相爱。我们是一对幸福的情侣。不管是在工作上还是在家里，我们都是一对幸福的年轻夫妻。我甚至觉得我们比我们认识的大部分夫妻都要幸福快乐，我经常拿他们来做比较。

我认为我们夫妻关系遇到的第一个暗礁就是我在警队里的职务变动。我在一线工作中迅速地证明了自己的实力，上级建议我以谈判专家的身份加入人质危机处理小组。我以出色的成绩通过了新的工作岗位的检验。

马克一开始不是特别明白我的新工作的性质。直到有一天，因为 2012 年年初在皇后区发生的一起人质绑架案，我上了电视。大家看到我穿着黑色制服，套着防弹背心，手里拿着防弹头盔出现在电视荧幕上。我的家人和朋友都看到了那个画面。

"我以为你是谈判专家。"马克在看完那个反复播放的画面之后，惊愕地说。

"我就是啊！"我对他肯定地说。

"从你的穿着来看，我觉得你更像是在行动组，而不是在指挥组。"

"马克，我们是负责处理人质危机的小组。处理这种问题可不像做瑜伽那么简单。"

他沉默了一会儿，忧心忡忡的样子。他给自己倒了一杯酒，抽了几根烟，然后回来警告我：

"我不确定我能不能接受你做这种工作。"

"你娶我的时候就知道我的职业风险。"我提醒他。

"不，我认识你的时候，你是高级警监。你不干这种蠢事。"

"蠢事？马克，我是在拯救人命。"

我们的关系在一个精神病人近距离射杀了两名警察之后恶化了。那两名警察把车停在布鲁克林区的一条街上，被杀时，他们正坐在车里喝咖啡，没有关车窗。

马克很担心。我第二天早晨出门的时候，他对我说："希望我今天晚上还能再见到你。"几个月就这么过去了。渐渐地，马克已经不满足于含沙射影，他的态度变得越来越坚决，最后他要求我换工作。

"你为什么不来律所跟我一起工作呢，安娜？你可以帮我处理一些大案子。"

"帮你？你想让我当你的助手？你觉得我不能独立地处理我自己的案子？需要我提醒你，我跟你一样，都是法学院出身的律师吗？"

"你不要曲解我的意思。我认为你应该考虑得再长远一些，考虑做一些非全日制的工作。"

"非全日制？为什么我要做非全日制的工作？"

"安娜，等我们有孩子之后，你总不会想要天天离开他们吧？"

马克的父母都是事业心很重的人，在他小时候，他们很少关心他。这给他造成了伤害，他想要通过努力工作，一个人承担起养家的责任，让妻子当家庭主妇，并以这种方式来修复他受到的伤害。

414

"马克，我永远也不可能当一个家庭主妇。这一点，你在娶我之前就知道。"

"可是你不需要再工作了啊，安娜，我挣的钱已经够多的了！"

"我喜欢我的工作，马克。我很遗憾它会让你这么不开心。"

"至少答应我，你会考虑一下。"

"我的回答是不可能，马克！不过你不用担心，我们不会像你爸妈一样的。"

"安娜，你不要把我爸妈扯进来！"

但是他把这件事告诉了我父亲，把他扯了进来。一天晚上，当我和我父亲在一起的时候，他跟我提起了这件事。那天是 2012 年 9 月 21 日星期五，我记得那天是个小阳春，天气好极了。灿烂的阳光洒满纽约城，气温超过二十摄氏度。我那天没工作，于是找我父亲去了一家我们两个都很喜欢的意大利小馆子吃饭。餐厅离我父亲的律所不近，所以我想他在工作日里带我去那里吃饭，肯定是因为他有什么重要的事情要跟我谈。

果不其然，我们刚坐下，他就对我说：

"安娜，我的宝贝女儿，我知道你们夫妻之间出了点问题。"

我差点把我正在喝的水又吐了出去。

"我能知道是谁跟你说的吗，爸爸？"我问。

"你老公。他很担心你，你知道的。"

"爸爸，他认识我的时候，我就在干这行了。"

"怎么着，你要为了你这个警察工作牺牲一切吗？"

"我喜欢我的工作。能不能有人尊重一下这一点？"

"你整天都在冒着生命危险！"

"可是爸爸，我出了这家餐厅，也有可能突然被一辆公共汽车撞死啊！"

"安娜，你不要跟我耍嘴皮子。马克是个好小伙，你不要跟他犯蠢。"

当天晚上，我跟马克大吵一架。

"我不敢相信你居然会去找我爸哭哭啼啼！"我气呼呼地责怪他说，"我们夫妻俩的事情只跟我们有关，跟其他任何人都没有关系！"

"我希望你爸能说通你。他是唯一能对你有点影响力的人。可是说到底，你心里不想别的，只想着你一个人的小幸福。你太自私了，安娜。"

"我热爱我的工作，马克！我是一名好警察！这件事有这么难理解吗？"

"那你呢，你能理解我已经受不了为你担惊受怕了吗？你能理解每当半夜电话铃响，你因为紧急事件而消失得无影无踪时，我胆战心惊的感受吗？"

"你不要事事总往坏处想。这种事情的发生真的没有那么频繁。"

"可是它会发生。说真的，安娜，它太危险了！它已经不适合你了！"

"那你怎么知道什么职业适合我？"

"我就是知道。"

"你怎么会这么蠢……"

"你爸跟我的想法一样！"

"我嫁的人又不是我爸，马克！我不管他怎么想！"

就在这时，我的电话响了。我看到屏幕上显示的名字是我的上司。这种时候打电话来，只有可能是有急事。马克也立刻明白了。

"安娜，求求你了，不要接这通电话。"

"马克，这是我上司打来的。"

"你在休假。"

"正因如此，马克，他这个时候打电话来，肯定是因为有很重要的事。"

"这都是哪儿跟哪儿啊？你又不是这城里唯一的警察。"

我犹豫了一下，接了电话。

"安娜，"上司在电话另一端对我说，"在麦迪逊大道和第五十七街街角的一家珠宝店里发生了一起人质劫持事件。那片街道已经被封锁了。我们需要一名谈判专家。"

"好的。"我一边把地址记在一张纸条上，一边说道，"珠宝店叫什么名字？"

"萨巴尔珠宝店。"

我挂了电话，拿起总是放在门口的包和衣服。我想亲亲马克，但是他消失在了厨房里。我悲伤地叹了口气，然后走了。在走出家门时，我透过邻居餐厅的窗户看到他们刚刚吃完晚饭。他们看上去很幸福。我第一次觉得别的夫妻过得肯定比我们开心。

我坐上我的那辆去掉警标的警车，打开旋闪灯，驶进黑夜之中。

德里克·斯考特

1994 年 10 月 13 日星期四。这一天，一切都变了。

我们全速赶到加油站，不能让特南鲍姆跑了。

我们追赶得太过全神贯注，我把坐在后座死命地抓着把手的娜塔莎忘在了脑后。杰西按照无线电给出的指示，给我导航。

我们先开上 101 号公路，然后开上 107 号公路。特南鲍姆被两辆巡逻车追击，正在想尽办法甩掉它们。

"继续往前开，然后开上 94 号公路，"杰西对我说，"我们把他的路给拦上，截住他。"

我继续加速往前冲，开上 94 号公路。但是当我们开到 107 号公路时，特南鲍姆的那辆黑色小货车拦住了我们的去路，他的车后窗玻璃上画着标志。我只来得及看到驾驶座上的人是他。

我追上去。他已经成功地甩掉了巡逻车。我下定决心不能跟丢他。我们很快就追到横跨在蛇河之上的那座大桥前。两辆车之间几乎已经是保险杠能碰到保险杠的距离了。我再次加速，想要追平他。迎面方向没有任何人。

"我试着把他逼停在大桥栏杆边上。"

"很好，"杰西对我说，"干吧。"

我们开上大桥，我一扭方向盘，撞上特南鲍姆的车尾，他的车失去控制，撞上了栏杆。但是栏杆断掉了，没能拦住他的车。于是他就冲出了桥面，我没来得及刹车。

泰德·特南鲍姆的小货车掉进了河里，我们的车也是。

娜塔莎

1994 年 10 月 13 日星期四

杰西·罗森伯格
1994 年 10 月 13 日星期四

那天，德里克在追逐泰德·特南鲍姆的过程中，失去了对车的控制，而桥栏杆断成碎片之时，我看见我们缓缓地落入河中，就好像在突然之间，时间静止了一般。我看见水面向挡风玻璃迎来，我感觉坠落的过程好像长达几十分钟，但它实际上只有几秒钟。

在汽车触水的那一刻，我发现我没有系安全带。在撞击之下，我的头撞上了手套箱。我仿佛掉进了黑洞里。我的人生在我眼前闪过。我重新看到了流逝的岁月。

我看到了 20 世纪 70 年代末的自己，那时我九岁，我和母亲在我父亲死后搬到了雷哥公园，离我外公外婆家近了一些。为了维持生计，我母亲不得不增加工作时长。她不希望我在放学之后一个人待太长时间，所以我在下课之后就必须去我外祖父母家。他们家离我的小学有一条街的距离。我得在那里一直待到我母亲回来。

客观来说，我外公外婆都是很恶劣的人，但是出于情感原因，我深爱着他们。他们既不温柔也不和蔼，更可怕的是，他们在任何情况下都做不到行为端正。我外公的口头禅是"都是浑蛋！"，我外婆的是"去他 × 的！"。他们整天骂骂咧咧的，就像两只无聊的鹦鹉。

他们在大街上对小孩子呼来喝去，辱骂行人。"都是浑蛋！"先来的都是这一句。然后我外婆跟着来一句："去他 × 的！"

在商店里，他们对营业员态度恶劣。"都是浑蛋！"我外公骂道。"去他 × 的！"我外婆附和。

在超市柜台前排队时，他们会越过所有人而丝毫不会觉得不好意思。当有顾客抗议的时候，我外公就会对他们说："都是浑蛋！"当同样一批顾客出于尊重老人默不作声时，我外公还是对他们说："都是浑蛋！"然后当收银员扫描完他们买的东西上的条形码，告诉他们商品总额时，我外婆会对他说："去他 × 的！"

万圣节的时候，打鬼主意按门铃上门来要糖的孩子，会看到我外公粗暴地打开门，冲他们骂一句"都是浑蛋！"。然后我外婆就会拎着个桶冲出来，泼他们一脸冰水，嘴里还嚷着"去他 × 的！"，把他们都赶走。于是就只见一些奇装异服的小孩子浑身上下湿透了在秋天的纽约的冰冷的街道上哭着离开。他们回去最好的情况是生一场感冒，最坏的是染上肺炎。

我外公外婆有那种经历过饥荒的人都会有的毛病。在餐厅里，我外婆总是会把面包篮里的面包都倒进她的手提包里，我外公会立刻要求服务员把篮子重新装满，然后我外婆再继续进行她的囤粮行动。你们有过这样的祖父母吗？在餐厅里，服务员会对他们说："从现在开始，如果你们再要的话，我们就得对面包收费了。"我有。然后，后面发生的场景更加令人尴尬。"去他 × 的！"我外婆张着没牙的嘴骂道。"都是浑蛋！"我外公把面包片砸到服务员脸上跟着叫骂。

我母亲跟她父母的主要对话内容就是："现在住手！""你们能不能行为端正一点！""我求求你们了，别给我丢人了！""当着杰西的面，你们至少努力一下！"当我们从他们家回到自己家时，我妈妈经常对我说，她为自己有这样的父母而感到丢脸。但是我觉得他们没有任何值得指责之处。

我们搬到雷哥公园，意味着我得换学校。在我转到新学校几个星期之后，一个同班同学宣布道："你叫杰西……那就叫你杰西卡吧！"不到一刻钟，我的新外号就传开了。我在那一整天里都不得不忍受着诸如"女孩杰西卡""杰西卡小妞"之类的绰号。

那天，受尽屈辱的我哭着从学校回家。

"你为什么哭？"我外公看到我跨进他家房门时，冷冷地问我，"会哭的男人，就跟女人一样。"

"我在学校里的朋友都叫我杰西卡。"我难过地说。

"嗯，你看，他们说得对。"

外公把我带到厨房里，外婆正在给我准备点心。

"这孩子为什么哭哭啼啼的？"外婆问外公。

"因为他的小伙伴都拿他当小女孩看。"外公解释。

"呸！会哭的男人，就跟女人一样。"外婆说。

"啊！你看！"外公对我说，"至少大家都是这么看的。"

见我还在难过，我的外祖父母又给我出了几个好主意。

"打他们！"外公说，"你不能逆来顺受！"

"对，打他们！"外婆一边翻着冰箱，一边赞同地道。

"妈妈不让我跟人打架，"我说，想让他们想出一种更加体面的反击方式，"你们能不能去找我老师谈谈？"

"谈谈？去他 × 的！"外婆直截了当地说。

"都是浑蛋！"外公补充道，他已经从冰箱里翻出了熏肉。

"打你外公的肚子。"外婆命令我。

"对，来打我的肚子！"外公大口嚼着冷肉，一边兴奋地说，嘴里还往外喷着肉渣。

我断然拒绝。

"如果你不打的话，那你就是小姑娘！"外公对我说。

"你是愿意打你外公呢，还是当小姑娘？"外婆问我。

面对这样的选择，我说我宁愿当一个小姑娘也不愿意伤害外公。我的外公外婆于是在那天下午就一直叫我"小姑娘"。

第二天，当我回到他们家时，厨房的桌上放着一份礼物，那是给我准备的。粉红色的便利贴上写着"给杰西卡"。我打开包装，发现里面是一顶给小女孩戴的金色假发。

"从今往后，你就戴着这顶假发吧，我们会叫你杰西卡的。"外婆开心地对我说。

"我不要当女孩。"我抗议道，外公却把假发戴到了我头上。

"那你就证明给我们看，"外婆激我说，"如果你不是女孩的话，那你就应该能把后备厢里的吃的搬出来，放进冰箱里。"

我立刻去做。但是等我做完这件事，要求取下假发，重新找回我作为男孩的尊严的时候，外婆认为这还不够。她还需要另一项证明。我立刻要求迎接新的挑战，并再次出色地完成了任务。但是外婆还是认为不够。直到我花了两天时间收拾车库，给外公准备刮胡用具，去洗衣店取衣服（钱还是我用我的零花钱付的），刷盘子，给家里的所有鞋子打蜡之后，我才明白杰西卡就是一个被人囚禁的小姑娘，是我外婆的奴隶。

后来在超市里发生的一件事解救了我。我和外公外婆开着车去超市，在开到停车场的时候，开车技术很烂的外公一下撞上了一辆正在倒车的车的保险杠，但是后果并没有很严重。他和我外婆下车去看损坏情况，而我留在了车后座上。

"都是浑蛋！"外公冲着他刚刚撞上的那辆车的女司机和她正在检查车身的老公吼道。

"请你注意你的言辞。"女司机气愤道，"不然的话，我就叫警察了。"

"去他 × 的！"总是会适时地来上一句的外婆说。

那个坐在驾驶座上的女人更加激动了，她老公一句话也没说，只是慢吞吞地用一根指头抚过保险杠上的划痕，看它是被撞坏了，还是只是脏了。她拿她老公撒气道：

"喂，罗伯特，"她呵斥他，"你说句话啊，该死的！"

有好奇的客人推着购物车停下来看热闹，而那个叫罗伯特的人看着他妻子，一句话也没说。

"这位女士，"外公对女司机说，"你看看你的手套箱，看里面能不能找到你老公的种。"

罗伯特站起来，举起一个拳头大声地威胁道：

"你说我没种？我会没种？"

眼见他要打我外公，我立刻下了车，头上还戴着假发。"不许碰我外公！"我命令罗伯特，他在混乱之中，被我的金色假发骗过，对我说：

"你这个小姑娘，想干什么？"

这句话太过分了。他们到底明不明白我不是小姑娘？

"看好了，你的种在这里！"我用我孩童的嗓音冲他大喊，冲他那里狠狠地来了一拳，把他打倒在地。

外婆抓住我，把我扔到车后座上，然后自己也钻了进来，而外公已经坐上了驾驶座，并以迅雷不及掩耳之势开动了车子。"都是浑蛋！""去他 × 的！"目击者在记下外公的车牌号的同时，还能听见他们的骂声，然后他们便报了警。

这件事带来了几个好处。其中之一就是让埃夫拉姆·詹森和贝姬·詹森出现在了我的生命中。他们是外公外婆的邻居，我偶尔会看到他们。我知道贝姬有时候会替外婆买菜，而埃夫拉姆会帮外公一些小忙，比如换灯泡，那是个需要平衡感的活。我还知道他们没有孩子，因为有一天外婆问他们：

"你们没孩子？"

"没有。"贝姬说。

"去他 × 的！"外婆同情地说。

"我非常同意你的观点。"

不过，我和他们的关系是在让罗伯特没种的事件发生之后不久，当我们从超市仓促地回到家里，警察敲响外公外婆的门之后才开始的。

"有人死了吗？"外公问站在门口的两位警察。

"没有，先生。不过，您和一个小女孩似乎与一起发生在雷哥购物中心停车场上的事件有关。"

"购物中心的停车场？"外公气愤地重复着他的话，"我这辈子都没迈进那里一步！"

"先生，有一位金发小女孩袭击了一个男人，之后有好几位证人正式指认了一辆登记在您名下的汽车，就是停在您家门前的那辆车。"

"这里没有金头发的小女孩。"外公信誓旦旦地说。

不知情的我来到门口想要看看外公在跟谁说话，我的头上还戴着那顶假发。

"这就是那个小姑娘！"刚才说话的那个警察的同事大喊道。

"我不是小姑娘！"我粗着声音大喊道。

"不许碰我的杰西卡！"外公把身子挡在门框里，吼道。

就在这时，外公外婆的邻居埃夫拉姆·詹森登场了。他在听到叫喊声之后，立刻赶过来亮出了他的警官证。我不知道他跟另外两名警察说了什么，但是我明白了埃夫拉姆是个大警官。他只用了一句话就让他的两位同行给我外公道歉，走了。

我外婆自打她还住在敖德萨时，就对威权和穿制服的人心怀某种敬畏。所以从那天起，埃夫拉姆在她心中的地位就被提升到"国际义人"①的位置。为了感谢他，她每个星期五的下午都会做一个她的独家乳酪蛋糕。每次我放学回家，都能闻到从厨房里飘出来的香味，但是我知道，我连吃一口的权利都没有。等蛋糕做好打包好之后，外婆会对我说："杰西，快给他们送去。那个人是我们的拉乌尔·瓦伦贝格②！"于是我就到詹森家去自报家门，在把蛋糕送给他们的时候，还必须对他们说："我外公外婆让我谢谢你们救了我们的命。"

因为我每星期都要去詹森家，他们便开始请我进屋待一会儿。贝姬会对我说，蛋糕太大了，他们只有两个人，然后不顾我的反对，给我切一块，让我在他们的厨房里就着一杯牛奶吃掉。我非常喜欢他们。埃夫

---

① 犹太教用语，本意为遵守挪亚七律，可以受到上帝奖赏的非犹太人，"二战"后被以色列设为荣誉称号，用来颁给那些冒着生命威胁拯救犹太人的非犹太人。
② 拉乌尔·瓦伦贝格（1912年8月4日—1947年7月17日），瑞典驻匈牙利前外交官，在第二次世界大战期间，曾从被纳粹占领的匈牙利拯救出成千上万名犹太人。

拉姆让我佩服得五体投地，而在贝姬身上我找到了缺失的母爱，因为我在母亲身上见到的不够。后来，贝姬和埃夫拉姆提出，让我陪他们去曼哈顿岛过周末，一起去散步，或者去看展览。他们让我从外公外婆家走了出来。每当他们按响门铃，问外婆我能不能陪他们一起玩的时候，我都会感到一种巨大的快乐传遍全身。

至于那个朝人下体挥拳头的金发小姑娘，再也没人见过她。杰西卡就这样永远地消失了，而我也不用再戴那顶难看的假发了。外婆在糊涂的时候，又会想起杰西卡来。在我们一大家子二十多口人围着桌子吃饭的时候，她会突然说：

"杰西卡死在了一个超市的停车场上。"

一般随之而来的都是大家长时间的沉默。然后会有一位表亲大着胆子问：

"杰西卡是谁？"

"肯定是战争时期的事情。"另一位表亲小声地说。

于是所有人都语气变得沉重起来，沉默的气氛在屋内久久地蔓延，因为我们从来不提敖德萨。

在让罗伯特没种事件发生之后，外公认为我确确实实是个男孩了，甚至是一个勇敢的男孩。为了表示庆祝，一天下午，他把我带到一家犹太人开的肉店后间，那里面有一个来自布拉迪斯拉发市[①]的老人在教人打拳击。老人以前是屠夫，现在肉店由他的儿子们经营，于是他平时就免费给一些朋友的孙子上拳击课。上课的主要内容就是让我们听着他用一种久远的口音，讲 1931 捷克斯洛伐克拳击锦标赛决赛的故事，一边击打着一些已经发硬的动物尸体。

我就是在这样的过程中发现在雷哥公园，每天下午，都会有些老家伙借着陪孙子的借口，从家里逃到肉店里来。他们坐在塑料椅子上，裹着大衣，一边喝着黑咖啡，一边吞云吐雾。与此同时，一帮略微受到惊

---

① 斯洛伐克共和国首都。

吓的孩子正在击打着挂在天花板上的大块肉块。当孩子再也打不动的时候，孩子便坐在地上听那个布拉迪斯拉发的老人讲故事。

在几个月的时间里，我每天下午都在肉店里打拳击，而且是在高度保密的情况下。据说我也许有打拳击的天赋，这个传言每天都会让一帮身上有各种味道的老爷子聚集在冰冷的大厅里，一边把东欧来的罐头食品抹在黑面包上吃着，一边看我打拳。我听见他们给我加油说："上啊，小伙子！""打它！用力！"而我外公会满怀骄傲地见人就说："这是我外孙子。"

外公大力劝我，不要把我们的新消遣活动告诉我外婆，我知道他说得对。他把假发给我换成了一套崭新的运动服。我把那身衣服留在他家，每天晚上外婆都会把它洗干净，好让我明天穿。

在几个月的时间里，我母亲一点都没起疑。直到 4 月的一天下午，城市卫生部门和警察在一起食物中毒事件发生之后，联合搜查了卫生条件不合格的肉店。我还记得当检查人员突然来到肉店后间，看到在一个混合着汗臭味和烟味的环境中，一群穿着拳击服的孩子和一帮抽烟咳嗽的老家伙与自己面面相觑时的那副难以置信的表情。

"你们卖的肉都是被孩子们击打过的？"一名警察难以置信地问道。

"呃，是啊！"那位布拉迪斯拉发老人坦然地回答，"这样对肉有好处，可以让肉变得更嫩。请注意，他们上课前都会洗手。"

"不是这样的。"一个小孩子哭着说，"我们上课前不洗手！"

"你……你被拳击俱乐部开除了！"布拉迪斯拉发的老人无情地喊道。

"这里是拳击俱乐部还是肉店？"一位完全无法理解的警察挠着头皮问。

"两个都算吧，"布拉迪斯拉发老人答道。

"这个房间连冷冻间都不是。"卫生部门的一位检查员气愤地说，一边在本子上记着什么。

"外面天气冷，窗户都是开着的。"有人说。

警察通知了我母亲，但是她有工作不能来，于是又给邻居埃夫拉姆打电话，他立刻赶来把我带回了家。

"我会陪着你，一直等到你妈妈回来。"他对我说。

"你是什么警察？"我问他。

"我是刑警探员。"

"是大警探吗？"

"是的，我是警监。"

我被大大地震撼到了。然后我便跟他说出了我的担心：

"希望外公不会被警察找麻烦。"

"跟警察嘛，不会的，"他对我笑着，安慰我说，"但是，跟你母亲就……"

正如埃夫拉姆所料，妈妈在电话里跟外公接连吵了好几天，她对外公说："爸爸，你真是彻底疯了！"在这段日子里，我虽然有可能会受伤、中毒，又或是发生点其他什么意外，但我是开心的：我那位已经故去的外公，他带我走上了我现在的人生道路。而且他为我做的还不止于此，因为他在启蒙我爱上拳击之后，又像魔术师一般，让娜塔莎闯进了我的人生。

这件事发生在几年之后，我十七岁的时候。那时，我把我外公外婆家的地下室里的宽敞房间改成一间健身房，在里面堆了一堆杠铃，还挂了一个沙袋。我每天都在里面锻炼。在暑假里的一天，外公对我说："把你地下那些乱七八糟的东西都给我搬走，我需要地方。"我问为什么要赶我走，外婆跟我解释说，他们要慷慨地接待一位从加拿大来的远亲。慷慨，鬼才会信！他们肯定是要收租金的。作为补偿，他们提出可以让我搬到车库里，我可以在汽油味和灰尘里继续我的肌肉锻炼。为此，我咒骂了好几天那个抢走我地方的讨人厌的老肥婆表亲。在我的想象中，她肯定是一副下巴长毛、眉毛粗、牙齿黄、嘴巴臭、穿着苏联时期的旧衣服的样子。更气人的是，她来的那天，我还得去皇后区牙买加车站接她，因为她是坐火车从多伦多来的。

外公逼我带上一个上面用西里尔字母写着她名字的招牌过去。

"我不是她的司机！"我生气道，"你是不是还想让我再戴顶鸭舌帽？"

"不带招牌的话，你永远也接不到她！"

我气冲冲地走了，不过还是带上了招牌，但是我发誓，我是绝对不会用的。

等到了牙买加车站大厅之后，我被淹没在旅客人流中。在吓到几位老太太之后——她们都不是我的那位令人作呕的表亲，我不得不举起了那个可笑的纸牌。

我还记得我见到她的那一刻。那位二十多岁，眼里含笑，留着一头美丽的卷发，牙齿晶莹剔透的姑娘站到我面前，看着我的招牌。

"你招牌拿反了。"她对我说。

我耸了耸肩。

"跟你有什么关系？你是管招牌的警察吗？"

"你不会说俄语？"

"不会。"我回答，一边把招牌转到正确的方向。

"Krasavchik（帅哥）。"姑娘嘲弄我说。

"你谁啊，你？"我烦了，问道。

"我是娜塔莎，"她对我笑道，"你的招牌上写着我的名字。"

娜塔莎走进了我的人生。

※

从娜塔莎来到我外公外婆家的那天起，我们所有人的生活都乱掉了。我原来想象中的那位又老又丑的表亲结果是一位年轻迷人又出色的来纽约上厨艺学校的姑娘。

她打乱了我们的习惯。她占据了那个没人踏足的客厅，一下课便待在那里看书或复习功课。她拿着一杯茶蜷缩在长沙发上，点着香薰蜡烛，让空气中弥漫着一种香甜的气味。这个之前阴森的房间，现在变成所有人都想待的地方。当我从中学放学回来，我会看到娜塔莎在那里埋头看文件夹，而外公外婆坐在她对面的扶手椅里，喝着茶，一脸佩服地看着她。

当她不在客厅的时候，肯定在做饭。房子里飘满了我从未闻过的各种味道。她总有菜在做着，冰箱永远空不了。娜塔莎在做饭的时候，外公外婆就坐在他们的小桌子边，一边兴致盎然地看着她，一边往嘴里塞着她放到他们面前的各种菜。

她把那个成为她卧室的地下室改造成一座舒服的小宫殿，给它贴上暖色调的壁纸，并且长期点着乳香。她周末待在那里啃着成堆的书。我经常下楼走到她门前，好奇她在里面做什么，但是我从来没敢敲过门。后来还是外婆看我整天在房子里走来走去，忍不住骂我："别待在这里什么也不做。"然后把一个摆着冒着热气的茶炊和刚出炉的饼干的托盘放到我手上，对我说，"对我们的客人热情点，把这个给她送去，好吗？"

我立刻端着这盘珍贵的礼物下楼去，外婆温柔地微笑着看着我行动，我却没有注意到她在托盘上放了两个茶杯。

我敲她房间的门，在听到娜塔莎的声音，她对我说"请进"时，我的心怦怦地跳了起来。

"外婆给你准备了茶。"我推开她的门，腼腆地说。

"谢谢，Krasavchik。"她笑着对我说。

她经常躺在床上看成堆的书。而我在老实地把托盘放在小沙发前的茶几上之后，通常会局促不安地站着。

"你是要进来还是要出去？"她问我。

我的心在胸腔里狂乱地跳着。

"进来。"

我坐到她身边。她给我们两个倒茶，然后卷起一支烟卷。我着迷地看着她用涂着指甲油的手指把烟纸卷好，然后用舌尖舔一下边缘，把它粘好。

她的美让我失去理智，她的温柔把我融化，她的聪明使我臣服。没有什么话题她不能谈，没有一本书她没看过。她什么都知道。而且最重要的是，也是最让我高兴的是，她跟我外公外婆说的情况并不一样，她不是我真正的表亲。又或者说，得往前推一个世纪，我们两个才能找到一个共同的祖先。

随着时间一星期接一星期，一月接一月地过去，娜塔莎的存在让我外公外婆的家里产生了一种从未有过的生气。她陪我外公下棋，她跟外公有聊不完的政治话题，而且她还成为肉铺那帮老家伙最喜欢的人——他们现在已经转移到了皇后大道的一家咖啡馆里——因为她可以用俄语跟他们聊天。她陪外婆去买菜，帮她打扫房子。她们一起做饭，娜塔莎是一个出色的厨师。

因为娜塔莎经常跟她的那些散布在世界各地的真正的表姐打电话聊天，家里也变得热闹起来。她有时候会对我说："我们就像一朵圆滚滚的美丽的蒲公英，风把花瓣般的我们吹到了地球不同的角落。"她总是在煲电话粥，不管是用她房间里的电话，门厅里的，还是厨房里的。她会喋喋不休地用各种语言说上几个小时，而且因为时差的关系，不管白天还是晚上，她都会打电话。她有个表姐妹在巴黎，有一个在苏黎世，有一个在特拉维夫，还有一个在布宜诺斯艾利斯。她一会儿说英语，一会儿说法语，一会儿说希伯来语，一会儿说德语，不过大部分时间还是俄语居多。

她的电话费肯定是天文数字，但是外公什么都不说。他反而经常在她不知道的情况下，拿起另一个房间里的电话，兴致勃勃地偷听她的电话。我会坐到他旁边，听他小声地翻译给我听。我就是这样知道了她经常跟她的表姐妹们聊起我。她说我长得帅，说我非常出色，说我的眼睛会发光。"Krasavchik，"有一天外公在听到她这么叫我的时候跟我说，"这是帅哥的意思。"

然后万圣节来了。

那天晚上，当第一批小孩子按响门铃来索要糖果，而外婆拎桶冰水急忙地去开门时，娜塔莎呵斥道：

"你干什么，外婆？"

"没干什么。"外婆可怜巴巴地回答，止住脚步，把桶又放回了厨房。

娜塔莎准备了好几个沙拉盆的五颜六色的糖果，给了我外公外婆一人一盆，然后派他们去开门。开心的孩子们发出激动的尖叫声，抓上满满一捧，然后消失在夜色之中。而外公外婆看着他们跑远，亲切地冲他们大声地喊道："孩子们，万圣节快乐！"

在雷哥公园，娜塔莎就是一股携带着正能量和创意的龙卷风。她不是在做饭就是在家附近拍照，又或者去市图书馆。她不停地给我外公外婆留言，告诉他们她做什么去了。有时候她没什么原因也会留言，只为了问一声好。

我从中学放学回来。外婆看到我走进房门后，拿手指指我，大声地质问我：

"你去哪里了，杰西卡？"

"学校啊，外婆，"我说，"跟平时一样啊！"

"你没有留言！"

"我为什么要留言？"

"因为娜塔莎总是会留言。"

"可你知道我除了周末，每天都去上学啊！你还想我在哪里？"

"都是浑蛋！"这时外公拿着一坛腌黄瓜从厨房走出来。

"去他 × 的！"外婆附和道。

娜塔莎带来的一个重大改变就是外公外婆停止了骂人，至少是有她在场的时候。外公也不再抽他在吃饭的时候卷的那些劣质烟卷。我甚至发现外公外婆可以在饭桌上做到举止端庄，并进行一些有意思的谈话了。我第一次看到外公身上有新衬衫。（"是娜塔莎给我买的，她说我的都破洞了。"）然后，我居然在外婆的头上看到发夹了。（"是娜塔莎给我梳的头，她说我很漂亮。"）

至于我，娜塔莎带我走进了我从没见识过的领域：文学，艺术。她让我开眼看世界。我们出门都是去书店、博物馆、画廊。我们经常会在星期天坐地铁到曼哈顿岛去，找一家博物馆参观：大都会艺术博物馆、现代艺术博物馆、自然历史博物馆、惠特尼博物馆。我们也会去一些破落的、没人的电影院看一些我听不懂的电影。但是我不在乎，我看的不是大屏幕，我看的是她。我贪婪地盯着她看，被这个百分百古怪、不可思议和性感的小女人搞得心烦意乱。她看电影非常投入，她会生演员的气，会哭，会怒，然后接着再哭。电影结束之后，她会对我说："很好看，不是吗？"然后我会说我一点都没看懂。她会笑着对我说，她可以从头到尾解释给我听。然后她就会把我带到最近的一家咖啡厅里，给我把电影从头开始讲一遍。她以为我会因为没有看懂而坐立不安。其实，我通常都没有在听她说话。我就像是挂在她嘴边似的，爱慕着她。

然后我们会去逛书店——那是一个书店在纽约开得还很兴盛的时代——娜塔莎会买成摞的书，然后我们一起回到她在我外公外婆家的房间里。她会逼着我看书，她会背靠着我，躺着卷一根大烟卷，安静地抽着。

12月的一天晚上，当我为了能够张口问娜塔莎一个关于苏联共和国的划分问题而不得不先读一篇关于俄罗斯史的论文时，她把头枕在我胸前，用手摸我的腹肌。

"你的身体怎么会这么硬？"她坐起来问我。

"我不知道，"我说，"我喜欢运动。"

她长长地吸了一口烟，然后把它放进一个烟灰缸里。

"脱掉 T 恤！"她突然命令我，"我想要亲眼看看你。"

我没有思考便听从了她的命令。我感觉我的心跳在我全身上下发出回响。我赤裸上身面对着她，她在昏暗的光线中仔细地看着我雕塑般的身材，把一只手放在我的胸肌上，沿着我的上半身往下划，用指尖轻轻地触摸我。

"我觉得我从来没见过像你这么帅的人。"娜塔莎对我说。

"我？我很帅吗？"

她大笑起来。

"当然了，傻瓜！"

我对她说：

"我觉得我不是很帅。"

她露出了美丽的笑容，然后说出了至今还印在我脑海里的那句话：

"帅气的人从来不觉得自己帅，杰西。"

她笑着看着我。我为她着迷，犹豫不定，无法动弹。最后我紧张到了顶点，感觉我必须打破沉默，于是我含混不清地问：

"你没有男朋友吗？"

她皱起眉头，露出调皮的表情，对我说：

"我还以为你是我的男朋友呢……"

她把脸凑到我的脸跟前，用她的唇短暂地、轻轻地触碰了一下我的嘴唇，然后她亲吻了我，那种感觉就好像我以前从来没有被人亲吻过一样。那种刺激的感觉让我觉得有一种从没体验过的感觉和情绪传遍我的全身。

这是我们故事的开始。从那天晚上起，在此后的许多年里，我将再也离不开娜塔莎。

她将成为我人生的中心，我思考的中心，我注意力的中心，我忧虑的中心，我的全部爱情的中心。我将会去爱和像少数被人爱着的人一样被爱。不管是在电影院、地铁、剧院、图书馆，还是在我外公外婆家的餐桌上，有她在我身边的地方就是天堂，而夜晚变成了我们的王国。

娜塔莎除了学习，为了挣点钱，她还在我外公外婆爱去的餐厅——"卡茨"餐厅找了一份当服务员的工作。她在那里认识了一个跟她同龄的女孩，那女孩也在那里上班，名叫达拉。

我这边呢，在中学毕业之后，以十分优异的成绩被纽约大学录取了。我喜欢学习，我曾经在很长一段时间里想象着自己成为一名教授或律师。但是坐在大学教室里的板凳上，我终于明白了外公外婆经常说的那句话的含义："成为一个重要的人。"重要是什么意思？对我来说，我当时唯一能想到的画面就是邻居埃夫拉姆·詹森，那个骄傲的警监。那个修复者，那个保护神。没有人能从我外公外婆那里得到像对他那样的尊重和敬仰。我想像他一样，当一名警察。

经过四年的学习，毕业证到手之后，我考进了州警警察学院，并以第一名的成绩毕业。我在一线工作中证明了我的实力，很快就被提拔为探员，加入了我后来为之干了一辈子的州警地区中心。我还记得我第一天报到时的场景。我来到麦肯纳警长的办公室里，在他旁边坐了一个年纪比我稍大一点的年轻人。

"杰西·罗森伯格探员，你们这届学员中的第一名。你觉得就凭你的推荐信，就能唬住我吗？"

"不能，警长。"我回答。

他转头看向另一个年轻人。

"那你呢，德里克·斯考特，州警历史上最年轻的警司，你觉得你能吓到我吗？"

"不能，警长。"

麦肯纳盯着我们两个。

"你们知道总部都是怎么评价你们的吗？他们说，你们两个都是好手。那我就把你们放在一起，看看你们能不能碰撞出火花。"

我们同时点了点头。

"好了，"麦肯纳说，"我给你们找两间面对面的办公室，把老太太丢猫的案子交给你们去办。先看看你们处理得怎么样再说。"

娜塔莎和达拉自从在"卡茨"餐厅认识之后，关系就变得非常亲密。她们的工作并不顺利，在找了几份没有结果的工作之后，她们刚刚被"蓝色潟湖"餐厅以所谓的"帮厨"身份录用，但是老板最后以缺乏人手为理由安排她们当服务员。

"你们应该辞职，"一天晚上，我对娜塔莎说，"他没有权利这么对你。"

"嗯，"她对我说，"可是工资很高，够我开销的，而且我能攒一点钱。对了，说到这里，我和达拉有一个想法：我们想自己开餐厅。"

"这太棒了！"我大喊道，"你们肯定会大获成功的！什么样的餐厅呢？你们已经选好地方了吗？"

娜塔莎大笑起来。

"你别激动，杰西。我们还没开始呢。我们得先攒钱，再考虑开什么餐厅。不过这是一个好主意，不是吗？"

"这个主意好极了。"

"这是我的梦想，"她微笑着说，"杰西，你要跟我保证，我们将来会拥有一家餐厅。"

"我向你保证。"

"那你可保证好了。你要保证，将来有一天，我们会在一个安静的地方拥有一家餐厅。你不再当警察，我们也不要再待在纽约，就平平静静地过日子。"

"我向你保证。"

满目疮痍

2014 年 7 月 27 日星期日—7 月 30 日星期三

杰西·罗森伯格

2014 年 7 月 27 日星期日

开幕式后第一天

早晨七点。太阳升起在奥菲雅的上空。昨天夜里，无人入睡。

市中心满目疮痍。主街被彻底封锁，紧急车辆继续拥堵着路面，警察到处走来走去。在大剧院发生枪击事件之后，人们在巨大的恐慌性骚动中丢掉了各种各样的物件，东西撒了一地。

警方率先行动起来。为了寻找枪手，警方行动小组把整片区域封锁了很长时间，一直封到深夜。结果一无所获。他们还得加强城市的安保工作，以免有人趁乱打劫商铺。在安全区域外搭起了急救帐篷，用于接待轻伤患者（他们大部分都是在推挤之中受的伤）和受到惊吓的人。至于达科塔·艾登，她因为情况危急，已经被直升机运往曼哈顿岛的一家医院。

新一轮太阳的升起宣布一切再次归于宁静。必须得搞清楚在大剧院里发生了什么。开枪的人是谁？还有他是怎么在有层层安保的情况下把武器带进去的？

在依然动荡不安的奥菲雅警局，我和安娜、德里克准备审问剧团的所有演员，他们是最直接的目击证人。他们在恐慌性骚动中四散到了城市的各个角落。找到他们并把他们带回来并不是一件轻松的事。他们如今都被安置在一间会议室里，有的睡在地上，有的躺在中间的桌子上，轮流等着被审问。只有杰瑞和爱丽丝·菲尔莫尔不在，杰瑞跟达科塔坐直升机走了，而爱丽丝暂时不见踪影。

第一个被审问的人是柯克·哈维，我们的谈话将发生一个让我们远没有料到的转折。柯克再没有任何人来保护他，我们对待他开始毫无顾忌起来。

"你知道什么？狗东西！"德里克像晃一棵树一样用力地晃着柯克，"我现在就要一个人名，不然的话，我就把你的牙给敲碎。我要一个人名。现在马上！"

"可是我什么都不知道，"柯克哼唧道，"我发誓。"

德里克发狂地把他一推，把他撞到墙上。哈维倒在地上。我把他扶起来，让他坐到一把椅子上。

"柯克，你现在得交代了，"我命令他，"你得把一切都跟我们说出来。这件事已经发展到不可收拾的地步了。"

柯克脸色变了样，快要哭出来。

"达科塔怎么样？"他哽咽着问道。

"很不好！"德里克大叫道，"都是因为你！"

哈维双手抱头。我用一种坚定、不咄咄逼人的语气对他说：

"柯克，你得把一切都告诉我们。你为什么要演这出戏？你知道什么？"

"我的戏就是一场骗局，"他小声地说，"我从来都不知道四人命案凶手的身份。"

"但是你知道在 1994 年 7 月 30 日晚，凶手要杀的人是梅根·帕达林，而不是戈登市长？"

他表示没错。

"1994 年 10 月，"他说道，"当州警宣布泰德·特南鲍姆就是四人命案的凶手时，我却将信将疑。因为奥斯特洛夫斯基对我说过，他看到是夏洛特开着特南鲍姆的小货车，这让我无法理解。如果不是在几天之后，戈登一家的隔壁邻居给我打电话的话，我是不会继续往下调查的。他们在自家车库的门柱上看到了两处弹痕。那痕迹不是很明显，他们能发现是因为他们想重新漆门。我赶到现场，从墙里取出了两颗子弹，然后直接让州警技侦大队跟从四人命案受害者身体上取出的子弹做了个比对：它们来自同一把手枪。从弹道轨迹来判断，子弹是从公园方向射出来的，我当时一下就都明白了：凶手要杀的人是梅根。凶手在公园里没有打中她。她往市长家的方向跑，肯定是为了求助，但是她被凶手追上并杀掉了。然后戈登一家人也被杀了，因为他们是谋杀案的目击证人。"

我发现哈维是个非常有洞察力的警察。

"那我们为什么会不知道这个情况呢？"德里克问。

"我当时拼命地想要联系你们，"哈维辩解说，"我往州警地区中心给你和罗森伯格都打过电话，但是没有找到你们。他们对我说你们俩出了车祸，得休息一段时间。当我说是跟四人命案有关的时候，他们告诉我那桩案子已经结了。于是我就去了你们两人的家里找你们。德里克，我去你家的时候，有一个年轻女人不让我进门，她让我不要再来了，不要打扰你，尤其不要为了那件案子而来找你。然后我就去了杰西家，结果我按了好几次门铃，都没人回应！"

我和德里克面面相觑，意识到我们当时如何错过了案情。

"那你后来做了什么？"德里克问。

"呸！当时就是一团乱！"柯克·哈维解释，"我来总结一下啊！有人看见夏洛特·布朗开着泰德·特南鲍姆的小货车，但是州警官方认定的罪犯是特南鲍姆，而我又确定警方搞错了案子的主要受害者是谁。更闹心的是，这件事我跟谁也不能说。自从我为了请几天假，编造了我父亲得癌症的谎话之后，我在奥菲雅警局的同事们就再也不跟我说话了。而负责案子的两位州警警察，也就是你们二位，到处找不到人。当时那叫一个乱啊！于是我就想自己调查清楚这个案子。我开始调查在那段时间在本地区发生的其他谋杀案件，结果一件也没有。唯一的一起可疑的死亡事件就是一个骑摩托车的家伙在里奇斯堡特的一条直道上把自己给撞死了。这件事值得调查一下。于是我联系了高速公路警察，在询问负责事故调查的那位警察的过程中，我得知有一位 ATF 的探员来问过他问题。我就联系了那个 ATF 探员。他对我说，那个骑摩托车的死者是一个抓不到的流氓头子，而且他认为流氓头子不是自己死的。这时，我开始担心自己蹚进跟黑手党有关的浑水里，我想找我的同事刘易斯·埃尔班谈谈这件事。结果我约了他见面，他却没有出现。面对一件超出我能力范围的案子，我却孤立无援，于是我决定消失。"

"因为你正在发现的那个真相让你害怕了？"

"不是，因为我只有一个人！一个人，你懂吗？我再也忍受不了那种孤独感了。我心想，大家看不到我的话，会替我担心，会想要知道我为什么突然从警察局辞职了。你知道在我'消失'的头两个星期，我在哪里吗？我在家里！在我自己的房子里。我等人来敲门关心我，结果没有人来。就连邻居都没来。没有一个人。我没有出门，没有去买菜，没有离开过我的房子。但是我连一通电话都没有接到。唯一来看我的人是我父亲，他来给我送吃的。他跟我在客厅的沙发上坐了几个小时。我们默默地坐着，然后他问我：'我们在等什么？'我回答：'等人来，但是我不知道谁会来。'最后我决定搬到国家的另一头去住，重新开始我的人生。我心想这是一个机会，我可以全身心地投入戏剧创作。在我看来，还有什么比这桩没有破案的刑事案件更值得写的呢？一天夜里，在彻底离开之前，我偷偷地进到警察局，因为我还有钥匙，我把关于四人命案的卷宗拿走了。"

"可是你为什么要留下那个字条'**这里是黑夜开始的地方**'呢？"安娜问。

"因为我在离开的时候，是想着将来有一天，等案子破了，再回到奥菲雅把真相公之于众的。我要用一出成功的戏把一切讲出来。我在离开奥菲雅时就像一条丧家之犬，所以我下定决心要以英雄之姿归来，而且我还要演《黑夜》。"

"为什么要用这个名字？"安娜问。

"因为它是我对那些羞辱过我的人的终极嘲弄。最初版本的《黑夜》已经不存在了，因为我撒谎说我父亲得了癌症，同事们为了报复我，销毁了我珍藏在警察局里的所有草稿和手稿，而唯一幸存下来的一本，就是我寄放在书店里的那本，结果它落到了戈登市长手里。"

"你是怎么知道的？"我问。

"是在书店里工作的梅根·帕达林告诉我的。是她建议我留一份剧本放在本地作家区展示的。有些好莱坞名人有时候会到这里来，谁知道呢，也许它就被某个大人物看到并赏识了呢？但是在 1994 年 7 月中，在发生了同事们干的那件龌龊事之后，我去书店想要拿回我的剧本，结果梅根对我说，戈登市长刚刚把它买走了。于是我去找他要，但是他说剧本已经不在他手上了。我认为他是想害我，因为他已经看过我的剧本，而且他很讨厌它！他甚至当着我的面把它给撕了！如果不是为了伤害我，那他为什么还要再去书店里买一本呢？所以我离开奥菲雅，是想证明什么都不能阻止我的艺术创作。你可以烧毁、嘲笑、禁止、查封，但是一切都会重生。你以为你能毁了我？可是我又回来了，变得比以前更强大。我当时就是这么想的。所以我托我父亲把我的房子卖了，而我搬到了加利福尼亚。我靠着卖房子的钱可以衣食无忧地过上一段时间，于是我就又埋头开始看那个案子的调查卷宗。但是我彻底走进了死胡同，一直在原地打转。我越没有进展，对这个案子就越纠结。"

"所以你研究这个案子研究了二十年？"德里克问。

"是的。"

"你的结论是什么？"

"没有结论。一边是摩托车事故，另一边是梅根。我掌握的情况就这些。"

"你认为梅根在调查杰里迈亚·福德的摩托车事故，并且是因为这件事而被杀的吗？"

"我不知道。我编出这个故事是为了写戏。我心想用它来做第一场戏是很好的。梅根跟车祸之间真的有联系吗？"

"问题就出在这里，"我说，"我们跟你一样认为梅根的死和杰里迈亚·福德的死有联系，但是梅根和杰里迈亚之间似乎没有任何关联。"

"你看看，"柯克叹气道，"确实事有古怪。"

柯克·哈维看上去一点也不像是过去两个星期以来那个疯疯癫癫、让人难以忍受的导演的样子。所以他为什么要披上这样一层伪装呢？为什么要导这出没头没尾的戏呢？为什么要做出那些荒唐的行为呢？当我问他这些问题时，他理所当然地回答：

"当然是为了生存啊，罗森伯格！为了生存！为了吸引注意力！为了让人们终于能拿正眼瞧我！我心说我永远找不出这桩案子的答案。我掉进了坑里。我无妻无子，没有朋友，住在旅行拖车里。我只能拿永远也不会到来的飞黄腾达的机会唬住一些绝望的演员。我会变成什么样子？当斯特凡妮·梅勒 6 月到洛杉矶来找我的时候，我有了完成我的戏的希望。我把我知道的一切都告诉了她，以为她也会这么对我。"

"所以说，斯特凡妮知道凶手要杀的人是梅根·帕达林？"

"没错。这个是我告诉她的。"

"那她知道些什么呢？"

"我不知道，当她知道我不知道凶手是谁时，她立刻就想走。她对我说：'我没有时间浪费。'我要求她至少把她掌握的情况告诉我，但是她拒绝了。我们在'白鲸'酒吧小吵了一架。为了留住她，我扯了她的包，结果包里面的东西都掉到了地上。她的调查资料、她的打火机，还有她的那个挂着一个可笑的黄色大球球的门钥匙。我帮她捡，想要趁机偷看一眼她的笔记，但是没有成功。然后，可爱的罗森伯格，你就来了。我一开始什么都不想对你说，因为我不想被人耍第二次。后来我想，这也许是我重回奥菲雅，并在戏剧节开幕式上演我的戏的最后一个机会。"

"就算你连一部真正的剧本都没有？"

"我只是希望能够拥有属于我的一刻钟的出名机会。这是最重要的。我确实得到了。在两个星期里，大家都在谈论我。我是大家关注的焦点，我出现在报纸版面上。我带领着一批演员，想怎么对他们就怎么对他们。我让大批评家奥斯特洛夫斯基穿三角内裤，我让他用拉丁语号叫，他在 1994 年说了我的表演那么多的坏话。我对格利弗那个贱人也是如此，他在 1994 年大肆羞辱过我。你们也得看看他手里抱着一个獾的标本、半裸着身子的样子。我报仇了，我获得了尊敬。我又活过来了。"

"可是柯克，你得给我解释一下，在演出的最后，剧本全是空白的，这是为什么？"

"因为我不担心。我认为你们会在首演之前找到凶手。我就指望着你们呢。凶手的身份已知，我到时只要宣布一下结果就可以了，然后我还可以抱怨是你们糟蹋了一切。"

"可是我们并没有找到他。"

"所以我安排好了让达科塔维持悬念，然后我会让演员再跳一遍《死亡之舞》。我可以羞辱奥斯特洛夫斯基和格利弗，羞辱他们好几个小时。我的戏甚至可能会变成一出没有结尾的戏，一直演到半夜。我做什么都可以。"

"可是你会被人当成傻子看的。"安娜说。

"不会比布朗市长还傻。他的戏剧节办不下去，观众会要求退票。他会颜面扫地，也有可能不会连任。"

"所以你做这一切就是为了伤害他？"

"我做这一切，是为了不再孤单。因为说到底，《黑夜》，它代表的是我的无尽的孤独。但是到头来我做成的一切，都是伤害了别人。现在，又是因为我，那个不可思议的姑娘达科塔生死未卜。"

空气突然沉默，最后我对柯克说：

"你对案子的来龙去脉的判断没错。我们找到了你的剧本。戈登市长把它收在一个银行的保险箱里。里面用暗语的形式写着杰里迈亚·福德那个骑摩托车死了的男人的名字。所以杰里迈亚、戈登市长和梅根·帕达林之间必然有关联。柯克，你什么都搞明白了，你手里有拼图的所有碎片。现在只要把它们拼好就行。"

"让我帮你们吧，"柯克恳求道，"让我弥补我的过错。"

我同意了。

"前提是你得端正你的行为。"

"我保证，杰西。"

我们首先想要搞清楚昨天晚上在大剧院发生了什么。

"当时我在舞台旁边，在看达科塔，"柯克对我们说，"爱丽丝·菲尔莫尔和杰瑞·艾登在我身边。突然枪响了，达科塔倒地。我和杰瑞急忙冲了过去，夏洛特很快也赶了过来。"

"你看到子弹是从哪里射出来的吗？"德里克问，"第一排？舞台边？"

"不知道。大厅里当时一片漆黑，聚光灯打在我们身上。不管怎么说，枪手都是在观众那个方向的，这一点是可以肯定的，因为达科塔是胸部中枪的，而她当时是面对着大厅的。我无法解释的一点是，那把枪是怎么被带进大厅里的，安全措施是那么严格。"

为了回答这个问题，在审问剧团其他成员之前，我们和麦肯纳警长、蒙塔涅、布朗市长在一间会议室里开了个会，初步总结了一下情况。

现阶段，我们完全没有掌握关于枪手的任何线索。什么迹象都没有。大剧院里没有摄像头，我们问过的观众什么都没看见。所有人说的都是一样的话：枪响的时候，大厅里漆黑一片。"里面像黑夜一样，"他们说，"枪响了两次，那女孩倒地，然后就是一片恐慌。那个可怜的女演员现在怎么样了？"

我们没有任何消息。

麦肯纳告诉我们，在大厅里和周边的街道上都没有找到那把枪。

"枪手肯定趁乱逃出了大剧院，把枪扔在了某个地方。"麦肯纳对我们说。

"当时我们不可能不让人们出去，"蒙塔涅说，像想要给自己挽回颜面，"不然的话，可能会发生踩踏事件，会有人死。谁能想到危险会来自剧院里面呢，大厅是被彻底保护起来的。"

正是这一点让我们在没有掌握凶手确切形迹的情况下取得了重大进展。

"一个携带武器的人是怎么进入大剧院内部的？"我问。

"我无法解释，"麦肯纳说，"负责入口安保工作的家伙都是身经百战的。他们在纽约给国际会议、游行活动和总统出行都提供过安保服务。我们的程序是非常严格的，大厅事先都由嗅探犬检查过，排除爆炸物和武器的存在，然后被完全监控起来。没人能在夜间进入其中。再者，观众和剧团人员在进入大厅时，都经过金属探测门检测。"

肯定有什么地方被我们遗漏了。我们必须得查清楚一把枪是怎么出现在大厅里的。为了更便于我们理清头绪，麦肯纳把负责大厅安保的州警警官叫了过来。那人把警长之前说过的那套程序又原样给我们说了一遍。

"搜查工作结束之后，大厅就被守卫起来，到现在还是这样，"那位警官对我们说，"就算是美国总统来了，我也敢把他放进去。"

"那所有人都被搜身了吗？"德里克问。

"所有人，无一例外。"警官确认道。

"我们没有被搜身。"安娜指出。

"出示证件的警察没有被搜身。"警官承认。

"有很多警察进到大厅里吗？"我问。

"没有，队长，就只有几个便衣警察，我们的几个同事进去了。他们进出大厅主要是为了确保一切平安。"

"杰西，"麦肯纳警长担忧起来，"不要跟我说你现在怀疑是警察干的。"

"我只是想搞清楚状况而已。"我说，然后让那名警官把搜查程序的全过程给我详细地说了一遍。

为了回答得尽可能精确，他把嗅探犬负责人叫来给我们解释他们的工作流程。

"我们划分了三个区域，"嗅探犬负责人说，"观众休息区，大厅，包括演员休息室在内的后台。我们都是一区一区地搜查，以确保不会搞混了。当时演员们在大厅里排练，所以我们是从后台和演员休息室先开始的。这是工作量最大的部分，因为那里有一个面积相当大的地下室。在检查完这个部分之后，我们便要求演员们中断排练，让我们搜查大厅，免得我们的嗅探犬受到他们的干扰。"

"那这时演员们去哪儿了？"我问。

"后台。他们可以再回到大厅里，但是他们首先得经过金属探测器的检查，以确保那个区域的安全。所以他们可以自由地从一个区域走到另一个区域。"

德里克一拍脑门道：

"演员们那天在抵达大剧院的时候被搜过身吗？"他问。

"没有。但是在休息室里，他们的包都被嗅探犬闻过，他们也都接受了金属探测器的检查。"

"可是，"德里克说，"如果一个演员携带着武器来到大剧院，并在彩排期间一直把它随身带着，而你们这时在搜查演员休息室。等他回到被搜查过的休息室里让你们去检查大厅时，这时他就可以把武器留在已经被认定为安全区的休息室里。之后他可以再回到大厅里，并且可以轻松地通过金属探测器检测。"

"在这种情况下，没错，嗅探犬有可能会漏掉武器，因为我们没让它们闻演员。"

"所以武器就是这么进来的，"我说，"一切都是在昨天完成的。安保措施被公布在媒体上，所以枪手有时间来策划一切。枪已经在大剧院里了，枪手昨天只需要在演出开始前去他的休息室取就可以了。"

"所以说枪手是剧团里的演员？"布朗市长一脸惊恐地问道。

"这一点毫无疑问。"德里克点头说。

枪手就在这里，就在隔壁房间，就在我们眼皮底下。

我们想让每一个演员接受枪弹射击残留物检查，但是他们所有人的手上、衣服上都没有残留痕迹。我们还检测了戏服，派人员去搜查每个人的休息室、酒店房间和住所，但同样一无所获。就算如此，凶手只要在开枪时戴上手套，或者穿着一件大衣，就可以解释我们为什么一点痕迹都找不到。再者，枪手有时间把枪处理掉，换衣服和洗澡。

柯克说枪响时他和爱丽丝、杰瑞在一起。我们通过电话联系上了杰瑞·艾登。达科塔在几小时前被送进了手术室，情况如何他毫无头绪。但是他确认，在他女儿被枪击中的时候，爱丽丝和柯克是和他在一起的。我们可以相信杰瑞·艾登的证词，因为我们认为他完全可以被相信，因为他跟1994年事件没有任何关联，而且我们很难想象他会对自己的女儿下手。这样一下子就把柯克和爱丽丝·菲尔莫尔从嫌疑人名单上排除了。

我们把当天接下来的时间都用在了审问其他演员上，但是没有收获。所有人都是什么都没看见。当问他们枪响的时候，他们人都在哪里时，他们都说自己在后台，在柯克·哈维附近，但是谁都不记得自己见过谁，简直让人伤透脑筋。

在下午快要结束的时候，我们还是毫无进展。

"什么意思？你们什么进展都没有？"当我们把情况跟麦肯纳警长说了之后，他火了。

"所有人身上都没有射击残留物痕迹，所有人什么都没看见。"我说。

"但是我们知道枪手多半就在他们之中！"

"我知道，警长。但是我们没有任何证据可以证明他们有罪，连一点点线索都没有，就好像他们在互相掩护。"

"他们都审问完了？"警长又问道。

"都问完了，除了爱丽丝·菲尔莫尔。"

"她在哪儿呢？"

"到处都找不到她，"德里克说，"她电话关机。史蒂文·贝格多夫说他们是一起离开剧院的，说她看上去非常慌张。她似乎说过要回纽约。不过杰瑞·艾登已经排除了她的嫌疑。枪响的时候，他们和哈维在一起。你想让我们还是联系一下纽约市警察局吗？"

"不用了，"警长说，"既然她的嫌疑被排除了，就没必要了。光是那些有嫌疑的人就够你们忙的了。"

"可是剧团的其他人，我们要怎么处理？"我问，"我们已经把他们扣在这里十二小时了。"

"如果你们没有能证明他们有罪的证据的话，就放他们走吧。我们没有选择。但是让他们不要离开纽约州。"

"警长，你有达科塔的消息吗？"安娜这时问道。

"手术已经做完了。大夫从她身上取出了两颗子弹，并努力地修复了她的器官损伤。但是她失血太多，被人工昏迷了。医生担心她挺不过今夜。"

"警长，你能要求对那两颗子弹进行技术分析吗？"我问。

"你想的话，我可以要求。但是为什么呢？"

"我想知道有没有可能是从警察配枪射出来的。"

大家一阵长时间的沉默。最后，警长起身离开椅子，结束会议。

"都去休息吧，"他说，"你们的脸色都跟活死人一样。"

安娜在回到自己家时，没好气地发现她的前夫坐在她家门廊下。

"马克？你在这里做什么？"

"安娜，我们都担心死了。电视上一直在说大剧院枪击案。你既不接电话，也不回信息。"

"不差你一个，马克。我好得很，谢谢。你可以回去了。"

"当我知道这里发生了什么之后，我想起了萨巴尔珠宝店那件事。"

"哦，我求求你了，不要再提那件事！"

"你妈跟我说了一样的话！"

"很好，你应该跟她结婚，你们两个看上去特别心有灵犀。"

马克还坐在那里，意思是他没打算离开。筋疲力尽的安娜瘫坐在他身边。

"我原本以为你来奥菲雅是为了找一个什么事都没有的地方过安稳日子。"他说。

"这是真的。"安娜说。

他露出苦涩的表情。

"这么说，你当年加入纽约那个行动小组只是为了恶心我。"

"不要总是扮演受害者了，马克。我提醒你，你认识我的时候，我就是警察了。"

"没错，"马克说，"我还得说，这份工作也是我喜欢上你的一个原因。但是你从来就没有为我设身处地地想过吗？一天，我遇上了一个出色的女人，她聪明，阳光，美丽，有趣。最后我得偿所愿，把她娶回了家。但是这个美丽的女人每天早晨都要穿着防弹背心去上班。每当她腰间别着半自动手枪走出房门时，我都在想我还能不能看到她活着回来。每一声警笛，每一通警报，每一次电视上说哪里发生了枪击案或紧急事件，我都会想她是不是牵涉其中。而每当有人按响门铃，我都会想是邻居来借盐吗？是她忘了带钥匙吗？还是一位身穿制服的警官上门来对我宣布说我的妻子已经因公殉职了？每次她晚回家，我的焦虑情绪都会上来！每次，当我给她留了好几条信息，但她就是不回电话的时候，我都会担心到坐立难安！还有她的不规律和错位的工作时间，我起床的时候她才睡觉，她把我的生活搅得天翻地覆！还有那些晚上的来电和半夜离家！那些加班！那些被取消的周末！安娜，这就是我跟你的生活。"

"够了，马克！"

但是他并不想就此停下。

"安娜，我问问你，在你离开我的时候，你有设身处地地为我想过几秒钟吗？你有努力地去理解我的感受吗？当我们约好了下班后去餐厅吃晚餐的时候，就因为'警官女士'临时有个紧急事件要处理，我就得等上好几小时，然后饿着肚子回家睡觉。有多少次你对我说'这就到'，但是你到最后也不会出现，因为你有事拖延了。但是老天啊，那个该死的纽约市警察局有好几千名警察，你就不能有一次例外，把事情交给你的同事去处理，来跟我吃顿晚饭吗？因为当女警官安娜在有八百万人口的纽约市拯救所有人时，我觉得我就像那第八百万个，那个她最后关心的人！警察的身份抢走了我老婆！"

"不，马克，"安娜反驳道，"是你失去了我，是你没能留下我！"

"再给我一次机会，我求求你。"

安娜犹豫了许久，对他说：

"我遇见了一个人，一个好人。我觉得我爱上他了。对不起。"

在一种冰冷的彻底的沉默中，马克盯着她看了许久。最后他苦涩地对她说：

"安娜，你也许是对的。但是别忘了在萨巴尔珠宝店那件事之后，你就不再是原来的那个你了。而你本来是可以避掉那件事的！那天晚上，我不想让你去的！我让你不要接那通该死的电话，你还记得吗？"

"我记得。"

"如果你没去那家珠宝店的话，如果你哪怕就那一次听了我的话，我们今天就会还在一起。"

安娜·坎纳

时间是 2012 年 9 月 21 日晚上。

那天晚上，一切都变了。

那天晚上，发生了萨巴尔珠宝店抢劫案。

我开着我的那辆去掉警标的警车，不要命地朝曼哈顿岛开，一直开到珠宝店所在的第五十七街。那片街区已经被封锁起来。

我的队长把我叫到一个充当指挥站的车上。

"只有一个抢劫犯，"他对我说，"他情绪很激动。"

"就一个？"我惊讶道，"这很少见啊！"

"是啊！而且他似乎很紧张。他似乎是先去了店主家里，把店主和他的两个分别是十岁和十二岁的女儿给绑了。他们住在楼上的一栋公寓里。他把他们带到珠宝店，肯定是希望他们在第二天才会被人发现。但是有一支警察巡逻队步行经过那里，他们看到里面灯还亮着，很惊讶，于是拉响了警报。他们的判断力很敏锐。"

"所以我们面对的是一个绑匪和三个人质？"

"是，"队长跟我确认，"我们对抢劫犯的身份一无所知，只知道是个男的。"

"已经过去多长时间了？"我问。

"三小时了。现在已经进入关键时刻了。绑匪要求我们后撤，我们完全看不到里面的情况，找来的谈判专家什么也没做成，连通电话都没

449

打通。所以我才让你来，我心想也许你能成功。对不起，在你休假时间打扰你。"

"没关系，队长，我就是干这个的。"

"你老公肯定要恨死我了。"

"嗯，他会想开的。你打算怎么行动？"

我们并没有很多选择。因为没有建立起电话联系，我只能自己朝珠宝店走去，面对面地跟他建立联系。我还从来没有做过这样的动作。

"安娜，我知道这对你来说是第一次。"队长对我说，"如果你觉得你做不到，我是非常能理解的。"

"我会做到的。"我向他保证道。

"你将是我们的眼睛，安娜。所有人都会调到你的频道。在对面建筑的楼层里有狙击手。如果你看到了什么情况，你就说出来，好让他们根据需要调整位置。"

"很好。"我一边调整我的防弹背心，一边回答。

队长想让我戴上防弹头盔，但是我拒绝了。头上戴顶头盔是无法与他人建立起联系的。我感觉肾上腺素让我的心跳加速，我害怕。我想给马克打电话，但是我忍住了。我只是想听听他的声音，而不是让人不开心的牢骚。

我穿过一条警戒线，手里拿着一个扬声器，一个人在无人的街道上往前走。四下一片寂静。我在距离珠宝店十几米的地方停下。我用扩音喇叭表明了自己的身份。

几秒钟之后，一个身穿黑色皮衣外套的蒙面男子出现在门口，他拿枪挟持着一个小女孩。女孩的眼睛被蒙上了，嘴巴也用胶带封上了。

他要求所有人都离开，让我们放他走。他跟人质贴在一起，不停地移动，让狙击手无法瞄准。我从耳机里听到队长下令开枪将他击毙，但是狙击手无法锁定目标。抢劫犯迅速地看了一眼街道和周边情况，无疑是在观察他的逃跑路线，然后他又回到了珠宝店里。

有什么地方不对劲，但是我一时想不起来是哪里不对劲。他为什么要露面？他只有一个人，为什么不通过电话来提出要求，而是甘冒被射杀的风险呢?

　　二十多分钟又过去了,突然之间,珠宝店的门猛地开了:那个蒙着眼睛、堵着嘴的女孩再次出现。她眼睛看不见,只能用脚尖试探着一步一步地往前走,我能听见她的呜咽声。我想要靠近她,但是那个穿着皮外套的蒙面男子突然出现在门框里,两手各拿着一把枪。

　　我放下扩音喇叭,掏出武器瞄准男子。

　　"放下你的武器!"我命令他。

　　他躲在玻璃橱窗的支撑面后面,狙击手还看不见他。

　　"安娜,发生了什么?"队长在无线电里问我。

　　"他正要出来,"我说,"如果你们能看到他的话,就击毙他。"

　　狙击手对我说还是看不见他。我继续拿枪对着他,瞄准他的眉心。女孩站在离他几米远的地方。我不明白他在搞什么鬼。突然之间,他开始晃动他的两支手枪,朝着我的方向猛地动了一下,我按下扳机,子弹正中男子头部,他倒下了。

　　枪声震得我两耳轰鸣。我的视野收缩,无线电开始噼啪作响。几支特别行动队从我身后冒出来。我重新稳住心神。那女孩被立刻保护了起来,我则跟着一支戴着头盔、武装到牙齿的特遣队成员进入珠宝店。我们发现另一个女孩被绑住身体、堵住嘴巴、蒙着眼睛躺在地上,但是她安然无恙。我们把她也撤出去,然后继续搜查,寻找那个珠宝商。我们破开他的办公室的门,发现他被关在里面。他躺在地上,双手被用一个塑料夹圈捆着,嘴巴和眼睛都被胶布缠上。我把他救了出来,他伸出左臂扭动着身体,我一开始以为他受伤了,然后我才明白他是心脏病发作。我立刻叫来救援人员,在接下来的几分钟里,珠宝商被送去了医院,两个女孩则交由几名医生照看。

　　在珠宝店前,几名警察正围着躺在沥青路面上的那具尸体忙碌着。我走到他们身边。突然,我听见一个同事惊讶地说:

　　"是我在做梦,还是手枪是用胶布缠在他手上的?"

　　"咦……这是假手枪。"其中一个人说道。

　　我们把遮住他脸的头套摘下,一块厚厚的胶布粘在他的嘴巴上。

"这是什么意思？"我大叫道。

我心中产生了巨大的疑问，拿起手机，把珠宝商的名字输进搜索引擎里。出现在手机屏幕上的照片把我彻底吓呆了。

"他 × 的，"一位同事在看到我的手机屏幕之后说道，"他长得也太像这个珠宝商了。"

"他就是这个珠宝商！"我大吼道。

其中一名警察这时问我：

"如果这个人是珠宝商，那绑匪去哪里了呢？"

这就是那个抢劫犯要冒险出来露面的原因：为了让我把他跟蒙面和皮衣联系起来。然后他强迫萨巴尔珠宝店的老板穿上皮衣蒙好面，又把武器用胶布缠在他手上，最后以对他的二女儿下手为要挟，逼他出去。而他自己迅速地进入办公室，把自己关在里头，并用夹圈把两手绑上，用胶布封住自己的嘴巴和眼睛，让我们以为他是珠宝商，然后他就兜里装满珠宝地被送去了医院。

他的计划进行得非常成功。当我们冲进他靠着假装有心脏病而被送进去的那家医院时，护送他进急救室的两名警察正在走廊里漫不经心地聊着天，完全不知道他去了哪里。

我们既没有确定抢劫犯的身份，也没有抓到他的人。而我杀死了一个无辜的人。作为特别行动小组的一员，我犯下了最可怕的错误：我杀死了人质。

所有人都对我说，我没有犯错，说他们也会采取同样的行动。但是我无法控制地在我的脑海里重演那个画面。

"他当时不能说话，"队长反复对我说，"他做任何动作，看起来都像在挥动武器威胁他人。他什么也做不了。他注定要死。"

"我认为他在动的那一刻，是想要趴到地上做出投降的姿势。如果我在开枪之前能多等一秒，他可能就那样做了。那他今天也就不会死了。"

"安娜，如果在你面前的那个人是真的抢劫犯，而你多等了一秒钟，那你肯定是要被他一枪当头击中的。"

最让我痛苦的是，马克既不理解我，也不同情我。他不知道怎么面对我的悲伤情绪，只知道假设过去，翻来覆去地说："老天啊，安娜，如果你那天晚上没有去的话……你当时是在休假啊！你甚至都不需要接电话！可是你总是非要尽力地表现自己……"我觉得他是在怪自己没有留住我。他看着我难过、惊慌失措，而他只会生气。我被放了假，但是我不知道该做什么。我待在家里郁闷，我觉得我抑郁了。于是马克努力地想让我换换心情，提议带我去散步，去跑步，去逛博物馆。但是他无法压制那股折磨着他的怒火。在大都会博物馆的快餐厅里，我们在参观完之后一起喝着卡布奇诺时，我对他说：

"每次我一闭上眼睛，我就看到那个男人手里拿着两把枪出现在我面前。我没有注意到缠在他手上的胶带，我只看到了他的眼睛。我觉得他怕极了，但是他不听我的命令。在他前面还有那个女孩，她蒙着眼睛……"

"安娜，不要在这里说这些，我们出来是为了散心的。你如果一直说起那件事，那你怎么能忘了它呢？"

"他 × 的，马克，"我大声喊道，"因为这就是我的现实啊！"

我不仅提高了音量，还突然一个动作打翻了咖啡杯。周围桌子上的客人都在看着我们。我累了。

"我再去给你买一杯。"马克语气和缓地对我说。

"不，不用了……我觉得我需要走走。我需要自己一个人待一会儿。我要去公园里转一圈，你回家等我吧。"

现在回过头去看，我明白了，马克的问题在于他不想谈那件事。而我既不需要他的意见，也不需要他的赞同。我只需要有一个人可以听我讲，可是他想装作什么都没发生，或者一切都已经被忘了。

我需要敞开心扉。在警队的心理医生的建议下，我把这件事跟我的同事们聊了。他们都表现得特别关心我：有的人会跟我去喝一杯，有的人会邀请我去他们家吃晚饭。这些外出活动让我好受了不少，但是不幸的是，马克开始怀疑我跟其中一个队友有了婚外情。

"真是好笑。"他对我说,"你每次聚会回来,心情都很好。你跟我在一起的时候却总是拉着个脸。"

"马克,你不是认真的吧?我只是出去跟一个同事喝杯咖啡。他都已经结婚了,而且有两个孩子。"

"啊,知道他结婚了我可真就放心了!因为已婚的男人从来都不会出轨?"

"马克,你不要跟我说你吃醋了?"

"安娜,你跟我在一起的时候整天拉着个脸。你只有自己出门的时候才会笑。更不用说我们上次做爱是什么时候了!"

我不知道该怎么跟马克解释,他是在自己编电影。难道是因为我对他说我爱他,说得还不够多?总而言之,我错在忽视了他,错在太想着那件占据了我心神的事,错在冷落了他。他最后跑去他的一个女同事那里去寻找他所需要的关心,而那个女人一直就在等着机会呢。全办公室的人都知道了,于是我也知道了。我知道的那天,去了劳伦家住。

然后就开始了马克懊悔、辩解、哀求的那段日子。他去找我父母赔礼道歉,在他把我们的生活全部讲给我父母听之后,我父母开始替他求情。

"安娜,"我母亲对我说,"毕竟你们四个月都没有过性生活了。"

"这是马克跟你说的?"我震惊地问。

"是啊,他还哭了。"

我认为最让我难以接受的不是马克的一时糊涂,而是在我的心里,那个有魅力的、让人有安全感的男人,那个在餐厅里救过人命、迷倒众人的男人,如今变成在我母亲面前抱怨我们发生性关系次数太少的哭包。我知道有什么东西碎掉了,最后在 2013 年 6 月,他终于同意离婚了。

我厌倦了纽约,厌倦了这座城市,厌倦了它的炎热,它的规模,它永无休止的吵闹和它永不熄灭的灯光。我想要去别处安家,我想要改变。然后天意使然,让我在我订的《纽约文学评论》上看到了一篇写奥菲雅的文章:

小戏剧节中的大戏剧节

史蒂文·贝格多夫

您知道奥菲雅这颗坐落在安普敦地区的宝石吗？天堂一般的小巧城市，比起其他地方，那里的空气似乎更加纯净，生活更加甜美。每年它还会迎来一个戏剧节，而戏剧节上的大戏总是精彩绝伦，质量上乘……

城市本身就值得一游。主街是一件安静的珠宝，这里的咖啡馆和餐厅美味诱人，店铺充满魅力。这里的一切都活力四射，令人愉悦……如果可以的话，请住在湖景酒店——一家美不胜收的酒店，它位于城市外缘，坐落在一座大湖之畔，旁边还有一片迷人的森林。住在那里就像住在电影的布景之中。工作人员的服务无微不至，房间宽敞，装修有品位，餐厅优雅。这个地方一旦来过，便再也难以离开。

戏剧节期间，我休了几天假，在湖景酒店订了房间，然后去了奥菲雅。那篇文章没有撒谎：我在那里，在纽约城外，发现了一个神奇的不受打扰的世界。我觉得我会在那里过得很好。我被它的小街、它的电影院、它的书店吸引。奥菲雅对我来说就是我改变生活和环境的梦想之地。

一天早晨，当我坐在海滨的一条长凳上看着海洋时，我似乎看到远处有一条浮出海面的鲸鱼在呼气。我感觉我需要跟人分享这个时刻，于是我拉住一个跑步路过的人做见证。

"怎么了？"他问我。

"有鲸鱼，那里有一条鲸鱼！"

那是一个五十多岁的帅气男人。

"这里经常能看到鲸鱼。"他对我说，明显被我的激动给逗乐了。

"我是第一次来这里。"我跟他解释。

"你从哪里来？"

"纽约。"

"那不算太远。"他对我说。

"如此近却又那么远。"我对他说。

他冲我笑了笑，然后我们聊了一小会儿。他叫艾伦·布朗，是这座城市的市长。我简单地跟他说了我个人正在经历的微妙情况，还有想要有一个新的开始的想法。

"安娜，"艾伦对我说，"请不要对我接下来要问你的问题产生误解，因为我已经结婚了，我不是在追求你。你愿意今天晚上来我们家吃饭吗？我有点事情想和你谈谈。"

于是那天晚上，我跟布朗市长还有他的妻子夏洛特在他们家精美的房子里吃了一顿晚饭。他们是一对恩爱夫妻。她应该比他年轻一些，是个兽医，开了一家生意不错的小诊所。他们没有孩子，我没有问他们原因。

市长直到我们开始吃甜点的时候才告诉我他邀请我的真正原因。

"安娜，我的警察局局长一年之后就要退休了。他的副手是一个很蠢的家伙，他只能让我对他有一半满意。我对这座城市有些抱负，我想要找个值得信任的人来接管这个职位。我觉得你是理想人选。"

我还在思考的时候，市长又补了一句：

"我得提醒你一下，这里很安静。它不像纽约……"

"那再好不过了，"我说，"我正需要安静。"

第二天，我接受了布朗市长的邀请。就这样，在 2013 年 9 月的一天，我搬到了奥菲雅，希望一切可以重新开始，尤其希望可以重新找回我自己。

杰西·罗森伯格

2014 年 7 月 28 日星期一

开幕式后第二天

在首演垮台的三十六个小时之后，奥菲雅戏剧节被正式取消。全国媒体都爆发了，重点指责警方没能尽到保护百姓的责任。在斯特凡妮·梅勒和科迪·伊利诺伊的谋杀案之后，大剧院枪杀案是压死骆驼的最后一根稻草：一名杀手让安普敦陷入了恐慌，百姓惶惶不可终日。在整个地区，酒店变得空空荡荡，预订接连被取消，度假的人不再来。到处弥漫着恐慌情绪。

纽约州州长大发雷霆，公开表达了他的不满。布朗市长被百姓抛弃，麦肯纳警长和检察长被上级训斥。面对批评，他们决定今天早晨在市政厅举办新闻发布会，直面媒体。我认为这是个糟糕的主意：我们目前没有任何答案可以提供给媒体。为什么还要去招惹更多麻烦呢？

直到最后一分钟，我和德里克，还有安娜还在市政厅的走廊里试图劝说他们别在现阶段发表公开声明，但是没有成功。

"问题是，你们目前没有任何实质性的内容可以告诉记者。"我解释说。

"那是因为你们无能，什么都没查到！"副检察长破口大骂道，"从开始调查到现在，你们什么都没查到！"

"我们还需要一点时间。"我辩解道。

"时间，你们的时间已经够多的了！"副检察长说，"而我看到的结果就只有一场灾难，死尸，和受惊的民众。你们都是无能之辈，这就是我们要跟媒体说的话！"

我转脸看向麦肯纳警长，希望能得到一点支持。

"警长，你不能把责任全部推到我们头上，"我抗议道，"剧院和城市的安保工作是你和蒙塔涅副局长负责的。"

在听到我这句蠢话之后，警长怒了。

"杰西，你不要放肆！"他大喊道，"我从一开始就护着你，你不能跟我这么放肆。昨天晚上，州长在电话里跟我大喊大叫，我到现在还耳鸣着呢！他要求我们开一场新闻发布会，那我们就开。"

"对不起，警长。"

"你说不说对不起，我根本不在乎，杰西。你和德里克打开的这个潘多拉的盒子，你们得自己想办法把它重新盖上。"

"可是，警长，难道说你宁愿我们当初隐瞒一切，继续活在谎言之中？"

警长叹口气道：

"我觉得你没有意识到你重启这个案子引发的这场大火规模有多大。现在，全国上下都在谈论这个案子。有些人要下马，杰西，下马的人不会是我！你当初为什么不按照原定计划退休呢，嗯？为什么你没有在获得了职业生涯那么多荣耀之后离开，去过你的小日子呢？"

"因为我是一名真正的警察，警长。"

"又或者是一个真正的傻瓜吧，杰西。我给你和德里克截止到这个周末的时间去破案。如果下星期一的早晨，我还见不到凶手坐在我的办公室里，那么，杰西，我就把你开除出警队，让你连退休金都没的拿。德里克，你也是。现在，干你们的活去吧，让我们做我们的工作。记者们都在等着我们呢。"

警长和副检察长朝新闻发布厅走去。布朗市长在跟上去之前，转脸看向安娜，对她说：

"安娜，我希望你现在能知道这个消息。我要宣布正式任命贾斯珀·蒙塔涅为奥菲雅警察局的新任局长。"

安娜脸色变得苍白。

"什么？"她哽住，"你不是说在我查案期间，他只是代理局长吗？"

"奥菲雅现在这个乱局，我必须得找人正式替换格利弗。我的选择是蒙塔涅。"

安娜快要哭出来。

"艾伦，你不能这么对我！"

"我当然可以，这就是我接下来要做的事情。"

"可是你跟我保证过，说我会接替格利弗，我是因为这个才来奥菲雅的。"

"在这段时间里，发生了好多事，对不起，安娜。"

我想要替安娜说句话：

"市长先生，你犯了一个严重的错误。坎纳副局长是我在很长时间以来见过的最好的警察。"

"管好你自己的事情吧，罗森伯格队长！"布朗冷冷地对我说，"你还是专心地调查你的案子吧，不要掺和与你无关的事情。"

市长转身朝新闻发布厅走去。

※

湖景酒店跟本地区的所有酒店一样，里面是一片大逃亡的场面。客人们全走了。拼了命想要止住这次大出血的酒店经理承诺给客人们特别的折扣，恳求他们留下来。但是没人想要留在奥菲雅，除了柯克·哈维。他下定决心承担起他的责任，为破案尽自己的一份力。他还抓住机会，以低廉的价格留住了他的套房，因为市政府已经不再承担他的住宿费用了。奥斯特洛夫斯基也进行了同样的操作，甚至没有多花什么钱就把房间连升三级，搬进了皇家套房。

夏洛特·布朗、塞缪尔·帕达林和罗恩·格利弗昨天就各回各家了。

在 312 房间里，史蒂文·贝格多夫在他妻子特蕾西的注视下扣上箱子。她是昨天到的。她把孩子们托付给一位朋友照顾，然后坐巴士到安普敦来支持她老公。她准备原谅他的过错，她只希望一切都能恢复如常。

"你确定你可以离开吗？"她问。

"当然，当然。警察说我只需要留在纽约州境内就可以了。纽约市在纽约州境内，不是吗？"

"确实。"特蕾西点头说道。

"那么，一切都好。我们上路吧。我迫不及待地想要回我们自己家。"

史蒂文拿起箱子，拖在身后。

"你的箱子好像很沉的样子。"特蕾西说，"我去叫一个行李员过来，让他直接把它放车上去。"

"千万不要！"史蒂文大叫。

"为什么？"

"我的箱子我自己拉得动。"

"随便你。"

他们走出房间。在走廊里，特蕾西·贝格多夫突然抱住她老公。

"我害怕极了，"她小声地说，"我爱你。"

"我也是，我爱你，特蕾西，亲爱的。我太想你了。"

"我一切都原谅你！"特蕾西说。

"你在说什么？"史蒂文问。

"那个跟你在一起的女孩。《纽约时报》那篇文章里说的那个女孩。"

"哦，我的老天啊，你不是真的相信了吧？特蕾西，可是那个女孩从来就没有存在过，都是别人瞎编的。"

"真的？"

"当然了！你知道的，我开除了奥斯特洛夫斯基。他为了报复我，就跟《纽约时报》胡扯。"

"真是卑鄙的家伙！"特蕾西恼火道。

"可不是嘛！现在的人心眼都小得可怕。"

特蕾西又抱了一下她老公。在知道一切都不是真的后，她彻底地放松下来。

"我们可以在这里过一夜。"她提议，"现在房价很便宜，我们可以庆祝一下小别后的重逢。"

"我想回家，"史蒂文说，"看看孩子们，我的亲爱的小宝贝们。"

"你说得对，你想吃午饭吗？"

"不，我想直接出发。"

他们走进电梯，然后穿过酒店大堂。大堂里挤满了着急离开的客人。史蒂文避免与前台的工作人员目光接触，迈着坚定的步伐往门口走去。他没有结账就走了。他得快点逃跑，免得别人问他关于爱丽丝的问题，尤其是当着他妻子的面。

车停在停车场上。史蒂文之前没有把车钥匙交给泊车员。

"需要我帮忙吗？"一位员工问，想要接过他的行李箱。

"不用。"史蒂文回绝说，并且加快了脚步。他妻子跟在他后头。

他打开车门，把箱子扔在后座上。

"把箱子放到后备厢里吧。"他妻子建议道。

"需要我帮您把您的行李箱放到后备厢吗？"护送他们的那位员工问道。

"不用。"史蒂文一边重复道，一边坐上驾驶座，"再见，谢谢你做的一切。"

他妻子坐上副驾驶的位子，他开动车子，然后两人就离开了。当他们开过城市的边界线时，史蒂文如释重负地喘了口气。直到现在，一切都还没有被人发现。爱丽丝的尸体在后备厢里，目前还没有散发出臭味。他用保鲜膜把她仔细地裹了起来，他很高兴自己想到了这个办法。

特蕾西打开了收音机。她感到平静、幸福。很快，她便睡着了。

外面天气热得要死。希望她在里头不要熟了，史蒂文手握方向盘，在心里想。一切都发生得太快了，他没时间思考太多。在杀了爱丽丝，把她的尸体藏在灌木丛之后，他一路小跑，跑回湖景酒店取了车，又回到犯罪现场。他吃力地搬起爱丽丝的尸体，把她扔进后备厢里。他的衬衫沾满了血。但是这不重要，没人看见他。奥菲雅到处都是大逃亡的场面，所有的警察都在市中心忙碌。他接下来把车一直开到一家二十四小时营业的超市，到里面买了大量的保鲜膜，然后在一片森林边缘找到一个偏僻的地方。他把那具已经冷掉、变得僵硬的尸体仔细地从头到尾裹了起来。他知道不能把她扔在奥菲雅。他得把她带到别处扔掉，还得避免尸臭味让他暴露。他希望他的策略能给他争取一点时间。

当他载着后备厢里的爱丽丝回到湖景酒店时，他已经穿上了一件落在车里的羊毛套衫，遮住了他的衬衫，没让任何人对他产生一丝怀疑。他回到房间，冲了一个很长时间的澡，然后穿上跟他那天晚上穿的衣服类似的干净衣服。最后，他终于睡着了一会儿，随即又突然惊醒。他得扔掉爱丽丝的东西。于是他拿起她的行李箱，把她的所有东西都装进去，然后又离开了酒店，同时期盼着没人注意到他的来来回回。当时酒店里一片混乱，没人注意他。他再次取了车，把包括衣服在内的爱丽丝的东西扔到周边城市的不同的垃圾箱里，最后把空箱子扔在了路边。他感觉自己的心脏都要爆炸了，他的胃在纠结：只要有一个警察注意到他的奇怪举动，拦住他，让他打开后备厢，他就完蛋了！

最后在凌晨五点钟，他回到了已经清除爱丽丝一切痕迹的湖景酒店套房。他睡了半个小时，直到被几声敲门声叫醒。是警察。他想要跳窗。他被抓到了！他穿着内裤，全身颤抖着打开了门。站在他面前的是两名穿制服的警察。

"史蒂文·贝格多夫先生？"其中一人问道。

"是我。"

"很抱歉在这种时间来打扰你。罗森伯格队长派我们来接剧团的所有成员，他想要就昨天晚上发生在大剧院的事情审问你们。"

"我很乐意陪你们过去。"史蒂文努力地保持冷静地回答。

当警察问他是否见过爱丽丝时，他说他在出了大剧院之后就没见到她了。然后，他们就没有再问他别的问题了。

在开车到纽约的路上，他一直在想要拿爱丽丝怎么办。当他看到曼哈顿岛的摩天大楼的轮廓出现在眼前时，他已经想好了一个完整的计划。一切都会解决的。谁也不会找到爱丽丝的。他只要能去到黄石国家公园就行。

在几英里之外，在中央公园对面的西奈山医院里，杰瑞和辛西娅·艾登在加护病房里守着他们的女儿。医生走过来安慰他们。

"艾登先生、夫人，你们应该去歇息一下。我们目前会把她维持在人工昏迷状态。"

"她怎么样了？"辛西娅崩溃地问。

"目前还很难说。她挺过了手术，这是个好现象。但是我们还不知道她会不会有身体上，或者神经方面的后遗症。子弹给她的身体造成了很大的创伤。她的一个肺被打穿了，脾脏也被击中。"

"医生，"杰瑞担忧地问，"我们的女儿会醒过来吗？"

"我不知道，真的很抱歉。她有可能活不下来。"

※

　　我、安娜和德里克在继续对公众封闭的主街上开着车。尽管阳光灿烂，但是到处都是一片荒凉的景象。人行道上荒无人烟，海滨上也一个人都没有。空气中飘荡着一种鬼城的气氛。

　　在大剧院前，有几名警察在站岗，还有一些市政工作人员在捡之前扔下的垃圾，其中有一些是移动商贩摊位上的纪念品，它们是这里发生的拥挤事件的最终见证。

　　安娜捡起一件 T 恤，上面写着"2014 年 7 月 26 日，我在奥菲雅"。

　　"我宁愿不在。"她说。

　　"我也是。"德里克叹气道。

　　我们走进剧院，来到空荡寂静的大厅里。舞台上有一大片干涸的血迹，还有急救人员扔下的医用绷带和无菌包装。我只想起来一个词：满目疮痍。

　　根据给达科塔做手术的医生发来的报告，子弹是以六十度的夹角从上往下击中她的。这条线索将帮助我们确定开枪者在大厅里的位置。我们对案发过程进行了一个简单的复原。

　　"达科塔站在舞台中央，"德里克回忆说，"柯克、杰瑞和爱丽丝在她的左手边。"

　　我站到舞台中央，假装我是达科塔。这时安娜说：

　　"我不知道子弹是怎么从座位那边，哪怕是大厅最后面的座位，那里是最高点，以六十度的夹角，从上往下射进来的。"

　　她一边思索着，一边在座椅之间走动着。这时我抬起眼睛，看到在我上面有一条技术通道连着聚光灯架。

　　"开枪者在上头！"我大叫道。

　　德里克和安娜去找通道入口，结果在演员休息室旁发现了一个从后台底部探出来的小梯子。那通道接下来弯弯曲曲地沿着灯光顺序绕过整个舞台。德里克在一爬到我上头之后，便用手比枪瞄准我。射击角度完全吻合。这是一个相对较近的距离，杀手不是个狙击手也能打中。

"当时大厅里是暗的，达科塔有聚光灯当头打在身上，什么也看不见，而开枪者什么都看得见。除了灯光组的那个人，没有任何志愿者、技术人员在场。所以他可以轻轻松松地在没人看到的情况下爬上去，找到合适的机会击中达科塔，然后通过紧急出口逃走。"

"要想进入这个通道，就得从后台经过，"安娜指出，"而只有有证件的人才可以进入后台。入口是有人把守的。"

"所以肯定是剧团成员干的，"德里克说，"也就是说我们有五个嫌疑人：史蒂文·贝格多夫、梅塔·奥斯特洛夫斯基、罗恩·格利弗、塞缪尔·帕达林和夏洛特·布朗。"

"枪响之后，夏洛特是在达科塔身边的。"我指出。

"这也不能把她从嫌疑人的名单上排除，"德里克思考着说，"她从通道上开枪，再下来救达科塔，这是多么妙的计划啊！"

就在此时，我手机上有一通来电。

"他 × 的，"我叹气道，"他又找我做什么？"

我接了电话：

"你好，警长。我们现在在大剧院。我们已经发现了枪手的开枪位置，是一条只能从后台进入的通道，这也就是说……"

"杰西，"警长打断我，"我给你打电话就是为了这个，我收到了弹道分析报告，用来射杀达科塔·艾登的是一把贝雷塔手枪。"

"贝雷塔？杀死梅根·帕达林和戈登一家的就是一把贝雷塔！"我惊呼道。

"我也想到了，"警长对我说，"所以我让人做了比对。杰西，你站稳喽：1994 年使用的那把枪跟前天晚上的是同一把。"

德里克看到我脸色发白，问我怎么回事。我对他说：

"他就在这里，就在我们中间。杀死戈登一家和梅根的凶手杀死了达科塔。二十年来，那个凶手一直逍遥法外。"

德里克的脸色也变白了。

"真是见鬼了。"他小声地说。

德里克·斯考特

1994 年 11 月 12 日。在那场可怕的车祸发生一个月后，我收到了勇气勋章。在州警地区中心的体育馆里，专程赶来的州警长官当着一众警察、官员、记者和嘉宾的面，亲自为我授勋。

我一只手打着绷带站在讲台上低着头。我既不想要这枚勋章，也不想要这场仪式，但是麦肯纳警长对我说，我拒绝的话会给上级留下非常不好的观感。

杰西在大厅后头。他缩在后面，不想坐到第一排给他预留的位子。他面容憔悴，我甚至都不敢看他。

在发表完一通冗长的讲话之后，州警长官走近我，郑重地把勋章挂到我脖子上，对我说："德里克·斯考特警司，为了表彰你在执行任务中表现出的勇气，同时也为了表彰你冒着生命危险拯救了他人性命，我在此为你授勋。你是警察的榜样。"

在授完勋之后，长官对我行了一个夸张的军礼，然后军乐队开始奏响凯旋进行曲。

我两眼发呆，面无表情。突然我看见杰西在哭，我也忍不住流泪了。我走下讲台，冲向通往衣帽间的暗门。我把勋章从脖子上扯下来，愤怒地把它扔在地上。然后我瘫倒在一条长凳上，放声大哭。

杰西·罗森伯格

2014 年 7 月 29 日星期二

开幕式后第三天

这是案件的最后一个重大转折。

1994 年的犯罪凶器，当初没有找到，如今却又出现了。当初杀了戈登一家和梅根·帕达林的同样一把武器如今又被用来杀掉达科塔灭口。这就说明斯特凡妮从一开始就是对的：泰德·特南鲍姆既没有杀害

465

戈登一家，也没有杀死梅根·帕达林。

今天早晨，在州警地区中心，警长召见了我和德里克，副检察长也在场。

"我把情况告诉了西尔维亚·特南鲍姆，"他对我们说，"检察长办公室将要启动程序。我希望先通知你们一声。"

"谢谢你，警长。"我对他说，"我们明白。"

"西尔维亚·特南鲍姆不仅可以考虑起诉警方，"副检察长说，"而且可以起诉你们。"

"泰德·特南鲍姆不管有没有犯下四人命案，都跟警方展开了追逐战。如果他服从命令的话，这一切都不会发生。"

"但是是德里克故意去撞他的车，把他撞下了桥。"副检察长指责道。

"我们当时是想要拦下他！"德里克抗议道。

"你们可以用别的方法。"副检察长说。

"哦，是吗？"德里克火了，"什么方法？我怎么觉得你好像是追逐战的专家啊？"

"我们不是来指责你们的，"警长说，"我又看了一遍卷宗：一切线索都指向泰德·特南鲍姆。就在谋杀案发生不久前，特南鲍姆的小货车被人看到出现在犯罪现场。有银行转账记录证明他被市长勒索，从而构成犯罪动机。特南鲍姆买过跟谋杀案凶器同样类型的一把武器，他还是一名训练有素的射击手。凶手只能是他！"

"然而，"我叹气道，"现在所有的证据都被推翻了。"

"我知道，杰西，"警长遗憾道，"但是不论是谁都会搞错的。你们没有任何错。不幸的是，恐怕西尔维亚·特南鲍姆不会满足于这种解释，她会动用一切可能的手段来求得补偿。"

不过对我们的案子来说，这也意味着案情正在明朗起来。1994年，杀死梅根·帕达林的凶手也杀死了不幸的目击者——戈登一家。因为我和德里克追错了方向，我们从调查戈登一家被杀入手，后面出现的一系列证据让我们相信凶手就是泰德·特南鲍姆，结果真正的凶手高枕无忧地过了二十年，直到斯特凡妮在奥斯特洛夫斯基的要求下重新启动了对该案的调查。奥斯特洛夫斯基一直对此案抱有疑虑，因为他曾经看到开着小货车的人不是特南鲍姆。现在所有的线索都指向了凶手，凶手便把所有可能会揭露他身份的人都杀了。他先是杀了戈登一家，然后又除掉了斯特凡妮，接着是科迪，再然后他想要杀死达科塔。凶手就在这里，就在我们眼皮底下，就在咫尺之间。我们必须聪明点行动，而且要快。

在跟麦肯纳警长的谈话结束之后，我们借着还在州警地区中心的机会去了一趟法医兰吉特·辛格博士的办公室，他也是一名犯罪侧写专家。他看过调查卷宗，想要帮我们更好地确定凶手的人格特征。

"我仔细地研究了一下这个案子的方方面面。"辛格博士对我们说，"首先，我认为你们面对的是一名男性。先是从统计学上来说，因为女人杀女人的概率只有百分之二。但是在我们这个案子里，还存在着一些更加确切的线索：罪犯冲动的一面，戈登家那扇被破坏的门，以及他毫无顾忌便杀掉一家人的行为。再有就是被溺死在湖里的斯特凡妮·梅勒，还有被以极其粗暴的手段砸碎脑袋的科迪·伊利诺伊。这种暴力形式更像男性所为。另外，我从卷宗里看到，当年我的同事们也倾向于认为凶手是男性。"

"所以说凶手不可能是女人？"我问。

"我什么都不能排除，队长，"辛格博士对我说，"已经有过犯罪侧写是男性，结果凶手是女性的案例。但是这个卷宗给我的印象让我倾向于认为是男性所为。另外，这个案子很有意思，凶手不是一个常见的罪犯。通常来说，会杀死这么多人的凶手要么是精神变态，要么就是个冷血无情的罪犯。但是在你们的这个案子里，他杀人是有明确的原因的，那就是阻止真相暴露。他也肯定不是一个冷血无情的罪犯，因为当凶手要杀梅根·帕达林时，他上来先失手了，这说明他很紧张。最后，他打了她好几枪，在把她杀死之后，还要往她头上再补一枪，这说明他不镇定，他失去了自控力。而当他意识到戈登一家看见了自己时，他把所有人都杀了。门明明是开着的，他却把门给砸了，然后近距离射杀了所有人。"

"不管怎么说，他都是个好枪手。"德里克补充说。

"没错，他肯定是一个训练有素的枪手。在我看来，他应该是为了杀人去练过射击。他是一个细心的人。但是当他要采取行动的时候，他发挥失常了。所以他不是一个冷血的杀人犯，而是一个迫不得已的杀人犯。"

"迫不得已？"我惊讶道。

"对，他是一个从来没想过要杀人的人，又或者说是一个在社会关系上拒绝杀人的人，但是他又不得不杀人，也许是为了保护他的名声，他的地位，又或者是不想坐牢。"

"虽说如此，"安娜说，"他得先拥有一把武器，或者先去买一把武器，然后还得练习射击，这些都是需要提前准备的。"

"我没有说他不是没有预谋的，"辛格博士指出，"我的意思是说凶手无论如何都得杀死梅根。他不是出于一个利益动机，比如说，为了抢劫。梅根也许知道了关于他的什么事情，而他必须让她闭嘴。至于为什么选择用枪杀人，这是因为对一个不知道怎么杀人的人来说，枪是最好的武器。它让杀人者和被杀者之间可以保持一定的距离，并且确保可以杀死对方。只消一枪，一切就结束了。一把刀是做不到这些的，除非是割喉，但凶手是无法做到这一点的。这种情况在自杀案件中很常见。很多人觉得用枪自杀比割腕、跳楼或吞一些效果不知怎么样的药来自杀容易得多。"

这时德里克问道：

"如果是同一个人杀死了戈登一家、梅根·帕达林、斯特凡妮和科迪，并且试图杀死达科塔·艾登的话，那他为什么在杀死斯特凡妮和科迪的时候要用不一样的武器呢？"

"因为凶手在那之前都是想要模糊线索，"辛格博士解释说，似乎对自己很有信心，"凶手只是不想让我们发现他跟 1994 年谋杀案的关联罢了，尤其是在他成功地欺骗了所有人二十年之后。我再跟你们说一遍：在我看来，你们面对的凶手不是一个爱杀人的人。他杀了六次，是因为他陷入了麻烦，但是他不是一个冷血的杀人犯，也不是一个连环杀人犯。他是一个不惜以牺牲别人性命为代价来保住自己的人,一个迫不得已的杀手。"

"可是如果说他是迫不得已才杀人的话,那他为什么不离开奥菲雅,逃得远远的呢?"

"这是一个他只要可以就会考虑的选项。二十年来,他一直认为没人会发现他的秘密。他放松了警惕。这大概也是为什么他会甘冒极大的风险隐瞒自己的身份直到现在吧。他不能说逃就逃,因为这样他就暴露了。他会努力争取时间,想出一个让他可以彻底离开本地,但是又不会引起他人怀疑的借口。一份新工作,或者父母生病之类的。你们得快点行动。你们面对的是一个高智商的、心细如发的人。唯一能让你们追踪到他的办法,就是找出谁有理由在 1994 年杀死梅根·帕达林。"

谁有理由杀死梅根·帕达林?德里克把这句话写在《奥菲雅纪事报》档案室里的磁板上。档案室现在成为唯一能够让我们感到足够安静,可以继续我们的追捕的地方。安娜也来到这里与我们会合。档案室里跟我们在一起的还有柯克·哈维——他在 1994 年的推断,让我们认为他是一个判断力惊人的警察。此外还有迈克尔·伯德——他不计时间地帮助我们,因此成为我们的一个得力助手。

我们一起把案子的各个方面又看了一遍:

"泰德·特南鲍姆不是凶手,"安娜说,"但是我以为你们有证据证明他在 1994 年买了那把凶器?"

"那把枪来自一批偷自军队的存货,是一个不老实的军人私下在里奇斯堡特的一个酒吧里卖的,"德里克解释说,"理论上来说,我们可以认为在同一时间,泰德·特南鲍姆和凶手在同一个地方买了枪。当年想要买枪的人肯定都知道那里。"

"这样的话也太巧了,"安娜说,"先是特南鲍姆的小货车出现在犯罪现场,但是开车的人不是他。然后杀人凶器也是在特南鲍姆买贝雷塔手枪的地方买的。你们不觉得这里面有什么地方不对劲吗?"

"我有个问题,"迈克尔插嘴说,"可是如果泰德·特南鲍姆没有用枪的打算的话，那他为什么要非法购枪呢？"

"特南鲍姆被本地的流氓头子杰里迈亚·福德敲诈，那人放火烧了他的餐厅。他可能想要买枪自保吧。"

"杰里迈亚·福德就是名字隐藏在我的剧本里的那个人？我是说从戈登市长那里找回来的那个剧本。"哈维问。

"没错。"我说，"而且我们都认为他可能是被人故意撞死的。"

"我们还是把注意力放在梅根身上吧！"德里克建议，一边用手敲着他写在板子上的那句话：谁有理由杀死梅根·帕达林？

"好，"我说，"我们可以假设是梅根撞的杰里迈亚·福德吗？或许是某个跟杰里迈亚有关的人，说不定是科斯蒂克，他想要报复？"

"但是我们已经确定梅根·帕达林和杰里迈亚·福德之间没有关联。"德里克提醒，"另外，梅根也完全不像一个会开车去撞一个骑摩托车的流氓头子的人。"

"说到这里，"我问，"前ATF特别探员格雷斯找到的汽车碎片的分析报告在哪里呢？"

"还在分析中，"德里克遗憾地说，"希望明天能有消息。"

安娜之前把卷宗里的文件拿了过去，这时她拿着一份证言笔录说道：

"我觉得我发现了点东西。我们上星期在审问布朗市长时，他说他在1994年接到一通匿名电话。'我在1994年年初发现了戈登腐败。''怎么发现的？''我接到一通匿名电话。当时是2月底，那是一个女人的声音。'"

"一个女人的声音，"德里克重复她的话，"是梅根·帕达林吗？"

"为什么不可能呢？"我说，"这线索说得通。"

"是布朗市长杀了梅根和戈登一家？"迈克尔问。

"不是，"我解释说，"1994年的四人命案发生时，艾伦·布朗正在大剧院观众休息区里跟人握手呢。他没有嫌疑。"

"可是是因为这通电话，戈登市长才决定离开奥菲雅的，"安娜接着说，"他开始把钱转往蒙大拿，然后又去博兹曼找房子。"

"所以戈登市长肯定有强烈的动机杀掉梅根·帕达林，而且他很符合专家刚才跟我们形容的凶手形象：一个没有杀人意愿，但是觉得自己走投无路，又或者为了维护自己的名誉，而迫不得已杀人的人。可以说戈登完全符合这个表述。"

"只是你忘了戈登也是受害者，"我提醒德里克，"这里正是事情不对劲的地方。"

柯克这时说话了：

"我记得当时让我印象深刻的一点是，凶手对梅根·帕达林的习惯的了解程度。他知道她总是在固定时间出去慢跑，知道她会在彭菲尔德新月路的小公园里停留。你们也许会说他也许观察了她很长时间。但是有一处细节是凶手光靠观察无法得知的，那就是梅根不会参加戏剧节开幕式的庆祝活动。这个人知道那片街区将会空无一人，而梅根会一个人出现在公园里。他知道不会有目击者，所以那是独一无二的机会。"

"所以是她身边的人所为？"迈克尔问。

之前，我们一上来想要知道的是谁知道戈登市长不会出席戏剧节开幕式；现在，同样，我们想要知道谁知道梅根那天会出现在公园里。

我们看向用记号笔写在磁板上的嫌疑人名单：

梅塔·奥斯特洛夫斯基，

罗恩·格利弗，

史蒂文·贝格多夫，

夏洛特·布朗，

塞缪尔·帕达林。

"我们采用排除法，"德里克说，"从凶犯是男性这一点出发，目前可以排除夏洛特·布朗。再说，她当时也不住在奥菲雅，跟梅根·帕达林没有关联，更不要说有机会监视她，熟悉她的习惯了。"

"从那位专家对罪犯进行的侧写描述来看，"安娜补充道，"凶手没有任何理由让1994年的调查结果翻案。这样我们也可以排除奥斯特洛夫斯基。他既然找斯特凡妮调查这个案子，那为什么后来还要杀掉她呢？再说，当时他也不住在奥菲雅，跟梅根·帕达林也没有关系。"

"那就只剩下罗恩·格利弗，史蒂文·贝格多夫和塞缪尔·帕达林。"我说。

"格利弗只剩两个月就退休了，结果他却在这时辞掉了工作，"安娜提醒我们，然后跟柯克和迈克尔解释，专家曾经说过，凶手有可能会用一个正当理由当借口逃跑，"他会不会明天就跟我们说，他要去一个没有引渡条约的国家过退休生活呢？"

"那史蒂文·贝格多夫呢？"德里克问，"1994 年，在谋杀案发生之后不久，他就搬到了纽约。结果他现在又突然回到了奥菲雅，还报名参加演出一出宣称要揭露罪犯身份的戏。"

"关于塞缪尔·帕达林，我们知道多少情况？"我问，"当年，他是一个悲伤的鳏夫形象，我从来没有怀疑过他会杀死自己的妻子。不过，在把他排除出嫌疑人名单之前，我们必须多了解一点关于他的情况，知道他参与戏剧演出的原因。因为如果说有谁既了解梅根的习惯，又知道开幕式那天晚上她不会去参加戏剧节的话，那这个人一定是他。"

迈克尔·伯德刚好对塞缪尔·帕达林做过一些调查，对我们说：

"他们夫妻两人很和气，风评很好，也不惹事。我问过当年他们的几个邻居，所有人都说他们感情很好，两人之间从来没红过脸，没吵过架。似乎妻子的死对塞缪尔·帕达林的打击很大。有一位邻居甚至说担心他会自杀。后来，他重新振作起来，并且再婚了。"

"没错，"柯克说，"我当年的印象也是这样。"

"不管怎么说，"我说，"罗恩·格利弗，史蒂文·贝格多夫和塞缪尔·帕达林都不像有动机杀害梅根的人。所以我们又回到了最初的问题。凶手为什么要杀她呢？回答了这个问题，我们就找出谁是凶手了。"

我们需要知道关于梅根的更多情况。我们决定去塞缪尔·帕达林家一趟，希望他能帮我们多了解一些关于他的第一任妻子的情况。

※

在纽约布鲁克林的公寓里，史蒂文·贝格多夫正努力地劝说他妻子去黄石国家公园旅游。

"怎么着？你又不想去了？"他发火道。

"可是，史蒂文，"特蕾西对他说，"警察让你留在纽约州。我们为什么不去尚普兰湖住我父母的房子呢？"

"因为这是我们第一次计划一个只有你、我和孩子的假期，我希望我们能完成这个计划。"

"还需要我提醒你，就在三个星期前，你连黄石国家公园的名字都不想听吗？"

"嗯，特蕾西，我只是想让你高兴而已，让你和孩子们开心。我现在听从你们的意愿，难道我还错了不成？"

"史蒂文，我们明年夏天再去黄石国家公园吧。我们最好听从警方的指示，不要离开纽约州。"

"你到底在害怕什么呢，特蕾西？你觉得我是杀人犯吗？"

"当然不是。"

"那你给我说说，警察为什么还要再找我呢？你知道吗，你真的很难沟通。今天你想要这个，明天你又不想要了。好吧，你就去你姐姐家好了。既然我们的全家旅行计划你不想要，那我就待在这里好了。"

特蕾西在犹豫了一阵之后，终于答应了。她觉得她需要跟丈夫单独相处一段时间，跟他重温旧好。

"好吧，亲爱的，"她温柔地说，"我们就去这趟旅行吧。"

"太棒了！"史蒂文大吼道，"那你现在就去收拾行李。我迅速地去报社一趟，把我的文章交了，再处理两三件小事。然后我去你姐家取露营车，明天一早我们就出发去中西部。"

特蕾西皱起眉头：

"史蒂文，你为什么要这么麻烦呢？我们应该把所有行李都放在你车上，明天一起去我姐姐家里，然后出发。"

"不行，"史蒂文说，"有孩子们坐在车后面，就没有地方放我们的行李了。"

"可是史蒂文，我们可以把行李放在后备厢里啊！我们买这辆车不就是因为它后备厢够大吗？"

"后备厢锁死了，现在打不开。"

"啊！怎么回事？"特蕾西问。

"不知道，突然一下子就锁死了。"

"我去看一眼。"

"我没时间了，"史蒂文说，"我得去报社了。"

"开车去？你什么时候开车去报社了？"

"发动机的声音很奇怪，我想要检查一下。"

"那你更应该把车留给我，史蒂文，"特蕾西说，"我把它开去汽车修理厂检查一下，再把后备厢修了。"

"不要去汽车修理厂！"史蒂文大声喝道，"反正修不修，我们都要带上这辆车。我们可以把它拖在露营车后面。"

"史蒂文，你不要搞笑了！我们不能拖着我们的车一直到黄石国家公园。"

"当然可以！这样更方便。我们可以把露营车留在露营地，然后开着我们的车游览公园或周边地区。我们总不能开着那辆巨无霸到处逛。"

"可是，史蒂文……"

"没有什么可是。那边所有人都这么干。"

"好吧，很好。"特蕾西最后听从了他的意见。

"我去报社，你收拾行李。还有，告诉你姐姐我明天七点半去她家。我们明天九点钟就可以在开往中西部的路上了。"

史蒂文走了。他的车停在大街上，他来到车前。他觉得爱丽丝的尸臭味已经从后备厢里飘了出来。难道是他的心理作用吗？他去了杂志社，在那里受到了英雄般的接待。但是他心不在焉，他听不到别人在跟他说什么。他觉得周围的一切都在旋转。他感到恶心。重新回到杂志社让他的所有情绪一下子都涌了出来。他杀了人。直到现在他才意识到这一点。

在厕所里长时间地把脸浸在水里之后，史蒂文把自己和副总编斯基普·纳兰关在了自己的办公室里。

"你还好吗，史蒂文？"斯基普问他，"你看上去不太舒服的样子。你在冒汗，而且脸色煞白。"

"累的。我觉得我需要休息。我会通过电子邮件把我写的文章发给你。你有什么意见的话，就告诉我。"

"你不回来上班吗？"斯基普问。

"不，我明天跟我老婆孩子出去休几天假。在经历过那些事情之后，我们需要团聚一下。"

"我完全能理解，"斯基普说，"爱丽丝今天来吗？"

贝格多夫艰难地咽了一下口水。

"斯基普，这正是我要跟你说的事情。"

史蒂文露出一副特别严肃的神情。斯基普担心起来，问：

"发生了什么？"

"是爱丽丝偷了我的信用卡，都是她搞的鬼。她在承认一切之后逃跑了。"

"还真是想不到啊！"斯基普说，"我不敢相信。她最近确实很奇怪。我过一会儿就去报案，这件事你就不用操心了。"

史蒂文谢过他的副手，然后花时间签了几份等他签字的文件，把他的文章通过电子邮件发送出去。他利用联网的机会，迅速地查了一下关于尸体腐烂的相关知识。他害怕尸臭味让他暴露。他得撑三天。根据他的计算，星期三出发，他星期六就可以到黄石国家公园。他有办法处理掉尸体，让任何人都找不到。他清楚地知道他应该怎么做。

他删除他的浏览记录，关上电脑，然后离开。一回到大街上，他就从口袋里掏出带在身上的爱丽丝的手机。他打开手机，浏览了一下她的通讯录，然后发了一条信息给她的父母和她的几个朋友。*我需要放空自己，我要离开一段时间去散散心。我很快就会给你们打电话的。爱丽丝*。短时间内不会有人找她。他把手机扔进一个垃圾桶。

他现在还剩下最后一个细节要处理。他去了爱丽丝的家里，他有爱丽丝公寓的钥匙。他把他送给爱丽丝的首饰和所有值钱的东西都拿走了。然后他去了一家典当行，把所有东西都给卖了。拿到的钱可以还他的一部分债。

※

在南安普敦，我、安娜和德里克在塞缪尔·帕达林的客厅里，刚刚告诉他，在 1994 年，凶手要杀的人是梅根，而不是戈登一家。

"梅根？"他难以置信地说，"你们都在说些什么啊？"

我们试图从他的反应中看出些端倪，但是到目前为之，他的反应似乎都是真诚的：塞缪尔很激动。

"真相，帕达林先生，"德里克对他说，"我们当年搞错了受害者。你的妻子才是凶手的目标，戈登一家是附带受害人。"

"可是为什么是梅根？"

"这正是我们想要查清楚的。"我对他说。

"这完全说不通。梅根是最好不过的一个人。她是一个受客人喜爱的书店售货员，一个关心邻里的人。"

"然而，"我说，"有人却恨她恨到要杀了她的地步。"

塞缪尔震惊得一句话也不说。

"帕达林先生，"德里克说，"下面这个问题非常重要：你被人威胁过吗？或者说，你跟一些危险人物打过交道吗？一些可能会想对你妻子下手的人。"

"当然没有！"塞缪尔愤然地说，"你们真是完全不了解我们。"

"杰里迈亚·福德这个名字对你来说有印象吗？"

"没有，完全没有。你们昨天已经问过我这个问题了。"

"梅根在她死之前的几个星期有什么心事吗？她跟你说过她有什么忧虑吗？"

"没有，没有。她喜欢看书、写作、跑步。"

"帕达林先生，"安娜说，"谁知道你和梅根不会去参加跟戏剧节开幕式相关的庆祝活动？那天晚上，大部分居民都去了主街，凶手却知道你妻子会像往常一样去跑步。"

塞缪尔·帕达林思考了一下。

"当时所有人都在谈论那个戏剧节，"他说，"她在买菜的时候跟我们的邻居说过，跟书店里的客人也说过。当时所有的聊天内容都只围绕着一个话题：谁有开幕式的票，谁会去主街上单纯地凑个热闹。我知道梅根对所有问她的人都说过，我们没有买到票，她不打算去市中心凑热闹。她当时说话的口气，就跟那种不过平安夜，还会早点去睡觉的人一样：'我要在我家的露台上看书，因为那将是很长一段时间以来最安静的一个夜晚。'你们看看，这是多么讽刺啊！"

塞缪尔看上去彻底崩溃了。

"你刚才说梅根喜欢写作，"安娜这时问道，"她当时在写什么？"

"什么都写，又什么都没写。她一直想要写本小说，但是她说她一直没有想到一个好的故事情节。不过她写日记，写得还挺勤快的。"

"你还留着吗？"安娜问。

"我都留着。至少有十五本。"

塞缪尔·帕达林离开一会儿，然后拿着一个似乎是从地窖里挖出来的布满灰尘的纸箱回来。里面有足足二十多本记事本，都是同一个牌子。

安娜随手翻开一本，里面被用娟秀的字体密密麻麻地写满了字，一直写到最后一页。要看完得花上好几小时。

"我们能带走吗？"她问塞缪尔。

"你们愿意的话。不过我怀疑你们找不到什么有意思的内容。"

"你都看过吗？"

"看过一些，"他回答，"一部分。在我的前妻死之后，读她的日记，让我觉得好像又见到了她。但是我很快就意识到她是在厌烦当时的日子。你们会看到的，她写她的日常和她的生活。我妻子每天都在厌烦，她也厌烦我。她讲她在书店里的生活，讲谁买了什么类型的书。下面这句话我不好意思跟你们说，但是我觉得她的日记有可怜的一面。我很快就不看了，因为我的感觉相当不好。"

这也解释了为什么这些日记本会被扔在地窖里。

当我们带着纸箱准备走的时候，我们注意到门口有几只行李箱。

"你要出门？"德里克问塞缪尔·帕达林。

"是我妻子。她要带孩子们去康涅狄格州的她父母家。奥菲雅最近发生的事情让她感到害怕。我之后肯定要去跟他们会合。总之，在我获准能离开纽约州之后吧。"

我和德里克得回州警地区中心去见警长。

麦肯纳警长想要见我们，了解一下案情进展。安娜提出由她来负责看梅根·帕达林的日记。

"你不需要我们分担一下吗？"我问。

"不用，我乐意这么做，这样可以让我不去想别的。我需要这个。"

"你没能得到警察局局长的位子，我很遗憾。"

"结果就是如此。"安娜努力地控制着自己，不想在我们面前崩溃。

我和德里克上路前往州警地区中心。

安娜在回到奥菲雅之后，去了一趟警察局。所有的警察都聚集在休息室里，听蒙塔涅临时发表一通担任警察局局长的讲话。

安娜没有心情待在那里，决定回家去看梅根的日记。在走出警察局的大门时，她撞上了布朗市长。

她默默地打量了他一眼，然后问道：

"你为什么要这么对我，艾伦？"

"安娜，你看看我们现在掉进的这个粪坑。我提醒你，其中也有一部分是你的责任。你那么想负责这个案子，那你现在就得承担后果。"

"你是因为我做了我的本职工作而惩罚我？没错，我是审问你了，还有你的老婆，但那是调查需要。艾伦，你没有被优待，这恰恰证明我是一个好警察。至于哈维的那出戏，如果你说它是粪坑的话，那我得提醒你一句，是你让他来这里的。艾伦，你不承认你自己有错误，你不比格利弗和蒙塔涅强多少。你以为你是哲人王，但你只是一个没气魄的暴君。"

"回家去吧，安娜。如果你不开心的话，你可以辞职。"

安娜愤愤不平地回到了家中。她一走进家门就倒在门厅里哭了起来。她坐在原地，靠着衣橱哭了很长时间。她不知道该怎么办，也不知道该给谁打电话。劳伦？劳伦会对她说，早就跟她说过她不属于奥菲雅。妈妈？她又会唠叨。

当她终于平静下来，她的目光落在被她带回家的那个装满梅根·帕达林日记本的纸箱。她决定埋头看日记。她给自己倒了一杯红酒，然后坐在一个扶手椅上，开始读。

她直接从 1993 年中开始看起，然后伴随着梅根人生的最后十二个月，一直读到 1994 年 7 月。

梅根·帕达林对自己人生的枯燥描述上来就把安娜击垮了。她明白了为什么她老公在看到那些话之后会有那种感受。

但是就在 1994 年 1 月 1 日，梅根提起她在布里奇安普敦的"北方玫瑰"酒店的新年晚会上，遇到了一个"不是来自本地的男人"，说这个男人让她特别着迷。

然后安娜就看到了 1994 年 2 月，里面的内容让她目瞪口呆。

梅根·帕达林
她的日记节选
1994 年 1 月 1 日

祝我新年快乐。昨天我们去参加了在布里奇安普敦的"北方玫瑰"酒店举行的新年晚会。有一个不是来自本地的男人。在见到他之前，我从来没有过这样的感受。从昨天晚上起，我感觉我的肚子里有针扎的感觉。

1994 年 2 月 25 日

今天我给市政府打了电话，匿名电话。我跟副市长艾伦·布朗通了话。我认为他是一个好人。我对他说，我知道戈登的所有事情。我们等着瞧。

然后我把这件事情告诉了费里丝。她生气了。她说这件事会反过来连累到她。其实，她只要不告诉我就好了啊！戈登市长是个烂人，我必须让所有人都知道。

1994 年 3 月 8 日

我又见到他了。从今往后，我们每星期都要见面。他让我太幸福了。

1994 年 4 月 1 日

我今天见到了戈登市长。他来书店。店里只有我们两个人。我把一切都跟他说了，说我什么都知道，说他是罪犯。我是一下子脱口而出的。我琢磨这件事琢磨了两个月。他当然否认了。他得知道他造了什么孽。我想要联系报社，但是费里丝不让我这么做。

1994 年 4 月 2 日

从昨天起，我感觉好多了。费里丝在电话里对我大喊大叫。我知道我那么做是对的。

1994 年 4 月 3 日

昨天，我在慢跑的时候，一直跑到了彭菲尔德新月路。我遇到了正好回家的市长。我对他说："你做的事情真可耻。"我没有害怕。他反而看上去很不自在的样子。我觉得我就像追逐该隐的那只眼睛。每天我都要去等他下班回家，我要让他知道，他有罪。

1994 年 4 月 7 日

跟他在斯普林度过了美好的一天。他让我着迷。我爱上他了。塞缪尔一点都没有怀疑。一切都好。

1994 年 5 月 2 日

跟凯特喝了咖啡。她是唯一知道他的存在的人。她说如果这只是我一时的一段感情的话，那我不应该拿我的婚姻冒险。否则，我就应该下定决心，离开塞缪尔。我不知道我是否有勇气下定决心。我对现状很满意。

1994 年 6 月 25 日

没什么可说的。书店生意很好。主街上有一家新餐厅要开业。"雅典娜咖啡"，似乎不错的样子。老板是泰德·特南鲍姆。他是书店的客人，我很喜欢他。

1994 年 7 月 1 日

自从戈登市长知道我知道了他的事之后，就再也没有踏进书店一步。今天他却来这里待了很久。他跟我耍了一个奇怪的把戏。他想要一本本地作家写的书，在展示本地作家作品的那间屋里待了很久。我不太清楚他在搞什么鬼。店里还有其他客人，我也看不太清楚。最后他买了柯克·哈维的剧本《黑夜》。他走之后，我去那间屋子看了一眼，发现那个贱人卑鄙地把贝格多夫写的关于戏剧节的那本书给折了角。我敢肯定他是想检查一下他留在我们这里的存货是不是卖完了，然后再看我们是不是把他的抽成如数给他了。他担心我们偷他的钱？他才是小偷。

1994 年 7 月 18 日

柯克·哈维来书店要他的剧本。我对他说我们卖掉了。我以为他会开心呢，结果他大发雷霆。他想知道是谁买走的，我跟他说是戈登。他连他应得的十美元都不想拿。

1994 年 7 月 20 日

柯克·哈维又回来了。他说戈登坚称不是他买走的柯克的剧本。可我知道是他。我反复对柯克说是他。我甚至还记下来了。看我在 1994 年 7 月 1 日写的日记。

杰西·罗森伯格
2014 年 7 月 30 日星期三
开幕式后第四天

今天早晨，当我和德里克来到《奥菲雅纪事报》档案室时，安娜已经把梅根·帕达林日记的一些复印件贴到了墙上。

"梅根就是那个在 1994 年给艾伦·布朗打匿名电话的人，她跟他说戈登市长贪污腐败。"她对我们解释说，"根据我的理解，她是从一个名叫费里丝的女人那里知道的这个情况。我不知道这个女人跟她说了什么，但是梅根极其憎恨戈登市长。大约在打完匿名电话的两个月之后，也就是 1994 年 4 月 1 日，当她一个人在书店里时，她跟前来买书的戈登正面对峙了。她对他说，她什么都知道，她把他当罪犯看待。"

"你确定她指的就是腐败案吗？"德里克问。

"我也在想这个问题，"安娜转向下一页说道，"因为在两天之后，当梅根在跑步的时候，她在戈登家门前偶遇了他，又痛骂了他一顿。她在日记里写道：'我就像追逐该隐的那只眼睛。'"

"眼睛追逐该隐是因为他杀人了，"我指出，问道，"市长杀过人吗？"

"这也正是我要问的问题。"安娜说，"在接下来的几个月里，直到梅根死之前，她每天傍晚都会跑到戈登市长家门前。她在公园里等着他回来，然后一看到他，就骂他，提醒他不要忘了他犯下的罪行。"

"所以说，市长完全有理由杀梅根。"德里克说。

"如果他不是死在同一场枪击案里的话，"安娜点头说，"那我们就找到凶手了。"

"你知道关于这个费里丝更多的情况吗？"我问。

"费里丝·丹尼尔丝，"安娜露出得意的微笑，说道，"我给塞缪尔·帕达林打了一通电话就找到了她。她现在住在科勒姆，她在等我们。上路吧。"

费里丝·丹尼尔丝今年六十岁，在科勒姆购物中心一家卖家用电器的店里工作，我们去那里跟她见面。她等到我们来才休息，和我们来到隔壁一家咖啡馆里坐下。

"我买个三明治吃，你们不介意吧？"她问道，"不然的话，我就没时间吃午饭了。"

"你请随意。"安娜说。

她跟服务员点了三明治。我觉得她神情难过又疲惫。

"你说你想聊聊梅根？"费里丝问。

"是的，夫人。"安娜说，"你也许已经知道了，我们重启了关于她和戈登一家人的谋杀案。梅根是你的朋友，对吗？"

"是的。我们是在网球俱乐部里认识的，很合得来。她比我年轻，我们年纪差了大概有十岁。但是我们的网球水平相当。我不能说我们非常亲密，但是每次打完比赛之后，我们都会去喝一杯，渐渐地我们就对彼此都比较了解了。"

"你怎么形容她呢？"

"她是一个浪漫的人。有点爱做梦，有点天真，非常多愁善感。"

"你住在科勒姆有多久了？"

"二十多年了。我丈夫死后不久，我就带着孩子们来到了这里。他是在 1993 年 11 月 16 日他生日那天死的。"

"在你搬走之后和她死之前，你又再见到过梅根吗？"

"见过，她经常来科勒姆看我。她会时不时地给我带一些做好的菜，带一本好书。老实说，我什么都没跟她要，她有点自作主张。但她是好意。"

"梅根生活幸福吗？"

"幸福啊，她什么都有。她非常讨男人们喜欢，所有人都拜倒在她的石榴裙下。有些爱嚼舌根的人说，当年奥菲雅的书店生意那么好都是因为她。"

"所以她经常出轨吗？"

"我没有这么说。再说，她也不是一个会搞一夜情的人。"

"为什么不会呢？"

费里丝·丹尼尔丝撇了撇嘴：

"我不知道。也许是因为她不够勇敢吧。她不是那种会冒险的人。"

"可是，"安娜反驳道，"根据梅根的日记记载，她在人生的最后几个月里跟一个男人有私情。"

"是吗？"费里丝惊讶道。

"是的，1993 年 12 月 31 日晚，她在布里奇安普敦的'北方玫瑰'酒店认识了一个男的。梅根写道，她跟他定期约会，直到 1994 年 6 月初。然后，就再也没有了。她从来都没有跟你说过吗？"

"从来没有，"费里丝·丹尼尔丝说，"他是谁？"

"我不知道，"安娜说，"我原本希望你能告诉我更多的情况呢。梅根从来没有跟你说过她被人威胁吗？"

"被人威胁？没有，我的老天啊！你知道吗，肯定有人比我更了解她。你为什么要问我这些问题呢？"

"因为根据梅根的日记记载，1994年2月，你跟她说了关于奥菲雅市长约瑟夫·戈登的秘事，这件事好像对她的影响很大。"

"哦，老天啊！"费里丝·丹尼尔丝一只手捂着嘴巴，喃喃道。

"这件事是关于什么的？"安娜问。

"是关于卢克的，我老公，"费里丝细着嗓子说道，"我从来就不该跟梅根说的。"

"你老公遇到了什么事情？"

"卢克当时负债累累。他的空调设备公司破产了，他得解雇所有员工。他走投无路。在几个月的时间里，他没有把这件事告诉任何人。我是在直到他死的前一天才发现这一切的。后来为了付汇票的钱，我不得不把房子卖了。我带着孩子们离开了奥菲雅，在这里找到一份售货员的工作。"

"丹尼尔丝夫人，你老公是怎么死的？"

"他是自杀。在他生日的那天晚上，他把自己吊死在我们的卧室里。"

※

1994年2月3日

费里丝·丹尼尔丝在科勒姆租的带家具的公寓里，夜晚刚刚开始。梅根今天下午过来给她送了一盘意大利千层面，结果发现她处于一种彻底绝望的状态。孩子们在吵架，拒绝做作业，客厅里一片狼藉。费里丝倒在沙发上哭泣，再也没有力气控制局面了。

梅根插手了。她让孩子们听话，教他们写完作业，然后打发他们去洗澡、吃饭、睡觉。然后她打开了带来的红酒，给费里丝倒了一大杯。

费里丝没有任何人可以倾诉，于是对梅根打开心扉。

"我受不了了，梅根。你知道别人都是怎么说卢克的吗？说他是懦夫，说他在自己生日当天，自己的老婆孩子在楼下给他准备庆生的时候，他却上吊自杀了。我知道别的学生家长都是怎么看我的。我受不了他们那种夹杂着谴责和居高临下的态度了。"

"我很抱歉。"梅根说。

费里丝耸了耸肩。她又给自己倒了一杯红酒，一口气喝掉。酒精发挥了作用，在充满悲伤的沉默过去之后，她开口说：

"卢克一直以来都太正直了。结果你看看这给他带来了什么下场。"

"你这话是什么意思？"梅根问。

"没什么。"

"别啊，费里丝。你要么不说，要说就得说完！"

"梅根，如果我告诉你的话，你就要跟我保证你不会告诉任何人。"

"当然，你完全可以相信我。"

"卢克的公司最近几年生意很好。我们的生活一切都好。直到有一天，戈登市长约他到市长办公室里见面。那是在市政建筑翻修工程开始之前。戈登对卢克说，如果卢克能给他一点好处的话，他就可以把所有的通风系统业务都交给卢克来负责。"

"你的意思是说贿赂？"梅根问道。

"是的，"费里丝点头说，"卢克拒绝了。他说这样会计部门会发现的，他可能会失去一切。戈登威胁说要毁了他，跟他说这种事情在全市都很常见。但是卢克没有屈服，所以他就没有拿到市政府的合同，接下来的合同也没拿到。因为他不听话，戈登决定毁了他。他给他使绊子，破坏他的名声，劝别人不要跟他合作。很快，卢克就丢掉了他的所有客户。但是这些事，他一直都不想跟我说，因为他不想让我担心。这一切我直到他死的前一天才知道。公司的会计来找我，告诉我，公司马上就要破产了，员工们要技术性失业。而我这个可怜的傻子，却什么都不知道。那天晚上，我问卢克，他什么都跟我说了。我对他说，我们要反抗，但是他对我说，我们拿市长一点办法都没有。我跟他说我们得去报警。他用那种无奈的眼神看着我说：'费里丝，你不明白，全市的人都牵涉进了这个腐败案，我们所有的朋友，连你哥哥也是。不然的话，你以为他这两年都是怎么拿到那些合同的？如果我们举报的话，他们就都要落马，就都得进监狱。我们什么都不能说。所有人的手脚都被绑上了。'第二天，他上吊了。"

"哦，我的天哪，费里丝！"梅根惊恐地大喊道，"全都是因为戈登？"

"梅根，你不要跟任何人讲。"

"必须让所有人都知道戈登市长有罪。"

"梅根，你对我发誓，你什么都不会说！不然的话，企业会关门，负责人会被判刑，员工会失业……"

"那我们就让市长逍遥法外吗？"

"戈登太强大了，比他表面上强大得多。"

"我不怕他！"

"梅根，你跟我保证，不要告诉任何人。我的麻烦事已经够多的了。"

※

"但她还是说了。"安娜对费里丝·丹尼尔丝说。

"是的，她给副市长布朗打了一通匿名电话提醒他，把我给气疯了。"

"为什么？"

"因为一旦警察开始调查，我喜欢的一些人会面临很大的风险。我已经见过失去一切会造成什么后果。就算是我最大的敌人，我也不希望他有这样的遭遇。但是两个月之后，她给我打电话说，她在书店里跟戈登市长正面对峙了。我冲她大喊大叫，我从来没有对任何人那样过。那是我跟梅根最后一次联系。在那儿之后，我就不跟她说话了。我太生她的气了。真正的朋友是不会泄露你的秘密的。"

"我觉得她是想维护你，"安娜反驳道，"她想要让正义以某种形式得到伸张。她每天都去提醒市长，因为他，你老公自杀了。你说梅根不是很勇敢吗？我反而觉得她很勇敢。她不怕正面跟戈登对峙。她是唯一敢这么做的人。她比全市的人加起来都要勇敢。她为此付出了生命代价。”

“你的意思是说，凶手要杀的人是梅根？”费里丝惊愕地问。

“我们认为是这样的。”德里克说。

“可是谁会这么做呢？”费里丝问道，“戈登市长？他跟她一起死了啊！这完全说不通。”

“这正是我们试图要搞清楚的。”德里克叹气说。

“丹尼尔丝女士，”安娜这时问，“你认识梅根的别的朋友吗？就是可以跟我们聊聊她的那种？我在她的日记里看到她提起过一个叫凯特的女人。”

“对，凯特·格兰德。她也是网球俱乐部的会员。我觉得她跟梅根是好朋友。”

在离开科勒姆购物中心的时候，德里克接到了交警大队专家的电话。

“我分析了你交给我的汽车碎片。”他对德里克说。

“结论是什么？”

“你看得没错。这是保险杠右侧的一块碎片。四周有蓝色的漆，应该是汽车的颜色。我还在上面找到了灰色车漆的碎片，也就是说，根据你让我跟进的那个警方卷宗记载，它跟在 1994 年 7 月 16 日发生的那起夺命车祸中的摩托车是一个颜色。”

“所以说摩托车有可能是被人全速冲撞，然后被撞出路面撞碎的喽？”德里克问。

“没错，”专家确认，“是被一辆蓝色的汽车撞的。”

※

纽约，贝格多夫一家在布鲁克林的公寓楼前，一家人刚刚坐上露营车。

“好了，出发！”史蒂文发动引擎，大声地喊道。

他妻子特蕾西坐在他身边，把安全带系上。她转脸对坐在后面的孩子们说：

"亲爱的，都还好吗？"

"是的，妈妈。"女儿回答。

"为什么后面还拖辆车？"

"因为这样很方便！"史蒂文说。

"方便？"特蕾西反驳道，"后备厢都打不开。"

"为了能参观世界上最美丽的国家公园，我们不需要后备厢。除非你想把孩子们装进去。"

他傻笑起来。

"爸爸要把我们关进后备厢里？"女儿担心道。

"没人会进后备厢。"她妈妈安慰她。

露营车往曼哈顿桥方向驶去。

"我们什么时候能到黄石国家公园？"儿子问。

"很快很快。"史蒂文保证说。

"我们要慢慢地看，游览一下沿途的风景！"特蕾西怒道。

然后她对儿子说：

"亲爱的，你多睡几觉，醒来就到了。你要有耐心。"

"你们现在坐上的是'美洲特快'！"史蒂文提醒他们，"没有人会比我们更快从纽约开到黄石国家公园！"

"太棒了，我们要开得特别快！"男孩喊道。

"不，我们不能开得特别快！"失去耐心的特蕾西吼道。

他们穿过曼哈顿岛，开进荷兰隧道，然后进入新泽西，最后开上78号高速公路往西开去。

在西奈山医院，辛西娅·艾登突然从达科塔的房间冲出来，大喊着叫护士说：

"快叫医生来！她睁开眼睛了！我女儿睁开眼睛了！"

※

在档案室里，我们在柯克和迈克尔的帮助下，研究杰里迈亚车祸的各种可能性。

"根据专家的说法，"德里克说，"从撞击方式来看，汽车大概是开到跟摩托车齐平的位置撞击它，把它给撞出的路面。"

"所以杰里迈亚·福德确实是被谋杀的。"迈克尔说。

"你愿意这么说也可以吧，"安娜指出，"他被留在那里等死，撞他的那个人完全是业余凶手。"

"一个迫不得已的杀人犯！"德里克惊呼道，"跟辛格博士对杀手的描述一模一样。他不想杀人，但是他不得不杀。"

"肯定有很多人想杀杰里迈亚·福德。"我指出这一点。

"在《黑夜》剧本里发现的杰里迈亚·福德的名字有没有可能是一个杀人指令？"柯克建议说。

德里克指向警方案卷里的一张展示戈登家车库内部的照片：车库里有一辆红色轿车，后备厢是开着的，里面放了几个行李箱。

"戈登市长的车是红色的。"德里克说。

"真奇怪，"柯克·哈维说，"在我的记忆里，他开的是一辆蓝色的敞篷车。"

听完这句话，我立刻想起了什么，立刻看向 1994 年的调查案卷。

"我们当年看到过！"我大叫道，"我记得有一张照片，上面有戈登市长和他的车。"

我疯狂地翻着那些报告、照片、证人的证词笔录、银行明细。突然，我找到了，是蒙大拿的那个房地产中介抓拍的那张照片，照片上可以看到，戈登市长在博兹曼租的房子前，他正在从一辆蓝色敞篷汽车的后备厢里卸纸箱。

"蒙大拿的那个房地产中介不信任戈登，"德里克回忆说，"中介拍了戈登在车前的照片，想要记下他的车牌号和他的样子。"

"所以市长当年开的确实是一辆蓝色汽车。"迈克尔说。

柯克凑过去看戈登家的车库照片，近距离地观察那辆汽车。

"你们看看后车窗玻璃。"他指着照片说，"上面有特许经销商的名字，说不定还在。"

我们立刻核实，果然如此。那是一家位于蒙托克路的汽车修理厂兼特许经销商，已经开了四十年了。我们立刻赶了过去。老板把我们迎进他那个塞得满满当当的、脏兮兮的办公室。

"警察找我有什么事吗？"他客气地问我们。

"我们想要查一辆大概在1994年在你店里买的车的资料。"

他笑了：

"1994年？那我真的帮不了你们。我这里有多乱你们都看见了。"

"请你先看一下型号再说。"德里克一边说，一边把照片递给他看。

汽车修理厂的老板迅速地看了一眼。

"这种型号我卖了好多。你们知道客人的名字吗？"

"约瑟夫·戈登，奥菲雅市的市长。"

特许经销商的脸一下就白了。

"这个，这笔交易我永远也不会忘，"他语气突然变得沉重起来，"在买完这辆车的两个星期之后，那个可怜的家伙全家都被人杀了。"

"所以说他是在7月中买的车？"我问。

"是的，大概是那个时间。那天，我来到修理厂准备开门，发现他已经站在门口了。他看上去一夜没睡的样子，一身酒气。他的车右车身已经彻底毁了。他对我说他撞了一头鹿，想换车。他想要立刻买辆新的。我有三辆红色道奇现货，他没讲价就买走了一辆。他是用现金付的钱。他对我说他酒驾了，撞坏了一栋市政府的建筑，这件事有可能会连累他在9月份的连任。他多给了我五千美元收买我，让我立马把他的车当废铁处理掉。然后他就开着新车离开了。这样大家都开心。"

"你没觉得奇怪吗？"

"怪也不怪。这种事情我经常见。你知道我生意成功和活得长的秘密是什么吗？我嘴巴严，本地区所有人都知道。"

戈登市长完全有理由杀死梅根，但是他杀了跟他没有任何关联的杰里迈亚·福德。为什么呢？

这天晚上，在离开奥菲雅时，我和德里克的脑子里充满了问号。我们在回程的路上一句话都没说，各自陷入沉思。当我把车停在他家门前时，他没有下车。他还坐在座位上。

"怎么了？"我问他。

"杰西，自从我和你重新接手这个案子以来，我就好像迎来了新生。我已经好久没有这么幸福开心了。但是过去的幽灵又冒出来了。最近两个星期以来，每当我夜里闭上眼睛，我就又看到自己跟你和娜塔莎在那辆车里。"

"开那辆车的人也有可能是我。那件事不是你的错。"

"杰西，不是你就是她！我必须得在你和她之间做出选择。"

"德里克，你救了我的命。"

"我同时也毁了你的人生，杰西。看看二十年后的你，一直孤家寡人，一直在服丧。"

"德里克，这些都不是你的错。"

"杰西，如果你是我，你会怎么做，嗯？我一直在想这个问题。"

我什么话也没说。我们默默地一起抽了一根香烟。然后我们像兄弟一样拥抱了一下，接着德里克便进了自己家。

我不想立刻回家。我想要看到她。我一直开到墓园。这个时间，门已经关了。我没费什么力气就翻过了矮墙，在宁静的道路上漫无目的地走着。我穿行在墓穴之间，厚厚的草坪没过我的脚。一切宁静而美丽。我去看望了外公外婆，他们安详地沉睡着。然后我就来到了她的墓前。我坐下来，久久地保持着那个姿势。突然，我听见背后有脚步声。是达拉。

"你怎么知道我在这里？"我问她。

她笑了："你不是唯一会翻墙来看她的人。"

我也笑了。然后我对她说：

"餐厅的事情，对不起，达拉。那是一个愚蠢的想法。"

"不，杰西，你的想法好极了。我要为我的反应说对不起。"

她坐到我身旁。

"我那天就不该让她上我们的车的，"我后悔地说，"一切都是我的错。"

"那我呢，杰西？我不该让她下车的。我那天就不该跟她吵架。"

"所以我们都觉得自己有罪。"我喃喃道。

达拉点了点头。我接着说：

"有时候我觉得她还活着，还跟我在一起。当我晚上回到家里时，我会突然发现自己还期待能在家里再见到她。"

"哦，杰西……我们都很想她，每天都想。但是你该往前走，你不该一直活在过去。"

"达拉，我不知道我将来有一天会不会修好我心中的这条裂缝。"

"杰西，生活会弥补你的。"

达拉把头靠在我的肩上。我们保持着这个姿势，久久地看着面前的那块墓碑。

娜塔莎·达林斯基

1968-04-02—1994-10-13

德里克·斯考特

1994 年 10 月 13 日

我们的车撞碎了大桥的安全护栏，掉进了河里。在撞击的那一刻，一切都发生得特别快。我像在警察学校里学过的那样，立刻解开安全带，打开我旁边的车窗。坐在后座的娜塔莎惊声尖叫。没系安全带的杰西头撞到了手套箱上，昏了过去。

在几秒钟之间，车子就被水淹没了。我冲娜塔莎大喊，让她解开安全带，从车窗逃出去。她的安全带锁住了。我探过身去，想要帮她。我没有工具割断安全带，必须把安全带从插扣里拽出来。我疯了一样拼命地拽，但是没有用。水已经没到我们的肩膀了。

"去救杰西！"娜塔莎对我喊，"我自己可以的。"

我犹豫了一秒钟。她再次喊道：

"德里克！救杰西出去。"

水没到我们的下巴。我从窗户爬到车厢外，然后抓住杰西，把他拽到我身边。

我们正在一起往下沉，车往水底沉，我努力憋住气，透过窗户往里看。娜塔莎已经完全被水淹没了，她没有解掉安全带。她被困在了车里。我没有力气了。杰西的身体重量在把我往水底拖。我和娜塔莎交换了最后一个眼神。我永远也忘不了玻璃窗那边的她的眼神。

因为缺氧，我在绝望之中奋力一搏，成功地带着杰西浮出了水面。我艰难地游到岸边。警方的巡逻队到了，我看见一些警察正沿着坡岸下来。我跟他们成功会合，把一动不动的杰西交给他们。我想回去找娜塔莎，我又游回河中央。我甚至都记不得车子沉没的具体地点了。我什么都看不见，水很混浊。我痛苦极了。我听见远方有警笛声传来。我试着再次下潜。我又看到了娜塔莎的眼睛，那个眼神会萦绕我一生。

还有那个会一直追随着我的问题：如果我继续去拽安全带，把它从插扣里拽出来，而不是按照她的要求去救杰西的话，我能救得了她吗？

交易

2014 年 7 月 31 日星期四—8 月 1 日星期五

杰西·罗森伯格

2014 年 7 月 31 日星期四

开幕式后第五天

我们只剩三天的破案时间。时间紧迫，可是今天早晨安娜约我们去"雅典娜咖啡"。

"现在真的不是浪费时间吃早餐的时候！"德里克在开往奥菲雅的路上抱怨道。

"我不知道她想干什么。"我说。

"她什么都没跟你说？"

"没有。"

"还有，为什么是'雅典娜咖啡'呢？就现在这个状况，我真的不想去那个地方。"

我笑了。

"怎么了？"德里克问。

"你心情不好。"

"不是的，我没有心情不好。"

"德里克，我太了解你了。你心情很不好。"

"好了，好了。"他催促我，"开快点，我想知道安娜脑子里在想什么。"

他打开旋闪灯,让我再开快点。我哈哈大笑。

当我们终于抵达"雅典娜咖啡"时,我们发现安娜坐在里面的一张大桌子前。桌上已经有几个咖啡杯在等我们了。

"啊,你们终于来了!"她看到我们,不耐烦地说,好像我们拖延了似的。

"怎么了?"我问。

"我一直在考虑。"

"考虑什么?"

"梅根。很明显,市长想要除掉她。她知道的太多了。也许戈登不想逃到蒙大拿去,他想留在奥菲雅。我试图联系过梅根的朋友凯特·格兰德。她在休假。我给她的宾馆留了言,我在等她给我回电话。不过这都不重要了。毫无疑问的是,市长想要除掉梅根,他也这么做了。"

"只不过他杀的是杰里迈亚·福德,而不是梅根。"德里克提醒她,不知道安娜到底想说什么。

"他做了笔交易,"安娜说,"他替别人杀了杰里迈亚·福德,然后这个人替他杀了梅根。他们交换了杀人对象。那么谁想杀掉杰里迈亚·福德呢?泰德·特南鲍姆,因为他已经受不了再被他勒索了。"

"可是我们刚刚确定了泰德·特南鲍姆无罪,"德里克恼火道,"检察长办公室已经启动正式程序要为他平反。"

安娜不为所动:

"梅根在她的日记里写道,1994年7月1日,不再踏进书店一步的戈登市长却来到书店,买走了一本我们知道他看过且不喜欢的剧本。所以并不是他要买这本书,而是因为要他杀死杰里迈亚·福德的那个人用一种简单的暗语在里面写了受害者的名字。"

"为什么要这么做呢?他们也可以见面啊!"

"也许是因为他们互相不认识吧。又或者,他们不希望被人看见他们有任何联系。他们不希望警察追踪到他们头上。我提醒你们,泰德·特南鲍姆和市长相互讨厌对方,这样正好为他们提供了完美的借口。没人会怀疑他们两个是同谋。"

"就算你是对的，安娜，"德里克让步说，"市长怎么知道那本书里含了暗语呢？"

"他可能翻了很多书，"安娜已经想过这个问题，"又或者，他把书页折了一角，让他注意。"

"你说'折了一角'，就像戈登市长那天对史蒂文·贝格多夫的那本书做的一样？"我想起梅根在她日记里提到的内容。

"没错。"安娜说。

"那就必须把这本书找出来。"我决定。

安娜表示赞同：

"我就是因为这个才把你们约到这里见面的。"

与此同时，"雅典娜咖啡"的门开了，西尔维亚·特南鲍姆来了。她怒气冲冲地瞪了我和德里克一眼。

"这是什么意思？"她问安娜，"你没跟我说他们也会来。"

"西尔维亚，"安娜轻声细语地对她说，"我们得谈谈。"

"没什么好谈的，"西尔维亚·特南鲍姆冷冷地回道，"我的律师正在对州警发起诉讼。"

"西尔维亚，"安娜接着说，"我认为你弟弟参与了梅根和戈登一家的谋杀案。而且我认为证据就在你这里。"

西尔维亚被她刚刚听到的一席话惊呆了。

"安娜，"她气愤地说，"你不会也这样吧？"

"西尔维亚，我们能心平气和地谈谈吗？有些东西我想给你看。"

心烦意乱的西尔维亚同意了，坐到我们中间。安娜跟她把情况介绍了一下，然后给她看了梅根·帕达林的日记节选。最后安娜对她说：

"西尔维亚，我知道你接管了你弟弟的房子。如果泰德涉案了，那么这本书也许还在他家里，我们需要找到它。"

"我做了不少改动，"西尔维亚声音低低地说，"但是我没动他的书房。"

"我们能进去看一眼吗？"安娜问，"如果我们能找到这本书，那么我们就能找到那个困惑我们所有人的问题的答案了。”

西尔维亚到人行道上抽了一根烟，犹豫了一下，最终答应了。于是我们去了她家里。在搜查过特南鲍姆的房子的二十年后，我和德里克第一次回到这里。当年我们什么都没找到。然而证据就在我们眼皮底下，我们却没有看见：那本关于戏剧节的书。它的封面依然保持着被折了一角的状态，老老实实地躺在一层书架之上，夹在一些伟大的美国作家的作品中间。这么久以来，它一直没有离开过。

安娜把它取了下来。我们凑过去围在她身边，她慢慢地翻着书页，里面有一些单词被用记号笔画了下划线。就跟在市长家找到的那本柯克·哈维的剧本一样。把那些画了下划线的单词的首字母连在一起就构成了一个名字：

梅根·帕达林

※

在纽约西奈山医院，昨天醒过来的达科塔显示出了惊人的恢复迹象。医生过来查看她的状况，结果发现她正在大口地吃着她父亲带来的汉堡包。

“慢点吃，”他笑着对达科塔说，“细嚼慢咽。”

“我太饿了。”达科塔满嘴塞着食物说。

“看到你这样，我很开心。”

“谢谢你，医生，多亏了你我才活着。”

医生耸了耸肩。

“都是多亏了你自己，达科塔。你是一个斗士，你想要活下来。”

她垂下了眼睛。医生检查她胸口的绷带，她的胸口被缝了十几针。

“你别担心。”医生对她说，“我们肯定会给你做修复手术，把疤痕去掉的。”

“千万别，”达科塔小声地对他说，“这是我的救赎。”

在两千公里之外，行驶在 94 号高速公路上的贝格多夫一家的露营车刚刚穿越了威斯康星州。在靠近明尼阿波利斯时，史蒂文在一处加油站停下来加油。

孩子们绕着车转悠，伸伸腿。特蕾西也下车走到她丈夫身边。

"我们去参观一下明尼阿波利斯吧。"她提议。

"不要，"史蒂文恼火道，"你不要开始改变整个计划！"

"什么计划？我只是想利用这趟旅行让孩子们见识几座城市罢了。昨天你拒绝在芝加哥停车，现在你又不想去明尼阿波利斯。史蒂文，如果我们哪里都不停的话，那这趟旅行的目的是什么？"

"亲爱的，我们要去的是黄石国家公园！如果我们一直走走停停的话，我们永远也到不了。"

"你赶时间吗？"

"不，但是我们说好了要去黄石，没说去芝加哥、明尼阿波利斯，又或者哪个鬼地方。我着急想看那个独一无二的大自然景观。如果我们拖延的话，孩子们会非常失望的。"

孩子们刚好朝他们的父母跑来，一边大声地喊着：

"爸爸，妈妈，车是臭的！"大女儿捂着鼻子喊道。

史蒂文吓坏了，立刻向汽车跑去。确实有一股恶臭从后备厢里传来。

"是臭鼬！"他大声喊道，"谁能想到呢，我们碾死了一只臭鼬！啊，真他 × 的该死！"

"史蒂文，你不要这么粗俗，"特蕾西责怪他，"这又没有多严重。"

"他 × 的该死！"儿子开心地重复道。

"你，你要挨揍！"他妈妈气极了，吼道。

"好了，大家都进露营车。"史蒂文没有把油加满就把加油泵放了回去，"孩子们，不要再靠近那辆车了，明白吗？上面可能会有各种病菌。那种味道可能会好几天都散不掉。那种味道会特别难闻。啊，可真是臭啊，就像死人味一样！该死的臭鼬！"

※

在奥菲雅，我们去了科迪的书店，想要根据梅根的日记记录，还原1994年7月1日在那里发生的场景。我们邀请迈克尔和柯克加入我们，他们可能会帮助我们看得更清楚一些。

安娜站在柜台后面，扮作梅根。我、柯克和迈克尔扮演客人。德里克则站在离书店有点距离的展示本地书籍的陈列架前。安娜把一份1994年6月底的《奥菲雅纪事报》的文章剪报拿了过来，那是她在科迪死的前一天找到的。上面有一张照片，照片中，科迪站在陈列架前。她研究了一下那张照片，然后对我们说：

"当年，这个陈列架在一个杂物间里，杂物间跟书店中间有一堵墙挡着，科迪还给它起名叫'本地作家书屋'。后来，为了扩大点空间，科迪让人把那堵墙砸了。"

"所以在当时，从柜台的角度，谁也看不见那间屋子里的情况。"德里克指出这一点。

"没错，"安娜说，"本来应该没人会注意1994年7月1日在这间屋子里发生了什么勾当。但是当时梅根在监视市长的行为举止。她肯定怀疑他为什么来这里，他已经好几个月没有踏进书店一步了。所以她一直盯着他，于是发现了他的诡计。"

"也就是说在那天，"柯克·哈维说，"特南鲍姆和戈登市长偷偷地在书店里间，分别写下了他们想要除掉的对象的名字。"

"两个击杀令。"迈克尔喃喃地说。

"这就是科迪被杀的原因。"安娜说，"他肯定在书店里见过凶手，并且可能最后认出了他。凶手大概是怕梅根当年把她看到的奇怪画面告诉了科迪。"

我认为这种假设很合理。但是德里克依然表示怀疑。

"安娜，你的理论接下来怎么说？"他问。

"交易发生在7月1日。杰里迈亚是在7月16日被杀的。戈登花了两个星期监视他的习惯。戈登知道他每天晚上都走同一条路从'里奇俱乐部'回家。最后，戈登采取了行动。但是戈登是个没有行动力的人，也不是个冷静的杀手，撞了杰里迈亚，把他扔在路边，而后者当时其实还没死。戈登把能捡走的东西都捡走，他逃跑了，他慌了，第二天他冒着被修车厂老板举报的风险，把自己的车处理掉。这一切从头到尾都是临时所为。戈登市长杀死杰里迈亚，是因为他想在梅根揭发他、把他拉下台之前除掉她。他是一个迫不得已的杀手。"

大家一阵沉默。

"行，"德里克说，"我们就假定这一切成立，是戈登市长杀了杰里迈亚·福德。那梅根呢？"

"泰德·特南鲍姆到书店监视她。"安娜继续说道，"她在日记里写过，他多次来过书店，是一位常客。他应该是在某一次去书店的时候，听到她说她不会参加戏剧节开幕式，他就决定趁着全城人都聚集在主街上，而她去跑步的时候杀掉她。这样就没有目击证人了。"

"你的假设中存在一个问题，"德里克提醒她，"泰德·特南鲍姆没有杀死梅根·帕达林。不要忘了他是在被我们追逐的过程中溺死在河里的，而且凶器一直都没有找到，直到上星期六在大剧院中有人又使用了那把枪。"

"所以有第三个人存在，"安娜思考着说，"特南鲍姆负责传递信息，让人杀掉杰里迈亚·福德，不过这样也符合另一个人的利益。这个人今天还在消除痕迹。"

"那个使用催泪弹和身上有老鹰文身的人。"我说。

"他的动机是什么呢？"柯克问。

"科斯蒂克通过他落在房间里的钱包找到了他，暴打了他一顿。你们想想：他在停车场里当着所有妓女的面扫了科斯蒂克的面子，科斯蒂克肯定气坏了。他要报复那个男人，他以那个文身男的家人做要挟，把那个文身男变成一条'走狗'。但是那个文身男不是一个任人摆布的人，他知道要想恢复自由，他要除掉的人不是科斯蒂克，而是杰里迈亚·福德。"

我们必须不惜一切代价找到科斯蒂克。可惜我们已经没了他的踪迹。追缉令没有带来任何结果。州警的同事审问了他周围的人，但是没人知道他为什么连钱、手机和所有衣物都没带就消失了。

"我认为你要找的科斯蒂克已经死了，"柯克说，"跟斯特凡妮、科迪和所有可能带领我们找到凶手的人一样。"

"那么科斯蒂克的失踪就证明他跟凶手是有联系的。我们要找的人就是那个有老鹰文身的人。"

"要找到这个人，这个线索还太模糊，"迈克尔说，"我们还知道别的线索吗？"

"他是书店的客人。"德里克说。

"住在奥菲雅，"我补充说，"至少当年是如此。"

"跟泰德·特南鲍姆有关联。"安娜说。

"如果说，他跟特南鲍姆有关联，就跟特南鲍姆跟市长有关联一样的话，"柯克说，"那我们要找的范围可就大了。当年在奥菲雅，所有人都互相认识。"

"他星期六晚上还出现在了大剧院，"我说，"这个细节可以让我们把他揪出来。我们说过凶手可能是演员之一。他应该是一个有进出特权的人。"

"那我们就把名单从头理一遍。"安娜拿起一张纸，提议道。

她把剧团成员的名字写下来。

夏洛特·布朗

达科塔·艾登

爱丽丝·菲尔莫尔

史蒂文·贝格多夫

杰瑞·艾登

罗恩·格利弗

梅塔·奥斯特洛夫斯基

塞缪尔·帕达林

"你应该把我加进去，还有柯克，"迈克尔说，"我们当时也都在场，虽说我身上并没有老鹰文身。"

他撩起 T 恤，露出后背，让我们看。

"我也没有，我没有文身！"哈维提高嗓门说道，直接把衬衣脱了下来。

"我们已经把夏洛特从嫌疑人名单上排除了，因为我们要找的是一个男人，"德里克说，"爱丽丝和杰瑞·艾登也被排除了。"

于是名单缩短到四个人名：

梅塔·奥斯特洛夫斯基
罗恩·格利弗
塞缪尔·帕达林
史蒂文·贝格多夫

"我们也可以排除奥斯特洛夫斯基，"安娜建议，"他跟奥菲雅没有任何关系，当年他只是因为戏剧节才来的。"

我表示同意：

"尤其是我们都看过他和格利弗穿三角内裤的样子，他们背上都没有老鹰文身。"

"那这样就只剩两个人了，"德里克说，"塞缪尔·帕达林和史蒂文·贝格多夫。"

抓捕大网正在不可阻挡地一步步收紧。这天下午，梅根的朋友凯特·格兰德联系了安娜，她是从北卡罗来纳的酒店给安娜打电话的。

"我在读梅根的日记的时候，"安娜跟她解释，"发现她在 1994 年年初跟一个男人有私情。她说她跟你说过这事。你还记得吗？"

"梅根确实跟人有过一段激烈的婚外情。我从来没见过那个男人，但是我记得那段关系结束得很难看。"

"怎么说？"

"她老公塞缪尔发现了，痛打了她一顿。那天，她穿着睡衣突然来到我家，她的脸肿了，嘴巴还流着血。我留她在我家过了夜。"

"塞缪尔·帕达林经常对梅根家暴吗？"

"至少那天塞缪尔对她家暴了。她对我说她怕自己会没命。我建议她去报警，但是她什么都没做。她离开了她的情人，回到了她老公身边。"

"是塞缪尔强迫她跟情人分手，留在自己身边的吗？"

"可能吧。在这件事情之后，她就疏远了我。她说塞缪尔不想让她再跟我往来。"

"她就听塞缪尔的了？"

"是的。"

"格兰德女士，我这个问题可能有点突然，不过你认为有可能是塞缪尔·帕达林杀了他妻子吗？"

凯特·格兰德沉默了一会儿，然后说：

"我一直很惊讶警方没有调查她的人寿保险问题。"

"什么人寿保险？"安娜问。

"塞缪尔在他妻子死前一个月，给她和自己买了高额的人寿保险。我知道这个，是因为这事是我老公全权负责的。他是保险经纪人。"

"那塞缪尔·帕达林拿到钱了吗？"

"当然。你以为他是怎么买得起他在南安普敦的房子的？"

德里克·斯考特

1994 年 12 月初，州警地区中心。

在麦肯纳警长的办公室里，他读着我刚刚交给他的信。

"调职申请，德里克？可是你想去哪儿呢？"

"你只需要把我调到行政大队就可以了。"我说。

"坐办公室？"警长哽住。

"我不想再在一线工作了。"

"可是，德里克，你是我认识的最优秀的警察啊！你不要一时头脑发热就毁了你的职业生涯。"

"我的职业生涯？"我火了，问道，"警长，我有什么职业生涯啊？"

"你听着，德里克，"警长善意地对我说，"我明白你心里不好受。你为什么不去看看心理医生呢？为什么不去休上几个星期的假呢？"

"警长，我不能再休假了，我脑子里不停地在放着同样的画面。"

"德里克，"警长对我说，"我不能派你去行政大队，这样是浪费人才。"

我跟警长对视了一会儿，然后我对他说：

"你说得对，警长。忘了这封调职申请吧。"

"啊，这样最好，德里克！"

"我要辞职。"

"啊，不，这可不行！好吧，你要去行政大队也行，但是只能去一段时间。之后，你再回到刑警大队。"

警长以为过了几个星期，等我烦了，我就会改变主意，申请重新回到原来的岗位。

在我离开他的办公室的时候，他问我：

"有杰西的消息吗？"

"他不想见任何人，警长。"

杰西在他家里忙着整理娜塔莎的东西。

他从来没想过，有一天，他的生活中会没有她，面对无法填补的巨大空虚，他不停地在清理和整理两个阶段之间跳转。一部分的他想要立刻翻篇，扔掉一切，忘记一切。这时，他就会把一切跟她有关的东西都疯狂地装进箱子里，准备把它们扔进垃圾桶里。然后，只要他一停下，只要有一个东西引起了他的注意，一个相框、一支没墨的钢笔、一张旧纸片，他就会动摇，然后进入整理阶段。他会把它拿在手上，久久地看着它。他会对自己说，他总不能把什么都扔掉。他想要留下一些纪念品，想要回想起曾经的幸福，然后他就会把那东西放在一张桌上，想要收藏它。接着他会把所有放进箱子里的东西都拿出来。"你不会连这个也想扔吧？"他对自己说。"这个也不能扔吧？啊，不行，你不能扔掉这个杯子，这可是她在现代艺术馆买来喝茶用的！"最后，杰西把箱子里的所有东西都重新取了出来。不久之前所有物品都被清理干净的客厅，这会儿又变成一座献给娜塔莎的博物馆。他的外公外婆坐在沙发上，两眼含泪，看着他，喃喃地说："去他 × 的。"

※

12月中旬，达拉请人清空了"小俄罗斯"。照明招牌被拆掉销毁，所有的家具都被变卖，用来支付最后几个月的租金，好让退租手续能够及早完成。

严寒之中，达拉坐在人行道上，看着搬家工人搬走最后几把椅子，准备给买下它们的一家餐厅送去。一名搬家工人给她送来一个箱子。

"这是我们在厨房的一个角落里发现的，我们觉得也许你会想要留下它。"

达拉检查箱子里的东西。里面有娜塔莎记的笔记，有她关于菜单的想法，她的菜谱，还有关于她们的过去的所有纪念物。里面还有一张她、杰西、娜塔莎和德里克的照片。她把那张照片夹在指间，久久地看着它。

"我要留下这张照片。"她对搬家工人说，"谢谢你，你可以把剩下的都扔掉了。"

"真的吗？"

"真的。"

搬家工人接受了，朝他的货车走去。难过得不能自已的达拉大哭起来。

她必须忘了这一切。

杰西·罗森伯格

2014 年 8 月 1 日星期五

开幕式后第六天

梅根想要离开塞缪尔·帕达林？后者不能接受，于是把她杀了，顺便把妻子的人寿保险理赔款收入囊中。

今天早晨，当我们来到塞缪尔家时，他不在家。我们决定去他工作的地方找他。等接待员通知他我们的到来之后，他一声不吭地把我们带进他的办公室。他先把我们身后的门关上，然后才爆发：

"你们疯了吗，突然闯到这里来？你们想让我丢掉工作吗？"

他看上去很生气，这时安娜问他：

"你很容易就生气吗，塞缪尔？"

"你这话什么意思？"他反问道。

"因为你打老婆。"

塞缪尔·帕达林目瞪口呆。

"你说什么呢？"

"不要再跟我们装傻了，"安娜呵斥他，"我们什么都知道了！"

"我想知道是谁告诉你这些的？"

"这不重要。"安娜说。

"听着，大约在梅根死前的一个月，我和她有过一次激烈的争吵。我扇了她，我不该这么做的。我失控了。我没有任何借口。但是这种事只发生过一次。我没有殴打梅根！"

"你们两个吵什么？"

"我发现梅根给我戴了绿帽子。我想要离开她。"

※

1994 年 6 月 6 日星期一

这天早晨，当塞缪尔·帕达林喝着最后一点咖啡准备出门去上班时，他看到他妻子穿着睡衣走过来。

"你今天不上班？"他问梅根。

"我发烧了，不舒服。我刚给科迪打电话了，跟他说我今天不去书店了。"

"你做得对，"塞缪尔一口把咖啡喝完，说，"睡觉去吧。"

他把杯子放进洗碗槽里，亲了亲妻子的额头，然后上班去了。

如果他没有在一小时之后不得不回家一趟，去取一份他周末带回家研究，结果被他忘在客厅桌子上的文件的话，他永远什么也不会知道。

当他开到他家街道时，他看见梅根从家里走出来。她穿着一条美丽的夏日长裙和一双优雅的凉鞋。她看上去容光焕发，心情很好，跟他在一小时之前见到的那个女人判若两人。他停下来，看着她登上了她的车。她没有看见他。他决定跟着她。

梅根一路开到布里奇安普敦，没有意识到她丈夫就跟在她后头，跟她隔着几辆车的距离。在穿过城市的主街之后，她开上通往萨格港的那条路，在开了两百米之后，转弯开进了"北方玫瑰"酒店的豪华场地。这是一家广受好评但又十分低调的小酒店，很受纽约名流的喜欢。她把车开到那座庄严的廊柱林立的建筑物前，把车交给泊车员，然后走了进去。塞缪尔也有样学样，不过他等了一会儿，让他妻子先进去，以免被她看见。等他进了酒店之后，他发现梅根既不在吧台，也不在餐厅里。她直接上了楼，去房间里见某个人。

那天，塞缪尔·帕达林没有回去上班。他在酒店的停车场里，守他老婆守了好几小时。见她没有再露面，他便回到家里，翻她的日记。他惊恐地发现，她跟那个男的在"北方玫瑰"酒店里已经幽会了几个月。

他是谁？她说是在新年晚会上认识的他。他们是一起去的，所以他见过那个男的。也许那个男的也认识他。他想吐。他逃进车里，开了许久，不知道该怎么办。

当他终于回到家中时，梅根已经回来了。他看到她穿着睡衣躺在床上装病人。

"我可怜的亲爱的老婆，"他克制着自己，冷静地对她说，"你有没有好点？"

"没有，"她声音低低地回答，"我一天都没下床。"

塞缪尔再也忍不住了。他爆发了。他对梅根说，他已经都知道了，知道她去了"北方玫瑰"，知道她去跟一个男人幽会。梅根没有否认。

"滚！"塞缪尔大吼道，"你让我恶心！"

她大哭。

"原谅我，塞缪尔！"她面色苍白地求他。

"从这里滚出去！滚出这个家。拿好你的东西滚，我再也不想见到你！"

"塞缪尔，不要这样对我，我求你了！我不想失去你。我爱的人只有你。"

"你在见人就睡之前，应该想到这一点！"

"塞缪尔，这是我这辈子犯下的最大错误！我对他没有任何感情！"

"你让我想吐。我看过你的日记了，我看到你是怎么写他的了。我看到你有多少次跟他在'北方玫瑰'幽会！"

这时她开始大喊：

"塞缪尔，你不关心我！我觉得我不重要！我觉得没人看我。当这个男人开始对我释放魅力时，我觉得很开心。是的，我经常去见他！是的，我们是调情了！但是我从来没跟他睡觉！"

"怎么着，现在还是我的错了？"

"不是的，我只是说，跟你在一起，有时候我会感到孤独。"

"你在日记里写你是在新年晚会上遇见的他。所以说，你是在我眼皮底下干的这些事！我是不是认识这个家伙？他是谁？"

"这不重要。"梅根哭着说,她已经不知道自己是该说话还是该闭嘴。

"不重要?我不是在做梦吧!"

"塞缪尔,不要离开我!我求你了。"

两人说话的语气变得越来越重。梅根怪她老公不懂浪漫,对她缺乏关心,而后者在情绪激动之下,对她说道:

"我不能给你带来憧憬?你以为你又能让我憧憬了?你没有生活,你除了书店里的那些鸡毛蒜皮的小事,还有你自己在脑子里臆想出来的那些电影,你没有任何事情可讲。"

听到这些话,梅根心里受了伤,她冲她老公的脸吐了一口唾沫,后者在本能反应之下,反手狠狠地给了她一巴掌。梅根在震惊之下,重重地咬到了自己的舌头。她感到血液流进她的嘴巴。她彻底呆住了。她拿起车钥匙,穿着睡衣逃走了。

※

"梅根第二天回到家里,"塞缪尔·帕达林在他的办公室里跟我们说,"求我不要离开她。她对我发誓,和那个家伙在一起只是一个可怕的错误,说这件事让她意识到她有多么爱我。我决定再给我们的婚姻一次机会。你们猜怎么着?这次机会对我们来说好极了。我开始更加关心她,她也觉得自己更开心了。这件事改变了我们的夫妻关系。我们从来没有那么契合过。我们度过了美好的两个月,突然有了许多计划。"

"那个情人呢?"安娜问,"他后来怎么样了?"

"不知道。梅根跟我发誓,她切断了跟他的所有联系。"

"他对分手做何反应?"

"我不知道。"塞缪尔说。

"所以你一直都不知道他是谁?"

"不知道,我甚至从来都没见过他本人。"

房间里一阵沉默。

"你是因为这个才没有再看她的日记的吗？"安娜说，"你把它收在你家的地窖里，是因为它会让你想起那段痛苦的过去。"

塞缪尔·帕达林表示是的，然后再也说不出话来。他喉咙太紧，连一个声音也发不出来。

"最后一个问题，帕达林先生，"德里克问，"你有文身吗？"

"没有。"他喃喃道。

"我能请你撩起你的衬衫吗？这只是一个常规检查。"

塞缪尔·帕达林默默地服从命令。没有老鹰文身。

会不会是被甩掉的情人因为受不了失去梅根而杀人呢？

任何一个线索都不能忽视。在见完塞缪尔·帕达林之后，我们去了布里奇安普敦的"北方玫瑰"酒店。毫无意外地，当我们跟接待员说有一个男人曾经在1994年6月6日在那里订过房间，我们想要查看他的信息时，接待员当面嘲笑了我们。

"请把6月5日到7日之间的全部预订记录拿给我们，我们自己查。"我对他说。

"先生，您不明白。"他对我说，"您要找的1994年的记录，当时我们还都是手写的。我们的数据库里没有任何信息可以帮到您。"

就在我跟那位员工协商的时候，德里克在酒店大堂里转悠。他看向酒店的荣誉墙，上面挂着一些有名客人的照片，其中有演员，有作家，有导演。突然，德里克抓住一个相框。

"先生，您做什么？"接待员问，"您不能……"

"杰西！安娜！"德里克大叫道，"你们过来看！"

我们跑到他身边，看到了一张梅塔·奥斯特洛夫斯基的照片，二十年前的他穿着晚礼服，满面笑容地在梅根·帕达林身边摆着姿势。

"这张照片是在哪里拍的？"我问那名员工。

"在1994年的新年晚会上，"他说，"这个男人是批评家奥斯特洛夫斯基……"

"奥斯特洛夫斯基是梅根·帕达林的情人！"安娜大叫道。

我们立刻去了湖景酒店。一走进酒店大堂，我们就遇上了经理。

"这就到了？"他看见我们，惊讶地说，"我刚打电话啊！"

"打电话给谁？"德里克问。

"当然是给警察啊，"经理说，"梅塔·奥斯特洛夫斯基的，他刚刚离开酒店，好像说纽约有急事。是客房服务员告诉我的。"

"告诉你什么？该死。"德里克不耐烦地问道。

"请跟我来。"

经理带领我们来到奥斯特洛夫斯基住过的 310 套房，用他的卡打开了房门。我们走进去，发现墙上贴满了关于四人命案、斯特凡妮失踪案和我们的调查的各种各样的文章，以及梅根·帕达林的照片。

消失的斯特凡妮·梅勒

2014 年 8 月 2 日星期六——8 月 4 日星期一

杰西·罗森伯格

2014 年 8 月 2 日星期六

开幕式后第七天

奥斯特洛夫斯基就是那个第三人吗?

从昨天开始,我们就没了他的踪迹。我们只知道他回到了纽约:纽约警察局的监控拍到了他开车经过曼哈顿桥的画面。但是他没有回自己家。他的公寓里没有人。他的手机关机了,完全无法定位,而他的家人就只有一位年迈的姐姐,也是找不到她,联系不上她。于是我和德里克就在他家楼下守着,已经守了快二十四小时了。这是我们目前唯一能做的了。

所有的线索都指向他:1994 年 1 月到 6 月,他做过梅根·帕达林的情人。"北方玫瑰"酒店向我们证实,他在那半年经常住在那里。那年,他不光是因为奥菲雅戏剧节来过安普敦地区,他在那里住了好几个月,肯定是为了梅根。他肯定也因为受不了梅根离开他,在开幕式当晚杀死了她,同时也杀死了倒霉的谋杀案目击者——戈登一家人。他有时间步行往来于两地之间,赶在剧目开演之前回到演出大厅。所以他能在演出结束之后,在报纸上发表他的看法,让所有人知道那天晚上他在大剧院。他的不在场证明堪称完美。

今天早些时候，安娜拿着奥斯特洛夫斯基的一张照片去给米兰达·伯德看，希望她能认出他来，但是她一点也不确定。

"可能是他，"她说，"但是二十年都过去了，我很难认定是他。"

"你确定那人身上有文身吗？"安娜问，"因为奥斯特洛夫斯基身上从来没有文身。"

"我记不清了，"米兰达老实地说，"难道是我记错了？"

当我们在纽约追捕奥斯特洛夫斯基时，留在奥菲雅的安娜在《奥菲雅纪事报》的档案室里跟柯克·哈维、迈克尔·伯德重新研究起卷宗里的所有信息。他们希望确认自己没有漏掉任何一个线索。他们疲惫不堪，饥饿难耐。他们几乎一整天什么都没吃，除了迈克尔时不时地去楼上他的办公室里拿来的糖和巧克力，他的抽屉里装满了这些东西。

柯克的眼睛一刻也没有离开过贴满笔记、图片和新闻简报的墙面。最后他对安娜说：

"为什么那个能认出凶手身份的女人的名字没有写在上面呢？在所有的证人中只有她被写作'16号公路汽车旅馆的那个女人'。其他人的名字都被写了出来。"

"确实如此啊，"迈克尔也注意到了，"她叫什么名字？这可能很重要。"

"这个证人是杰西负责的，"安娜说，"你们得问他。不过她什么都不记得。我们就不要在这个问题上浪费时间了。"

但是柯克不愿意放手。

"我看了州警在1994年的卷宗，里面没有这个证人。所以这是一个新线索？"

"这得问杰西。"安娜说道。

见柯克还在坚持，安娜客气地跟迈克尔要巧克力吃，于是迈克尔离开了。她趁机迅速地把情况跟柯克说了一遍，希望他能理解，不要再在迈克尔面前提到那名证人。

"哦，我的老天哪！"柯克小声地说，"我不敢相信，迈克尔的妻子替杰里迈亚·福德演过妓女？"

"闭嘴，柯克！"安娜命令他，"你把嘴给我闭上！你要是再张嘴的话，我跟你保证，我会拿枪射你。"

安娜已经后悔把这事跟他说了。她预感到他会说漏嘴。这时，迈克尔拿着一袋糖回到了档案室。

"所以那个证人是什么情况？"他问。

"我们已经在说下一个话题了，"安娜冲他笑着说道，"我们在说奥斯特洛夫斯基。"

"我不觉得奥斯特洛夫斯基像会杀人全家的人。"迈克尔说道。

"哦，你知道吗，看人不能只看表面，"柯克对他说，"有时候，我们以为我们了解一个人，结果我们会发现他身上有惊人的秘密。"

"这不重要，"安娜一边插嘴道，一边拿目光扫射柯克，"等杰西和德里克抓到奥斯特洛夫斯基，我们就知道他是什么人了。"

"他们有消息了吗？"迈克尔问。

"完全没有。"

※

纽约，晚上八点半，在奥斯特洛夫斯基家楼前。

我和德里克快要放弃了，突然看到奥斯特洛夫斯基迈着平稳的脚步从人行道上走来。我们手里拿着枪，跳下车，冲向他，把他拦下来。

"杰西，你们简直疯了。"当我把奥斯特洛夫斯基摁在墙上，给他戴手铐时，他哼唧道。

"我们什么都知道了，奥斯特洛夫斯基！"我大喊道，"已经结束了！"

"你们知道了什么？"

"你杀了梅根·帕达林和戈登一家，还有斯特凡妮·梅勒和科迪·伊利诺伊。"

"什么?"奥斯特洛夫斯基大叫道,"你们是疯了吗?!"

看热闹的人正往我们周围聚集。有些人拿起手机录像。

"救命啊!"奥斯特洛夫斯基冲他们喊道,"这两个家伙不是警察!他们是疯子!"

我们不得不亮出证件向人群证明我们的身份,然后我们把奥斯特洛夫斯基带进大楼,避免人群的干扰。

"我非常希望你们能给我解释一下,是什么虫子把你们咬了,让你们觉得是我杀了那些可怜的人。"奥斯特洛夫斯基质问道。

"我们看到你套房里的那面墙了,奥斯特洛夫斯基,上面有报纸剪报和梅根的照片。"

"那正是我没有杀任何人的证据!二十年来,我一直想要查清楚事情真相。"

"又或者说二十年来,你一直在试图隐藏你的痕迹,"德里克反驳,"你是因为这个才雇的斯特凡妮,嗯?你想知道别人是不是能追查到你,结果她快要成功了,你就把她杀了。"

"当然不是!我是在替你们做你们本该在 1994 年就完成的工作!"

"不要把我们当蠢货。你就是杰里迈亚·福德的'走狗'!所以你才让戈登市长替你除掉他。"

"我不是任何人的走狗!"奥斯特洛夫斯基抗议。

"你少废话!"德里克说,"如果你真那么无辜的话,那你为什么那么突然地离开奥菲雅?"

"我姐姐昨天脑中风了。她紧急做了手术。我想要陪在她身边。我陪了她一天一夜。她是我唯一的家人了。"

"哪家医院?"

"纽约长老会医院。"

德里克联系医院核实。奥斯特洛夫斯基没有对我们撒谎。我立刻解掉了他的手铐,问他:

"那你为什么对这个案子这么在意?"

"因为我爱梅根，该死的！"奥斯特洛夫斯基大喊道，"这有那么难理解吗？我爱她，结果她被人从我身边夺走了！你们不知道失去一生所爱有多痛苦！"

我久久地望着他。在他的眼睛中，有一种特别悲伤的神采。最后我说：

"我太知道了。"

奥斯特洛夫斯基摆脱了嫌疑。我们浪费了宝贵的时间和精力，只剩二十四小时破案。如果我们到下星期一的早晨，还不能把凶手交给麦肯纳警长的话，我们的警察生涯也就结束了。

我们还剩下两个选项：罗恩·格利弗和史蒂文·贝格多夫。既然我们人在纽约，我们决定先从史蒂文·贝格多夫开始。不利于他的线索有很多：他是《奥菲雅纪事报》的前任总编辑，斯特凡妮的前老板，他在四人命案发生后的第二天就离开了奥菲雅，然后又突然回来参加一场声称要揭露凶手身份的戏剧演出。我们来到他住的布鲁克林的公寓。我们敲了很长时间的门。没人。就在我们准备破门而入的时候，跟他住同一层的邻居出现了，他对我们说：

"你们这么敲是没用的，贝格多夫一家人出门了。"

"出门？"我惊讶道，"什么时候？"

"前天。我透过我家窗户，看到他们上了一辆露营车。"

"史蒂文·贝格多夫也上了车？"

"对，史蒂文也上车了，他们全家一起。"

"可是他没有权利离开纽约州。"德里克说。

"这个嘛，就不是我的问题了。"邻居务实地说，"他们可能去了哈得孙河谷。"

※

黄石国家公园晚上九点。

贝格多夫一家人一小时之前就到了，他们在公园东边的一处露营地落脚。夜幕降临，天气温和。孩子们在外面玩耍，特蕾西留在车里。她已经把水烧上了，准备煮意大利面，但是她明明买了面条，现在却找不到了。

"真是奇怪了，"她恼火地对史蒂文说，"我昨天好像还看到了四包？"

"嗯，没关系，亲爱的。我去买，路边就有一家商店，不太远。"

"我们现在就要移动露营车吗？"

"不，我开车去。你看，我们把车带来不是很好吗？另外，我想看看能不能买到什么东西，可以把那只碾死的臭鼬的味道除掉。"

"哦，对，我求求你了！"特蕾西催促他，"那味道太难闻了。我以前都不知道臭鼬可以臭到这种程度。"

"哦，臭鼬可是一种可怕的动物！我都不知道上帝为什么要创造它们，难道就是为了熏我们吗？"

史蒂文扔下老婆孩子，走到被他停在远处的车旁。他开出露营地，沿着主路一直开到食品店，但是他没有停下，继续往巴杰硫黄泉方向开去。

当他开到停车场时，四下无人。天色昏暗，但是还能看得清路。泉水就在一座小木桥后边几十米处。

他确认没人过来。四周没有车灯亮着。于是他打开了后备厢，一股恶臭立刻扑面而来。他忍不住想吐。那味道让人难以忍受。他忍着不用鼻子呼吸，把 T 恤往上掀盖住嘴巴。他强迫自己保持镇定，然后抓起被塑料包起来的爱丽丝的尸体。他艰难地把她拖到沸腾的泉水边。就剩最后一把了。他来到水边，把她扔到地上，然后用脚踢着她，让她从坡岸上滚下去，掉进滚烫的酸性泉水里。他看见尸体缓缓地向泉水深处沉去，很快就消失在阴暗的水底。

再见了，爱丽丝，他说。他突然大笑起来，然后又开始哭，再次呕吐。就在这时，他感到有一束强烈的光照到自己身上。

"喂，那边那个人！"一个威严的男人的声音招呼他，"你在这里干什么？"

那人是公园护林员。史蒂文觉得自己的心脏都要爆炸了。他想说自己迷路了，但是慌张之下，他结结巴巴地发出了几个含混不清的音节。

"走过来，"护林员命令他说，继续用手电筒照着他的眼，"我问你，你在这里做什么？"

"没什么，先生。"贝格多夫努力地恢复了一丝镇定，说，"我在散步。"

护林员怀疑地走近他。

"在这个时间？在这里？"护林员问他，"这里晚上禁止进入。你没有看见指示牌吗？"

"没有，先生，对不起。"脸色变了样的史蒂文跟他保证道。

"你确定你还好吗？你看上去不太好的样子。"

"确定以及肯定！一切都很好！"

护林员以为史蒂文就是一个鲁莽的游客，只是教训了他几句：

"现在天色太暗了，不能来这里散步。你知道吗，如果你掉进去了，明天你就什么都剩不下了，连骨头都没有。"

"真的吗？"史蒂文问。

"真的。你没听说过去年新闻里报的那个可怕事件吗？到处都有人在讲。一个家伙掉进了硫黄泉里，就在巴杰硫黄泉这里。他姐姐眼睁睁地看着他掉下去的。等到救援人员赶来的时候，他们什么都没找到，只找到了他的凉鞋。"

※

我和德里克在发了一通针对史蒂文·贝格多夫的追缉令之后，决定回到奥菲雅。我通知了安娜，然后我们就上路了。

在档案室里，安娜挂断电话。

"是杰西打来的，"她对迈克尔和柯克说，"看来奥斯特洛夫斯基跟这一切没什么关系。"

"果然如我所料，"迈克尔说，"那我们现在做什么？"

"我们得去吃点东西，今晚注定是个不眠之夜。"

"我们去'科迪亚克烧烤'吧！"迈克尔建议。

"好主意，"柯克赞成地说，"我想吃顿上好的牛排。"

"不，你不能来，柯克，"安娜对他说，害怕他会说漏嘴，"得有人在这里值班。"

"值班？"柯克惊讶道，"值什么班？"

"你留在这里，就这样！"安娜命令他。

安娜和迈克尔从后门离开，来到小巷里，上了她的车。

柯克骂骂咧咧地抱怨自己再次落了单。他想起了自己关在警察局的地下室里当"光杆司令"的那几个月。他在四散在桌上的文件里翻了翻，然后埋头看起调查卷宗来。他抓起最后几颗巧克力，把它们都塞进了嘴里。

安娜和迈克尔沿着主街往前开。

"你介意我们先回我家一趟吗？"迈克尔问，"我想在闺女们睡觉之前亲亲她们，我几乎有一个星期没见到她们了。"

"当然了。"安娜说，往布里奇安普敦的方向开去。

当他们开到伯德家门前时，安娜发现里面的灯全是灭的。

"咦，没人在家？"迈克尔吃惊道。

安娜把车停在屋前。

"说不定你老婆带孩子们出去了。"

"她们肯定出门吃比萨去了。我这就给她们打电话。"

迈克尔从兜里掏出手机，看到屏幕骂了一句："他 × 的，没有信号。"

"这里信号不好，已经有段时间了。"他恼火道。

"我的也没信号。"安娜说。

"你在这里等我一下，我迅速地去屋里用座机给我老婆打个电话。"

"我能冒昧地用一下你家厕所吗？"安娜问。

"当然了，来吧。"

他们走进房里。迈克尔给安娜指了厕所的方向，然后拿起了电话。

※

我和德里克在快到奥菲雅时，突然接到了无线电呼叫。接线员告诉我们一个名叫柯克·哈维的男人十万火急地想要联系我们，但是他没有我们的电话号码。他的电话被通过无线电转接给我们，我们突然听到柯克·哈维的声音在车厢内响起。

"杰西，是钥匙！"他惊慌失措地叫道。

"什么，钥匙？"

"我在报社编辑部，迈克尔·伯德的办公室里。我找到了。"

柯克的话我们一点也没听懂。

"你找到什么了，柯克？你把话说清楚点！"

"我找到斯特凡妮·梅勒的钥匙了！"

柯克跟我解释，他上楼到迈克尔的办公室里找巧克力。他在翻一个抽屉的时候，看到一串钥匙，那上面还挂着一颗黄色的塑料球。他在哪里见过它。在努力地回想了一番之后，他突然想起来，他跟斯特凡妮在"白鲸"酒吧见面时，当她想走而他想留下她时，他拉住了她的手提包，结果包里的东西都掉在了地上。他捡起她的钥匙还给她，这个钥匙链他记得清清楚楚的。

"你确定那是斯特凡妮的钥匙？"我问。

"是的。另外，上面还有一把车钥匙，"柯克说，"是一辆马自达的车钥匙。斯特凡妮开什么车？"

"马自达，"我说，"是她的钥匙。你千万什么都别说，想尽一切办法把迈克尔留在编辑部。"

"他走了。他跟安娜在一起。"

※

在伯德家中，安娜从厕所里走出来。四下静悄悄的。她穿过客厅：
没有迈克尔的踪影。她的目光落在一个五斗橱上面的几个相框上，那
是伯德一家在不同时期拍的家庭照片：女儿们的出生照、度假照。安娜
注意到有一张照片里的米兰达·伯德看上去特别年轻，她跟迈克尔在一
起，那是在圣诞节的时候。照片的背景是一棵装点得很漂亮的圣诞树，
透过窗户可以看到外面有雪。在照片的右下角，可以看到日期，当时到
店里冲洗照片都会带上日期。安娜凑近去看：1994 年 12 月 23 日。她
感觉自己的心跳在加速：米兰达告诉她，她是在杰里迈亚死了好几年之
后才遇到的迈克尔。她说谎了。

安娜看向四周，一丝声响都没有。迈克尔去哪里了？她突然担心起
来。她把手放在枪托上，小心翼翼地朝厨房走去：没人。四周似乎在突
然之间变得空荡荡的。她按下开关，但是灯没有亮。突然她背后挨了一
击，她被击倒在地，手松开了枪。她想转过身来，但是立刻被喷了一脸
防暴喷雾。她痛得大叫起来。她的眼睛火辣辣地疼。就在这时，她的脑
袋又挨了一击，她昏了过去。

她的眼前一片黑暗。

※

我和德里克发了全员警报。蒙塔涅立刻派了人马前往"科迪亚克烧
烤"和伯德家里，但是没有找到安娜和迈克尔。当我们终于也赶到伯德
家时，现场警察给我们看了还新鲜的血迹。

就在这时，米兰达·伯德带着女儿们从比萨店回来了。

"发生了什么？"看到警察时，她问道。

我大叫起来：

522

"迈克尔在哪儿？"

"迈克尔，我不知道啊！刚才他给我打电话了，跟我说他跟安娜在这里。"

"那你呢，你刚才在哪里？"

"跟我女儿在一起，我们一起去吃比萨了。究竟发生了什么？"

当安娜醒过来时，她的双手被绑在背后，用手铐铐了起来；她的头上被套了一个袋子，挡住了她的视线。她努力地不让自己恐慌。从她能听到的声响和感受到的震动来判断，她知道自己正躺在一辆行进中的车的后座上。

从她的感受来判断，她推测车辆行驶的路面不是一条柏油路，而是一条土路，或石子路。车子突然停下了。安娜听到了一些声音。后门猛地开了。她被人抓住拖到地上。她什么也看不见。她不知道她在哪里。但是她听见了青蛙的叫声：她在湖边。

※

在伯德家的客厅里，米兰达不相信她丈夫会参与谋杀案：

"你们凭什么认为迈克尔跟这件事有关？说不定你们在这里发现的血迹是他的！"

"斯特凡妮·梅勒的钥匙是在他的办公室里找到的。"我对她说。

米兰达不愿意相信：

"你们搞错了。你们是在浪费宝贵的时间。迈克尔也许有危险。"

我到隔壁房间跟德里克会合。在他面前，有一张打开的地区地图，他正在跟兰吉特·辛格博士通电话。

"凶手很聪明，做事有条不紊。"辛格通过免提对我们说，"他知道他带着安娜走不了太远，不想冒险碰上巡警。他是一个非常小心的人。他想要控制风险，尽可能地避免正面冲突。"

"所以他还留在奥菲雅地区？"我问。

"我敢肯定。他在一个他非常熟悉的范围内，一个让他感到安全的地方。"

"他有没有可能对斯特凡妮做过同样的事？"德里克研究着地图问道。

"很有可能。"辛格说。

德里克用记号笔把在找到斯特凡妮的车的地点附近的那片沙滩圈了起来。

"如果说凶手曾经约了斯特凡妮在这里见面，"德里克思索着说，"那是因为他打算把她带到附近的某个地方。"

我手指在地图上划动，目光随着手指沿着 22 号公路一直看到被我用红色笔圈起来的鹿湖。然后我把地图拿给米兰达看。

"你们在这片区域有另外一栋房子吗？"我问她，"一栋家族房屋，一个小棚屋，一个你丈夫觉得可以藏起来的地方？"

"我丈夫？可是……"

"回答我的问题！"

米兰达看着地图。她看向鹿湖，然后用手指出了附近的一片水域——海狸湖。

"迈克尔喜欢去那里。"她说，"那里有一处浮码头和一艘小船。从那里可以坐船到一座迷人的小岛上。我们经常带着女儿们去那里野餐。那里从来都没有别人。迈克尔说在那里，全世界只有我们。"

我和德里克互相看向对方，无须多说一句话，我们立刻朝我们的车冲去。

※

安娜刚刚被扔到一个地方，她觉得那应该是一艘船。她假装自己还在昏迷。她感到水在流动，听到了一声船桨的声音。他要带她去一个地方，可是哪里呢？

我和德里克在 56 号公路上玩命地开着。我们很快就看到了鹿湖。

"在你右手边有个岔路口，"德里克关掉警笛，对我说，"一条小土路。"

我们及时看到了那条土路。我开上去，像疯子一样加速开车。很快我就看到了停在水边的安娜的车，就在浮码头旁边。我猛踩刹车，我们下了车。虽然天很暗，我们还是能看到湖中有一艘船正往小岛方向驶去。我们掏出手枪。"停下！警察！"我大声地喊道，鸣枪示警。

我们听见从船里传来安娜的声音，她在呼救。那个拿着船桨的人影给了她一击。安娜叫得更大声了。我和德里克跳进湖里。我们看见安娜刚刚被推下了船，她先是直直地往下沉，然后只凭着双腿的力量，努力地浮上水面呼吸。

我和德里克拼尽全力地往前游。在昏暗之中，我们无法看清楚船上那个人的身影，他已经掉头绕过我们往车的方向划去。我们不能去抓他，我们得救安娜。我们使出最后的力气游到她身边，但是筋疲力尽的安娜已经由着自己往湖底沉去。

德里克往湖底游，我也紧跟上去，我们周围一片昏暗。最后，他感觉到了安娜的身体。他抓住她，成功地把她带出了水面。我游过去帮他，最后我们把安娜拖到附近的小岛岸边，把她带到硬地上。她咳嗽着吐出水来。她还活着。

在另一边岸上，小船刚刚停在浮码头上。我们看到那个人影上了安娜的车，然后逃跑了。

※

两小时后，在一个偏僻的加油站里，一名员工看见一个身上带血，神情慌张的男人走进店里。是迈克尔·伯德，他的双手被绳子绑着。"快报警！"他请求加油站的员工，"有人来了，有人在追我！"

杰西·罗森伯格

2014 年 8 月 3 日星期日

开幕式后第八天

迈克尔在医院病房里过了一夜，接受观察。他告诉我们，他在走出房门时遭到了攻击。

"我当时在厨房里。我刚刚给我妻子打完电话，突然我听见外面有动静。安娜在厕所里，所以不可能是她。我出去看发生了什么事，结果立即被人喷了催泪弹，接着又被人当脸猛击了一拳。然后我就昏过去了。等我醒过来的时候，我已经被人绑住了双手，扔进了一辆车的后备厢里。后来后备厢突然开了，我假装昏迷。那人把我拖到地上，我闻到了泥土和植物的气味。我听见有动静，就好像有人在挖什么东西。我半睁开眼睛，发现我在森林里。在距我几米远的地方，有一个蒙面的家伙在挖坑，那是我的坟墓。我想到了我的妻子、我的女儿们，我不想就这么死去。在绝望之下，我拼命地站了起来，我开始跑。我从一个坡上跑下去，尽全力地快速在森林里奔跑。我听见他在后面追我，我成功地甩掉了他。后来我跑到了一条路上，我沿着路跑，希望能遇到一辆车，结果我看到了一个加油站。"

德里克在仔细地听完迈克尔的讲述之后，对他说：

"不要再编故事了。我们在你办公室的一个抽屉里发现了斯特凡妮·梅勒的钥匙。"

迈克尔露出震惊的样子。

"斯特凡妮·梅勒的钥匙？你在说什么？这简直太荒谬了。"

"可这就是事实。那串钥匙里有她公寓的钥匙，有报社的钥匙，有她的车钥匙，还有一个家具储藏室的钥匙。"

"这根本就不可能。"迈克尔说，他看上去确实是一副惊讶的样子。

"是你吗，迈克尔？"我问，"是你杀了斯特凡妮·梅勒，还有其他人？"

"不，当然不是，杰西！这简直太可笑了！那串钥匙是谁在我办公室里找到的？"

我们更希望他没有问这个问题：那串钥匙不是由警察在搜查行动中找到的，所以它不能被当成证据使用。然而，我没有选择，只能把事实告诉他：

"是柯克·哈维。"

"柯克·哈维？柯克·哈维去搜我的办公室，然后奇迹般地找到了斯特凡妮的钥匙？这根本就说不通！他是一个人找到的吗？"

"是。"

"听着，我不知道这一切意味着什么，但是我认为柯克·哈维正在蒙骗你们，就跟他编出那出戏的目的一模一样。所以现在到底是要怎么样？我被逮捕了吗？"

"没有。"我对他说。

斯特凡妮·梅勒的钥匙不能构成合法证据。柯克是真的像他所说的那样，在迈克尔的办公室找到的那串钥匙吗？还是从一开始就是他放进去的？除非是迈克尔在骗我们，并且策划了自己的遇袭事件。现在是柯克的话对迈克尔的话。两人之中必有一人在对我们说谎。可是，说谎的人是哪一个呢？

迈克尔脸上的伤很重，需要缝好几针。我们在他家门前的台阶上发现了血迹。他的故事是成立的。安娜被人扔在自己车的后座上也跟迈克尔的话吻合，他说自己被扔进了后备厢里。另外，我们搜查了他家和《奥菲雅纪事报》的整个编辑部，结果我们什么都没有找到。

在看望了迈克尔之后，我和德里克又去隔壁病房看安娜。她也在医院里过的夜。她运气还算不错。她的额头上有一个严重的血肿，一只眼睛也被打肿了。她逃过了最坏的结果：我们找到了被埋在岛上的科斯蒂克的尸体，他是被人枪杀的。

安娜没有看见袭击她的人，没有听见他的声音。她只记得让她看不见的催泪弹和让她失去意识的那几下。当她恢复意识的时候，她头上被人套了布袋。至于她的车，上面也许能找到指纹，但是我们至今也没有找到她的车。

安娜已经可以出院了，我们提出送她回家。在医院的走廊里，当我们把迈克尔的故事版本告诉她时，她表示怀疑：

"行凶者在把我拖到那座岛上时，把他留在了后备厢里？为什么呢？"

"那艘小船可能承受不了三个成年人的重量，"我指出，"他可能想分两次完成。"

"那你们在到了海狸湖之后就什么都没看到吗？"安娜问。

"没有，"我说，"我们立刻跳进了水里。"

"所以说，我们对迈克尔什么也做不了？"

"没有一条无懈可击的证据，我们什么也做不了。"

"如果迈克尔无可指摘的话，"安娜继续问道，"为什么米兰达要对我说谎呢？她对我说她是在杰里迈亚·福德死了几年之后才遇到的迈克尔。但是我在他们家客厅里看到了一张照片，是在1994年圣诞节拍的，也就是说，福德死之后六个月而已。当时，她已经回到了纽约她父母的家中，所以她只有可能是在被杰里迈亚囚禁时认识的迈克尔。"

"你认为迈克尔可能是在汽车旅馆里的那个人？"我问道。

"是的，"安娜说，"而且为了把线索搞乱，米兰达·伯德编出了文身的故事。"

就在这时，我们碰上了来医院看望她丈夫的米兰达·伯德。

"我的天哪，安娜，你的脸！"她说，"我很难过你遇到这种事情。你现在还好吗？"

"还好。"

米兰达转脸对我们说：

"你们看到了，迈克尔跟这个案子一点关系也没有。那个可怜的，他现在怎么样了？"

"我们是在你给我们指的地方找到的安娜。"我对她说。

"可是谁都有可能啊！这里所有人都知道海狸湖。你们有证据吗？"

我们什么证据都没有。我感觉我又经历了一遍1994年特南鲍姆的调查案。

"你对我撒谎了，米兰达，"安娜这时说，"你告诉我你是在杰里迈亚·福德死了几年之后遇到的迈克尔，但是这不是真的。你在里奇斯堡特的时候就认识他了。"

米兰达不吭声了，看上去不知所措。德里克看见有一间等候室里没有人，于是让我们大家都进去。我们请米兰达在一张沙发上坐下，安娜继续问：

"你是什么时候遇到的迈克尔？"

"我记不清了。"米兰达说。

安娜又问：

"迈克尔是不是汽车旅馆里的那个人，那个反抗科斯蒂克的人？"

"安娜，我……"

"请回答我的问题，米兰达。不要逼我把你带到局里去。"

米兰达脸色变了。

"是的。"她终于说，"我不知道你们是怎么知道在汽车旅馆里发生的那件事的，不过那人确实是迈克尔。我是在1993年的年底在俱乐部里当招待员时遇到他的。科斯蒂克想让我像对待其他人那样在汽车旅馆里对他下套，但是迈克尔没有任他摆布。"

"所以当我问你这件事的时候，"安娜说，"你编了文身的故事误导我们？为什么？"

"为了保护迈克尔。如果你们知道了他就是汽车旅馆里的那个人……"

米兰达不说了，意识到自己说得太多了。

"说话，米兰达！"安娜火了，问道，"如果我们知道了他就是汽车旅馆里的那个人，我们就会发现什么？"

一滴眼泪滑过米兰达的脸颊。

"你们就会发现是迈克尔杀了杰里迈亚·福德。"

我们再次回到了原点：杰里迈亚·福德，我们如今知道他是被戈登市长杀死的。

"迈克尔没有杀死杰里迈亚·福德，"安娜说，"这一点我们很确定，他是被戈登市长杀死的。"

米兰达的神色亮了起来。

"不是迈克尔？"她高兴起来，仿佛整件事只是一场噩梦。

"米兰达，你为什么认为是迈克尔杀死了杰里迈亚·福德？"

"在迈克尔跟科斯蒂克起冲突之后，我又见了他好几次。我们陷入了热恋。迈克尔一心想要把我从杰里迈亚·福德手中救出来。这些年来，我一直以为……哦，我的天哪，我真是解脱了！"

"你从来没跟迈克尔聊过这件事吗？"

"在杰里迈亚·福德死之后，我们再也没有谈起过在里奇斯堡特发生的事。我们必须把一切都忘了，这是我们恢复自我的唯一方法。我们把我们的记忆全部清除，只往前看。这成就了我们，你们看看我们现在是多么幸福。"

※

我们一整天都待在安娜家里，想要把案子的所有线索重新梳理一遍。

我们越琢磨，越觉得所有线索都明显地指向迈克尔·伯德：他跟斯特凡妮·梅勒相熟；他有进出大剧院的特权，可以把武器藏在里面；自从他主动把《奥菲雅纪事报》的档案室交给我们使用之后，他就可以近距离地跟踪我们的调查，这让他可以逐步除掉所有可能戳穿他的人。虽然所有迹象都指向他，但是没有切实证据，我们对他毫无办法。一名好律师就可以让他轻松地逃脱。

快到傍晚的时候，我们吃惊地看到麦肯纳警长突然来到安娜家。他提醒我们不要忘了那个自这星期的星期一开始就盘旋在我和德里克头顶的威胁：

"如果到明天早晨，这个案子还不能结案的话，我就不得不要求你们辞职了。这是州长的意愿。这件事已经无法再回头了。"

"一切迹象表明迈克尔·伯德应该就是我们要找的人。"我说。

"我需要的不仅仅是迹象,我需要的是证据!"警长怒喝道,"而且是确凿的证据!我还要再提醒你在泰德·特南鲍姆身上遭遇的惨败吗?"

"我们找到了钥匙……"

"杰西,忘了那串钥匙吧!"麦肯纳打断我,"它构不成合法证据,这一点你很清楚。没有任何一家法院会把它纳入考量。检察长想要一个无懈可击的案子,没人想要冒险。如果你们不能结案,那它就会被束之高阁。这个案子比黑死病还要命。如果你们认为迈克尔·伯德有罪,那就让他开口。你们必须不惜一切代价拿到口供。"

"可是要怎么做呢?"我问。

"对他施压,"警长建议,"找出他的死穴。"

德里克这时对我们说:

"如果米兰达以为迈克尔为了解救她,杀死了杰里迈亚·福德,那就说明他为了保护他老婆可以做任何事。"

"你想说什么?"我问他。

"我们不该拿迈克尔开刀,而是该从米兰达下手。我觉得我有主意了。"

杰西·罗森伯格

2014年8月4日星期一

开幕式后第九天

早晨七点,我们来到伯德家。迈克尔昨天晚上终于回到了自己家里。

门是米兰达开的,德里克立刻给她铐上了手铐。

"米兰达·伯德,"我对她说,"你因为对警察撒谎,妨碍刑事案件侦查，被捕了。"

迈克尔从厨房跑出来，身后还跟着孩子们。

"你们疯了！"他大叫道，试图插手。

孩子们开始哭。我不喜欢这种行动，但是我们没有别的办法了。我一边把迈克尔推开，一边安慰孩子们，与此同时，德里克把米兰达带走。

"事情很严重，"我用一种开诚布公的语气对迈克尔说，"米兰达的谎言造成了严重的后果，检察长大发雷霆，她是逃不了牢狱之灾的。"

"这简直是场噩梦！"迈克尔大叫道，"让我跟检察长谈谈，这中间肯定有什么误会。"

"对不起，迈克尔。不幸的是，你什么也做不了。你要坚强点，为了你的孩子们。"

我出了屋，上车跟德里克会合。这时迈克尔从我们身后冲了过来。

"放了她！"他大叫，"放了我妻子，我会坦白一切。"

"你要坦白什么？"我问他。

"如果你们保证不骚扰我妻子的话，我就告诉你们。"

"一言为定。"我说。

德里克解掉锁住米兰达手腕的手铐。

"我需要检察长的一份书面协议，"伯德又说，"保证米兰达不会有任何风险。"

"这个我可以安排。"我跟他保证。

一小时之后，在州警地区中心的一间审讯室里，迈克尔·伯德又读了一遍由检察长亲笔签名的免去他妻子因为故意误导我们调查而可能面临的任何追诉的信。他在上面签字，然后用一种近乎如释重负的口气对我们承认道：

"我杀了梅根·帕达林，还有戈登一家，还有斯特凡妮，还有科迪，还有科斯蒂克。我把他们都杀了。"

现场一阵久久的沉默。二十年后，我们终于得到了一份口供。我鼓励迈克尔再跟我们详细地说说。

"你为什么要这么做？"我问他。

他耸了耸肩。

"我都已经承认了，这是最重要的，不是吗？"

"我们想要知道为什么。迈克尔，你不像一个杀手，你是一个和气的有老婆、孩子的人，像你这样的人怎么会杀了七个人呢？"

他犹豫了一下。

"连我自己也不知道该从哪里讲起。"他喃喃地说。

"从头说起吧。"我说。

他陷入回忆，说：

"一切都始于1993年年底的一个晚上。"

※

1993 年 12 月初

这是迈克尔·伯德第一次去"里奇俱乐部"。那里完全不是他会去的地方，但是他的一个朋友非要伯德陪他去。"那里有一个女歌手声音好听极了。"他的朋友跟他说。但是等到了地方之后，迷倒迈克尔的不是那位女歌手，而是在门口的那名女招待。她是米兰达。他一眼就爱上了她。迈克尔被迷住了。他此后经常去"里奇俱乐部"，只是为了看她。他爱她爱得发狂。

米兰达一开始拒绝了迈克尔的追求。她跟他说他不应该接近她。他以为她是在欲擒故纵，他没有看到个中危险。最后科斯蒂克注意到了他，逼迫米兰达骗他到汽车旅馆。她一开始是拒绝的，但是她的头在被摁进水盆之后，她不得不接受。1月的一天晚上，她终于约了迈克尔在汽车旅馆见面。第二天下午他到那里去见她，两人都脱掉了衣服，就在这时，赤身裸体的米兰达在床上对他说："我是未成年，我还在上中学，这会让你兴奋吗？"迈克尔愣住了："你之前跟我说，你十九岁了，你撒谎了，你疯了吗？我不能跟你待在这个房间里。"他想要穿好衣服，但是就在这时，他看到窗帘后面有一个壮汉，是科斯蒂克。两人推搡了几下，迈克尔成功地逃出了房间，虽然是光着屁股跑的，但是他拿到了车钥匙。科斯蒂克追着他来到停车场，当时迈克尔已经打开了车门，并拿出了一颗催泪弹。他制服了科斯蒂克，然后逃走了。然而，科斯蒂克不费吹灰之力就找到了他，在他家里把他痛揍了一顿，然后在大半夜把他带到已经关门的俱乐部里。迈克尔进了"办公室"，杰里迈亚在里面，米兰达也在。杰里迈亚对迈克尔说，从今往后，迈克尔得给他干活，迈克尔是他的"走狗"。他对迈克尔说："你照我们说的做，你能做多久，你的女朋友就可以多久不用泡在水里。"就在这时，科斯蒂克抓起米兰达的头发，把她拖到水盆前，把她的头摁进水里，摁了好几秒钟，然后再来一遍，直到迈克尔发誓他会合作为止。

※

"所以你就成了杰里迈亚·福德的一条'走狗'。"我说。

"是的，杰西，"迈克尔说，"甚至是他最喜欢的'走狗'。我不能拒绝他任何事情。只要我有一丝迟疑，他就会对米兰达下手。"

"你从来没想过报警吗？"

"那样太冒险了。杰里迈亚有我全家人的照片。有一天，我去我父母家，结果他正坐在我家客厅里喝茶。另外我也担心米兰达。我彻头彻尾地迷上了她，她对我也一样。那天夜里，我去她在汽车旅馆的房间里找她。我想要劝她跟我一起逃，但是她太害怕了。她说杰里迈亚会找到她的。她说：'如果杰里迈亚知道我们说过话，他会把我们两个都杀死的。他会把我们毁尸灭迹，没人会找到我们的尸体。'我跟她保证我会把她救出来，但是情况变得复杂起来，杰里迈亚看上了'雅典娜咖啡'。"

"他开始勒索泰德·特南鲍姆。"

"没错。你猜他把每星期去收钱的任务交给了谁？我。我算认识泰德，因为在奥菲雅所有人都互相认识。当我去找他，跟他说是杰里迈亚派我来的时候，他掏出一把枪，把枪管抵在我的额头上。我以为他要杀了我，我把一切都告诉了他。我告诉他，如果我不配合的话，我爱的女人就会没命。这是杰里迈亚·福德犯下的唯一的错误，他是那样一个细心、注意细节的人，但他从来没想到我会和泰德一起对付他。"

"你们决定杀了他。"德里克说。

"是的，但是这件事很复杂，我们不知道该怎么做。泰德是个很爱打架的人，但是他不是个杀人犯。另外还得趁杰里迈亚落单的时候。我们不可能在科斯蒂克，以及其他人面前对他下手。于是我们决定研究他的习惯：他会不会一个人去散步？他喜欢去森林里跑步吗？我们得找出杀死他和抛尸的最佳时机。但是我们很快就发现杰里迈亚无懈可击。他比我和泰德想象的还要强大。他的'走狗'互相监视对方，他有一个强大的情报网，他跟警方同流合污，他什么都知道。"

※

1994 年 5 月

迈克尔在杰里迈亚家附近监视了两天，躲在车里，观察他，突然车门开了。迈克尔还没来得及反应，便迎面挨了一拳。这拳是科斯蒂克打的。科斯蒂克把他从车厢里强行拖出来，把他拖到俱乐部。杰里迈亚和米兰达在"办公室"里等着。杰里迈亚一副怒气冲冲的样子。"你监视我，"他对迈克尔说，"你想报警吗？"迈克尔发誓说没有，但是杰里迈亚一句话都不想听。他命令科斯蒂克打他。打完他之后，他们又对米兰达动手。那是一场无尽的折磨，米兰达被打得有好几个星期都不能出门见人。

在经过这件事之后，因为害怕被监视，迈克尔和泰德·特南鲍姆虽然继续见面，但是每次都尽量隐蔽，去一些远离奥菲雅的、不太有人去的地方见面，以免被人看见他们在一起。泰德对迈克尔说：

"我们杀不了杰里迈亚，必须找一个完全不了解他的人，说服这个人去杀了他。"

"谁会接受这种事情呢？"

"一个需要同样服务的人。作为回报，我们也替他杀一个人。杀一个我们也不认识的人。这样，警察永远也不会查到我们头上。"

"一个对我们什么都没做过的人？"迈克尔问。

"你相信我吧，"特南鲍姆说，"我也不是满心欢喜地提出这个方法的，但是我觉得我们没有别的办法。"

一番思索之后，迈克尔认为这大概是拯救米兰达的唯一方法。为了她，他什么事情都可以做。

问题是得找到一个同伙，一个跟他们没有关系的人。该怎么做呢？他们又不能发小广告。

六个星期过去了。当他们找人找得已经绝望了的时候，泰德在 6 月中旬联系上了迈克尔，泰德说：

"我觉得我找到了我们要找的人。"

"是谁？"

"你最好什么都不知道。"

※

"所以，你当时不知道特南鲍姆找到的同伙是谁？"德里克问。

"是的，"迈克尔说，"泰德·特南鲍姆是中间人，只有他知道两边的执行者是谁。这样所有的线索都会被混淆，警察不会查到我们身上，因为就连我们自己也不知道另一个人是谁，除了特南鲍姆，但是他胆子大。为了确保我们之间没有任何联系，特南鲍姆跟那个同伙商量好了一个交换被害者名单的方法。他是这样对同伙说的：'我们不能再联系了，不能再见面。7 月 1 日那天，你去书店，里面有一间没人去的屋子，摆的都是本地作家的书。你去选一本，把人名写在里面。不要直接写，把首字母跟那个人的姓和名中的字母相对应的单词圈起来。然后，把那本书折一个角，这样就是信号。'"

"然后你就写了杰里迈亚·福德的名字。"安娜说。

"没错，在柯克·哈维的剧本里。我们的同伙则选了一本关于戏剧节的书。他在里面写了梅根·帕达林的名字，那个漂亮的书店女店员。所以我们要杀的人就是她。我们开始观察她的习惯。她每天都会跑到彭菲尔德新月路。我们想要开车撞死她，剩下的就是看什么时候行动了。我们的同伙显然跟我们有同样的想法：7 月 16 日，杰里迈亚死于一场车祸。但是我们差点就惹上大祸：他没有立刻死掉，他本来可以被救活的。我们想要避免这种危险，我和泰德两个都是枪法很好的射击手。我父亲在我很小的时候就教我使用卡宾枪，他说我真的很有天赋。于是我们决定枪杀梅根，这样更安全。"

※

1994 年 7 月 20 日

泰德跟迈克尔在一个无人的停车场见面。

"我们得行动了，老朋友。我们得杀死那个姑娘。"

"我们不能放弃吗？"迈克尔表情痛苦地说，"我们已经得到我们想要的了。"

"我也很想这样，但是我们得把我们的契约履行到底。如果我们的同伙认为我们在要他的话，他可能会对付我们。我听见梅根在书店里的话了。她不会去戏剧节开幕式。她会跟之前一样去跑步，到时那片街道上一个人都没有。这是一个千载难逢的好机会。"

"那就是说，要在开幕式当晚动手喽？"迈克尔喃喃地说。

"没错，"特南鲍姆说，并且悄悄地把一把贝雷塔手枪放进他的手里，"拿着，上面的序列号已经被抹掉了。没人会追查到你头上。"

"为什么是我？为什么你不能去做呢？"

"因为我知道另外一个家伙的身份。只能是你，这是混淆所有线索的唯一方法。就算警察审问你，你也不能告诉他们任何情况。相信我吧，这个计划天衣无缝。再说，你跟我说过，你枪法非常好，不是吗？你只要杀了这个姑娘，我们就解脱了。终于可以解脱了。"

※

"所以你在 1994 年 7 月 30 日采取了行动。"德里克说。

"是的，特南鲍姆对我说他会陪我去，还让我去大剧院找他。他是那天晚上的值班消防员。他把他的小货车停在了演员入口前，想让所有人都看到，这样他就有了不在场证明。我们一起去了彭菲尔德街区。那里四下无人。梅根已经到了公园。我记得当时我看了一眼时间：晚上七点十分。1994 年 7 月 30 日晚上七点十分，我将要剥夺一个人的生命。我深吸了一口气，然后我像个疯子一样冲向梅根。她没明白怎么回事。我冲她开了枪，没打中。她朝市长的房子逃去。我站好位置，等到她进入瞄准器范围之后，再次开枪。她倒下了。我走过去，冲她的头部又开了一枪，想要确保她死了。我感到我几乎放松下来。那种感觉很不真实。就在这时，我看到市长的儿子站在客厅窗帘后头看着我。他在那里做什么？为什么他没跟父母去大剧院？一切都发生在刹那之间。我没有思考。我彻底慌了，我跑到房子跟前。肾上腺素让我的力量倍增，我一脚把门踹开。我正面遇上了市长的妻子莱斯利，她正在收拾行李箱。枪自动响了。她倒下。然后我又瞄准了那个正跑去藏起来的小孩，我开了好几枪，又朝着他母亲开了一枪，想要确保他们都死了。然后，我听见厨房里有动静，戈登市长想要从后门逃跑。除了杀掉他，我还能怎么办呢？我出来的时候，泰德已经逃走了。我去了大剧院，参加开幕式，并且让人看见了我。我把枪藏在身上，我不知道去哪里，以及怎么把它扔掉。"

所有人都沉默了一会儿。

"然后呢？"德里克问，"发生了什么？"

"我跟泰德再也没有联系。根据警方的说法，被人追杀的是市长，梅根只是附带受害人。调查进入了另一个方向。我们很安全。警察不可能追查到我们。"

"如果不是夏洛特未经允许就借用了泰德的小货车赶在你们到达之前去见了戈登市长的话。"

"我们应该是刚好错过了她，正好在她之后到的。直到有一名证人认出了停在'雅典娜咖啡'前的那辆车，一切才急转直下。泰德开始恐慌。他又联系了我。他对我说：'你为什么要杀了所有人？'我回他说：'因为他们看见了我。'泰德这时才对我说：'戈登市长就是我们的同伙！他杀死了杰里迈亚！他想要我们杀死梅根的！他和他家里人是永远也不会开口的！'然后泰德跟我说了市长是怎么在 6 月中旬变成他的同党的。"

※

1994 年 6 月中旬

这一天，泰德·特南鲍姆去了戈登市长家，找他谈"雅典娜咖啡"的事情。他想要跟市长化干戈为玉帛。他不能再忍受两人之间持续的紧张关系。戈登市长在客厅里接待了他。时间是快到傍晚时分。透过窗户，戈登看到公园里有人。从泰德所在的位置，他看不到那人是谁。这时市长脸色阴沉地说：

"有些人就不该活着。"

"谁啊？"

"不重要。"

那一刻，泰德感觉戈登可能就是他要找的那种人。他决定跟他说说自己的计划。

※

在州警地区中心，迈克尔对我们说：

"我在不知情的情况下，杀死了我们的同伙。我们的天才计划变成一场灾难。我认为警察是抓不到泰德的，因为他不是凶手。但是我没想到他们会一直追查到卖枪的人，然后又查到了泰德身上。他在我家藏了一段时间。他把我逼得没办法，他的小货车就停在我的车库里，别人迟早要发现他。我吓死了。如果警察找到他，那我也完了。最后，我用留在我手里的枪威胁他，把他赶了出去。他逃走了。半个小时之后，他就被警察追上了。他当天就死了。警察认定他是凶手。我安全了，永远安全了。我找回了米兰达，然后我们再也没有分开过。没人知道她的过去。她的家人以为她在回家之前，在一个非法占据的房子里过了两年。"

"米兰达知道你杀了梅根和戈登一家吗？"

"不知道，她什么都不知道。但是她以为是我除掉了杰里迈亚。"

"所以那天我审问她的时候，她才会对我撒谎。"安娜明白了。

"是的，她编了那个文身故事来保护我。她知道调查跟杰里迈亚·福德也有关系，害怕你会追查到我身上。"

"那斯特凡妮·梅勒呢？"德里克问。

"奥斯特洛夫斯基委托她查一个案子。一天，她来到奥菲雅找我谈这个案子，并在报社的档案室里埋头调查起来。我提出让她来《奥菲雅纪事报》工作，好监视她。我希望她什么都不会发现。她在好几个月里一直没什么进展。我从电话亭里给她打过几通匿名电话，想要分散她的注意力。我把她导向志愿者和戏剧节，那是一条假线索。我约了她好几次在'科迪亚克烧烤'见面，但是我都没有出现，我想争取时间。"

"而且你试图把我们引到戏剧节的那条线索上。"我对他说。

"是的，"他承认，"可是斯特凡妮找到了柯克·哈维的踪迹，他对她说，被追杀的人是梅根，而不是戈登。她把这事跟我说了。她想要告诉州警，但是她不想在看到调查案卷之前说。我必须做点什么，她马上就要发现一切了。我给她打了最后一通匿名电话，说我 6 月 23 日有重大线索要告诉她，约她在'科迪亚克烧烤'见面。"

"那是她到州警地区中心来的那天。"我说。

"我不知道我那天晚上要怎么做。我不知道我是该跟她谈谈，还是该逃。但是我知道我不想失去一切。她按照约定，在晚上六点来到'科迪亚克烧烤'。我坐在餐厅里头的一张桌子旁藏着。我观察了她一个晚上。最后在晚上十点的时候，她离开了。我必须做点什么。我从电话亭给她打电话，约她在海滩停车场见面。"

"然后你就去了那里。"

"是的，她认出了我。我对她说我会把一切都解释给她听，说我要给她看些非常重要的东西。她坐上了我的车。"

"你想要把她带到海狸湖的那座岛上，杀掉她？"

"是的，在那里，没人会找到她。但是当我们开到鹿湖时，她明白了我要做什么。我不知道她是怎么知道的，肯定是直觉吧。她跳出了车，跑到森林里。我去追她，在岸边抓到了她。我把她淹死了。我把尸体推到水里，它直直地沉了下去。我回到车上。这时，有一个开车的人从路上驶过，我慌了，然后逃走了。斯特凡妮把她的手提包落在了我的车上，里面有她的钥匙。我去了她家，搜了她的公寓。"

"你想要拿走她的调查资料，"德里克想明白了，"但是你什么都没找到。于是你用斯特凡妮的手机给自己发了一条信息，让人以为她出远门了，好争取时间。然后你又伪造了报社的入室盗窃案，取走了她的电脑，这件事几天之后才被人发现。"

"是的，"迈克尔说，"那天晚上，我扔掉了她的手提包和她的手机。我留下了她的钥匙，因为它可能对我有用。后来，杰西，当你在三天之后来到奥菲雅时，我慌了。那天晚上，我回到斯特凡妮的公寓，把它翻了个底朝天。我原本以为你已经出城了，结果你又回来了。我别无选择，只能用一颗催泪弹袭击你，然后逃走。"

"然后，你就想办法紧跟着那出戏和调查案的进展。"德里克说。

"是的，我不得不杀了科迪。我知道他跟你说了贝格多夫的书的事情。戈登市长正是在他的一本书里写了梅根的名字。我开始想象所有人都知道了我在 1994 年干的那些事。"

"然后，你又杀了科斯蒂克，因为他有可能带领我们找到你。"

"是的。当米兰达对我说你们审问了她之后，我认为你们会去找科斯蒂克谈话。我不知道他还记不记得我的名字，但我不能冒险。我从俱乐部跟踪他，一直跟到他家里，知道了他的住址。我按响门铃，拿枪威胁他。我等到夜里，逼着他开车带我到海狸湖边，然后逼着他划船到岛上。最后，我冲他开了一枪，把他埋在了那里。"

"再后来，那出戏的首演开始了。"德里克说，"你觉得柯克·哈维知道你的身份？"

"我想要杜绝一切可能性。我在首演的前一天晚上，在警方开始搜查之前，把枪带进了大剧院。然后我藏在舞台上方的通道里看演出，准备朝演员们开枪。"

"你朝达科塔开枪，是因为你以为她会揭露你的名字。"

"我变成了一个有妄想症的人，我已经不是我自己了。"

"那我呢？"安娜问。

"星期六晚上，当我们去我家的时候，我是真的想看我的女儿们的。我看见你从浴室出来，看着那张照片。我立刻猜到你应该明白了些什么。在成功地逃出海狸湖之后，我把你的车扔在森林里。我用石头砸破了自己的脑袋，又找来一段绳子绑住了自己的手。"

"你做这一切都是为了保护你的秘密？"我说。

迈克尔直勾勾地看着我的眼睛。

"当你杀过一次人之后，你就可以杀两次。当你杀过两次之后，你就可以杀死全人类。你再也没有底线了。"

"你们从一开始就是对的，"麦肯纳在从审讯室里走出来之后对我们说，"泰德·特南鲍姆确实有罪，但是他不是唯一有罪的人！干得好！"

"谢谢你，警长。"我说。

"杰西，我们能指望你在警队待得再久一点吗？"警长问我，"我让人把你的办公室让出来了。至于你，德里克，如果你想重新回到刑警大队的话，有位置等着你。"

我和德里克保证说我们会考虑的。

在我们离开州警地区中心的时候，德里克对我和安娜提议：

"你们今天晚上愿意来我家吃饭吗？达拉做了烤肉。我们可以庆祝一下调查结束。"

"你太客气了。"安娜说，"但是我已经答应我朋友劳伦跟她一起吃晚饭了。"

"真可惜，"德里克遗憾地说，"那你呢，杰西？"

我笑着说：

"我……我今晚有约了。"

"真的吗？"德里克惊讶地问。

"跟谁？"安娜想知道。

"我下次告诉你们。"

"故弄玄虚。"德里克乐道。

我跟他们说了再见，然后坐上我的车回家。

这天晚上，我来到萨格港一家我特别喜欢的法式小餐厅。我拿着花在外面等她。然后我看见她来了——安娜。她光芒四射。她拥抱了我。我满怀柔情地把手放到她脸上的绷带上。她冲我笑，我们久久地吻在一起。然后她问我：

　　"你觉得德里克已经猜到了吗？"

　　"我不觉得。"我开心地说。

　　然后我又吻了她。

结尾

2016 年

事情过去两年之后

2016 年秋，纽约的一家小剧院上演了一出戏，名叫《斯特凡妮·梅勒的黑夜》。这出由梅塔·奥斯特洛夫斯基创作，由柯克·哈维导演的戏没有取得任何成功。奥斯特洛夫斯基对此感到开心。"不成功的作品绝对都是非常好的作品，这是我以批评家的身份在说话。"他对哈维信誓旦旦地说，这个好消息让哈维开心起来。两个人现在在全国巡演，对自己的现状十分满意。

史蒂文·贝格多夫，在晦气的黄石国家公园之旅结束之后的一年里，一直被爱丽丝缠身。他到处都能看到她。他觉得他能听到她的声音。她会突然出现在地铁里，在他的办公室里，他的浴室里。

为了让自己良心稍安，他决定把一切都告诉他妻子。他不知道该怎么跟她说，于是他把他的忏悔写了下来。他把一切都详细地讲了出来，从广场酒店一直到黄石国家公园。

一天晚上，他在家中把信写完，立刻跑去找他妻子，想把信给她看。但是他妻子正准备出门，跟几个女性朋友去吃晚饭。

"这是什么？"她看着她丈夫递给她的那沓纸，问道。

"你看看，现在就看。"

"我已经迟到了，我一会儿再看。"

"现在就看。你会明白的。"

特蕾西·贝格多夫好奇地站在走廊里埋头看起忏悔书的第一页。接着她又开始看第二页，后来她脱掉大衣和鞋子，坐到了客厅的沙发里。她整个晚上都没离开那里。她的眼睛无法离开那封信。她一口气读完了，忘掉了她的晚饭。自从她开始看信起，她就再没有说过一句话。史蒂文去了卧室。他颓然地坐在两人的床上。他觉得他无法直面他妻子的反应。最后，他打开窗户，趴到外面。他住在十二楼。他会当场死掉。他必须跳下去，就是现在。

他正要跨过栏杆，突然卧室的门猛地开了，是特蕾西。

"史蒂文，"她用一种赞叹的口气对他说，"你的小说太棒了！我都不知道你写了一本侦探小说。"

"小说？"史蒂文嘟囔道。

"这是我好久以来读过的最好的侦探小说。"

"可是这不是……"

特蕾西非常激动，都没有听她丈夫在说什么。

"我要立刻拿给维多利亚看。你知道的，她在一家文学经纪公司上班。"

"别，我不觉得……"

"史蒂文，你一定得出版这本书！"

特蕾西不顾她丈夫的反对，把史蒂文的原稿交给了她的朋友维多利亚，维多利亚又把它交到了老板手上，后者看了之后啧啧称奇，立刻联系了纽约各大知名出版社。

一年之后，书出版了，取得了巨大的成功，现在正在改编成电影。

艾伦·布朗没有参加2014年9月举行的市政选举。他跟夏洛特去了华盛顿，加入了一位参议员的办公室。

西尔维亚·特南鲍姆当选了奥菲雅市长。她受到了居民的高度肯定。一年前，她在春天发起了一个文学节，现在办得越来越成功。

达科塔·艾登进了纽约大学学文学。杰瑞·艾登辞职了。他跟妻子辛西娅离开了曼哈顿岛，搬到了奥菲雅。他们接管了不幸身亡的科迪的书店。他们把它重新起名叫"达科塔的世界"。现在那里是全安普敦地区最知名的地方。

至于杰西、德里克和安娜，他们在破了斯特凡妮·梅勒的失踪案之后，受到了州长的表彰。

德里克经过申请，从行政大队调到了刑警大队。

安娜离开了奥菲雅警局，加入州警，成为一名警司。

至于杰西，在他决定延长自己的警察生涯之后，被推荐担任警长一职，但是他拒绝了。作为交换，他要求可以组成三人小队，跟安娜、德里克一起工作。从那天起，他们就成了州警之中唯一这样工作的小队。从那儿以后，他们破掉了交到他们手上的所有案子。同事们都叫他们"百分百小队"，最棘手的案子都会优先交给他们处理。

当他们不在一线破案时，他们就待在奥菲雅，他们三个如今都住在那里。如果你需要他们，到本德哈姆路 77 号那家迷人的餐厅里肯定能找到他们。那里以前有一家五金店，在 2014 年 6 月的月底发生了一场火灾之后就没了。那个餐厅名字叫"娜塔莎的餐厅"，经营者是达拉·斯考特。

如果你要去那里的话，请说你是去找"百分百小队"的，这会把他们逗乐。他们总是坐在餐厅里头的同一张桌子旁，就在外祖父母的照片和永远美丽的娜塔莎的大幅肖像画下面，他们一直庇佑着那个地方和那里的客人。

这是一个生活似乎更加甜蜜的地方。

Originally published in France as:
La Disparition de Stephanie Mailer by Joël Dicker
© Joël Dicker 2018
Current Chinese translation rights arranged through Divas International, Paris
巴黎迪法国际版权代理（www.divas-books.com）

著作权合同登记号：图字 18-2021-231

图书在版编目（CIP）数据

黑夜开始的地方：全两册 /（瑞士）若埃尔·迪克著；王猛译. -- 长沙：湖南文艺出版社，2022.2
ISBN 978-7-5726-0579-6

Ⅰ. ①黑… Ⅱ. ①若… ②王… Ⅲ. ①长篇小说－瑞士－现代 Ⅳ. ①I522.45

中国版本图书馆CIP数据核字（2022）第006179号

上架建议：畅销·外国悬疑小说

HEIYE KAISHI DE DIFANG: QUAN LIANG CE
黑夜开始的地方：全两册

作　　者：〔瑞士〕若埃尔·迪克（Joël Dicker）
译　　者：王　猛
出 版 人：曾赛丰
责任编辑：吕苗莉
监　　制：邢越超
策划编辑：李美怡
版权支持：辛　艳　张雪珂
营销支持：文刀刀
版式设计：潘雪琴
封面设计：利　锐
封面插图：Ximena Arias
内文排版：百朗文化
出　　版：湖南文艺出版社
　　　　　（长沙市雨花区东二环一段 508 号　邮编：410014）
网　　址：www.hnwy.net
印　　刷：北京天宇万达印刷有限公司
经　　销：新华书店
开　　本：880mm × 1200mm　1/32
字　　数：521 千字
印　　张：17.5
版　　次：2022 年 2 月第 1 版
印　　次：2022 年 2 月第 1 次印刷
书　　号：ISBN 978-7-5726-0579-6
定　　价：79.80 元（全两册）

若有质量问题，请致电质量监督电话：010-59096394
团购电话：010-59320018